BION
EM
SÃO PAULO

•

Ressonâncias

BION

EM

SÃO PAULO

•

Ressonâncias

ORGANIZADORA
MARIA OLYMPIA DE A. F. FRANÇA

Casa do Psicólogo®

Acervo
Psicanalítico
Sociedade Brasileira
de Psicanálise de
São Paulo

©1997 S.B.P.S.P
© 2004 Casa do Psicólogo Livraria e Editora Ltda.
É proibida a reprodução total ou parcial desta publicação, para qualquer finalidade, sem autorização por escrito dos editores.

1ª edição
1997, Sociedade Brasileira de Psicanálise de S. Paulo

2ª edição
2004, Casa do Psicólogo

Editora
Maria Olympia de A. F. França

Comissão Editorial
Maria Olympia de A. F. França *(coordenadora)* / Luciana Estefino Saddi Mennucci
Magaly da Costa Ignácio Thomé / Maria Celina Anhaia Mello Arruda Botelho
Marta Petricciani / Regina Maria Ferreira de Almeida

Secretária Editorial
Maria Celina Anhaia Mello Arruda Botelho

Revisão de Provas
Sonia Lena Merkel / Cecília Puga de Peccius

Capa
Clóvis Ferreira França / Casa do Psicólogo

Impressão e Acabamento
Casa do Psicólogo

Dados Internacionais de Catalogação na Publicação (CIP)
(Câmara Brasileira do Livro, SP, Brasil)

Bion em São Paulo: ressonâncias/ organizadora Maria Olympia de A. F. França; (coordenação) Sociedade Brasileira de São Paulo. — 2ª edição — São Paulo: Casa do Psicólogo, 2004. — (Coleção Acervo Psicanalítico)

Vários autores
Bibliografia.
ISBN 85-7396-330-1

1. Bion, Wilfred Ruprecht, 1897-1979 2. Psicanálise 3. Psicanálise – São Paulo (SP) I. França, Maria Olympia de A. F. II. Sociedade Brasileira de Psicanálise de São Paulo. III. Série.

04-4802   CDD - 150.195

Índices para catálogo sistemático:
1. Psicanálise: Teorias: Psicologia:

Impresso no Brasil
Printed in Brazil

Reservados todos os direitos de publicação em língua portuguesa à

Sociedade Brasileira de Psicanálise de S. Paulo
Av. Dr. Cardoso de Melo, 1450, 9º andar, Vila Olímpia, Cep 04548-005, S. Paulo – SP
Tel: 011 3045-2818 – Fax: 011 3045-2818, ramal 225
e-mail: secretaria@ sbpsp.org.br e-mail: biblioteca.sbpsic@eu.ansp.br

Casa do Psicólogo® Livraria e Editora Ltda.
Rua Morato Coelho, 1059 – Vila Madalena – 05417-011 – São Paulo – Brasil
Tel.: (11) 3034.3609 – e-mail: casadopsicologo@casadopsicologo.com.br
site: www.casadopsicologo.com.br

SIMPÓSIO NOVEMBRO 96
BION EM SÃO PAULO
RESSONÂNCIAS

COMISSÃO ORGANIZADORA:

Presidente:
Leopold Nosek

Coordenação Científica:
Leopold Nosek
Maria Olympia de Azevedo Ferreira França

Planejamento Científico:
Leopold Nosek
Luiz Carlos Uchôa Junqueira Filho
Maria Olympia de Azevedo Ferreira França

Organização Geral:
Nilde Jacob Parada Franch
Magaly da Costa Ignácio Thomé

Coordenação Financeira:
Miriam Moreira Brambilla Altimari

Coordenação Social:
Antonio Luiz Serpa Pessanha
Neyla Regina Avila Ferreira França
Maria Regina Junqueira

Coordenação Operativa:
Roberto Vilardo

DIRETORIA CIENTÍFICA (BIÊNIO 95/96)
Maria Olympia de Azevedo Ferreira França (Diretora)
Evelise de Souza Marra
João Baptista Novaes Ferreira França
Magaly da Costa Ignácio Thomé
Maria Cecília Pereira da Silva
Nilde Jacob Parada Franch
Sandra Maria Gonçalves

SOCIEDADE BRASILEIRA DE PSICANÁLISE DE SÃO PAULO

BIÊNIO 97/98

Presidente:
Luiz Carlos Uchôa Junqueira Filho

Secretária Geral:
Miriam Moreira Brambilla Altimari

Diretora Científica:
Liana Pinto Chaves

Diretor Administrativo:
Cláudio Rossi

Diretor Financeiro:
Fernando Giuffrida

Primeiro Secretário:
Roberto Vilardo

Diretor da Cultura e Comunidade:
Leopold Nosek

Diretor do Instituto:
Deodato Curvo de Azambuja

Secretário Geral:
Luís Carlos Menezes

Secretária Adjunta:
Viviana S. Sternberg Starzynski

Secretário de Avaliação e Acompanhamento:
Julio Frochtengarten

Secretária de Currículo:
Sônia Curvo de Azambuja

Secretário de Seleção:
Roberto Kehdy

Secretária do Setor de Psicanálise de Crianças e Adolescentes:
Nilde Jacob Parada Franch

SUMÁRIO

Agradecimentos 9
Prefácio: Maria Olympia de A.F. França 11
Introdução: Leopold Nosek 13

INTERPRETAÇÃO: REVELAÇÃO OU CRIAÇÃO?

Ana Maria Andrade de Azevedo 19
Cecil José Rezze 37
Deodato Curvo de Azambuja 65
Elias Mallet da Rocha Barros 81
Elizabeth Tabak de Bianchedi 95
Fábio Herrmann 107
Orestes Forlenza Neto 127
Otto Kernberg 133
Robert Caper 145

SEXUALIDADE E PENSAMENTO

Anne Alvarez 161
Antonino Ferro 175
Antônio Sapienza e Luiz Carlos Uchôa Junqueira Filho 185
Leopold Nosek 201
Luís Carlos Menezes 223

AGIR, ALUCINAR, SONHAR

Deocleciano Bendocchi Alves 241
Florence Guignard 253
Marcio de Freitas Giovannetti 263
Maria Olympia de A.F. França 275
Nilde Jacob Parada Franch 287
Paulo Duarte Guimarães Filho 301

PSICANÁLISE: EVOLUÇÃO E RUPTURA

Antônio Carlos Eva 317
Antônio Muniz de Rezende 325
Félix Gimenes 335
Isaias Melsohn 347
Odilon de Mello Franco Filho 365
Parthenope Bion Tálamo 377

COMENTÁRIOS

Evelise de Souza Marra 399
Luiz Meyer 403
Sônia Curvo de Azambuja 407

AGRADECIMENTOS

A presença participativa de um número muito expressivo de colegas na preparação e realização do Simpósio foi, sem dúvida, o fator principal de seu êxito. Agradecemos a colaboração de nossos colegas de outros países que, generosamente, aceitaram nosso convite para a apresentação de trabalhos originais: Anne Alvarez, Antonino Ferro, Elizabeth T. De Bianchedi, Florence Guignard, Otto Kernberg, Parthenope Bion Tálamo e Robert Caper.

Aos colegas-autores de nossa Sociedade, a nossa gratidão pelo apoio fraternal e criativo que nos trouxeram, durante todo o percurso dos Fóruns, onde os trabalhos foram discutidos primeiramente, até a realização do Simpósio.

Para a organização deste Simpósio contamos com a parceria inspiradora de Leopold Nosek, presidente da S.B.P.S.P. e de Luis Carlos U. Junqueira Fº, integrantes do Conselho Científico do Simpósio. Muito agradecemos a dedicação e o trabalho da Comissão Organizadora nas pessoas de Nilde Parada Franch e Magaly da C.I. Thomé, assim como o apoio recebido da Diretoria da S.B.P.S.P., especialmente de sua Diretoria Científica. O nosso muito obrigado aos nossos funcionários da Secretaria, representados na pessoa de Adele Lacotis.

Foi inestimável o trabalho de nossos tradutores: Alan Victor Meyer, Alicia B. D. de Lisondo, Ana B. Hoffman, Ana Maria R. Rivarola, Ana Maria S. Vannuchi, Belinda Mandelbaum, Bernardo Tanis, Carmen Chaib Mion, Edoarda A. G. Paron Radvany, Elza Vera K. P. Susemihl, Ernesto Sang, Eva Teperman Ocougne, Fernanda C. S. Colonese, Joyce Kacelnik, Luciana Gentilezza, Marta Petricciani, Tania Zalcberg, Yvette P. Lehman.

À Maria Celina Anhaia Mello A. Botelho, um especial reconhecimento por sua dedicação e eficiência no trabalho prestado na organização deste livro.

Maria Olympia de A. F. França

PREFÁCIO

Ressonância é muito mais do que uma simples oscilação; é um movimento novo, amplo, vigoroso e propulsor. Desde os anos sessenta tínhamos direta ou indiretamente convivido com as idéias de Wilfred Bion, mas, ao mesmo tempo, cada um de nós, à sua maneira preservava seu espaço original e único. Este espaço foi o continente modulador das idéias de Bion, tal e qual o espaço que recebe o movimento de ressonância a fim de que ele se instale e se desenvolva. Como a abrir uma caixa de surpresas, nos dispusemos a observar, pesquisar, trocar idéias e confrontar-nos, organizando para tanto o simpósio: "Bion em São Paulo: Ressonâncias". Os textos reunidos no presente livro são fruto desse encontro realizado em São Paulo, em 14 e 15 de novembro de 1996.

Convidamos, para esse encontro, representantes de outros cinco países, uma vez que o pensamento de Bion, sabidamente, também provocou nos mesmos amplas ressonâncias.

Foram quatro os temas percorridos pelos autores em seus textos: "Interpretação: Revelação ou Criação?", "Sexualidade e Pensamento", "Agir, Alucinar, Sonhar", "Psicanálise: Evolução e Ruptura". O resultado pareceu ser esperançoso para a comunidade psicanalítica: há concomitantemente lugar para a criatividade e para a disciplina conceptual que, unidas, eliminam uma Torre de Babel infecunda.

Parthenope Bion Talamo, em um de nossos grupos de trabalho expressou que, ao longo daquelas discussões, descobrira algo que antes ela não tinha visto, dessa maneira: "que, da mesma forma como Bion achava que era inútil para o analista e paciente falarem do que fosse óbvio para os dois, também ele, Bion, não citava Freud a todo momento, porque Freud estava implícito na obra dele". Robert Caper, em comunicação pessoal, assim se manifestou: "Não vejo contradição entre o fato de Bion ser um seguidor fecundo de Freud e Melanie Klein e ser também um autor de novos conceitos psicanalíticos".

Pretendemos que esta publicação de artigos, inspirados sobretudo por Freud e Bion, seja útil na medida em que nos possa enriquecer, ampliando a ressonância de nossos próprios estilos, idéias e liberdades pessoais, fecundando os ecos que permeiam nossa comunidade científica.

Maria Olympia de A. F. França

INTRODUÇÃO

Bion foi uma presença viva em São Paulo. Sua teorização e influência pessoal são uma das vertentes férteis da psicanálise em nosso meio, e nossa intenção é de que o leitor possa encontrar neste livro ecos desta passagem. Encontrará reflexões originais de autores brasileiros e de outros meios psicanalíticos que, certamente, permitirão uma ampliação da reflexão acerca dos impasses e progressos que a psicanálise nos propõe hoje.

Otávio Paz nos fala de momentos em que o respeito pelo passado é tanto, que gera paralisia. Em outros, a desconsideração pela história gera monstros. Para ele, é a poesia que possui a possibilidade da criação fértil de uma representação do passado que aponta para o futuro. De certa forma, a psicanálise possui esta mesma ambiguidade : é trajeto e poesia.

Os textos deste livro referem-se ao Simpósio sobre a obra de Bion : Ressonâncias, que marca o final de quatro anos de gestão da diretoria da Sociedade Brasileira de Psicanálise de São Paulo. Apontam para um momento particularmente fértil de nossa Sociedade, onde teorizações deixam de ser a imatura propriedade de grupos, e a história de nossa instituição e seu pensamento pode se tornar patrimônio de todos. O medo à crítica ou a novos desenvolvimentos está atenuado por uma maior convicção e preparo clínico. Desvinculam-se as teorias dos indivíduos ao mesmo tempo em que se abre a possibilidade da radicalidade do caráter individual da clínica. Assim, a partir de teorias gerais e reflexões pessoais com a marca de autoria original, torna-se possível este conjunto de ensaios de autores brasileiros que dialogam com autores de outros meios. É um novo momento em nossa história.

Lembremos que o movimento psicanalítico em São Paulo iniciou-se em meados deste século, com um grupo de intelectuais e médicos que se aproximaram de Freud através de seu texto. Por várias décadas aguardaram a possibilidade de sua prática através de análise pessoal.

Durval Marcondes - principal pioneiro - escreve a Freud e Ernest Jones buscando vínculos mais próximos, os quais concretizaram-se no final dos anos 30 com a chegada de Adelaide Koch.

A Dra. Koch, que veio de Berlim fugindo do nazismo, trouxe a influência de Fenichel, com quem se analisara. Desta maneira, os primeiros tempos de clínica analítica em nosso meio foram cercados pela influência direta da prática que se exercia no Instituto de Berlim. A influência teórica praticamente se restringia a Freud e perdurou até a década de 50, quando alguns analistas se encaminharam a Londres interessados na escola Kleiniana, fato este que trouxe um segundo período de influência.

A Sociedade Psicanalítica de São Paulo tornou-se fortemente marcada por este referencial teórico, tendo em Virgínia Bicudo e Lígia Amaral as protagonistas fundamentais deste período.

Na década de 60, trazido pelo entusiasmo de Virgínia Bicudo, chega ao Brasil, Frank Philips, abrindo espaço para a influência de um novo referencial teórico : o de Wilfred Bion, que esteve em São Paulo por diversas ocasiões ministrando cursos e seminários.

Como toda nova corrente, também esta tornou-se passível de recusa, adesão ou absorção crítica. Motivo de reiteradas polêmicas, esta influência mostrava-se em 1996 passível de uma reflexão desapaixonada, livre de uma dicotomia a favor ou contra. Este foi o espírito com o qual foi concebido e executado o Simpósio Bion em São Paulo : Ressonâncias.

A obra de Bion, abordando uma teoria do pensar e do sonhar nos marcos de relações humanas simbolizadas pela notação masculino e feminino, mantém a possibilidade de estreita vinculação com teorias da sexualidade vindas de Freud. Propõe uma revisão reflexiva do papel da teoria, da relação e lugar da intervenção analítica. Traz de volta, talvez, um frescor subversivo à prática, que esteve tão presente nos pioneiros e está tão vinculada a nossa clínica.

Em sua visão da psicanálise como um acontecimento não reproduzível, produto do choque de duas subjetividades e da busca da representação deste acontecer, Bion abre caminho para uma poética que é responsável talvez pelo estilo de nossa clínica em São Paulo. Talvez o seja até para aqueles que não se identificam propriamente com sua teoria. Esta é a importância da relação, do sonhar ao invés do sonho e a absoluta individualidade do gesto analítico. O conjunto configura-se tendo como corolário a busca da liberdade da prática, possível numa base conceptual sólida. Em tempos ditos de crise, ela, por sua vez, ou não se configura em nosso meio ou talvez, mais propriamente a crise e o conflito, não são ameaças a serem exorcizadas, mas sim a raiz de nossa ciência e prática.

Este simpósio caracterizou-se também pela tentativa de um encontro de analistas que privilegiasse a troca de idéias, não havendo, portanto, apresentações teóricas e sim, organização de pequenos grupos de debate. Como grupo institucional, ainda vivemos a contradição entre o diálogo e a sinceridade, a ética inerente à nossa prática e às dificuldades de troca e convívio no plano institucional.

As tentativas de progresso são sempre o início de um trajeto. A publicação destes trabalhos é parte do caminho tentado. É uma tentativa de auto-reflexão e aprofundamento da identidade de nosso grupo institucional.

Permitem também que os frutos deste esforço possam ser compartilhados com todos os interessados, na medida em que há muito a psicanálise ultrapassou as fronteiras de suas instituições oficiais.

Leopold Nosek

INTERPRETAÇÃO:
REVELAÇÃO OU CRIAÇÃO?

INTERPRETAÇÃO: REVELAÇÃO OU CRIAÇÃO?

*Ana Maria Andrade de Azevedo**

I

Uma visão psicanalítica tradicional e habitual supõe que o trabalho psicanalítico esteja dividido entre os participantes da dupla analítica da seguinte maneira:

A tarefa de associação livre é esperada do analisando, enquanto que o trabalho de escuta e interpretação é esperado do analista.

Difícil não concordarmos com tal atribuição, desde que essas colocações são bastante óbvias e simples, constituindo-se na verdade numa espécie de lugar comum e pano de fundo do que se conhece como Psicanálise. No entanto a literatura psicanalítica mostra que essas colocações tem gerado divergências e polêmicas entre muitos psicanalistas.

Nos últimos anos psicanalistas de diferentes orientações teóricas e técnicas têm discutido e muitas vezes questionado esse pressuposto. Gedo (1979) por exemplo chama a atenção para como "a capacidade da maioria dos pacientes para alcançar conclusões válidas sobre os dados introspectivos que produzem em análise, tem sido subestimada." (pág. 253)

Robutti (1992) salienta o fato de que uma observação mais detalhada da relação analítica leva-nos a olhar as associações livres dos analisandos de forma muito diferente daquela que o modelo tradicional propõe.

"It is still true that the patient is supposed to express in the session everything he freely wishes or is able to. Careful attention, however, to the exchange taking place between patient and analyst shows that, in the course of any session, the patient's associations are responses to the analyst's interventions." (pág. XXIII)

Uma proposta assim mostra que a interação entre analista-analisando, é muitas vezes tão poderosa, intensa e complexa, que na verdade só com cuidado, atenção e muita observação, será possível captar o que realmente se passa na dupla analítica. Não se tratam apenas de funções e atribuições diferentes: ao analista interpretar, ao analisando associar, na verdade se desenvolve na relação analítica um diálogo, há uma evolução de associações, que quando observada pode ampliar expandir e esclarecer a situação emocional experienciada pela dupla.

---

* Membro Efetivo e Analista Didata da Sociedade Brasileira de Psicanálise de São Paulo.

Modell (1984, 1991, 1993) lembra-nos como a interpretação vem desde Freud ocupando um lugar especial na psicanálise. Freud (1912) chegou a dizer que negligenciar a interpretação transferencial, poderia levar o processo analítico a um impasse ou mesmo inviabilizá-lo. Modell sugere-nos que a interpretação sendo mediada pela linguagem verbal, embasada e ancorada no diálogo analítico, veicula também sentidos e significados referentes ao mundo mental do analista. ... "the analyst's free associations complement those of the patient and, in fact, are in a certain sense induced by the patient's associations." (pág. 145)

Na verdade, a perspectiva que Modell propõe aponta para a importância de olhar a linguagem como um reflexo da construção de mundo que cada um de nós tem desenvolvida internamente e sugere que há um processo oscilatório constante que vai das associações do analisando às percepções do analista o que, na verdade, é o que leva a um novo conhecimento.

Modell propõe a pergunta "whose knowledge is it, that is interiorized in a psychoanalysis?" (pág. 96, 1991) e coloca três possibilidades de abordagem do assunto: a primeira seria aprender com a nossa própria experiência, em segundo lugar aprender com o analista e uma terceira hipótese que suporia o surgimento espontâneo do conhecimento, a partir da experiência de intersubjetividade (shared creativity). Levar em consideração estas possibilidades ao tratar o tema da interpretação parece-nos fundamental.

Shafer (1983) e Spence (1982, 1987) propuseram nos anos 80 pensar a interpretação sempre como uma construção do analista e chamaram nossa atenção para o fato de que uma crença muito forte no poder da interpretação em remover conteúdos patogênicos e deformados dos analisandos pode vir a ser um elemento perigoso, estimulador de onipotência e de onisciência em Psicanálise.

Acreditamos que a visão destes autores é claramente contrastante com a noção tradicional de "interpretação corretiva" como proposta de Glover (1931) e de "interpretação mutativa", conceito elaborado por Strachey (1934), bem como a uma visão da interpretação, como procedimento decodificador e decifrador dos enigmas propostos pelos analisandos, idéia esta que, de certa forma, provém de uma má interpretação dos textos Freudianos.

Glover professava o poder e a necessidade de uma interpretação tão "exata" que possibilitasse a mente do analisando ser liberada dos conteúdos patológicos aos quais se via submetida. A ênfase em Glover é na remoção dos sintomas e na remissão dos aspectos patológicos, sendo necessário para tal, como no modelo da medicina, encontrar o medicamento (interpretação) exato e correto. De acordo com Glover, o conteúdo da interpretação teria que conter e revelar exatamente a fantasia e o funcionamento do analisando, sem que elementos da mente do analista interferissem. As interpretações transferenciais e reconstrutivas necessitariam ser acuradas.

Concordamos com Spence (1982) e Modell (1984), quando estes propõem que as interpretações não são reconstruções do passado, sendo o passado na verdade impossível de ser conhecido. As observações históricas são essencialmente impossíveis de serem repetidas, as interpretações serão sempre construções, filtradas pela mente do analista, numa transformação da experiência de transferência vivida com o analisando.

A posição teórica proposta por Shafer (1983), contrasta violentamente com a posição que Glover apresenta em seu trabalho "The Therapeutic Effect of Inexact Interpretation" (1931). O analista segundo Shafer, respondendo ao analisando com uma interpretação, está construindo sua perspectiva sobre aquele momento, aquela experiência e, embora a construção seja baseada e desenvolvida a partir dos dados oferecidos pelo paciente e não apenas numa interpretativa abstrata do analista, dificilmente poderíamos dizer que é "exata". Shafer chega a dizer que a aceitação e o efeito da interpretação muitas vezes se ligam mais ao poder persuasivo da linguagem utilizada ou mesmo à força do vínculo emocional experienciado, do que a sua exatidão e veracidade histórica.

Strachey em seu famoso trabalho "A natureza da ação terapêutica da interpretação em Psicanálise" introduz uma noção de interpretação como o elemento mais importante para o alcance à mudança emocional e psíquica do analisando. Diz ele: "A interpretação se tornou agora mutativa desde que produziu uma brecha no círculo vicioso neurótico" (pág.143 - 1934).

Strachey propõe que a interpretação mutativa seria aquela que possibilitaria a introjeção de um objeto diferente pelo analisando, o que promoveria conseqüentemente uma mudança em seu mundo interno, estabelecendo um contraste entre o objeto arcaico e o objeto real, fazendo com que a projeção da realidade daí para frente venha a ser menos distorcida.

Uma das idéias importantes que encontramos no trabalho de Strachey, sugere que, ao oferecer uma interpretação ao analisando, o analista estará simultaneamente restabelecendo as fronteiras entre diferentes níveis de realidade e retranscrevendo o tempo passado no contexto do novo, da realidade atual.

É evidente que nem todas interpretações dadas pelo analista alcançariam esse objetivo, no entanto a idéia de "interpretação mutativa" passa a ser considerada pela escola Kleiniana, à qual Strachey pertence, como um ideal a ser alcançado, desde que a mudança psíquica constitue-se no objetivo fundamental a ser buscado.

Acreditamos que a grande contribuição de Strachey à Psicanálise, provém não apenas da noção de "interpretação mutativa", mas sim e principalmente, da consideração da figura do analista dentro do "setting" psicanalítico como uma pessoa real, um participante ativo da experiência emocional.

A colocação de Strachey ao dizer que "se produz uma brecha no círculo vicioso neurótico" supõe o fato de que o analista estando presente, *não se comporta* como o objeto original do neurótico; muito pelo contrário, esse analista real funciona introduzindo uma mudança nas condições vividas em relação ao objeto arcaico, respondendo diferentemente, alterando as condições daquela relação de objeto, interferindo no processo emocional do analisando, possibilitando assim que o caminho percorrido repetidamente e viciosamente até então, possa se alterar.

Segundo Etchegoyen (1989), o psicanalista surge neste momento no processo interpretativo como *figura real*, e isto é o que mais importa a Strachey em seu artigo.

O trabalho de Strachey, sempre dentro do nosso ponto de vista, lança inclusive uma luz diferente e nova à noção de transferência. Ao lado da repetição do passado, da projeção dos aspectos emocionais do analisando no analista, que os reflete, aparece um objeto real e a transferência se dá em relação a este analista real, que não reflete, não repete, pelo contrário, oferece ao analisando uma nova possibilidade de relação de objeto, de outra natureza.

Nos detivemos mais longamente nas colocações de Glover e Strachey por acreditar que falar em "interpretação corretiva" e/ou "interpretação mutativa" implica imediatamente em atribuir funções e objetivos à interpretação, caracterizando-a especificamente como elemento que deve promover mudanças e alcançar objetivos pré-estabelecidos. De nosso ponto de vista, vários e complexos fatores contribuem numa Psicanálise para o alcance à "mudanças" e, na verdade, a natureza e qualidade das mudanças psíquicas podem variar: vinculá-las unicamente à interpretação parece-nos perigoso e duvidoso.

Numa direção diferente, Melanie Klein (1921 -1945) considera e trata a interpretação enfatizando a importância de ser detectado o ponto de urgência, isto é, a angústia subjacente dominante, através do exame detalhado das fantasias inconscientes e da consideração dos processos defensivos utilizados. A interpretação, para Melanie Klein, é sempre interpretação da angústia, expressa e refletida nas fantasias e só através dessa ação interpretativa pode a Psicanálise contribuir para a mudança psíquica. O analista oferecendo ao analisando um conhecimento até então inconsciente reprimido e/ou projetado, possibilita sua integração no ego e uma conseqüente diminuição das necessidades defensivas, podendo promover uma melhor adaptação à realidade e a retomada do desenvolvimento.

De certa forma, a posição de Strachey e Melanie Klein são convergentes em muitos pontos. Salientaremos aqui, por fazer parte do vértice que pretendemos adotar, que tanto em Klein como em Strachey há uma diferenciação nítida entre o objeto arcaico e o objeto atual, sendo a relação do objeto estabelecida com o analista, sempre um momento onde a diferenciação e a mudança das relações arcaicas, primitivas pode vir a ocorrer.

Com Heimann (1950) surge a noção de contra-transferência, que aliada à noção de capacidade perceptiva do ego, começa a criar e oferecer uma visão do analista, como capaz e dotado de recursos emocionais, não só para partilhar a relação emocional psicanalítica com seu analisando, mas para escrutinizar seu próprio mundo mental, dar-se conta e examinar seus processos internos durante essa relação. Já nesse momento, a presença e a existência do analista como pessoa real no "setting" analítico toma corpo e a "self-reflection", a auto-análise, começam a ser considerados elementos necessários para o prosseguimento da experiência psicanalítica.

O analisando também começa a ser visto diferentemente. Não é apenas aquele que traz as associações ou sonhos, aquele que verbaliza desejos e fantasias. É aquele com quem o analista precisa desenvolver uma relação para que ambos, atentos ao que se passa na dupla, possam vir a se comunicar e a estabelecer uma relação emocional intersubjetiva.

Segundo Shafer e Spence, os analistas da escola Kleiniana inglesa até os anos 50 contribuiram muito para uma idealização da interpretação como meio onipotente para o alcance à realidade desconhecida, portanto, inconsciente do analisando. Isso criou uma espécie de monopólio dos analistas em relação à capacidade para o "insight" o que foi, sem dúvida, um legado vindo da tradição autoritária médica da qual a psicanálise surgiu.

Freud sabia da enorme influência que a personalidade do analista teria sobre o desenrolar da psicanálise, e vivenciou isso claramente em suas experiências ao lado de Charcot. É verdade que no início de seu trabalho Melanie Klein desenvolveu uma certa noção de análise de transferência, diferente da concepção que Freud tinha a respeito. Para Klein o exame de "transferência pura" envolveria a tentativa de evitar qualquer envolvimento, ou reasseguramento ao analisando, o que contribuiu para o desenvolvimento de uma noção de interpretação como uma atividade que deveria ser exata e precisa, além de caracterizá-la como uma função apenas do analista e nunca uma possibilidade do analisando.

Não queremos aqui apresentar uma visão crítica da teoria Kleiniana nem, muito menos, desconsiderar a importância das contribuições Kleinianas à Psicanálise. Achamos interessante, no entanto, salientar o caminho que tanto analistas em particular, como escolas teóricas, em geral, percorrem, partindo de idéias muitas vezes restritas e monolíticas para, com o passar dos anos, expandir e ampliar seus conceitos.

Acreditamos que, se os autores Kleinianos foram talvez responsáveis por uma visão onipotente de interpretação nos anos 50, sem dúvida, atualmente eles têm contribuído enormemente para a abertura e expansão do tema "interpretação".

Nos anos 60 e 70 até a época atual, várias mudanças começaram a se delinear na técnica e teoria Kleiniana em relação à interpretação. A destrutividade, que até então era muito enfatizada nas interpretações, passa a ser mais balanceada e não está mais tão presente. O uso da noção de contra-transferência e de identificação projetiva na compreensão do processo transferencial começa a ser utilizado, sistematicamente nas formulações das interpretações, modificando não apenas a linguagem utilizada, como visando uma comunicação mais real com o analisando.

Após a formulação das "posições" esquizo-paranóide e depressiva por Melanie Klein (1946 -1952), cada vez mais as interpretações voltam-se para a dinâmica do funcionamento interno, para o movimento e a oscilação entre as posições PS↔PD; O modelo da mãe com seu bebê, entendida com uma relação de continente e conteúdo, a noção de "reverie" e de identificação projetiva com função de comunicação são elementos que surgiram basicamente com o trabalho de Wilfred Bion (1962) quem, com sua contribuição, influenciou definitivamente a técnica e a teoria Kleiniana.

A interação no presente, no aqui-agora da relação transferencial e não a reconstrução dos acontecimentos passados é enfatizada, adquirindo força e presença no processo interpretativo.

Importante lembrar que autores Kleinianos atuais como Joseph (1975-1989) e O'Shaughnessy (1983, 1994) têm contribuído enormemente com a questão levantada por Strachey quanto ao analista real. Diz O'Shaughnessy: "A idéia de Strachey, de que o paciente tente converter o analista em objeto arcaico, é hoje em dia aspecto aceitável do pensamento clínico interacional. No entanto, como faz ver Segal (1987), os mesmos fatores que são o eixo de uma situação potencialmente terapêutica são também potencialmente anti-terapêuticos. Além do trabalho na sessão, o analista necessita tempo para refletir sobre a interação global com seu paciente, para considerar questões de repetição e/ou mudança, para pensar sobre suas próprias vivências" (pág. 170).

Os trabalhos de Bion (1961-1978), Joseph (1975-1989), O'Shaughnessy (1983, 1994), Pick (1985, 1995), Malcolm (1986), Segal (1987, 1991), Meltzer (1988), Spillius (1988, 1994) e principalmente o de Britton e Steiner (1994), têm mostrado como o tema de interpretação tem sido criativamente revisto e desenvolvido pela escola Kleiniana inglesa atual.

"The patient does not only express himself through words. He also uses actions, and sometimes words and actions. The analyst listens, observes and feels the patient's communications. He scrutinizes his own responses to the patient, trying to understand the effect the patient's behaviour has on himself, and he understands this as a communication from the patient (while being aware of those responses which come from his own personality). It is this, comprehended in its totality, that is presented to the patient as an interpretation." (pág. 75, Malcolm, 1986).

Devido talvez a essa complexidade optamos, nesta apresentação, por focalizar mais detalhadamente a questão da interpretação na dupla analítica, considerando que, seja ela reveladora ou criativa (no sentido de construída), é fruto resultante do trabalho desenvolvido pelas duas pessoas; o analista e o analisando. Em lugar da interpretação: dirigir-se unicamente ao estudo e a observação da dinâmica interna do analisando, esta deve versar sobre a interação e relação *intersubjetiva* da dupla, num nível sempre *intra-psíquico*.

Figueira (1996), em seu trabalho a "Clínica do Analista", oferece-nos a oportunidade de refletir sobre a relação analista-analisando, fazendo uso da metáfora "Do espelho de Freud ao espelho de Lewis Carroll":

"A diferença entre esses dois espelhos," diz ele, "entre o que apenas reflete o que diante dele se põe e o que pode ser penetrado, permitindo acesso a um mundo inusitado e maravilhoso, é a medida do que aconteceu no posicionamento do analista (pág. 16)". As experiências internas do analista vêm adquirindo cada vez maior importância quando pensamos na clínica, na intersubjetividade.

Na verdade, este mesmo modelo do espelho foi também proposto por Lacan (1976), obviamente a sua maneira e dentro de seu referencial teórico e específico. Para Lacan, o "estágio do espelho", refere-se a uma fase do desenvolvimento infantil durante a qual a criança identifica-se com o imaginário, isto é, com algo que ela ainda não é. Essa colocação decorre do posicionamento teórico de Lacan que supõe o fato de que a criança inicialmente mantém uma relação diádica, fusional com a mãe e, devido a esse fato, acredita ser aquilo que o espelho (olhar da mãe) reflete como sendo ela mesma. Essa proposta nos remete ao trabalho de Donald Winnicott (1951) e à interessante apresentação de I. Garcia de Barros (1978) em São Paulo, onde a questão do olhar surge ("Dentro dos seus olhos").

Acreditamos ser impossível imaginar ou vislumbrar a relação analítica sem lançar mão da idéia de criatividade, sem penetrar no mundo da ficção, da imaginação e das conjeturas, considerando concomitantemente analista e analisando.

Cabe ao analista escutar, associar, conjeturar, construir, comunicar - como nos ensinou Freud em "Construções em Análise " (1937). Ao analisando ouvir, refletir, associar, confirmar, corrigir, rejeitar. Ao processo analítico, quando exitoso e quando possível de ser levado adiante, esclarecer, expandir, desenvolver, conhecer.

Seria possível pensar essas possibilidades fora do âmbito da criatividade? Criatividade da dupla analista-analisando que, num processo de colaboração, de mergulho e penetração no mundo psíquico, pode vir a alcançar uma perspectiva mais clara e verdadeira, uma visão mais real sobre os acontecimentos, sejam externos, sejam internos.

Do nosso ponto de vista, um analista ao elaborar e construir uma conjetura, colocá-la em palavras e comunicá-la a seu analisando sob forma de uma interpretação ou construção, está restabelecendo as fronteiras entre os diferentes níveis do que chamamos realidade; passado-presente, interno-externo, factual-ilusória, histórica-ficcional. O tempo é retranscrito no presente e a experiência resignificada e rearticulada na relação emocional intersubjetiva. A interpretação não só rearticula e resignifica aspectos da vida emocional inconsciente do analisando como, muitas vezes, cria novos significados e sentidos a partir da experiência emocional partilhada e vivida com o analista no presente. No entanto, não limitamos essa tarefa ao analista. Acreditamos que muitas vezes nossos analisandos não só são de enorme ajuda para que seja possível o alcance à tarefa analítica como, em outros momentos, oferecem contribuições que transformam e atribuem novos significados e sentidos às palavras do analista.

II

Neste outro momento de nossa apresentação tentaremos nos deter sobre algumas idéias desenvolvidas por Wilfred Bion, tanto em relação à "Interpretação", como ao processo psicanalítico em geral.

Procuramos até agora, ao falar da interpretação, salientar e enfatizar a presença de um analista real, participante da relação psicanalítica, caracterizando esta relação como uma relação intersubjetiva, onde ambos os participantes da dupla, tanto analista como analisando, contribuem com suas associações, fantasias e conjeturas para a criação de uma experiência emocional, de onde poderá emergir algum novo conhecimento.

Também no modelo bioniano, parece-nos que o lugar do analista não é fora da relação analítica, ou seja, o analista não se limita a ser um observador neutro do funcionamento mental de seu analisando e de sua história. Para Bion, a psicanálise é concebida como uma aventura a dois, onde se inclui a possibilidade de ser desenvolvida uma nova história dependendo da interação das duas mentes envolvidas no processo. O analista, além de observador, é participante ativo dessa relação e não apenas ouvinte imparcial, objetivo e neutro. Há, segundo Bion, um constante e inevitável envolvimento do analista como parceiro, na relação analítica, "a two-way affair" (pág. 48, 1980).

Entre paciente e analista constitui-se um campo de relações emocionais intersubjetivas e intrapsíquicas, onde se criam áreas de resistência da dupla, que somente um trabalho de "working through" *do analista* pode vir a desfazer. A presença do analista como elemento fundamental na dupla para a elaboração dos aspectos transferenciais e contratransferências é também enfatizado por Bion. A interpretação é "construída" a partir dessa relação, caso seja possível diminuir e/ou eliminar as áreas de resistência tanto internas como externas.

Isso, no entanto, não significa que se anule ou se esqueça da necessidade de manutenção da assimetria característica da relação analítica, nem da disciplina necessária ao analista para que este possa desempenhar a função analítica. Na verdade é esperado que o analista, bem equipado para sua função, seja capaz de submergir, mergulhar na experiência emocional junto a seu analisando, para em seguida, ou praticamente ao mesmo tempo, emergir numa espécie de "second glance" (idéia também proposta por Willy e Madeleine Baranger em 1983 ao tratar deste ponto).

Em "Second Thoughts" (1967), nos diz Bion que há no pensamento do analista (e do analisando) uma evolução: ou seja, a reunião de uma massa de elementos, antes incoerentes e aparentemente não relacionados, aos quais é dada uma coerência e um significado que não possuiam anteriormente. Nesse sentido, falar de interpretação poderia ser entendido como falar das evoluções do analista, que alcançam o nível de expressão simbólica em palavras.

Numa evolução, os elementos que se encontravam dispersos na mente do analisando e puderam ser captados e reunidos pelo analista em sua mente "sofrem" uma espécie de integração que se assemelha no dizer de Bion, a passagem da posição esquizo-paranóide à posição depressiva (PS-> PD). Essa integração ocorrendo na mente do analista, graças às contribuições do analisando, permite que os elementos que evoluíram no processo sejam formulados em palavras. Essa formulação é a interpretação.

"...Com Bion as certezas são abandonadas em favor de uma opção pela não saturação, pela contínua formação (e nunca decodificação) de um sentido novo e da consciência, tanto dos trânsitos como das transformações necessárias, antes que seja possível colher o ponto de emergência das angústias ..." (Ferro, 1995)

Em um interessante trabalho, Britton e Steiner (1994) nos falam da importância da noção de "fato selecionado", como proposto por Bion, na compreensão da evolução do processo interpretativo.

Bion nos sugere que esse processo tem início com uma acumulação de fatos que se apresentam como "configurações" na mente do analista: "From the material the patient produces, there emerges like the pattern from a kaleidoscope, a configuration which seems to belong not only to the situation unfolding, but to a number of others not previously seen to be connected and which it has not been designed to connect" (Bion, 1967, pág. 127).

A partir destas configurações, o "fato selecionado", ou seja, a integração criativa de elementos antes desconexos pode surgir e permitir, então, que a interpretação evolua e seja formulada.

Os autores Steiner e Britton chamam nossa atenção para o perigo de que uma idéia super valorizada (overvalued idea) seja confundida e tratada como "fato selecionado", ou seja, apontam para a necessidade do analista manter-se numa posição de constante indagação e dúvida, buscando a necessária evidência para que suas formulações sejam convincentes.

Em um outro momento em "Transformações" (1956), encontramos de forma muito clara a seguinte colocação: As interpretações são partes de K (knowledge-conhecimento). Quando estas transformações em K tendem a uma transformação em O (o incognoscível) K -> O, intensa ansiedade surge, ligada ao medo e à conseqüente resistência que o contato com o desconhecido pode provocar.

Tende a prevalecer na mente do analisando, com freqüência, uma tentativa para preservar o vínculo K (saber sobre algo) evitando assim a transformação em O (vir a ser). Neste ponto, Bion nos sugere e propõe uma distinção sutil, porém de fundamental importância: a diferença entre "o saber sobre ", e o "vir a ser", que na verdade será o que irá determinar num processo analítico, vivido por uma dupla, a possibilidade de alcance à expansão e à ampliação do conhecimento, ou a continuação de um estado restrito de alcance limitado e de repetição neurótica. Diríamos que dentro dessa visão da teoria das transformações, tornam-se identificáveis diferentes e diversas evoluções tanto do analista como do analisando, presentes no processo analítico (transformações), com diferentes funções e objetivos.

Podemos conceber interpretações-formulações que visem tanto veicular um conhecimento sobre o analisando, como salientar as resistências presentes; interpretações que provoquem mais angústia por abrirem novos caminhos, ou que tranqüilizem e satisfaçam por reassegurar a ambos (analista-analisando), mantendo o processo sob controle, sem ultrapassar a barreira do conhecido. É concebível também a idéia de uma interpretação que alcance e ponha em palavras o nunca antes formulado, T -> O.

Uma outra possibilidade seria este nunca antes formulado ser captado apenas intelectualmente, o que produziria um movimento de O -> K. Se for possível o alcance a esse novo conhecimento por meio de um "vir a ser" (becoming), poderíamos então supor que houve uma revelação acompanhada de conhecimento K↔O.

Aparentemente a idéia de considerar as evoluções e transformações do analista e do analisando como fluxos constantes, que podem vir a ser partilhados e comunicados, pode parecer tentadora e falsamente facilitadora. Como podemos ver pelas questões colocadas acima, é extremamente difícil e improvável dividir o trabalho da dupla analista-analisando, como se a um coubesse uma tarefa da qual o outro está excluído. Além do mais, estaríamos esquecendo as dificuldades inerentes à tarefa, ou seja, estaríamos ignorando a função e importância das resistências, tanto no analisando como no analista.

Acreditamos que não estamos equivocados ao atribuir a Bion a origem destas colocações. "O que importa," diz ele, "é aquilo que nós, analista e analisando, ainda não vimos" (pág. 77, 1978). A idéia de ver juntos, de alcançar e partilhar um novo conhecimento, seja intrapsíquico, seja em nível intersubjetivo, é o que de fato prevalece na aproximação de Bion à psicanálise.

O título desta apresentação, "Interpretação: Revelação ou Criação?" chegou a nós acompanhado de uma outra pergunta: Seria Bion um típico autor Kleiniano, um entre outros? Sua teorização marca alguma ruptura com a sua escola de origem?

O pensamento de Bion, como já dissemos, foi determinante de muitas mudanças de direção tanto no pensamento teórico como técnico da escola Kleiniana, e é responsável por grande parte das idéias presentes nos trabalhos dos autores Kleinianos atuais que poderíamos chamar de neo-Kleinianos. Bion abriu uma enorme brecha ao propor que o modelo do aprender com a experiência psicanálitica aproximava-se do modelo de uma mãe com seu bebê.

Ao formular a noção de "reverie": a função que uma mãe desempenha ao lado de seu bebê e a noção de continente-contido, ofereceu-nos a oportunidade de olhar e considerar a relação analítica como uma relação a dois, onde um busca junto ao outro e através das manifestações do outro, tornar possível o alcance a algum nível de compreensão e de significação da experiência emocional vivenciada. A contenção, a capacidade para refletir e conjeturar, a possibilidade de ser um continente que se oferece para que as idéias possam evoluir, aponta sem dúvida para a importância da comunicação e da troca intersubjetiva e intrapsíquica.

Sendo o analista uma espécie de processador, desde que é na transferência que um contínuo fluxo permite a intersubjetividade do processo analítico evoluir, cabe a ele metabolizar, transformar junto a seu analisando, contando com as contribuições deste. O analisando, por outro lado, contribui com suas transformações, associações e fantasias. Em 1977 e 1978, em seus seminários em New York e em São Paulo, Bion nos propõe: "O paciente sabe muito mais sobre o que é o sentir igual a ele ou ela do que qualquer analista. Então é importante trabalhar com base no fato de que o melhor colega que você jamais poderá ter - além de você - não é um analista ou um supervisor ou seus pais: é o paciente. Esta é a única pessoa em quem você pode confiar que está de posse do conhecimento vital ... O ser humano é um animal que depende de um par. Em análise o par é temporário"...(pág. 95, 1978).

Acreditamos que neste ponto Bion rompe com o que foi chamado de "sua escola de origem". A ruptura, sem dúvida, liga-se à postulação de um clima de maior liberdade, de troca, onde as funções não estão delimitadas como tradicionalmente, "ao analisando associar, ao analista, interpretar".

Do nosso ponto de vista, não basta a Bion a proposta Kleiniana de buscar na interpretação, que o analisando possa recuperar e integrar em seu mundo emocional psíquico, aspectos que haviam sido expelidos pela identificação projetiva, alcançando condições específicas da posição depressiva para a elaboração e a integração destes elementos, permitindo ao desenvolvimento seguir seu curso. Não basta a idéia de decodificação e muito menos a de reconstrução do passado.

De fato, Bion em "O Aprender da Experiência" e em "Second Thoughts", desenvolve seu pensamento na direção que foi mais privilegiada pela escola Kleiniana. Mas Bion prossegue. Vai privilegiar o movimento, a investigação, vai atrás dos fenômenos alucinatórios e oníricos como sendo elementos reveladores de um funcionamento mental que parece então ser muito mais freqüente do que se poderia imaginar. A dinâmica PS↔PD, com a seta nas duas direções irá caracterizar o movimento necessário, a oscilação constante e inevitável. Impossível buscar a posição depressiva (PD) como objetivo principal, como meta privilegiada. Bion, livre de qualquer pré-concepção moral, vê importância tanto na posição depressiva, como na posição esquizo-paranóide. A semelhança da relação analítica onde o vínculo, a "caesura" é enfatizado, no mundo mental são a relação e o movimento entre PS↔PD que irão possibilitar o desenvolvimento e o crescimento. O progresso será medido pela variedade e freqüência de movimentos entre as diferentes posições.

Bion descreve a tarefa do analista como sendo semelhante a de um oficial no campo de batalha: este precisa manter sua mente em condições para pensar, no meio de uma tempestade emocional. Isto, diz Bion, só pode ser esperado de alguém que se tornou uma "feeling person", alguém sensível, capaz de partilhar a experiência emocional mesmo quando esta se caracteriza por uma tempestade, mantendo-se em condições para pensar.

As formulações, as evoluções que podem surgir deste encontro analista-analisando, serão sempre sobre o que se passa *entre* e *com* estes dois participantes e não apenas *sobre* o analisando. Essa proposta muda completamente a atmosfera de uma sessão psicanalítica e, nos arriscamos a dizer, altera fundamentalmente preceitos teóricos e técnicos tidos como "tradicionais".

Parece-nos que a psicanálise contemporânea, assim como o próprio Bion fez no final de sua vida, vem tentando encontrar uma maneira de considerar as novas contribuições propostas sem, no entanto, desconsiderar abandonar o genial trabalho que tem sido desenvolvido até agora no campo analítico.

III

Relendo o texto que terminamos de elaborar, percebemos que este acabou por se constituir em um texto árido, talvez teórico em demasia, correndo o risco de tornar-se desinteressante para os leitores e ouvintes. Numa tentativa de recuperá-los, voltemos ao espelho de Freud e de Lewis Carroll.

Para Freud o modelo do espelho aponta para a importância de uma atitude de neutralidade no analista, quem precisaria revelar ao analisando sua própria imagem. A interpretação dentro desse modelo deveria versar *sobre* o mundo interno do analisando apontando para as resistências, buscando reconstruir os acontecimentos passados, levantando a repressão, enfim tornando consciente o inconsciente.

Em Lewis Carrol, o modelo do espelho sugere a idéia de atravessar, de penetrar a superfície, o que pode ser visto como uma passagem entre dois universos, o real e o não real.

"Oh, Kitty, que bom seria atravessar para dentro da Casa do Espelho! Tenho certeza que existem coisas lindas lá dentro. Vamos fazer de conta que há uma maneira de atravessar Kitty. Imagine que o espelho tenha ficado todo macio como gaze, e assim se pode atravessá-lo. Ora essa, ele está se transformando numa espécie de névoa, juro! Seria bem fácil atravessar ... E de fato, o espelho estava começando a dissolver-se, como se fosse uma brilhante névoa prateada. No momento seguinte Alice passava através do espelho e saltava de leve no chão da Casa do Espelho" (pág. 143, A Casa do Espelho).

A "Casa do Espelho" nos sugere o tema sonho-dentro-do-sonho. Acreditamos que é exatamente o que a psicanálise propõe à dupla analítica: uma mãe (analista) que não se permita ser habitada e tomada internamente pelo seu bebê não poderá oferecer ou, pelo menos, contribuir para que ele alcance uma identidade psicológica, um mundo psíquico onde a possibilidade das representações simbólicas seja uma alternativa. Ser penetrada, habitada, é uma forma de viver no vínculo, a pressão da angústia, a busca de palavras e representações, que possam significar e nomear a experiência vivenciada.

Uma outra forma de considerar o tema do Espelho de Lewis Carroll e aproximá-lo às idéias de Bion, seria vê-lo (o espelho) como uma representação metafórica da "barreira de contato". A relação entre consciente/inconsciente, entre tudo aquilo que é conhecido, com o ainda desconhecido, sem fim, nos remete às questões da permeabilidade e dinâmica da barreira de contato. Para que haja uma evolução e uma formulação possa ser construída, é necessário transitar, permitindo a emergência e a representação de novos conteúdos. Nesse sentido, tanto analista como analisando precisam de permeabilidade suficiente em sua relação intrapsíquica para poder *transitar* dentro do possível nesses dois universos em oscilação. Estaria a psicanálise dissolvendo seus postulados básicos, alterando seus fundamentos teóricos, deixando-se envolver por posturas pouco precisas, desviando-se exageradamente para a subjetividade e para a relativização do saber? Isso seria desastroso, pois nos levaria a dissolução do nosso conhecimento.

Mas, e se fosse possível pensar que talvez grande parte das exigências e propostas técnicas psicanalíticas se constituem em uma grande "construção paramnésica" (como nos alertaram Freud e Bion), buscando com seus preceitos e regras escapar de tudo aquilo que Bion nos aponta a todo instante? Escapar da nossa ignorância, da enorme turbulência e angústia que o contato com o mundo emocional gera? Fazendo-nos crer que alcançamos uma verdade inquestionável que precisamos defender? E não estaria a psicanálise dessa forma, se transformando mais numa religião cheia de rituais, em lugar de preservar e expandir suas possibilidades de investigação do mundo psíquico emocional, como nos ensinou Freud? Não estaria Lewis Carroll, por meio da produção ficcional literária, apontando para o mesmo fenômeno?

"Era uma vez uma coincidência que saiu a passeio em companhia de um pequeno acidente. Enquanto passeavam, encontraram uma explicação, uma velha explicação, tão velha que já estava toda encurvada e encarquilhada, que mais parecia com uma charada" (pág. 26, A Casa dos Espelhos).

Analista-analisando, unidos pelo acaso, saem juntos em busca de alguma explicação, algum conhecimento. Não só a explicação encontrada pode ser velha e portanto de pouca utilidade. Ela pode ter se transformado numa charada, que os dois, analista e analisando, estarão incumbidos de investigar. Nenhum dos dois tem a solução, não há resposta certa ou errada. O que persiste e prossegue é o passeio, a companhia e o contato com os acidentes da experiência, que podem e precisam ser observados e elaborados. Um vértice apenas de escuta, se fosse o único, causaria uma relação que se desdobraria esterilmente sobre si mesmo. A escuta do que o analisando diz (ou não diz) como algo que descreve continuamente o acontecer entre as duas mentes na sessão, é um vértice que permite compartilhar e alcançar junto com o analisando a evolução da relação.

Percebemos que um dos modelos que propusemos até aqui, de certa forma pode ser considerado provocativo: "o melhor colega que podemos ter é nosso analisando". Não por ser ele/ela nosso terapeuta ou supervisor, não por serem os papéis confundidos, mas, sim, porque apenas nossos próprios analisandos podem nos ajudar a compreender e captar a experiência emocional em curso. Essa proposta de Bion, sem dúvida perturba e altera o modelo interpretativo tradicional, que, como sabemos, se apóia na metáfora cirúrgica e na metáfora do analista como espelho refletor. A construção de um novo conhecimento impõe-se como meta a ser considerada, embora saibamos de antemão que este nunca será totalmente alcançado.

REFERÊNCIAS BIBLIOGRÁFICAS

1. BARANGER, M. & BARANGER, W. (1969). *Problemas del Campo Analítico*. Buenos Aires: Ed. Kargieman.

2.   & MOM, J. (1983). *Process and non process in analytic work*. Int. J. Psychoanal., 64: 1-15.

3. BION, F. (ED.) (1992). *Cogitations*. London: Karnac Books.

4. BION, W. R. (1965). *Transformations*. London: W. Heinemann.

5.   (1967). *Second Thoughts*. London: W. Heinemann.

6.   (1970). *Attention and Interpretation*. London: Tavistock.

7.   (1978/1980). *Four Discussions with W. R. Bion and Bion in N. Y. and S. Paulo*. São Paulo: Ed. Imago, 1992.

8. BRITTON, R. (1992). Keeping things in mind. In *Clinical Lectures on Klein and Bion*, ed. Robin Anderson. London/New York: Tavistock/Routledge.

9.   & STEINER, J. (1994). *Interpretação, fato selecionado ou idéia superestimada*. Livro Anual de Psicanálise, 10: 105-14.

10. CANESTRI, J. (1994). *Transformações*. Livro Anual de Psicanálise, 10: 115-28.

11. CARROLL, L *Aventuras de Alice: No País das Maravilhas, Através do Espelho e o que Alice Encontrou lá, e outros Textos*. São Paulo: Ed. Summus, 1980.

12. EIGEN, M. (1985). *Toward's Bion's starting point: between catastrophe and faith*. Int. J. Psychoanal., 66: 321-30.

13. ETCHEGOYEN, H. (1987). *Fundamentos de Técnica Psicanalítica*. Porto Alegre: Artes Médicas.

14. FERRO, A. (1995). *A Técnica na Psicanálise Infantil*. Rio de Janeiro: Ed. Imago.

15. FIGUEIRA, S. A. (1996). *A Clínica do Analista* (Trabalho apresentado em Reunião Científica, São Paulo, SBPSP, 25 abr. 1996. Não publicado)

16. FREUD, S. (1900). *The interpretation of dreams*. S.E. 4.

17. _____ (1912). *The dynamics of transference*. S.E. 12.

18. _____ (1914). *Remembering, repeating and working through*. S.E. 12.

19. _____ (1937). *Constructions in analysis*. S.E. 21.

20. GEDO, J. (1979). *Beyond Interpretation: Toward a Revised Theory for Psychoanalysis*. New York: Int. Univ. Press.

21. GLOVER, E. (1931). *The therapeutic effect on inexact interpretation: a contribution to the theory of suggestion*. Int. J. Psychoanal., 12: 397-411.

22. HEIMANN, P. (1950). *On counter-transference*. Int. J. Psychoanal., 31: 81-4, 1961.

23. FELDMAN, M. & SPILLIUS, E. B. (EDS.) (1989). *Psychic Equilibrium and Psychic Change: Selected Papers of Betty Joseph*. London/New York: Tavistock/Routledge.

24. LACAN, J. (1976). *Algunas reflexiones sobre el yo*. Rev. Urug. Psicoanal., 14(2): 175-86.

25. KLEIN, M. (1921). *Contribuições à Psicanálise*. São Paulo: Mestre Jou, 1970.

26. MALCOLM, R. (1986). Interpretation: The Past in the Present. In *Melany Klein Today*, Vol. 2, ed. Elizabeth Bott Spillius. London/New York: Tavistock/Routledge, 1988. pp. 73-89.

27. MELTZER, D. (1988). *The Apprehension of Beauty*. Strath Tay: Clunie Press.

28. MODELL, M. (1984). *Psychoanalysis in New Context*. Madison: Int. Univ. Press.

29. _____ (1991). *A confusion of tongues or whose reality is it*. Psychoanal. Q., 60: 227-44.

30. _____ (1993). *The Private Self*. Cambridge: Harvard Univ. Press.

31. NOSEK, L. (1996). *Construção da Representação* (Trabalho apresentado no II Encontro Aberto de Psicanálise, Curitiba. Não Publicado).

32. O'SHAUGHNESSY, E. (1983). Words and working through. In *Melany Klein Today*, Vol. 2, ed. Elizabeth Bott Spillius. London/New York: Tavistock/Routledge, 1988. pp. 138-51.

33. (1994). *O que é um fato clínico?* Livro Anual de Psicanálise, 10: 23-32.

34. PICK, I. (1985). Working through the counter-transference. In *Melany Klein Today*, Vol. 2., ed. Elizabeth Bott Spillius. London/New York: Tavistock/Routledge, 1988. pp. 34-47.

35. (1995). *Analysing real issues in the analysand's life.* Scandinavian Psychoanal. Rev., 18(2): 131-45.

36. ROBUTTI, A. & MOMIGLIANO, L. (1992). *Shared Experience: the Psychoanalytic Dialogue.* London: Karnac Books.

37. SEGAL, H. (1987). *Silence is the real crime.* Int. Rev. Psychoanal., 14: 3-12.

38. (1991). *Dream, Phantasy and Art.* London: Hogarth Press.

39. SHAFER, R. (1983). *The Analytic Attitude.* London: Hogarth Press.

40. SPENCE, D. (1982). *Narrative Truth and Historical Truth.* New York: W.W. Norton.

41. (1987). *The Freudian Metaphor.* London.

42. STEINER, J. (1985). The interplay between pathological organizations and the Paranoid-Schizoid and Depressive positions. In *Melany Klein Today, Vol. 1*, ed. Elizabeth Bott Spillius. London/New York: Tavistock/Routledge, 1988. pp. 324-42.

INTERPRETAÇÃO: REVELAÇÃO OU CRIAÇÃO?

FORMULAÇÃO PSICANALÍTICA

Cecil José Rezze*

Revelação, na interpretação, será a do inconsciente? (como resumido logo a seguir).

Criação, na interpretação, incita-nos a termos criatividade, pelo menos uma nesga dela. Assim, tentaremos examinar alguns problemas que dizem respeito a relação entre idéia e emoção, quanto à interpretação psicanalítica e, particularmente, desenvolver o campo das emoções, sem perder de vista que esta divisão é um artifício e que temos que lidar com o todo. É neste ponto que supomos estar dando alguma contribuição ao tema.

Interpretação é formulação que exprime idéia, formulação de pensamento, que abrange outras idéias e emoções.

Atenhamo-nos à interpretação psicanalítica, considerando-a desde os inícios da psicanálise até a completude da primeira teoria tópica. É parte do método psicanalítico, utilizado no processo psicanalítico de cura, que permite que uma representação que fora recalcada para o inconsciente emerja para o pré-consciente e consciente, ou seja, sendo relembrada, permita memória e reintegração nas cadeias associativas do paciente.

A interpretação permite acesso ao sonho, reconhecendo-o como manifestação de desejos inconscientes que são satisfeitos através do trabalho onírico que o mascara, manifestando conexão profunda com os impulsos ou instintos ("trieb") sexuais na sua relação com o Complexo de Édipo (1900). Nas neuroses surge uma solução de compromisso permitindo o surgimento do sintoma que, com meios apropriados, permite a interpretação dentro das concepções expostas acima.

A situação se complica com os desenvolvimentos freudianos em "Além do Princípio do Prazer" (1920), "O Ego e o Id" (1923) e "O Problema Econômico do Masoquismo" (1924), quando da formulação de instintos de vida e de morte, a interpretação como até aqui vigente já não dá conta de sua função. Ela continua sendo aplicada aos conflitos entre Id e Ego com dois complicadores. O primeiro é que o Id contém instintos também de morte que, por não alcançarem representação, são inacessíveis à interpretação (sonhos traumáticos (1920) que contradizem

---
* Membro Efetivo e Analista Didata da Sociedade Brasileira de Psicanálise de São Paulo.

a teoria clássica dos sonhos; reação terapêutica negativa (1937) onde "triunfam os maiores batalhões"- instintos de morte). Ainda assim os analistas continuam usando a interpretação para as situações neuróticas, praticamente tornando Id e impulsos sexuais (que se opunham aos impulsos de conservação, na primeira teoria tópica) sinônimos. Há uma queixa amarga de Freud a este respeito ("Análise Terminável e Interminável", 1937a), assinalando que os analistas não aceitaram os instintos de morte e sugerindo que, a esta luz, toda a psicanálise precisaria ser revista. O segundo complicador é que o Ego tem uma parte inconsciente, embora inconsciente e consciente sejam agora qualidades.

As vicissitudes do conceito de interpretação não cessam. Surgem "Construções" (1937b) que permitem a formulação que não depende de rememoração por parte do cliente, mas que faça sentido para o mesmo. Interpretação seria algo mais restrito e construção mais abrangente.

Como vemos, o conceito vai perdendo especificidade e significação dentro do sistema freudiano.

Com os desenvolvimentos kleinianos esta situação se acentua.

Melanie Klein, partindo do trabalho com crianças pequenas (1955), às vezes psicóticas, com grande inibição e, mesmo, acentuada depressão e usando a técnica do brincar, que ela equipara a associações livres de idéias, desenvolve o estudo da mente primitiva, que lhe permite extensas contribuições no campo das psicoses.

Cisão em lugar de recalcamento (que será considerado nos desenvolvimentos posteriores da personalidade), instintos de vida e de morte (estes surgindo em sua deflexão para o objeto, indicando a existência de ego desde os primórdios do desenvolvimento pós-natal), deslocamento do surgimento do conflito edípico dos três aos cinco anos para o primeiro ano de vida e depois para três a seis meses, conceitos de posição esquizoparanóide e depressiva, formulação dos conceitos de identificação projetiva e introjetiva, desenvolvimento dos conceitos de inveja e gratidão, fazem com que o sistema kleiniano traga notáveis problemas aos conceitos de interpretação e transferência (1946, 1952 b, 1957).

A transferência, que fora enfatizada no sentido de negativa (1955), quando do desenvolvimento do conceito de sadismo, passa a ser pensada "em termos de situações totais, transferidas do passado para o presente bem como em termos de emoções, defesas e relações de objeto", em que retém os mecanismos primitivos de desenvolvimento mental (1952 a).

Embora Melanie Klein continue usando o termo interpretação, parece-nos que ela usa na realidade construções, o que parece muito evidente com o caso Richard (1961).

Este rápido apanhado sobre as teorias de Freud e Klein visa demonstrar que o termo interpretação acha-se sobrecarregado de significados conceituais, perdendo sua especificidade, sem considerar contribuições psicanalíticas de outros autores.

Esta situação é conhecida no campo do conhecimento humano. Muitas vezes uma teoria ou conceito não dá mais conta dos problemas que se acumularam na sua área, porém vai sendo usada até que uma nova teoria possa enfeixá-los em uma nova visão. Enquanto isso a teoria inicial vai recebendo sufixos, afixos, adjetivos qualificativos variados para atender à precária situação.

FORMULAÇÃO

Usaremos o termo formulação psicanalítica ao invés de interpretação psicanalítica. O correr do trabalho trará esclarecimento do conceito, esperamos.

Contribuições de Bion serão essenciais.

Consideraremos a situação edípica como elemento central, para o trabalho que estamos desenvolvendo, porém diferindo do conceito de Complexo de Édipo, conforme vastamente examinado na literatura antiga até a mais recente (Britton, Feldman e O'Shaughnessy).

O mito edípico será relacionado aos componentes horizontais da grade de Bion (1963) e, de forma diferente, com o eixo psicogenético (eixo vertical). Acentuaremos a diferença entre a grade para examinar Idéia e para exame de emoções (1963). É nesta área que acreditamos estar dando alguma contribuição e, para prosseguir, usaremos algumas situações clínicas.

SITUAÇÕES CLÍNICAS

(Faremos as descrições clínicas na primeira pessoa do singular.)

Primeiro Bloco

O cliente retomava o trabalho depois de um certo tempo de interrupção. Sua maior queixa era o tédio e era perceptível a dor como algo evidente; além disso apresentava ânimo deprimido.

Em certos momentos, podia-se observar que lhe faltavam (neste tédio vital, nesta dificuldade para viver) elementos para poder desenvolver, quem sabe, idéias, fantasias, certos sentimentos ou até mesmo alucinações mais ou menos, adequadas as suas necessidades. Tais observações sugeriam que um desastre tivesse ocorrido muito precocemente em seus processos mentais.

O paciente é estrangeiro, homem de uns cinqüenta anos, nascido na Alemanha, mas que na infância se deslocou durante a guerra para a França ocupada, tendo esta como sua segunda pátria e, mais tarde, tendo vindo para o Brasil com a idade de dezessete anos. Embora eu o tivesse encontrado numerosas vezes, neste dia observei que, ao falar, sua voz soava como se fosse de marionete. Aquela voz que tem uma certa distorção, não é de um personagem real: se é o pai da mocinha tem um som, se é a mocinha tem um outro som, há sempre uma certa imitação daquilo que é o personagem real. Esta voz de marionete dava a impressão de que a dificuldade estava envolvida na emoção. Isto foi comunicado ao paciente da forma que julguei apropriada. Um pouco antes ou em seqüência a isto, o paciente fazia uma observação de que se sentia mais vivo, tinha interesse em conversar com as pessoas e mudava o seu estado quando falava em língua francesa. Ênfase era dada ao fato de que ele, com muita dificuldade, podia sentir-se vivo, manifestando-se, sentindo emoções. Ele referia-se ao local de trabalho mais ou menos da mesma forma. Nesta mesma sessão ou logo em seguida, narra um sonho em que um homem de pênis ereto passa-o sobre ele e observa se tem ereção ou não (não ficando claro se ele tem ou não). Este pênis não é passado no sentido de violência ou até mesmo de sexualidade, tinha um certo caráter cordial ou afetuoso, algo assim. Um pouco mais adiante na sessão, o paciente refere uma mulher que foi pedir os préstimos dele e ele se interessou em atender. Procurou ajudar e pôde prestar auxílio e os dois se entenderam bastante. Como ele diz, muitas vezes, ele tem interesse em mulher, gosta muito da companhia feminina, só que qualquer pensamento, qualquer intenção sexual nunca surge com mulher, sempre surge com homem, mais explicitamente com o pênis que quer chupar ou com a "bunda" (não o ânus).

O que é notável, quando o paciente entra em contato comigo e eu acentuo a voz de marionete, é uma situação profunda de transtorno (Rezze, 1988).

Segundo Bloco

No terceiro bloco faremos a narrativa de uma sessão inteira de uma cliente, porém, antes, creio ser necessário alguns fragmentos de sessões anteriores, não para dar compreensibilidade ao material clínico, mas para que este não pareça ao leitor "descarnado" e desconectado.

Início De Uma Sessão

Ao encontrar a cliente na sala de espera, creio perceber um alvoroço interno e a seguir, ao entrar, ela desvia o olhar de mim para o canto inferior da parede e, assim, entra na outra sala.

Como fica em silêncio e parece-me um pouco ansiosa faço-lhe uma observação como a descrita acima e ela, então, fala.

"Eu sei que você já está cansado disto, mas é a cor da sua roupa que é igual a minha". A cliente num misto de alegria, ansiedade, felicidade ainda descreve como fez a escolha da roupa e como deu tudo certo. Ela a seguir comenta que é uma situação infantil e insignificante, não sabendo como fica tão entusiasmada com tudo aquilo, achando mesmo tudo muito ridículo.

O seu humor muda, fica recriminante e tenho a impressão que ela faz um **incitamento** a que eu a repila.

Opto por dizer o que foi dito logo acima, acrescentando que ao viver próxima de mim na percepção das cores iguais, ela se sente contente e em continuidade comigo. Isto é algo que ela não tolera em si mesma quando está meio dividida e observa o fato. Mas quando ela se envolve com estes sentimentos próximos é que ela vê graça na vida, se sente estimulada, quer produzir e muito mais.

A cliente parece não atentar propriamente ao que eu falo — ao significado — ela faz um uso próprio e assim continua, agora dentro de um sentimento de bem estar e satisfação.

"Ah! Que vontade de sentar no seu colo e ficar bem agarradinha ao seu pescoço!"

A cliente não age no propósito sugerido, mantém-se deitada no divã, com expressão de alegria e satisfação, não sugerindo alguma proposta sexual no sentido de um homem e uma mulher adultos.

Parte de uma Sessão (possivelmente da anterior)

A cliente prossegue aproximadamente no mesmo clima emocional anteriormente descrito ("...sentar-se no colo...").

Acho oportuno trazer à paciente uma consideração de como aquele estado se passa, em que eu estou em continuidade com ela, em que tudo é um mundo de ventura e bem estar para ambos, embora, para mim, na verdade, eu precise estar à disposição para o uso que ela faz e dividido para atendê-la e compreendê-la e que o mesmo não é possível por parte dela. É uma relação muito assimétrica.

A cliente muda de atitude, se mostra arrogante e altiva, começando a descrever de maneira peremptória a brutalidade de um familiar seu. Tento lhe falar e ela se torna violenta e mais arrogante.

Eu assinalo estes fatos, particularmente esta mudança repentina na atitude para comigo.

A sessão prossegue um pouco mais e, então, ela hesita e diz: "É que eu odiei o que você falou".

Parte, talvez, de outra Sessão

A cliente através de algum episódio semelhante ao relatado anteriormente tem vontade de sentar no meu colo e se abraçar comigo.

Há muitos anos ela vem à análise e só atualmente surgiu o que se segue.

A cliente fica muito perturbada e me diz que além de sentar no meu colo e se abraçar comigo, fez a idéia de que eu pusesse as mãos por baixo da sua calça e diz ter ficado excitada.

Imediatamente e sem perceber cobre, com a jaqueta, parte do peito (vestido com blusa sem decote).

A seguir parece romper contato emocional com o fato e inicia narrativa sobre problemas familiares.

Terceiro Bloco — Uma Sessão

Nos primeiros movimentos a cliente diz que iria, como de hábito, dizer como a cor de minha camisa é igual a sua e ficar nestes agradáveis sentimentos. A seguir, ela abandona esta linha e passa a reclamar acerbadamente de um familiar seu.

Assinalo esta mudança.

Ela faz referência a um sentimento para comigo, diz que "está um perigo" (fala de maneira excitada e empolgadamente) e logo começa a narrar.

"Eu estava estacionando o carro e do meu lado estava um homem em outro carro. Era mais ou menos da minha idade e me interessou (ela não diz bem assim, a sua fala é mais evasiva, mais indiscriminada). Nós fomos abrir a porta. Aí ele me esperou e eu o esperei e ficou aquela coisa (há uma sugestão de interesses recíprocos). Logo acrescenta. Quase uma trombada. Eu fui para o elevador e ele me esperou passar e foi atrás de mim. Ficamos esperando e eu notando bem o homem, mas ele ficou na dele, não falou nada. Eu não agüentei, comecei a falar que o elevador estava demorando. Ele fez... assim... O elevador chegou e eu engatei o mesmo assunto com a ascensorista".

Eu pergunto se percebe que ela havia deslocado aquilo que era um sentimento que estava vivendo comigo para a narrativa com o homem.

Ela faz que sim e eu tenho a impressão que de fato percebe.

Prossigo dizendo que ela estava interessada em mim mas não suportou a proximidade do afeto. Mas podemos também acompanhar tomando o que ela conta, que se assustou com o homem, pois ela fala de uma trombada, e o interesse aparentemente sexual não pode prosseguir diante disto e do perigo ("estou um perigo") possivelmente dos pródromos, dos pródromos, dos pródromos da sexualidade que ameaça aparecer.

"O pior é que é assim mesmo como você fala?"

"Então você quer ver como é isto aí da porta que você fala?"

Ela diz que sim. É preciso anotar que estas falas ocorrem num ambiente de muita liberdade e franqueza, da parte dela e da minha, e são muito informais. É mais um colóquio.

"É assim como um passarinho começa a voar atrás de outro, um boi começa a rodear uma vaca no pasto; os gatos à noite fazem aquela gritaria, aquela barulheira; uma abelha, um passarinho pousa no interior de uma flor e suas patinhas levam o pólen do androceu de uma planta para o gineceu de outra... Você daria um nome para o que eu estou descrevendo?"

Ela está muito interessada e atenta, mas não parece ocorrer-lhe nenhuma sugestão e então prossigo: é a corte?

Ela comenta: "que palavra mais antiga, parece do tempo de minha avó". Há uma quebra no clima afetivo que existia anteriormente.

Assinalo o fato anterior e que ela desloca aquilo que está presente para o passado, desvalorizando e anulando aquilo que estava presente.

Logo a seguir ela prossegue.

"Vi um filme do Woody Allen em que aparece com a filha. Achei nojento". Eu não entendi a que ela estava se referindo e pedi esclarecimentos. Informa-me que é um filme sobre Woody Allen, protagonizado por outro artista onde este aparece em cenas de sedução com outra artista protagonizando a filha (na vida real filha adotiva dele e Mia Farrow, entre treze filhos adotados, e que gerou escândalo público), em que a mesma aparece se despindo. "E ela gostava" (da sedução).

Faço referência a ela não ter filho homem, para poder apreender certo tipo de experiência.

Parece não fazer sentido o que eu dizia e, então, faço referência ao episódio com o namorado da filha. Ela vivamente se contrai no divã, se surpreende, se anima, se excita como que com vergonha e se lembra de outro pretendente da filha, pelo qual tanto se animava, ao ponto da filha por mais de uma vez dizer que era ela quem queria casar com o rapaz.

Segue fazendo referência ao vestido que experimentara e do qual tanto havia gostado (vestido decotado com o qual ela em geral se sente muito mal e no caso, excepcionalmente, sentiu-se bonita e bem vestida) e agora decidira fazer outro. Ao conversar com a filha e mostrar como seria o vestido, "fechado até o pescoço", a filha a censura e sugere que ela devia fazer um belo decote como aquele que ela havia gostado anteriormente.

Eu comento que a sugestão pode ser dada mas é difícil segui-la porque ela é diferente da filha que usa, possivelmente, vestido decotado e se sente bem.

Ela acrescenta quanto a filha é bonita e graciosa e que está mandando fazer um vestido tomara-que-caia assim (passa a mão no peito indicando a posição).

Então, prossigo, é preciso que a pessoa esteja à vontade com o vestido, com o peito que aparece no decote, com o corpo, com os sentimentos que pode despertar em homem e mulher e não adianta ela lhe dar o conselho se você não tem como efetivá-lo, se você tem medo dos sentimentos que pode despertar, tem vergonha de mostrar o corpo que sente deformado.

Ela intervém. "Você sabe que eu não estou mais me sentindo assim. Parece que eu tenho alguma coisa para mostrar, para dar, e não é apenas no corpo".

Comento: "Bem, então aparece a **confiança**."

"Depois que nós tivemos a nossa última sessão, em que eu pude viver mais aquelas impressões (creio referir-me ao fato de ter manifestado sentimentos e sensações sexuais), me lembrei de uma história que um amigo me contou. De um rio que fora desviado de seu curso e em cujas margens não crescia nenhuma vegetação. Depois ele retornou ao curso anterior e toda a vegetação voltou a florescer. Eu me sinto assim, parece que você tendo a paciência que você tem comigo, me permite achar que eu possa me encontrar e viver melhor, como já estou vivendo".

Comento."Parece que a sexualidade se tornou **esperança**."

"Sabe, ontem, quando saí daqui, quase voltei para agradecer a você. Parece que eu estou tendo iniciação na minha própria sexualidade, da qual tenho tanto medo e vergonha. Eu acho que, estes anos todos, só você mesmo para me agüentar e ficar comigo".

Comento: "Bem, agora a sexualidade se transformou em **gratidão**."

ORDENAÇÃO CONCEITUAL

O conceito central neste trabalho é o da **situação edípica** que se apoia no mito edípico. Neste, o componente sexual da trama será entendido como se relacionando com todos os demais elementos e personagens.

Consideraremos a situação edípica como o instrumento pelo qual o indivíduo tem o conhecimento dos pais, o que lhe permitirá o desenvolvimento pessoal e inserção na cultura.

A visão que estamos considerando não se conflita com a noção de complexo de Édipo, que se originou da psicopatologia e tem campo de aplicação amplo nas neuroses.

Do nosso ponto de vista tenta atingir aquelas situações em que são perturbados os elementos anteriores ao sonho e a neurose, ou seja, estamos considerando a mente primitiva e seus aspectos evolutivos.

Neste sentido temos o **primeiro bloco**.

Observamos como nele temos caracterizados os esforços para se obter um desenvolvimento sexual adequado às necessidades do indivíduo.

Os impedimentos não se situam no campo dos conflitos sexuais, onde estes são recalcados pela censura na primeira tópica ou pelas forças do superego na segunda teoria tópica.

Os impedimentos resultam do ataque a pré-concepção edípica, ou seja, onde haveria uma situação edípica a ser desenvolvida, nós nos deparamos com os fragmentos dela. Isto significa que o indivíduo não vive o complexo de Édipo que não se resolve, mas que vive uma experiência em que o conflito edípico não é atingido. O que no material clínico poderia parecer como fantasias edipianas são, na realidade, os fragmentos de uma situação edípica que não se instalou, ou seja, os restos da pré-concepção edípica que foi precocemente destruída.

Portanto, a área de exame é a da mente primitiva e os fenômenos a observar são os de natureza psicótica, casos limítrofes ou a mente primitiva de clientes que vêm ao nosso consultório com o rótulo de neuróticos, mas que demandam uma investigação mais profunda.

Em sentido conceitual mais sofisticado, consideraremos como havendo um prejuízo da função α e que os elementos α formados aparecem destruidamente como objetos bizarros, que são indicativos da prevalência de elementos β. A atividade do paciente mais caracteriza a formação de uma tela β.

Prossigamos com o **segundo bloco** que considerávamos como uma situação intermediária entre a primeira e terceira.

Estabelece-se, na relação com o analista, uma vivência fusional de satisfação da qual ela tem percepção através de certo grau de cisão em sua personalidade.

Esta cisão não é aquela que determina um conflito psíquico como, por exemplo, na neurose.

Esta cisão está ligada a uma recusa em aceitar parte de si própria.

Observa-se que com a intervenção do analista, nós não obtivemos uma cisão que coloque parte da personalidade à disposição da análise.

Notamos que a observação do analista não ganha significado, porém, serve de poderoso estímulo a um estado de gratificação alucinatória que atinge dois propósitos. Um é o de negar a existência real do analista e outro é negar a dor que o conhecimento da realidade psíquica poderia desencadear, portanto, nega realidade psíquica.

Este fato é importante no sentido de que **uma interpretação no sentido usual não pode operar**. Daí assinalarmos o uso do termo **formulação** que atende à elasticidade que precisamos ao nos comunicarmos com o cliente.

É preciso, portanto, evitar equívocos, pois o instrumento necessário para que o cliente opere não está disponível. Vemos pelo tipo de emoção fusional que **não** está em ação a fantasia sexual que implicaria num desenvolvimento genital.

Ao utilizar o termo **formulação** temos em vista as falas do analista que permitiriam o desenvolvimento do instrumental que falta ao cliente: desenvolver ou restaurar o uso dele, caso tenha havido destruição anterior.

Portanto, do nosso ponto de vista, não estamos na área do recalcamento atribuíveis à censura ou ao superego.

Há certa permeabilidade da cliente quando ela pode explicitar que odiou a observação do analista. Em geral, este ódio não é de seu conhecimento e a cliente opera na crença de um desentendimento raivoso com o analista.

Como vemos, a área considerada é de mecanismos mentais poderosos e que levam à cisão violenta da personalidade, porém, em nível menos fragmentário do que ocorre no primeiro bloco referido anteriormente, onde a "voz em marionete" indica um estado muito destruído ou não construído da personalidade.

Podemos mesmo observar que surge a fantasia de que o analista tem desejos em relação à cliente e a sua sexualidade se manifesta por excitação.

Também ocorre que as reações são violentas, caminhando outra vez para negação da realidade psíquica. Porém, a sexualidade que desencadeia excitação se insere em uso que caracteriza uma ação psíquica e não uma "atuação" ("acting-out"). Este fato é importante porque o consideramos fator de desenvolvimento mental.

Agora praticamente nos encaminhamos para o **terceiro bloco** que pode ser considerado evolutivo em relação ao segundo.

Como eixo central deste bloco e do trabalho temos a citação do analista do aparecimento "dos pródromos, dos pródromos, pródromos da sexualidade".

Tal citação organiza o nosso pensamento ao considerar um estado em que a **situação edípica** se apresenta em fragmentos, como no primeiro bloco e, no segundo bloco, vai transicionalmente se formando como para se cristalizar no terceiro.

No primeiro bloco não temos os conflitos do complexo de Édipo, pois temos os fragmentos de uma situação edipiana que não se formou. Então, não é que não se resolve o complexo de Édipo, é que ele não se desenvolve e conseqüentemente não estamos na área do recalcamento.

No segundo bloco temos um estado que caminha para o terceiro ao considerar os pródromos da sexualidade — linha divisória.

Vencida a linha divisória, caminhamos para a **situação edípica** em que assinalamos não só a configuração clássica sexual do complexo de Édipo, como o mito particular da cliente que se coaduna em certo momento com a figura de Jocasta, mãe e mulher de Édipo.

Os elementos que apresentamos, especialmente as associações ligadas a Woody Allen, conforme o ângulo de abordagem poderiam dar margem a que se focalizasse os problemas de recalcamento e complexo de Édipo, no vértice da psicopatologia neurótica da paciente.

O andamento de nossa visão é sobre desenvolvimento e, portanto, estamos interessados na situação edípica e seus desdobramentos.

Tentamos examinar a diferença entre um conselho, dado pela filha — usar o decôte — e ela poder executá-lo. Movia-nos tornar claro o exame dos recursos dela face a visão que tem de si própria no seu mundo interno.

Ela intervém e o analista tomou a nova linha.

"Parece que eu tenho alguma coisa para mostrar, para dar, e não é apenas no corpo".

Ao que parece, o dar está ali na relação com o analista. Consideramos que a experiência que vinha se desenrolando na sessão lhe permitiu esta intervenção ("Parece que eu tenho... para dar").

A observação do analista — "aparece a confiança" — abrange a dimensão que cobre as sensações físicas do corpo em que agora ela pode confiar, pela mudança do mundo interno e a dimensão de que a sexualidade evolveu numa transformação qualitativa de confiança. Houve uma mudança na área das idéias, que lhe permite fazer a formulação, e uma mudança na emoção, a qual denotamos com o termo confiança.

A formulação da analisanda e do analista trazem um conceito que é partilhado por ambos, mas que no contexto são pré-concepção e pré-emoção sujeitas a novas saturações pela experiência.

No próximo trecho da sessão ela trata sentimentos e sensações sexuais, que vem experimentando, como uma restauração de si própria, através da imagem do rio e no encontro com o analista o qual ela reconhece na forma de paciência, integrando-o mais à realidade.

Voltamos ao mito particular desta cliente que evolve para uma pré-concepção dos pais que possam gerar filhos da paciência e não seres deformados. Este instrumento é aquele que nomeamos de **situação edípica**, essencial ao desenvolvimento do conhecimento.

A formulação do analista — "a sexualidade se tornou esperança" — assinala a nova realização que leva a concepção, ou seja, o conhecimento do par analítico ali formado.

Este novo conceito ainda está aberto a mais saturações da cliente quando ela assinala: "... quase voltei para agradecer você. Parece que eu estou tendo iniciação na minha própria sexualidade, da qual eu tenho tanto medo e vergonha".

A sexualidade da cliente surge em suas múltiplas transformações. O conhecimento de seu medo e vergonha agora lhe propiciam iniciação. Aparece uma dimensão de ação que não se confunde com "atuação".

No campo da emoção, a sexualidade funcionando como uma pré-emoção permitiu o desenvolvimento da gratidão, agora, uma emoção. Ela se originou da sexualidade que foi se expandindo em suas **múltiplas faces** e que, na experiência emocional com o analista, se converteu em gratidão.

A pré-concepção subjacente que se desenvolveu é o da situação edípica que se nos apresentou pelos mitos particulares que a cliente desenvolveu.

FORMULAÇÃO PSICANALÍTICA

As partes anteriores deste trabalho vão dando conta de descrever como o analista opera no campo da experiência emocional com o analisando.

A experiência emocional pode ser examinada em seus múltiplos desdobramentos que podem ser extensamente seguidos através da grade nos seus eixos horizontal (usos) e vertical (psicogenético), 1963.

No correr da sessão, o analista transita por toda esta área de uma forma intuitiva e natural e selecionará o que lhe parece mais pertinente a ser tratado com o cliente. Todas as categorias tabulares serão áreas sob seu cuidado, mas particularmente o uso ψ e ação requererão especial atenção.

O uso ψ se refere a ansiedade que, não sendo suportada, determina evasão através de um elemento de falsidade. Embora o analista não opere desta forma na sessão, ele deverá perceber que toda formulação contém um elemento de falsidade e estar atento a este fato inevitável, considerando-o em sua formulação.

O uso ação deverá ser distinguido de "atuação", pois explicitar uma formulação é evidentemente uma forma de ação.

Estes fatos são importantes porque se relacionam a dois aspectos fundamentais a serem considerados. O primeiro é que o analista se move numa área que se expande para o infinito, ou seja, ao considerar o emprego do termo formulação psicanalítica estamos considerando que a oposição inconsciente e consciente não é suficiente para nosso trabalho, sendo-o quando se usa a interpretação conforme o que explicitamos no início deste trabalho. Além da oposição consciente e inconsciente necessitamos de finito e infinito. O segundo é onde se requer "capacidade negativa" para suportar o **desconhecido** no trabalho analítico e isto nos aproxima de "language of achievement" (1970) que foi traduzida para o português como linguagem que alcança, linguagem de realização ou linguagem de êxito. O analista estará sempre faceando o **desconhecido** (1991) e o que emergir da experiência entre ele e o analisando é que pode ser tomado como objeto de interesse. Disto se ocupa a formulação, termo que estamos privilegiando em lugar de interpretação.

Como realização do que assinalamos, vamos considerar o eixo dos **usos** na sua relação com o **mito edípico** conforme Bion (1963) sugere, integrando-o às situações clínicas que pudemos observar.

Usos

No eixo usos são considerados os seguintes elementos:

Hipóteses Definitórias

"Considera-se o pronunciamento do oráculo (de Delfos) que define o tema da narrativa". "A descrição do criminoso é o que se procura".

Tomemos uma hipótese definitória, buscando apoio no material clínico, quando a cliente manifesta satisfação com a igualdade das cores das roupas e depois reage assinalando o aspecto "insignificante" de tal ocorrência. O que se procura com esta narrativa, que funciona como hipótese definitória, é o conhecimento da mente primitiva.

ψ "Considera-se o adivinho Tirésias, como representando hipótese reconhecidamente falsa..."

Ao movimento anterior, em que o analista procura dar ciência dos acontecimentos realçando o aspecto assimétrico da relação, a cliente reage com arrogância e violência. Torna-se uma situação extremamente tensa pois a cliente visa negar a ansiedade que o conhecimento de seu estado mental gera.

Na obra "Édipo Rei" este momento é belíssimo, quando Édipo investiga a sua origem e o adivinho procura fugir daquela penosa situação, porém de uma forma oracular e pouco compreensível para o Rei, mas dizendo que ele é o culpado dos males que afligem Tebas. O clima de violência gerado, que sugere a Édipo uma traição por parte de Tirésias e Creonte, nega a ansiedade subjacente da verdade de que Édipo é filho e assassino de Laio.

Esta densidade de emoções está presente na sala de análise e os desastres observados na tragédia também podem ser observados no estado mental que se visualiza na análise.

Notação

"Toma-se como o registro da realização, o mito como um todo..."

Recorremos a uma sessão inteira com o cliente que assim, na sua função de notação, nos relata o mito particular que permitirá uma análise.

Atenção

"A esfinge estimula a curiosidade que, não satisfeita, acarreta a pena de morte".

Édipo decifra o enigma e salva Tebas da peste que a assolava, sendo vencedor onde diversos outros fracassaram e morreram.

Em nossa experiência a narrativa da paciente, sobre "estar em perigo" e o episódio em que quase dá uma "trombada" no homem que a interessa, surge como um episódio onde "ela está falando da curiosidade sexual" e da "violência implícita".

Indagação

"Édipo representa o triunfo da curiosidade resoluta sobre a intimidação e, assim, é usado como símbolo da integridade científica — o instrumento da investigação".

A formulação do analista "dos pródromos da sexualidade" recebem a confirmação da cliente: "você sabe que o pior é que é assim mesmo". Este momento, que consideramos como nodal em nosso trabalho, determina um giro na participação do cliente no sentido evolutivo da sessão. A psicanálise torna-se instrumento de investigação tanto para o analista como para o analisando.

Ação

Ação corresponde a algo deveras complexo. Para melhor entendê-la devemos conectá-la com o eixo vertical que ainda não abordamos, mas do qual temos elementos clínicos em abundância para considerar.

Assim, o cliente que se manifesta com "voz de marionete" tem uma ação que corresponde ao aparecimento de um objeto bizarro.

A cliente, ao manifestar seu sentimento e desejo de "sentar no colo do analista e agarrar em seu pescoço", visa adentrar o analista, esta é sua ação. O mesmo se dá quando reage com violência às formulações do analista. A ação aqui corresponde ao que os psicanalistas chamam de "acting-out".

Mas, também, é ação o uso que o analista faz de uma descrição que se condensa na palavra corte e que visa trazer conhecimento à cliente. Possivelmente poderíamos dizer que a formulação do analista é uma formulação mítica, narrativa de animais ou, em outro ângulo, uma concepção. Vemos que a ação pode ser vista desde um nível mais primitivo — "acting-out" — até um nível mais sofisticado — formulação do analista — conceito que visa trazer conhecimento.

O conceito **formulação** que estamos usando implica portanto na consideração do eixo de usos.

Eixo Psicogenético no campo de Idéias.

Vamos ponderar que Bion, quando desenvolveu a grade, enfatizou que ela abrangia o campo que se pode considerar como **Idéia** (1963). O campo relativo à **emoção** tem uma grade correspondente, embora, ao tratar o tema, dê apenas um pequeno desenvolvimento ao mesmo. Vamos, mais adiante, tentar explorar esta vertente.

O conceito clássico de interpretação se insere no campo de Idéias. O conceito de transferência, que inicialmente era de ser somente uma defesa, passou a se tornar o campo onde se processam as relações entre analisando e analista, o primeiro acreditando nas suas experiências pretéritas como sendo presentes na relação com o médico. Freud adverte contra o perigo da contratransferência. Atualmente muitos autores consideram que o analista opera em um campo transferencial-contratransferencial (consideramos isto em outro trabalho, Rezze, 1991).

A interpretação, embora se refira a emoções, faz parte de idéias e desta forma exclui o desenvolvimento da emoção do analista. Daí ser necessário, para muitos autores, considerar a transferência-contratransferência, pois esta seria o gradiente emocional em que as relações interpessoais se desenvolvem.

Cremos que o conceito de experiência emocional e de aprender com a mesma, considerando o que ocorre entre analista e analisando e é captado intuitivamente no campo consciente, permite superar o obstáculo de que a contratransferência é inconsciente e, portanto, o analista estará revivendo sem saber seus conflitos pretéritos com o cliente.

Intuição sendo definida como capacidade de captar realidade psíquica.

Outro problema com o conceito de interpretação é que ela fornece o que se pode chamar de conhecimento e visa o "insight" do analisando. O termo formulação que estou usando visa as transformações de conhecimento para transformações em "ser" ou transformações em zero. Procuramos demonstrar com situações clínicas, que a cliente não reage a transformações em conhecer, mas o faz vivamente quando se trata de ser a pessoa que estamos considerando.

Ao fazer a **formulação** estamos considerando que ela é um instrumento útil para ser usado em vivências do analisando que não tem um desenvolvimento simbólico (conforme considerado no primeiro e segundo blocos), seguindo-se as que passam a se inscrever através de um desenvolvimento mítico e que inclui sonhos e pensamentos oníricos (terceiro bloco). O desenvolvimento disto está nas diversas etapas de conceito (no eixo genético de D a G), ou seja, pré-concepção, concepção, conceito e teoria científica

Consideramos que o exame dos mitos particulares do analisando é o cerne desta evolução e que o mito edípico é que lastreia o desenvolvimento através da situação edípica. O cliente do primeiro bloco nos sugere que há grave perturbação da situação edípica de maneira que ele não desenvolve, através de seus mitos particulares, a pré-concepção edípica.

Estas considerações nos levam a considerar que a interpretação só pode ser aplicada à área simbólica, não cobrindo portanto, a área que estamos investigando.

Formulação é o instrumento que permite investigar e acompanhar situações em que não há formação da barreira de contato e a sua substituição se processa pela tela β. Tal situação deverá ser acompanhada também em neuróticos, sobretudo se considerarmos o trabalho "Diferenciação entre Personalidade Psicótica e Não Psicótica" (1957), onde se assevera a importância de reconhecer a personalidade neurótica no psicótico e a personalidade psicótica no neurótico. Cremos que o emprego dos conceitos de transformações em alucinose e de transformações projetivas são essenciais quando se trabalha neste vértice (1965).

Eixo psicogenético no campo de emoções.

O instrumento **formulação psicanalítica** pretende ser instrumento útil não só para captar o campo de Idéias, mas também o campo de emoção de analisando e analista. Isto porque, se supomos um desenvolvimento de emoções na contraparte das Idéias, vamos ter um desenvolvimento em emoções no eixo psicogenético, ou seja, de elemento β (para teoria científica, como tentaremos descrever com as situações clínicas).

Isto implica em o analista alucinar o equivalente às vivências alucinatórias do analisando, porém, em grau suficiente de cisão que lhe permita caminhar para uma situação de "reverie", devaneio ou sonho (mais apropriadamente pensamento onírico), permitindo-lhe desenvolver a pré-concepção, concepção, conceito e teoria científica e, a partir destes elementos, decidir qual formulação usará. Estamos no campo das Idéias.

Correspondentemente o analista desenvolverá as emoções de maneira que evoluirá de uma posição primordial em elementos β para o mito considerado em sua qualidade de emoção. Consideramos também o analisando que nos apresentou uma narrativa mítica e suas experiências vívidas na sessão, como a excitação sexual que consideramos como o equivalente de mito em ação (não atuação). Estes elementos são válidos como pré-emoções que, em seu desenvolvimento, darão um caráter de emoção (o equivalente de concepção). Estes, por sua vez, são semelhantes ao eixo de Idéias, quando evoluem para emoções despidas o mais possível de falsidade, o equivalente de conceito.

Encarecemos esta evolução no eixo genético das emoções que implica no mecanismo PS↔D que avança para D, ou seja, desenvolvimento das emoções com qualidades que caracterizarão, tanto para analisando quanto para analista, uma diferenciação entre elas. Assim as consideramos:

- em seu caráter **mítico** de **ação** como excitação;

- como **premonição** ou **pré-emoção** (correspondente à pré-concepção) edípica ligada ao mito edípico;

- como **emoção** correspondente a **concepção** quando ela muda a sua posição e permite ao analista assinalar a **confiança**;

- como **emoção** correspondente a **conceito** quando a cliente exprime mudança como um rio ou como sua sexualidade que renasce e permite ao analista usar o termo **esperança**; especulativamente, a **emoção** que corresponde a **atitude científica - conhecimento**, a respeito de psicanálise, **ser** psicanálise.

O arcabouço do trabalho já está concluído e poderíamos passar a CONCLUSÕES e RESUMO. Oferecemos, entretanto, a forma como fizemos o desenvolvimento do eixo psicogenético de emoções introduzindo o subtítulo abaixo.

CORRESPONDÊNCIA ENTRE IDÉIA E EMOÇÃO NO EIXO PSICOGENÉTICO

Prossigamos no exame do **eixo psicogenético**, inicialmente no campo que Bion denomina de **Idéia** e logo tomaremos uma segunda grade onde examinaremos o campo **emoção**. Este eixo se compõe de: A - Elemento β; B - Elemento α; C - Pensamentos Oníricos, Sonhos e Mitos; D - Pré-concepções; E - Concepção; F - Conceito; G - Sistema Dedutivo Científico; H - Cálculo Algébrico.

Vamos adentrar o exame destes elementos, porém, nosso objetivo se liga a conexão com a situação edípica, assim faremos um uso próprio do eixo genético.

A - Elemento β

"Esta expressão representa a matriz mais primordial de onde se supõe surjam os **pensamentos**. Eles partilham da característica de objeto inanimado e objeto psíquico, sem qualquer possibilidade de distinção entre os dois".

Citando a fala da cliente: "... é a cor da sua roupa que é igual a minha". Não há a possibilidade de compreensibilidade para o que ela diz. A emoção é poderosa e o "pensamento", que é a cor, já é parte da identificação projetiva, o analista sendo cor, roupa, o objeto inanimado e ao mesmo tempo sensações e sentimentos. O **"pensamento"** dela é fruto desta identificação projetiva de forma que a afirmação referese concretamente ao evento, não é elemento simbólico. A tentativa de interpretar simbolicamente através de conteúdo representativo naufraga.

Isto diz respeito ao campo **Idéia** e prossigamos no campo **emoção** introduzindo citações.

"Clinicamente o objeto bizarro que se impregna das características do superego quase chega a fornecer a realização que corresponde ao conceito de

Elemento β". "Este difere do objeto bizarro naquilo em que o último é elemento β mais traços de ego e superego".

"Os elementos β constituem objetos compostos de coisas em si, de sentimentos de depressão, perseguição e de culpa e, por conseguinte, de aspectos da personalidade ligados por um **sentido de catástrofe**".

Começarei com o cliente do primeiro bloco que apresentava um sentimento de tédio vital, ânimo deprimido e dor.

Observamos o surgimento de voz de marionete.

Aqui não privilegiamos um pensamento fragmentado ou desordenado, embora assinalássemos a pobreza dele.

O mais notável eram as alterações da emoção.

Não tínhamos um nível de estupor, mas um prejuízo afetivo tão grande que a voz em marionete bem o evidenciava.

Esta voz bem sugeria os fragmentos de ego e superego em suas características de vida atacada e desvitalizada. Voz em marionete parece caracterizar bem o objeto bizarro (elemento α que tendo sofrido reversão de função α denota os fragmentos superegóicos), indicando reversão da função α e surgimento deste quadro emocional impactante, que bem poderíamos descrever como tela β.

Estamos diante de um quadro em que a barreira de contato foi atacada e a diferenciação de consciente e inconsciente fica prejudicada, daí o não surgimento de sonho, mito e pensamentos oníricos com as competentes qualidades de representarem parte inconsciente e se prestarem à simbolização.

Com o segundo bloco temos um elemento demonstrativo que parece denotar um **sentido menor** de **"catástrofe na personalidade"**: "Eu sei que você já está cansado disto, mas é a cor de sua roupa que é igual a minha".

Creio que o analista, para estar à vontade com esta situação e permear-se dela, precisa antes alucinar o equivalente das alucinações do cliente para depois poder, com "rêverie", detoxicar a situação.

O que o material evidencia é que ela reverte a perspectiva e as palavras do analista desencadeiam satisfação alucinatória. "Ah! Que vontade de sentar em seu colo e ficar bem agarradinha ao seu pescoço".

Aqui, de novo, a atenção precisa ser redobrada. Esta explicitação pode ser tomada como pensamento que exprime desejo, porém, creio ser mais adequado considerar como sendo uma ação em que a própria formulação, **o ato de** formular e o que este fato significa para ela, é o que mais se aproxima do conceito de elemento β neste campo das emoções.

Particularmente, se torna possível elucidar que, correspondendo ao **elemento** β no **campo das Idéias** — onde o **"pensamento"** é **coisa**, temos o **elemento** β no **campo da emoção** — onde o que seria uma **fantasia** é um **fato**.

B - Elemento α

Bion considerou que os estados mentais anteriores seriam resgatados pelo sonho, mais especificamente pelo trabalho do sonho (que produz o sonho) que ele denominou de "dream work" e mais à frente de função α.

"Esta designação α representa o resultado da atividade executada pela função α sobre as impressões sensoriais. Os elementos α não são objetos no mundo da realidade externa, mas se constituem em produtos da ação exercida sobre os sentidos que entram em contato com essas realidades. Eles (elementos α) possibilitam a formação e o uso de pensamentos oníricos".

Estes estados mentais **não** resgatados são entidades estranhas aos nossos clientes e aquele do segundo bloco, com menor sentido de catástrofe, deixa muito claro como deseja expulsá-los de sua personalidade.

Este destino catastrófico assola o "Rei Édipo", homem probo e virtuoso, que só o bem estar do povo de Tebas deseja.

"Certamente este é um caso extremo, mas a tragédia de Édipo é a tragédia do homem".

"O trágico grego...funda-se na verificação objetiva de que existem no mundo forças ainda ignoradas do homem, que regem a sua ação. Esta região desconhecida do Ser , esse mistério divino, esse mundo que está separado dos homens por um profundo abismo - todo este divino é sentido por Édipo como um outro mundo, um mundo estrangeiro. Um mundo que talvez um dia seja conquistado, que se explicará em linguagem de homem. Mas por agora (o agora de Sófocles) um mundo fundamentalmente estrangeiro, quase um corpo estranho que é preciso expulsar da consciência humana. ...Na realidade, um mundo a humanizar" (Bonnard, 1980).

C - Pensamentos Oníricos, Sonhos e Mitos

Pensamentos oníricos, sonhos e mitos humanizam o indivíduo.

O ponto de virada mental se explicita na citação do analista: "**os pródromos da sexualidade**", onde estes parecem ser os **operadores do interesse sexual** da cliente e a transformação destes em narrativas configuram o mito pessoal.

Estamos em nova etapa no campo de **Idéias** e agora o **"pensamento"** se configura através do mito pessoal que abrange também o pensamento sonho. A característica é a possibilidade de simbolização. Assim, o sonho guarda as características clássicas da psicanálise, considerando seu conteúdo manifesto e latente (1900).

Ao considerarmos elemento α as demais categorias da grade, **em emoção**, vemo-nos defrontados com a dificuldade de que elas parecem ser um todo, envolto no termo **emoção**. Pareceria mais acessível considerar o campo das **Idéias** e seus desenvolvimentos em pré-concepção, concepção, conceito e teoria científica.

Prossigamos.

O analista faz uma observação que aqueles "são os pródomos, dos pródomos, dos pródomos da sexualidade". Há uma narrativa que a cliente faz a respeito do homem e como ela vive fortes estímulos. Esta narrativa é parte do mito pessoal desta cliente. Contém a sexualidade perceptível como **Idéia** e estamos salientando como **emoção**. Nesta há a excitação do momento e sentimentos vividos com o analista, que são deslocados para a narrativa.

A **sexualidade** aparece aqui com a caracterização de "pródomos", de acordo com o analista. Indica uma qualidade ou uma função de **pré-emoção** ou **premonição**, como estenderemos no item a seguir.

Avançando, podemos considerar, também no eixo horizontal, a dimensão **ação**. Vamos tentar esclarecer com o fragmento do segundo bloco em que a cliente se surpreende ao sentir-se excitada, ao perceber que além de seu desejo de "sentar no colo" do analista surgia o "pensamento" de que este "passaria a mão por baixo de sua calça".

As formulações "sentar no colo" e "passar a mão por baixo de sua calça" são expressões de desejo e, portanto, parte da experiência sensorial que foi trabalhada pela função alfa permitindo a narrativa, não apenas, mas sobretudo, permitindo o aparecimento das emoções que são agidas na sessão (não "acting out").

As duas expressões acima partilham a qualidade da sexualidade. O mito particular da cliente permite evidenciar que existe uma situação edípica em desenvolvimento (não obstada, como a que ocorre no primeiro bloco). Na primeira, "sentar no colo", a emoção se refere a situação edípica na figuração imaginária de uma mãe idealizada. Na segunda, "passar a mão por baixo da calça", consideraríamos como a situação edípica em que a dupla parental aparece na explicitação da figura masculina, compatível com o desenvolvimento do complexo de Édipo e seus eventuais desdobramentos.

Anotemos o subtítulo e continuemos.

D - Pré-concepção (Pré-emoção)

A **emoção** aqui nesta área mítica é importante pelo seu caráter de **pré-emoção** (equivalente à pré-concepção no ângulo de Idéias), pois havendo a situação edípica, vai permitir a **pré-emoção e a pré-concepção** edípica.

Enfatizemos que as manifestações de **excitação sexual** por ela **vividas e descritas** ("passar a mão por baixo da calça") estão sendo consideradas como **pré-emoção** e **pré-concepção** no **uso** de **ação**.

Pré-concepção "corresponde a um estado de expectação". "A união da pré-concepção com a realização origina a concepção".

E - Concepção (Emoção que Corresponde à Concepção)

As descrições logo acima ensejam ao analista considerar a narrativa sobre o vestido e seu decote e a convicção arraigada da paciente - que ela tem o corpo disforme.

Ela reage, fazendo um "pensamento" que é a evolução da pré-concepção, face à **realização** da experiência emocional em curso.

Tornemo-nos mais claros; ela fala: "Você sabe que eu não estou mais me sentindo assim. Parece que eu tenho alguma coisa para mostrar, para dar, e não é apenas no corpo".

A sua afirmativa é evolução da situação edípica que lhe permite saber que tem o que mostrar e dar e não é só no corpo. Significa que não só as sensações e sentimentos são aceitáveis, mas ela tem outras áreas onde pode operar, sendo a sua **formulação** a demonstração deste fato. Esta é a **concepção**, originária da **pré-concepção edípica**.

Ao estudarmos a **emoção** equivalente da **concepção** no eixo genético nos defrontamos com dificuldades em relação à linguagem que vamos usar.

Ao fazer a observação acima, a cliente denota que a **emoção** e as **idéias** ligadas à sexualidade evoluíram de uma qualidade para outra. Descritivamente podemos dizer que o ânimo que move a fala muda, há **"confiança"**, como o analista diz, o que é uma nova emoção que ela pôde alcançar, oriunda da **sexualidade** e da **situação edípica**. Ou seja, na experiência com o analista, em que ela vinha vivendo várias emoções, houve uma mudança quando, no campo do pensamento, ela tem uma nova compreensão de sua pessoa e, no **campo da emoção**, a **realização** com o analista permite uma **emoção diversa**, a emoção que corresponde à **concepção**.

F - Conceito *(Emoção que Corresponde a Conceito)*

"O conceito se deriva da concepção por processo destinado a livrá-lo dos elementos que o impediriam de servir como instrumento de elucidação ou expressão da verdade".

A formulação do analista: "... a sexualidade se tornou esperança" é enunciado de **conceito** que atende aos imperativos da citação acima, que corresponde à cliente estar experimentando sensações sexuais (na própria sessão) e as mudanças que estão lhe acontecendo, como o reencontro de si mesma na comparação das margens de um rio que renasce.

Relaciona a experiência em curso com a "paciência" do analista, resultando um **"pensamento"** (Idéia) que se relaciona a **conceito**, mas ressalto a **emoção** que corresponde a conceito.

A resposta da analisanda fazendo menção de agradecer é também um conceito.

Por fim, o analista enuncia que "a sexualidade se tornou gratidão".

Esta afirmação é um conceito, porém podemos considerá-la como o próximo item.

G - *Teoria Científica (Emoção que Corresponde à Teoria Científica)*

A afirmação do analista se coaduna com as teorias de Melanie Klein de objeto total e posição depressiva, bem como gratidão, desenvolvida em sua obra Inveja e Gratidão. Também, a afirmação do analista "a sexualidade se tornou gratidão" exprime teoricamente a evolução no eixo psicogenético das fileiras A a G, ou seja, de elementos sensoriais à teoria científica. Este é um exame feito em **Idéias**.

Prossigamos.

Esta cliente tem dois componentes importantes para serem examinadas miticamente. Um é o de falsificar a realidade e, mesmo, atacar a realidade psíquica com a finalidade de fugir da dor, correspondendo a figura de Tirésias na tragédia de Sófocles que podemos observar no segundo bloco. Outro, é a dimensão de indagação obstinada procurando a verdade, como Édipo, ao não abandonar a investigação e a procura dos assassinos de Laio, como podemos verificar na parte final da sessão.

Creio que seu sentimento de gratidão vem desta última parte que corresponde também ao objetivo da ciência.

Isto se configura na fala do analista: "agora a sexualidade se transformou em gratidão".

Considerando o **pensamento**, já assinalamos como o comentário acima pode se relacionar com as teorias de posição depressiva e gratidão de Melanie Klein e com o próprio desenvolver do eixo genético em Bion.

Tal situação, correspondente ao pensamento, terá um equivalente na emoção, que descrevi na atitude de Édipo na procura do criminoso.

Em termos de conjectura, podemos formular que esta é uma emoção necessária quando um conhecimento a respeito do analisando passa a "ser" o analisando.

É quando o conhecer sobre psicanálise se torna psicanálise.

CONCLUSÃO

Formulação é termo que se refere ao instrumental do analista e que abrange o campo que vai das sensações e emoções primitivas ao desenvolvimento delas para o campo do pensamento e emoção, expandindo o seu uso desde a negação da ansiedade para a ação de variado matiz e indagação da realidade psíquica.

O campo de operação é o da experiência emocional entre analisando e analista, cabendo a ambos as possibilidades de desenvolvimento. **"Capacidade negativa"** é essencial para a evolução do **desconhecido**.

Criatividade não pode ser amealhada por malha explicativa. Possivelmente, depende de como estas **"forças ignoradas do homem"** que regem sua ação", este **"mundo estrangeiro"** que evolvendo para **Idéia-("pensamento")-emoção**, conseguem se humanizar. Porém, **criatividade**, bem como **genialidade**, dependem de como estas "forças ignoradas" podem **"estourar"** dentro do gradiente considerado.

REFERÊNCIAS BIBLIOGRÁFICAS

1. BION, W. R. (1957). Differentiation of the psychotic from the non-psychotic personalities. In *Second Thoughts*. London: William Heinemann, 1967. pp. 43-64.

2. _____ (1962). *Learning from Experience*. London: Tavistock.

3. _____ (1963). *Elements of Psycho-Analysis*. London: William Heinemann.

4. _____ (1965). Transformations: *Change from Learning to Growth*. London: William Heinemann.

5. _____ (1970). *Attention and Interpretation: a Scientific Approach to Insight in Psycho-Analysis and Groups*. London: Tavistock.

6. BONNARD, A. (1980). Sófocles e Édipo: responder ao destino. Em *A Civilização Grega*. São Paulo: Martins Fontes. pp. 275-303.

7. BRITTON, R. (1989). O elo perdido: a sexualidade parental no complexo de Édipo. Em *O Complexo de Édipo Hoje*, org. John Steiner. Porto Alegre: Artes Médicas, 1992. pp. 70-85.

8. FELDMAN, M. (1989). O complexo de Édipo: manifestações no mundo interno e na situação terapêutica. Em *O Complexo de Édipo Hoje*, org. John Steiner. Porto Alegre: Artes Médicas, 1992. pp. 86-105.

9. FREUD, S. (1900). *A interpretação dos sonhos*. Edição Standard Brasileira, 5.

10. _____ (1920). *Além do princípio do prazer*. Edição Standard Brasileira, 18.

11. _____ (1923). *O Ego e o Id*. Edição Standard Brasileira, 19.

12. _____ (1924). *O problema econômico do masoquismo*. Edição Standard Brasileira, 19.

13. _____ (1937a). *Análise terminável e interminável*. Edição Standard Brasileira, 23.

14. _____ (1937b). *Construções em psicanálise*. Edição Standard Brasileira, 23.

15. KLEIN, M. (1946). Notes on some schizoid mechanisms. In *Envy and Gratitude and Other Works*. London: The Hogarth Press, 1980. pp. 1-24.

16. (1952a). The origins of transference. In *Envy and Gratitude and Other Works*. London: The Hogarth Press, 1980. pp. 48-56.

17. (1952b). Some theoretical conclusions regarding the emotional life of the infant. In *Envy and Gratitude and Other WorkS*. London: The Hogarth Press, 1980. pp. 61-93.

18. (1955). The psycho-analytic play technique: Its history and significance. In *Envy and Gratitude and Others Works*. London. The Hogarth Press, 1980. pp. 122-140.

19. (1957). Envy and gratitude. In *Envy and Gratitude and Other Works*. London. The Hogarth Press, 1980. pp. 176-235.

20. (1961). *Narrative of Child Analysis*. London: The Hogarth Press, 1984.

21. O'SHAUGHNESSY, E. (1989). O complexo de Édipo invisível. Em *O Complexo de Édipo Hoje*, org. John Steiner. Porto Alegre: Artes Médicas, 1992. pp. 106-23.

22. REZZE, C. J. (1988). *Complexo de Édipo e Situação Edípica*. (Trabalho apresentado em: Reunião Científica, Grupo Psicanalítico de Curitiba. Não Publicado).

23. (1991). *Interpretação*. (Trabalho apresentado em: Colóquio A Comunicação do Analista: Clínica e Pressupostos Teóricos, São Paulo, 7 dez. 1991. Não Publicado)

24. SÓFOCLES (420 a. C.?). *Rei Édipo*.Lisboa: Edições 70,1991.

BASES DA INTERPRETAÇÃO. REVELAÇÃO? CRIAÇÃO?

Deodato Curvo de Azambuja*

A história das idéias sobre interpretação no movimento psicanalítico nos ensina coisas interessantes. Digamos que tudo tenha começado com a descoberta clínica de que um adulto seduziu uma criança. Esse foi o início, a primeira versão, ou interpretação, da história contada por Freud a propósito das causas dos sintomas de pacientes diagnosticadas como histéricas. Freud dizia, nessa época, que a doença se instalava em dois tempos. Num primeiro tempo, a paciente, quando criança, sofria o abuso sexual de um adulto; não se tratava necessariamente de uma relação sexual completa. Na maioria dos casos, o adulto manipulava o corpo ou os genitais da criança vítima, que vivia a situação passivamente, sem prazer ou mesmo com desprazer, em um misto de passividade, fascinação e terror. Num segundo tempo, em geral durante a adolescência, quando ocorria uma segunda experiência sexual, desencadeava-se um processo de angústia e de violenta repulsa à sexualidade. Esse segundo tempo, ou *après-coup*, é o trauma psíquico propriamente dito.

Em 1895(13), Freud escreveu: " A relação causal entre o trauma psíquico determinante do fenômeno histérico não é de uma natureza que implique que o trauma atue como um mero *agent provocateur* na liberação do sintoma, que passa a levar uma existência independente. Devemos antes presumir que o trauma psíquico ou, mais precisamente, a **lembrança do trauma** (grifo meu), atua como um **corpo estranho** (grifo meu) que, muito após sua entrada, deve continuar a ser considerado ainda em ação".

A contraprova da existência desse agente foi verificada pelo fato terapêutico de que cada sintoma histérico desaparecia quando, sob hipnose ou não, era possível ao paciente evocar verbalmente e em detalhes o trauma, despertando todas as emoções que o acompanharam. A lembrança sem emoção quase invariavelmente não produzia nenhum resultado. Quando as emoções eram despertadas e revividas, a lembrança como corpo estranho agressivo era desfeita, permanecendo apenas como lembrança, de modo a não provocar sofrimento. "O histérico sofre de reminiscências", foi a teoria cunhada por Freud nesse período. O que entendemos, sofre de reminiscências quando estas têm as características de um corpo estranho agressivo, que impede o uso normal da memória, tanto para lembrar como para esquecer.

---
* Membro Efetivo e Analista Didata da Sociedade Brasileira de Psicanálise de São Paulo.

Essa primeira construção freudiana das bases da interpretação, a teoria do corpo estranho e da memória, é extremamente útil na sua simplicidade. É útil no sentido teórico e no sentido prático. No sentido teórico, podemos acompanhar como Freud construiu uma teoria rudimentar que, apesar de suas limitações, pode ter desdobramentos interessantíssimos. Por exemplo: a teoria do corpo estranho lembra sem dúvida a teoria dos objetos internos. A teoria da memória que não pode ser usada lembra a teoria da função alfa, que por não poder ser usada impede o desenvolvimento de um aparelho para pensar os pensamentos. Ora, ninguém dentre nós, de formação kleiniana e bioniana, pode negar a importância prática das teorias dos objetos internos e da função alfa. Por que esquecemos então essa teoria tão graciosa do corpo estranho e da memória?

Em 1965, em um Seminário Internacional sobre Filosofia da Ciência realizado no Bedford College, Regent's Park, Londres (12), Paul Feyerabend, escreveu: "O leitor deve também refletir no reparo de Max Plank segundo o qual as velhas teorias desaparecem por que morrem seus defensores". Ele queria com isso dizer que a teoria desaparecida não é necessariamente pior. Queria também aprofundar as concepções de T.S. Kuhn (17) e de K.Popper (22), que as ciências evoluem em primeiro lugar por rupturas, e não por acréscimos sucessivos; e, em segundo lugar, evoluem pela engenhosidade dos seus fundadores e praticantes. Entre essas engenhosidades deve-se incluir carisma e capacidade de liderança. Freud, Bion, M.Klein, Lacan e outros, tinham isso. Morreram, mas suas teorias não desapareceram porque seus seguidores as mantêm vivas.

No caso da teoria da sedução traumática, o próprio Freud foi o primeiro a colocá-la em dúvida. Em 21 de Setembro de 1897(14), Freud escrevia a Fliess: "Não acredito mais em minha neurótica". Apesar do duplo sentido, os tradutores entendem por neurótica sua teoria traumática. Não é que Freud despreze, ou venha a desprezar inteiramente, a teoria da sedução traumática. Na verdade o que ele descobre, através da descoberta da sexualidade infantil, é um universo de fantasias e fantasmas no interior de cada analisando, que promove uma sofisticação teórica cada vez maior.

Será que essa mudança da teoria foi para melhor? É preciso também pensar o seguinte: a teoria da sexualidade infantil foi construída por Freud no período da sua auto-análise e da interpretação dos sonhos. Em quem será mesmo que Freud encontrou um universo interior tão rico? Um mundo interno em vários planos, consciente, preconsciente, inconsciente posteriormente re-estruturados em Ego, Id, Superego ? Pode-se pensar que isso tudo servia muito bem para ele mesmo, Freud. Não apenas para a pessoa dele e sua neurose, mas para a pessoa dele enquanto analista, carente de um aparelho psíquico muito bem construído e principalmente, confiável.

Mas por que essa necessidade de construir um tal aparelho? Qual é sua função, seu valor? Em "Aspectos epistemológicos da interpretação psicanalítica"(16), Gregório Klimovsky escreve: "Em ciência, existem muitos procedimentos para se poder chegar ao que não é diretamente visível ou epistemologicamente direto. Um tanto metaforicamente, mas não muito; poderíamos dizer que o microscópio e o telescópio são algo assim, porque permitem tecnicamente chegar a observar o que não é diretamente observável, o que não está empiricamente dado. Entretanto, mediante o microscópio ou o telescópio, é necessário ter previamente uma teoria. Se não houvesse uma teoria poder-se-ia reagir como muitos colegas de Galileu, não querendo observar nada mediante esse instrumento, que para eles - devido a seus preconceitos - devia ser mágico, encantado e defeituoso. Se realmente não houvesse uma teoria científica que o justificasse, o telescópio poderia ser pensado como algo enfeitiçado. Realmente não se veria porque ele garantiria conhecimento. Existe felizmente uma teoria, uma teoria independente da biologia e da astronomia, que é a ótica.(...) De modo que, quando alguém internaliza a ótica, depositando nela de boa fé a garantia de que os instrumentos servem, não vai mais discutir problemas de ótica quando fizer astronomia ou biologia: aceita realmente que, quando observa certos fenômenos deste lado do aparelho ótico, há tais ou quais do outro lado."

Para que pudesse abandonar sua "neurótica", sua teoria traumática, em qual teoria Freud deveria confiar?

Foi Emmy von N., uma histérica (13), quem disse a Freud para deixá-la falar em vez de ficar dando-lhe ordens ou pressionando-a a revelar seus segredos. Freud obedeceu, porém não por muito tempo. Quando diz a Fliess não acreditar mais em sua "neurótica", penso que estava vivendo uma crise impressionante relacionada à teoria sobre seus instrumentos de investigação. A crise vivida por Freud poderia ter sido também com a confiança que teve no outro, na neurótica Emmy von N. por exemplo.

Seu problema deveria ser como criar não apenas outra teoria, mas como descobrir um novo aparelho confiável, e uma teoria para esse aparelho, assim como Galileu precisou da ótica. Se Freud não podia mais confiar na sua neurótica, no discurso do outro como aparelho ou instrumento, tinha que confiar em si mesmo. Tinha também que criar uma teoria científica sobre si mesmo, que o tornasse um aparelho confiável. E isso tudo aconteceu com sua autoanálise e com a monumental "Interpretação dos sonhos", em 1900 (15), calcada em grande parte no estudo de seus próprios sonhos. E o capítulo sétimo da "Interpretação...", é, como se sabe, o coroamento da construção do aparelho.

Trata-se, por coincidência ou não, de um aparelho análogo a um aparelho ótico, do tipo telescópio ou microscópio, onde - e isso é o importante - as imagens que se formam são imagens virtuais. A virtualidade das imagens é uma propriedade que servirá perfeitamente para expressar a descoberta de que o importante não são os fatos, mas as fantasias, os fantasmas, as teorias que os analisandos constróem sobre os fatos.

A psicanálise continuará, assim, dependendo das narrativas dos pacientes, só que o analista **escutará essas narrativas com outros olhos**. Grifo "escutará com os olhos", ou seja, com um aparelho psíquico muito especial. Um aparelho construído, frankensteinizado pela análise didática e pela autoanálise contínua do analista - pois não podemos confiar apenas em nossos pacientes. Não podemos confiar também em nós mesmos, no nosso espontaneismo e, ao mesmo tempo, dependemos de ambos, do analista em nós e do analisando no paciente. Dependemos, também, do vínculo, do campo que se forma transferencialmente.

A palavra interpretação, com a ambiguidade que arrasta, é muito interessante para dar conta dessa fluidez dos nossos instrumentos de trabalho. Laplanche e Pontalis (19) fazem um levantamento dos termos que são usados por Freud na sua **Traumdeutung**. *Deutung* tem o sentido de esclarecimento. Interpretar um sonho é esclarecer a sua *bedeutung*, o seu significado. E o esclarecimento se dará com o auxílio do sonhador, do analisando. O sonhador deve ser interrogado simplesmente, como interrogamos qualquer pessoa que nos relate algo incompreensível ou absurdo. Assim a interpretação deve surgir do interior do absurdo, como um iceberg que surpreende e orienta o navegante engenhoso. E o não engenhoso, que pode naufragar. Ou seja, a interpretação tem a mesma estrutura interna do sonho ou dos sintomas. Ela é parte consciente, parte inconsciente, parte esclarecedora e racional, parte misteriosa e irracional.

A interpretação surge do vínculo, ou no vínculo, e esclarece a natureza não apenas do vínculo mas a natureza do próprio aparelho psíquico, como um aparelho de produção de símbolos e de linguagem.

De qualquer modo, para compreender os fundamentos do aparelho psíquico era preciso interpretar as imagens, no sentido de captar que tipo de lentes estavam produzindo aquelas imagens. Posso usar as lentes do meu próprio aparelho psíquico para captar o que se passa com o outro? Ou seja, captar como é o outro? Isso é possível se o aparelho psíquico do outro puder ser transferido.

Nessa transferência, o analista seria continente, não apenas de imagens virtuais, mas de imagens inscritas no aparelho do analisando. Tais imagens inscritas são, ao mesmo tempo, por um lado o precipitado de experiências vividas ontogenética e filogenéticamente e, por outro lado, são as estruturas semânticas e sintáticas através das quais se organizam as imagens virtuais. Pode-se supor que o aparelho psíquico de Freud tinha lentes, ou precipitados de experiências, semântica e sintaticamente estruturadas, sob as formas que ele designou primeiramente de consciente, preconsciente e inconsciente e, posteriormente, de Id, Ego e Superego. Um aparelho assim estruturado está, pode-se concluir, apto para ser analista ou, também, neurótico.

A sina da psicanálise é abrir caminhos. A partir dos anos 20, as crianças, através de seus pais, começaram a demandar análise; M.Klein, entre outros, cria um novo modelo ou teoria de aparelho psíquico para acolher essa demanda. Atualmente, milhares de terapeutas usam o modelo kleiniano de aparelho psíquico; modelo que Bion desenvolveu de um modo muito especial para os psicóticos que demandavam seu consultório. Uma terceira vaga demandante, pensamentos estilhaçados em busca de pensadores, pode ser observada hoje.

Estou com isso querendo dizer que não existe uma evolução de Freud a M.Klein, e de M.Klein a Bion. As ondas de popularidade que observamos na passagem de um para outro deve-se não a uma evolução necessariamente, mas ao tipo de demanda de análise. Neuróticos, depois crianças, depois psicóticos, respectivamente sustentando os freudianos, os kleinianos e finalmente os bionianos.

Evidentemente, não basta demanda. Foi preciso que os demandantes encontrassem demandados capazes de acolhê-los, criativamente. É o que aconteceu com esses pioneiros, que cumpriram a sina da psicanálise de abrir caminhos. E se a psicanálise parar de abrir caminhos, sempre os mais complicados possíveis, será acusada de não científica, ou seja, de pouco confiável.

Gostaria de retomar o fio da história, com Didier Anzieu (1), que escreve o seguinte: "Falar das interpretações que parecem correto formular, falar de como foram dadas, é expor-se como o foi Édipo criança pelos seus pais, é oferecer-se às interpretações que nossos colegas não deixam de formular em voz baixa sobre a falta de oportunidade, a torpeza, a inexatidão de nossas interpretações. Trata-se de um processo geral, que encontramos presente no tratamento: toda interpretação se expõe a ser interpretada.(...)

Essa angústia da ferida narcísica explica a maneira muito formal pela qual a geração psicanalítica dos anos trinta abordou o problema da interpretação.

Glover é o supremo representante dessa época. Glover e toda uma geração de analistas defendem-se da angústia diante da dimensão pulsional da interpretação, reduzindo-a a sua racionalidade, representando-a como um processo secundário isento de processo primário, desmontando seus mecanismos formais: quantas interpretações realiza, em média, um analista em cada sessão? Qual é a distância ótima do princípio e do fim da sessão, para formular uma interpretação? Quantas vezes tem que se repetir uma interpretação? Qual deve ser a extensão média de uma interpretação?"

Essa racionalização defensiva estende-se, de acordo com Anzieu, à psicologia do ego, onde se supõe que as interpretações devam emanar de uma área dita livre de conflitos do ego. Vale dizer, a resposta às questões "criação, ou revelação", deveria ser dada pelo seu oposto: esterilização. Sabemos como M.Klein e seu grupo lutaram contra isso.

Anzieu revela suas reservas à Lacan, escrevendo que, a partir dos anos 50 Lacan e sua escola, ao reagirem contra o dogmatismo e o formalismo da geração dos anos 30, desenvolveram uma concepção da prática psicanalítica que estaria no limite de uma psicanálise sem interpretação. Sem se deter muito nessa afirmação, ele prefere concluir rapidamente pondo-se ao lado de M.Klein: "sem seus trabalhos, sem sua influência(...) não teríamos a certeza de afirmar que a interpretação provém, por uma parte, do inconsciente do psicanalista e que cumpre, na vida interior do paciente ferido pelas fantasias, uma função essencial de reparação. O tratamento sem interpretação, pela violência que causa ao paciente para que libere suas fantasias, reforça geralmente sua tendência a calá-las. Só a interpretação lhe dá a palavra e com ela o caminho da liberação, em seu duplo aspecto de gozo e apaziguamento."

Pode-se observar como a psicanálise cumpre o percurso indicado pelos filósofos da ciência. Caminhamos através de rupturas. Tentarei assinalar como Bion entra nessa história de rupturas.

Tomarei a questão a partir de uma situação clínica concreta, um chiste relatado por um analisando, em meio a inúmeras e reiteradas dificuldades de comunicação comigo. Diz ele: "um português estava sentado em um bonde vazio embaixo de uma goteira. O cobrador lhe perguntou se não queria trocar de lugar. O português respondeu, trocar com quem se o bonde está vazio?"

Essa anedota antiga, contada pelo analisando, significou um assunto sério. Quem são essas figuras, o cobrador e o português? Quem é o analisando, quem sou eu? Do que o analisando está falando, por que usou esse chiste para se comunicar comigo? Quer provocar apenas riso, e não é adequado uma pessoa em análise querer provocar riso no analista? Aceitar a provocação é perigoso para a análise? Existe uma competição comigo?

Essas e muitas outras perguntas formais e defensivas podem nos remeter à idéia "la réponse est le malheur de la question", freqüentemente mencionada por Bion.

A propósito disso, Francesca Bion (2) estende-se de um modo esclarecedor. "Deve-se admitir que para aqueles que estão procurando respostas prontas e acabadas o método de Bion era inexplicável, frustrante e irritante. (...) Os problemas estimulavam nele pensamento e discussão - nunca respostas. Suas réplicas - melhor dizendo, contribuições - eram, apesar de sua irrelevância aparente, uma extensão das questões". Ele dizia coisas do tipo: "Não sei quais as respostas a estas questões - e, se as soubesse, não lhes diria. Acho importante que vocês as encontrem por si mesmos." "Vou tentar lhes dar a chance de preencher o vazio que eu deixei." "Quando sinto uma pressão - seria melhor eu estar preparado no caso de você me fazer algumas perguntas -, aí eu digo, às favas com isto, não vou procurar este negócio em Freud em lugar nenhum, nem mesmo na minha afirmação anterior - eu vou tolerá-lo. Mas é claro que eu estou pedindo que você também o tolere"

Entendo que tudo isso está informado pela ruptura que Bion propôs como base das interpretações. Por exemplo, voltando à situação clínica da anedota do português, diria que o essencial para mim, junto ao analisando, era a dificuldade de comunicação do paciente comigo. Eu não fiquei satisfeito só com isso, pois o que me parecia interessante era porque ele me contou uma anedota para vencer a dificuldade de comunicação. Era uma dificuldade anunciada através da imagem de um bonde vazio. Tanto o português da anedota, quanto o cobrador, o eu e o outro, estão em um lugar vazio e precisam tolerar a pressão, antes de mais nada. Não existe possibilidade de troca de lugar porque não existe, em termos psíquicos um outro com quem estabelecer uma transferência. Era bem a situação do analisando, que sentia muito medo de não encontrar no outro um aparelho psíquico em condições de acolhê-lo. Desse modo, o seu movimento em direção ao outro implicava em um estilhaçamento, em uma catástrofe psíquica.

A propósito, Michael Eigen (10) escreve em um trabalho instigante sobre Bion: "A tarefa primeira e fundamental que o psiquismo deve assumir é a natureza catastrófica de sua própria vida".

É para isso que Bion está o tempo todo chamando a atenção (7)(8)(9). Para o absurdo da condição humana. Será a partir desse ponto de vista, dessa base ou desse vértice, que decorrerá todo o resto, toda possibilidade de diálogo. Pode-se dizer que essa é a interpretação bioniana fundamental. É a *Interpretação*.

O chiste transformou-se em uma interpretação da angústia diante do absurdo, na medida em que com minha *atenção* usei-o para tal, abrindo um diálogo com o paciente sobre seu vazio interior. O analisando entendeu a transformação e abriu-se uma série de associações, ligadas à angústias paranóides e depressivas. Sem minha intervenção, penso que sua comunicação poderia ter continuado como uma piada apenas. Importante é darmo-nos conta que não importam as palavras ditas, nem quem as diz, seja o paciente ou o analista. O que importa, sim, é a transformação (6)(7)(8) do próprio ser, através de uma rearticulação psíquica, em função de atenção específica.

No cotidiano, histórias aparentemente mais convincentes sobre o absurdo da condição humana podem, paradoxalmente, transformarem-se em piadas. Por exemplo, já que atualmente não se anda mais de bonde e muito menos de bonde com goteira, já que somos modernos e andamos de automóvel, poderíamos falar do terror vivido por pessoas assaltadas em plena cidade, dentro de seus automóveis, cercadas por outros motoristas amedrontados. As pessoas assaltadas contam e recontam o absurdo vivido e ouvem outras pessoas contarem os mesmo tipos de absurdos, trocam-se figurinhas e parece que as coisas vão entrando novamente na rotina. Como na guerra. Pode-se até dizer, "de fato, estamos vivendo um estado de guerra civil". Nomeamos e nomeamos e esvaziamos, banalizamos.

Parece por vezes mais interessante entender o absurdo da condição humana através de um chiste que nos arranca do contexto do cotidiano, esse cotidiano superinterpretado. Esse foi o caminho que Freud nos propôs, focalizando fenômenos como os atos falhos, os sonhos, os próprios chistes e os sintomas, todos fenômenos que rompem com a banalização do cotidiano. Impressionante é que todos esses fenômenos, por sua vez, são também banalizados, muitas vezes pela dita "cultura psicanalítica".

Bion preferia por isso (e eis novamente o sentido da ruptura bioniana) sugerir o tempo todo que o analista deveria encontrar na sua própria experiência vivida o que ele indicava como *A Interpretação*, o absurdo da condição humana. Na experiência buscar o O, a verdade fundamental, mesmo que nunca atingível. E mais do que buscar, ser o O, no sentido de não se conformar nunca com as aparências. Pode parecer uma certa arrogância, como quem diz: procurem a verdade onde estou dizendo que ela está. A meu ver, Bion estava falando simplesmente de que modo era possível não cair na banalização. Ele estava dizendo que somente o analista, pelo fato de romper através de seu método com a cadeia banalizante do cotidiano, tinha condições de proporcionar a seus analisandos e a si próprio um contato sério, vital, com a condição humana. Romper com a cadeia banalizante do cotidiano não significa negar o cotidiano, mas sim vivê-lo de uma outra maneira. Uma maneira não banalizada, o que implica numa descoberta das experiências emocionais e um apreender a partir dessas experiências e não de qualquer outra coisa. Isso implica em um foco contínuo no que é específico com cada analisando em particular, através da experiência particular vivida com cada um deles.

Colocaram-se inúmeras objeções às recomendações técnicas bionianas de se evitar memória e desejo. Na verdade, tais recomendações são um desenvolvimento das recomendações técnicas freudianas, implicando em um certo retorno a Freud. Memórias e desejos a serem evitados referem-se, a meu ver, tanto para Freud (quando recomenda o que chamou de atenção flutuante), como para Bion, àquelas memórias e desejos impostos pelo outro; mesmo e, principalmente, quando esse outro é o analista.

Uma problemática importante que decorre destes desenvolvimentos é que a novidade da psicanálise, com o seu método interpretativo, não foi a de termos, necessariamente, uma teoria e uma técnica para refutar ou demonstrar essa teoria através de observações rigorosas. A novidade que a psicanálise introduziu, com o método interpretativo, foram aberturas no interior das teorias do analisando. O pressuposto fundamental dessa prática é que o analisando está fechado em suas teorias, como se fossem verdades absolutas e, por isso, não consegue ver além delas. E não consegue, em vista disso, destacar-se das repetições compulsivas de suas teorias e técnicas. Vale dizer que o psicanalista não propõe, na prática, outras teorias no lugar das teorias do analisando. O que propomos, interpretando, é que o analisando possa examinar o sentido de suas técnicas e teorias. Pode-se dizer com Laplanche (18): "A análise é, primeiramente e sobretudo, um método de desconstrução (ana-lise), objetivando clarear o caminho para nova construção, que é tarefa do analisando."

Gostaria de retomar agora a questão do português de uma outra forma. Suponhamos que o português, tão criticado por nós brasileiros através de anedotas, seja a nossa língua portuguesa. Suponhamos que as freqüentes anedotas de português originam-se na raiva, no ódio de termos que usar a língua falada para nos fazermos entender e entender o outro; ódio da língua materna; ódio do sofrimento pela penetração, pelo abuso sofrido pela língua materna, pela cultura imposta; ódio à simbolização, ao trabalho de construir os próprios símbolos com a linguagem fornecida pelo outro. Ódio, enfim, ao pensamento que, para se desenvolver, depende da língua fornecida pelo outro, assim como o corpo depende dos alimentos fornecidos pelo outro. Existe, nas anedotas, uma manifestação do mito de pretensa superioridade e ,também, de busca de identidade do brasileiro ao se dizer muito mais flexível do que o português, visto como cheio de "burrice" ou rigidez. Note-se que estamos, de uma outra forma, retornando à teoria da sedução traumática, agora do mundo adulto, civilizado, em relação ao mundo não civilizado ou vice-versa. Na verdade, essa transformação da teoria traumática não é a primeira. Ferenczi (11) e, mais recentemente, Laplanche (19) propuseram desenvolvimentos bastante sofisticados dessa teoria. Na situação analítica, porém, se eu ficasse interpretando paranoicamente a competição do analisando comigo, certamente perderia o bonde da angústia diante do vazio e do absurdo.

De qualquer modo, pode-se observar, diante das inúmeras possibilidades de ataque ao vínculo (3), a enorme resistência que se deve esperar às interpretações, que correm paralelas às resistências à língua, ao pensamento e conseqüentemente à vida psíquica.

Pode-se pensar que, para captar o fenômeno de ataque ao pensamento, só é possível fazê-lo a partir da percepção do ataque ao aparelho de linguagem, através de distúrbios na comunicação linguística. Assim sendo, o analista precisaria acompanhar a comunicação do paciente com uma escuta muito especial e sem nenhum preconceito. Tal recomendação provém da escola francesa lacaniana e, no seu limite, serve tanto quanto a técnica bioniana para acompanhar as produções psicóticas, pois ambas não se escandalizam çom as formas da loucura. Ao contrário, como diz Michael Eigen(10): "No quadro que Bion forma dos elementos beta primitivos se concebe o ponto de partida da realidade psíquica como uma explosão primigênia. Bion concebe a origem do pensamento afetivo em parte como um estalo catastrófico e utiliza a psicose (e a religião) como exemplos que servem de ajuda para a exploração. Bion baseou-se no suposto segundo o qual a psicose reflete, ainda que de forma perversa, os cimentos catastróficos da existência humana. (...) Na psicose, os elementos beta costumam ser produtos finais degradados (e degradantes) de uma capacidade de pensar desintregada ou jamais conseguida e não iniciadores primigênios do processo de crescimento. Em algumas ocasiões, os elementos beta são ambas as coisas, o que configura uma ambiguidade em torno desses elementos".

Na minha experiência, inspirada em Bion, o que serve, o que costuma ser operativo, não apenas com analisandos com distúrbio de pensamento e linguagem, é uma *atenção* tal que é como se sempre estivesse encontrando o analisando pela primeira vez. Desse modo, nunca estou acostumado com o analisando nem comigo mesmo. Minha atenção, não banalizadora, não permite. Isso não é apenas uma questão de disciplina, mas de modo de ser. Há quem diga que é uma questão de análise, com o que não concordo inteiramente. Não é por acaso que, na grade, a atenção é uma função que está no centro do eixo horizontal. Sem atenção analítica integrada ao modo de ser, por princípio, não acontece mais nada, nenhuma ação interpretativa *psicanalítica* pode ocorrer.

A *interpretação* deve surgir, pois, do interior da *atenção*. Assim sendo, a *função analítica* está muito mais ligada à *atenção* e à capacidade de suportar dúvida e incerteza (capacidade negativa) do que à interpretação propriamente, desde que a interpretação surge a partir de formações do inconsciente do analisando (que portanto a ele pertence) e são transferidas para o aparelho psíquico do analista.

Trata-se, para o analista, de poder ouvir o outro onde quer que ele esteja, (9) o que nem sempre é possível. Nem sempre é possível ouvir seja o português, seja o inglês, ou seja lá qual for a língua particular que esteja sendo falada. Bion propõe intuir a comunicação como pensamentos em busca de pensador. Em termos linguísticos, poderiam ser significantes em busca de significados. Porém, são pensamentos e significantes estilhaçados. E não existe consciência nem inconsciência do estilhaçamento. Porém, quando é possível acompanhar o analisando com atenção e interpretação e, quando é possível ele ir recuperando paulatinamente cadeias associativas significantes, o que ele tende a recuperar é tanto o funcionamento consciente como o funcionamento inconsciente, assim como a permeabilidade consciente-inconsciente.

Eis uma diferença fundamental em relação à meta freudiana para a interpretação, que é tornar consciente o inconsciente. Tal meta só é possível quando existe inconsciente a ser tornado consciente. Não é que Freud esteja superado. O problema é que o distúrbio que está promovendo demanda de análise é de outro tipo. São distúrbios de pensamento, tanto da área de produção de pensamentos como da área de pensar os pensamentos.

A área de produção de pensamentos compõem o que Freud chamava o inconsciente. No plano linguístico, são cadeias de significantes linguísticos. O que Bion propõe em seus trabalhos é uma ampliação do conceito de significante linguístico para outros registros. Desde significantes tão primitivos como os sonhos e os mitos, os sintomas e manifestações no plano corporal, passando pelas pré-concepções, concepções, etc.

Os distúrbios de produção de pensamentos estão na área de produção do inconsciente. Esse é o modo como leio "Uma teoria do pensamento"(4). Com essa mesma leitura diria que o consciente se constituiria, grosso modo, no aparelho para pensar os pensamentos. Assim sendo, a técnica analítica, nos casos de distúrbio da área de produção de pensamentos, deve atender a uma ampliação dessa área, vale dizer uma ampliação do inconsciente ou recriação do inconsciente. Isso é totalmente diferente de tornar consciente o inconsciente.

Bion ampliou o conceito de significante além dos significantes linguísticos. Guy Rosolato(21), concordando com Bion, usa de um outro modo essa ampliação e indica, em um trabalho muito interessante, algumas formas de estruturas clínicas calcadas nas formas metonímicas e metafóricas de estruturação da linguagem inconsciente.

A proposta de Bion de ir além dos significantes linguísticos é, as vezes, colocada de modo a parecer que a linguagem não tem valor no sentido de um contato com o desconhecido. Tal concepção parece supor que o desconhecido está de um lado e a linguagem está de outro lado, o que me parece uma construção positivista tanto da linguagem como do desconhecido. O que, como disse anteriormente, me parece ocorrer em análises bem sucedidas são aberturas para o desconhecido, a partir do interior da linguagem, das cadeias significantes ou dos pensamentos em busca de pensador.

Guy Rosolato desenvolve de uma forma muito intereressante essa idéia do desconhecido abrindo-se no interior das cadeias de significantes linguísticos e não linguísticos. Trata-se de uma aproximação entre as concepções bionianas e lacanianas.

Existem outros movimentos, a meu ver bastante salutares, de aproximação entre teorias psicanalíticas inovadoras e atuais. Não vou me deter neles neste momento. Indico, apenas, que o tema interpretação é muito propício para tais aproximações, o que cria esperança quanto a um maior entendimento das nossas divergências e convergências

CONCLUSÕES

Minha intenção foi captar o tema interpretação a partir do seu interior. Daí o título "Bases da interpretação". Faço um suspense, já no título, sobre se de fato *criação ou revelação* seriam essas bases. Assim, em vez de responder a essa questão proposta, resolvi examinar, através do estudo de inúmeros trabalhos dos quais a bibliografia publicada é apenas a amostra mais significativa, quais seriam históricamente, também de acordo com minha prática clínica, as bases da interpretação.

Nesse sentido, percorro a construção, o abandono e a reinvenção da teoria da sedução. Faço tal percurso entremeando a teoria da sedução com duas outras ordens de teorias: As teorias sobre o aparelho psíquico e a teoria da catástrofe que Bion trouxe para a psicanálise. Essas três ordens de teorias são instrumentos presentes no meu trabalho interpretativo psicanalítico. Isso é o que constato quando olho esse trabalho, a partir de uma certa distância teórica. Na prática, a interpretação parece surgir simplesmente como um iceberg com o qual me choco, a partir da minha atenção voltada ao "vazio", ao "desconhecido", à "dura e estranha realidade". Realidade que só ganha sentido a partir do nosso envolvimento.

Tal atenção, voltada ao estranho, ao desconhecido, à realidade, articula-se, de algumas maneiras com as teorias mencionadas. Na teoria da sedução o estranho é o outro, a partir do seu próprio corpo, um corpo estranho. Na teoria do aparelho psíquico o estranho é o próprio sujeito ou está no interior do próprio sujeito, o qual vê-se descentrado de si mesmo. Finalmente, na teoria da catástrofe, ambos, eu e o outro, estamos diante da catástrofe, do absurdo da condição humana. E será a partir da aceitação dessa condição que se abrirão espaços à interpretação e ao novo. Nesse sentido, a interpretação está essencialmente ligada ao estranho e desconhecido, seja qual for a razão, prática ou teórica, pois, obviamente, o que é conhecido, dado, não necessita interpretação.

Dentro dessas perpectivas, as vivências emocionais de falta, de desamparo, de, como o Édipo, estar jogado no mundo são a catástrofe fundamental, mobilizadora de conhecimento e interpretação do absurdo da condição humana.

REFERÊNCIAS BIBLIOGRÁFICAS

1. ANZIEU, D. (1969). *Dificuldad de un estudio psicoanalítico sobre la interpretación*. Rev. Psicoanál., 29(2): 253-82, 1972.

2. BION, F. (1980). Prefácio da edição inglesa. Em *Conversando com Bion: Bion em Nova Iorque e em São Paulo*. Rio de Janeiro: Imago, 1992. pp. 66-7.

3. BION, W. R. (1959). Ataques al vínculo. Em *Volviendo a Pensar*. Buenos Aires. Ed. Hormé, 1972. pp. 128-50.

4. ──── (1962a). Una teoría del pensamiento. Em *Volviendo a Pensar*. Buenos Aires: Ed. Hormé, 1972. pp. 159-64.

5. ──── (1962b). *O Aprender com a Experiência*. Rio de Janeiro: Zahar Ed., 1966.

6. (1963). *Elementos da Psicanálise*. Rio de Janeiro: Zahar Ed., 1966.

7. (1965). *Transformations*. London: William Heinemann.

8. (1970). *Atenção e Interpretação*. Rio de Janeiro: Imago, 1991.

9. (1975). *Uma Memória do Futuro*, 1: *O Sonho*. São Paulo:Martins Fontes, 1989.

10. EIGEN, M. (1985). En torno al punto de partida de Bion: de la catastrofe a la fe. Libro Anual de Psicoanálisis, 1: 263-4, 1986.

11. FERENCZI, S. (1933). Confusão de língua entre os adultos e as crianças. Em *Escritos Psicanalíticos*. Rio de Janeiro: Taurus Ed., s.d. pp. 347-56.

12. FEYERABEND, P. K. (1965). Consolando o especialista. Em *A Crítica e o Desenvolvimento do Conhecimento*. São Paulo: Ed. Cultrix, 1979. pp. 244-84.

13. FREUD, S. (1895). *Estudos sobre a Histeria*. Edição Standard Brasileira, 2.

14. (1897). *Extratos dos documentos dirigidos a Fliess: Carta 69*. Edição Standard Brasileira, 1.

15. (1900). *A psicologia dos processos oníricos*. Edição Standard Brasileira, 5.

16. KLIMOVSKY, G. (1985). Aspectos epistemológicos da interpretação psicanalítica. Em *Fundamentos da Técnica Psicanalítica*, org. Horácio R. Etchegoyen. Porto Alegre: Artes Médicas, 1989. pp. 269-83.

17. KUHN, T. S. (1965). Lógica da descoberta ou psicologia da pesquisa? Em *A Crítica e o Desenvolvimento do Conhecimento*. São Paulo: Ed. Cultrix, 1979. pp. 5-32.

18. LAPLANCHE, J. (1992). *La interpretación entre el determinismo y la hermenéutica: re-enunciando el problema*. Libro Anual de Psicoanálisis, 8: 123-40.

19. (1987). Da teoria da sedução restrita à teoria da sedução generalizada. Em *Teoria da Sedução Generalizada e outros Ensaios*. Porto Alegre: Artes Médicas, 1988. pp. 108-25.

20. & PONTALIS, J.-B. (1967). *Vocabulário da Psicanálise*. São Paulo: Martins Fontes, 1986.

21. ROSOLATO, R. (1985). O símbolo como formação. Em *Elementos da Interpretação*. São Paulo: Ed. Escuta, 1988. pp. 107-28.

22. POPPER, K. R. (1965). A ciência normal e seus perigos. Em *A Crítica e o Desenvolvimento do Conhecimento*. São Paulo: Ed. Cultrix, 1979. pp. 63-71.

* A FUNÇÃO CRIATIVA E/OU REVELADORA DA INTERPRETAÇÃO[1]

*Elias M. da Rocha Barros**

Penso que a psicanálise e o movimento psicanalítico atravessam um momento de crise. A teoria de que dispomos tornou-se insuficiente para explicar o que ocorre na clínica e, portanto, para pensá-la com maior acuidade. No plano social, a clínica psicanalítica tem seu papel, de principal alternativa para o alívio do sofrimento mental humano, desafiado. Em diversas partes do mundo nos cobram a demonstração da especificidade de nossa prática e de nossos resultados.

A dificuldade, cada vez maior, de explicarmos o que estávamos fazendo em nossa clínica com base nas teorias metapsicológicas disponíveis, produziu uma proliferação de escolas psicanalíticas que se arvoram numa originalidade teórica tornando o debate psicanalítico, fora do restrito círculo de seguidores, estéril. Esta crise tem vários matizes e não pretendo nesta oportunidade examiná-la em seus pormenores, os psiquiatras, apoiados por uma enorme quantidade de pesquisas, tanto genéticas quanto do metabolismo cerebral, que indicam como o fator biológico interfere nos modos humanos de sentir, sentem-se encorajados a desqualificar o modelo psicanalítico da mente humana. Esta idéia, em si, não é nova, mas a presença de pesquisas que indicam como estados de espírito são produzidos por alterações em enzimas cerebrais reforçou a idéia de que o biológico, por si só, explica o mental. O arsenal farmacológico de que estes psiquiatras dispõem ainda é limitado e não apresenta grandes novidades em relação ao que se dispunha há dez ou quinze anos. Não é este arsenal farmacológico que nos ameaça, não é o Prosac, o Rivotril, o Sulpan ou o Zoloft, o Litium que vão acabar com a psicanálise. Estamos, de qualquer forma, diante de um grande desafio. Trabalhamos com a palavra, com o significado da experiência emocional, tendo como arma principal a interpretação comunicada verbalmente aos nossos pacientes na **"situação analítica"**, uma condição inventada por nós como parte de nosso arsenal. Precisamos, para sobreviver quanto a prática clínica, demonstrar que *a palavra interpretativa que comunica significados da experiência emocional* modifica a vida psíquica do indivíduo. Estou propondo, em minha palestra hoje, que examinemos o discurso psicanalítico do ponto de vista da natureza do conhecimento transmitido pela interpretação e que nos voltemos para a situação analítica tomada como nossa *materialidade teorética* (Fédida,1992) metapsico-

---

[1] Este artigo foi baseado em parte no trabalho apresentado no Simpósio sobre o pensamento de Bion realizado em São Paulo em novembro de 1996. Parte desse trabalho também foi apresentado em Recife em outubro de 1996.
* Membro Efetivo e Analista Didata da Sociedade Brasileira de Psicanálise de São Paulo e da Sociedade Britânica de Psicanálise.

logicamente coerente com a "ficção" de um aparelho psíquico.

Neste contexto penso ser importante examinar uma polêmica que tem ganho corpo entre analistas sobre a natureza e função do conhecimento transmitido pela interpretação psicanalítica. A questão da interpretação ser um ato de criação, que dará margem a uma nova história de vida e novos significados no quadro das relações emocionais de nossos pacientes **ou** um ato de decodificação, revelador de uma fantasia pré-existente no inconsciente que o faz repetir no presente significações passadas é, entretanto, a meu ver, um falso problema, como pretendo demonstrar.

A. Ferro (1995) sintetiza os termos desta discussão de forma útil ao comparar os modelos Bioniano e Kleiniano, embora o faça de forma caricatural e eu pense que sua descrição não corresponda plenamente (especialmente o Kleiniano) às duas perspectivas teóricas mencionadas. A. Ferro (1995) nos descreve um modelo Bioniano no qual os personagens, criados na história narrada da sessão, são nós de uma rede narrativa inter-pessoal que nascem como **holografias** da inter-relação emocional atual estabelecida entre analista e paciente. Os personagens são criados no encontro e na sessão joga-se com 'estados de espírito'. Neste modelo, uma história está sempre em curso, para acontecer imprevisivelmente, enquanto que, no dito modelo Kleiniano, a história existiria para ser decifrada e o futuro previsto. No contexto destes modelos, a interpretação kleiniana seria decodificadora/reveladora e a interpretação bioniana seria criativa, não uma **interpretação**, mas antes de tudo uma observação desbravadora de novos horizontes. Nesta apresentação não pretendo historiar esta polêmica, mas apenas me referir a alguns pontos da teoria psicanalítica que deram margem a esta indagação sobre a natureza da ação interpretativa.

Inicialmente, na obra de Freud, a interpretação tinha um caráter explicativo e se constituía num processo de tradução do conteúdo latente que subjazia à conduta manifesta. Neste período, Freud não diferenciava a interpretação psicanalítica da maneira como outros autores a utilizavam, por exemplo, para o desvendamento dos significados dos textos sagrados ou mesmo da maneira como José a empregou para interpretar o sonho do faraó, quando este lhe prognosticou sete anos de fartura e sete anos de penúria.

A interpretação, na obra freudiana, adquire aos poucos uma nova dimensão, que passa então a caracterizar seu uso no contexto analítico. Além de elucidar significados, ela se torna um instrumento de modificação do equilíbrio psíquico. Passa a visar mudanças no mundo mental através de seu poder de desorganizar defesas[2] e se torna um instrumento da desestruturação que promove uma nova reorganização.

---

2 - R.Mezan, (1996) faz em seu artigo uma excelente revisão do conceito de interpretação.

Esta nova concepção desenvolveu-se a partir do conceito de repressão. Neste contexto teórico, a função da interpretação era concebida como sendo a de tornar o inconsciente, consciente. Assim, a interpretação do conflito que produzia a repressão, por si só, já levaria à mudanças psíquicas.

Esta perspectiva logo mostrou suas insuficiências.

Gostaria de examinar mais detalhadamente os termos do debate entre essas duas concepções do conhecimento produzido pela interpretação.

A palavra *'revelação'* significa ao mesmo tempo: 1- o processo através do qual algo obscuro ou secreto é mostrado; 2- uma verdade irrefutável de caráter divino que não deve ser submetida ao processo racional e se sustenta pela fé; 3- um fato exposto de maneira dramática e surpreendente. Todas as revelações divinas às quais a história faz menção, se dão num clima de grande intensidade emocional e é deste clima que elas adquirem sua força de apelo à fé.

A palavra *criação* é utilizada no sentido de invenção e quer dizer "dar origem a algo não existente previamente".

Penso, e procurarei demonstrar esta idéia, que a interpretação é *concomitantemente* um ato de revelação/decodificação (no sentido de exposição de um fato antes obscuro, de maneira a surpreender) e, em decorrência deste caráter revelador, se constitui num ato de criação de significados que se incorporam ao ser do paciente e não se esgotam no momento em que ocorrem e ainda permanecem disponíveis para outras re-interpretações, na medida que criam(ou recriam) uma subjetividade, dotando o ego de um eu-intérprete. Este duplo caráter da interpretação, que alguns pretendem ser contraditório, tem sua origem na questão de como conceber a relação entre as instâncias consciente e inconsciente, a partir de uma discussão iniciada por Freud sobre o modo de existência das representações inconscientes e sua relação com a consciência.

Freud (1915) referindo-se às representações consciente e inconsciente, escreve:

"Essas duas representações (a inconsciente e a consciente) não são, como tínhamos pensado, inscrições diferentes do mesmo conteúdo em lugares psíquicos diferentes nem, tampouco, estados de investimento funcionais diferentes no mesmo lugar..." (pág. 230)[3]

---

3 - "The two, are not, as we supposed, different registrations of the same content in different psychical localities, nor yet different functional states of cathexis in the same locality..." (p.230)

A natureza consciente ou inconsciente de uma representação não deriva do espaço psíquico onde esta tem existência e nem de um fator quantitativo. Seu caráter, consciente ou inconsciente, depende da maneira como esta é articulada no mundo interno, com as vivências emocionais. Desta forma, os modos consciente e inconsciente não existem em paralelo, mas mantêm uma relação dialética entre si; e cada um só adquire sua qualidade por referência ao outro.

A idéia de que a interpretação possa se limitar simplesmente a traduzir ou revelar conteúdos inconscientes, e que isto baste para promover mudanças psíquicas, deriva do papel central dado ao conceito de repressão na concepção de Freud do aparelho psíquico. Uma leitura parcial do texto freudiano nos leva a pensar que a tarefa do analista é a de levantar todas as repressões e que, desta forma, sua função se esgota na tarefa finita de tornar o inconsciente consciente.

A objeção central à concepção da interpretação como prática reveladora/decodificadora baseia-se numa crítica à natureza de um conhecimento que apenas adiciona informação e não se incorpora no *ser do paciente*. Do ponto de vista deste trabalho, gostaria de mencionar uma contribuição central de Bion que coloca em questão a natureza do conhecimento aportado pela atividade interpretativa. Bion nos indica que a vida mental não pode ser considerada apenas do ponto de vista de seus conteúdos, mas precisa ser encarada também do ponto de vista de como a mente se organiza para elaborá-los, ou seja, como a mente desenvolve um aparelho para pensar pensamentos.

Para Bion, o único conhecimento que importa é aquele que transforma o ser, em contraposição ao conhecimento que leva apenas a um acréscimo das informações disponíveis. A realidade só se torna tangível se ela puder ser transformada, inclusive a realidade psíquica. Isto só pode ocorrer se a interpretação não for explicativa e saturante (você é assim porque...), colorindo-se de um reducionismo simplista.

Em meu trabalho clínico, penso a interpretação como um ato de apreensão metafórica do processo de constituição das experiências emocionais, no momento mesmo de sua ocorrência e, portanto, indicador do processo pelo qual os significados são construídos. A interpretação, neste contexto, é ato de criação de significados, tanto para o paciente quanto para o analista, embora de qualidade diferente, que amplia o universo da emoção ao abrir redes de vivências emocionais até então impermeáveis. A metáfora apreendida pela interpretação não se limita a revelar isomorfismos. Ela associa conjuntos de experiências mediante processos comparativos, abrindo-as uma para as outras.

Penso que fantasias inconscientes são atuadas na sessão e na vida, independentemente da vontade ou conhecimento do paciente, e não se reduzem a histórias a serem contadas para o analista. É através da narrativa do paciente na sessão que temos acesso aos personagens que contam a história do relacionamento deste paciente no mundo e, na sessão com o analista, com o qual o personagem é construído conjuntamente e as fantasias são transformadas em ação. São as alterações na constituição deste personagem, que expressam formas de articulação da experiência emocional, que operam a transformação do *saber* sobre para o *tornar-se outro*, com base no movimento contínuo do que somos.

Sustentado implicitamente no conceito de posições (esquizo-paranóide e depressiva) introduzido por Klein, Bion abala mais do que qualquer outro analista o ponto de vista dinâmico que atribuía uma causalidade psíquica a um dinamismo inconsciente constituído pelas relações objetivas primitivas, em favor de um ponto de vista estrutural que privilegiava formas de articulação presentes da experiência emocional. Esta posição não nega a importância das primeiras identificações, apenas, a meu ver, redefine sua função. Rompe-se desta forma com a idéia de um determinismo simples e adota-se a idéia de um multideterminismo cujas estruturas causais se articulam de diversas maneiras em diversos planos. Na medida que interpretamos estruturas causais que se articulam concomitantemente em diversos planos, introduzimos na sessão uma espécie de economia da surpresa, que acrescenta ao *insight* uma qualidade de efeito-descoberta que abre novas perspectivas vivenciais para o paciente, ampliando sua consciência afetiva.

Ao examinar o material de uma sessão procurarei mostrar que, como decorrência das concepções teóricas aqui mencionadas, a tarefa do analista diante da fala do paciente, do ponto de vista do enfoque transferencial, se assemelha mais ao trabalho do **criptolingüista** diante de uma língua desconhecida a ser decifrada, do que ao do intérprete diante de uma língua estrangeira. O intérprete possui a chave que permite a tradução da língua estrangeira, enquanto que o criptolingüista não a possui, e sua tarefa consiste em encontrá-la. Este, em sua tentativa de decifrar a língua desconhecida, procura identificar padrões que lhe permitam descobrir o que Chomski denominou gramática generativa. A busca de correspondência palavra à palavra entre uma língua conhecida e outra desconhecida seria fadada ao fracasso pois o significado destas depende, na maioria dos casos, de sua função no contexto sintático, ou seja gramatical, em que se situam. Da mesma forma, a relação entre a narrativa do paciente e os conteúdos inconscientes que estão sendo atuados, não tem uma correspondência de tipo analógico. Sua relação é mais do tipo metafórico, na medida que ela se estabelece em torno de semelhanças de significados e/ou funções.

Penso que as relações entre o inconsciente e suas manifestações conscientes podem ser pensadas como se constituindo numa gramática. Utilizo-me do termo *gramática* no sentido que lhe deu Fernand Braudel ao escrever *'Grammaire des Civilizations'* para descrever os processos que regem a constituição das diversas histórias ocorrendo simultaneamente no processo de constituição de uma civilização.

Ao se relacionar metaforicamente ou metonimicamente com a consciência, o inconsciente está constantemente recriando novos significados. É neste sentido que a transferência assume o caráter de uma *poiesis* tal qual definida na língua grega clássica. O paciente nos diz coisas com palavras, e também por meio de uma comunicação não verbal, com gestos e atuações. Neste contexto, as próprias palavras podem tornar-se atuações da forma de operar das relações de objeto prevalentes no mundo interno. Podemos tomar estas manifestações como discursivas (que incluem também o não verbal presente na situação analítica) dirigidas ao analista como tentativas permanentes de recriação das conexões perdidas entre os significantes não verbais do inconsciente e os significados da experiência emocional que dão sentido a nossa vida psíquica. Este discurso, que permeia a relação do inconsciente com o consciente, estrutura-se sob a forma de um código linguístico desconhecido do analista, regido por certos princípios articuladores de significado, o equivalente a sua gramática generativa. Quero enfatizar que não estou afirmando que o inconsciente se constitui como linguagem, como o faz Lacan. Estou me referindo apenas ao processo que permeia a relação do inconsciente com o consciente.

Mahony (1987) já havia notado esta relação entre os processos metafóricos e transferenciais ao mencionar que, etimologicamente na origem, as palavras "metáfora", "transferência" e "tradução" são sinônimas. (pág. 6)

Gostaria de me utilizar de uma sessão de um caso por mim atendido para discutir minhas concepções. Este caso, em parte já mencionado em outro trabalho, foi escolhido por ilustrar de maneira muito viva o modo como um estado de humor excitado, que praticamente não predispunha o paciente a um diálogo reflexivo consigo mesmo e com o analista, pode ser alterado por uma interpretação com efeitos profundos em sua maneira de ser.

Trata-se da primeira sessão de um paciente após ausência de uma semana, motivada por uma viagem de negócios. Esta ausência deveria ter se prolongado por mais alguns dias, caso fosse seguido o planejamento original, mas foi interrompida devido a sua preocupação com o estado de saúde de sua mulher, que lhe telefonou informando que havia descoberto um nódulo no seio. Este paciente é visto por mim 4 vezes por semana.

Na primeira sessão depois de sua volta o paciente começa sua sessão dirigindo-se a mim de uma maneira pouco habitual, como se estivesse conversando com alguém de sua mais próxima intimidade, como se eu fosse um companheiro de travessuras. Seu tom é excitado e seu humor parece maníaco. Vou relatar a sessão da forma quase literal como ocorreu, buscando recriar o clima presente na sessão.

Companheiro, cometi pecado capital (Isto é dito num tom enfático, algo jocoso, como se ele fosse me contar uma travessura) *Encontrei a Adriana em Zurique. Aliás você sabe muito bem quem ela é. Acho até que ela fez análise com você ou com sua mulher.* (Na realidade isto nunca havia ocorrido, embora eu soubesse de quem se tratava) (Pausa) *Não perguntei a ela é obvio, se havia se analisado ou não com você. Saímos eu, ela e Denise. Fomos ao (restaurante) Poirat. Você certamente sabe que o chef principal não esta mais lá? Claro que sabe.! "X" me disse que você é um gourmet e não resiste a um bom prato. Sei que você viajou num fim de semana com o Paul só para ir a um restaurante.* Breve silêncio

Cheguei ao Brasil e, talvez até devesse estar falando disto, e Andréia estava muito aflita. Eu até adiantei minha volta, como lhe disse ao telefone, vim antes por causa disto. Ela me telefonou contando que estava com um nódulo no seio e precisava fazer uma biópsia. No momento fiquei aflito e tomei o avião de volta naquela mesma noite. Interrompi tudo. Eu não estava preocupado, pois sabia que não ia dar nada. Sabia que o resultado iria ser negativo. Até dei uma mancada de tão despreocupado que eu estava. Eu me esqueci de telefonar para ela depois de já ter voltado, quando ela foi fazer a biópsia e ela ficou muito brava comigo. Com razão! (Curto silêncio)

Então, voltemos à confissão! Ao sair com a Adriana e Denise, eu não pretendia nada. Aliás nada que não fosse além de negócios. Você sabe que a Denise é essencial para o acordo que pretendo fazer com a Adriana. Eu só estava cevando a boa vontade da Denise para ela me ajudar a convencer a Adriana. Mas, você sabe que a Adriana é irresistível. Mas ao sair eu não estava pensando nisto. Mas, o que um Chateau Latour faz pela gente! Você sabia que o Humphrey Bogart dizia que a humanidade está a dois whiskies de distância da solidariedade social? Pois é. Tenho curiosidade de saber se você resistiu à Adriana! Quase perguntei. Ela veio com uma conversa que eu pensei: será que ela estava falando de você? Ah, dois dias antes de encontrar a Adriana, eu havia encontrado o Julio e passamos a tarde conversando. Ele sim sabe distinguir trabalho de gafieira. Eu estava que não me aguentava mais no fim do dia. Tinha acabado de chegar e ele queria porque queria estabelecer as linhas gerais da conversa que teríamos com os representantes dos Bancos de lá e acabou me fazendo trabalhar a tarde toda, desde a manhã, duas horas depois que eu havia chegado. Recebemos o pessoal no Hotel. Eu encomendei um puta aperitivo, você iria gostar: salmão de cinco tipos, pãezinhos do Le Pain d'Antain. Vira-se então para mim e diz: Você compreende estas coisas não? O Julio acho que não compreende. Ele me disse que não estávamos brincando, que tudo tem hora. Imagine só. De volta ao pecado! Voltamos ao Hotel e Adriana me disse que estava com dor nas pernas e me perguntou se eu tinha Voltaren. Eu tinha. (O paciente é hipocondríaco e viaja com uma série de medicamentos) *Ela passou no meu quarto para pegar o Voltaren e eu, muito safado, amaciado por um Chateau Latour, perguntei se ela queria que eu fizesse uma massagem no pé dela. Tínhamos voltado andando do restaurante. E eu, claro que estimulado pela solidariedade humana, me propus a massagear o pé da moça. Resultado: eu e ela nos esquecemos do Voltaren, da Andréia, do Ricardo* (o marido de Adriana) *e....pecamos!*

A seguir, o paciente menciona que não dormia há três dias por ter, apressadamente, alterado os termos de alguns contratos financeiros com base numa expectativa excitada do que aconteceria politicamente no país nos próximos meses. Aí comenta:

Ah, tive um sonho muito curioso. Curtinho.

Sonhei que estava num supermercado, diante de uma prateleira e havia uma lata de salmão que custava dois dólares e uma lata igual de caviar que custava duzentos dólares. Não havia ninguém em volta e eu troquei os rótulos dos preços. Coloquei dois dólares para o caviar, que levei para o caixa, e duzentos dólares para o salmão que não comprei.

Gozado, não quer dizer nada para mim. Fica apenas uma sensação do quão excitante foi fazer a troca e minha ansiedade divertida ao passar pelo caixa.

O paciente não tem nenhuma associação direta ao sonho.

Alguns aspectos da sessão, que acredito estarem presentificados no sonho, me chamam a atenção. Ele fala comigo como se eu fosse um íntimo companheiro de travessuras, que sentia tudo da mesma forma como ele sente e pensa. Sua fala sugere que eu também, se colocado na mesma situação, não resistiria à Adriana, uma mulher *irresistível*, da mesma forma como não resisto a uma boa comida. Chama-me a atenção a fala sobre Julio que o faz trabalhar e que sabe diferenciar trabalho sério de lazer. A relação com a mulher está presente de forma ambígua. Ao mesmo tempo que se preocupou enormemente quando soube que ela tinha um nódulo no seio e até interrompeu sua viagem por causa disto, ele se esquece de telefonar para ela para saber o resultado da biópsia e, aparentemente, também não sente nenhuma culpa por havê-la traído. Sua certeza de que o resultado da biópsia seria negativo não tem qualquer base objetiva e me parece sustentado por uma crença onipotente.

Penso que a maneira dele se relacionar comigo na sessão é uma atuação do que pode ser visto no sonho através da troca de rótulos. Este nos indica como este paciente se articula emocionalmente. Penso que P. opera na vida trocando o rótulo do significado das situações emocionais que vive, de forma a tornar de baixo custo emocional para ele tudo o que deseja. Na transferência, não sou como Julio que sabe diferenciar coisas sérias de lazer excitado e me torno uma figura tão excitada quanto ele, que não resiste a uma mulher bonita ou a uma boa comida ou a seu relato dos acontecimentos da viagem e se esquece do estado de saúde de sua mulher. Tenho a impressão que a excitação tem dupla função. De um lado, ele se livra de toda culpa e responsabilidade pelo estado de seus objetos e, por outro lado, o investe de crenças onipotentes que lhe permitem ter tudo que quer sem ter que pagar o preço para obtê-las. No sonho o caviar passa a custar dois dólares e graças a sua esperteza ele o obtém pelo preço do salmão. Esta troca de rótulos é feita excitadamente. Esta mesma excitação o leva a envolver-se com Adriana sem pensar nas consequências para os objetos que preza e, portanto, não terá que pagar qualquer preço por abandoná-los e realizar seus desejos. Ele diz que naquele momento Andréia (sua mulher), Ricardo (o marido de Adriana), o Voltaren (o medicamento anti-inflamatório), foram esquecidos. O próprio objetivo inicial da ida de Adriana a seu quarto, cuidar de seu tornozelo, de sua dor, é esquecido. Dor se cura com excitação. Esta é a prescrição que lhe é oferecida como modelo de cuidado para sofrimento emocional.

Interpreto para o paciente o conteúdo transferencial de sua fala, mostrando-lhe que sou percebido por ele como um objeto que atua guiado pela minha excitação, que também se excita com ele, com suas histórias sobre diferentes tipos de salmão, pratos e mulheres irresistíveis, que se esquece de se manter como analista e cai na gafieira ficando curioso e excitado pelo seu relato, que se esquece de querer saber qual foi o resultado da biópsia de sua mulher.

Depois de minha interpretação, o paciente fala-me do medo, quase pânico de perder sua mulher, de como se sentiu sozinho em outras viagens que fez a

Zurique antes de ser alguém importante, cercado de pessoas que o bajulam, de almoços, compromissos etc. Fala-me da companhia que sua mulher lhe fazia quando viajava com ele. Também, depois de um silêncio me conta sobre sua solidão quando criança, vivendo em uma casa sombria e, na maior parte do dia sem vida, dando a impressão de estar tudo em volta emocionalmente morto e menciona seu desconforto com a presença de um pai silencioso. Sua vida só se tornava interessante quando a mãe lhe contava histórias à noite, histórias interessantíssimas, que lhe tiravam o sono e o levavam a mergulhar com grande excitação num mundo maravilhoso de heróis, figuras charmosas, mágicos, generais poderosíssimos. Ele compara esta excitação que tomava conta de suas noites à experiências que têm quando visita seu país natal e assiste a cerimônias oficiais com a presença de forças militares acompanhadas de música marcial. Nestas ocasiões, é tomado de um intenso sentimento de orgulho, poder e, eu diria, de superioridade. A interpretação mudou claramente seu estado de espírito e o colocou em contato com um mundo interno povoado por um pai emocionalmente ausente e por uma mãe muito excitante que lhe transmite sobretudo um sentimento de poder e superioridade.

Penso que a mudança de estado de espírito e as associações trazidas pela interpretação ilustram meu ponto inicial: toda interpretação que faz sentido para o paciente e opera uma transformação, contém um momento de decodificação/revelação e é criadora de uma nova história de significações ao abrir espaço para novas conexões emocionais. A consciência afetiva se amplia na medida que o paciente se abre para o que, até então, era indizível.

A interpretação dada não se resume a uma decodificação reveladora de uma fantasia inconsciente e não tem o caráter de uma metáfora definidora, embora decodifique a operação desta fantasia na sessão.

A fantasia inconsciente, decodificada e revelada, refere-se ao processo de constituição de um objeto onipotente com o qual se identifica através da excitação que o anestesia da preocupação de ter que pagar o preço real para obter aquilo que quer. Desta forma, a vida torna-se "barata" e tudo o que ele quer torna-se possível sem que ele tenha jamais que passar pela experiência de fragilidade e pela possibilidade de ter que arcar com perdas e frustrações. Esta revelação muda seu estado de espírito e o coloca em contato com novos esquemas mnésicos propiciando-lhe a criação de novas experiências emocionais até então barradas a ele.

Neste contexto, a decodificação vivida, durante a sessão, de um modo de operar inconsciente, o liberta de um modo de gerar história de vida profundamente limitado por suas experiências emocionais passadas que o leva a repetir padrões automaticamente.

Nesse contexto, a decodificação, do modo de operar de sua história passada tem a mesma função libertadora do futuro atribuída pelo historiador Lucien Febvre (1946, apud Le Goff, 1988) à pesquisa histórica quando diz:

"Fazer história, sim, na medida em que a história é capaz, e a única capaz de nos permitir viver num mundo em instabilidade permanente, com outros reflexos que não unicamente os de medo."

Assim, a decodificação, na medida em que cria novos significações no âmbito da vida emocional, liberta nossos pacientes de uma maneira automática e repetitiva de gerar a própria história. Para mim, esta é a função central do processo psicanalítico.

Sumário

A questão da interpretação ser um ato de criação, que dará margem a uma nova história de vida e significados no quadro das relações emocionais de nossos pacientes, ou um ato de decodificação, revelador de uma fantasia pré-existente no inconsciente que o faz repetir no presente significações passadas, *é um falso problema*. O trabalho sugere também que a interpretação é um ato de revelação/decodificação (no sentido de exposição de um fato antes obscuro, de maneira a surpreender) e em decorrência deste caráter revelador se constitui *concomitantemente* num ato de criação de novos significados. Estes, por sua vez, se expressam em experiências emocionais que se incorporam ao ser do paciente e não se esgotam no momento que ocorrem e ainda permanecem disponíveis para outras re-interpretações. Este duplo caráter da interpretação, que alguns pretendem ser contraditório, tem sua origem na questão de como conceber a relação entre as instâncias consciente e inconsciente, a partir de uma discussão iniciada por Freud sobre o modo de existência das representações inconscientes e sua relação com a consciência.

Neste contexto, a função de decodificação de um modo de operar inconsciente, liberta o paciente de um modo de gerar história de vida profundamente limitado por suas experiências emocionais passadas, que o levam a repetir padrões automaticamente.

Summary

The author suggests that the question of whether interpretations are an act of creation that provide the possibility of a new life history and new meanings in our patients' emotional relationships, or whether they are acts of decoding (revealing) a pre-existing fantasy in the unconscious that makes them repeat meanings in the present, is a false problem. The evolution of the conceptions of the nature and function of the knowledge conveyed by interpretation leads to the suggestion that interpretations are, at one and the same time, acts of revelation/decoding (in the sense of a surprising exposition of a fact or facts that have hitherto been unknown) and, as a result of this revealing character, acts of creation of meanings that are not limited to the moment they occur. They remain available for other re-interpretations, since they endow the ego with an I-interpreter. This double character of interpretation, that some consider contradictory, has its origins in the question of how to conceive the relationship between consciousness and the unconscious, based on a discussion begun by Freud about the mode of existence of unconscious representations and their relationship to consciousness.

REFERÊNCIAS BIBLIOGRÁFICAS

1. BRAUDEL, F. (1987). *Grammaire des Civilisations*. Paris: Arthaud-Flamarion.

2. FEBVRE, L. MARC BLOCH ET STRASBOURG. In LE GOFF, J. (1978). *La Nouvelle Histoire*.; Paris:Editions Complexe.

3. FÉDIDA, P. (1992). *Nome, Figura e Memória*. São Paulo: Ed. Escuta. (Pág 82)

4. FERRO, A. (1995). *A Técnica na Psicanálise Infantil*. Rio de janeiro: Imago.

5. FREUD, S. (1915). *The Unconscious*. S.E. 14.

6. MAHONY, P. (1987). *Psychoanalysis and Discourse*. London, New York: Tavistock Publications. (Ed. Bras. Mahony, P. 1990, *Psicanálise e Discurso*. Rio de Janeiro: Imago)

7. MEZAN, R. (1996). Cem Anos de Interpretação. Em *Cem Anos de Psicanálise*. SLAVUTSK, A.;SOUZA BRITO, C.L., SOUZA, L. A. (organizadores). Porto Alegre: Artes Médicas.

INTERPRETAÇÃO REVELAÇÃO OU CRIAÇÃO?

e/ou

EVOLUÇÃO/ INTERSECÇÃO/ DECISÃO/ CONSTRUÇÃO?

*Dra. Elizabeth T. de Bianchedi**

"A descoberta é apenas transitória - a caminho de uma outra descoberta"

Uma Memória do Futuro, Vol.III (Bion, 1979)

Neste trabalho vou fazer alguns comentários sobre a particular função do analista que é "interpretar" o que observa-intui-entende no contexto vincular da sessão psicanalítica, tentando responder a pergunta tema deste painel. Esta pergunta ("interpretação: revelação ou criação?) pode suscitar diferentes respostas; uma delas, tomando os dois termos como opostos, nos induz a ter que escolher um deles como conclusão, isto é, que a interpretação é uma ou outra coisa. Neste caso, estaríamos incorrendo no que, segundo Blanchot, seria "a resposta como morte da pergunta", já que, escolhendo uma, se fecha ou satura a possibilidade de seguir refletindo sobre as ressonâncias deste termo tão 'central' em nossa profissão de psicanalistas.

Outra resposta, um pouco mais aberta, poderia tomar ambos os termos como interrelacionados e dizer que a *interpretação é revelação e criação, ou revelação em interação com* (↔) a criação. Com esta resposta sinto-me mais confortável, mas combinar ou pôr ambos os termos em conjunção dinâmica obviamente não é suficiente para uma apresentação e discussão neste Simpósio.

Talvez seja interessante nos perguntarmos quais são os fatores que tornam possível a revelação e/ou a criação no vínculo analítico - se é disso que estamos tratando - sabendo, contudo, que a identificação dos fatores tampouco garante uma função de interpretação criativa ou inspirada.

* * * * *

Pensando nos fatores, acho que pode ser útil começar a indagar sobre a idéia de *"evolução"*, tantas vezes utilizada por Bion. Buscando sua definição no "Diccionário de la Lengua Española de la Real Academia" (1956) achei o seguinte:

---

* Membro Efetivo e Analista Didata da Associação Psicanalítica de Buenos Aires.

"*evolução*: 1) Ação e efeito de evoluir. 2) Desenvolvimento das coisas ou dos organismos, por meio do qual passam gradualmente de um estado a outro. 3) Movimento que fazem as tropas ou os tanques, passando de um tipo de formação a outro, para atacar o inimigo ou defender-se dele. 4) (fig.) Mudança de conduta, de propósito ou de atitude. 5) (fig.) Desenvolvimento ou transformação das idéias ou das teorias. 6) Fil. *Hipótese que pretende explicar todos os fenômenos, cósmicos, físicos e mentais, por transformações sucessivas de uma única e primeira realidade, em perpétuo movimento intrínseco, em virtude do qual passa do simples e homogêneo para o composto e heterogêneo.* 7) Transformação."

Lendo pela primeira vez estas definições, chamou-me a atenção a menção (acepção 6) de um sistema filosófico, pois se Bion pensava assim a evolução teria um sentido bastante específico o que ele quer dizer com "evolução de O", tantas vezes mencionada em Transformações (1965), *Notas sobre a Memória e o Desejo* (1967), os comentários de 1967 em *Estudos Psicanalíticos Revisados* (1967), *Atenção e Interpretação* (1970) e outros textos posteriores.

Procurando um pouco[1], achei em Spencer uma postura que poderia se aproximar desta definição. Herbert Spencer (1820-1903) foi um filósofo inglês que pensava que a mudança da homogeneidade para a heterogeneidade era a mais importante, acrescentando a lei da multiplicação dos efeitos como chave para a compreensão de todas as evoluções - cósmicas, físicas e também biológicas (por exemplo, os gases se combinam para formar planetas, a terra dá nascimento a animais simples como as amebas, o homem evolui de espécies menos complexas e vive primeiro em hordas indiferenciadas, depois desenvolve diversas funções sociais, tais como: sacerdotes, reis, trabalhadores, etc.; a poesia se separa da música e a pintura do drama, de modo que surgem diversas artes; o conhecimento se diferencia em várias ciências). Foi o profeta da evolução e do progresso, aplicando posteriormente o conceito biológico de evolução as suas teorias sociológicas (segundo o comentário que a Enciclopédia Britânica faz sobre sua obra). Deve-se destacar que Spencer publicou suas idéias sobre a evolução biológica antes de Darwin. Sua postura, no entanto, não é otimista. Ele sustenta que, uma vez alcançados os estágios finais de integração, ocorre a dissolução. E depois desta, talvez comece uma nova forma de integração.

1: Gostaria de esclarecer que eu não sou filósofa. Os dados que obtive são em parte da Encyclopaedia Britannica e em grande parte de uma conversa sobre o tema com o professor Gregorio Klimovsky (filósofo e membro honorário de APdeBA e da IPA por suas múltiplas contribuições à psicanálise a partir de sua perspectiva).

Temos também a teoria da evolução de Darwin. Ele supunha que a evolução ocorresse ao acaso e se produzisse por mudanças bruscas (saltos) nos indivíduos. As modificações feitas por Lamarck implicam que a evolução se realiza de acordo com a forma em que se dão as relações com o exterior e da maneira como estas se transmitem, ou seja, "a função faz o orgão". Em sua origem filosófica, o conceito de evolução é aristotélico, colocado por ele em relação a um progresso em direção ao "bem supremo". Porém, não creio que Bion estivesse usando este sentido do conceito.

* * * * *

Antes de ler estas definições e versões filosóficas eu tinha interpretado a formulação de Bion acerca da evolução de O da seguinte forma: evolução da realidade última ou primeira, externa ou interna, como aquilo que nos chega, convergindo com nossa mente pensante, num dado momento e gerando transformações, que podem ser sonhos, símbolos, alucinações, delírios, pensamentos, criações, etc.. Dependerá, em parte, da função alfa (ou do "trabalho onírico alfa", como Bion a chama em *Cogitations*) ou de sua carência, o fato de que estas transformações sejam sonhos, pensamentos, símbolos, alucinações ou delírios.

Desde o ponto de vista desta minha interpretação/compreensão, a interpretação psicanalítica realizada numa sessão é uma transformação de uma evolução de O, transformação feita secundariamente (ainda que basicamente) em termos lingüísticos, quando esta evolução (que também pode ser chamada de "idéia nova") convergiu com o pensador/analista num vínculo simbiótico em **K**. Neste caso, já que para esta convergência parece necessário um momento de 'at-one-ment' com O, há um momento de intuição - 'revelação'. Mas, ficar nele sem transformá-lo é equivalente a uma catástrofe e não a uma mudança catastrófica - mudança para a qual é necessária uma 'criação', uma formulação desse novo revelado-intuído numa forma compreensível para sua publicação, ou seja, para que o outro (neste caso o paciente, porém, pode ser também o próprio Ego) o entenda e o possa viver como linguagem de êxito.

Outro fator a ser levado em consideração é o seguinte: O que quer dizer Bion com convergência? Encontro? Duas retas paralelas (como os trilhos da linha férrea, exemplo dado no capítulo 1 de *Transformações*) parecem interseccionar-se num ponto, quando na realidade (objetivamente, geometricamente...) não se encontram. É esse encontro o ponto de intersecção entre o real e o imaginário, que são simétricos? Diz Bion (*A Grade*, 1971, pág. 31, versão inglesa): "O 'aparelho' da intuição não pode ser expresso nos simples termos disponíveis à formulação da experiência sensorial homogênea. O real e o imaginário só se suplementam quando *não* se encontram; sabe-se que duas linhas paralelas, no campo da experiência sensorial, se encontram, mas no campo da personalidade tornam-se simétricas." Uns parágrafos mais adiante, (loc.cit. pág. 32) diz, falando da analogia: "A forma está disfarçada (revelada?) como uma metáfora silenciosa. Seu uso está disfarçado. Às vezes, a metáfora torna-se de tal forma parte do idioma convencional que está 'morta' - a menos que...torne à vida pela justaposição de outra metáfora cuja falta de propriedade, cuja não homogeneidade, a atravesse com um estremecimento galvânico." Nestas citações, parece estar presente a idéia de Spencer acerca da evolução desde o homogêneo até o heterogêneo, mas é a própria pessoa quem, com a força de sua criatividade, gera a nova metáfora que dá vida (evolução?) à formulação.

Intersecção também é '*crossroads*' ou 'encruzilhada'. Em que momento o analista encontra-se em uma encruzilhada? Quando tem que tomar uma decisão entre o que dizer ou formular ou ficar em silêncio? Teríamos, portanto, que acrescentar à pergunta "Interpretação: revelação ou criação?", a decisão-discriminação, a cisão necessária e não patológica que leva ao Pensar (com maiúscula). Em *Making the Best of a Bad Job*, Bion (1979) sugere os Três Princípios do Viver, a saber: primeiro, o sentir; segundo, o pensar antecipatório; terceiro, o sentir mais o pensar mais o Pensar. Este último é sinônimo de prudência ou previsão-> ação. O analista que formula uma interpretação, que de certo modo é também uma ação (coluna 6 da Grade), deve ter podido primeiro sentir (emoção ou pré-emoção), em seguida pensar e, depois de prudentemente discriminar, agir através de sua formulação.

* * * * *

Depois destas reflexões, busquei o termo 'evolução' na obra de Bion e pude observar que muitas vezes ele fala de 'progressão' de O e também se refere a algo (um estado emocional, por exemplo) estimulado por O. Menciona também, muitas vezes, as transformações *de* O e *em* O e de iluminação de O. Particularmente, no que diz respeito à 'evolução de e em O', encontrei estas citações e as transcrevo a seguir, para que o leitor possa refletir sobre elas e dar-lhes sua própria interpretação.

Em *Transformações* (1965, pág. 163, versão inglesa): À medida que evoluem as potencialidades e distinções de O, são parte do tornar-se O ou de transformações em O...Supondo uma direção O->T beta, pode-se dizer que O "evolui" (a) tornando-se manifesto (ou "cognoscível") T beta K ->(b) tornando-se "reminiscência", "encarnação", "corporificação" ou "incorporação". ->(c) tornando-se T beta O ou "at-one-ment". Supondo uma direção inversa T beta -> O, o indivíduo continua (T alfa K) -> (a) T beta K, (col.1) definição,-> (b) T beta K (ciclo 1) = T alfa K (ciclo 2) -> T beta K (ciclo2) (col. 3) memória ou notação, "reminiscência", "encarnação", ou "incorporação" -> (c) T beta (ciclo n - l) = T alfa K (ciclo n) -> T beta O.

pág. 167: Epistemologicamente um enunciado pode ser considerado como evoluído quando qualquer dimensão puder ter, na grade, uma categoria a ela atribuível. Para finalidades da interpretação, o enunciado não estará suficientemente evoluído até que sua dimensão de coluna 2 seja aparente. Quando a dimensão de coluna 2 evoluiu, pode-se dizer que a formulação está madura para a interpretação...(isto prossegue com uma discussão sobre as 'proto-resistências').

Levando em consideração estas citações, me pergunto: para Bion, evoluem os enunciados? As dimensões? Um enunciado não evoluído, é um pensamento sem pensador? Poderia ser, mas então, as interpretações (que serão, uma vez formuladas, enunciados com dimensões na grade) existiriam *antes* que um pensador/analista as pense?

pág. 171:... O pensamento de Pascal, "le silence de ces espaces infinis m'effraie", pode servir como uma expressão da intolerância e do medo do 'incognoscível' e, portanto, do inconsciente na acepção do não-descoberto ou não-evoluído.

Nos comentários (1967a) de *Second Thoughts* diz:

pág. 127: (discutindo seu trabalho 'O gêmeo imaginário') ...o que agora chamo uma 'evolução', a saber, que se juntem, por uma intuição subitamente precipitante, uma massa de fenômenos aparentemente não relacionados e incoerentes, aos quais se dá uma coerência e uma significação que não possuiam previamente.

Nos comentários que se referem a seu trabalho 'Sobre a Alucinação' (pág. 160-1):

Quanto mais experiência o psicanalista tiver sobre os fenômenos psicóticos, menos dúvidas ele terá sobre sua realidade. Eles 'evoluem', estão aí e são substituídos por uma ulterior 'evolução'...o vértice a partir do qual os fatos emocionais, quando evoluem, tornam-se 'intuíveis'.

Comentando o trabalho sobre 'Arrogância', diz:

...quando permito que a situação analítica evolua; e depois interpreto a 'evolução'.

É evidente nestas citações que a idéia de 'evolução' estava muito presente na mente de Bion desde 1965.

Em *Notas sobre a memória e o desejo* (1967b) diz:

Em qualquer sessão há uma evolução. Da escuridão e da falta de forma algo evolui. Esta evolução pode ter uma semelhança superficial com a memória... compartilha com os sonhos a qualidade de estar totalmente presente ou inexplicável e repentinamente ausente. Esta evolução é o que o analista deve estar disposto a interpretar... a evolução da sessão não será observada se as lembranças (ou a memória) (memory?) ocuparem a mente.

Nas Respostas aos comentários acrescenta (falando das diferenças em relação a seus próprios sentimentos e teorias anteriores):

..creio que a 'mudança' é menos significativa que a 'evolução'.

Em Atenção e Interpretação (1970), diz:

pág. 26: Utilizarei o sinal O para denotar aquilo que é a realidade última, representada por expressões tais como "realidade última", "verdade absoluta", a divindade, a coisa-em-si, o infinito. O não está no domínio do conhecimento ou da aprendizagem, a não ser incidentalmente; ele pode "vir-a-ser" mas não pode ser "conhecido". É escuridão e falta de forma, mas entra no domínio de K quando evoluiu até um ponto em que pode ser conhecido, através do conhecimento obtido pela experiência e formulado em termos derivados da experiência sensorial; sua existência se conjetura fenomenologicamente.

pág. 27: Todo objeto conhecido ou cognoscível pelo ser humano, inclusive ele mesmo, deve ser uma evolução de O... A interpretação é um fato atual numa evolução de O que é comum ao analista e ao analisando.

pág. 28: O analista praticante deve esperar que a sessão analítica "evolua", que aconteça uma evolução de modo que O se torne manifesto em K através da emergência de fatos atuais.

pág. 30: O analista está ocupado-interessado (concerned) em O, que é comunicável apenas através da atividade K. Pode parecer possível alcançar O por meio de K através dos fenômenos, mas de fato não é assim. K depende da evolução O -> K. O "at-one-ment" com O pareceria possível através da transformação K -> O, mas não é assim.

pág. 31: A evolução da realidade última (significada por O) 'resultou' em objetos dos quais o indivíduo pode dar-se conta. Os objetos percebidos são aspectos do "O evoluído" e são tais que as funções mentais sensorialmente derivadas são adequadas para apreendê-los.

pág. 32: O analisando expressará o seu dar conta de O, nas pessoas ou nas coisas, por formulações que representem a intersecção das evoluções de O com a evolução do seu dar-se conta.

pág. 35: Todos os elementos da grade têm um "background" de O do qual evoluíram e só quando O evoluiu o suficiente para ser apreendido é que ele pode ser representado por um elemento da grade. Só quando evoluiu até o ponto em que pode ser representado por um elemento da grade é que ele pode ser apreendido... a angústia, o medo e o sexo somente podem ser pensados quando O evoluiu até um ponto onde é apreensível pelos sentidos e susceptível de transformações em K.

pág. 46: ...nas transformações em K, o ponto de atenção está agora na linha de intersecção da evolução de O com T alfa para produzir T beta.

pág. 52: ... impedir a emergência de um vazio sem forma, incoerente e desconhecido e um sentimento associado de perseguição pelos elementos de um O em evolução.

pág. 58: ...é o contato com os aspectos evoluídos de O, a realização que chamei/descrevi como realidade última, a coisa-em-si-mesma ou a verdade.

pág. 70: ...o sonho é a evolução de O onde O evoluiu o suficiente para ser representado por uma experiência sensorial.

pág. 85: Estes mitos são estados evoluídos de O e representam a evolução de O. Representam o estado mental que o ser humano alcança em sua intersecção com O em evolução.

pág. 87: Em qualquer objeto, material ou imaterial, reside a incognoscível realidade última, 'a coisa-em-si-mesma'. Os objetos têm emanações ou qualidades emergentes ou evolutivas que provocam impacto na personalidade humana como fenômenos. A personalidade humana pode perceber tais qualidades, consciente ou inconscientemente, mas elas diferem da realidade última.

pág. 88: ...a divindade não tem forma e é infinita. Milton exprime uma idéia similar ao descrever o mundo de águas profundas e escuras "conquistadas do infinito vazio e sem forma" embora, aqui, a ênfase esteja menos na evolução característica da divindade e mais na capacidade do objeto que apreende de apreender.

pág. 89: ...Utilizo O para representar o traço central de toda situação com a qual o analista deve confrontar-se. Com isto deve estar unificado (be-at-one-with); com a evolução, disto ele deve se identificar para poder formulá-la numa interpretação.

pág. 103: ... domínio ou sistema 'não humano' que está frente ao pensador num estado de evolução. Este sistema em evolução se intersecciona com a personalidade do pensador individual. O impacto do domínio de O em evolução sobre o domínio do pensador está sinalizado por sentimentos persecutórios da posição esquizo-paranóide. Que os pensamentos surjam ou não, tem significado para o pensador, mas não para a verdade. Se são admitidos, conduzem à saúde mental; caso contrário, desencadeiam transtornos.

pág. 105: Já que o interesse do analista diz respeito aos aspectos evoluídos de O e sua formulação...

pág. 117: A idéia messiânica é um termo que representa O no ponto em que sua evolução converge com a evolução do pensador.

pág. 118: ...o que ocorre no consultório é uma situação emocional que representa a intersecção de um O em evolução com outro O em evolução.

Não transcrevi todas as citações presentes em *Atenção e Interpretação* (1970), que incluem *evolução* e O, porém, creio que aquelas que escolhi chamam adequadamente a atenção sobre o seu uso destes termos.

* * * * * *

De todas estas citações, parece evidente que Bion conjetura um domínio ou sistema 'não humano' (pag.103 loc.cit.) que está, com relação ao pensador, num estado de evolução. Este sistema em evolução entra em intersecção com a personalidade do pensador individual. O impacto do dominio 'O', em evolução, sobre o domínio do pensador é sinalizado por sentimentos persecutórios da posição esquizo-paranóide (chamados "paciência", no cap.12 de *Atenção e Interpretação*). Se os pensamentos são entretidos ou não, isso têm um significado para o pensador mas não para a verdade. Se eles são entretidos-hospedados, conduzem à saúde mental, caso contrário, desencadeiam perturbações.

Como já dissemos, 'O' é um signo que denota toda realidade última, desconhecida (incognoscível?), 'o vazio infinito e sem forma' (Milton). Esta realidade "evolui", ou seja, envia "algo" que o ser humano capta, entra em contato com, está em *at-one-ment* com. Pode, então, se tolera - com paciência - a ansiedade do não entender, chegar a fazer um recorte, a descobrir um fato selecionado e colocá-lo em palavras (*segurança, loc.cit*).um primeiro momento de PS, um segundo momento de revelação-revolução-mudança catastrófica possível e um terceiro momento D, que inclui a formulação criativa em "linguagem de êxito".

* * * * * *

Desde um ponto de vista filosófico, O é a realidade última, a coisa-em-si-mesma noumênica kantiana, ou a forma eterna ou ideal platônica; porém Bion, ao supor que estas realidades "evoluem", estaria propondo um tipo de "platonismo evolutivo" (termo criado pelo Professor G. Klimovsky)[2].Com relação a O, também é necessário diferenciar o problema ontológico do gnosiológico. O problema ontológico se refere à essência ou realidade, o problema gnosiológico se refere a nossa possibilidade de conhecimento dessa realidade. Bion parece estar se referindo a ambos: fala de O como a realidade última incognoscível (ponto de vista ontológico) e também fala de uma evolução de O que, ao interseccionar-se com a mente do ser humano, gera algum tipo de conhecimento (ponto de vista gnosiológico) e mudanças.

Além disso, quando O se refere especificamente à realidade psíquica, que é a que interessa ao psicanalista praticante, ou seja, à "personalidade total"[3] do analisando, isto é, seus aspectos pré-natais, bebê, menino/menina, latente, adolescente, etc, sua evolução intersectando com o Ego adulto ou a parte adulta da personalidade provocará mudanças nesta e, por sua vez, sua interpretação produzirá mudanças em O. Aqui, o termo "evolução" está relacionado com interação, mudança e crescimento (outra das definições do Dicionário).

O que seria esta postura "evolucionista"? Uma posição otimista, que supõe que nós, os seres humanos, progredimos em nosso conhecimento do infinito ou ilimitado universo? Ou uma postura - tipo Feyerabend - que sustenta que todos os nossos recortes, descobrimentos e interpretações da realidade são caminhos sem uma direção progressiva? Popper defendeu esta posição, porém, na última parte de sua obra, opinava que o conhecimento adquirido pelo ser humano se aproximava cada vez mais da verdade mas nunca da certeza.

* * * * * *

2: Ver nota de rodapé 1.
3 Num trabalho chamado A personalidade total, de E.T. de Bianchedi, L.P. de Cortiñas, A.G. de Kaplan, M. Martinez, S. Neborak e R. Oelsner (que talvez seja apresentado no Congresso em homenagem ao centenário de W.R. Bion, em Turim, em julho de 1997) colocamos esta situação em relação às realidades com as quais se depara o psicanalista em contato com a personalidade de seu analisando.

Como psicanalista, posso abordar este problema de diversas maneiras: Posso pensar que aquilo que intuí/descobri é verdadeiro e, uma vez formulado, promoverá um crescimento mental em ambos os participantes da dupla analítica. Posso pensar que o intuído/descoberto é falso, por ser parcial e/ou pelo simples fato de ter sido colocado em palavras, mas, mesmo assim, que permitirá um desenvolvimento em nossas mentes. Devo estar segura de que aquilo que foi formulado não é mentira, pois, meu compromisso é o de manter um vínculo K com o analisando. Posso, sim, pensar que o interpretado/formulado é válido para esse momento da situação analítica, mas que num próximo momento a situação será outra e que devo, de novo, "sem memória, desejo ou compreensão", estar na posição PS com fé a respeito de um novo contato com e em O...

Portanto, a interpretação não é nem *revelação* nem *criação*. Acreditar que é uma revelação me colocaria numa posição mística-religiosa; acreditar que é uma criação me colocaria numa posição artística-narcisista. A interpretação é ambas as coisas, mas sem megalomania nem crença absoluta em sua verdade (onisciência). A interpretação é *conjetura*, é *opinião* e isto deve ficar claro (porém, pode ser muito obscuro) tanto para o analista quanto para o paciente/analisando. Para formulá-la, devo ter tolerado a ignorância, então, o momento de intuição/iluminação e a possibilidade de colocar o intuído/compreendido em palavras - que sei que são falsas mas que espero (desejo?) que possam desencadear mecanismos em nossas mentes que espiralados/helicoidalmente abrirão caminho para a descoberta/crescimento.

* * * * * *

Outra maneira de pensar este tema, é tomar duas evoluções: de K→O e de O → K. Estes são dois processos na mente de quem interpreta (psicanalista e/ou paciente). Para a primeira evolução, é necessário uma mente não saturada com desejos ou lembranças; para a segunda evolução, é necessária a tolerância de PS (incompreensão, evidência de fatos e dados sem nexo, ansiedade paranóide...) para conseguir, depois, a passagem para D (descoberta do fato selecionado e publicação do mesmo, ansiedade depressiva...); em outras palavras, a passagem da "paciência" à "segurança" (Bion,1970). Na introdução a *Do I Dare Disturb the Universe?* , J. Grotstein se refere à evolução de K → O. Ele a entende como uma experiência transcendental, na qual o ser humano é pressionado por pensamentos sem pensador que provocam uma perturbação interna (a turbulência emocional, a ameaça de uma mudança catastrófica?) numa relação continente-contido, diante da qual tem diferentes opções - o vínculo comensal, sem interação ainda entre O e o pensador; o vínculo simbiótico, que promoverá crescimento em ambos elementos da dupla; e/ou o vínculo parasitário que gera mentiras e/ou uma catástrofe.

Quando a intuição intervém neste processo? Na intersecção do continente-pensador com o O em evolução? Na *Grade* (1971, p.33) Bion diz: " a interpretação ou construção produzida pelo psicanalista depende do vínculo intuitivo entre analisando e analista. Já que este (vínculo intuitivo...) está em constante perigo, devido a ataques deliberados a sua fragilidade essencial e à fadiga comum, êle necessita ser protegido e mantido". O vínculo intuitivo é, em parte, o vínculo **K** (Bion, 1962b) que originariamente é o vínculo entre a mente receptiva da mãe às identificações projetivas realísticas de seu bebê, com tolerância à dúvida e à incerteza, mas também com a possibilidade de contenção e de pensamento. Ou, como diz D. Meltzer, uma conjunção feliz entre os vínculos passionais **L, H e K**.

* * * * * *

Interpretação ou construção? Bion, na Grade (1971) comentando as reflexões de Freud sobre este tema, afirma que a construção é um instrumento essencial para a demonstração da simetria, sendo polivalente, mas polifacética e, portanto, mais útil que a interpretação. Retornando às idéias sobre evolução, a interpretação evoluiria até convergir com a mente pensante do analista. A construção, mais próxima de um modelo (fileira C da Grade), seria, então, a criação do analista conjuntamente com as palavras que utilizará para publicá-la/comunicá-la.

* * * * * *

Então, e como (não) resposta à pergunta colocada neste simpósio: **O**, a realidade, *evolui* (interpretação incluída) até a *intersecção* (intuição, revelação no sentido místico, *at-one-ment* com **O**) com a mente humana **(K → O)** e, depois, num vínculo **K** - relação simbiótica entre continente-contido **(O → K)**, é transformada criativamente num modelo-**construção**. Isto acontece quando a pessoa que interpreta (...o analista?) tomou a decisão (encruzilhada) acerca de que elementos tomar como constantemente conjugados para construir seu modelo. É importante destacar que a dimensão da coluna 2 (contra-resistência) deve ter surgido como conflito na mente do interpretador/analista para que a formulação esteja "amadurecida" e ele possa tomar a decisão sobre o que e como dizer/interpretar. E sabendo-tolerando que *"a descoberta é apenas transitória, a caminho de uma outra descoberta..."*

REFERÊNCIAS BIBLIOGRÁFICAS

1. BIANCHEDI, E.T. de et. al. (1996) La Personalidad Total

2. BION, W.R. (1962b) *Learning from Experience*
   (1963) *Elements of Phychoanalysis*
   (1965) *Transformations*
   (1967a) *Second Thoughts*
   (1967b) *Notes on Memory and Desire*
   (1970) *Attention and Interpretation.*
   (1971) *The Grid*
   (1979) *A Memoir of the Future*, Book Three.
   (1979) *Making the Best of a Bad Job*
   (1992) *Cogitations*

3. *Diccionario de la Lengua Española de la Real Academia Española.* (1956)

4. Encyclopaedia Britannica (1963) *Comentarios sobre Herbert Spencer y su obra.*

5. FEYERABEND, P. (1970) *Against Method.*

6. GROTSTEIN, J. (1981) *Do I Dare Disturb the Universe*, Introduction

7. KLIMOVSKY, G. (1996) *Comunicatión personal.*

8. MELTZER, D. (1986) *Extended Metapsychology*

9. POPPER, K. (1972) *Objective knowledge.*

Tradução - Ana B. Hoffman
Ana Maria Rosa R. Rivarola.
Revisão - Magaly da C. I. Thomé

CÁ ENTRE NÓS, A INTERPRETAÇÃO

*Fabio Herrmann**

Sempre tive um interesse especial pelo tema da interpretação. Há autores, cuja opinião partilho, para os quais a interpretação psicanalítica, mais até que as teorias e as escolas, constitui a essência da Psicanálise. Por essa razão, estou agradecido à Comissão Científica pelo convite que me foi feito para falar sobre interpretação neste Fórum preparatório ao Simpósio de Bion. Posso tratar aqui de um de meus temas prediletos: a interpretação na clínica psicanalítica. Como todos sabem, e de minha parte é forçoso reconhecer, não sou a pessoa mais indicada para comentar as contribuições de W. Bion à teoria e técnica psicanalíticas; assim sendo, vou limitar-me a esboçar um quadro miniatural e, certamente, impreciso dos efeitos de suas idéias sobre nossa prática interpretativa, ou melhor, da forma de apropriação local, acrescentando, no final, um pequeno fragmento de meu próprio trabalho como termo de comparação.

É claro que, ao convidar para uma discussão sobre a influência de Bion alguém cujo pensamento psicanalítico é tão distante do bionismo e mesmo do klein-bionismo dominante na Sociedade de São Paulo, os organizadores projetaram ouvir, senão uma crítica estruturada à forma de trabalho clínico corrente em nosso grupo, o que, além de ousado, seria prematuro, pelo menos aquilo que se poderia chamar de *voz da distância*. Uma distância teórica que, aliada à proximidade física e à amizade pessoal que nos une, pode ajudar nossa Sociedade a se visualizar através de um olhar simpático, mas, por assim dizer, dissonante dentro das ressonâncias que estamos investigando. Mas a dissonância é a forma limite da ressonância, delimita seu espaço. Não sendo, no momento, pertinente um diálogo crítico, pode ser válida a tentativa de medir historicamente a distância entre modos diferentes de pensar e atender.

Tendo cursado o Instituto entre 71 e 75, assisti à implantação da teoria bioniana e do seu estilo clínico, que passaram a constituir uma moda a que era difícil, talvez devesse mesmo dizer quase impossível, resistir. Muitos dos que decidiram teimosamente resistir, embora negando a si próprios o qualificativo de *bionianos*, acabaram por compartilhar o estilo clínico e até a linguagem, que tendo-se tornado língua comum, incumbiu-se de excluir qualquer resistência, tornando-a impronunciável, no caso extremo, ou, no mínimo, incompreensível para o ouvido comum.

---

* Membro Efetivo e Analista Didata da Sociedade Brasileira de Psicanálise de São Paulo.

Nosso grupo já era kleiniano, então. Como pendor teórico, já tinha a inclinação pelos primórdios obscuros da vida psíquica e, como estilo clínico, já tendia a procurar nos pacientes, fossem estes mais ou menos normais ou neuróticos, uma espécie de analogia ou metáfora dos primeiros meses da vida: principalmente a relação com o seio da mãe. Acreditava-se no efeito da interpretação profunda e na tradução transferencial de tudo o que o paciente viesse a dizer. Começava-se também, por outro lado, a entender a maior parte dos movimentos psíquicos dos pacientes como identificações projetivas, isto é, deslocamentos ou verdadeiras intrusões, conforme a gravidade do caso, de pedaços de vida mental, de funções psíquicas, de *objetos internos* e de intenções ligadas aos impulsos mais primitivos, canibalismo, destrutividade, evacuações brutas de afeto para o interior da mente do analista, com o fito de controlá-lo e de satisfazer-se. Por último, no que tange à atenção interpretativa, já se considerava adequado guiar-se pela contra-transferência, na esteira de uma das tendências do grupo original britânico, e dizer ao analisando aquilo que se sentia a seu respeito, partindo da hipótese de uma comunicação direta entre inconscientes. Não se concedia, também, maior importância à produção psicanalítica que não fosse inglesa, ou pelo menos aparentada à inglesa. Nosso Freud, por fim, já era um tanto kleiniano.

Nesse solo fértil, a importação das idéias de Bion, primeiro, depois as visitas sucessivas do mestre tiveram efeito imediato e avassalador, incendiaram nossos espíritos como uma centelha de fogo num capinzal seco. Pode-se dizer que a adesão, que foi entusiástica de início, logo desapareceu, sucedendo-se, à consciência empolgada da adesão, uma espécie de atitude natural, como se Psicanálise e bionismo se houvessem tornado sinônimos. Nós, que nunca havíamos desenvolvido uma psicanálise autóctone, que, apesar de contarmos com excelentes analistas clínicos, desconhecíamos o sabor de assistir ao crescimento de uma obra teórica consistente e a quem espantava sobremaneira a simples noção de que tal gênero de obra pudesse vicejar entre nós, tanto que parecíamos ignorar qualquer desenvolvimento teórico que porventura despontasse aqui já nos anos 60, nós, que nos sentíamos inferiorizados e à margem da psicanálise internacional, encontramos de súbito um autor nosso, um autor que fora, de certo modo, desconsiderado em seu país de origem, a própria Inglaterra. Bion tornou-se paulistano por empréstimo, recriou-se aqui.

A adesão a Bion, em nosso caso, veio acompanhada de um relativo afastamento das discussões teóricas e do ensino da técnica, que eram consideradas racionalizações e intelectualizações. Ao mesmo tempo em que nossa clínica especializava-se no contato humano, na continência e na empatia, perdia-se a ossatura teórica, por assim dizer, e o pensamento psicanalítico distanciava-se do rigor estrutural. Foi quando começaram a nos dominar a paixão pelo contato direto com o inconsciente e os conceitos psicanalíticos encaminharam-se para a prevalência do sonho e da *rêverie*, até que a flexibilidade conceptual se fixasse como norma, encontrando expressões como o oxímoro "*conceito sonhante*". As diferenças estruturais entre as patologias e os tipos de constituição psíquica esmaeceram-se; contornávamos a maioria das questões objetivas sobre teoria e técnica, apelando aos estados *primitivos da mente*, concebendo a vida adulta como um acontecimento menor interposto entre o ignoto caos do nascimento e a morte abissal. Todo paciente era um caso gravíssimo, que só uma *continência* muito amorosa e *maternagem* excelente poderiam salvar. Em suma, como quase tudo parecia psicótico ou catastrófico, a crítica racional da prática analítica perdia prestígio a olhos vistos, até ser considerada de mau gosto.

Certa dose de atitude religiosa, como tantos já apontaram inúmeras vezes, pode ter exercido aí algum papel. É curioso, mas não chega a ser paradoxal, que muitas das religiões instituídas proíbam expressamente as discussões teológicas de seus dogmas, ao mesmo tempo que fazem da teologia o único guia para o conhecimento. Quantos teólogos não foram condenados como heréticos, de Pelágio a Huss e até nosso recente Leonardo Boff, enquanto sobreviviam comparativamente melhor os que nem davam importância à teologia. Depois de instituído um sistema de pensamento, parece adequado aos homens fechar a porta a qualquer desestabilização potencial que o pensamento sobre o sistema possa trazer. Com isso, sem sombra de dúvida, fecha-se igualmente a porta ao pensamento leigo, que, indesculpavelmente curioso como sempre, fica espiando pela janela.

Essa posição de princípio institucional trouxe conseqüências para o estilo de nosso trabalho interpretativo, que não seria exagero qualificar de enormes e, alguns casos, até se poderia dizer indesejáveis. Era a época da *verdadeira psicanálise*, cujo traço mais marcante, provavelmente, era a substituição da interpretação pela assim chamada *observação do fenômeno psíquico*. Isso significava que, em vez de escutar o analisando à espera de que lapsos, faltas, descontinuidades ou mesmo o conjunto do discurso viessem apontar em direção a possíveis sentidos ocultos, considerava-se mais razoável e recomendável intuir diretamente o que se passava na profundeza de sua mente. Nos seminários clínicos raramente se passava das primeiras falas do material, para deixar livre a mente inconsciente do analista para captar o fenômeno psíquico. Até mesmo a leitura de textos teóricos freudianos seguia, de vez em quando, o mesmo princípio de intuição radical: livro fechado e mente aberta à intuição.

Naquela época, nascia em mim a impressão de que, ao combinar a idéia kleiniana de uso direto da contratransferência na comunicação dirigida ao paciente, idéia derivada por sua vez da noção de *identificação projetiva*, com o princípio de observação direta da *realidade psíquica*, criava-se entre nós uma espécie de rotina de adivinhação intuitiva. Tudo o que o analista sente, já que é produzido por identificações projetivas do paciente, pode e deve ser-lhe dito sem contemplações ou postergações, na lata, como prova de honestidade à tarefa psicanalítica e de fé na intuição da realidade psíquica. Sob esse aspecto, foi levada muito mais longe a atitude kleiniana de confiança na identificação projetiva ou, como pensam outros, ela foi levada às suas lógicas e naturais conseqüências. Ademais, como a observação direta do analisando só pode alcançar o nível das emoções, os inconscientes relativos às emoções ou *campos* não são observáveis, porém, tão-somente interpretáveis, a clínica ficava restrita a um de dois desvios possíveis: ou se operava no plano puramente emocional, magnificando o significado de expressões afetivas que eram sistematicamente consideradas como intensas crises de amor ou de ódio, visando o analista (fenômeno a que se poderia, sem medo de errar, denominar *pseudo-transferência*) ou, então, o trabalho analítico tomava um feitio algo místico, com o analista procurando levar o paciente ao *pensamento* e à *verdade*, ou seja, à superação da *sensorialidade*. É coerente, por conseguinte, que o complemento inevitável dessa posição clínica fosse mesmo um certo desprezo por tudo o que cheirasse a teoria ou reflexão intelectual, vistas como empecilhos à liberdade de observação do psiquismo. Nossa psicanálise completava assim seu isolamento das ciências humanas, da sociedade em termos gerais, para não mencionar a própria psicanálise internacional.

Nos anos que se seguiram, de 80 para cá, alguma coisa viria a se modificar. Os fenômenos de massa, como Freud já ressaltou, são passionais, e as paixões, contraditórias. Alguns dos líderes do bionismo recolheram-se a um relativo isolamento, conquanto sem prejuízo da influência sobre grupos de seguidores ainda fiéis. Em lugar da observância fundamentalista aos cânones bionianos tradicionais, concertou-se uma sorte de síntese entre kleinismo e bionismo, que veio a ocupar o meio-de-campo institucional, cuja adesão já não implicava fidelidade absoluta a Bion, mas apenas relativa, que se mostrou mais tolerante e menos dogmático, enfatizando as pequenas diferenças, por assim dizer, e encontrando nelas razão para defender a própria individualidade psicanalítica. Houve uma espécie de abertura dos portos às nações amigas, em estilo joanino, ou seja, aportaram aqui representantes de algumas correntes psicanalíticas diferentes da klein-bioniana, uns tantos franceses, uns poucos americanos, do norte ou do sul, mas com arrasadora predominância dos britânicos, tal como já se dera nos albores da independência do próprio país. Manteve-se entretanto a tradição de buscar os primórdios da vida extra-uterina (mais raramente da intra-uterina) em cada paciente, com menor acento na vida adulta, na estrutura psíquica e na sexualidade. Diminuiu o fervor pela verdadeira psicanálise, admitiram-se algumas vezes questionamentos abertos e ampliou-se o interesse pela obra de Freud, já não considerado tão ultrapassado quanto antes. O primado da intuição como forma clínica não desapareceu, mas democratizou-se: já não acreditamos que apenas um ou alguns poucos de nossos analistas possuam o dom da intuição, nem é mais desejável apresentar uma postura exterior de iluminação iminente, mas, ao contrário, formou-se o consenso de que todos poderiam ter intuição, bastando que não intelectualizassem. O que parecia encaminhar-se para um bionismo estrito, religioso, converteu-se no kleinbionismo médio de hoje em dia. A posição da maioria da Sociedade, como disse, é agora muito mais moderada, até conciliatória, sob vários aspectos. É permissível ler Klein e Bion sob ângulos pessoais, ensiná-los e praticá-los com ampla liberdade, mencionar outros autores em conexão a eles, entre os quais, não hesitaria em acrescentar, até mesmo autores não kleinianos já começam a ser cogitados. Numa palavra, o eterno retorno do mesmo, dialeticamente, segue o caminho da dispersão concentradora. Por outro lado, damos importância teórica a Freud, como também ficou dito, pelo menos às noções freudianas mais aparentadas e menos conflitantes com a temática kleiniana e não se cita quase só *Os dois princípios do suceder psíquico*, como era de praxe nos anos 70, enquanto reservamos a Bion a posição especialíssima de haver complementado a psicanálise clássica com uma teoria do pensamento.

No que respeita a teoria do pensamento, como fundamento da interpretação, seguimos também uma tendência muito difundida na psicanálise pós-freudiana, que procurei analisar num capítulo sobre *O Pensamento*, da *Psicanálise do Quotidiano*, e que valeria, quem sabe, reproduzir aqui. *"Quando a Psicanálise estuda o pensamento, muitas vezes se esquece do mundo em que este se dá. O pensamento então fica solto e sai flutuando pelos céus como um balão de hélio, sempre mais distante de seu solo natural, até que a falta de pressão exterior o faça explodir. (...) Bion esboçou uma teoria psicanalítica do pensamento que, ao que parece, já é uma teoria dos obstáculos à possibilidade de pensar. No aparelho de pensar, quando minimamente livre de interferências, o pensamento pode entrar (...), pois o pensamento verdadeiro prescinde do pensador. Esta também não é uma má idéia, se a emendamos, acrescentando que o pensamento vem do mundo e ao mundo se dirige: o mundo pensa através de mim, e o modo de ser de meu pensar é o modo de ser deste mundo em que vivo."* Talvez, certo exagero de flutuabilidade de nossa clínica, que a leva a negar ou minimizar as condições concretas, tidas como obstáculos - *este paciente é muito concreto* -, costuma-se ouvir, decorra da teoria do pensamento dominante. Para interpretar numa análise concreta, seria preciso, concebivelmente, retornar ao mundo, no sentido em que se fala de um retorno a Freud.

Tenho procurado, sempre que possível e descontadas as limitações pessoais que certa distância das opiniões correntes inevitavelmente me impõem, investigar a forma que tem tomado a psicanálise entre nós, afinal este é meu mundo e, como ficou estabelecido acima, não poderia pensar sem tomá-lo em consideração. Há pouco mais de três anos, por exemplo, num pequeno trabalho apresentado à Sociedade,[1] [IAC1] procurei estudar os efeitos do klein-bionismo sobre o pensamento clínico da sociedade. Naquela ocasião, apontei três tipos de paradoxos que dominam nosso estilo de discussão clínica: *evidência do latente, positividade do negativo e originalidade imitativa*, acrescentando que *"o paradoxo, afirmado ingenuamente, é uma faca na garganta da racionalidade"*. Desses, é de alguma relevância para nossa presente discussão o primeiro, o de evidência do latente, a tendência, largamente compartilhada em nosso modo de escutar pacientes e, às vezes, colegas ou alunos, a considerar imperativo o *contato com o inconsciente* para ser um bom analista, contato que se traduz na capacidade peculiar de compreender o sentido latente do discurso e pautar-se por este mais que pelo manifesto, sem a necessidade constrangedora de aguardar a livre associação e a laboriosa interpretação. Naquele texto, tratei de examinar também o fenômeno da *pseudo-transferência*, primo do citado paradoxo, esse desvio da interpretação que ocorre quando o analista, e não o paciente, se põe a fazer associação livre, procedimento ligado à crença onipotente na intuição psicanalítica. A conclusão a que cheguei, então, e que vinha amadurecendo desde minhas antigas *Reflexões de Menoridade*,[2] foi a de que se criou entre nós uma forma de pensamento clínico em que a interpretação, no sentido forte do termo, dificilmente pode ser discutida.

Os debates acirrados que cercaram a reforma atual do *Currículo do Instituto*, assim como o próximo *Simpósio sobre Bion* têm o mérito, nada desprezível, de deixar claras as posições. Nossa Sociedade, majoritariamente, pensa ainda em ser uma escola, no mesmo sentido em que um grupo lacaniano, por exemplo, é antes de tudo uma escola. Um dos problemas básicos de uma escola psicanalítica é a extrema homogeneização da linguagem praticada, que torna difícil e muitas vezes impossível a discussão daquilo que não faça parte de seu acervo de questões básicas.

1: "De onde estamos, para onde vamos", trabalho apresentado à SBPSP, em março de 93. Esse trabalho analisa os resultados da pesquisa "Onde estamos?", organizada, no ano anterior, por Claudio Rossi, Ignácio Gerber e eu.
2: "Reflexões de Menoridade Sobre a Ética da Formação Psicanalítica", texto escrito em 75 e originalmente publicado no Ide, em 76. Republicado, em 95, no Jornal de Psicanálise.

O tema da interpretação é um desses assuntos difíceis. Quase todas as discussões clínicas acabam por concluir que o analisando sofre de alguma grave incapacidade de simbolização, que não possui um aparelho para pensar os pensamentos ou que sofreu imensas e quase irrecuperáveis faltas básicas. Escapamos do problema de discutir o que exatamente se diz e se faz, qual a origem do efeito interpretativo, quais as questões técnicas evocadas por uma análise em particular, que suporte metapsicológico possui tal ou qual forma de aproximação clínica, passando diretamente à hipótese a mais remota possível, ao exame do fundo último da vida psíquica. Ora, ao querer enxergar o que está no fundo do fundo, o analista fura o tecido específico que constitui cada paciente e encontra sistematicamente o reflexo de sua teoria predileta. Feito isso, não há mais como discutir clinicamente que vem a ser interpretar em cada caso. Sob esse aspecto, não estaríamos longe de admitir que as mudanças ocorridas nos anos 80 e 90 deixaram intocado o essencial, do ponto de vista da interpretação psicanalítica.

Acredito, todavia, que tenhamos avançado um pouco na direção de nos darmos conta da dificuldade. O motor do citado trabalho de 93 foi a consciência da insatisfação com a repetitividade, que boa parte dos colegas expressou ao responder à pesquisa, organizada tempos antes, por incentivo da Comissão Científica de então, sobre sua opinião a respeito da Sociedade e do ensino. Por outro lado, embora talvez minoritária, uma parcela considerável dos membros e candidatos mostrou-se favorável à diversificação do discurso psicanalítico local, durante os debates da reforma de *Currículo*; de que resultou a abertura de uma área livre, para o desenvolvimento de estudos temáticos e de sistemas psicanalíticos diversos. Isso me anima a participar do presente *Simpósio*, se não propondo um debate teórico sobre a interpretação, o que talvez ainda não seja oportuno como se disse tantas vezes, durante a discussão do currículo, as mudanças devem ser paulatinas, pelo menos apresentando um material clínico, uma amostra de meu trabalho analítico que pode revelar semelhanças e diferenças com relação à forma dominante klein-bioniana. Se devesse qualificar minha prática analítica, provavelmente diria que sou um *freudiano crítico*, expressão em que ambos os vocábulos têm peso igual, isto é, tão crítico quanto freudiano.

O material em questão foi redigido a pedido da Sociedade Brasileira de Psicanálise do Rio de Janeiro, que desejava conhecer o estilo clínico de analistas de outros grupos. Pode, contudo, servir também ao propósito de mostrar a forma, a técnica e o estilo clínico de um analista da casa, que por algumas peculiaridades de sua história pessoal, por influências sofridas e por haver desenvolvido certas teorias e críticas metodológicas, é pelo menos tão estranho, como familiar. Nesta preparação do Simpósio que deve consagrar nossa tradição bioniana, pode não ser totalmente irrelevante incluir um pequeno toque de diferença, mesmo que apenas sob a forma desse fragmento de trabalho analítico, quem sabe, difícil de compreender quando isolado de seu suporte conceptual, desconhecido da maioria dos colegas. Por outro lado, os fundamentos gerais de minha prática clínica estão suficientemente esclarecidos nalguns artigos e uns poucos livros, em especial *O Método da Psicanálise* e *A Arte da Interpretação*.[3] Assim sendo, o leitor que porventura se interesse pela forma de trabalho que apresento em seguida, tem onde encontrar sua fundamentação e justificativa.

O CASO DO SUICIDA SEM PONTARIA

Vou contar-lhes uma história de minha clínica. A idéia dessa reunião, se não me engano, é discutir a forma do trabalho clínico de um analista. Ora, a forma da narrativa é tão próxima da forma do trabalho psicanalítico, tão interligados estão análise e relato, que será preciso aceitar a maneira habitual que uso para contar meus casos.

Admito que ela não é hoje a mais popular. Tem predominado entre nós a tendência a discutir sessões isoladas, literalmente apresentadas segundo a estratégia do *"eu disse, ele falou"*, por considerar-se cada sessão uma unidade de experiência. Reconheço o valor desse procedimento, ainda quando não o adote freqüentemente. Parece-me que a idéia subjacente é bastante defensável, a saber, a de evitar a introdução demasiado precoce de uma receita teórica preexistente, ocorrência usual quando se apresenta um caso e não uma sessão. A sessão concreta tem o mérito de mostrar o analista em ação, sem criar o efeito ilusório de compreensão teórica geral do paciente.

Isso está certo. Entretanto, algumas dificuldades interpõem-se nesse saudável projeto. A primeira consiste na simples reprodução do diálogo analítico. Não é o problema de escrever: quem pode falar, deve ser capaz também de escrever. Mas o léxico construído durante um processo analítico torna-se, com o tempo, tão singular, certas palavras carregam-se de tal maneira de conotações peculiares, os ritmos das falas e os silêncios passam a significar tanto e tão especificamente, que seria preciso introduzir um glossário provavelmente maior que a própria narrativa, para que esta se tornasse minimamente compreensível. Costuma-se dizer também que é muito difícil fazer-nos entender por analistas de outra escola ou corrente.

---

3 "Andaimes do Real O Método da Psicanálise" e "Clínica Psicanalítica, A Arte da Interpretação", ambos publicados pela Ed. Brasiliense, São Paulo.

É verdade. Mas, por quê? Bem, suponho que o motivo seja a existência de modelos diferentes de análise em grupos diferentes, resultando em fórmulas que dão sentido às ocorrências isoladas de cada sessão. Algumas informações de uma análise feita ao estilo de nossa escola bastam para transpormo-nos ao projeto do colega. Todavia, a leitura de um material e das intervenções do analista a partir da chave errada pode levar, da mesma maneira, à graves incompreensões. Acredito, porém, que esses mal-entendidos sustentam-se sobre um equívoco maior. Quando lemos as histórias clínicas de Freud, a impressão dominante é a de que suas análises tinham a forma da neurose dos pacientes, não a forma da técnica psicanalítica. Em *O Homem dos Ratos*, não é raro que se pergunte qual dos dois era o obsessivo; no *Caso Dora*, o que estava fazendo aquele respeitável professor discutindo, com uma jovem, pormenores da anatomia sexual feminina? A resposta, creio eu, é simples e não envolve qualquer desvio psicológico grave do fundador de nossa arte interpretativa. Ele estava, com cada um de seus pacientes, reproduzindo na análise a história que interessava ao caso: obsessiva era a análise de um neurótico obsessivo, a análise da paciente histérica só podia ser histérica, mesmo ao preço de Freud ser obrigado a fazer as vezes do livro sobre sexualidade que Dora apreciava, tão culpadamente, manusear. Numa palavra, a psicanálise tinha então a forma da doença do paciente. Foi depois, com as escolas, que as análises transformaram-se em seqüências canônicas, com cara de análise. Não no início, quando Freud pecava, quanto muito, por certo didatismo teórico.

Pois então, gostaria que este relato se parecesse mais com meu paciente, que com a psicanálise. Se o que lhes interessa é defrontar-se com meu estilo de trabalho, ou com o estilo da Teoria dos Campos, nisto consiste uma de suas principais características: cada análise apóia-se em seu campo especial, em seu inconsciente relativo, cada caso cria, na prática de consultório, sua própria teoria clínica, que não é mais que o campo (ou inconsciente relativo) devidamente formulado.

José beira os sessenta anos, e não tem por que queixar-se da vida, só de si mesmo. Sua vida seria muito boa, admite, caso não estivesse precisamente ele nela metido. Pode-se-lhe contra-argumentar que, de regra, é assim mesmo, que cada um de nós é o único perito capaz de estragar a própria vida. Você tem razão, querido colega; mas espere só para ver se ele também não tem razão. A mim, convenceu-me desde o início.

Nasceu numa boa família; embora, por outro lado, seja verdade que todas as famílias são boas, até as conhecermos de perto. Seu pai era de ascendência britânica, foi uma de suas primeiras declarações e estava pronto a valorizar as vantagens de conhecer o idioma paterno; apenas negou-se a aprender uma só palavra em inglês. Nos primeiros anos de vida era considerado pela mãe ligeiramente bobo, talvez *bonzinho* fosse o termo que ela usava; depois, tornou-se rebelde e com tanta eficiência que acabou interno num colégio de padres. Conseguiu ser expulso, por haver cometido alguns atentados memoráveis contra a propriedade eclesiástica. Quando já não davam por ele um tostão furado, ingressou numa das melhores faculdades do país. Lá, foi bom estudante. Depois, formado, não lhe faltaram empregos. No último, trabalhando numa empresa que estava para ser fechada, optou por adquiri-la, *"para não perder o emprego"*, como gosta de dizer, e hoje é empresário.

Empresário? *"Empresário-peão"* é como prefere chamar-se. Ao procurar-me, vestia-se como peão de construção. Oh! Não completamente. O problema eram os sapatos, principalmente; um par dessas botas rancheiras, que até caem bem para um engenheiro de obras, porém singularmente contra-indicadas de portar quando se vai tratar de uma operação bancária complexa, por exemplo. E insiste, ou insistia, em usá-las constantemente, o que não seria mais que uma esquisitice, caso José não se sentisse mortalmente ofendido ao ser confundido com um funcionário seu. Por outro lado, como é previsível, desagrada-lhe ser respeitado por sua posição na vida. É como um desses amantes inseguros, que nunca crêem na autenticidade do amor alheio: *ela me ama por meu dinheiro, não por quem sou* só que pensava assim com respeito à sociedade humana, ou à vida, que seria boa caso não fosse a sua, como já disse, parodiando-o.

Com as mulheres, desnecessário acrescentar, acontecia exatamente o mesmo. Casou-se, teve filhos, separou-se, separou-se da mulher e dos filhos, brigou com todo mundo. Juntou-se com várias mulheres, em seguida. Sua escolha recaía, por predileção, em prostitutas negras, que imaginava serem pessoas de maior valor e mais autênticas no amor. Certo, quem sabe; contudo, por que insistia ele em levá-las a festas de sociedade? Claro que não podia funcionar, não é mesmo?

Enfim, para encurtar essa introdução às aparências, acredito que temos aqui adequada casuística para um artigo promissor que se chamaria, possivelmente, *"Aqueles que fracassam com o sucesso"*, não fossem dois fatos conjugados: o primeiro, é a idéia já haver ocorrido a outro autor, o segundo, é que José não fracassa em absoluto. Apesar de ter inventado um modo esdrúxulo de administrar suas empresas, que por pouco não o leva à falência, ele não faliu e continua prosperando, talvez não tanto como poderia, mas muito mais que o suficiente para viver. Também desistiu de suas semiprostitutas e encontrou uma mulher dedicada, que não só o suporta, como também ajuda-o decididamente em seus negócios.

Com certo tempo de análise, casou-se com ela. Não é justo dizer que a vida tem-lhe sido, no mínimo, clemente?

É assim José, na aparência. Alguém que aposta contra si, mas equivoca-se ao deitar as fichas à mesa e acaba ganhando a parada, sem entender exatamente como. Dir-se-ia um suicida desastrado. Esse tipo de comicidade, aliás, é dele, não meu. Comicidade involuntária; no fundo, talvez, proposital, conquanto correndo por trilhos inusuais.

No fundo do fundo, entretanto, sofre terrivelmente. Quem se faz de inferior para realçar sua própria superioridade, dirão os mais sábios dentre nós, sente-se mesmo inferior. E é fato. Ele precisava, de início, provar sua superioridade sobre mim, entremeando as falas com dissertações sobre física, economia, português, até sobre línguas estrangeiras perfeitamente desconhecidas. Deixar que o fizesse por longo tempo, foi minha primeira providência analítica; a segunda, quando surgiu a oportunidade, foi mostrar-lhe que não conseguia deixar de fazer. Parecia estar repetindo uma situação de exame escolar, em que, ao invés de querer ser aprovado, procurava evidenciar a incompetência do examinador. Menos com menos dá mais, e um examinador que não o é nem deseja sê-lo, mas que apenas procura entender de que exame se trata, qual matéria e qual a banca, pode chegar a ser considerado analista. E previsivelmente resultou, como se verá adiante, que se tratava de um exame sobre a identidade sexual, embora diante de quais examinadores exatamente, só o tempo possa vir a esclarecer. Ele acha que a mãe, mas talvez seja cedo para aceitar essa plausível idéia.

Para dar uma idéia da intensidade da compulsão a ser exato, basta observar seu respeito às fórmulas do usual bom dia. De manhã, bom dia, à tarde, boa tarde, como todos nós. Porém, por azar, uma de suas sessões era ao meio-dia. Meses a fio, saudava-me José com um murmúrio disfarçado: "bom dia, boa tarde"! É verdade que a interpretação do sentido sexual da necessidade de exatidão acabou por permitir que desaparecesse o incômodo ritual. Porém, até hoje, passados já um ano e pouco de análise, ele me surpreende por vezes com justificativas complicadas para algum erro de português que porventura lhe ocorra cometer. Elipses, silepses, concordâncias figuradas, todo um desfile de esquecidas figuras de linguagem faz-se presente para explicar qualquer insignificante falta de concordância, dessas que você ou eu cometemos às pencas.

Em suma, sob a inofensiva aparência de comicidade, esconde-se ou, melhor dizendo, mostra-se claramente, um sofrido processo psíquico, ao feitio aproximado de uma neurose obsessivo-compulsiva clássica. Ele se sente paralisado, queixa-se de preguiça e torpor, teme não ser capaz de pensar com eficiência. A diferença resulta do fato de que o processo obsessivo puro costuma ocultar melhor o temor à castração e à perversão correlata. É concebível pensar numa espécie de perversão obsessiva, por aproximação.

José foi bobo até os quatro anos, quando nasceu seu irmão. Esta é a versão mais atual que sustenta de sua história. Depois rebelou-se, mas não venceu. Acredita haver travado uma luta acirrada contra a dominação materna e contra a distância que a mãe lhe impunha, talvez mais interessada no irmão pequeno. Mesmo antes, enquanto filho único, parece-lhe recordar vagamente, sua mãe não era verdadeiramente próxima: *"uma criança bem alimentada e limpa deve estar bem; se chorar, deixa que chore"*. Posteriormente, impunha provas ao filho. Como os pais eram religiosos, a forma básica de dominação era moral e litúrgica. Certas liturgias privadas, entenda-se. Por exemplo, a mãe convidava-o a oferecer *"uma florzinha ao menino Jesus"*, o que, na prática, consistia em abster-se de algum prazer, da sobremesa, de uma brincadeira. Sua idéia é que a mãe pretendia dominá-lo em nome da fé, mas também por gosto pessoal, mãe castradora. São inúmeros os exemplos que traz de dominação materna, coisas pequenas, porém sempre carregadas do espírito do engodo, tentando levá-lo a uma submissão voluntária, doce, melada, grudenta.

Quando o mandaram ao colégio interno, fora da cidade natal, o lugar da mãe foi ocupado por um padre, amigo da família, que via nele possível vocação. O episódio chave de sua neurose, acredita, deu-se só então. Num de seus atentados terroristas contra o internato, conseguiu dar cabo de todo o estoque armazenado de água. Descoberto, foi obrigado a ajoelhar-se e pedir perdão ao padre, diante dos colegas. Meses depois, expulso, conseguiu sua alforria e voltou para casa. Deixara o colégio interno, mas este nunca mais o abandonaria.

A forma precisa da permanência da submissão rebelde à mãe e ao padre, já que o pai é até hoje um figurante secundário em suas fantasias, talvez oculto na fórmula *"homem de saias"*, com que se refere ao sacerdote consiste numa fantasia sexual absolutamente dominante. Estando com alguma mulher, ele deve pagar o pedágio obrigatório da viagem até a potência sexual: tem de valer-se de certo devaneio masoquista, onde uma mulher dominadora ou o próprio padre excretam fezes ou urina em sua boca. Não há grandes variações.

Por vezes, a título de experiência terapêutica, José ensaia substituições. Tenta pôr a mãe no lugar do dominador, ensaia pôr ali o analista, ensaia pôr-se a si mesmo, transformando-se de masoquista em sádico. O caráter experimental e deliberado desses ensaios é tão típico do quadro psíquico como a própria fantasia masoquista. Há algo de demasiado convencional, quase se diria intencionalmente fora de moda, tanto na fantasia perversa, como na busca de cura imaginária. Parece-me que José procura desesperadamente entrar numa experiência real, seja esta uma fantasia p'ra valer, vivida sem a auto-ironia habitual e inteiramente crível, seja uma relação efetiva com o outro. Aliás, mais até que dos sentimentos de passividade e aprisionamento, para não falar do nojo, trazidos pela fantasia masoquista, lamenta-se ele da impossibilidade de romper a barreira fina que a fantasia perversa interpõe entre si e o objeto de amor sexual. O que apenas vem endossar a idéia de que toda perversão sexual é, antes de mais nada, uma perversão do real.

Ora, assim também opera sua psique em análise. Desde as primeiras sessões, ficou patente que ele adotaria uma das estratégias básicas dos analisandos, a saber: oferecer-se passivamente à interpretação, reservando em paralelo, como parte ativa, uma consciência censora e sádica que torce contra o paciente e a favor do analista. É inegável o prazer que sente ao reinterpretar minhas palavras como censuras merecidíssimas. Por outro lado, que tipo diverso de transferência poder-se-ia esperar de um masoquista? É assim, mais ou menos, que ele argumentaria, como bom entendedor de terapias e de si mesmo.

Como é evidente, essa estratégia impede um mergulho mais decidido na relação analítica. Não que lhe falte o empenho. Há um esforço denodado em aproximar-se do analista e da análise. Porém, tudo se passa como se escorregasse no momento do encontro. Ou é a entrega prazerosa às interpretações, ou uma teorização de última hora que faz com que erre o alvo tão anelado. Ou, como já disse antes, retorna, a título de recurso derradeiro, às dissertações escolares, a retificações de linguagem ou de pormenores de uma história narrada.

Em sua vida extra-analítica, essa mesma impossibilidade de comunhão com o real afeta não apenas a esfera sexual. No trabalho, inventa as mais diversas formas de alienação da empresa, escorregando do papel de dono e dirigente. Inventou expedientes de gerenciamento indireto, que quase o levaram à ruína. Hoje, é a esposa quem assume a maioria das decisões, embora concebivelmente seja ele quem as dite. Foge, por exemplo, das decisões quanto ao pessoal ou dos projetos econômicos, refugiando-se em sua sala, onde escuta música clássica, ou no trabalho direto com as máquinas. Numa fantasia notável, resultado de certa linha interpretativa, imaginou-se saindo da fábrica, de mãos dadas com uma alegre prensa hidráulica de centenas de toneladas que se apaixonara por ele. Para superar a escorregadia relação com o real, não hesitou em praticar toda sorte de esportes perigosos ou violentos: é como se num mergulho suicida pudesse experimentar um instante fugaz de vida real.

O que o impede de viver afinal? Tanto quanto posso saber até agora, nos momentos em que parece haver acertado o alvo, experimentando uma relação próxima e verdadeira, vivencia uma insuportável sensação de claustrofobia. Para escapar do afogamento emocional, tenta cansar-se, correndo ou fazendo ginástica, ou então briga. Briga com a mulher, tenta desestabilizar ou mesmo fechar a fábrica e, comigo, nas sessões em que me sente muito próximo, sofre de uma imperiosa necessidade de ir embora. Diz-me então: *"face ao adiantado da hora..."*, ou *"nada mais havendo a tratar..."*, a título de sugestão, apesar de nunca ter-se retirado de fato.

Quando a experiência emocional atinge limites insuportáveis e nem mesmo o exercício o alivia, o artifício é masturbar-se, sempre pensando no padre ou numa mulher dominadora. Aparentemente, a emoção vivida torna-o muito vulnerável e aprisionado numa passividade extrema, diante de uma figura perigosa, *"uma fera, um leão"*, como me diz às vezes. Acredito que a natureza sexual da solução aponta para uma fantasia de castração ou, mais precisamente, de emasculação, às mãos da mãe. Transformar a cena fatal em representação sexual depreciativa e gozá-la masturbatoriamente parece indicar um começo de superação e controle: ao fim e ao cabo, é ele quem se masturba, ativamente. Não apenas não vira mulher e prova sua potência, como também vinga-se da situação original, por meio de um gesto que combina gozo e acusação.

Esse tipo de solução mágica para o impasse da potência dominada parece apontar em direção a um mais amplo reservatório de magia, a ser ainda explorado. O fato mesmo de se render voluntariamente à violência sádica talvez sirva como comprovação de uma idéia fantástica: é possível que José se sinta protegido por uma força transcendente, uma mãe deificada, com a qual se alia para vencer os perigos da vida. Se essa hipótese tiver alguma base, seria justamente o êxito prático alcançado, malgrado sua aparente atitude suicida, o ingrediente básico para manter tal fantasia de onipotência emprestada a salvo de qualquer teste ou infirmação. Enquanto for possível demonstrar que não fez nada para conseguir o que tem, tanto no plano da vida prática, como no plano sexual, fica assegurada sua participação na unidade mística com a mãe. Pode ser até que nessa fantasia, apenas de leve tocada na análise, esconda-se a figura ausente do pai. Tudo o que diz dele é que era extremamente religioso e que sofria de escrúpulos de consciência, ao ver belas moças na praia, por exemplo. Teríamos então, ainda hipoteticamente, uma situação edipiana *sui generis*: a potência paterna fluindo para ele através dos excretas femininos, fantasia que encontra alguma corroboração no uso que faz do *homem-mulher*, do padre, o homem de saias.

Numa palavra, a fórmula exata do contato possível exige que o objeto de amor se mantenha à distância adequada e mantenha adequado tipo de relação: muito perto, afoga-o, muito longe, e ele se sente desamparado e solitário atirado à jaula da fera; ademais, há de ser uma relação homo/heterossexual, o que o enternece verdadeiramente é a amizade entre os homens, uma espécie de provocação viril, mas cheia de doçura. Como analisá-lo, é a questão.

O trabalho interpretativo com este paciente exige uma orientação precisa e rigorosa. Se fosse confiar exclusivamente no que se costuma chamar de *relação analítica*, no puro efeito do contato emocional intersubjetivo, cairíamos com certeza numa de duas condições adversas: ou repetiríamos a relação sado-masoquista à exaustão, que é essa a relação disponível em seu repertório, ou a análise transformar-se-ia numa série de correções interpretativas eu não sou quem você pensa, nem você mesmo é quem pensa ser etc. o que, por seu lado, não deixaria de constituir uma variação compartida e exacerbada do próprio sado-masoquismo que o domina. Se, por outro lado, pensasse em utilizar a interpretação como esclarecimento (isto é, *sentenças interpretativas* que explicam a vida mental e a relação entre analista e analisando), estaríamos eternamente prisioneiros de uma relação, porventura feliz, mas cristalizada, porque todo e qualquer esclarecimento converte-se instantaneamente em reprovação, distanciamento e, por fim, em submissão, aceita afavelmente até.

Por sorte, isso não é necessário. Nossa forma de trabalho não visa, em última instância, a relação, mas o campo, a estrutura lógica das emoções, não as emoções enquanto tais, ou seja: o inconsciente relativo. Nessa modalidade de clínica, não é indispensável, num primeiro momento, explicar ou fazer compreender, mas introduzir rupturas; as formulações de sentido vêm quase sempre do paciente. A ferramenta principal na análise de José, até hoje, tem sido a alternância cuidadosa entre silêncio, ou mesmo distância, e súbitas irrupções dentro do núcleo de alguma problemática que se esboça. O efeito principal é sentir ele que o analista não o afoga, mantém-se a distância segura, mas ressurge, em cada caso, precisa e inegavelmente no eixo daquilo que se está esforçando por comunicar. Ele vê então que tenho acesso eficaz ao plano onde transcorrem suas lucubrações semiconscientes e conflitos emocionais. Este é o amor analítico possível. Mesmo quando não estou interpretando e pareço exterior, ele sabe que estou lá, nele, se não em pessoa, ao menos em posição. A ação analítica se dá na estrutura lógica das emoções, as figuras emocionais concretas, representáveis, provêm em geral do próprio paciente.

A história da máquina apaixonada é naturalmente, um exemplo disso. O importante não foi a compreensão da dificuldade de relacionamento, mas a irrupção da presença analítica dentro do santo dos santos de seu segredo emocional. Assim também ocorreu num momento de síntese, em que pude dizer-lhe que precisava sustentar apaixonadamente a confusão entre as extremidades do aparelho digestivo, fazendo eqüivalerem leite e fezes, por exemplo. Como interpretação, convenhamos, não parece grande coisa, antes um tanto convencional na análise de uma perversão obsessiva. O efeito decisivo que teve, num dos campos abertos à intervenção analítica, pode ser tributado, em minha opinião, ao fato de haver feito surgir abruptamente sentido psíquico e, com este, a própria posição do analista, no eixo de significação que José ansiava em ver compreendida: não houve tempo de escorregar nem de afogar-se. Ao contrário, o analisando respondeu, quase imediatamente, com uma série de blasfêmias infantis, dirigidas contra a mãe e contra a Santa Madre Igreja. Lentamente, então, pudemos exorcizar a estrutura da blasfêmia mais pontualmente que com as orações medievais, a velha figura do diabo deu as caras. Surgiram, a partir daí, o engano infantil, as armadilhas maternas, as dúvidas quanto à própria masculinidade, que a mãe tentara solapar, usando a religião como instrumento de castração nada simbólica.

A distância real ou imaginária da mãe cobrava dele o preço da impotência ou da feminilização para se deixar vencer. Esse leite envenenado, ele o transformava em fezes, mas, ao mesmo tempo, não podia deixar de idealizá-lo e de alimentar-se dele. A síntese psíquica foi, por conseguinte, ter-se transformado num revolucionário infantil, praticando uma espécie de malcriação elevada a dimensões cósmicas: em todo o sagrado e querido, ele decidiu ver fezes e atirá-las ao rosto da mãe inimiga e de sua aliada a igreja. Sua interpretação do mundo, a propósito, revela sinais de uma cosmogonia malcriada: tudo é mentira, falsa aparência, contrafação do reino puro da verdade emocional, que ainda crê existir, porém, fora de alcance, oculto, inacessível.

Portanto, não é meu objetivo ocupar pessoalmente o lugar da verdade emocional o que seria meia impostura pelo menos, ao criar uma relação de *suposto ser*, mais até que de saber suposto, e sim produzir irrupções posicionais do campo da verdade emocional, o que é coisa totalmente diferente, como se vê. Ao choque entre o campo da verdade emocional irretorquível, arma essencial do analista e, neste campo, o da blasfêmia, resposta à hipótese de mentira castradora, é que deve ser creditado o avanço titubeante desta análise.

Estamos no caminho de esclarecer um dos campos da estrutura edipiana, que, provisória e hipoteticamente, parece configurar-se como participação mística no poder da mãe divinizada, tal como o esbocei acima. Por outro lado, os progressos no plano da vida prática e mesmo da vida afetiva foram evidentes. Tudo parece hoje ir um pouco melhor. Resta ver, no entanto, como o paciente suportará sua retomada da própria empresa e a consolidação do casamento, assim como certos desempenhos miúdos, talvez mais significativos. E o que é ainda mais crucial, resta ver que efeitos irá produzir o trabalho analítico no campo da onipotência de empréstimo, para cuja manutenção tanto sofrimento psíquico tem sido necessário. José suportará sua ruptura e a perda de tão básica ilusão? Afinal, ele tem dedicado a vida a ser pouco mais que um suicida com má pontaria...

O que posso dizer, como conclusão, é que o procedimento de distanciamento indispensável e brusca irrupção no eixo da significação emocional, induzindo rupturas de campo, tem dado certo, por enquanto.

Finalizando a apresentação deste material clínico, redigido em fins de 95, gostaria agora de acrescentar-lhe um pequeno adendo, seis meses passados. Um novo campo tem-se aberto na análise, onde domina a problemática relação entre fantasia e realidade, neste regime psíquico.

Certa feita, fatigado e de mau humor com os cuidados que a empresa lhe impõe, José tentou, como é seu hábito, relaxar com um devaneio de prazer. Sonhou então que estava num iate nas Bahamas, acompanhado de uma linda morena. Até aí, nada de mais. Até, por segurança, contou-me, tomou a providência de não permitir que o iate fosse seu ou da morena, para evitar conflitos de interesse

Curioso com essa medida protetora, perguntei-lhe a quem pertencia o barco, nesse caso. Ele mostrou-se reticente e um pouco envergonhado, argumentando que o resto não importava muito. Ante minha insistência, acabou por confessar que o iate era do cunhado da morena, um empresário que morava nos Estados Unidos, marido de sua irmã.

É claro que essa revelação apenas aumentou minha curiosidade. Belas morenas no Caribe não devem ser um tema demasiado raro para um devaneio; agora, nunca soube que as beldades de sonho tivessem irmãs noutra parte do mundo e muito menos cunhados. Não sei bem por quê, pode ser preconceito meu, mas cunhados não parecem ter lugar num sonho acordado de prazer exótico. Talvez sejam muito exóticos para meu gosto, ou, com mais rigor, demasiado quotidianos.

A história era assim. O industrial, dono do iate e cunhado da morena, devia ir a uma festa na Côte d'Azur e não tinha tempo de levar seu barco até lá. Iria de avião e pediu que José navegasse até lá, onde se encontrariam todos. Chegando a Nice, continua meu paciente, houve uma grande festa, à qual, um pouco amuado, ele se recusara a ir. Na festa, a linda morena havia paquerado alguém e, no dia seguinte, saíram os quatro no iate: o cunhado, a morena, o paquera e ele, já decididamente de mau humor. Nesse ponto, antes que a história piorasse ainda mais, José decidiu interromper o devaneio, que se transformara em pesadelo, e nada mais podia ajuntar.

Não é difícil compreender que se passou. Regularmente, sonhos e devaneios invadem o espaço de sua realidade. Aqui, porém, podemos verificar que a recíproca não é menos verdadeira. O espaço do devaneio escapista é invadido pela realidade, ou para ser rigoroso, por elementos de fantasia representativos dos aspectos da realidade que a fantasia principal procurava precisamente eliminar. Querendo explicitamente deixar de fora a questão da propriedade e das relações de dominação e desconfiança o iate não era de nenhum dos dois, José, infalivelmente, com a infalibilidade cruel do pensamento obsessivo, inclui da pior maneira o que projeta descartar. Como o inconsciente, os devaneios não conhecem o não perfeito, a pura ausência, mas devem representar negativamente o estado que buscam afastar. Já é, todavia, peculiar a essa configuração psíquica obsessiva que os representantes da negação tomem o primeiro plano e acabem por ganhar o campo e o dia da ação. José, tudo pesado, era apenas o marinheiro do empresário e sua morena linda, que devia ser desfrutado no isolamento complacente da fantasia, ganha parentes e novos interesses sexuais, para não dizer econômicos, levando-o fatalmente ao estado que tentava negar.

Uma vez masoquista, sempre masoquista, dirão vocês e dirão bem. O que fica iluminado nessa infeliz situação, além do masoquismo e da obsessividade, é o estatuto recíproco de realidade e fantasia. A fantasia busca um derivativo para a realidade. Porém a realidade é também representação; de hábito, figuramos a realidade como um conjunto de representações carregado de limites, obstáculos e contingências; quando um paciente nos diz que *deve também considerar a realidade*, nove em dez vezes quer dizer *dinheiro*, não é verdade? Em nosso caso, a realidade, a fantasia chamada realidade, invade o mundo da fantasia de prazer, como aliás acontece com todos nós domingo à tarde. Não que a segunda (a segunda-feira e a segunda fantasia, a de realidade) seja mais verdadeira ou objetiva que a primeira (a do iate, a do fim-de-semana). Pode ser que se eqüivalham os graus de distorção dos fatos, se é esse o critério para distinguir a realidade da coisa duvidosa , mas não resta dúvida que meu paciente vê cortada sua capacidade de fantasiar a gosto, por uma penetração indevida de elementos, quiçá também fantásticos, vindos do outro lado do mundo da representação, da face oculta da lua de mel, por assim dizer.

Um dos problemas essenciais da perversão obsessiva é que a carga de cavalaria contra a realidade a carrega constantemente na garupa. A realidade inimiga, no caso de nosso paciente, não é tanto a empresa, mas a perversão masoquista, que não se deixa ignorar. Ao congelá-la na imagem de excretas femininos, ele alcança o ponto máximo de isolamento possível, afasta-a da realidade quotidiana; mas quando passa da conta e pretende imaginar um mundo de prazer mais convencional, a realidade masoquista cobra seu imposto e com juros extorsivos. A cena erótica simplesmente não se mantém.

É notável e instrutivo, sob esse aspecto, como nossa recente evolução tecnológica pode ser reaproveitada pela neurose se de neurótico o vamos classificar. Com a introdução da *Internet*, José conseguiu aquilo que os devaneios não lhe davam, *crença* ou estabilidade de representação. Acessando a rede, ele foi encontrar os endereços que apresentam fotos de mulheres nuas. Não descreveu uma experiência entusiástica, parece que as fotos não são mais excitantes que as de revistas masculinas e, certamente de pior resolução gráfica. Mas algo o encanta. É que pode fazer essas figuras masturbatórias surgirem do nada, ou do quase nada, do *ciberspace*, tocando as teclas e o *mouse* do computador. Num ato, em tudo análogo ao da masturbação dos velhos tempos, um certo manuseio traz à mente as figuras eróticas, dessa vez, contudo, com suficiente estabilidade e permanência. Ao contrário da morena das Bahamas, cunhado algum aparece na página da *Internet*. Estaria vencida a batalha contra a invasão psíquica da realidade? Não decerto. Se a invasão da realidade pela fantasia, tema reiterado pela psicanálise, nunca se elimina, tampouco seu avesso. O fato é que José, no melhor do processo de descoberta do hiper-mundo, viu-se confrontado a um maligno pedido de identificação para acessar uma página qualquer, que lhe oferecia maiores estímulos. Recuou. Justificou-se, pensando que já era hora de voltar ao trabalho, de ser adulto etc. A verdade, porém, e ele foi o primeiro a admitir, é que estava simplesmente a reproduzir a cena clássica da descoberta da masturbação pela mãe, nada mais, nada menos.

De qualquer modo, é preciso louvar a possibilidade de manter uma imagem psíquica evocada por meios informáticos, contra sua transformação fatídica em imagem masoquista e castradora. Há uma dimensão de espontaneidade e mimetismo: a tela reproduz imaginariamente a superfície de apresentação de sua mente, muito mais sensível, intencional e sujeita à vontade que as coisas do mundo comum. É duro admitir, mas um computador corresponde exatamente à imagem que o homem contemporâneo faz de sua própria consciência. A demora mesma em se formar a imagem inteira, devida à proverbial lentidão de nosso sistema de telefonia, contribuía a magnetizar o analisando na tela do computador. Era quase um *strip-tease* ou melhor, quase um lento processo de escultura erótica intrapsíquica, a recriação da mulher por um divino Adão. Por outro lado, em comparação às revistas e sobretudo às mulheres de carne e osso, o computador é muito mais ele mesmo, a extensão direta da psique do paciente, um canal privativo com o jardim das delícias o que nos leva a temer seriamente que esse Adão se transforme em Bosch.

Desses dois exemplos do destino instável das representações intencionais, quando comparadas à força e inevitabilidade do sistema perverso-obsessivo, podemos retirar algum ensinamento. O principal talvez seja a constatação de que o processo mesmo de criação psíquica de derivativos ao modo obsessivo de relação com o mundo é, como não poderia deixar de ser, obsessivo. Não só na garupa vem o incômodo ginete, ele é também o próprio cavalo. E José, sentindo sua presença constante, reage protestando internamente no modo da preguiça ou daquilo a que ele chama preguiça: uma sensação de paralisia psíquica, que ocorre como reação aos sinais de prazer ou interesse provindos da realidade, como se fosse ele mesmo um desmancha-prazeres de proporções cósmicas ou, pelo menos, empresariais. É concebível portanto conjeturar que a dimensão perversa da obsessividade, neste caso, vem do fato de se representar em imagem ritualizada o próprio processo intrapsíquico de criação das representações. Complicado, mas a vida é assim.

INTERPRETAÇÃO: REVELAÇÃO OU CRIAÇÃO?

Orestes Forlenza Neto*

Em carta a W.R. Bion de 5 de outubro de 1967, Winnicott diz: "Em primeiro lugar, gostaria de dizer que penso em você como o grande homem do futuro da Sociedade Britânica de Psicanálise". Em outra carta de 16 de novembro de 1961, ele diz no encerramento: "Sei que sua formulação contém algo novo para mim e de importância vital: e é isto que estou tentando elaborar. Naturalmente, começo a partir de minha própria linguagem, assim como você começa a partir da sua."

Estas situações revelam o respeito que Winnicott tinha por Bion e **pela maneira original** que cada um poderia encaminhar suas idéias. Do meu ponto de vista ambos criaram, a sua maneira, termos e conceitos sobre áreas comuns dentro da psicanálise e com suas linguagens particulares. Tentarei fazer alguma aproximação entre elas, principalmente no que diz respeito à própria criatividade.

Voltemos aos termos: Interpretação - Revelação - Criação.

Para não nos estendermos demais, diremos, resumidamente, que interpretar implica em comunicar o significado (inconsciente) da relação emocional entre o paciente e o analista. Normalmente ela é feita pelo analista através da verbalização (simbólica), mas também pode ser por uma "ação interpretativa" (Ogden - 1994). Existem, também, as chamadas "interpretações não transferenciais" sobre as quais não vou me deter em examinar.

A interpretação, juntamente com a "construção", eram usadas por Freud para preencher as lacunas mnêmicas. Podemos fazer um paralelo com a **película fotográfica** que ao passar pelos banhos químicos revelam imagens até então ocultas.

A palavra revelação pode ter outros sentidos como o de **descoberta grandiosa** e **iluminação místico-vidente**. Estes sentidos, que rondam o trabalho analítico, os entendemos como fuga para a magia.

Freud já sugeria que se estabelece uma comunicação inconsciente entre o analista e analizando. A escola inglesa, com o desenvolvimento do conceito de identificação projetiva, conseguiu esclarecer boa parte do que seria este tipo de comunicação, sobre isto voltaremos mais tarde.

Winnicott nos indicou como a mãe do recém-nascido facilita a ilusão de que é ele que cria o mundo (mãe, seio), a partir de suas próprias necessidades (do

---
* Membro Efetivo e Analista Didata da Sociedade Brasileira de Psicanálise de São Paulo.

bebê). Parece advir daí a impressão que o mundo o entende e que é moldado pelo bebê. Esta ilusão nos ajuda a acreditar que o que falamos é compreendido por nosso interlocutor. Isto é verdadeiro quando falamos do concreto e do imediato, mas para outros significados não o é..

Quando entramos em contato com obras de arte, o que captamos é uma trnsformação que fazemos dela - ela é, em parte, uma criação nossa. Por não compreendermos uns aos outros podemos usar recurso semelhante - **a criação**. Podemos, então, participar da intersubjetividade que nos aproxima através da **invenção mútua**. Esta vai ser carregada de ilusão, que então deve ser destruída. Nova criação é feita e o jogo continua. A **associação livre** descoberta por Freud (com auxílio de sua paciente Elizabeth Von R) vem em nosso socorro. Paradoxalmente, se afrouxarmos a perseguição ao conhecimento, ele pode surgir por um derivado associativo que auxilia a captação do significado. A contrapartida do analista à associação livre - a atenção flutuante é despertada no analista. Da articulação de ambas pode se atingir um fragmento do conhecimento.

Interpretar, também significa representar um papel (aquilo que faz um ator). Sempre é bom nos indagarmos sobre o papel que representamos para o paciente ou o que ele quer que representemos. Neste sentido **estamos sendo criados** pelo paciente como objetos subjetivos dele (Winnicott - 1971).

Chegamos, com isto, a algo alarmante. Existe um **script** desconhecido pelo analista e paciente. O analista, sem o querer conscientemente, é o intérprete (no sentido do ator) do **script** que o paciente lhe atribui. Sendo o analista receptivo, estará numa embaraçada louca (contra-identificação projetiva), terá sentimentos no mínimo angustiantes. Se o analista estiver impermeável, o paciente estará perdido (terror sem nome). Como estamos longe da revelação!!! Mas existe uma câmara escura (capacidade negativa), se o analista não tiver muito medo do escuro entrará nela. Lá estão sentimentos tormentosos (fúria, aversão, sentimentos de ineficiência e inexistência, dispersão, devaneios, etc.). São as tênues luzes permitidas, quando percebidas como tais. Então, aquilo que parecia mera desatenção, retraimento narcísico, devaneios, imagens tolas, etc., - são provisões da experiência do analista, que podem se articular entre si e com as observações do paciente (rêverie). Cria-se uma intersubjetividade do par - o terceiro analítico (Ogden - 94),* naquele espaço transicional entre o bebê (paciente) e sua mãe (analista) (Winnicott-71). Num trabalho que exige grande dispêndio de energia, concen-

---

* O terceiro analítico é uma criação do analista e do analisando. Embora criado por ambos não é experimentado da mesma forma por cada participante, pois, o setting define os papéis e não se trata de análise mútua. O que se visa, primordialmente, é o conhecimento do paciente.

tração e compromisso com a verdade, o que surge tem a ver com a expressão da criatividade. Mas, antes disso, o analista permitiu seu próprio ingresso na área de isolamento pessoal (santuário da sanidade - Winnicott-63). Sofrimento que pode ser recompensado pelo prazer do conhecimento que vai surgindo.

Não existe nenhum método para sermos criativos. É o fruto de esforços e de um precipitado de conhecimentos e emoções. A criação tem algo a ver com a **transgressão**; são novas maneiras de se olhar para o que já é conhecido. É preciso destruir o velho antes do novo ser criado, isto significa, muitas vezes, destruir parte daquilo que acreditávamos ser ou saber. Analista e paciente se criam e se destroem, se recriam e vai ocorrendo o conhecimento.

Quem é o criador e quem é a criatura?

Parodiando Bion em PS$\leftrightarrow$D, eu anotaria Criador $\leftrightarrow$ Criatura. "O bebê cria o seio e ele deve estar lá onde foi criado" (Winnicott - 1968). Mas não podemos esquecer que o bebê é uma criação da mãe (não apenas física) - "não existe algo como um bebê, independente da provisão da mãe (Winnicott - 1960).

Qualquer pessoa envolvida com esforços criativos (cientistas, poetas, compositores, analistas, etc.) pressentem alguma imagem vaga que solucionaria suas questões. Como uma espécie de "gravidade psíquica" que atrai pedaços da experiência em movimentos geradores de significados. Einstein se expressou assim: "As palavras da linguagem, como são escritas ou faladas, não parecem ter nenhum papel em meus mecanismos de pensamento. As entidades físicas, que parecem servir como elementos no pensamento, são certos sinais e imagens mais ou menos claras que podem ser "voluntariamente" reproduzidas e combinadas."

A criação, ao contrário do que se pensa, raramente se dá sob a forma de iluminação súbita. O criador precisa ter certo domínio de conhecimentos e de técnica no campo onde se dá a criação. Ele usa de duas táticas em especial: a primeira, é buscar no estranho, elementos familiares, certos pontos em comum; a segunda, é tornar o familiar estranho, que é libertar-se dos preconceitos, do senso-geral, etc. Bion nos indica uma disciplina para abordarmos a sessão analítica, que tem muito a ver com a tática acima: "Em cada sessão, o psicanalista deve ser capaz - caso tenha seguido o que eu disse neste livro, particularmente no se refere à memória e desejo - de estar ciente dos aspectos do material que, ainda que pareça familiar, se relaciona ao que é desconhecido, tanto para ele como para o analisando. Ele deve resistir a qualquer tentativa de apegar-se ao que ele sabe, para alcançar um estado muito análogo à posição esquizo-paranóide. Para este estado cunhei o termo "paciência", para distinguí-lo da posição esquizo-paranóide... Denoto o termo para reter sua associação com sofrimento e tolerância à frustração." (Bion - 1970 - trad. Imago, 1973). Se Bion compara a posição esquizo-paranóide com o estado de "paciência", Winnicott sugere que devemos nos permitir, quando possível, uma regressão ao "estado de não integração" da mente para possibilitar o ato criativo (do mesmo modo que numa livre associação). Isto só é possível quando afrouxamos o processo secundário. Em Subjects of Analysis (1994), Ogden tem ponto de vista semelhante. Considera que na oscilação dos dois pólos da dialética do sujeito (PS↔D) ocorre a renovação e a criação. Poderíamos ver a desintegração (PS) como a negação das qualidades integrativas da posição depressiva (D). A ausência deste processo desintegrativo leva ao fechamento, estagnação e à arrogância. A negação do fechamento, os "ataques aos vínculos" representados pelo pólo (PS) da dialética, tem o efeito desestabilizador do conhecimento, o que, de outra forma, tornar-se-ia estático. Isto permitiria visualizar novas formas naquelas que já são conhecidas e inovar. O que surge em tais estados são imagens, habitualmente metafóricas, que representam uma forma de processo intuitivo. A metáfora é o fenômeno transicional que une a imaginação com a racionalidade. As novas teorias estão relacionadas a uma re-descrição metafórica da experiência. Nossa compreensão usa os "recursos da imaginação via metáfora que se situa entre a objetividade e a subjetividade, reafirmando que o conhecimento é **encontrado e criado** como um objeto transicional. Quando o analista interpreta criativamente, ele produz "objetos psicanalíticos" (Bion - 1962), estes podem gerar idéias que podem ser utilizadas pelo paciente. Ambos, Bion e Winnicott, nos sugerem o caminho da criação na busca do conhecimento. Devemos destruir a imagética existente para podermos, criativamente, nos aproximar de O.

Às vezes, os trabalhos analíticos dão a falsa impressão de que o analista fornece formulações completas ao paciente; mesmo que isto fosse possível, não seria recomendável. O paciente precisa sentir que está participando criativamente da interpretação para poder aceitá-la (do mesmo modo que o bebê cria o seio). O que oferecemos ao paciente são **peças** de interpretação que vão se sucedendo por várias sessões, como no jogo do rabisco de Winnicott, paciente analista vão se alternando na criação, até que se atinja algo mais abrangente.

O estudo de indivíduos criativos revelou algumas características que muito se aproximam do que Winnicott caracteriza como manifestações do verdadeiro self e de seu gesto espontâneo, como: **espontaneidade, interesses não convencionais, flexibilidade cognitiva** (que implica em capacidade de abordagem de diversos ângulos, sensibilidade para formular e redefinir problemas), **autoconfiança, independência, não conformismo**, etc.

A preocupação de Winnicott com a criatividade levou-o a dizer que de nada adianta concluir uma análise, deixando o analisando sem criatividade que, no seu entender, é o indicador do verdadeiro *self* e da saúde. Afirmava que a parte mais importante do trabalho analítico é a feita pelo paciente e que: "Intervenho pelo menos uma vez na sessão, mas para que o paciente não tenha a impressão de que eu compreendo tudo." Para ele, o viver só valia a pena se fosse criativo - Abolindo a dicotomia entre o subjetivo e o objetivo a favor de uma terceira área, Winnicott propôs a transicionalidade do conhecimento.

RESUMO

No trabalho procuro aproximar dois autores - Bion e Winnicott - cada um, com sua própria linguagem, trabalhou no campo da interpretação criativa. No desenvolvimento do trabalho vamos nos afastando da interpretação-revelação, um rumo da interpretação criativa. A criação mútua é a via de aproximação paciente-analista. É no repetido processo de criação e destruição que se desenvolve o conhecimento. No intercâmbio paciente-analista forma-se uma área transicional intersubjetiva que Ogden (94) designou de terceiro analítico, numa extensão e elaboração das idéias de Winnicott (1960a): "Não existe algo como uma criança sem a provisão materna." A criação pressupõe destruição do conhecido. Analista e paciente se criam e se destroem (em suas representações) no caminho do conhecimento. Algumas pesquisas sobre o indivíduo criativo nos levam à comparação com as formulações de self verdadeiro de Winnicott e à disciplina que Bion propõe para a abordagem da sessão analítica. O estado de "paciência" de Bion é comparado com o estado de "não-integração" de Winnicott e ao conceito de oscilação da "dialética do sujeito" (PS↔D) em Ogden (94). O conhecimento se insinua intuitivamente por imagens metafóricas, que são fenômenos transicionais, achados e criados, situados entre a imaginação e a razão, entre o objetivo e o subjetivo.

REFERÊNCIAS BIBLIOGRÁFICAS

1. BION, W.R: (1962). *Os Elementos da Psicanálise*.Rio de Janeiro: Zahar Ed., 1996.

2. ———— (1965). *Transformações: Mudança do Aprendizado ao Crescimento. Rio de Janeiro: Imago Ed., Ltda, 1984.*

3. ———— *(1970). Atenção e Interpretação.* Rio de Janeiro: Imago Ed., Ltda. 1973.

4. OGDEN, Thomas H. (1994). *Subjects of Analysis.* London: H. Karnac Books Ltd.,1994.

5. WINNICOTT, D.W. (1960). The Theory of the parent-infant relationship. In: *The Maturational Processes and the Facilitating Environment*. London: H. Press Ltd., 1972.

6. _____ (1963). Communicating and not Communicating leading to a Study of Certains opposites. In: *The Maturational Processes*. London: H. Press Ltd., 1972.

7. _____ (1968). O Uso de Um Objeto e Relacionamento Através de Identificação. Em: *O Brincar e a Realidade*. Rio de Janeiro: Imago Ed., Ltda. 1975. p. 121-132.

8. _____ (1971). *O Brincar e a Realidade* - trad. Imago Editora Ltda., Rio de Janeiro, 1975.

9. _____ (1990). *O Gesto Espontâneo*. São Paulo: M. Fontes, Edit., 1990.

INTERPRETAÇÃO: REVELAÇÃO OU CRIAÇÃO?

*Otto F. Kernberg**

Talvez uma das mais importantes contribuições de Bion para a técnica psicanalítica tenha sido sua proposta sobre a análise do "fato selecionado" como critério principal a ser enfocado no esforço interpretativo do analista. Bion transcende a proposta clássica e tradicional de Otto Fenichel que, na sua metapsicologia de interpretação, recomendou que as interpretações fossem selecionadas segundo um ponto de vista econômico, dinâmico e estrutural. O ponto de vista econômico, para Fenichel, refletia-se no diagnóstico da dominância do investimento pulsional e das identificações dominantes na transferência do paciente. O dinâmico, refletia-se na análise do material do paciente, do ponto de vista de um conflito intrapsíquico que precisava ser abordado pela superfície, isto é, pelo lado defensivo antes de enfocar o aspecto mais profundo, isto é, o lado impulsivo. A perspectiva estrutural referia-se a que agente da estrutura tripartite alinhava-se com qual dos lados do conflito inconsciente, entendendo-se que, em geral, as interpretações deveriam ser formuladas pelo lado do ego observador.

Bion abordou o problema do foco interpretativo segundo uma perspectiva completamente diferente: para começar, descreveu uma atitude que transcendeu a tradicional "atenção livre flutuante", ao enfatizar a importância de se abordar o material "sem memória nem desejo", isto é, sem uma estrutura teórica pré-estabelecida para encerrar a observação analítica do material do paciente e, também, sem a presença de uma necessidade no analista de influenciar o paciente em alguma direção específica. Isto implica que o analista ouça o paciente e se deixe ser "invadido" pelas comunicações do paciente, tanto em termos da comunicação verbal de experiências subjetivas, como da exploração do comportamento não verbal do paciente durante a sessão. Além disso, o analista precisa estar aberto para o que ocorre em sua própria atitude emocional em relação ao paciente, em seu próprio mundo de fantasias, estimulado pelo material do paciente; em suma, pelo que a maioria dos autores consideraria hoje a contratransferência do analista. Bion, entretanto, enfatizou a importância da contribuição do paciente na reação afetiva e cognitiva do analista, particularmente os efeitos da identificação projetiva que influenciam a experiência do analista, presumindo-se que aqueles aspectos profundos do inconsciente do analista, que poderiam introduzir-se como parte da contratransferência no sentido tradicional, precisariam ser elaborados pelo psicanalista independentemente da ativação do material do paciente na resposta emocional do analista.

---
* Membro Efetivo e Analista Didata da Associação Psicanalítica Americana.

É importante enfatizar essa particular atitude de Bion em relação à contratransferência; ele acentuava ao mesmo tempo a importância da análise da resposta total do analista ao paciente, como a necessidade de uma disciplina intelectual e emocional através da qual o analista pudesse proteger-se contra o impacto indevido de teorias pré-estabelecidas e contra a distorção da sua abertura ao material do paciente, devido a seus próprios conflitos intrapsíquicos inconscientes não resolvidos. A abordagem de Bion indica claramente que a experiência do analista, o fato de ele estar no lado que recebe o "bombardeio" das informações do paciente - quer sob a forma de elementos beta primitivamente fragmentados, patologicamente cindidos (*splitados*) ou de elementos alfa mais elaborados que precisam ser contidos na mente do analista - impõe a ele a necessidade de selecionar uma perspectiva, um vértice a partir do qual ele possa "conter" o material. Na medida em que surge um tema dominante, no entender do analista, é esse o "fato selecionado" que requer sua compreensão e uma eventual formulação sob a forma de interpretação.

Nesse enfoque, Bion claramente aponta para a importância de uma percepção intuitiva sobre o que, em um dado momento, é dominante no material do paciente e, uma vez que o vértice a partir do qual o analista o explora depende de uma abordagem focalizada por ele próprio, então o vértice em si, o ângulo pelo qual o material é reunido, já é co-determinado pela natureza do material, assim como pela capacidade do analista para ouvir ou, melhor, para vivenciá-lo.

Ao rejeitar a influência dos problemas inconscientes do próprio analista nesse processo, Bion implicitamente centrou-se na natureza objetiva do trabalho, embora este se derive da integração subjetiva de todos os dados de observação por parte do analista. Quanto a isso, a abordagem de Bion aproxima-se mais da visão positivista de interpretação do que da construtivista. Por outro lado, na medida em que Bion deu especial ênfase à relatividade do conhecimento adquirido por essa abordagem, no fato de que a realidade final, tanto dentro do analista quanto dentro do paciente, não pode ser conhecida - o conceito O maiúsculo de Bion - implica que interpretações apropriadas só permitem reduzir a distância entre O e o O fundamental, entre os elementos essenciais da realidade do analista e do paciente, mas nunca conciliar totalmente a realidade de ambos: isso acrescenta um elemento de cautela e relativismo ao verdadeiro valor da interpretação psicanalítica.

Na posição de Bion estava implícita uma crítica e uma oposição ao que ele considerava a natureza categórica de "interpretações profundas", características da abordagem psicanalítica kleiniana da época. De fato, a ênfase de Bion na natureza relativa do avanço do nosso conhecimento em relação ao que surge na natureza da interação entre paciente e analista representou uma mudança pioneira na técnica kleiniana, expressa hoje em dia nas contribuições fundamentais de Hanna Segal, Betty Joseph, John Steiner e na corrente da abordagem kleinana que se centra mais nas funções primitivas do que nos órgãos primitivos com que se ocupa a fantasia inconsciente do paciente, e na expressão de níveis primitivos de desenvolvimento no "aqui e agora" inconsciente da interação analítica.

Esses esforços pioneiros por parte de Bion, contudo, levaram, nos últimos anos de sua vida produtiva, a uma ênfase quanto à dificuldade de se abordar o conhecimento dos aspectos essenciais da personalidade do paciente ou a questionar a "objetividade" das interpretações do analista e deram às interpretações a qualidade de uma "revelação" em lugar de um esclarecimento científico do "fato selecionado". E, em um dado momento, a "revelação" torna-se "criação", isto é, um fato clínico novo e original desenvolvido pelo analista como produto de sua perspectiva intuitiva em relação ao fato selecionado.

Neste ponto, eu gostaria de passar desse sumário da perspectiva de Bion para o meu posicionamento hoje quanto à dialética da interpretação como um esclarecimento objetivo do fato selecionado, uma revelação ou uma criação.

Primeiramente, parto do pressuposto de que as psicopatologias analisáveis refletem conflitos intrapsíquicos inconscientes que se integraram para formarem estruturas intrapsíquicas patológicas, que distorcem o aparelho psíquico tripartido comum, e que esses conflitos intrapsíquicos inconscientes são reativados como disposições transferenciais, que revelam as relações de objeto internalizadas originais que por sua vez fixam representantes pulsionais sob forma de representações do *self* e de objetos, ligadas afetivamente. Em outras palavras, disposições afetivas que ligam unidades diádicas de representação do *self* e de objeto são tanto os depositários de conflitos ligados à pulsão, como os "blocos edificadores" da estrutura tripartite. Configurações de defesa de impulsos são configurações de relações de objetos internalizadas, investidas impulsivamente, como opostas às investidas defensivamente. O que observamos na transferência e que tradicionalmente chamamos de pulsões, identificações e defesas é representado concretamente por afetos, representações diádicas de *self* e de objeto e pela organização estruturada e defensiva de tais díades conflitivas e mutuamente contraditórias.

O *setting* analítico, a tarefa do paciente de realizar associações livres e a tarefa do analista de diagnosticar e interpretar a reativação de conflitos inconscientes na transferência, dentro da atmosfera permissiva do *setting* analítico, constituem os elementos essenciais do tratamento psicanalítico. Aqui preciso enfatizar que, embora a análise de transferência constitua a essência propriamente dita do trabalho psicanalítico, isso não implica na negligência da análise de conflitos extratransferenciais. Na prática, o enfoque analítico deveria ser dirigido para onde há mais afeto, seja na transferência, seja nas relações extratransferenciais.

Este talvez seja o momento oportuno para salientar que o significado original de agieren não era "atuação" (*acting out*), mas sim "encenação" (*enactment*) ou, como corretamente traduzido em francês, *passage a l'acte*. De acordo com esse ponto de vista, um certo modo contemporâneo de falar sobre "encenação" na transferência e contratransferência distorce a técnica psicanalítica tradicional, como se a análise da transferência tivesse sempre ocorrido no contexto da encenação das relações correspondentes no *setting* analítico e não como um simples conteúdo de livres associações. A visão contemporânea de contratransferência como a reação emocional total do analista para com o paciente engloba tanto as contribuições do paciente para a contratransferência - principalmente, mas não exclusivamente, através dos mecanismos de identificação projetiva e controle onipotente - como a participação em potencial de disposições transferenciais do analista na contratransferência, especialmente sob condições de encenações transferenciais muito intensas e regressivas. Considero a análise da contratransferência, em termos de identificações concordantes e complementares na contratransferência, como um instrumento chave para a análise dos conflitos inconscientes, ativados na forma de relações de objetos internalizadas, investidas afetivamente na transferência.

Até aqui, esse pequeno sumário da minha abordagem está de acordo com a ênfase não só de uma abordagem ao trabalho analítico segundo uma teoria das relações de objeto, mas também da ativação das relações de objeto duais na experiência intersubjetiva de paciente e analista. Na minha opinião, entretanto, o que falta na abordagem intersubjetiva é o fato de que a análise da transferência e contratransferência pelo analista não é baseada apenas na experiência subjetiva do paciente e na experiência subjetiva do analista, mas na confluência de três importantes canais de observação: primeiro, o conteúdo da experiência subjetiva do paciente conforme refletido em sua comunicação verbal, na livre associação; segundo, no comportamento não verbal do paciente, especialmente aquelas manifestações do seu comportamento que vão além da sua própria consciência devido a sua natureza dissociada ou excendida. De fato, quanto mais grave a psicopatologia, mais significativa é a informação transmitida pelo comportamento do paciente; e a habilidade na confrontação, no esclarecimento e na interpretação integradora desse comportamento com o conteúdo de livres associações e da experiência subjetiva do paciente é um aspecto importante para o esclarecimento da natureza total da transferência. Um terceiro canal de informações é a contra-transferência do analista, e a combinação da avaliação de informações oriundas da experiência subjetiva do paciente, do seu comportamento não verbal e da contratransferência, fornecem uma visão global do campo analítico.

Além disso, a comunicação do analista ao paciente da sua interpretação do significado dominante momentâneo na situação psicanalítica, não é uma simples colocação de fatos ou um pronunciamento "oracular", mas combina esforços para esclarecer a experiência subjetiva do paciente com aquilo que ele ainda não tem consciência ou que está evitando tomar conhecimento. Isto implica que as comunicações do analista procuram esclarecer não só a experiência subjetiva do paciente, mas também a experiência e observações do analista enquanto um objeto externo diferente. Em outras palavras, a experiência subjetiva do analista não é "privilegiada", mas a do paciente também não o é, e a abertura do analista para corrigir as suas interpretações como hipóteses tentativas idealmente deveria ser complementada pela "abertura" do paciente para corrigir as suas hipóteses sobre suas observações. Assim, o analista não só esclarece o campo intersubjetivo, como também acrescenta uma nova dimensão: uma visão "de fora", uma reflexão sobre o que é vivenciado pelo paciente e analista, em vez de simplesmente transmitir o seu entendimento da experiência subjetiva do paciente.

Talvez o que eu acabei de dizer pareça óbvio ou trivial, mas implica uma crítica do que considero a idealização do processo de espelhamento. Evidentemente, diferentes significados têm sido atribuídos a espelhamento: desde a implicação de Kohut de uma aceitação e validação ideais da experiência do bebê e da criança, passando pelo enfoque de Margaret Mahler sobre um refletir realista da experiência do bebê, até a implicação lacaniana do espelhamento como fonte básica de alienação do ego. Minha posição é a de que a mãe comunica ao bebê a sua experiência empática da experiência dele, ajudando-o portanto a organizar - ou desorganizar - sua experiência afetiva; mas na sintonização da mãe há também a influência de como ela se coloca em relação ao bebê. Em outras palavras, a mãe comunica ao bebê a experiência dele conforme ela a sente, mas também sua reação a essa experiência e isso inclui, então, um elemento de reflexão que, eventualmente através de um processo de internalização, acabará por transformar-se na função auto-reflexiva do paciente.

Para aprofundar ainda mais a questão, é importante diferenciar entre a validação da experiência do bebê e a comunicação a ele de um objeto externo e diferente que a está validando. Em contraste, a falha da mãe em empatizar com a experiência do bebê e os esforços dela para impor sobre ele a experiência que ela tem dele, não é apenas uma falta de empatia, mas um ato invasivo sentido pelo bebê como uma invasão violenta e leva a uma diferenciação interna, em algum grau, de uma auto-representação ameaçada e potencialmente traumatizada, esmagada por uma representação de objeto invasivo. Em suma, a mãe não só confirma, mas também acrescenta sua percepção, fornecendo, assim, uma camada potencial de auto-reflexão à experiência do bebê de ser adequadamente empatizado, levando ao que Peter Fonagy chamou de "mentalização".

O analista, em sua função interpretativa, fornece por meio da sua atividade interpretativa tanto uma validação da experiência subjetiva do paciente, quanto uma ampliação de consciência do paciente da relação de objeto acionada no campo interpessoal e a experiência da função observadora de um objeto externo, que inclui a própria experiência subjetiva do objeto.

De uma perspectiva mais ampla, acredito que a situação psicanalítica inclui três enquadres de referência: primeiro, o enquadre do tratamento psicanalítico dada pelos arranjos para o tratamento, pelas instruções ao paciente de fazer livres associações, estando o analista disponível para ajudar o paciente a aprofundar o seu auto-conhecimento, com o entendimento de que o analista não é onisciente, nem onipotente, mas que dispõe de treinamento anterior, experiência e conhecimento que lhe permitem contribuir nesse sentido. Este enquadre de tratamento constitui uma relação de objeto "realista", estabelecida por um projeto, que Hans Loewald definiu como o encontro de uma pessoa que precisa de ajuda e confia que outra pessoa tenha o conhecimento e a experiência, bem como a boa vontade, de tentar ser útil, e outra pessoa, que de fato está interessada em ajudar o paciente e procura dar essa ajuda, apesar de estar ciente das limitações de seus esforços.

Essa relação "realística" é imediatamente distorcida por uma segunda relação, a saber, a ativação de disposições transferências e contratransferenciais "encenadas" pelas condições propiciadas pelo enquadre psicanalítico, e pela posição do analista de neutralidade técnica no sentido de não interferir a favor de um dos lados nos conflitos intrapsíquicos do paciente e por sua análise das operações defensivas que aplacam contra a livre associação e a ativação da regressão transferencial. Esse segundo enquadre constitui o próprio campo intersubjetivo que é o objeto da investigação analítica.

Um terceiro enquadre de referência é a análise pelo analista da transferência e contratransferência, sua própria dissociação interna entre uma parte que vivencia, que participa do vínculo transferência/contratransferência e uma parte que observa, que inclui o conhecimento específico do analista e seu instrumental técnico, bem como seu investimento afetivo sublimatório no paciente; e é esse terceiro enquadre que é essencial no processo interpretativo. Em outras palavras, o analista imerge na relação de transferência e contratransferência e no entanto se mantém fora dela, em suas funções interpretativas, para as quais a sua capacidade para diferenciar o enquadre determinado de tratamento da regressão transferencial contribui de modo essencial. Esse permanecer reflexivo fora do vínculo transferência/contratransferência, a interpretação dos significados da distorção do enquadre inicial de tratamento em contraste com a regressão na transferência/contratransferência constitui a "terceira posição," para usar um termo da psicanálise francesa. Penso que essa terceira posição é uma pré-condição essencial para o trabalho psicanalítico e implica o analista superar a situação ativada de transferência/contratransferência, sua capacidade de introduzir uma nova perspectiva que irá esclarecer o conflito inconsciente ativado na transferência e ajudar o paciente, através de um mecanismo de identificação introjetiva, a desenvolver uma função de auto-reflexão, como parte do aumento na capacidade de seu ego para lidar com conflitos intrapsíquicos. A cisão do ego em uma parte que observa e uma parte que atua originalmente descrita por Richard Sterba representa a ativação da função auto-reflexiva, derivada da internalização da função reflexiva de quem cuida do bebê - não a empatia com a experiência do bebê em si mesma. Proponho, em resumo, que precisamos de uma psicologia de três pessoas e não de uma ou de duas, sendo a terceira pessoa o analista em seu papel específico, que contrasta com todas as outras relações interpessoais do paciente.

Existe, sem dúvida, o perigo do analista, ao fazer uso indevido ou abusivo de sua função específica de permanecer fora do vínculo transferência/contratransferência, desenvolver uma atitude de arbitrariedade, autoritarismo ou doutrinação do paciente. Esse perigo, de fazer uso abusivo da autoridade funcional pelo exercício de poder não-funcional é um perigo intrínseco a qualquer trabalho realizado com autoridade e é extremamente ingênuo tentar se proteger desse perigo pela eliminação da autoridade funcional realística do analista na situação de tratamento. Uma ideologia "igualitária" que considera a perspectiva do analista como sendo praticamente simétrica a do paciente, a contratransferência como potencialmente tão patológica quanto a transferência, apresenta uma caricatura ou uma enorme distorção de uma experiência psicanalítica comum. E a atividade interpretativa do psicanalista deveria naturalmente apresentar um modo de comunicação que reflita o fato de que todas as interpretações são hipóteses, a serem confirmadas ou negadas pelo que se desenvolve como conseqüência de sua formulação.

Idealmente, as interpretações deveriam ser feitas de uma forma "como se", com uso de metáforas, de uma qualidade insaturada, não relacionada a qualquer momento histórico particular, teoricamente suposto no passado do paciente; centradas, em suma, no "inconsciente no aqui e agora", entendendo-se que as interpretações são realmente um processo interpretativo que irá gradualmente ser aprofundado em uma determinda direção seguindo as associações do paciente e posteriores desenvolvimentos na análise da transferência/contratransferência.

Isso me leva ao questionamento quanto à "objetividade" das interpretações, à negação da natureza científica e objetiva dos critérios para a formulação de interpretações, à deterioração potencial de uma perspectiva construtivista em um relativismo solipsista. Aqui, os critérios para interpretações originalmente formulados, dentro da perspectiva da psicologia do ego, por Otto Fenichel, e segundo uma perspectiva kleiniana, por Wilfred Bion, parecem relevantes.

Fenichel, em seu estudo da metapsicologia da interpretação, recomendou que a interpretação fosse guiada pelo princípio econômico - a dominância de cargas pulsionais; pelo princípio dinâmico interpretando-se da superfície para a profundidade, da defesa, passando pela motivação, até o impulso, e pelo princípio estrutural do interpretar-se a partir do ego. Se substituirmos o seu princípio econômico relativo à intensidade das cargas pulsionais e particularmente libidinais, pelo critério de dominância de afeto, penso que a formulação, de que a interpretação deveria focalizar o conteúdo afetivamente dominante na sessão, traz os princípios gerais de interpretação de Fenichel para os nossos dias.

Do mesmo modo, a proposição de Bion de interpretar o "fato selecionado" em termos de abertura do analista para o impacto total dos desenvolvimentos do paciente em uma dada sessão, sem um enquadre teórico pré-determinado e sem que o analista siga o impulso de levar o paciente para uma determinada direção ("interpretar sem memória e sem desejo") proporciona, em uma linguagem bem distinta, um enquadre comum de seleção do material e de interpretação deste em termos do desenvolvimento afetivo dominante na relação analista-paciente em qualquer sessão.

Bion, infelizmente, em sua evolução gradativa para uma direção mística, nos últimos anos de sua vida, inferiu que a formulação do analista do fato selecionado ocorria no contexto da sua intensa captação da realidade psíquica para a qual não havia base na realidade sensorial - comum ponto de vista agora contestado pelo nosso crescente conhecimento sobre comunicação afetiva através da comunicação facial e de outros canais de comunicação perfeitamente observáveis. Bion, incidental e paradoxalmente, abriu o caminho para explorações da contratransferência em termos da identificação projetiva do paciente de conflitos inconscientes que o paciente não pode "conter," recusando-se, ao mesmo tempo, a considerar esse tipo de contratransferência como estando ligado, de alguma forma, à disposição contratransferencial do próprio analista (contratransferência no sentido estrito clássico), enfatizando implicitamente, assim, a "psicologia de uma pessoa" que ele tanto questiona na maioria de seus trabalhos.

Considero a pesquisa sobre comunicação afetiva de Rainer Krause, no *setting* psicanalítico e psicoterapêutico, como um grande avanço, fornecendo-nos evidências objetivas de como experiências afetivas reprimidas, dissociadas ou cindidas podem ser comunicadas de uma pessoa para outra e inconscientemente registradas pelo receptor, influenciando a comunicação consciente entre as duas que pode ser registrada independentemente, pela análise do conteúdo lingüístico de sua comunicação. Seu trabalho nos aproxima do estudo objetivo da intersubjetividade pela análise conjunta do significado da comunicação consciente, do estudo da comunicação inconsciente da experiência afetiva e da reflexão dessa experiência comunicada pelos participantes, independentemente do diálogo deles e da comunicação afetiva observada.

Já me referi anteriormente à perspectiva psicanalítica francesa que conceitua a função do analista como a "terceira pessoa", que interpreta a natureza da relação transferencial/contratransferencial de uma perspectiva "externa," como que simbolicamente reproduzindo o papel do pai edipiano que rompe a relação simbiótica, pré-edípica, entre o bebê e a mãe, dando, assim, origem à triangulação edípica arcáica. No caso dos pacientes com organização de personalidade neurótica, tal função já está acessível ao paciente e sua capacidade de cindir-se descritivamente em uma parte atuante e uma observadora já indica o firme estabelecimento de uma estrutura triangular, o avançado estágio edípico de desenvolvimento.

Por outro lado, com pacientes que apresentam uma organização de personalidade *borderline*, esse papel interpretativo do analista pode ser vivenciado como uma ruptura violenta da relação simbiótica entre paciente e analista e encontra uma resistência vigorosa, precisamente para evitar os efeitos traumáticos da descoberta da relação do casal parental, as diferenças entre sexos e gerações, a inveja do casal parental, o choque da cena primária e o nível mais primitivo de frustação e ansiedade sob a forma de medo de aniquilação.

Aqui, a contribuição de Bion para a desmontagem defensiva do entendimento cognitivo, a pseudo-estupidez, a arrogância e a curiosidade podem ser ligados à resistência contra a tolerância da triangulação inicial. De qualquer maneira, a experiência que o paciente tem da interpretação como uma ruptura violenta da busca desesperada por fusão com o analista é uma característica dinâmica importante no tratamento de pacientes profundamente regredidos que indica, por inferência, como a perspectiva intersubjetiva pode desenvolver funções protetoras significativas contra o crescimento emocional, o desenvolvimento e a individuação.

Além disso, essa perspectiva, a função do analista como terceira pessoa, pode ser uma importante fonte de reflexão e, ao final, de auto-reflexão para o paciente, um poderoso estímulo para o desenvolvimento da introspecção, do *insight* e da autonomia do paciente, incluindo a autonomia na busca de maior compreensão das camadas mais profundas do inconsciente dinâmico. Acredito que, em circunstâncias ótimas, nos estágios avançados de tratamento, a ativação intersubjetiva dominante dos desenvolvimentos da transferência/contratransferência pode gradualmente transformar-se num domínio cada vez maior da comunicação pelo paciente da experiência subjetiva, com a internalização da função reflexiva do analista na forma da capacidade para refletir sobre sua própria experiência subjetiva e para um profundo auto-conhecimento, de tal modo que camadas mais profundas do inconsciente possam emergir para além da natureza da experiência intersubjetiva presente.

Em outras palavras, paradoxalmente, o aprofundamento da transferência e a regressão, assim como o progresso na relação do paciente com experiências primitivas, pode ocorrer em um momento em que seu ego tolera fantasias primitivas sem vivenciá-las como uma ameaça a ele, em um momento em que o paciente pode tolerar maior separação e independência em relação ao analista, ao mesmo tempo que se sente seguro na relação com o analista como um participante interessado, mas claramente diferenciado, na exploração psicanalítica. Em contraste, quando toda a experiência analítica está sujeita à análise da intersubjetividade presente, há o risco de ocorrer uma tradução de conflitos inconscientes em uma vivência do "aqui-e-agora", em bases mais realísticas, que pode acabar servindo a propósitos defensivos contra o conhecimento profundo do inconsciente. Uma tal fixação defensiva num nível de comunicação intersubjetiva pode também servir a defesas contra níveis profundos de conflitos infantis, perversos e polimorfos e de conflitos em torno da erotização em geral.

O fato de o analista, ao refletir como a terceira pessoa, sobre os conflitos inconscientes ativados no campo intersubjetivo, trazer em si implicações de transferência edipiana, ilustra que, de uma perspectiva mais ampla, implicações transferenciais de todas as interações entre paciente e analista são inevitáveis e que a transferência não pode nunca ser totalmente resolvida. Esse fato, contudo, não deve ser interpretado como uma indicação para interpretar toda a relação entre paciente e analista como constituída apenas de transferências, em uma infinita regressão que acabaria negando a realidade da relação, em contraste com a transferência e, por implicação, contribuindo para infantilizar o paciente. Até certo ponto, as implicações transferenciais da relação real constituem um vestígio sublimatório, que é parte do aspecto comum das relações de objeto na vida cotidiana. Aqui, a teoria de Laplanche sobre a indução original da erotização libidinal na relação mãe-bebê, por meio de mensagens enigmáticas da mãe que o bebê vivencia sem capacidade para compreendê-las, torna-se relevante. O inconsciente do analista estará sempre presente e influenciando o paciente, mas isso não é motivo para se questionar a elaboração pré-consciente do analista e a formulação consciente de hipóteses interpretativas. Ao contrário, a tolerância da separação entre paciente e analista, a impossibilidade para conhecer totalmente a personalidade do analista, reproduz a separação das gerações, a inevitabilidade dos pacientes serem o terceiro excluído da relação edipiana do analista, em outras palavras, é uma afirmação de separação e autonomia que inclui a separação e autonomia no âmbito erótico.

Concluindo, considero a interpretação como um esclarecimento objetivo de determinantes e conflitos inconscientes imersos no fato selecionado, que pode começar como uma "revelação" intuitiva para o analista e, no curso de seu uso criativo da metáfora e na expansão geral de uma hipótese inicialmente "insaturada", gradualmente adquire a especificidade e clareza de um fato científico.

Comecei pelo "fato selecionado" de Bion, mas passei a considerar o processo de selecionar um fato clínico para interpretação como um processo intuitivo, e no entanto essencialmente racional. Esse processo integra características cognitivas e afetivas, observáveis e documentáveis pela atenção do analista que inicialmente é "livre e flutuante", mas, ao final, claramente focalizada. Isso, eu proponho, torna a interpretação um processo dialético, que leva finalmente à verdade científica.

Tradução: Angela Charity
Revisão técnica: Belinda Mandelbaum

SOBRE A FUNÇÃO ALFA

Robert Caper, M.Dl. *

O tema que me foi pedido abordar nesta mesa-redonda é interpretação: revelação ou criação? A questão que esse tema propõe é se uma interpretação é, por um lado, uma criação conjunta de paciente e analista que dá significado a uma experiência anteriormente inexprimível (algo como um sonho conjunto) ou, por outro, uma revelação sobre a história construída do paciente. Eu penso que a resposta teria que ser que uma interpretação é ambas as coisas, uma criação e uma revelação. Mas o que é criado e o que é revelado? Colocando a questão de outro modo, quê experiência inexprimível adquire expressão na análise, por que era ela inexprimível, o que a transformou numa experiência exprimível e o que essa transformação revela sobre o paciente?

1. Interpretação como um Sonho Conjunto

Eu gostaria de começar com a idéia de uma interpretação como uma espécie de sonho conjunto. Essa idéia é harmônica, naturalmente, com algumas das idéias de Bion sobre o sonhar e o pensar, bem como com suas idéias sobre o continente e o contido tal como esses operam no processo analítico. Um modo bioniano de colocar a idéia de uma interpretação como algo sonhado conjuntamente por paciente e analista seria dizer que o paciente inconscientemente projeta elementos beta (que são eles próprios, por definição, incapazes de serem significativos ou até mesmo pensados) para dentro da mente inconsciente do analista (usando o que Bion chamou de identificação projetiva normal) e, em seguida, o analista, através do uso de sua função alfa, converte os elementos beta projetados em elementos alfa. Esses elementos alfa, de acordo com Bion, são algo como pensamentos oníricos latentes - eles são o material de que são feitos os sonhos.

Os elementos alfa, que se formaram de modo novo na mente do analista como resultado de seu processamento das projeções do paciente através de sua função alfa, agem como algo do tipo do conteúdo latente de um sonho. O analista pode então "ter" o sonho que o paciente não pode ter. Ao ter esse sonho, o analista está em posição de tornar-se vicariamente consciente dos conteúdos do inconsciente do paciente - conteúdos dos quais o paciente é incapaz de ser consciente, ou é até mesmo incapaz de ser inconsciente, uma vez que, enquanto no paciente, esses conteúdos ainda estavam na forma de elementos beta, que Bion considerava não poderem deter qualquer significado consciente ou inconsciente. Eles são literal-

---

* Membro Efetivo e Analista Didata do Psychoanalytic Center of California Training Institute.

mente impensáveis.² Portanto, neste sentido, o analista deriva sua interpretação de um "sonho" que ele tem sob o impacto das projeções do paciente - um sonho conjunto. Podemos compreender a idéia de Bion da rêverie analítica como sendo precisamente esta.

A diferença mais importante entre elementos alfa e elementos beta é que os elementos alfa são capazes de carregar e transmitir significado, enquanto os elementos beta são incapazes de fazê-lo. Uma segunda diferença importante é que, enquanto os elementos alfa podem ser coesos ou ligar-se uns aos outros, os elementos beta não podem ligar-se uns aos outros, nem a qualquer outra coisa.

Na descrição de Bion, a natureza específica dos elementos beta, dos elementos alfa e da função alfa não é clara de modo algum. Penso que isso foi deliberado: Bion não estava tentando chegar a uma teoria específica da psicanálise de fenômenos psicóticos. Ele estava procurando delinear ou prefigurar uma teoria que servisse como uma espécie de prolegômeno a uma teoria ou teorias específicas. Uma das coisas que tentarei fazer neste artigo é sugerir uma teoria específica da função alfa. No esquema de Bion, a função alfa é simplesmente algo que deve converter elementos beta - conteúdos mentais impensáveis que não podem ser conectados entre si - em elementos alfa - conteúdos mentais pensáveis que *podem* ser conectados uns aos outros. Mas nós poderíamos aprender algo sobre a natureza precisa da função alfa se considerássemos o que podemos estar querendo dizer com pensável (uma propriedade dos elementos alfa) e impensável (uma propriedade dos elementos beta), qual é a diferença entre eles e como algo impensável poderia ser convertido em algo pensável?

1.1 Elementos Alfa

Para começar, o que temos em mira quando dizemos que algo é "impensável"? Não creio que queremos dizer algo como "terrível demais para contemplar", como o seria se fôssemos dizer que as armas modernas tornaram todo conflito armado entre as potências nucleares algo impensável ou que uma experiência traumática é terrível ou dolorosa demais para ser pensada. Parece-me que esse modo de ver a questão faz falso juízo do problema que Bion estava procurando compreender com sua teoria da função alfa. Ele estava tentando compreender situações nas quais certas coisas não podiam ser pensadas, não devido ao horror ou terror inominável que as acompanhava, mas situações nas quais o próprio pensar tornara-se impossível porque o aparelho mesmo para pensar não estava funcio-

---

² É importante se ter em mente que Bion estava tentando compreender fenômenos que são essencialmente psicóticos. As experiências clínicas que estimularam sua teorização deram-se com pacientes psicóticos, e elementos beta são expelidos pelo aspecto psicótico da personalidade.

nando.³ Esse é simplesmente um modo de dizer que a teoria da função alfa ocupa-se de fenômenos psicóticos e não de fenômenos neuróticos (histéricos).

O que o próprio Bion nos diz é que os elementos alfa, sejam quais forem, são significativos, enquanto os elementos beta, quaisquer que sejam, não o são, e que os elementos alfa podem conectar-se uns aos outros (talvez como átomos que se ligam de modos específicos para formar moléculas), enquanto os elementos beta não podem (talvez como os átomos de gases inertes, destinados para sempre a permanecerem solitários). Isso soa como se a qualidade de ter significado, no sentido em que Bion a estava usando, estivesse ligada a conexões - que uma idéia é significativa se pode ser conectada a outras idéias. Isso corresponde, naturalmente, a uma idéia do senso comum sobre o ter significado, pela qual aprendemos o significado de algo observando como esse algo é usado e em conexão com o que é usado. Se não soubéssemos o que são tubos de raios catódicos, poderíamos aprender observando que eles são colocados em aparelhos de televisão e em monitores de computadores e que, quando esses aparelhos são ligados, vemos uma imagem que se forma em suas telas, motivo pelo qual eles são comumente chamados de tubos de imagem. Mas se *realmente* quiséssemos compreender o que é um tubo de raio catódico, teríamos que fazer outras conexões, que talvez nos levassem às teorias de campos elétricos, do elétron, da fluorescência, dos estados excitados dos átomos, da mecânica quântica, etc. Em outras palavras, uma rede infinita de conexões. Nós aprendemos o significado das palavras de modo semelhante. Quando consultamos a definição de uma palavra no dicionário, vemos as outras palavras a que o lexicógrafo a conectou. Mas se realmente quisermos saber o que uma palavra significa em todas as suas nuances, precisamos aprender toda uma língua, ler sua literatura, ouvir sua fala cotidiana, etc., *ad infinitum*.

A idéia de que uma idéia é significativa se está conectada com outras idéias foi elaborada por Quine (1961), que argumentou que, ao menos no terreno empírico, uma idéia é significativa apenas em virtude de estar conectada com outras idéias. Quine sustenta que não se pode apreciar o significado de qualquer idéia num sentido completo, a menos que se leve em consideração suas conexões com todas as outras idéias. Ele sustentava (pág. 41), portanto, que a menor unidade de significação empírica não é um conceito, mas sim todo um corpo de conhecimentos. Nenhuma idéia é uma ilha, completa em si mesma.⁴

---

[3] Em minha opinião, "terror inominável" não é a causa de algo ser impensável, mas o resultado. Uma vez que somos capazes de pensar a respeito, não se trata mais de um terror inominável. É, pelo menos, um terror nomeado, o que quase sempre é menos persecutório do que seu precursor sem nome.

[4] (John Donne, poeta inglês (1571-1631): "No man is an Island, entire of itself; every man is a piece of the Continent, a part of the main". Nenhum homem é uma Ilha, completa em si mesma; todo homem é um pedaço do Continente, uma parte da vasta terra.)

Parece-me que faz sentido assumir que uma idéia é significativa - ou seja, é potencialmente pensável - se ela é membro de uma comunidade de idéias interconectadas. Essas idéias podem ser definidas em termos de como combinam-se com outras idéias[5] e a verdade ou falsidade delas pode também ser avaliada examinando-se suas conexões com outras idéias.[6] Uma idéia significativa ou inteligível seria então uma que é suscetível de pensamento crítico ou, em outras palavras, suscetível de ser colocada em algum contexto no qual possa ser avaliada. Isso é consistente com a idéia de Bion de que os elementos alfa são tanto significativos como estão conectados a outros elementos alfa, enquanto os elementos beta são sem sentido e inconectáveis.

Bion acreditava que os elementos alfa combinam-se para formar um retículo que ele chamou de tela alfa. Ele considerava que algo como essa tela alfa forma a fronteira entre as partes consciente e inconsciente da mente. Penso que o que ele tinha aqui em mente não era apenas algo que separa o consciente do inconsciente no sentido topográfico ou descritivo, mas algo que separa o que Freud chamou de sistema Ics. do sistema Cs., que são duas formas muito diferentes de vida mental que operam de acordo com regras muito diferentes.

Bion descreveu a tela alfa como uma espécie de barreira de contato (um termo que ele emprestou do *Projeto para uma Psicologia Científica*, de Freud). Uma barreira de contato desempenha duas funções: ela separa o Cs. do Ics., ao mesmo tempo que permite algum tipo de contato entre os dois. Ela permite esse contato ao criar derivativos conscientemente representáveis do inconsciente, os quais, embora possam eles próprios ainda serem inconscientes, podem ao menos ser *representados* conscientemente, como por exemplo no modo pelo qual o conteúdo latente (inconsciente) de um sonho pode ser representado no conteúdo manifesto do sonho. Poderíamos observar a propósito que a noção de Bion de uma barreira de contato é de muitos modos semelhante à noção de Segal (1957) da capacidade para formar símbolos. Se a função simbólica está intacta, pode-se fazer um contato simbólico consciente com o próprio inconsciente, enquanto o inconsciente em si mesmo permanece inconsciente. Recordemos que Bion nomeou de função alfa a atividade ou capacidade da mente que converte elementos beta sem sentido em elementos alfa significativos. Mas a função alfa é exatamente o que a tela alfa faz. Isso sugere que a função alfa seja algo que uma rede de idéias - isto é, um grupo de idéias que são de fato ou potencialmente conectadas entre si - é capaz de fazer.

---

[5] Um exemplo de sistema para fazer isso á a Grade de Bion. Um outro seria uma psicanálise.
[6] Esse é o sentido do conselho meio jocoso do físico Arthur Eddington, de que "nunca devemos aceitar uma nova observação até que ela tenha sido cuidadosamente verificada contra a teoria existente".

Chegamos agora à noção de uma rede de idéias significativas cujo significado depende, ou melhor, é suas ligações umas com as outras. Essa rede está conectada à função alfa. Lembremos nessa conexão as concepções de Bion sobre a importância da ligação para a parte não-psicótica da personalidade e de seu oposto, os ataques à ligação, para a parte psicótica da personalidade.

Bion, como sabemos, usou as idéias de elementos alfa, elementos beta e função alfa não só como parte de sua teoria do processo analítico - o Continente e o Contido-, mas também como parte de sua teoria do pensar. A função analítica do analista é uma versão interpessoal do processo através do qual Bion acreditava que o sonhar e o pensar normais ocorrem. Na versão intrapessoal, uma experiência em estado bruto, impensável (elementos beta), é convertida dentro da mente do sonhador (ou pensador) por sua função alfa em elementos alfa que são então sonháveis ou pensáveis. Bion acreditava que quando o analista desempenha a função alfa sobre os elementos beta que o paciente projetou para dentro dele, ele está fazendo algo que é como o que ele faz em sua própria mente quando ele tem um sonho ou quando pensa.

1.2 Elementos Beta

O resultado da função alfa do analista é converter os elementos beta do paciente em elementos alfa, o material dos pensamentos oníricos latentes. Os pensamentos oníricos latentes são (entre outras coisas) representações ideacionais de desejos onipotentes inconscientes. Um desejo onipotente é um desejo que é moldado na forma de já ter sido satisfeito. Um desejo que faz sua aparição na mente como já tendo sido satisfeito não é verdadeiramente um desejo no sentido próprio da palavra, uma vez que não retrata algo que se deseja. Ele só retrata o que se acredita (incorretamente) que já se tem. Esses "desejos" são delírios inconscientes. Um delírio não é um desejo, fantasia ou pensamento comum, mas algo experimentado como concretamente real. O que faz de um delírio um delírio é que sua realidade não pode ser questionada ou submetida a um pensamento crítico. Sob esse aspecto, os delírios inconscientes correspondem ao que Freud (1915, pág. 186) chamou de conteúdos do sistema Ics.: "O núcleo do Ics. consiste de representantes pulsionais que buscam descarregar suas catexias; quer dizer, ele consiste de impulsos desejosos ... nesse sistema não há negação, não há dúvida, não há graus de certeza ...há apenas conteúdos..." Esses conteúdos, em outras palavras, são todos absolutamente "verdadeiros" em si e de si mesmos, eles não têm conexões uns com os outros ou com qualquer outra coisa e nem podem até mesmo contradizer um ao outro.

Um delírio, por definição, existe por conta própria. Ele é imune ao tipo de conexão com outras idéias que permita que ele seja pensado de maneira crítica.

Um delírio é uma ilha, completo em si mesmo. Roger Money-Kyrle (1968) argumentou que a tarefa da análise é precisamente a correção de delírios inconscientes. Essa tarefa de correção obviamente exige meios diferentes do pensamento crítico comum - requer a análise das raízes do delírio. Mas essa análise das raízes inconscientes de um delírio implica que ele tem raízes, que devem ter conexões com outras idéias. Uma vez que um delírio, por definição, não tem qualquer conexão com outras idéias, a idéia de analisar um delírio pareceria ser uma contradição. Essa aparente contradição é resolvida observando-se que o delírio é absoluto e sem raízes apenas do ponto de vista do paciente. Do ponto de vista do analista, ele é uma crença que se origina de certas motivações no paciente, que são o que indicamos ao dizer suas raízes. A diferença, naturalmente, é que na mente do analista a idéia delirante do paciente é um elemento alfa, isto é, uma idéia ou representação de um delírio que lhe permite saber que é um delírio, enquanto, na mente do paciente, ele é simplesmente uma idéia delirante.

Uma representação de um desejo onipotente ou de um delírio, diferentemente do próprio delírio, pode ser colocada no contexto de outras idéias, ou ser ligada a elas ou, em outras palavras, ser pensada de maneira crítica. Isso sugere que podemos considerar os elementos beta como delírios inconscientes. A função alfa agiria então através da incorporação de elementos beta - que, como os delírios, são absolutos e *sui generis* - numa rede de idéias. A função alfa converte delírios - crenças isoladas, desconectadas de outras crenças e imunes aos seus efeitos, sentidas como *absolutamente* verdadeiras - em idéias comuns - idéias que podem ser ligadas a outras idéias e cuja verdade e significado são *relativos* à verdade e significado de outras idéias. Nos termos de Bion, a função alfa faz algo para um elemento beta que o torna ligável na rede ou comunidade de idéias que ele chamou de tela alfa, onde seu significado pode ser definido e examinado e sua validade (incluindo os limites de sua validade) pode ser determinada em virtude de suas conexões recém-formadas com outras idéias.

1.3 Elementos Beta e Contratransferência

Um elemento beta projetado, até que seja submetido à função alfa, age na mente do receptor como um delírio inconsciente, com toda a compulsão emocional e restrição intelectual que isso implica. Quando falamos do paciente projetar elementos beta para dentro do analista, estamos falando do paciente usar a identificação projetiva para criar uma espécie de delírio inconsciente induzido no analista. Esse delírio induzido é o componente inconsciente da contratransferência do analista. Isto é, quando o paciente projeta elementos beta para dentro da mente do analista (antes deles serem trabalhados pela função alfa do analista), ele produz no analista uma contratransferência, cuja marca é uma perda de sua habilidade de pensar criticamente sobre o elemento beta projetado. Essa é uma espécie de deterioração intelectual no analista com que estamos todos familiarizados, e da qual nos tornamos cientes através da experiência de fazer uma interpretação após um trabalho considerável e, então, tendo a feito, ver que ela é tão óbvia que não podemos compreender por que não era óbvia para nós desde o começo. É como se tivéssemos acabado de nos recuperar de uma deterioração aguda de nossa inteligência, que nos impedira de ver o que agora é claramente o caso. Sugiro que essa deterioração é um sinal de que o analista estivera nas garras do que chamaríamos, nos termos de Bion, de um elemento beta não processado.

Além de sofrer uma deterioração intelectual, um analista nas garras de um elemento beta não processado sente uma compulsão para *agir* sobre o paciente. Essa ação é algo que visa gerar um certo estado mental no paciente, uma atividade similar ao que o paciente fez ao projetar o elemento beta em primeiro lugar. Ela representa uma re-evacuação do elemento beta (o que, a menos que esse seja submetido à função alfa, é a única coisa que o analista pode fazer com ele).

O modo pelo qual o analista gera um estado mental no paciente dá-se através do uso de uma pseudo-interpretação. Bion fez uma observação muitíssimo interessante e importante sobre a interpretação psicanalítica ao dizer que uma interpretação é o exato oposto da propaganda. As pseudo-interpretações são marcadas pela intenção de fazer com que o paciente sinta de um certo modo sobre si mesmo, em grande parte da mesma maneira que a propaganda eficaz pode fazer-nos sentir o que o propagandista quer que sintamos. Podemos notar que aqui o analista, tal como um propagandista, está induzindo um estado mental no paciente sobre o qual não se presume que o paciente seja capaz de pensar criticamente, isto é, um estado mental similar à contratransferência que o paciente induziu no analista. A força por trás desse estado mental induzido, seja o paciente induzindo-o no analista ou vice-versa, é a mesma que a força por trás da propaganda: uma provocação e/ou sedução dócil ou moral.

Isso sugere que um elemento beta exerce seu efeito sobre a mente para dentro da qual foi projetado estimulando um estado mental no qual pensamentos e sentimentos "corretos" predominam sobre a capacidade de pensar e sentir de maneira independente e crítica. Isso representa o que Bion chamou de "usurpação da função egóica por uma função superegóica". Voltarei a esse ponto mais tarde, na página 16.

A única opção que o analista tem além de projetar um elemento beta para dentro do paciente é converter o elemento beta que recebeu do paciente num elemento alfa, através do exercício de sua função alfa. A função alfa do analista converte esse delírio inconsciente numa forma representável, isto é, uma forma que pode ser representada no processo de pensar ou no trabalho onírico. Uma representação de algo - até mesmo de um delírio - é uma mera idéia sobre a qual se pode pensar criticamente. Se o analista foi capaz de exercer sua função alfa exitosamente, ele poderá pensar ou conhecer algo sobre o delírio induzido nas garras do qual ele estava. Isso afrouxa as garras *(the grip)* das projeções do paciente sobre a sua mente e permite que, ao invés, sua mente ganhe uma compreensão *(get a grip)* sobre elas.

Ele está agora em posição de poder começar a formular uma interpretação propriamente dita. Como ele sabe quando chegou a uma interpretação, isto é, como ele sabe quando a contratransferência foi adequadamente transformada? Creio que há pelo menos dois modos para isso. Primeiro, o analista percebe que se recuperou de sua deterioração intelectual - ele é capaz de pensar claramente sobre o que está interpretando. Isso está ligado à observação de Bion de que uma interpretação deveria descrever algo "óbvio [para o analista] mas não observado [pelo paciente]". A razão pela qual algo sobre o paciente é suficientemente óbvio para ser detectado pelo analista mas não é observado pelo paciente não é o fato de que o analista seja especialmente perceptivo ou intelectualmente afiado, mas que o paciente é especialmente *não* perceptivo na área que necessita ser interpretada. A falta de capacidade de percepção do paciente está ligada ao fato dele estar preso em seus próprios delírios inconscientes, o que torna impossível um pensamento perceptivo e crítico sobre eles. A capacidade de percepção do analista (quando surge) é um produto dele ter se libertado dos delírios que os elementos beta do paciente tendem a produzir nele, usando sua função alfa para convertê-los, de delírios, em meras representações de delírios, que são algo sobre o que ele pode pensar perceptivamente.

Um segundo sinal de que o analista tenha transformado suficientemente sua contratransferência é o fato dele não estar sob uma compulsão de agir sobre o paciente, ou seja, não usar sua interpretação para induzir um estado mental no paciente, mas sim apenas para dar ao paciente algo sobre o qual se espera que ele pense, aceite, modifique ou rejeite. O analista não *necessita* que o paciente aceite sua interpretação.

A transformação que o analista faz do delírio que o paciente induziu nele em algo sobre o qual ele pode pensar e interpretar é o que Bion queria dizer por continência. Continência é o oposto do estado mental em que o analista está quando do nas garras de uma contratransferência (ou elementos beta projetados): quando o analista conteve exitosamente as projeções do paciente, ele é capaz de pensar com clareza sobre seu próprio estado mental e não sente o ímpeto de alterar o estado mental do paciente.[7] Quando o analista conteve a projeção do paciente, ele pode ter a esperança de que a interpretação eventualmente diminua a ansiedade do paciente (ou a produza, quando ela estiver inapropriadamente ausente), mas ele não permite que sua interpretação seja distorcida numa tentativa de *fazer* com que o paciente fique menos (ou mais) ansioso. Qualquer coisa na interpretação que faça com que ela se desvie de uma mera descrição da realidade psíquica inconsciente do paciente torna-a menos uma interpretação e mais alguma outra coisa, tal como uma tentativa de manipular a mente do paciente.

Resumindo: elementos beta são idéias simultaneamente sem significado (no sentido de serem incapazes de ser pensadas) e extremamente potentes. Isso torna sua falta de significado algo bastante peculiar: não é o mesmo que a falta de significado de uma série de sons ou gestos ao acaso, uma vez que um *non sense* literal não tem impacto sobre a mente do receptor, enquanto os elementos beta têm um impacto muito poderoso sobre o receptor. Eles agem como uma espécie de sugestão hipnótica (ou auto-sugestão), como corpos estranhos na mente que são *sui generis* e, portanto, não suscetíveis à crítica de outros membros de uma comunidade de idéias, já que eles não são parte de qualquer comunidade. Isso lhes dá a qualidade absoluta, a imunidade a uma crítica cética que caracteriza os delírios. Tanto seu poder quanto sua falta de significado são conseqüências do que poderíamos chamar de seu caráter narcisista, o fato de que existem como idéias absolutas, desconectadas de outras idéias e não afetadas por elas. A fonte de sua "falta de significado" (isto é, sua insuscetibilidade ao pensamento crítico) é também a fonte de seu poder.

Os elementos alfa são significativos e são ligáveis uns com os outros. Sua qualidade de terem significado é conseqüência das ligações que fazem entre si. Mas porque não são absolutos, mas apenas membros de uma comunidade de idéias, seu impacto sobre a mente é em si menos absoluto e está mais ligado às suas conexões com outros elementos alfa. Uma idéia que pode combinar-se com outras idéias pode também ser avaliada em termos de outras idéias. Sua validade é relativa à validade de outras idéias. A função alfa converte delírios inconscientes que prendem (grip) a mente em idéias inconscientes sobre as quais a mente pode obter alguma compreensão *(get a grip on)*. Ela reduz desejos onipotentes, que são indistinguíveis de fatos indisputáveis, a meros desejos.

---

[7] Devemos deixar o paciente operar sobre nossa mente até que estejamos a ponto de fazer algo para o paciente e, então, não fazê-lo, mas ao invés, analisar o impulso de fazê-lo e usar essa análise como base de uma interpretação."(A.A.Mason)

Bion era comandante de tanque na França durante a Primeira Guerra Mundial. Como a visibilidade de dentro de um tanque era extremamente restrita naquela época, era necessário que o comandante caminhasse na frente do tanque, conduzindo o piloto através de gestos. Ele era, portanto, exposto diretamente ao tiroteio inimigo e, se fosse ferido e caísse, corria um risco considerável de ser atropelado por seu próprio tanque (Bion 1982, pág. 130). A função alfa é algo como a capacidade de fazer isso sem entrar em pânico.

2. Interpretação como Descoberta

Gostaria agora de voltar-me para o segundo aspecto da interpretação, o de descoberta.[8] O que é isso que uma interpretação revela ou descobre? Embora seja verdade que uma análise revela algo sobre a história do paciente, eu argumentaria que interpretações individuais revelam a história do paciente apenas indiretamente. O que elas revelam diretamente é o mundo interno contemporâneo do paciente e, mesmo esse, apenas como se manifesta na transferência.

Bion disse uma vez que tudo o que ele sabe de um paciente é o que ele vê e escuta no consultório. Tudo o mais é o que ele chamava de "boato" *(hearsay)* - o que ele ouviu o paciente dizer. Ao invocar o critério de que a evidência é admissível numa análise apenas se puder ser observada, examinada e avaliada diretamente, ele estava simplesmente estabelecendo um padrão sobre o qual qualquer cientista genuíno insistiria: nenhum cientista que se respeite confiaria em informações de segunda mão, a menos que fossem do tipo que ele pudesse verificar através de suas próprias observações.

Isso significa que o analista não está em posição de saber qualquer outra coisa sobre um paciente além de como o paciente é no consultório. O analista pode observar o estado mental consciente e inconsciente em curso no paciente (sendo o estado mental inconsciente o que é "óbvio mas não observado" pelo paciente) e pode, a partir dessas observações, arriscar uma reconstrução da história do paciente. Mas essa reconstrução tem um grau de certeza menor do que o que o analista pode observar e descrever no aqui e agora. E, mesmo no evento improvável de que a reconstrução seja completamente acurada, o analista não pode utilizá-la para oferecer uma explicação causal segura das dificuldades no estado mental atual do paciente. Esse passo é sempre muito mais incerto do que até a própria reconstrução.

O que o analista pode observar de forma muito mais confiável são as causas *internas* (como oposto ao histórico) do estado mental do paciente. Mas nos-

---

[8] As idéias desta seção são apresentadas de modo mais completo em meu artigo "On the Difficulty of Making a Mutative Interpretation" (Caper 1995).

sas tentativas de nos restringirmos ao que podemos observar diretamente muitas vezes entram em conflito com a atmosfera emocional de uma análise: frequentemente há uma grande pressão sobre o analista para que ele encontre uma "causa" passada para a condição presente do paciente. Essa pressão representa uma necessidade de projetar no passado, o que é um sinal de ansiedade quanto a se ser responsável pela própria mente. Uma explicação que localiza a "causa" de problemas atuais no passado, por mais conjectural que esse passado possa ser, também oferece um escape para um sentimento intolerável de que se é culpável porque se tem problemas. A culpa pode então ser projetada no passado.

O fato de que os pacientes sentem que têm a culpa por seus problemas (ou de que o analista está culpando-os) está ligado a uma atitude onipotente inconsciente em relação à mente. Essa atitude consiste na idéia de que se algo está errado, deve ser culpa de alguém e quem quer que seja esse alguém deve consertá-lo, (preferivelmente através de mágica ou, falhando isso, pela ciência, como disse Bion).

É importante distinguir aqui entre culpa e responsabilidade. A culpa está ligada a um estado mental onipotente e implica um ataque a quem quer que seja sentido como tendo a culpa por um problema. A responsabilidade, por outro lado, é realista e está associada a sentimentos de remorso e ao anseio de reparar e perdoar tanto quanto seja possível. A culpa é uma forma de perseguição, enquanto a responsabilidade, embora de fato envolva uma perda dolorosa da onipotência, não é persecutória. É tolerável. A perseguição e a culpa têm origem num superego severo, do qual é necessário defender-se encontrando alguém para "culpar" pelo próprio estado mental, enquanto um sentido de responsabilidade, sendo realista, é uma função do ego.

Uma interpretação revela algo sobre o mundo interno do paciente, incluindo seu papel nele e em seus relacionamentos com objetos externos. Mas esse *insight* só pode ser tolerado se o analista ajudou o paciente a vivenciar isso como responsabilidade e não como culpa. Isso significa ajudá-lo a elaborar o sentimento de perseguição oriundo de seu superego arcaico, onipotente. E aqui nós chegamos a uma ligação entre as duas facetas da interpretação que são o tema desta mesa-redonda. Esse superego arcaico está, de acordo com Bion, intimamente associado a elementos beta: "clinicamente, o objeto bizarro [um fragmento de um objeto dentro do qual um fragmento do self foi amalgamado] que é inundado de características superegóicas é o que mais se aproxima de prover uma realização que corresponde ao conceito de elementos beta (Bion 1962, pág. 26)".

O que faz um objeto inundado de características superegóicas corresponder a um elemento beta é o fato de que o superego arcaico tem precisamente o tipo requerido de efeito entorpecente sobre o pensamento crítico, através de suas reivindicações de ter uma noção de certo e errado que é absoluta e está acima de críticas:

Invariante aos elementos beta ... é o componente moral que é inseparável de sentimentos de culpa e responsabilidade e de um sentimento de que a ligação entre um ... objeto e outro, e entre esses objetos e a personalidade, é uma causação moral. [Ou seja, tudo o que acontece é sentido como tendo sido de algum modo causado deliberadamente e, portanto, alguém merece a culpa (ou crédito) por isso.] (1965, pág. 64).

Na prática, o problema manifesta-se com personalidades esquizóides nas quais o superego parece ser evolutivamente anterior ao ego e nega a este último o desenvolvimento e a própria existência. A usurpação pelo superego da posição que deveria ser ocupada pelo ego implica um desenvolvimento imperfeito do princípio de realidade, a exaltação de um ponto de vista 'moral' e falta de respeito pela verdade. O resultado é a inanição da psique e um crescimento atrofiado (1965, pág. 37-8).

A "usurpação da função egóica pela função superegóica" corresponde a um estado mental no qual o moralismo do superego arcaico substitui o pensamento crítico. Quando o superego arcaico usurpa a função do ego, a habilidade de pensar e julgar o que é verdadeiro é sacrificada à necessidade de pensar e sentir o que se presume que seja correto, e a habilidade de comunicar é substituída pela necessidade de agir sobre o estado mental do objeto e controlá-lo. Quando isso acontece no analista, nós dizemos que ele está nas garras de uma contratransferência. Se os elementos beta agem, como sugeri, induzindo contratransferência inconsciente (pág. 10), isso sugere que eles operam através do superego arcaico do analista, acentuando o poder deste último de provocar e seduzir o analista internamente a pensar ou sentir o que ele (superego) considera como "certo" e que o superego faz isso às custas de seu ego [do analista]. O analista cujo ego foi assim enfraquecido é então confrontado com uma pressão interna de seu próprio superego arcaico que se combina com uma pressão do paciente para substituir o pensamento crítico por absolvição (ou, o que é equivalente, pela projeção da culpa). O resultado, como observou Bion, é a inanição da psique e um crescimento impedido.

Um estado mental dominado pelo superego arcaico, no qual culpa e causação moral são importantes, é na realidade antitético ao pensar:

... definição e busca de significado ... podem ser destruídas pela força de um senso de causação e suas implicações morais (Bion 1965, pág. 54).

Os psicanalistas podem achar o que eu disse ... mais familiar se se lembrarem de quão grande parte é desempenhada na análise pela necessidade de culpar outras pessoas e pelas dificuldades de maturação, porque a maturação envolve ser responsável (1965, pág. 155).

Sob o domínio do superego arcaico, o pensar torna-se impossível porque a compulsão, seja de culpar ou de sentir-se culpado, destrói a distância crítica necessária para pensar. A culpabilização substitui o pensamento e quem quer que não seja parte da "solução" (que nesse caso significa suportar a projeção da culpa sobre uma terceira pessoa) é parte do problema (isto é, torna-se a terceira pessoa envolvida).

Para ser capaz de pensar em tais circunstâncias, é preciso emergir do estado de ser dominado pelas considerações moralistas do superego arcaico, para um estado mental no qual idéias podem ser consideradas de maneira realista (uma função do ego), sem medo de uma censura moral por fazê-lo. Onde havia superego arcaico, que haja ego. Creio que esse emergir é o sentido *clínico* da idéia de Bion de função alfa. O psicanalista, tal como o comandante de tanque da Primeira Guerra Mundial, expõe-se, de um lado, ao bombardeio do superego arcaico do paciente e, do outro, ao perigo de ser esmagado pelo seu próprio. Ele deve tentar fazê-lo sem entrar em pânico.

REFERÊNCIAS BIBLIOGRÁFICAS:

1. BION, WILFRED (1962), *Learning from Experience*, Heinemann, Londres. (também em: *Seven Servants*, Jason Aronson, Nova York, 1977).

2. _____ (1965), *Transformations*, Heinemann, Londres. (também em *Seven Servants*, Jason Aronson, Nova York, 1977).

3. _____ (1982), *The Long Week-End 1897-1919*, Fleetwood Press, Abington.

4. CAPER, ROBERT (1995), "*On the difficulty of making a mutative interpretation*", The International Journal of Psycho-Analysis 76, 91-101.

5. FREUD, SIGMUND (1915), "The unconscious", *The Standard Edition of the Complete Psychological Works of Sigmund Freud* 14.

6. MONEY-KYRLE, R.E. (1968), "*Cognitive development*", The International Journal of Psycho-Analysis 49.

7. QUINE, WILLARD VAN ORMAN (1961), Two dogmas of empiricism. Em "*From a Logical Point of View*", Harper and Row, pp. 20-46.

8. SEGAL, HANNA (1957), *"Notes on symbol formation"*, The International Journal of Psycho-Analysis 38, 391-97. Também em *The Work of Hanna Segal*, Jason Aronson, Nova York, 1981.

Tradução: Belinda Mandelbaum

SEXUALIDADE E PENSAMENTO

FALHAS NA VINCULAÇÃO: ATAQUES OU DEFICIÊNCIAS?

*Anne Alvarez**

REALIDADE, PENSAMENTO E APRENDIZAGEM

O problema da relação entre o *self* e a realidade é antigo na psicanálise. O problema da relação entre o pensador e seus pensamentos é um pouco mais recente, e o problema de como o pensador estabelece ou rompe vínculos entre os pensamentos é ainda mais novo. A questão, obviamente, é qual realidade e que tipo de pensamento.

Gostaria de explorar, hoje, questões a respeito de algumas das formas dinâmicas nas quais a realidade se apresenta: sua forma dinâmica no tempo. Vou deter-me brevemente na forma temporal pela qual a experiência se forma, observando primeiramente algumas das maneiras pelas quais os pensamentos isolados se tornam pensáveis e, depois, abordando o problema dos vínculos entre os pensamentos, problema que nos foi proposto por Bion em seu notável artigo *Attacks on Linking*.

Pretendo apontar que Bion assume duas posições que parecem um tanto contraditórias no que diz respeito às falhas nos vínculos, conforme espero demonstrar. Uma delas se refere ao efeito dos ataques destrutivos dirigidos ao pensamento e ao ego do próprio paciente e outra leva em conta algo que se parece mais com um *déficit* no vínculo (ou aquilo que, posteriormente, ele poderia ter denominado a preconcepção não realizada de um vínculo).

Será que esta distinção pode influenciar nossa resposta interpretativa aos problemas de desordem de pensamento e *déficit* de pensar dos nossos pacientes? As duas posições não precisam ser contraditórias: elas podem coexistir no mesmo momento, no mesmo paciente. Vou concluir me permitindo fazer algumas especulações sobre possíveis conexões entre o brincar e a sintaxe.

Laplanche e Pontalis, em seu Vocabulário de Psicanálise, apontam que Freud coloca o princípio de realidade como secundário em relação ao princípio de prazer, visto como predominante até então. De fato, muitas teorias psicanalíticas afirmam que o senso de realidade é desencadeado por intermédio do desprazer; que as experiências negativas na vida são as grandes mestras, os grandes estímulos, que o prazer aplaca e alimenta a ilusão e que o desprazer nos desperta e nos

---
* Psicoterapeuta do Departamento de Psicoterapia da Criança da Tavistock Clinic, Londres.

alerta para o grande mundo externo da "realidade". A formulação mais concisa desta idéia aparece em *Formulation of the two Principles of Mental Functioning*, 1911. Neste trabalho, Freud sugere que a pressão das necessidades internas, seguida do desapontamento de sua satisfação, seguida da inadequação dos sonhos de satisfação alucinatória do desejo para gratificar estas necessidades a longo prazo, levariam finalmente o aparelho mental a formar a concepção das circunstâncias reais no mundo externo e se empenhar para fazer uma alteração real nelas. "Assim, um novo princípio do funcionamento mental foi introduzido; o que se apresentava na mente não era mais o que era agradável, mas sim o que era real, mesmo que pudesse ser desagradável. Este estabelecimento do princípio de realidade mostrou-se muito importante." (1911b: 219).

A identificação de quais seriam os verdadeiros desencadeadores negativos do pensamento vem sendo refinada desde os dias da insistência de Freud sobre as frustrações dos desejos sexuais. O próprio Freud passou para uma discussão do efeito do luto sobre o ego e descreveu a maneira pela qual o lamentado objeto perdido era reinstalado no ego da pessoa privada, através de um processo de luto. Suas observações do jogo do carretel, utilizado por seu neto como uma maneira de lidar com a ausência da mãe, tornaram-se um paradigma de como o brincar, os sonhos e o trabalho criativo nos tornam capazes de "processar" experiências de separação e perda.

Freud enfatizou o "triunfo e o controle" da criança. Susan Isaacs, uma kleiniana, referiu-se às maneiras pelas quais a criança "se consola". O impacto da distinção feita por Klein entre as defesas e *splittings* da posição esquizoparanóide e as superações curativas e reparatórias da posição depressiva, juntamente com o conceito de espaço transicional de Winnicott, permitem que possamos encarar o jogo do carretel sob pelo menos três ângulos diferentes. 1) A criança pode usar o jogo do carretel na posição esquizo-paranóide para triunfar e controlar as partidas de sua mãe e a sua própria necessidade dela; 2) na fase transicional de Winnicott, a criança pode estar dividida entre a aceitação e a negação destes fatos e 3) na posição depressiva, pode estar brincando, lidando com perda e separação e até aprendendo coisas interessantes sobre as propriedades dos objetos que podem se ausentar. Talvez possamos acrescentar um quarto ponto de vista, no qual o vínculo K de Bion opera plenamente: a criança pode já ter superado a perda e estar realmente explorando e estudando as qualidades dos carretéis. Todos os quatro níveis de desenvolvimento simbólico (Segal) podem ser vistos como referindo-se tanto com a atitude do *self* em relação a um objeto no relacionamento entre duas pessoas, quanto com a atitude do *self* em relação ao casal parental, numa relação entre três pessoas. Não é impossível imaginar, por exemplo, algum significado sexual simbólico no ir e vir do carretel – não algo frustrador, mas uma conexão interessante, até excitante, entre os pais, sendo fantasiada e prenunciada.

No entanto, Bion chamou a atenção para a importância da frustração na aprendizagem. Afirmava que a preconcepção tinha que se encontrar com a realização para que pudesse nascer o pensamento, mas que uma concepção precisava se encontrar com a frustração para que um pensamento nascesse. Pensava que a aprendizagem real dependia da escolha entre técnicas de evasão e técnicas de modificação da realidade. Já escrevi em outro trabalho que as concepções também podem ser pensamentos e que o objeto presente, com sua vivacidade e mobilidade, pode ser provocador de pensamentos e tão cheio de mistério quanto o objeto ausente. (Ver também a discussão sobre os comentários de Stern sobre o estudo que o bebê faz das feições faciais móveis da mãe).

Tentei evidenciar que não concordo com Bion e Freud em relação à afirmação de que é basicamente através da frustração, da ausência e da separação que a realidade faz a sua aparição e o pensamento nasce. Tentei mostrar a importância de várias características do objeto presente para promover o aprendizado sobre a realidade: sua disposição para reclamar pela criança e procurar por ela, sua ânsia de voltar para a criança depois da ausência, sua capacidade de obter prazer e se deliciar com a criança, para permitir a reparação, para perdoar. Também explorei sua capacidade de imaginar o futuro crescimento da criança e as suas potencialidades. Mais recentemente, tenho me interessado por sua capacidade de entender as necessidades imperativas - não as exigências - de justiça e as fantasias de vingança em certos pacientes muito paranóides e traumatizados. Estes envolvem realidades morais da posição paranóide e uma gramática da identificação projetiva que o tempo não nos permite abordar aqui.

Neste trabalho, sugiro que alguns vínculos entre dois objetos são estabelecidos quando o vínculo entre os pais é visto como algo *para* a criança, incluindo-a e não excluindo-a. Mas também desejo fazer uma pontuação mais microanalítica sobre possíveis vínculos pré-edípicos.

A FORMA TEMPORAL DA REALIDADE:
OS PROBLEMAS DE SE TER UM ÚNICO PENSAMENTO

Gostaria de dizer algo sobre a forma temporal da experiência. O jogo do carretel e o jogo do " cadê - achou" tem sido modelos para a teoria psicanalítica do objeto ausente e das maneiras pelas quais o bebê dá conta da realidade - geralmente, como afirmei, uma realidade de frustração, ausência e separação. Quero considerar sobre uma realidade igualmente primária, ou seja, a realidade do objeto presente, mas o objeto presente percebido nas suas características dinâmicas no tempo, nas suas formas temporais. Isto é, não nas idas e vindas rítmicas, mas no seu balanço rítmico, por exemplo. Não o seio ausente, mas o seio presente sendo sugado em repentes e pausas, num ritmo básico de vida que é regulado gradualmente e pode tornar-se tão fácil quanto respirar.

Jerome Bruner apontou que o jogo de " cadê - achou" é precedido por algo ainda mais precoce, ou seja, um jogo de " miragem", no qual a mãe brinca com a distância entre seu rosto e o rosto do bebê. A modulação e a regulação da presença é uma tarefa provavelmente anterior àquela de manter a constância do objeto durante a ausência deste. (Uma terapeuta recentemente observou que era loucura por parte dela ter esperado que o seu pacientezinho autista de dois anos de idade dissesse "até logo" para a mãe no momento em que estava vivendo algo tão obviamente difícil como processar a súbita chegada de sua terapeuta). A introjeção tem que preceder a internalização. O trabalho de Daniel Stern sobre os afetos de vitalidade, as sintonias e as configurações compartilhadas, nas quais a experiência se forma, é central para aquilo que desejo pensar hoje. Assim como o trabalho de Bower sobre o comportamento de rastreamento visual e as capacidades do bebê para antecipar e interpolar trajetórias de objetos em movimento. Vou propor o jogo da "miragem" e algo que os músicos chamam anacruses - o tom fraco cheio de suspense antes do tom forte - como paradigmas a serem acrescentados ao jogo do carretel e o de "cadê- achou". Espero que vocês perdoem o fato de eu descer - ou ascender - a estes níveis microscópicos ou micro-analíticos ao contar-lhes sobre as minhas dificuldades para encontrar um modo de emprestar sentido ao comportamento extremamente fragmentado e frenético de uma criança autista de quatro anos de idade que comecei a atender há quatro anos.

O conceito de Bion de função alfa, a função da mente que dá sentido à experiência, sugere (e isto eu aprendi às minhas custas) que o pensamento pode ter que ser pensável muito antes que o terapeuta possa se preocupar com questões extravagantes sobre quem o pensa. Estas idéias de Bion e o trabalho de Stern e Trevarthen implicam que uma psicanálise de descrever, mais que de explicar, será necessária para pacientes que não podem pensar e certamente não podem pensar dois pensamentos a um tempo só. Um pensamento de cada vez pode ser o bastante para eles. Mas com Samuel e outros pacientes muito psicóticos, até esta consideração parece um luxo. Dificilmente há um pensamento para se considerar. Eu não usaria o termo de Bion - escombros (debris) - nem o de Meltzer - objeto desmantelado. Preferiria descrevê-lo como fragmentos "não mantelados", fugazes, efêmeros.

Samuel parece ter sido uma pessoa não formada que, mesmo quando emergia do autismo, não sabia conviver na dimensão temporal. Tive que praticamente começar do nada para ajudar Samuel a construir um pensamento a partir de minúsculos fiapos. Meu problema tem sido como facilitar os vínculos entre os fiapos. Gradualmente, ele começou a apresentar algo mais do que um interesse fugaz por objetos simples de sua caixa, como um cubinho azul, e explorá-los, mas sempre um de cada vez ou num agrupamento que constituía claramente uma unidade.

Um jogo que escolheu era o jogo de "miragem", no qual me puxava para perto dele e me empurrava para longe ou fazia a cabeça cair para trás, para que eu pudesse dizer, como no jogo mais elaborado de " cadê - achou" - para o qual ainda não estava preparado - "onde está o Samuel? Oh, olha ele aí!". Neste caso, tanto o *self* quanto o objeto tem uma durabilidade modulável. Essa expansão estendeu-se à brincadeira com objetos na sala: no começo, Samuel jogava tudo no chão e nunca pegava de volta. No início, eu pegava de volta a maior parte das coisas, mas aos poucos comecei a alternar com comentários de que ele "realmente ainda estava muito interessado no tijolinho amarelo que tinha acabado de jogar longe, mas que não deveria ser incomodado para pegá-lo". Eu insistia que nós dois sabíamos que ele ainda realmente o queria. Ele começou a catar muitas coisas e retomar a brincadeira. Num estágio posterior, finalmente, começou a tentar conceber uma dualidade (twoness), mas isto quase o enlouqueceu. Ele e eu tivemos que aprender que pensar dois pensamentos LEVA TEMPO e tempo era algo que Samuel parecia não ter.

BION E AS RELAÇÕES ENTRE OS PENSAMENTOS

Acredito que devemos a Bion o fato de agora dispormos de uma teoria psicanalítica da mente que corresponde as nossas impressões subjetivas: assim como há todo um mundo interno repleto de objetos vivos, memórias, fatos e imagens também há pensamentos iluminados pelo significado e dotados da força de sua própria energia. A mente é um vasto panorama de sentimentos sobre os quais se pensou e pensamentos sobre os quais se sentiu, constantemente em interação uns com os outros. Eles são dinâmicos e energéticos. Os pensamentos têm a sua própria força de existência: podemos pensar sobre eles, podemos ir atrás deles se sentirmos que vamos perdê-los; nós os seguimos até onde podemos. Podemos excluí-los e afastá-los. Algumas vezes, eles se voltam contra nós e nos perseguem e apoquentam. Algumas vezes conseguimos pôr dois deles juntos, outras eles se juntam por si mesmos, sem a nossa permissão. Algumas vezes eles nos assombram, muitas vezes nos escapam.

Em *Language and the Schizophrenic* (1953), Bion afirmou que concordava com Freud quanto ao fato de o paciente esquizofrênico ser hostil em relação a realidade e atacar também seus órgãos dos sentidos e sua consciência. Bion acrescentou que o paciente psicótico ataca sua capacidade de pensamento verbal e que isto envolveria um tipo muito cruel e sádico de *splitting*. No entanto, Bion também menciona além do sadismo, a voracidade: "Também espero mostrar que o mecanismo de *splitting* é acionado para atender à voracidade do paciente e, portanto, não é simplesmente uma catástrofe infeliz, do tipo que ocorre quando o ego do paciente é cindido em pedaços como acompanhamento de sua determinação de cindir seus objetos; é resultado de uma determinação que pode ser verbalmente expressa como uma intenção de ser tantas pessoas quanto forem possíveis, para poder estar em tantos lugares quantos forem possíveis, para obter o máximo possível, durante o maior tempo possível - de fato sem tempo algum". Bion continua, em escritos subseqüentes, a alternar entre descrições de desordens de pensamento, que atribui a ataques sádicos e outras que atribui a algo mais próximo ao *déficit* do ego - e não a uma recusa de pensar; algumas vezes descreve uma inabilidade para pensar. Um exemplo do primeiro caso, o *splitting* ativo: ele dá um exemplo dramático de um paciente que usa a linguagem como um modo de ação para o *splitting* de seu objeto. "O paciente entra na sala, aperta a minha mão calorosamente e, olhando-me de forma penetrante nos olhos, diz "Acho que as sessões não são por muito tempo, mas não me deixam sair". Bion lida com este material e o trata como o resultado de *splitting* ativo. Reconhece que o paciente se queixa de que as sessões são muito poucas, mas interferem com o seu tempo livre. Ele toma isto como um *splitting* intencional do analista, para levá-lo a dar duas interpretações ao mesmo tempo. Sua evidência é que o paciente continua dizendo "Como é que o elevador sabe o que fazer quando eu aperto dois botões ao mesmo tempo?".

Graças ao Bion dos trabalhos subsequentes (em *Learning from Experience*), em que ele tem, como foi apontado por Grotstein, um conceito de *déficit* no objeto continente, penso que podemos tentar uma forma alternativa de encarar o material: podemos ver o paciente como alguém que talvez não tivesse um ego suficiente ou um continente mental suficientemente elástico que o permitisse superar estes dois pensamentos. O *splitting* não precisa ser necessariamente visto como o resultado de um ataque intencional. Poderia ter sido uma expressão de urgência desesperada de dois pensamentos que pressionavam de forma desesperada, que apareceram ao mesmo tempo... O paciente pode ter sentido que precisava dos dois para poder ser entendido com os dois de uma vez, por um continente que pudesse dar conta dos dois ao mesmo tempo e gradualmente separá-los um do outro *para* ele, que é o que Bion de fato fez.

Bion aborda realmente a questão do *déficit:* refere-se à dificuldade do paciente para sonhar e ter fantasias. Interpreta para o paciente que sem sonhos ele não tem um jeito de pensar sobre o seu problema e diz: "uma vez que você sente que lhe faltam as palavras, também sente que lhe faltam os meios para armazenar as idéias na sua mente". Continua, ainda lidando com o *déficit:* o paciente disse que não lembrava do que Bion acabara de dizer, e Bion respondeu: "este sentimento é tão forte que o faz sentir que esqueceu as coisas. Depois desta interpretação que podemos ver que devolvia ao paciente a sua mente, ele foi capaz de se lembrar.

O próximo trabalho é o famoso *Attacks on Linking* (1959). Aqui, examina a destrutividade contra os *vínculos* entre os pensamentos. O *déficit* ainda aparece clinicamente, mas o que vem para a teoria é a destrutividade. Acho que devemos à observação de bebês e à pesquisa do desenvolvimento infantil o conhecimento de que há ocasiões em que o paciente só consegue realmente ter a oportunidade de pensar um pensamento de cada vez. (Ver, por exemplo, a discussão de Bruner sobre o desenvolvimento lento e preciso da capacidade do bebê para coordenar o mamar e o olhar para chegar a um pensamento genuinamente duplo (two-tracked). Ele pensa que esta é a base para a capacidade de "pensar entre parênteses". No entanto, a atenção de Bion para o significado *emocional* dos distúrbios nos vínculos era absolutamente revolucionária e, obviamente, não leva em conta as descrições cognitivistas do pensamento. Agradeço a Parthenope Bion por apontar que em *Cogitations* Bion afirma que o ataque de um paciente ao pensamento do analista pode não ter sido motivado por sadismo, mas pela projeção de sua própria falta de função alfa. A implicação é de uma necessidade desesperada, isto é, de *déficit*, mais do que de destrutividade sofisticada.

Em 1962, *A Theory of Thinking* introduz a idéia de função alfa, de que o pensar tem que ser chamado à existência para dar conta dos pensamentos. Observem que pensar é um verbo, envolve fazer algo à alguma coisa, um processo - o que leva algo chamado tempo para poder acontecer. Seguiu-se o livro *Learning from Experience*, com a teoria da importância do objeto continente e também da sugestão de que este às vezes oferece uma continência inadequada - finalmente o espaço para uma teoria do *déficit*.

Nos casos descritos abaixo, referir-me-ei a deficits no continente temporal. Estes pacientes sentiam que não tinham tempo para pensar. Meu próprio paciente sofria de uma impaciência terrível, ódio e voracidade em relação ao próprio *self*, mas isto parecia ser acompanhado por um objeto interno que não lhe dava tempo para descobrir isto.

MATERIAL CLÍNICO

1.Samuel e o "A Dois" (Twoness)

Quando Samuel, meu paciente autista, veio para tratamento, com apenas quatro anos de idade, ele nunca brincava e nunca mostrava qualquer interesse por brinquedos ou objetos, a não ser fazer girar as rodas dos carrinhos, ficando num estado quase hipnótico. Finalmente, depois de cerca de seis meses, sendo atendido três vezes por semana, começou a pegar dois cubinhos azuis. Olhava brevemente para eles, como se, por um segundo fugaz, estivesse examinando sua semelhança, sua simetria e a maneira como podia pô-los juntos; aí, era tomado de excitação e agitação e, de repente, comprimia um contra o outro e produzia uma espécie de explosão no ar - quase parecia uma erupção. Era tomado pelo mesmo tipo de excitação todas as vezes que chegava perto e olhava nos meus olhos ou para o meu rosto. Depois de outros seis meses, desacelerou um pouco, podendo estudar as formas dos tijolinhos bem de perto, construir torres com eles e acrescentar outros, além de encaixar alguns nos orifícios adequados de brinquedos de encaixar formas. Pensei sobre como isto tinha acontecido e quais teriam sido as principais pré-condições. Não tinha a impressão de que as explosões fossem apenas o resultado de um ataque enraivecido à duplicidade. A meu ver Samuel estava tendo dificuldade para lidar com a terrível excitação e a incompreensão. Como é que podia haver dois de algo, como é que poderia olhar os dois ao mesmo tempo? Acredito que estivesse tendo dificuldade para compreender que a duplicidade estivesse ao seu alcance *a tempo - que o tempo lhe permitiria olhar para ambos, não necessariamente ao mesmo tempo. De fato, a partir da maneira como começou a olhar para o meu rosto, tive a impressão de que ele nunca tinha aprendido a prescrutar (scan), que é como as pessoas olham para os olhos e os rostos.* No começo, nunca me olhava nos olhos por mais de um instante periférico e efêmero, mas quando o fazia, seu olhar era muito intenso, e aí, tinha que "desviar rapidamente" os seus olhos como os bebês fazem nos primeiros dias de sua vida, até aprenderem a prescrutar. Precisava de um continente que pudesse ajudá-lo a descobrir não apenas o que fazer com uma situação, mas também como ter as duas, mas *EM SEQÜÊNCIA*, uma de cada vez. À medida que começou a usar os olhos mais e mais, e se deparou com os olhares das pessoas a distâncias cada vez maiores, sua terrível miopia melhorou e o grau dos óculos chegou a ser quase normal. Acho que finalmente estava usando os músculos oculares.

(A pesquisa de Bruner sobre como os bebês desenvolvem a capacidade para o pensamento duplo *two-tracked* e o pensamento entre parênteses é relevante. Eles passam de um pensamento por vez para a alternância e para uma eventual coordenação na qual uma atividade é mantida em ação rebaixada enquanto se dá à outra uma atenção em primeiro plano. Material sobre bebês.)

2. Barbara, uma menina de treze anos, obsessiva esquizóide, costumava comunicar-se de forma terrivelmente confusa, porque todo o pensamento aparecia ao mesmo tempo, parecendo estar em luta pela precedência. Como resultado, muitas vezes ela era completamente incoerente. Barbara, cuja linguagem e aprendizagem melhoraram consideravelmente depois de quatro anos de tratamento, dizia que o problema no passado era que não fazia um pensamento esperar por medo de perdê-lo. Acho que tinha um objeto interno que não podia esperar e, de fato, sua mãe fala de maneira muito excitada, exatamente como Barbara fazia, achando muito difícil deixar alguém terminar ou, melhor dizendo, começar uma sentença. Será que a incoerência de Barbara era um ataque intencional à integração ou teria algo a ver com a necessidade de ter os dois pensamentos ao mesmo tempo, porque tinha pouca noção de seqüência e subordinação? Talvez não tivesse muita prática de lidar com as palavras. Obviamente, também era extremamente impaciente.

(Agradeço a Claudio Rotenberg pela permissão para usar o material).

3. DAVID: adolescente de 19 anos, encaminhado a um psicoterapeuta devido a ataques de pânico e total incapacidade para escrever na escola. Mais tarde, contou ao terapeuta que ao chegar ao fim de uma sentença sentia que ela estava morta e não podia continuar. Era muito retraído, mas até então tinha conseguido "ir levando" na escola. Havia razões para pensar que estivesse tendo alucinações. Também era muito obsessivo. Na época dessa sessão, estava em tratamento uma vez por semana havia alguns meses e já não apresentava alucinações. Tinha começado a escrever de novo, mas com enorme dificuldade.

Esta foi a primeira sessão depois dos feriados de fim de ano. Vou fazer citações a partir das anotações do terapeuta:

"Chega com um atraso de cinco minutos e dá uma explicação quase incoerente. Depois, continua a falar muito depressa a respeito de não ser capaz de estudar. É uma fala entorpecente, circular e cheia de racionalizações estranhas. Faz repetidas referências ao conhecimento perdido e "cair num buraco" e menciona, de relance, antes que se perca nesta fala circular, um desejo de morrer...". O terapeuta fala com ele sobre sentir que está perdendo o que sabe e que sente isto como se fosse morrer, que " quando eu vou embora, é como se o deixasse com um buraco dentro dele, no qual se perde, esquece o trabalho que fizemos no passado". O paciente expressa ambivalência, mas diminui o ritmo. Aí, a velocidade e a circularidade louca se recompõem e o terapeuta, com grande sensibilidade, novamente parece ajudá-lo a diminuir o ritmo. O paciente diz que não pode escrever a palavra "e", não pode escrever a palavra "a/o" e não pode escrever "ou" - usa hifens no lugar delas. Diz que o faz porque sabe que os seus trabalhos escritos são muito longos, assim corta estas palavras, mas usa os hifens para que o sentido não se perca (isto não foi expresso com esta clareza). O terapeuta diz que ele parece sentir que para que faça sentido é preciso que não haja elos de ligação. (É um pouco como o paciente de Bion, mas pelo menos David coloca hifens). David concorda e acelera novamente e se expressa de forma circular, à procura de significado, como se quisesse entrar no texto à procura de um significado oculto...

Bem, o que é um "e"? É um tipo muito especial de vínculo - parece conter uma promessa de que há mais por vir, não uma morte ou um fim. Atende à voracidade e ao apetite, mas também às esperanças, expectativas e antecipação. Talvez até ao medo e terror. Em música, a anacruse cheia de suspense, o tom fraco antes do tom forte, acentuado, também contém uma promessa. Ele se eleva até a batida acentuada ou a palavra-chave da canção. " Ta ra ra *boom* de ay". Ao contrário do meu pacientezinho autista, David não estava completamente sem contato com a realidade. Podia pelo menos oferecer um hifen as suas demandas. Parecia sentir que os vínculos são muito demorados, sem fim. Desejava encurtá-los, assim como talvez abreviar as férias de inverno. Aparentemente, queria um vínculo mais estreito, mais próximo. Sua dificuldade com o "a/o" pode ser devida a que "a/o" testemunha a particularidade e a individualidade da mãe ou do terapeuta. Talvez a especificidade seja um luxo quando se sente que a necessidade é muito urgente. David estava em pânico em relação aos exames. Como é que se fala com estes pacientes? O que podem compreender das nossas interpretações? Trabalhando com crianças autistas sem acesso à linguagem, preocupo-me o tempo todo em encontrar a palavra, o tom, a frase que possa melhor estimular a atividade mental e a linguagem, a palavra que vá de encontro e se encaixe com a experiência, mas que também possa expandí-la um pouco. Algumas vezes, um simples "devagar, calma, está tudo bem, temos bastante tempo" ou "tudo bem, estamos juntos de novo, a interrupção acabou" parecem ajudar.

O VÍNCULO "E" NO BRINCAR. UM VÍNCULO DE RELAÇÕES ORDENADAS.

4. Samuel, de novo. No começo, como já disse, Samuel mostrava interesse apenas pelo correr da água, pelo girar das rodas dos carrinhos, por sua mão cerrada, por seu "reflexo" em qualquer superfície brilhante que encontrasse e, ocasionalmente, numa olhadela de relance para mim. Aos poucos, à medida que emergia de seus estados frenéticos e demonstrava maior interesse por mim e pelos objetos da sala, fui introduzindo brinquedos que eu achava adequados para qualquer nível de desenvolvimento, mesmo que extremamente precoce, que pudessem nos revelar seus momentos não-autísticos nas sessões. Estas crianças podem abandonar o autismo, mas um enorme retardo de desenvolvimento se revela geralmente, mesmo nos seus novos momentos reais. Há um tempo atrás, arrumei um brinquedo de argolas, uma série crescente de argolas de plástico colorido e brilhante, encaixadas num pilar cônico. Samuel adorou, mas odiava o fato de que só se conseguia a forma perfeita colocando as argolas na seqüência certa. Ele até podia tolerar uma pilha ou uma torre de argolas, mas detestava a ordem e as relações de ordenação entre as coisas. Sua solução para o problema era jogar o pilar para longe, com desdém, e construir uma torre de argolas em qualquer ordem que desejasse, sem usar o pilar. No entanto, algumas vezes decidia montar o brinquedo direitinho se eu passasse as argolas para ele na ordem certa, prendendo minha respiração e dizendo, em tom de suspense, "e...o vermelho agora, e...o azul" antes de cada um. Suponho que eu estivesse tentando preencher a lacuna, antes intolerável, para aquele menininho incontidamente impaciente e desesperado, com alguma coisa que, ao invés de ameaçar com um vazio entediante, continha uma promessa, mas também um certo tipo de tormento provocante, que era tolerável. Isto parecia combinar e se harmonizar com a sua própria inabilidade torturada para esperar e para tolerar a sequência, mas talvez também a modificasse transformando-a num jogo - um começo de anacruse. Bion diz que temos que aprender a modificar a realidade e não fugir dela, mas talvez a realidade tenha que ser modificável às vezes e mesmo modificar-se a si mesma. Em geral, o bebê tem ambas as experiências.

Quatro anos depois, Samuel mostra real interesse em relacionamentos de três pessoas e também ciúmes. Ele não apenas se interessava por mudanças sutis na sala ou por outras pessoas no corredor da Clínica, mas compartilhava este interesse comigo, assim como, às vezes, a sua indignação. No entanto, penso que suas dificuldades anteriores com os vínculos eram mais profundas que o problema edípico. Os vínculos microcósmicos, tais como a capacidade para olhar para um rosto ou ouvir uma cantiga de ninar, podem precisar ser estabelecidos muito antes de poderem ser construídos os vínculos maiores edípicos.

DISCUSSÃO

Haveria uma conexão entre as palavras de ligação sintática, como "a/o", "e" e "ou", e o brincar na tenra idade? Será que a pré-linguagem do brincar prepara os bebês para a linguagem real e para a estrutura das sentenças reais? O instigante "e" é um vínculo, um vínculo humano que é livre e divertido. Também pode ser similar ao que Bion poderia chamar um vínculo articulado. Não se sabe *quando* exatamente a argola virá, mas sabe-se que *virá*, e de alguma forma sabe-se quando, porque percebe-se que ela está vindo. O objeto que se aproxima e se afasta continua presente. A surpresa que alerta pode vir de várias maneiras, nem sempre desagradáveis. Alfred Brendel observou que Haydn nos surpreendia com o inesperado e Mozart com o esperado.

Sue Reid está trabalhando com a dificuldade que as crianças autistas têm com a pontuação de suas experiências. Samuel é completamente contra esta pontuação - como os descansos e pausas na música, que são tão importantes quanto as notas. Se o paciente pensa nas pausas como o fim do mundo e de sua mente, não ousa ter pausas. Samuel finalmente tornou-se capaz de olhar os tijolinhos e também despejá-los de um continente grande para um menor. Começou a gostar do suspense - iriam ou não cair. Crianças normais adoram os jogos de "atenção...preparar...já!". Talvez o suspense seja essencial à linguagem, sendo parte do que chamamos o estilo de prosa. A sintaxe - a estrutura das sentenças - diferentemente da fala telegráfica do psicótico - envolve a capacidade necessária para tolerar o suspense. Samuel começou a utilizar o suspense de forma menos sádica - olhava para mim enquanto colocava algo bem na beirada da mesa, hesitando em derrubá-lo ou não. Isto transformou-se numa brincadeira jocosa compartilhada ao invés de uma provocação cruel. Poderíamos especular que as experiências de suspense tolerável e, mais importante ainda, os *jogos de suspense* que dão significado simbólico a estas experiências, podem ter alguma conexão com a origem do subjuntivo: talvez sim, talvez não.

O objeto presente e o objeto ausente - ou o objeto em primeiro plano e o objeto que fica em segundo plano - estão vinculados pelas preparações para a entrada em cena e para a saída. Em termos musicais, tanto a anacruse, o momento de suspense que ainda assim contém uma promessa - quanto a cadência que tem que ser resolvida no fim da peça musical - são necessárias para a forma. O que se internaliza não é apenas um objeto - ou mesmo dois objetos com forma espacial - mas um objeto - ou dois objetos - com uma forma dinâmica - uma forma no tempo. As palavras de ligação A/O, E e OU e a crescente aceitação e prazer de Samuel em relação aos descansos e pausas nas brincadeiras, podem sugerir algo sobre a maneira pela qual o mundo humano real é internalizado. (Brazelton aponta que o ritmo de olhar objetos inanimados nos bebês é brusco e cheio de picos; o ritmo de olhar objetos animados é de contornos, eleva-se gradualmente e diminui - o gráfico é curvilíneo).

Daniel Stern refere-se à lentidão de ritmo e ao jeito brusco e exagerado do comportamento das mães em relação aos seus bebês. Diz que isto provavelmente vai ao encontro das preferências e tolerâncias do bebê em relação à freqüência e intensidade da mudança de estímulos. A lentidão do ritmo, juntamente com o exagero, podem permitir que o bebê mantenha a identidade do rosto da mãe através de suas múltiplas transformações físicas e assim facilitar a aquisição de um esquema facial estável. As expressões faciais normais dos adultos aparecem muito depressa e possivelmente poderiam confrontar o bebê com uma seqüência descontínua de rostos. (Supostamente, absorver dois rostos de uma só vez requereria ainda mais tempo e um rastreamento e estudo ainda mais minucioso nos primeiros dias de vida).

Aos poucos, a pessoa que cuida do bebê ajuda-o a aprender a modelar suas curvas de atenção e Brazelton descreveu, com detalhes fascinantes, como as mães quando desejam atrair seus bebês para um período de interação, começam a montar o palco .(Será que isto ajuda os bebês a ouvirem mais tarde os "era uma vez..." ou "bom, então, o que vamos fazer?"). Aí, então, criam uma expectativa pela interação (seria isto semelhante a "havia um...") e só então passam a intensificar sua atenção amplificando-a (o substantivo tão longamente esperado, o sujeito da narrativa) ou alternando-a com movimentos, sons e olhares de alerta e de calma, para chamar e manter a atenção do bebê. O que fazem é dar uma forma dinâmica à experiência do bebê, uma forma no tempo. O "a/o" não apenas marca a particularidade de alguma coisa, ele nos alerta e nos prepara para o fato de que *alguma coisa* está por vir. Artigos e preposições e verbos são palavras de ligação, mas, como todos os vínculos, contêm uma promessa. Sem esta promessa, os vínculos são inconcebíveis e a espera, um pesadelo. A função alfa pode muitas vezes consistir em pensar sobre um objeto que algumas vezes está próximo e outras está distante, mas ainda visível.

Concluindo, não estou sugerindo que as idéias anteriores sobre como se dá o aprendizado da realidade estejam erradas: por exemplo, a frustração edípica, a frustração oral, o objeto ausente, a separação, os limites. O que quero enfatizar é a importância adicional da forma temporal na qual a realidade se apresenta e as formas temporais ou formas dinâmicas no tempo, através das quais presença e ausência se ligam e duas presenças são vinculadas. Dois objetos se ligam no tempo ao estarem presentes um junto ao outro no tempo. A mãe e o pai são ligados as vezes por estarem juntos *para e com* o bebê (Perez Sanchez). O verdadeiro vínculo edípico, aquele que exclui a criança, pode não ser a única maneira pela qual o vínculo "e" adquire significado. O movimento dentro ou ao redor de todos os objetos vivos é uma característica essencial do fato de estarem vivos; a montagem do palco, as preparações para as entradas e saídas de cena desempenham um papel central nos intercâmbios humanos civilizados. Os vínculos entre as diferentes versões de um objeto presente têm que ser construidos ao lado de outros mais sofisticados. O jogo do carretel e o jogo de "cadê - achou" forneceram modelos para o objeto ausente. O jogo da "miragem" e os jogos de seqüência podem fornecer modelos para o objeto modulador que tem uma forma dinâmica mutável no tempo, mas ainda assim não é verdadeiramente ausente, apenas algumas vezes mais e outras menos alcançável.

Tradução: Daniela Sitzer

SEXUALIDADE COMO GÊNERO NARRATIVO, OU DIALETO, NA SALA DE ANÁLISE

*Antonino Ferro**

Premissa

Não levo em conta, neste meu trabalho, a enorme contribuição dada pela psicanálise aos conhecimentos acerca da sexualidade humana, nem o fato de ter fundado o próprio conceito da psicossexualidade (Green, 1995), nem o caráter central das conceituações relativas aos "estados sexuais da mente" (Meltzer, 1973).

Muito menos considero as fundamentais contribuições da psicanálise aplicadas às teorias do desenvolvimento sexual infantil, com as fantasmatizações correspondentes, ou à sexologia, ou à psicogênese das patologias sexuais.

Excluo da minha atenção tudo aquilo que não diz respeito estritamente à sala de análise, partindo da constatação que nela, em quase sua totalidade, tratamos com relatos inerentes à sexualidade, isto é, com narrações de ou em torno da sexualidade.

Também não considero as atuações sexuais na sessão visto que estas, se de um lado (aquele do analista) remetem à patologia do analista (Cremerius, 1988), do outro (o do paciente) remetem ao vastíssimo capítulo dos *acting in*.

Indiretamente coloco o problema acerca "do que falam paciente e analista": se falam de deslocamentos no tempo ("o antes" das teorias freudianas acerca do trauma infantil e da sexualidade infantil), de deslocamentos no espaço ("o em outra parte" das teorizações relativas às dinâmicas com os objetos) [todas teorizações radicalmente diferentes das que consideram o Inconsciente como algo que vem se formando sucessivamente na atualidade dos processos de contínua alfabetização], ou então, partindo de um vértice que eu privilegio por considerá-lo mais transformador, se falam das atuais modalidades de funcionamento das mentes no campo que constituem, constantemente reabastecido pelas turbulências emocionais e também pelas transferências e fantasmatizações de qualquer forma do *aqui e agora*.

O principal assunto deste meu trabalho é que o paciente procura a análise porque tem "algo de não digerido" (Bion, 1962) que precisa ser transformado em elementos α; isto na melhor das hipóteses, porque a isso podemos acrescentar

---
* Membro Efetivo e Analista Didata da Sociedade Psicanalítica Italiana.

uma insuficiência do aparelho para pensar os pensamentos (PS ↔ D;♀♂), ou nos casos ainda mais graves, uma deficiência da sua função α (Bion, 1962; 1965).

Como tudo isso vai acontecendo é narrado constantemente, com a característica de que aquilo que provém de uma mente pode ser verdadeiro mas, se é fruto de **uma mente** só, é -K (Riolo, 1989). A operação irá consistir, no primeiro caso, na transformação de elementos (os "betalomi", Barale, Ferro 1992) em pictogramas emotivos; no segundo caso, no desenvolvimento de ♀♂ e **PS ↔ D**; no terceiro, e mais grave, em uma introjeção de uma função α mais adequada.

Naturalmente o paciente escolhe um gênero narrativo, que pode ser "a crônica", "um gênero diarístico", nos casos mais afortunados "o diário íntimo" e assim por diante.

A partir do primeiro encontro, aliás antes disso (Baranger, 1961), há uma desconstrução narrativa da História e das fantasmatizações do paciente, como acontece no extraordinário conto de W. Allen, o senhor Kugelmass[1].

A desconstrução narrativa é uma função das identificações projetivas que começam a circular no campo, das turbulências emocionais que são ativadas, da disponibilidade do "espaço mental" do analista, da sua capacidade de *rêverie*, da capacidade de transformação de β → α.

Essa última torna-se logo a base do encontro analítico (independente do dialeto escolhido pelo analista: histórico-reconstrutivo, do mundo e dos objetos internos, da relação atual ou do campo).

A qualidade do funcionamento do processo β → α é continuamente assinalada e narrada pelo paciente no "tempo real".

Não é difícil entender isso também de um ponto de vista teórico e não somente de um ponto de vista da observação ou da experiência.

Todos os estímulos, as sensações, as percepções atuais (elementos β) necessitam serem alfabetizados, mas na situação analítica o ponto atual e focal de avaliação sensoperceptiva é a relação atual analista-paciente: é esta que é continuamente fotogramada e narrada.

Naturalmente o elemento α que é produzido, também pela função α do paciente, não pode ser conhecido diretamente, a não ser nos casos dos chamados

---

[1] Nele conta-se como um habitante de Nova York, o senhor Kugelmass justamente através de uma máquina prodigiosa, conseguiu fazer-se projetar nas páginas de Madame Bovary. Nasce então uma história entre o senhor Kugelmass e Madame Bovary. Só que havia alguns críticos literários que estavam estudando o texto e que ficaram pasmos de não mais encontrar, em uma determinada página, Madame Bovary que, digamos, deveria ter ido ao baile, já que nesse meio tempo havia ido a um pic-nic com o Senhor Kugelmass, e assim sucessivamente, até um novo texto, o qual se desenvolve pela presença do Senhor Kugelmass e pela "história" afetiva entre os dois. Mas os problemas não acabam aí, porque nesse meio tempo Madame Bovary, depois de muita insistência, consegue, por sua vez, ser transportada para New York, no mundo do Senhor Kugelmass, casado, com filhos, que não sabia muito bem o que fazer com ela, uma vez que ela também havia entrado no seu mundo. Penso não ser necessário fazer nenhum comentário a essa história

"flash visuais" que são um fotograma da película do sonho de vigília que foge do continente; isto é, aquilo que aconteceu com aquela minha paciente à qual eu havia pedido um aumento de honorário e que me respondeu: "Vejo (na parede defronte) um frango sendo depenado".

Ao invés, podem ser conhecidos os **derivados narrativos** do elemento α (Ferro, 1996).

Em relação à situação anterior, um paciente que não tivesse uma fragilidade da capacidade de conter as imagens do sonho (poderia, por exemplo, como derivado narrativo, falar do aumento do custo do cinema e de como isso o tivesse deixado bravo. Mas essa experiência é comum a todos nós.

Os personagens na sala de análise

O paciente possui uma gama infinita de relatos possíveis do momento que pode recorrer às lembranças, às fantasias, aos sonhos, ao que sucede na vida externa, ao que acontece a si mesmo ou aos outros, com possibilidades quase infinitas.

Na sala de análise, postulamos que a narração do paciente não seja casual, mas seja feita de qualquer forma, para comunicar "algo".

Vários modelos apreenderam esse "algo" de forma radicalmente diferente:

a) os fatos da infância e do romance familiar;

b) os fatos do mundo interno;

c) os fatos significativos na relação.

Eu postulo que numa sessão cada mente assinala para a outra mente presente a qualidade do recíproco interagir e funcionamento e a qualidade do êxito do projeto de **"fatos não digeridos"** a **elementos** α ", e das aproximações em **"O"**.

Essas comunicações acontecem através do uso de personagens "meu pai"... "meu tio"... "o meu gato", que nos vários modelos foram vistos principalmente como:

a) personagens histórico-referenciais que falam de um antes e de um então;

b) personagens-objetos internos, que falam de um "dentro" do paciente, dentro que às vezes pode ser projetado "em cima" ou dentro do analista;

c) personagens-hologramas afetivos, que indicam a modalidade que o campo adquire em cada setor, personagens que tridimensionalmente são fruto do encontro do "pensamento onírico de vigília" de ambos.

Nessa ótica, "o meu gato", por ex., remeteria à sinalização de um setor ou de um vértice do campo no qual reina "a felinidade".

Cada sessão de análise pode ser vista por este último vértice como uma narração contínua dos fatos emotivos do campo: isto pode acontecer em vários dialetos.

Um menino que diga, após uma interpretação saturada de transferência: "Vi na televisão cientistas que cortavam um ovo em fatias para ver como era feito por dentro, pena que dessa forma impediam o pintinho de nascer", está falando de como a sua função α, o seu "aparelho para pensar os pensamentos", "viveu" a nossa interpretação; portanto a sua fala é o **derivado narrativo** de uma seqüência de elementos α por si só não conhecíveis (mas que tem a ver com pictografias de violência e ataque à vida).

Não penso que teria sentido interpretar essa comunicação, é "preferível" encontrar uma forma de transformar o nosso estilo interpretativo de maneira que deixe de ser persecutório e faça nascer o pintinho.

Aquilo que importa é a "transformação" que conseguimos operar no campo e a apreensão dos "G" do campo[2]; podemos pensar nas narrações do campo como um *Rorschach* da dupla, do qual é necessário captar os "G', isto é, a emoção presente naquele momento, não segundo as características das interpretações kleinianas ou de Strachey, mas segundo a qualidade que a interpretação psicanalítica não pode deixar de ter segundo Bion (1962): "extensão no campo do sentido, do mito, da paixão".

Por exemplo, captar a "estupidez dos cientistas", a inutilidade do trabalho deles... ou as atrocidades praticadas em relação ao pintinho... permanecendo assim na fileira C narrativa, sem interpretar decodificatoriamente e esterilmente em nosso dialeto forçado: "Você me diz que aquilo que eu te disse..." (até formulando uma hipótese interpretativa saturada dentro de nós, caso nos seja mesmo necessário) mas permanecendo no dialeto do paciente, "O" e em direção ao uníssono com ele.

Reflexões análogas podem valer para qualquer comunicação de "sexualidade" feita na sessão.

---

[2] Entendo por "G" do campo a "global emocional" do próprio campo, em analogia com o G do Rorschach.

A "sexualidade" é portanto um personagem ou articulação entre personagens, que pode ser pensada como algo que se refere:

a) a um antes (sexualidade infantil) e a um alhures (sexualidade real externa);

b) a um interno (sexualidade real interna de objetos internos);

c) a uma narração **no** e **do** campo em um dos muitos "dialetos possíveis" dos derivados narrativos do elemento α: isto é, a um gênero literário não mais significativo, mas não menos significativo do gênero "fantacientífico" no qual o paciente falasse de "Startrek."

Bion (1975) nos lembra claramente que "A Mente é um peso muito grande para o animal sensual" (que é o homem).

A sexualidade, a digestão, a respiração e assim por diante, são por si só consideradas sucessos genéticos fortemente estabilizados; o grande drama da espécie *Homo Sapiens* é o peso da mente e o fato que o "pensar" é uma função nova (a mais recente filogeneticamente) da matéria viva (Bion).

Na qualidade de analistas é justamente da "mente" que somos constantemente solicitados a nos ocupar, ou do seu aspecto essencial e fundante para existir: a relação emotivo-afetiva com o Outro (Faimberg 1996): é essa que continuamente nos narramos. O vértice freudiano da sublimação é aqui completamente subvertido: o mental "ganha corpo" do mental e a ele constantemente se remete.

Duas mentes próximas falam de contínuo de si mesmas, do seu interagir, assinalando continuamente os nós, as qualidades do funcionamento recíproco; isso através de todas as narrações possíveis, recorrendo a todos os dialetos e os gêneros literários possíveis: incluídas aí todas as modalidades de expressão artística.

Portanto, para "mim analista", a sexualidade é a "qualidade" e a "modalidade" de encontro do elemento β com a função α; a administração dos pensamentos e sua comunicação através das funções **PS** ↔ **D** e ♀♂.

E, especialmente, a modalidade de desenvolvimento de ♀ que acontece por acréscimo de emoções que constituem os fios da trama de uma rede em expansão.

Onde o desenvolvimento de ♂ é "dado por um meio no qual estão suspensos os conteúdos" que ganham corpo a partir de uma base desconhecida.

Em uma relação de convívio (♀♂) o meio é fornecido pela tolerância à dúvida (Bion, 1962).

Postulo, inclusive, que toda a sessão pode ser categorizada ao longo da fileira C da grade, como um sonho que a mente do paciente faz sobre o funcionamento da mente do analista e do campo. Naturalmente, outras categorizações são possíveis, mas penso que freqüentemente são úteis para permitir transformações em "O". Nesse sentido a psicanálise tem um interesse específico pela "sexualidade" como vértice narrativo. Sinto-me fortalecido nessa minha firme convicção, por aquilo que Bion (1965) afirma na parte conclusiva do admirável Capítulo VI de *Transformações*, no qual, após ter afirmado que a "supremacia do vértice visual" confirma a sua convicção que a solução da comunicação psicanalítica deva ser experimentada passando pela fileira C em direção a H, examina o "correspondente mental do sistema reprodutivo", considerado não como consciência da atividade reprodutiva, mas como algo que se liga a "pressentimentos de prazer e de dor" que colocado na fileira C da grade remete imediatamente à sexualidade como dialeto narrativo de tal "correspondente mental do sistema reprodutivo" (Bion, 1965) e do acasalamento de β com α, de ♀ e ♂, de **PS** ↔ **D**, de K ↔ O.

A fimose de Martina

Martina, uma jovem mulher há alguns meses em análise, conta freqüentemente como fez da independência seu próprio estandarte.

Uma segunda-feira inicia a semana de análise falando da "fimose" do filho, da preocupação que esta gera e da eventual cirurgia que não pode mais ser adiada.

Nesse ponto sinto-me autorizado a sublinhar que talvez também na sala de análise há algo que permanece escondido, encarcerado, não dizível e que eu me pergunto o quê possa ser.

Prontamente, captando o que eu digo, Martina responde: "são coisas sexuais que eu não tive coragem de pôr para fora", mas sente que agora não pode mais voltar atrás. E conta como ela experimenta excitação e muito prazer ao fazer amor com o marido quando esse a amarra, ou lhe coloca uma venda nos olhos; depois conta o filme de Almodovar, "Áta-me", que ela não sabia se se pronunciava assim ou "Atá-me[3]": é a história de um homem que amarra fisicamente uma mulher a uma cama, até que a mulher termina por amá-lo profundamente e depois, sem nenhum constrangimento, vivem uma história juntos.

---
3 Légami = áta-me.

Respondo que aquilo que ela me conta parece colocar muito em crise o discurso da "independência como bandeira" e que parece dizer que ela gosta de uma relação na qual ela acabe por se entregar, no fundo conscientemente, ao outro, renunciar completamente a todo controle da situação, estar quase em poder das ligações e que ela espera que uma história que começou "a força" possa tornar-se uma história, a da análise, para ela importante e viva.

Responde dizendo que nesse período sente o marido muito próximo e interessado, sente que ele a compreende, mas lembra também do profundo constrangimento na primeira vez que um namorado quase a obrigou a tirar a roupa, mesmo que depois tenha sido bom.

Não discuto a sutil erotização presente em toda a seqüência (que é um outro polo da fala: Martina sempre evita vivências depressivas através de uma excitação que ora pode ser erótica, ora intelectualista), mas eu gostaria de sublinhar como o conteúdo remete, a meu ver com extrema clareza, ao questionamento da (pseudo) independência e ao começo explícito de uma capacidade relacional.

"Quem é esse menino?"

A primeira pergunta que uma jovem colega (Marascutto, 1996) diz ter-se colocado, já no primeiro encontro com Berto, é exatamente essa.

O menino foi levado à consulta porque queria ser uma "menina".

A mãe conta que se separou recentemente e que Berto foi concebido em um momento de grande crise com o marido, em que estava apaixonada por um outro homem, suportando a gravidez contra a sua vontade, como uma prepotência. Havia também tentado abortar com a pílula do dia seguinte, mas sem sucesso; então pensou que "ficaria com a sua própria parte do menino e não com aquela do marido".

Descreve Berto como antipático, como "nunca apegado", uma vez ela lhe deu um dedo e ele se acalmou. Já com três anos havia dito claramente: "Quero ser uma menina".

O pai, num encontro sucessivo, conta que o menino quer um quarto rosa; que se ele quiser ser um homossexual está bem assim e que, comprando uma fantasia para o carnaval, num primeiro momento queria um vestido de menina, mas depois, incentivado pela vendedora, optou por uma fantasia de *"Power-Ranger"*.

Legâmi = ligações (N. do T.).

Após esses relatos eu digo que o menino correspondeu em cheio ao programa da mãe. A mãe, cheia de raiva e de ódio pelo marido, não tinha lugar para o menino todo e é como se o patrimônio genético emotivo proveniente do marido, o "Y", tivesse permanecido fora... para encontrar lugar na mente da mãe teve que fazer malabarismos, mas o Y, aquilo que provém do pai, também em termos de identidade masculina, permaneceu fora, pelo menos aparentemente.

Não há lugar para ele. Ainda que, com ajuda, aparece o *Power Ranger*... com toda a raiva e o ódio do embrião de identidade viril que no fundo soube resistir ao aborto. Refiro-me a isso, naturalmente, em termos mentais.

Nesse ponto a candidata mostra os primeiros desenhos de B na sessão.

Em um papel vários desenhos muito feminilizados: graminha, florzinhas, uma arca, uma cama... e um trabalhinho de papel com uma menina com uma enorme chupeta de papel, tridimensional, na boca.

Fig. 1

Fig. 2

Levantando a tampa da arca percebe-se logo o esboço de um menino, os testículos, um pênis, calça comprida... levantando o cobertor, em baixo visualiza-se um lençol com travesseiro que logo revelam um enorme pênis... e a chupeta tridimensional nada mais é que um enorme pênis.

Fig.3

Eis então, todas as emoções, identificações projetivas, raiva, ódio, que não encontraram lugar na mente da mãe, ficaram aí não alfabetizados, ele tem que "chupá-los sozinho", a menina nada mais é que a máscara (e há também uma máscara que B fabrica) de um *Power-Ranger*, ou também de um furioso *Gengis Kan* que procura o lugar ao qual tem direito, como podemos deduzir a partir de um desenho sucessivo de um chapéu de pirata,

Fig. 4

que começa a surgir de um rosto mascarado.

Tradução: Marta Petricciani

EROS TECELÃO DE MITOS — ΕΡΟΣΜΤΘΟΠΛΟΚΟΣ

Antônio Sapienza*
Luiz Carlos Uchôa Junqueira Filho**

Eros	*Eros*	*Eros*	*Eros*
doceamargo	*o que nos dá sofrimentos*	*tecelão de mitos*	*o deus da astúcia*
			que tece a palavra

Safo de Lesbos

1 - INTRODUÇÃO

Este fragmento da lírica de Safo de Lesbos de onde Joaquim B. Fontes extraiu o título de seu magnífico estudo e onde nos inspiramos, parece-nos expressar poeticamente a origem comum de sexualidade e pensamento. As musas nos ensinam, na Teogonia de Hesíodo, que Géia, de amplos seios, emerge do Caos mas mantém, em suas entranhas um recesso brumoso que constitui o Tártaro, insinuando-nos que o perfil deste quadro é que demanda o surgimento de Eros, "o mais belo dentre os deuses imortais, que amolece os membros e domina o espírito e a vontade ponderada no peito de deuses e homens".

Uma das múltiplas genealogias atribuídas a Eros propõe uma paternidade advinda de Ares e Afrodite que lhe confere a condição de albergar os *contrários e os recíprocos*, propiciando-lhe assim a denominação de Ânteros. Talvez por isso tenha se disseminado na lírica antiga o costume de apresentar o Amor em contexto de *oposições*, como encontramos, por exemplo, em Teógnis ou Anacreonte. As tradições míticas, no entanto, deixam entrever que a função do amor não é meramente de harmonizar antagonismos ou de integrá-lo numa só unidade, mas sim, primordialmente, de gerar uma cooperação entre os seres permitindo que cada um seja mais e, ao mesmo tempo, amplie sua reconciliação consigo mesmo. Em Safo, a apreensão desta força vital transmite-se à interação entre as palavras como ilustrado pela criação do termo *glykpikron*, doceamargo, prelúdio natural do sofrimento vivificante. Torna-se irresistível, neste contexto, não aguçarmos nosso olhar psicanalítico para observar que a experiência do sofrimento é sugerida aqui como o nascedouro tanto da palavra quanto do mito, ou seja, no fundo, do próprio pensamento. A força desta tessitura já maravilhara Dionísio de Halicarnasso que conseguiu registrar, em seu tratado de estilística,

---
* Membro Efetivo e Analista Didata da Sociedade Brasileira de Psicanálise de São Paulo.
** Membro Efetivo e Analista Didata da Sociedade Brasileira de Psicanálise de São Paulo.

a *Ode a Afrodite*, único poema de Safo de Lesbos que sobreviveu na íntegra e onde "as palavras se justapõem e se tecem, de acordo com certas afinidades naturais, compondo um conjunto fluente, coeso e eufônico". O ente amoroso que clama pela ajuda de Afrodite enreda-se nas tramas de sua astúcia como alguns termos gregos deixam entrever:

Himeros (O desejo) que, segundo Sócrates, flui impetuosamente na perseguição dos seres constituindo um fluxo que se apodera da alma num presente absoluto. Psicanaliticamente observaríamos que, sem a consciência da passagem do tempo, é inviável sofrer a frustração mobilizadora do pensamento.

Póthos (O desejo do ausente) já implicaria um contato com a frustração, estimulando o pensar.

Peithós (A persuasão) oscila entre o convencimento saudável e a sedução que, ao promover uma apropriação do objeto, gera uma espécie de estupro do pensamento.*

Thymós (O princípio vital) deve seu nome à circunstância de ser ímpeto, movimento, aquilo que impele o herói à ação: note-se aqui a correlação com a concepção psicanalítica do pensar como operador, atuando na modificação da realidade.

Na Psicanálise o reconhecimento da sexualidade, como fator intimamente ligado às funções psíquicas remonta aos *Três Ensaios* e foi gradualmente se incorporando à sua visão sobre a natureza humana. Assim, por exemplo, em *Totem e Tabu*, reconhecendo a onipotência do pensamento como evidência do narcisismo, Freud propõe uma comparação entre as fases de desenvolvimento da visão de mundo do homem e os estágios de desenvolvimento da libido: a fase animística corresponderia ao narcisismo, a fase religiosa ao estágio da escolha objetal e a fase científica à maturidade onde, tendo se adaptado à realidade, o homem busca o objeto de seus desejos no mundo externo. Em outros termos, desvencilhando-se o indivíduo das amarras narcísicas e o grupo de ameaças catastróficas, como as representadas pelas glaciações, a fome e os grandes sáurios, criam-se as condições favoráveis para o aproveitamento da libido na construção da cultura.

Em seu artigo *A contribution to the theory of intellectual inhibition* (1931), Melanie Klein apresenta o material clínico de duas sessões de um garoto de sete anos que confundia três palavras francesas expostas num quadro de sua escola: *poulet, poisson e glace*. Estimulando as associações a estes termos con-

---
* Como veremos mais adiante, o pensamento implica a função de dois objetos gerando um terceiro sem que isto descaracterize a natureza do par original.

segue ter acesso a impulsos agressivos dirigidos de modo concreto a seu irmãozinho e de modo fantasiado ao interior do corpo da mãe, os quais despertavam angústias de natureza persecutória. Interpretando as angústias e as defesas dentro de seu estilo característico, vai estimulando uma série de elaborações que culminam com uma associação crucial. Ele mostra à analista um cartão de Natal com um bull-dog ao lado de uma galinha morta que ele obviamente matara, sendo importante notar-se que ambos eram marrons. Diz então: "Sei que a galinha, o gelo, o copo e os caranguejos são todos iguais porque são marrons, estão quebrados e mortos (o copo - glass - associado a *glace* e os caranguejos, associados a *poisson*, são objetos mencionados em sessões anteriores e ligados à polaridade agressão/vitimização no interior do corpo da mãe)". Daí sua impossibilidade de distingui-los: todos tinham sido mortos por seus impulsos agressivos e retaliatórios. Após esta interpretação, o paciente desenhou linhas contendo uma figura muito próxima a uma vagina e fez seu carrinho passar por ali com muito contentamento: parecia estar conseguindo manter uma relação sexual simbólica com a mãe ao reconhecer seu interior como um local acolhedor e não mais uma câmara de horrores. Isto só fora possível após a mitigação de suas ansiedades em relação à seu próprio pênis como um instrumento sádico de penetração e exploração do interior materno. Segundo o relato de Melanie Klein, o alívio significativo da angústia foi acompanhado pelo desaparecimento da confusão entre os vocábulos escolares. Podemos, portanto, depreender deste exemplo o quanto a fantasia inconsciente que a criança tem do coito parental como atividade hostil afeta todo seu sistema prototípico de vinculação dos objetos que ela denominou, genericamente, de inibição intelectual.

2 - VÍNCULOS

"Ouso perturbar
o universo?
Em um minuto há tempo
Para decisões e revisões que
um minuto reverterá".

(A Canção de Amor de J. Alfred Prufrocks",T.S. Elliot)
Tradução livre dos autores

Em "Mudança Catastrófica" (1966), Bion utiliza os signos ♀ ♂ para representar respectivamente *continente e contido*, como símbolos de *masculino e feminino*; destaca, também, que outras implicações além das sexuais não sejam excluídas. Esses signos indicam "relação" e "relacionamento" entre ♂ ♀ conservando analogia com a situação sexual e mantendo insaturada a configuração

(♀ ♂), de modo que analogias com outras fontes possam ser admitidas. O *vínculo* pode ser A) parasitário, B) comensal ou C) simbiótico.

Submetida à transformações em direção a O (Realidade última), a configuração (♀ ♂) sofrerá inevitavelmente *turbulência emocional*, com amplo contato com angústias de destroços mentais catastróficos (ou debris). Essa formulação vale para o indivíduo, o par ou o grupo institucional, evocando vivências de terror-sem-nome.

Focalizaremos a dinâmica dos vínculos que rege a "relação" (♀ ♂), tendo em vista as vicissitudes da experiência clínica em Psicanálise e que estão intimamente ligadas ao tema do presente texto: sexualidade e pensamento.

A) No vínculo parasitário, instaura-se regime de convivência onde o hospedeiro é e se mantém altamente idealizado, por identificação, com a parcialidade do objeto onipotente, tanto no absolutismo benigno quanto na tirania maligna; por sua vez, o hóspede prende-se a esse grandioso anfitrião como se fosse um apêndice parasitário qual extensão de identificação com objeto mutilado, em intensa desvalia e destituição, altamente ávido de tudo que seja VIDA e que inclui a própria existência do hospedeiro. Desse modo, estão criadas as condições atmosféricas para mútua destruição: (a) esvaziamento despojador do "dadivoso provedor", potentado absolutista, vaidosamente cego e sem limites, (b) com o crescente "envenenamento" tóxico da própria parceria, por invejosa e esterilizante gula na direção de "saco sem fundo".

Assim, os valores representados por vida mental, fertilidade e desenvolvimento, serão cronicamente destruídos até o mútuo esgotamento, que poderá culminar com a morte (por assassinato/suicídio) dos dois participantes dessa "arapuca" psicótica, exemplar pacto de morte ancorado em forte enredamento das sutis e fascinantes armadilhas esquizo-paranóides de narcisismo mortífero.

B) No vínculo comensal, predomina acordo de uso territorial da convivência entre os parceiros assim unidos. Há intensa compartimentação da vida emocional, com retração da vida compartilhada, subjazendo a evitação de confrontos por temor de violência manifesta e insegurança quanto a recursos realistas para lidar com dor mental. Desse modo, as vidas tendem a se tornar paralelas, com a proliferação de acordos subentendidos visando manutenção de uma "fachada" de casal. Prevalece formalismo e ritualização quase mecanicista; nesse mundo governado pelas aparências, a vida real está achatada e violentada por ilusão onipotente de controle dos movimentos de prazer e dor; o que é imprevisto, incluindo o acaso e as incertezas, passa a ser magicamente eliminado. Os problemas e conflitos inerentes à condição humana serão atendidos à medida que não perturbem interesses e viabilidades de natureza próxima à burocracia. Progressivamente, o tédio vai invadindo este "faz-de-conta", freqüentemente requerendo "soluções" de natureza artificial e chocante (*acting-out* compensadores e pseudo-libertadores). O clima dessa vinculação pode ser comparado à vida de um casal que habita em um "hotel" permanente, com intimidades em doses pré-estabelecidas e eventuais escapadelas de cada um em motel com outro(s) parceiro(s) mais ou menos robotizados. O que se pode esperar desse conluio? Uma espécie de caricatura tragicômica de um tipo de relacionamento entre dois seres humanos reais, que esconde freqüentemente claustrofobia e agorafobia, associado à forte restrição dos movimentos devidos à expansão e crescimento da vida real. Podemos encontrar descrição exemplar desse vínculo comensal em *"A Memoir of the Future" ("The Dream"* volume I, pág. 17-23), no episódio em que a empregada Rosemary denuncia esse tédio mortífero na vida de casal de seus patrões Roland e Alice.

O processo analítico pode ser banalizado e engolfado como parte de *acting-out* ritualizado e burocratizado.

C) As forças disruptivas dos movimentos em direção a O vão encontrar soluções de natureza criativa no casal com vínculo simbiótico. Há cordial acolhimento da idéia messiânica, que inevitavelmente ameaça subverter e aniquilar o já estabelecido e familiar. As condições de tolerar vazio e incertezas darão suporte, devido à paciência, perseverança e amor à verdade, para acontecer o nascimento de novas formas de ser e sua expansão cuidadosa. Será amplamente testada a vitalidade da parceria no lidar com ousadia e prudência na busca de soluções, muitas vezes inevitavelmente improvisadas, a fim de administrar com sabedoria as emergências de inusitados problemas. A disponibilidade para interpenetração e intensa complementaridade exporá o casal analítico à mútua aprendizagem com dor mental. Dessa experiência emocional emanam conhecimentos e intuição analiticamente bem calibrada, que dão conforto genuíno ao existir. Essa é a permanente aposta que o par analítico renova a cada sessão e que Bion denomina Ato de Fé: ampla entrega e interdependência dos parceiros, sem perder os referenciais de funções diferentes, com vantagens mútuas que favorecerão sanidade e maturação mental para ambos. Evoca o funcionamento de cópula sexual, onde as duas partes em conjunção obtêm satisfação e realização de modo compartilhado: a) ao sugar o seio o bebê obtém alimento, prazer e amor, ao mesmo tempo que colabora nas gratificações da mãe em exercer e ampliar suas funções; b) o mesmo acontece no coito amoroso e na união ardente entre o homem e a mulher.

3 - FRUSTRAÇÃO E DOR PSÍQUICA COMO DETERMINANTES DO GRAU DE IDENTIFICAÇÃO PROJETIVA.

"Para que 1+1=3, o sinal de mais precisa não só ser sexualizado mas também significar "intercurso sexual com intento de gerar crianças em condições adequadas entre pessoas adequadas".

Bion (Cogitations, pág. 145)

Como vimos são vários os indícios de que a função sexual fornece o modelo para abstração dos vínculos básicos, os quais, por sua vez, parecem determinar o tipo de emoção que permeia a função (♀ ♂). Para aprofundarmos esta investigação cremos que o melhor caminho seria nos socorrer da clínica no intuito de detectar os fatores da "emoção sexual". Uma análise cuidadosa nos mostra que todas as nuances desta emoção serão abarcadas pelas vivências de doação, confisco e cooperação. Admitindo-se o vínculo de cooperação como o único que promove crescimento a salvo de culpa, somos obrigados a reconhecer que, por diferentes motivos, os vínculos de doação e confisco confrontam a psique com a necessidade de utilizar identificações projetivas na tentativa de lidar com dor psíquica.

Do ponto de vista da operacionalização do pensar, parece-nos útil diferenciar uma identificação projetiva, que tem a finalidade de expulsar da psique a substância dolorosa deixando-a sem matéria-prima para a função-α, da identificação projetiva, que busca um continente externo para acolher temporariamente esta substância, mantendo-a unida à psique ejetora por uma espécie de filamento que, quando possível, lhe permitirá resgatá-la para produzir os elementos-α.

Influenciado pelo destaque conferido por Melanie Klein à relação com o seio como fonte básica de gratificação e frustração, Bion propõe, reiteradamente, a função alimentar como modelo para o pensar se bem que toda a teorização acerca da configuração ♀ ♂ deixa implícita naturalmente a importância da função sexual neste processo.

Apresentaremos um fragmento clínico no intuito de ilustrar este ponto. Durante o início de sua análise, a pessoa em questão povoou os encontros com problemas ligados à clandestinidade de sua identidade sexual. Focalizaremos uma sessão específica onde ocorreu algo que parece ter representado uma mudança no curso dos acontecimentos analíticos. O analista neste dia atrasara-se uns poucos minutos como ocorria ocasionalmente e, tão logo seu paciente acomoda-se no divã, é surpreendido por uma interpelação incisiva de sua parte acerca do "horário certo de sua sessão". Como fosse tácita sua ciência a respeito do mesmo, tornou-se evidente que a interpelação cumpria alguma outra finalidade. De fato, o que se seguiu foi uma seqüência de queixas a respeito de como o analista procedia em relação aos horários, destacando-se, em resumo, a queixa-acusação de que, juntando-se gradualmente os minutos de atraso, ao cabo de um certo tempo, uma sessão inteira lhe teria sido roubada. Acompanhando esta queixa e, como uma espécie de contraponto necessário à mesma, insistia em afirmar o quanto ele respeitava seus clientes, ilustrando o fato com exemplos e deixando implícito que esperava do analista um tratamento equivalente. Mostrou-se particularmente sensível ao fato de que, mesmo nos dias em que sua sessão era a última do dia de trabalho do analista, este não se dispunha a prolongar os horários para compensar os atrasos "fora do expediente".

Confrontado com sua cobrança "objetiva", o analista lhe propõe uma forma prática de compensar seus prejuízos, ressalvando porém sua convicção de que sua sensação de estar sendo roubado expressava uma vivência emocional bem mais ampla do que àquela restrita à questões de tempo ou dinheiro.

Na sessão seguinte, chega alguns minutos atrasado e logo apressa-se a explicar que, quando saía para vir à sessão notou um cliente lhe esperando que confundira o horário: sentiu-se em dúvida, mas optou em não atendê-lo e vir para a sessão "pois me sinto muito mal de deixar alguém esperando". Mesmo assim revela ter ficado um tanto culpado e lembra-se de um episódio do passado onde recusara um convite de um professor para ajudá-lo, concluindo, em tom perseguido, que nunca mais fora convidado para nada.

Após este comentário, retoma uma queixa recorrente de quão cansativo é ter de locomover-se até às sessões, de como os assuntos estavam escasseando e, principalmente, de como o analista era pouco caloroso consigo. (Vale mencionar aqui que o analisando freqüentemente expressava seus temores de envolver-se sexualmente com o analista: para proteger-se desta ameaça usava a disciplina de não olhar para ele como objeto de desejo). A visão do analista é de que os fatos da sessão em curso representavam uma continuação dos acontecimentos da sessão anterior pois, tanto o episódio do cliente que fora deixado para trás, quanto o episódio com o professor, denotavam sua preocupação com impulsos retaliatórios como aqueles surgidos na cobrança da sessão anterior. A dor psíquica que tornara-se insuportável, induzindo à identificação projetiva no analista, parecia estar ligada à culpa persecutória que lhe invadia ao reconhecer-se "abusando" sexualmente de seus clientes. O abuso referido tinha recebido, ao longo da análise, a denominação compartilhada de "tirar lasquinhas" já que, camuflado por sua profissão que demandava um contato físico com os clientes, o analisando freqüentemente procurava excitá-los sexualmente tendo em vista a obtenção de prazer sexual para si.

Nesta perspectiva, a sensação expressa na sessão anterior de que o analista abusava dele, roubando seu tempo de grão em grão para ao final obter uma vantagem significativa, foi a maneira que encontrara de comunicar o quanto se sentia perseguido de sofrer reações retaliatórias por parte de clientes que se dispusessem a denunciar sua prática tanto de camuflar seus abusos como atividade profissional, quanto de tentar suavizá-los fragmentando-os numa série de "tiradas de lasquinhas"*. O elemento retaliatório ficava corroborado pela menção à vingança do professor, bem como pela suspeita de que o cliente que não fora atendido pudesse não voltar.

De qualquer modo, o modelo implícito na expressão "tirar lasquinhas (ou às vezes também "casquinhas") é de cunho alimentar, ajudando-nos a conjeturar que a angústia que detonara sua interpelação acusatória estava ligada à fantasia de que o analista o rejeitava sexualmente porque, negando-se a atendê-lo "fora do expediente" quando todo mundo já tinha ido embora, neutralizava seus impulsos vorazes de ser o único a receber do analista um alimento extra de cunho sexual. Esta interpretação apoiava-se na menção a vários episódios em que o paciente agendava encontros com clientes com quem pretendia manter contatos sexuais mais transparentes e assumidos do que os conseguidos pelo método das "lasquinhas fora do expediente", onde, com certeza, estariam a sós.

Cremos que este fragmento clínico ilustra bem o quanto a prevalência de impulsos confiscatórios induz a fantasias e/ou comportamentos estupradores no campo sexual ou de pilhagem voraz, no campo alimentar, gerando uma culpa persecutória que, ultrapassando certos limites, impele a personalidade a recorrer à identificação projetiva. No caso em apreço, o processo expulsivo não foi maciço, permitindo a existência do filamento que, nas sessões subsequentes, direcionou o trabalho analítico no aprofundamento das angústias primitivas subjacentes.

---

* Note-se, significativamente, que "lasquinha" é, literalmente, o produto de uma minúscula cisão.

4 - PRÉ-CONCEPÇÕES E FANTASIA INCONSCIENTE: SOBRE A GÊNESE DA SIMBOLIZAÇÃO

O Arco-íris

*Meu coração se sobressalta ao me deparar com um arco-íris no céu:
Era assim no início de minha vida;
É assim agora que já sou adulto;
Assim será quando envelhecer, ou me deixa morrer!
A Criança é pai do Adulto;
Isto me faz ansiar que meus dias se entrelacem através de uma devoção natural.
(The Rainbow, W. Wordsworth)
Tradução livre dos autores*

Bion, ao propor sua teoria sobre a gênese da concepção, o primeiro estágio na evolução das idéias onde já se pode reconhecer um esboço de formalização, descreve este processo como de acasalamento *(matching)* entre a pré-concepção e a realização correspondente. O verbo utilizado, *to match*, traz implícito a utilização do modelo sexual. No caso da pré-concepção permanecer "solteira" estabelece-se uma realização negativa, criando-se a condição, ou para a geração de pensamento, ou para a mera expulsão, ou evacuação do desprazer.

Tem sido bastante discutido na literatura psicanalítica o fato de que as formulações clínico-teóricas de Freud concentraram-se, por diversos motivos, no estabelecimento de uma psicologia do sujeito e de que o papel do objeto na dinâmica da vida psíquica só pôde ser suficientemente explorado após o surgimento da teoria das relações objetais, pressionado pela necessidade de conferir um arcabouço teórico às experiências clínicas de Melanie Klein e colaboradores. A importância disto, para o nosso assunto, é que nesta teoria está explicitado o caráter essencialmente diádico ou, se quisermos empregar um termo mais atual, binário da vida psíquica o quê, evidentemente, nos facilita encontrar a analogia natural entre sexualidade e pensamento.

Considerando-se, por exemplo, o já citado artigo de Melanie Klein sobre a inibição intelectual da criança, vimos que ela equaciona a junção de objetos em sua mente com a fantasia inconsciente de que o coito dos pais é um processo hostil e destrutivo, abstraindo daí a noção de que todo objeto-que-une torna-se ameaçador por evocar uma atividade sexual amedrontadora. Não seria arriscado supor-se que Bion tenha ancorado sua teoria do pensamento neste ponto da teoria kleiniana para, daí, desenvolver suas idéias a respeito dos ataques que a parte psicótica da personalidade desencadeia contra as instâncias vinculadoras, determinando todo tipo de distúrbios do pensamento. Seguindo sua teorização posterior sobre o trabalho-onírico-alfa, poder-se-ia conjeturar que o resultado "epistemológico" do ataque ao vínculo seria a impossibilidade de ideogramatização ou seja, da articulação de um objeto com uma imagem visual que o represente.

Tentaremos demonstrar a aplicação clínica destas idéias focalizando a configuração emocional de uma paciente que sempre apresentou um comportamento caracterizado por extroversão e hiperatividade motora o qual suscitara repreensões na infância por parte do pai e, no casamento, por parte do marido que a acusavam de estar sempre "inventando modas" e fazendo coisas além de suas posses. Durante a análise, o analista foi por diversas vezes acusado de tratá-la com o mesmo espírito repressor.

Poderíamos pensar algo arbitrariamente, que a origem da experiência emocional a ser relatada, aquilo que Bion denominou de O, poderia ser resgatada a partir de uma vivência ocorrida durante uma relação sexual em que o marido sofrera um pneumotórax. Em função deste inesperado episódio, a vida sexual do casal ficou interrompida por alguns meses. Numa sessão, ao relatar uma briga que tivera com o marido porque ele, mais uma vez, reclamara de seus gastos excessivos exigindo inclusive que ela reduzisse suas sessões de análise, conta o quanto ficara assustada com o ódio assassino que ele lhe dirigira, após declarar-se humilhada pela violência de seus comentários. Após este episódio, passa a chamar o marido em tom jocoso de Casarambo (ou seja, produto da fusão de Casanova com Rambo), além de instalar em seu criado-mudo um aparelhinho eletrônico que apitava cada vez que ele se aproximava, como a sugerir um sinal de alerta em relação a sua agressividade. Alguns dias após esta briga, conta ter-se dirigido a ele em tom prescritivo e impositivo, proibindo-lhe de interferir em seus gastos e, além do mais, informando-o que só se disporia a acompanhá-lo no fim de semana se mantivesse o bom humor e melhorasse o desempenho sexual.

Malgrado sua ameaça, alguns dias depois não resiste à pressão de elementos super-egóicos e, tomada de grande angústia, solicita ao analista a redução de uma sessão semanal. No dia seguinte ao da sessão suprimida, informa que mal conseguira dormir à noite devido a uma tensão sexual que a invadira e que parecia encarnada numa dor no pé que se irradiava até à região genital. Na noite seguinte fica preocupada de voltar a sofrer os mesmos sintomas mas, para sua surpresa, não só consegue adormecer como tem um sonho bastante estranho:

Está numa praia acompanhada de sua filhinha e de um filho pequeno (que ela de fato não possui). *O garoto resolve entrar no mar e se afoga o que a deixa muito aflita. Fica desesperada e sai correndo em busca de um salva-vidas: entra num posto mas só encontra uns homens robotizados. Retorna à praia e como a maré baixara, nota um monte de corpos de crianças mortas que antes deviam estar encobertos pela água. Voltando para sua casa percebe um movimento inusitado de pessoas e a presença de um caminhão de entrega de leite, queijo e manteiga.*

    Este material clínico, proveniente de uma personalidade com predomínio da parte não-psicótica da personalidade, ajuda-nos a acompanhar o esforço da paciente no sentido de viabilizar suas pré-concepções de natureza sexual através de sua junção com realizações que permitissem a operacionalização da função-alfa. Ao largo de sua vida estas realizações foram buscadas nos vínculos com o pai, com um irmão que ela observava nu pelo buraco da fechadura, com o marido e, atualmente, também com o analista. Tudo indica que o pai não pôde conter as ansiedades edípicas da filha tendo, provavelmente, contribuído através de sua postura repressora para que sua libido "incompreendida" se espalhasse pelo corpo e pela mente gerando a hiperatividade que estava sempre procurando aquele "algo mais". O marido, por seu turno, parecia sentir-se bastante atraído por ela sexualmente, permitindo assim que uma parte significativa de sua libido encontrasse um continente receptivo e adequado; porém há fortes indícios que, devido a angústias de cunho pessoal, ele se sentia ameaçado de não dar conta da aparente voracidade da mulher, obrigando-o, então, a reeditar a repressão paterna. Do ponto de vista analítico, no entanto, foi sendo possível perceber-se aos poucos que a verdadeira fome da paciente era por significados que pudessem transformar o mar de elementos sensoriais, no qual ela estava submersa, na terra firme de representações emocionais.

    Assim sendo, se retornarmos ao material clínico, poderíamos supor que o filho afogado correspondia à sessão que fora suprimida no intuito de arrefecer sua libido engolfante pela análise. Os corpos das crianças mortas poderiam corresponder ao ideograma representativo de suas relações sexuais estéreis, quer dizer, aos impulsos sexuais não-elaborados e portanto não-pensados que permaneciam encobertos como corpos estranhos pela maré de hiperatividade psico-muscular. O caminhão de leite, evidentemente, evoca a busca do seio-usina-de-pensamentos, encarnando talvez a função-analítica que, após elaborar as angústias nela projetadas, pode devolvê-las beneficiadas sob forma de queijos e manteigas. Finalmente, a imagem do Casarambo sugere a projeção no marido de uma sexualidade hostil que, não encontrando um parceiro a sua altura, como a falência do pneumatórax comprovara, passa a humilhá-lo com ironia. Sentindo-se impotente para moderar sua libido "cognitiva", apela pela implantação de freios super-egóicos à sexualidade masculina como ilustrado pelos salva-vidas robotizados ou pelo alarme eletrônico, no intuito de indiretamente controlar sua sexualidade "voraz".

5 - DEFESAS E RESISTÊNCIAS

> *"Como alguém que numa via solitária*
> *Devesse andar amedrontado e aterrorizado*
> *E tendo uma vez já olhado para trás*
> *Prossegue sem ousar novamente virar a cabeça;*
> *Pois percebe que um demônio amedrontador*
> *Pudesse emergir na esteira de seus passos"*
>
> *(A Balada do Velho Marinheiro, versos 445-50, S.T.Coleridge).*
> *Tradução livre dos autores*

Nesse momento, queremos pôr em relevo a importância da *reversão de perspectiva* enquanto defesa de natureza psicótica na prática clínica. Dentro do teor do presente texto, correlacionamos sua participação como indicador de rigidez mental, denunciadora de bloqueio e esquiva a acesso à ruínas castratóficas, bem como a temores de erupção de caos terrorificamente aniquilados.

A reversão de perspectiva, descrita por Bion em *"Elementos de Psicanálise"* (1963), pode ser, a nosso ver, associada a duas configurações dinâmicas descritas por Bion e Freud, uma vez que estabelecem intersecção com "sexualidade e pensamento" no terreno da clínica psicanalítica:

a) No capítulo V de *"Aprendendo da Experiência"* (1962), Bion aponta, através de refinadas observações, a manutenção de *splitting* forçado na mente do bebê, entre os objetos que proporcionam conforto material (leite, calor, limpeza corporal, etc.) e os objetos que dão conforto psíquico (atenção, compreensão, paciência, amor, etc.). A separação crescente entre os registros dos objetos ligados a essas duas correntes de conforto perturba a essência do ser humano que é psicossomática, podendo entreter insatisfações sexual e amorosa associadas à arrogante e desorientada voracidade por adição insaciável na infindável busca de comodidades materiais num polo ou, em outro extremo, a um angelismo de estupidez ascética, próximo à anorexia mental, com automatismos confusionais, alucinações e delírios (ver as preciosas descrições de Gustave Flaubert em seu clássico livro *"La Tentation de Saint Antoine"*).

Esse *splitting* forçado e paralisante impede a integração e assimilação do "seio psicossomático", objeto pensante desde o início da vida e gera peregrinante penitência e instabilidade interna por medo da inveja, própria ou de outrém. Poderíamos ainda conjeturar as conexões dessa trepidante fissura com a complexidade dos assim chamados distúrbios "psicossomáticos" ou "somatopsicóticos", porém, esse terreno ainda que limítrofe ao tema que estamos investigando, nos levaria a uma notável dispersão.

b) Freqüentemente a reversão de perspectiva é usada como estratégia defensiva em conexão a um outro tipo de *splitting* forçado, que mereceu considerável atenção de Freud em "A tendência universal à degradação da vida amorosa" (1912).

Nesse artigo, Freud faz o seguinte balizamento: há um *splitting* que separa, na vida amorosa, duas direções, personificadas em Arte como amor sagrado e amor profano (ou animal). Essas duas correntes de impulsos instintivos tendem, em razão das interdições e tabus ligados à fantasias de incesto e assassinato edípicos, a não estabelecer confluência entre o objeto dos desejos sexuais (que freqüentemente será degradado e perversamente manipulado) e o objeto dos desejos amorosos (que será psicoticamente idealizado e, assim, tornado inacessível). De um modo um tanto sumário, essa formulação freudiana contém as bases conflitivas que alimentam potência/impotência sexual e amorosa, intrinsecamente associadas às forças *endogâmicas e exogâmicas* da economia narcísica individual e grupal.

Gostaríamos de chamar a atenção do leitor para estabelecer uma ponte de ligação conceitual entre reversão de perspectiva e esses dois tipos de *splitting* recém descritos, com os substratos abordados anteriormente ao estudarmos os tipos de vínculos (parasitário, comensal e simbiótico) no enfrentamento de Mudança Catastrófica.

Essa clivagem contém as ameaças de erupção psicótica confusional e funciona à maneira de uma prótese de separação mecanicista e severamente rígida, qual substituição e compensação às falhas de formação e funcionamento da barreira de contato (sinapse; filtro com elementos-α), que é permeável e vitalizadora da vida intrapsíquica e interpessoal.

Na prevalência comandada por essa clivagem, a vida de fantasias inconscientes tende a ser despojada por abortos e não satisfação, recobrindo-se e reforçando-se de violência onipotente, com expansão em estereotipias, clichês e subterfúgios de clandestinidade (como no primeiro exemplo clínico mencionado).

No funcionamento não-psicótico da (s) personalidade (s), a curiosidade está a serviço do vínculo K (Knowledge = conhecimento) e, na experiência da sessão psicanalítica, é fator emocional básico para a investigação do desconhecido, suporte a partir do qual se dará a aprendizagem da experiência emocional. Assim sendo, "pensamentos" até então não pensáveis, podem passar a ser pensados; essa transformação constitui uma das garantias de qualidade da sanidade mental.

Na prevalência do funcionamento psicótico da (s) personalidade (s), a curiosidade está prisioneira da negativação do vínculo K (-K), entretendo compulsão à repetição, com a qual se amplia o solapamento da sanidade mental, na direção de colapso e degeneração da personalidade.

Em *"Arrogância"* (1957), Bion focaliza uma tríade formada por curiosidade, arrogância e estupidez que sinaliza catástrofe mental.

Supomos que, por extremo desencontro bebê-mãe em razão de distúrbios da capacidade de continência com rêverie materno, somado à forte intolerância à frustração e à dor mental, ocorra varredura precoce da camada de preconcepções, situação básica e repetitiva, equivalente trágico de um desastre ecológico interno, com destruição das reservas mentais e protomentais destinadas a dar modulação suave às passagens dos elementos em trânsito do nível consciente para o inconsciente e vice-versa. Os "sonhos", sem associação livre podem servir como exemplo clínico desse "desastre"; o concretismo, sufocando a vida de imaginação reflexiva, poderia servir como outra ocorrência exemplar.

6 - APREENSÃO PSICANALÍTICA DAS "PRÉMOÇÕES E EMOÇÕES SEXUAIS"

*"O mundo que surge das águas escuras e profundas
Conquistado a partir do infinito vazio e informe"*

*(Paraíso Perdido, John Milton, Livro III)
Tradução livre dos autores*

Ao levarmos em conta a emanação de precursores de emoções na comunicação entre analisando e analista, queremos destacar a importância da capacidade intuitiva e prontidão mental do psicanalista, colocados a serviço de favorecer transformações em pensamento.

É de alto interesse clínico que as captações do analista se dirijam a "prémoções aos impulsos sexuais", em statu nascendi, pois, caso contrário, o analista passará a lidar prevalentemente com as conseqüências das descargas de *acting out*. A primeira gama de fenômenos favorecerá linguagem de comunicação, enquanto que os movimentos de "emoções sexuais" decretarão as complexidades da linguagem de ação e eventuais resgates de conteúdos de realidade psíquica.

Na prática clínica, a dinâmica das assim denominadas transferências "eróticas" se mostra adesivamente relacionada à sexualização e agressivização do vínculo K, disfarces encobridores ao ódio da própria experiência psicanalítica e que podem conduzir a uma "folie-à-deux".

RESUMO

Aludindo a "**Eros, tecelão de Mitos**", os autores introduzem o leitor aos suportes básicos de natureza **mítica, poética e psicanalítica**, de que se utilizam, para sinalizar como as **paixões humanas**, principalmente derivadas da **sexualidade**, solicitam as **funções do pensar**. Essa apresentação inicial guarda analogia com as camadas de um **palimpsesto**.

Visando as **transformações em O** e as emergências de **mudança catastrófica**, estudam-se os vínculos **parasitário, comensal e simbiótico**.

A gradação de êxito ou fracasso no lidar com **frustração e dor psíquica** determinará qualidades e funções diversas da **Identificação Projetiva**. As dinâmicas de **doação, confisco e cooperação** surgem como resultantes.

Através de uma vinheta clínica, ressaltam-se o valor do **trabalho onírico**-α na preservação dos **ideogramas** e **préconcepções** e, em oposição, as distorções de cena primária que se manifestam como **ataques a vínculos**: são fatores essenciais na pesquisa da capacidade de pensar e seus distúrbios.

Enquanto defesas e resistências psicóticas são estudadas, a **reversão de perspectiva**, que mantém *splitting* **paralisante**, é a atividade conjugada do **vínculo (-K)**.

Ao encerrar o texto, mostra-se o valor primordial de **capacidade intuitiva do analista**, na apreensão das **"prémoções"** sexuais, contrastando-a com captações, de natureza das dores evitáveis, das **"emoções"** sexuais.

REFERÊNCIAS BIBLIOGRÁFICAS

1. BION, W. R. (1957). Differentiation of the psychotic from the non psychotic personalities. In *Second Thoughts*. Londres: W. Heinemann, 1967. págs. 43-64

2. ———. (1958). On arrogance. In *Second Thoughts*, Londres: W. Heinemann, 1967. págs. 86-92

3. ———. (1959). Attacks on linking. In *Second Thoughts*, Londres: W. Heinemann, 1967. págs. 93-109.

4. ———. (1962). *Learning from Experience*, Londres: W. Heinemann, 1967. págs.

5. ———. (1963) *Elements of Psycho-Analysis*. Londres: W. Heinemann

6. ———. (1965). *Transformations*. Londres: W. Heinemann.

7. ———. (1966). Catastrophic Change. *In Bull. Brit. Psycho-Anal. Soc..*, 5: 13-24.

8. ———. (1970). *Attention and Interpretation*. Londres: Tavistock.

9. ———. (1975). *A Memoir of the Future:. The Dream*. Rio de Janeiro: Imago. págs. 17-23.

10. ———. (1992). *Cogitations*. Londres: Karnac Books.

11. BRANDÃO, J.S. (1986). *Mitologia Grega*, vol. I. Petrópolis: Ed. Vozes.

12. BRASIL FONTES, J. *Eros, Tecelão de Mitos: A Poesia de Safo de Lesbos*. São Paulo, Ed. Estação Liberdade, 1991.

13. CHEVALIER, J. e GHEERBRANT, A. (1982). *Dictionnaire des Symboles*. Paris: R. Laffont et Jupiter.

14. COLERIDGE, S. T. (1797) *The Rhyme of the Ancient Mariner*. Dover, Ed. Nova York.

15. ELIOTT, T. S. *Seleção*. São Paulo: Hucitec, 1992.

16. FLAUBERT, G. (1874). *La Tentation de Saint Antoine*. Paris: Gallimard, 1990.

17. FREUD, S.   (1905). *Three Essays on the Theory of Sexuality. S.E.* 7

18. ———.   (1912). *On the universal tendency to debasement in the sphere of love. S.E. 11*.

19. KLEIN, M. (1931). A contribution to the theory of intellectual inhibition. In *Love, Guilt and Reparation and other Works*. London: Hogarth Press, 1981. Págs. 236-47.

20. MILTON, J. (1934). *Paradise Lost*. Cambridge: University Press.

21. WORDSWORTH, W. The rainbow. In *The Oxford Book of English Verse: 1850-1980*. Ed. Sir Arthur Quiller-Couch. Oxford: University Press, 1942. pág. 624.

PENSAMENTO E SEXUALIDADE

And I Tiresias have foresuffered all
Enacted on this same divan or bed;
I who have sat by Thebes below the wall
And walked among the lowest of the dead.

The Fire Sermon
The Waste Land - T.S.Eliot

Leopold Nosek*

INTRODUÇÃO

Este trabalho pretende ser minha reflexão inicial para o tema Pensamento e Sexualidade do Simpósio de Bion. É uma versão provisória e necessita desenvolvimentos que poderão surgir a partir desta discussão. Consta de três partes:

I. Na primeira parte, discute a matéria prima a partir da qual surge a psicanálise. Esta, como em outros setores da modernidade, surge de categorias negativas. Surge do desprezado, da destruição, do vazio, da ausência, de materiais não nobres, de imagens cotidianas. Assim, a psicanálise se utiliza da cotidianidade dos atos falhos, retira da magia os sonhos, dedica sua atenção à desprezível histeria. Todavia, enquanto as artes em geral garimpam sucessivamente novas matérias, a psicanálise, talvez devido à sua prática institucional e profissional, sacraliza seu objeto. Considera que a sexualidade se mantenha como conceito marginal. A sexualidade resiste à apropriação pelo sensato e pelo bem comportado. Mantém, portanto, seu caráter irruptivo e fértil, chocando-se permanentemente contra resistências, não permitindo descanso em sua dialética interna.

Considera também que a definição de sexualidade por parte de Freud propõe que os movimentos psíquicos estão situados num modo de ser sexual. Não há estados dessexualizados da mente. Cada gesto, ato ou pensamento está impregnado dos mesmos elementos de um sonho ou sintoma. A psicanálise, a partir de um desvelamento das patologias, torna-se uma psicologia geral. A personalidade tem a mesma organização de um sintoma: contém, portanto, a sexualidade.

---
* Membro Efetivo e Analista Didata da Sociedade Brasileira de Psicanálise de São Paulo.

A dificuldade que surge é o que fazer com a sexualidade inevitável do analista. Isto se reflete sobre a teoria e esta contém o reflexo desta problemática. Este trabalho sugere que há uma oscilação nos conjuntos teóricos entre síntese e disjunção, entre sexualização e dessexualização da teoria. Propõe a definição de conceito de base, que tenderia a manter explícito o caráter sexual e que seria o elemento mínimo de manutenção da especificidade analítica. Assim, como exemplos, temos marca mnêmica, identificação, relação de objeto, elemento alfa, etc.

Propõe também a definição de conceito estrutural. Neste, haveria a síntese de múltiplos aspectos de base, enquanto o olhar sobre o conceito se dessexualizaria. Assim, inconsciente, ego, superego, identificação projetiva, posições esquizoparanóide e depressiva, aparelho de pensar, etc.

Em seus inícios, na própria organização institucional, esta dialética se apresenta. Ao mesmo tempo que há ruptura radical com as teorias dessexualizantes de Adler e Jung, organiza-se o treino oficial, entre outras razões, para controlar o disruptivo da sexualidade presente no analista na prática clínica. Dialética entre o rigor do objeto da nova ciência e a necessidade de aceitação. Lembro que na primeira troca de cartas entre Freud e Jung há discordância expressa quanto ao fator sexual e a tentativa de acomodação em função da aceitação social que a psicanálise acreditava necessitar.

II. Em sua segunda parte, o trabalho parte de Bion.

Considera que o conceito de base em seu caráter sexual adquire caráter minimalista, reduzindo-se a um elemento poético ideogramático : masculino e feminino (♂ e ♀).

Parte da função alfa contendo a introjeção dos elementos continente e contido, de forma que possa surgir o primórdio do onírico, que é o elemento originário do sentido humano (representação).

Este conceito ideogramático masculino-feminino sofre uma atração pré-genital e torna-se assunto da oralidade, do seio e do bebê como metáfora. Como A. Green, considero isto um recurso defensivo. Assim, fica por definir aquilo a que nos referimos quando falamos em genitalidade. Passando pela elaboração de Ferenczi, chego à definição de genitalidade como a projeção de uma subjetividade sobre a outra, que em sua mutualidade retornam a si com novo sentido. Parto das pulsões como conceitos de origem, ontologia psicanalítica que do silêncio da interseção do biológico e do psíquico buscam vida ou morte. Vida ou morte em termos psíquicos, ou seja, a destruição ou construção do sentido e de sua habitação. A genitalidade torna-se a busca do sentido de si mesmo.

Propõe como exercício lúdico, como foi sugerido por Bion, uma grade. Nesta, em seu desenvolvimento vertical se partiria das pulsões, se passaria por elemento beta, alfa, sonhos, concepções (sentido) e elementos poéticos. Cada elemento funcionaria como continente para a construção do seguinte. Na sua horizontal, se partiria também de pulsões e teríamos, a seguir, elementos sexuais básicos: oral, anal, uretral, fálico, genital. Ao se retirar do eixo horizontal a questão de verdade e mentira, se modificaria a posição relativa do analista tendente a ser autoridade ou epistemólogo, e se definiria que sua posição como analista é efêmera, sendo a neutralidade alcançada nos breves momentos após a construção do genital na sessão analítica. A neutralidade seria o descanso no sentido alcançado.

Finaliza, propondo que o psíquico fique melhor revelado por uma poética e que a grade permaneça apenas como exercício.

III. Apresento neste item exemplos clínicos que possam talvez ser lidos como ponto inicial deste trabalho.

PARTE I :

A. A psicanálise nasce na modernidade e tem como companhia o pensamento de sua época. Impregna-se da cultura e é influenciada pela mesma. Dialéticamente, ao se diferenciar como área própria, ela retorna, influindo sobre toda a cultura.

A partir dessa afirmativa, tomo como ponto de referência o clássico livro de Hugo Friedrich, "A Estrutura da Lírica Moderna". Ao considerar Baudelaire como marco inicial da modernidade na lírica, o autor explica a razão dessa escolha, mostrando como em "As Flores do Mal", a matéria prima de sua poética surge de categorias negativas; imagens desprezadas pelo senso comum e pelo consagrado, fragmentos, aspectos do urbano, a anormalidade - enfim - tudo o que seria normalmente abandonado e desqualificado como contendo força poética. Ao mesmo tempo, fixa a pretensão extrema pela disciplina e pelo rigor, e a inclusão, no corpo da poesia, de sua própria reflexão.

Já em T.S. Eliot, de quem cito fragmento de "The Fire Sermon", poema componente de "The Waste Land", chega-se, por exemplo, ao uso de partes de poemas de autores clássicos em associação com imagens contemporâneas. O trecho acima é uma reordenação do trecho de Ovídio no poema, em meio a um acontecimento amoroso sem grandeza.

A analogia que pretendo firmar aqui situa-se no ato mesmo do nascimento da psicanálise. Ou seja: sua origem, a partir do desprezado pela ciência e filosofia de sua época, sua marginalidade em relação à medicina. Deste "lixo", Freud garimpa, como matéria-prima, atos falhos, sonhos. Retira-os do cotidiano e da magia, e sobre eles lança sua reflexão. A desprezível histeria coloca-se como área de interêsse. Como consequência, escândalo e desagrado afloram na reação do senso comum estabelecido.

O comportado judeu de Viena desfigura, ou melhor, refigura sua época.

Tem como antecedente Mallarmé, adaptado personagem que radicaliza a marginalidade totalmente configurada por Rimbaud.

Rimbaud viveu apenas 37 anos e sua produção se fez num período de quatro anos correspondendo ao final da sua adolescência. Revolucionou a linguagem e a estrutura própria da lírica. A isto, se seguiu uma vida aventureira pela Ásia e África, e um completo silêncio literário. Já Mallarmé, teve sua via revolucionária percorrida em trajeto vital de um burguês normal.

Obviamente, o radicalismo e a marginalidade são necessários apenas no método e na definição do objeto de interêsse.

A lírica, assim como as artes plásticas e toda a arte em geral, prosseguem. Buscam necessariamente novo LIXO: pedaços de jornal, matérias marginais, despedaçamento da figura, explosão da integridade da cor, ruptura da tonalidade, etc. Assim, caminham para cumprir sua função reveladora e criadora de realidades, necessitando permanentemente da construção de novas metáforas. A arte precisa, ao criar a centelha do novo, da presença do inesperado. A própria palavra precisa de novas ligações para que mantenha sua potência. A destituição tem sua presença assegurada com tanto direito como a construção.

Lembro, neste momento, a exposição de 1937 em Berlim sobre Arte Degenerada, mostrando em seu obscurantismo um faro certeiro: seu ataque se dirige sobre a essência mesmo da contemporaneidade. Ataca a feiúra e o inusitado na arte moderna. Multidões a comemoram.

Nesta ocasião o Reich confrontou sua estética de beleza com a "deformação" da modernidade. Comparou retratos como os de Modigliani com moléstias degenerativas. Mostrou a deformação da arte de judeus, bolcheviques e toda sorte de marginais. Nesta exposição execrada e organizada pelos ideólogos oficiais, estiveram expostos, entre outros, Paul Klee, Max Ernst, Marc Chagall, Otto Dix, George Grosz, W. Kandinsky.

Essa exposição foi reconstruída em 1991 no Los Angeles County Museum of Art sob o título: "Degenerate Art - The Fate of the Avant Garde in Nazi Germany". Mais uma vez, observamos o paralelismo da psicanálise e da cultura.

Na arte a repetição é anti-ética. Novas matérias primas devem ser buscadas para que a presença perceptiva se mantenha. Nesse aspecto, há uma analogia com a psicanálise, à medida em que novas metáforas, novas linguagens são necessárias para que a humanidade capturada pela nova ciência encontre expressão.

Sonhos, atos falhos, sintomas, por outro lado, há muito abandonaram seu lugar desprezado. Estão devidamente sacralizados, e são comemorados periodicamente.

As instituições tendem a ser academias de manutenção e reprodução. Adaptamo-nos ao seguro e ao consagrado. Onde a inquietação e o risco? Selecionamos nossos candidatos pela coragem? Onde a liberdade da associação livre? Qual o seu significado atualizado? Qual seria nossa matéria prima: o atual "Lixo"? Onde o encontramos? Com tanta produção na estética e na crítica, até quando repetiremos a idéia da capacidade negativa de Keats? Não deveríamos tentar a ousadia de Eliot e recompor os trechos clássicos em novas associações, ao invés de depurá-los e procurar sua acepção correta?

Dentre os conceitos que fundaram a psicanálise, talvez o que permaneça mantendo sua marginalidade seja o da sexualidade. Personalidades tão diversas como A. Green ou H. Etchegoyen apontam para a mesma visão: a da marginalidade da conceituação da psicosexualidade em nossa prática e teorização atuais.

A sexualidade continua tendencialmente relegada ao comportamento sexual, seja no adulto, seja em suas formas de comportamento infantil. Além de ser uma compreensão incorreta, possui uma raiz definida: o medo. Após este equívoco, explica-se todo esforço de mantê-la excluída de participação na clínica psicanalítica. Daí as idéias, seja na direção do "suficientemente analisado", seja na da neutralidade analítica, ou ainda na da busca da fala correta. Daí a eterna busca da eficácia terapêutica da interpretação mutativa. Obviamente, o sujeito da interpretação não é questionado.

A originalidade freudiana está em situar a origem da sexualidade na intersecção do somático e do psíquico. A ontologia psicanalítica está na teoria das pulsões, este território nebuloso onde de um lado já não está mais o cio, e, de outro lado, a representação ainda não se fez. Área de silêncio, surge da radicalidade da necessidade do corpo e seu futuro domínio pela cultura. Esta seria o espaço da origem da psicosexualidade. Deste espaço se organiza o psiquismo, área da cultura individual, ruptura com a natureza. Assim, não há, nesta configuração, ato humano ou pensamento carente de raiz sexual.

Quero frisar que estou longe da idéia de sublimação. O próprio comportamento sexual, para se realizar, necessita organização complexa. Sem a cultura, ou seja, a organização psíquica, não surge o prazer, surge, sim, o caos. Mas esta reflexão não lidará com sexualidade em seu uso pelo senso comum.

O próprio título desta reflexão cria uma dicotomia imprópria, como se tivéssemos de um lado a psicosexualidade e do outro o pensamento, ambos se opondo e se excluindo. Pretendo me estender nesta questão no capítulo II.

Questões surgem: é possível alguma fala analítica, ou, mais amplamente, qualquer interação analítica carente de sexualidade? Pode haver alguma fala neutra? Até os computadores possuem vozes femininas ou masculinas. Nossa fala "suavemente acolhedora" não contém uma proposta? Não estaríamos dizendo implicitamente que a oralidade é sexualidade permitida? Há, na própria teorização, uma pulsação tendencial entre o sexual e o não sexual ?

Além disso, pode-se considerar que, mesmo ao nível da teoria, a sexualidade do autor se manifesta. Podemos escrever sem que nos mostremos ? Não há aí um susto ? Não nos assombra esta exposição para um interlocutor desconhecido?

Assim, num exemplo bem conhecido, toda teorização freudiana sobre sexualidade feminina é questionável. A idéia do "continente obscuro", a visão dos genitais femininos que assustam, a "não visibilidade dos genitais femininos", a definição do feminino a partir da ausência do masculino, etc. Quanto já se interpretou os sonhos que se apresentam na obra de Freud ? Quanto já se falou de seus casos clínicos? Não sofrem os impasses teóricos impedimentos próprios de cada autor?

Por outro lado, com Umberto Eco aprendemos acerca da recriação do texto a partir de cada leitor ou de cada esfera de leitura. Não se manifesta também a sexualidade de cada leitor em cada leitura?

Obviamente, não cabem as reflexões interpretativas, tão em voga em épocas passadas, de explicação do texto por psicobiografias. O texto tem direito próprio, e abordarmos as características do autor se revela impróprio na medida em que, para a concepção analítica, necessitamos da situação analítica : o intercâmbio de duas subjetividades.

B. Passo agora a considerar a hipótese de haver uma dinâmica quanto à presença ou não, do conceito de sexualidade nos conjuntos teóricos.

Há num conjunto teórico o que se poderia chamar de *conceito estrutural* e de *conceito de base*. Chamarei de conceito de base aquele elemento último que, por decomposição de um conjunto estrutural, mantém a especificidade analítica e permite a caracterização do ato clínico. Chamarei de conceito estrutural o conceito com maior nível de abstração, e que contém em sua unidade uma multiplicidade de conceitos particulares.

Um conceito estrutural essencial na primeira tópica freudiana seria o de inconsciente. O conceito de base seria marca mnêmica.

Marca mnêmica é o resultado de uma experiência de satisfação que busca se reapresentar sempre que uma frustração se apresenta. É caracteristicamente um elemento psíquico e primário, que faz a ponte entre necessidade e desejo, natureza e cultura, o cio e a sexualidade.

Na primeira tópica, o conceito de marca mnêmica é como o tijolo com o qual se constrói o aparelho psíquico. Na sua articulação com o desejo é a base do ato clínico. Não nos esqueçamos de que o neurótico sofre de reminiscências. Assim, a marca mnêmica é a resultante de uma relação humana, contém em sua raiz a sexualidade em seu plano somático, mas se torna psíquica ao se fazer representação e torna-se psicosexual ao se tornar desejo. Por seu pulsar, a representação opõe-se à experiência atual. Por outro lado, por sua projeção, colore toda a externalidade, atribuindo-lhe cor humana.

A partir desta primeira definição, outras se desdobram necessariamente: princípio do prazer, princípio da realidade, sexualidade infantil, Édipo, repressão, etc. Mas, frisemos mais uma vez, todos contêm em sua base a idéia de marca mnêmica.

Impossível deixar de notar que, neste momento teórico, tem destaque especial o conceito de psicosexualidade. Ato psíquico por excelência, configura humanidade. Possui a base física como pressuposto sobre o qual se assenta. Obriga à definição de pulsões que são áreas de silêncio, conceitos abstratos, os quais darão conta de idéias, de origens e de direções tendenciais.

Porém, como já disse, a sexualidade, em seu atuar, cria oposição também como conceito. Assim, vemos por um lado, o aprofundamento de questões como a busca do prazer na autodestruição e, por outro, as novas irrupções que se infiltram em tão insuportável percepção. Junto à crescente construção de conceituação estrutural, chegamos à segunda tópica.

Agora, o conceito de base é a *identificação*. Neste ponto, a marca mnêmica torna-se mais explícitamente a marca de uma relação. A nostalgia desta relação mais uma vez estrutura o que é o psiquismo. O luto é o seu modelo : "Ego é o precipitado de catexias objetais abandonadas", e Superego é uma diferenciação desta instância. Id é a matriz de onde estas instâncias se separam. Na dinâmica conceitual, há um incremento de tensão entre conceito de base e conceitos estruturais que, pela sua distância, tendem a se separar. Assim, neste conjunto teórico, é fácil perceber uma tendência da estrutura a se separar da sexualidade. Apesar de, em Freud, na sequência do texto *O Ego e o Id*, termos um conjunto de trabalhos abordando o Édipo, há historicamente uma encruzilhada onde se encontra aberto o caminho para que se desfoque a sexualidade. Assim ocorre em diversas correntes teóricas : começamos a ouvir questões acerca de ego livre de conflito, estágios pré-sexuais, estágios não integrativos, momentos não transferenciais na clínica, etc.

Na sequência, tomando o que considero também parte da evolução teórica em nosso meio, temos o sistema kleiniano. Neste, o conceito de base seria o de relações objetais.

Em sua primeira manifestação, a partir da análise de crianças, radicaliza-se a apreensão sob o vértice das identificações e da pulsão da morte. A psique, submetida à atração de sua destruição, parte-se e impregna o mundo, matizando as relações que por sua internalização a constituem.

A escrita kleiniana utiliza períodos longos, onde os extensos parágrafos tentam dar a descrição das múltiplas formas da sexualidade, agindo simultaneamente em interação e contradição. Seu estilo é cru, suas figurações estilhaçadas e provocam a repulsa.

A rigor, revigoram a repulsa, e podemos dizer que há na radicalidade do primeiro sistema kleiniano, como na modernidade, uma renovação do Lixo, matéria prima da representação do novo.

A partir da dinâmica entre externalizações e internalizações, dá-se a constituição do aparelho psíquico, simultânea à possibilidade do pensar. A apropriação do mundo interno liberta o mundo externo de sua coerção (projeção do instinto de morte), permitindo, assim, esta apropriação.

Melanie Klein, neste momento, não se preocupa com uma visão generalizante. Há uma espécie de entusiasmo com a fertilidade do conceito base de relações objetais internas, herdeiro do conceito de Identificação. Nessa herança, permanecem as relações objetais impregnadas da concepção da sexualidade. É sabida a repugnância que as primeiras descrições kleinianas produzem.

Se a hipótese que formulo tem razão de ser, o próximo movimento será dessexualizante. Isto se faz por duas tendências : a primeira, pela criação de uma escola onde a repetição é a regra. Por sua ação, impedir-se-ia o sopro vivificante de novas metáforas, que dariam conta da mobilidade e poética intrínsecas à descrição da conflitiva e evanescente sexualidade. A segunda tendência dessexualizante dar-se-ia por agrupamento dos movimentos sexuais em estruturas, originando descrições centradas no movimento do pensar e da organização psíquica.

É o tempo das posições esquizoparanóide e depressiva, e da forma complexa e abstrata da sexualidade, na sua definição de Identificação projetiva. Há uma atração para a "normalidade" da posição depressiva, talvez eco do problemático conceito de sublimação em Freud.

Desses movimentos do pensar parte Bion. Modos de pensar neurótico e psicótico. Eis uma primeira correção de rumo. Alternância das posições ao invés do progresso no interior delas. A proposta da coexistência das formas sexuais no primeiro sistema kleiniano dará lugar à idéia de fases novamente implícitas na definição de normalidade da posição depressiva.

Voltando a Bion, nesta primeira correção há uma poética de ideograma: a introdução de flexas de duplo sentido. Mas, teremos aí uma poética ideogramática, ou uma busca de cientificidade? Penso que, neste momento, trata-se da notação que busca a matemática, a ciência.

O que seria conceito base nesta evolução? O autor, na forma de uma poética da abstração, buscando novas matérias de representação, traz os conceitos de elementos e função alfa, onde o pensamento é o elemento básico.

Retorna-se à primeira tópica freudiana, ao conceito fundador da psicanálise, o sonho e o sonhar. A partir deste, formula a hierarquia do pensar, que vai de elementos beta até conceitos complexos, e que constituirão o aparelho de pensar como conceito estrutural.

Surge a Grade, e todo este conjunto conceitual leva a uma técnica específica. Novas equações surgem em sua obra, e podemos nos perguntar se esta nova abstração é dessexualizante. De certa forma, sim, como tendência, mas, implicitamente, a sexualidade se impõe. De início, através do aprofundamento do uso do conceito de identificação projetiva, e a seguir, pela formulação de reverie e continente/contido.

Nessa poética econômica e emblemática, explicitam-se apenas os símbolos masculino e feminino (♂ ♀). Poética abstrata ou descorporização? Abstração cientifizante ou susto? Seria Bion um valoroso soldado, mais corajoso na guerra que no assombro da sexualidade?

Não é pergunta estranha, pois autores não são feitos de matéria diversa dos leitores, e basta observarmos nossa prática clínica, nossas corporações, nossas instituições, para verificarmos que os movimentos de agressão são mais facilmente abordados que os movimentos de junção amorosa.

De qualquer forma, a relação masculino e feminino ocupa um lugar modesto no texto de Bion. Outra peculiaridade, já que é difícil permanecer com o conceito do sexual em cena e ao mesmo tempo impossível deixar de abordá-lo, é a estranha migração de masculino e feminino, continente/contido, para a área do bebê e do seio.

Teria a sexualidade pré-genital, por uma estranha operação mental, passado de conceito conflitivo para um conceito defensivo? Não seria a genitalidade ainda mais assustadora? Recomendo o excelente artigo de A. Green: "Has sexuality anything to do with psychoanalysis?", onde esta visão é bastante discutida.

Não teriam estes dois sistemas - freudiano e kleiniano - sofrido uma atração defensiva para o fálico e para a oralidade? A polarização para o seio e para o pênis não traria o ocultamento de outras anatomias?

O óbvio a nível anatômico e a nível de toda poética da humanidade não seria o eixo do conflito psíquico? Se isto é verdadeiro, estaremos então de volta ao eixo de nossa definição de disciplina: o Édipo. Geração, Nascimento e Morte.

Em nosso meio, a idéia da associação masculino-feminino, necessária para a formação de uma concepção, tem sido associada a uma formulação ligando o insuportável (situado a nível de um bebê) e portanto projetado, ao acolhimento feminino (situado a nível da mãe). O modelo é alimentar, onde a digestão é o modelo de elaboração. Onde a projeção é o acolhimento genital? Tais fenômenos (continente-contido) se passam apenas na área do primitivo?

Voltamos à discussão da época de Freud, que propôs que a percepção dos genitais femininos é uma percepção tardia. Analistas que o seguiram, como Jones, M. Klein e outros, discordaram e propuseram que havia como que a pré-concepção do genital feminino.

Pouco depois, Ferenczi em seu livro Talassa, apontava, na teorização das fases sexuais na psicanálise, a ausência de uma teoria da genitalidade e sustentava a necessidade de se definir tal teoria. Sua reflexão tende ao comportamento genital e sobre este assenta a projeção de funções orais, anais e uretrais. Estuda neste ponto a frigidez, ejaculação precoce, impotência. Estuda os mesmos mecanismos na fala, abordando bloqueios, gagueira,etc. Percebe-se, assim, a permanência de uma visão insuficiente, na medida de sua ligação com comportamentos e, por outro lado, vislumbra-se a mesma instância sexual em outras áreas de comportamento. Outra insuficiência, agora na forma psíquica de abordar a sexualidade, está em sua definição de que a genitalidade busca o sentimento oceânico (talassa em grego significa mar). O que se buscaria através da genitalidade é a perda de limites, o estado de fusão, a volta ao útero. Não seria esta visão mais propriamente uma deflexão da oralidade sobre a genitalidade?

Não teríamos aí a visão de um apaixonado Ferenczi? O momento orgástico não seria apenas um momento particular da genitalidade?

Se existe esta oscilação entre o conceito de base mais perto da conceituação do sexual e o conceito estrutural mais abstrato e distante da metáfora sexual, não estaríamos necessitando deste retorno ao originário? Não é o momento de retornarmos ao psicosexual?

Neste momento, como definiríamos a genitalidade?

PARTE II:

"Les amoureux fervents et les savants austres
Aiment également dans leur mûre saison."
Les Chats
Les Fleurs du Mal - Charles Baudelaire

Início recordando o óbvio, como faz A. Green:

O que Freud nos revela é a psicosexualidade. Neste território é que buscaremos a definição da genitalidade. Apesar de, em muitos momentos, Freud tecer teorias explicativas sobre os comportamentos sexuais, a ruptura e a revelação de sua descoberta estão na definição de movimentos mentais impregnados de sexualidade. Na sua radicalidade, define que não há movimento psíquico desligado de direção sexual. Lembremos que Freud, a partir da definição da estrutura dos sonhos, define a estrutura dos sintomas. A partir de um modelo psicopatológico, conclui a seguir que a mesma estrutura preside a construção do conjunto de psiquismo, estrutura que se organiza a partir de uma síntese de conflitos que são regidos pela sexualidade. Do estudo da patologia chega à definição de uma psicologia própria. Isto torna-se matéria explosiva na medida em que temos imediatamente o problema colocado da sexualidade do analista. Como incluí-la no encontro analítico?

Este é o tempo da ruptura com as teorias dessexualizantes de Adler e com a teoria de uma energia psíquica única por parte de Jung. É o tempo das estruturas de treino analítico para proteção da atuação dos analistas; é o tempo da organização do Instituto de Berlim, das teorias da abstinência deformadas pelo seu equacionamento com ausência do analista. É o tempo também da teoria do espelho e da neutralidade. Mas, voltemos a nosso propósito de rever a genitalidade.

No primeiro sistema kleiniano, está formulado que a genitalidade existe desde o início, com as outras fases. Mas do que se trata? Podemos entender as fases da sexualidade como modos de ser. Formas do ser que a partir do corpóreo, do silêncio de sua origem pulsional, tornam-se ações, e, por seu domínio através de representações, tornam-se modos de ser. São formas das paixões, formas de relações e formas primeiras de ser e compreender o mundo. Desta maneira entendemos a busca de fusão da oralidade, o controle ou a busca de alívio da analidade, a supremacia do poder da ação fálica, etc.

Mas o que seria genitalidade, como se poderia definir a fertilidade da relação continente-contido, masculino-feminino, ♂ ♀?

Já vimos a tendência de leitura onde o continente mãe digere o indigerível para a criança e devolve-lhe o conteúdo de forma que esta possa absorver o insuportável. O modelo é o da identificação projetiva: complexo mecanismo constituído de analidade expulsiva, que, por onipotência do pensamento, acredita poder expelir o que incomoda, analidade retentiva que mantém o objeto na posição necessária, e a oralidade que realiza a reincorporação. Do objeto continente não se costuma ver o desejo de conter. De qualquer forma, no modelo "seio" ou "mãe" que contém, ao invés de desejo, costuma pensar-se em "bondade". Isto, no meu entender, configura uma licença de um desejo santificado, na medida que esta é a sexualidade possível à Virgem. O prazer e a grandiosidade desta posição ficam escamoteadas. É a paixão oral em exercício sem necessidade de justificativa ou explicitação. Sua grandeza é corolário de insegurança e é assim a posição buscada pelo analista iniciante. Onde se encontra a impossibilidade do fazer analítico, aparece o disfarce defensivo da bondade, nada mais que um trajeto regressivo. No fazer analítico, a bondade não revelada é antiética.

Assim, não podemos deixar de considerar o risco na definição do papel continente do analista. Deve-se questionar também a desconsideração do aspecto do analisado como continente do analista. Podemos pensar, um pouco como caricatura, o analista penetrante, com sua interferência, buscando reasseguramento de potência própria. Uma relação de poder, de paixão fálica e componentes sadomasoquistas em ação.

Bion propôs uma grade, e, ao fazê-lo, propôs que cada um pudesse definir a sua. Este aspecto é intrínseco à sua teorização, à busca de novas palavras e à redefinição de velhas palavras em novos conjuntos. A leitura de seu texto permite múltiplas releituras como texto que suscita associações. Tem, portanto, uma qualidade poética peculiar. Sua proposta é uma total oposição a que se o tome como paradigmático. Se tomarmos seu conceito como um projeto de depuração e de definição, este projeto redundaria na redução da complexidade de uma obra com autoria, em manual de uso despersonalizado.

Por outro lado, cito apenas como exemplo A. Ferro, que nos fala de um trabalho de alfabetização das emoções, onde há o recurso criativo do uso dos termos, e onde uma nova associação se faz.

Retornemos à grade. Sabemos que temos em seu eixo vertical uma hierarquia das representações que se iniciam pelos elementos beta e vão até a complexidade de formulações teóricas de grande abstração.

Temos no eixo horizontal possibilidades quanto ao uso. Consideremos também que a grade é um instrumento clínico, ou melhor, de exercício clínico.

Vou manter a idéia de que é de grande utilidade o uso nas categorias verticais destas passagens de variação da qualidade representativa.

O início por elementos beta, que praticamente não têm valor representativo propriamente dito, aparece em ações. Podemos pensá-los como primeiro salto a partir da face oculta e silenciosa das pulsões.

Como uso clínico, essa categorização das representações chega à concepção. Vemos isto com facilidade na experiência clínica. Além disso, existe uma outra questão referente ao eixo horizontal: a de uma lente que define verdade e mentira, o que, implicitamente coloca o analista numa inevitável posição de poder e crítica. Isto para não falar do desenvolvimento de uma epistemologia que o analista prático está longe de desenvolver. Gera-se, então, o que se pode chamar de uma arrogância ingênua. Do ponto de vista sexual, de um falicismo analítico. Uma ação fálica rigidificada, sem maleabilidade para a multiplicidade de posições sexuais propostas numa relação. Nossa formação deveria permitir não somente uma sexualidade, como também um polimorfismo.

Como proposta lúdica e também como exercício, podemos propor outra grade. Aliás, esta é uma sugestão de Bion: que cada analista possa construir a sua grade. Assim, teríamos no eixo vertical o início a partir do território das pulsões, limite do biológico e do psíquico, e a seguir, a cadeia mesma proposta por Bion até a concepção, que poderia ser também chamada de sentido. A mudança estaria no eixo horizontal : não mais funções abstratas ou questões de verdade ou mentira. Colocaríamos então, também no início, as pulsões como ponto de partida, e a seguir, as diferentes posições sexuais que propus que fossem vistas como modos de ser. Não mais identificação projetiva, mas seu estilhaçamento nos componentes sexuais básicos. Seguiríamos assim pelo eixo horizontal até a genitalidade.

Mas temos aí um problema. Se os modos de ser pré-genitais contam com abundantes definições e descrições, há que se redefinir genitalidade para o propósito deste trabalho. Também há que considerar que não há modo de ser sexual sem interlocutor. Assim, a unidade é o par, como já nos disse Bion. Cada elemento do eixo horizontal se constituiria do par masculino-feminino em suas diversas configurações (oral, anal, fálico, uretral, etc., até a genitalidade). Estes pares sofreriam disjunções nos pontos de desencontro analítico.

Se recusamos a definição de Ferenczi da busca fusional, e se outras definições da genitalidade resvalam para o comportamento, temos que buscar sua definição psicosexual. Também não posso deixar de lado o que está classicamente mostrado, que o comportamento genital é a síntese de tendências sob a primazia do genital. É neste aspecto de primazia que vou-me deter.

Vou definir masculino-feminino, continente-contido em seu aspecto genital como o movimento de uma subjetividade lançando-se sobre outra, perdendo nesta movimentação sua identidade, tornando-se fundida à outra e retornando à si, prenhe de significado. Nesse movimento, a urgência da aquisição de sentido, (que é a própria vida psíquica) se mistura com a urgência ou desejo de doação de sentido. Considerem-se os riscos de investimento libidinal, o medo de perder-se de si, do não retorno, etc.

Neste movimento de subjetividades, estão presentes o intercâmbio de papéis e a bissexualidade tal como definida por Freud. É bastante sugestiva a imagem de que em cada relação estão presentes no mínimo quatro participantes. Sendo assim, pulsões poderiam ser entendidas como tendências básicas: pulsão de vida, tendência à junção, e, neste movimento, criação de vida psíquica, criação das representações. A construção das representações psíquicas como criadora de vida mental provoca angústia e, sob a égide da pulsão de morte, aparece movimento de disjunção, de destruição ou de não construção de sentido, portanto presidindo a não construção de vida, a morte da alma. Frise-se então, a distância que estamos ao falar também de vida e morte como acontecimentos corpóreos. Essas descrições corporificadas só podem ser entendidas como imagens metafóricas.

De qualquer forma, a subjetividade, em seu intercâmbio na genitalidade, retorna a si, produzindo-se um novo sentido que independe, ou mesmo, que rearticula a subjetividade, renovando sua autovisão e seu amor próprio. Se psicanálise é busca de sentido, ampliação de humanidade, a doença estaria, em termos de grade, em permanecer na concretude da ação sexual, ou permanecer longe da possibilidade de interação fértil da genitalidade.

Vemos assim que, nesta proposta de grade, tanto o eixo das representações como o das interações psicosexuais têm inicio no mesmo território, o continente das pulsões. Obviamente, um eixo de ordenadas e absissas é insuficiente para metaforizar a alma, mas não nos esqueçamos que o presente trabalho é uma tentativa incipiente de organizar questões complexas e abstratas.

Tentamos, portanto, uma concretização clínica. Quando duas subjetividades se põem em contato, imediatamente um "precipitado de catexias objetais abandonadas" entra em suspensão. Estamos em crise, a turbulência (para usar um termo de Bion) se impõe. Ambas estão em susto e se espera que o do analista seja menor, mas isto não é regra. Vemos analisandos aguardando pacientemente, sem se darem conta, que o analista adquira condições para trafegar pelos caminhos nos quais necessitam companhia. Vemos ainda pacientes ajudando os analistas a adquirirem essa condição (ver artigo de Harold F. Searles - The Patient as Therapist to his Analyst). Aqui a ação está proibida. Também os rituais sociais estão abolidos. A visualidade está tão reduzida quanto a movimentação. Se realmente a urgência é maior no analisando, pois o que o conduziu àquela situação é o impasse e suas questões são de vida e morte psíquica, algo começa a se impor. As identificações se apresentam, marcas de relações, marcas de paixões. Mas, quais delas? As que estão mais perto da morte ou as que protegem seu aparecimento? Do ponto de vista das pulsões, serão aquelas mais carentes de representação, ou seja, as mais submetidas à pulsão de morte. Por não serem capturadas por uma representação, carecem de limites e se impõem como ação. Como ver esta ação sem motricidade? Sabemos que são ações sexuais. Como vê-las e com qual instrumento? Estamos usando palavras, mas estas não capturam o acontecimento. Assim, a interação analítica não é literária. Sugiro um modelo sem status: o gibi. Quando ambos, o paciente e o analista falam, estamos diante dos espaços em branco que contêm a fala. Temos que fazer uma deflexão e olhar a figuração. A rigor, nos últimos anos tem havido um reconhecimento dos cartoons e uma valorização do desenho. Nesta figuração é que está a ação sem representação. Por não ter limites representativos, se espalha pelo acontecer da sessão. Aí está a experiência beta esperando encontrar uma outra experiência que a conduza a habitar a vida psíquica. A experiência buscada é a da procura e encontro do sentido, o encontro da subjetividade que lhe atribua consequentemente limites conceituais.

Não podemos conceber experiência analítica sem ao menos tocar nos primórdios de genitalidade. Obviamente essa é uma concepção muito particular, pois ao se realizar, não fixar-se-á no consciente, mas por seu caminho através do elemento alfa, sonho, etc., fixar-se-á no limite entre consciente e inconsciente. Não será um conteúdo do psiquismo apenas, mas será também criador de sua arquitetura (estamos lidando com a definição de barreira de contato). Será necessariamente uma concepção poética - um sentido.

Por que então a primazia da genitalidade será dada pelo fato de que, por sua ação, ela pode dar sentido às fases outras da sexualidade. A grade neste momento morde o próprio rabo, pois sexualidade e sentido se unem. O sentido deve dar conta da sexualidade genital, a qual por sua vez formará o sentido do pré-genital.

Atingido o sentido, é hora de acender um cigarro. A subjetividade retorna a si mesma e há um descanso. É o ponto da neutralidade analítica.

Há momentos em que, o sentido é de tal ordem que este se torna gestável e deságua numa percepção que será desenvolvida por toda uma vida. Quantos filhos se geram numa análise ? E depois de seu surgimento é por vezes preciso uma existência para desenvolvê-los.

É hora de repensar a utilização da grade, pois a vida não resiste à captura, principalmente por uma grade. É necessário que esta se desfaça em poesia. Otávio Paz conta-nos que todos os povos produziram poesia. Alguns tiveram tragédias, outros epopéias, outros, ainda, romances, mas todos eles, sem exceção, produziram sua lírica. Pela poesia um povo plasma seu passado no presente, de tal forma, que este aponta para o futuro. Somente a poesia tem este poder.

É este elemento que buscamos em análise, e este se produz em pares.

Assim sendo, a dicotomia pensamento e sexualidade se desfaz, e pensar é como uma sexualidade interna agindo em "continente-contido". Requer de reapresentação no exterior para que, fertilizada pela exterioridade, retorne, incluindo em si um novo sentido, ou gerando um sentido que a ultrapasse.

PARTE III:

Vejamos alguns exemplos clínicos:

A. Paciente masculino de meia idade fala seguidamente de seu casamento. Descreve sua mulher como pessoa de comportamentos difíceis, que continuamente reclama, perseguindo-o com exigências insistentes. Quando procuro investigar seu papel ou algo mais acerca do assunto, encontro-o impermeável. É homem inteligente e bastante culto e está interessado em sua análise e, sendo assim, por que esta repetição e esterilidade? Esta situação permanece no decurso de múltiplas sessões.

Pergunto-me então, enquanto fala, qual a figuração? O que estas falas veiculam de proposta relacional? Do meu ponto de vista, como disse, encontro-o impermeável. Não é abordável, seja a uma penetração fértil, seja a uma penetração que o alimente. Obviamente o modo de ver oral e genital do analista não são requisitados.

Segue em sua fala e a descrição que faz de sua esposa se torna mais desagradável. Conta-me de falas anti-semitas dela e fala da análise junguiana com evidentes tinturas de desprezo pela conduta da analista dela. Começa a configurar-se em mim uma conversa de companheiros de bar. Apresenta-se como racionalista e, portanto, freudiano e homem da cultura, portanto cosmopolita como eu. Torna-se evidente a proposta de aliança. Resumindo, digo a ele com certa entoação de bêbado: "Deixa comigo, vamos lá e damos um pau nas duas!"

Ri, surpreendido, e o clima muda.

Na minha fala encontra acolhida e na ironia contida uma possibilidade de reflexão. A figuração torna-se mais clara, companheiros de bar em cumplicidade que exclui as mulheres. Uma aliança reasseguradora.

Uma proposta de homossexualidade tranquilizadora. Qual a sexualidade ou modo de ser que aí está ? Penso que o pavor da castração. Esta aliança, por um lado, protege-o de um poder penetrante meu. Portanto, da possibilidade de uma disputa comigo, resultando na perda de seu poder, resultando numa castração. Na medida de seu conceito fálico, há o perigo na relação com a mulher, pois a cada intercurso ou a cada relacionamento, a questão de sua potência é colocada em dúvida.

Voltando ludicamente à grade proposta : no eixo horizontal, um modo fálico que coloca a questão do poder que está com quem penetra. Perigo que se apresenta na função pênis e função mamilo. Originariamente, o medo da dependência. O poder está com quem possui o desejado. No eixo vertical, ausência de representação suficiente, que faz com que esta configuração se espalhe como ação no *setting* e em sua vida.

Digo a ele que no coito, ou melhor, na relação, tem que ir sempre por cima. Comigo propõe acordo, evitando assim uma disputa perigosa. Somos companheiros, não existe a figura do necessitado.

Se ele puder me ouvir, tratar-se-á da presença de genitalidade. Assim, a projeção de sua subjetividade sobre a minha e da minha sobre a dele resultará no retorno à produção de um sentido. Se isto ocorre, a minha interferência seguinte será nomear este momento genital.

Poderia dizer - trabalhamos bem juntos. Nesta percepção, o primeiro momento de neutralidade está no encontro que gerou sentido. A paixão pré-genital repousa "sob a égide do genital". Talvez agora um momento de descanso. Sexualidade e pensamento se fundem.

Neste exemplo, quero discutir duas questões. Na medida em que minha interpretação é parte da sexualidade presente na sessão, acredito ser útil chamá-la de interferência. Não há pretensão de neutralidade nem de ausência sexual. Esta análise terá também minha genética. Obviamente, se o procurado é o sentido e portanto a genitalidade, minha presença não será bondosa, não será equacionada com o seio, será apenas espectante. Sabemos que quando a subjetividade se desnuda, procura imediatamente encostar em outra nudez. Se isto não ocorrer, se o analista estiver de "avental", o exame possível será da ordem de uma ginecologia; falaremos de fatos, não teremos um acontecimento.

Como consequência, minha atitude será de despojamento, pronto para uma interação. A neutralidade será um momento tendencial seguinte à obtenção do sentido. A realidade pulsional nos colocará imediatamente em busca de nova interação, em busca de novo sentido. Que distância do cio biológico, da compreensão estreita do instintual. Afinal, não temos desejo apenas na primavera.

B. Paciente feminina, aproximadamente há seis anos em análise. Atravessa na vida período onde perspectivas de crescimento econômico e poder se apresentam. Tem um susto com o fato e lhe desagrada que seu marido diga que está com a faca e o queijo na mão. Continua falando da falta de interlocução em sua vida. Conta de sua mãe, que não a ouve, e descreve-a como mulher adequada e suficiente. Seu marido não a acompanha em seus interêsses. As sessões se iniciam em clima desanimado e depressivo enquanto se queixa da vida, em seguida o humor se abre e o encontro termina em clima muito vivo. Depois de anos férteis de trabalho fértil, sinto que a análise patina em repetições estéreis deste ritmo. Por outro lado, algo acontece comigo nesses encontros. Termino com um sentimento de profundidade e de apreço pela paciente e por sua análise. Passo largo período sem saber como abordar o fato, pois tenho medo de parecer sedutor ou de ser entendido como rompendo o contrato analítico. Finalmente me decido a abordar o fato e digo a ela que de suas sessões saio enriquecido e que há um prazer nestes encontros. Nesta mesma semana a paciente conta, entre surpresa e preocupada, ter sonhado que possuia um pênis. Sonha que está com sua camisola habitual e que ao passar pelo espelho vê em seu perfil a silhueta de um pênis. Pensa que é de bom tamanho. A seguir a cena muda e pratica sexo oral com sua irmã. Observa que o faz com grande delicadeza e prazer. Não "tucha" o seu pênis.

Compreendo que algo se elaborou através do sonho e há mudança de situação na relação analítica, desaparece nela a repetição e o sentimento de esterilidade. Por não haver representação psíquica de sua genitalidade na forma masculina, esta se espalha pela situação de análise chegando a mim através do clima de fertilidade e prazer: eu saio prenhe de sentido. Seu recurso e poder econômico emergente e seus recursos psíquicos à medida que são sentidos como poder fálico ou suficiência não a satisfazem (a faca e o queijo na mão), e a trazem para a análise com o sentimento de não ter lugar no mundo. A minha formulação abre o espaço para sua apresentação mais abrangente, e o sonho que se segue é a marca de representação, aliançada do sentido que vai se formando nela.

Note-se como é fundamental a oscilação da posição na função analítica.

Há no caso o início da elaboração do Édipo invertido. Bissexualidade necessária para o pleno uso da potência.

Assim, nesta paciente, há o trajeto da ação para a representação que adquire sentido. Com isto, passa a possuir limite e permite que novas ações - buscando representação - apareçam nas sessões subsequentes.

C. Jovem profissional, apresenta-se para análise como desejando fazê-la por necessidade profissional. Atualmente não iniciaria uma análise nestas bases contratuais, apesar de tê-la feito em função da visível desadaptação do paciente. Este me traz, logo nos primeiros encontros, um álbum com fotos recortadas de revistas para mostrar moças com quem saía a passeio. Não aparecia interêsse amoroso ou sexual. Realmente parecia não pretender mais que o vínculo para sua exibição. Este paciente me mantinha impossibilitado de interferências e como nesta época eu imaginava ter um papel interpretativo a exercer, algumas vezes insistia nesta tentativa. O paciente então apresentava uma rinite de abundante secreção que durava toda a sessão e chegava a usar várias caixas de lenços de papel. Em sequência, o paciente, iniciando seu trabalho, nas suas duas primeiras intervenções, teve relações sexuais com suas pacientes, o que lhe causou assombro, inclusive por serem pessoas não atraentes a seus olhos e de idade muito superior a sua. Assustado, abandona a profissão e a análise.

Acredito agora, relembrando esta situação de muitos anos atrás, que o paciente necessitava atuar sexualidade onde o objeto era desconsiderado, dominado, possuído e colecionado. Vemos aí a sexualidade de cunho sádico, colorido pela analidade.

Por outro lado, eu, premido pela minha insegurança, acreditava que devia realizar uma intervenção ativa, seja da ordem de alimentá-lo ou de realizar algo fértil. Possivelmente o paciente, em sua sexualidade perversa, sentia isto como uma intrusão, um estupro de minha parte, e tratava de se proteger, expulsando-me. Premido por sua necessidade e impossibilitado de esta ser recebida na situação analítica, atua violentamente fora do *setting*.

Uma questão a ser discutida aí é a questão ética, pois o ético é praticar análise. Assim, o analista deve ser capaz de permitir a expressão da sexualidade. Nesta forma proposta, obviamente a sexualidade é virtual e tendente à busca de sentido. Na medida de minha impossibilidade analítica da época, não só não permito que o paciente expresse sua sexualidade como insisto que a minha o faça. Acredito que esta situação não seja tão rara, pois não desemboca em crise quando o conluio é alcançado e a dupla não reconhece necessidade de elaborá-la em representação. Um analista necessita sempre observar o tipo de interações em sua clínica, das quais se propõe a participar. Precisamos rever nosso prazer em sermos acolhedores, férteis ou penetrantes. Obviamente, a ação sexual concreta é a passagem desta situação virtual para a psicose, ou seja, o fenômeno é o mesmo, mas na concretização é que se afigura o fenômeno psicótico. Neste momento, falta a ética. Não há questão moral. Isto nos leva à questão da supervisão e talvez a questões de habilitação.

D. Situações de Supervisão:

Finalizo por assinalar que é útil em Supervisões que estas sejam desenvolvidas também nos marcos da presença de duas sexualidades. A desigualdade necessária à psicanálise, reafirmo, não é o mesmo que invisibilidade do analista.

Uma situação bastante frequente é a busca de ajuda por parte do analista em casos que não andam bem. Nestes casos é frequente algo como uma queixa : "paciente não me ouve", "passo o tempo da sessão imobilizado", em suas diversas formas: sono do terapeuta, sentimentos de impotência, etc. Podem, como abordagem, ser considerados como tendo, a sexualidade do analista, que viver momento de grande frustração sem que possa ser pensada. A experiência mostra que na grande maioria dos casos o paciente apresenta um modo de ser centrado monocordicamente na analidade, seja em sua forma expulsiva, seja em sua forma retentiva. Acresça-se a isto que o estudo das perversões como entidade clínica em nosso meio é pouco feita. Tende-se a reduzir os modos de ser em neurótico e psicótico.

Reafirmo que quando as sexualidades são compatíveis, o encontro analítico não sofre impasse. Pode não haver trabalho de construção representativa, mas a crise não se impõe. O pecado capital em análise e que levaria à ruptura é o impedimento da figuração necessária ao paciente.

O analista busca nesta situação a interpretação que mudaria o agir do paciente e não a figuração que pudesse fazer com que a ação se tornasse concebível. Propõe ao paciente que troque sua sexualidade. Tarefa impossível, pois para o paciente esta ação é vital, e além de não possuir alternativa, a sua necessidade é de apresentar-se e que sua apresentação ganhe concepção e sentido. Este é o ponto, portanto, de interrupção da análise.

Apenas aceno com estes pontos, pois creio que a Supervisão nestes marcos mereceria um trabalho em si, uma elaboração própria.

REFERÊNCIAS BIBLIOGRÁFICAS

1. AZEVEDO, A.M.A. (1996). *Interpretação : revelação ou criação?* Trabalho apresentado em: Fórum Temático, São Paulo, SBPSP, 28 ago. 1996.

2. BARRON, S. (1991). *Degenerate Art - The Fate of the Avant-Garde in Nazi German*. Harry N. Adams Inc. Publishers, Nova York, 1991.

3. BION, W.R. (1962). *Os Elementos da Psicanálise: inclui o Aprender com a Experiência*. Rio de Janeiro : Zahar Ed., 1966.

4. ———— (1967). *Second Thoughts: Selected Papers on Psycho-Analysis*. Londres : W. Heinemann.

5. FRIEDRICH, H. (1956). *Estrutura da Lírica Moderna*. Livraria Duas Cidades, São Paulo, 1991.

6. GREEN, A. (1995). *Has sexuality anything to do with psychoanalysis?* Int. J. Psycho-Anal., 76 : 871-83.

7. FERENCZI, S. (1968). *Thalassa : Ensaio sobre a Teoria da Genitalidade* São Paulo: Martins Fontes, 1990.

8. FREUD, S. (1900). *Interpretação dos sonhos*. Edição Brasileira, 4-5.

9. ———— (1905). *Três ensaios sobre a teoria da sexualidade*. Edição Standard Brasileira, 7.

10. ———— (1923). *O Ego e o Id*. Edição Standard Brasileira, 19.

11. KLEIN, M. (1934). Una contribución a la psicogénisis de los estados maníaco-depresivos. Em *Contribuciones al Psicoanálisis*. Buenos Aires: Ed. Hormé, 1964. págs. 253-78.

12. ———— (1946). *Notas sobre algunos mecanismos esquizoides*. Em *Desarrollos en Psicoanálisis*. Buenos Aires:Ed.Hormé,1962.págs.255-78.

13. ———— (1954). *El Psicoanálisis de Niños*. Buenos Aires : Ed. Hormé, 1964.

14. SEARLES, H. (1975). *The patient as therapist to his analyst*. In *Tactics and Techniques in Psychoanalytic Therapy*, Vol. 2, Ed. Peter L.Giovacchini. Londres: Jason Aronson.

SEXUALIDADE E PENSAMENTO

*Luís Carlos Menezes**

Duplo tema, talvez tão amplo como se a um sociólogo fosse pedido que fizesse considerações sobre Economia e Política, mas que remetem tanto a sexualidade como o pensamento à experiência imediata mais tangível de qualquer ser humano.

A Psicanálise, é verdade, desde a reviravolta introduzida pelos Três Ensaios sobre a Sexualidade [1], deu a esta uma amplitude bem maior, introduzindo, com o conceito de libido, uma elasticidade e uma transformabilidade para o sexual, que nos leva a encontrá-lo em toda uma gama de produções e experiências psíquicas, muitas delas destituídas de um componente erótico imediatamente perceptível.

O pensamento, por sua vez, é descrito por Freud como uma atividade bastante **heterogênea** em suas modalidades de representação psíquica (representação de palavra e representação de coisa), comportando modos de funcionamento muito distintos, a que chamou de processos primários e processos secundários [2,3].

Em Psicanálise, o recurso às noções de **fantasia** e de **realidade** nos ajudam a balisar o campo do sexual e do pensamento. É na fantasia que a atividade representativa se mostra mais claramente subordinada à busca daquilo que pode oferecer prazer e satisfações ao sujeito enquanto que, quando o pensamento tem que levar em conta as dificuldades impostas pela realidade, seja ela material, seja ela a das respostas nem sempre satisfatórias que vêm dos outros, a busca da satisfação só pode ser percebida nos objetivos para os quais, finalmente, ela se encontra voltada.

Em suma, **as duas modalidades de pensamento visam a busca do prazer, a satisfação de desejos**, mas somente na primeira, em que predominam os processos primários, isto é alcançado pela via mais curta, ou seja, pela satisfação alucinatória, pela fantasia e pelo sonho. Já os processos secundários, que supõem a capacidade psíquica de exercer uma inibição sobre os primeiros, podem levar em conta também aquilo que, sendo causa de desprazer, tenderia a não ser considerado pela atividade psíquica [4].

O que é causa de desprazer, o que é penoso, quando procedendo de dentro, isto é, quando proveniente de exigências pulsionais incontornáveis, não só é evitado como passa a ser objeto de enérgico e constante rechaço, com custos con-

---

* Membro Efetivo e Analista Didata da Sociedade Brasileira de Psicanálise de São Paulo.

sideráveis para o aparelho psíquico. Este é, aliás, o fundamento da concepção freudiana do recalque, conceito pivô de sua compreensão do sofrimento neurótico bem como do tratamento pela psicanálise.

Nestas bases, pode-se considerar, por outro lado, suas concepções sobre o modo de relação com o real que, por se fazer à contracorrente das poderosas aspirações que animam a psiquê, só podem ser elaboradas sob uma forma "negociada", através de compromissos em que os sonhos e os desejos terão que encontrar uma parte maior ou menor nas versões pelas quais vai se constituindo aquilo que, para o sujeito, é a "realidade".

Estas construções que dão conta da realidade serão admissíveis e habitáveis, somente se amortecidas e libidinisadas pelo sonho, isto é, pelo desejo, seja no mundo dos mitos, das crenças e dos postulados partilhados, no das artes, das histórias e das religiões, seja, no mundo da produção científica, o qual é bem mais impregnado pela fantasia e pelo desejo do que se costuma pensar.

Entre a ficção científica e as ficções (modelos) com que operam os cientistas, a distância, quanto à natureza psíquica de sua produção, é pequena; a diferença, nestas últimas, reside mais no método que consiste em submetê-las a protocolos de confirmação ou de infirmação, ou seja, a um artifício (metodológico) para dar suporte externo ao "princípio de realidade" (princípio ou aptidão de funcionamento psíquico, como lembrado acima).

Em Totem e tabou [5], a força do sonho aparece no **animismo**, pelo qual o homem atribui uma alma às coisas do mundo, inclusive as da natureza física que, enquanto tal, são intoleravelmente indiferentes, em seu transcorrer, ao homem, as suas necessidades e aos seus sonhos.

Atribuida esta alma, humanizam-se as forças da natureza, tornando-se possível, de alguma forma, "falar" com elas (como se fala com uma pessoa que está, por exemplo, brava com a gente e de quem se quer obter as boas graças). Isto é feito, nos explica a autor, através deste "jeito de falar" com aquilo que em si é irrevocavelmente surdo ao homem e que é a magia, uma "técnica" ou um truque, inventado pelo narcisismo humano.

Com a invenção da religião, dos deuses, estes passaram a ser os mediadores ou delegados do homem, representando-o junto à natureza, de maneira a tirá-la desta "absurda" disposição de ignorar os sonhos humanos. A ciência, explica Freud (estou, é claro, dizendo isto do meu jeito) é um substituto do animismo e da religião, pelo qual é possível, agora, por meio do esforço em entender a "linguagem" da natureza, isto é, de como ela funciona, torná-la sensível àquilo que queremos. Em cima da força destes (loucos) sonhos narcísicos foram se construindo as culturas e as civilizações.

Queria prosseguir, mais um pouco nesta linha de exposição, mencionando agora o ensaio de Freud sobre Leonardo da Vinci[6]. Neste, ele ilustra com fineza a sua concepção sobre a presença determinante dos desejos inconscientes nas produções da vida psíquica, considerando as realizações tanto do artista como do estudioso da natureza que era Leonardo. Como sabemos, Freud propõe neste texto que fantasias erótico-amorosas recalcadas, ativadas em dado momento da vida de Leonardo, tiveram o poder de imprimir uma marca definitiva nas obras do pintor, não só em seus temas, mas, sobretudo num sorriso, com características muito particulares, que anima a expressão de certas figuras de suas obras.

Encontramos a mesma maneira de ver em seu trabalho (de Freud) sobre "A criação literária e o sonho desperto"[7]. Refere-se, ali, ao que chama de **"trabalho da fantasia"**, "mais fácil de ver no brincar das crianças do que no homem adulto". Antecipando-se a Winnicott, afirma que a obra literária, da mesma forma que o sonho diurno, é "uma continuação e um substituto das brincadeiras da criança de outrora". É interessante notar que também considera como um prolongamento da capacidade de brincar e de fantasiar das crianças esta "fruição superior", que é o senso de humor. A propósito, não sei se muitos institutos de formação têm incluído, entre seus critérios de avaliação e seleção, o senso de humor dos candidatos, já que parece tratar-se de um talento precioso para o analista (capacidade de humor em relação a si mesmo, às teorias psicanalíticas e ao próprio fazer clínico já não seria pouco !).

Não vou insistir ainda mais nesta concepção freudiana da relação do desejo e das fantasias inconscientes com as produções psíquicas do homem, ponto de vista, aliás, amplamente conhecido e omnipresente em sua obra (embora, entre nós, me parece, este seja por vêzes negligenciado ou ofuscado por outros desenvolvimentos). Mas, antes de deixá-lo para trás, queria mencionar, referindo-me a este mesmo texto (o da "criação literária...") que, para o autor, também "o tesouro do folclore" constituído pelos mitos, lendas e contos de cada cultura são "os depositários deformados das fantasias de desejo de nações inteiras, os sonhos seculares da jovem humanidade".

Depois de chamar a atenção para a face luminosa, fecunda, animadora do desejo como impulsionador da vida psíquica, vou começar a me voltar, aos poucos, para o que é, por assim dizer, a sua face escura.

Gostaria, antes, de acrescentar algo sobre o princípio de realidade, retomando um pouco o que dizia no início sobre os princípios que regem a vida psíquica. Trata-se de um ato que o princípio de realidade supõe, qual seja o de uma **decisão de julgamento**, de um **juízo imparcial**, referente **à existência** de alguma coisa ou de alguém, por um lado, e de **seus atributos**, por outro, entendendo-se por atributos essencialmente a questão de saber se "aquilo" é bom ou mau... **para mim** [4]. Se julgado bom será objeto de amor, se ruim, objeto de ódio, isto é, de um desejo de aniquilamento e de destruição.

Há bastante tempo venho me interessando pela **polaridade amor ódio** intrinsecamente associada à **constituição narcísica do Ego**. Tem sido particularmente fecundo, para mim, o modelo proposto por Freud, em sua teoria sobre a gênese do ódio, no texto "Pulsões e suas vicissitudes" [8]. Neste, ele propõe, como é conhecido, um primeiro momento constitutivo do Eu, em que este "acha" que tudo o que propicia prazer emana dele e o que produz desprazer provém de fora, daquilo que não é ele. A projeção do que é "ruim" e a introjeção do que é bom sustenta esta ilusão, num modo de funcionamento que Freud chama de eu-prazer purificado.

Em conseqüência, o que vem de fora, o que não é Eu, **o outro** será "visto" como fonte de sofrimento, de dissabor, de excitações disruptivas e, portanto, como algo ruim, detestável, e que o Ego, em conseqüência, só pode querer fazer desaparecer, ou mesmo destruir, aniquilar. É neste sentido que, diz Freud, o objeto é constituído no ódio. **Acrescentaria, fiel a este modelo, que na contrapartida do objeto, constituído como odioso, há o Eu, constituído num amor ilimitado de si.**

Num segundo tempo, o ego é capaz de considerar que o sofrimento pode vir dele próprio e que o outro pode também trazer aquietamento e ser causa de prazer. Torna-se possível, então, até vencer **o ódio primário contra o objeto** e chegar **também** a amá-lo, o amor sendo entendido, no desenvolvimento a que estou me referindo, como alimentado por satisfações eróticas e narcísicas (pulsão erótica dessexualizada).

Discuti alguns desdobramentos que me foram suscitados por esta teoria freudiana sobre a gênese do ódio, coextensiva de um "tempo" narcísico arcáico, em outro trabalho [9] e, para o que me interessa aqui, limito-me a dizer que este "fundo" arcáico do Ego é inerente à sua constituição narcísica e que a aversão pelo outro (a outra pessoa), pela alteridade, pelo que se apresenta a ele como estranho (inclusive aquele estranho que emana da vida pulsional, do inconsciente do sujeito) é uma fonte potencial de ódio e de agressividade, sempre presentes na vida psíquica.

E, para além do outro, do nosso semelhante (nunca suficientemente "semelhante", nunca suficientemente conforme aos nossos desejos), temos que considerar que os próprios pensamentos, em seus conteúdos e em sua gênese, podem estar presos nesta **lógica amor ódio inerente ao narcisimo**: tal pensamento, tal formulação, tal idéia ou palavra me convém, eu gosto dela e a integro em mim (em meu pensar), a outra me soa estrangeira, ruim, hostil; ela me faz mal e por isto a afasto de mim, a ignoro ou a destruo, com ódio.

Engolir ou vomitar são os protótipos corporais desta lógica primária, em que um todo delimitado (figuração narcísica por excelência) por uma pele e por alguns lugares de passagem entre o Eu e o Não-Eu, "decidem" o que é apetitoso e o que é repulsivo. Entendo, nesta direção, a conhecida formulação de Freud em A Negação [10]:

"O estudo do julgamento nos dá acesso, talvez pela primeira vez, à compreensão do aparecimento de uma função intelectual a partir do jogo das atividades pulsionais primárias. O julgar é o desenvolvimento ulterior, apropriado a um fim, da inclusão no Eu ou da expulsão para fora do Eu que, originalmente, se produzia segundo o princípio do prazer."

Ao marcar, de um lado, **a atividade de pensamento** pelo seu enraizamento no desejo, atividade que está, pois, sempre em negociação com a busca da satisfação, fim último de toda atividade psíquica, encontramos aquilo **que nos anima, que nos propulsiona a pensar**.. Mas é no amor pelo que dá prazer (objetal ou narcísico) e no ódio pelo que causa desprazer ou dor, sempre presentes em toda atividade representativa, que encontramos, em contrapartida, **aquilo que limita a atividade de pensamento**, em função de sua imparcialidade, como juízo de realidade.

Volto ao "Leonardo" para dizer que, em suas especulações, Freud acaba afirmando que a "avidez de saber" deste, expressão atualizada dos ardores de suas "investigações sexuais infantis" (encontrando um destino sublimatório, naturalmente), acabaram predominando sobre o artista. O cientista, estudioso da natureza, impõe-se a ele (Leonardo) e a investigação se substitui às necessidades da vida amorosa, às "paixões violentas" nas quais outros "viveram o melhor de suas vidas". E Freud transpõe assim o lema de Leonardo:

"Não se ama nem se odeia verdadeiramente a não ser quando se penetrou até o conhecimento: fica-se (então) para além do amor e do ódio.

Curiosa situação : o amor pelo conhecimento (como substituto de um amor erótico) nos coloca para além do amor e do ódio..."[1]

---

[1] A fórmula original de Leonardo, citada por Freud, é a seguinte: "Nessuna cosa si puó amare nè odiare, se prima non si ha cognition di quella".

Gostaria de fazer duas observações sobre esta situação:

1) a paixão pelo saber, como substituto sublimatório de satisfações eróticas, é uma concepção freudiana clássica, que tem incitado a problematisações teóricas, mas que me parece convincente;

2) esta formulação tem, a meu ver, um grande alcance para o tema que nos ocupa.

Se tivermos presente o que há de mais arcáico no funcionamento do Eu, isto é, a repulsa, o ódio maciço pelo estrangeiro, pelo que intrusivamente o invade, quer vindo de fora (de um outro ou do que é projetado no outro) ou de dentro (daquilo que de si apresenta-se como não familiar, como não assimilável) ou, ainda, a adesão alienante ao que se apresenta como igual a si-mesmo [8,9], teremos um funcionamento psíquico em que o pensamento perdeu toda e qualquer capacidade de discernimento, de discriminação, de um mínimo de aptidão para o "julgamento imparcial" da realidade, inclusive da realidade psíquica, da própria ou da de um outro.

Em suma, **o amor e o ódio em bloco, funcionando exclusivamente segundo o princípio do prazer desprazer**, se substitui, nestas condições, ao investimento libidinal, isto é, ao prazer que pode ser encontrado no elaboração fina de uma percepção que seja da ordem do **conhecimento**.

Encontramo-nos aqui no terreno de funcionamentos psicóticos individuais e no de "enlouquecimentos coletivos", em que os atos de destruição de si ou de outros podem chegar e chegam até a eliminação física, às vezes, em grande escala. A palavra preconceito designa, de forma muito atenuada, **o primarismo destrutivo que constitui as camadas mais arcáicas da constituição narcísica do Ego**; sempre pronto a emergir em fenômenos coletivos em que a violência mais extremada poderá ser exercida contra alguém, contra uma categoria de pessoas ou contra um povo inteiro, baseada apenas no "narcisismo das pequenas diferenças" [11].

A loucura tem método. Ninguém desconhece a lógica impecável e a percepção clara (mas mal interpretada) que preside ao pensamento delirante do paranóico. O pensamento parece operar aqui, pois não se encontra desestruturado, nem transformado em um caldo ininteligível de non-sense e, no entanto, encontra-se refém de forças emocionais que cristalisam a convicção, barrando o acesso a qualquer ato de julgamento que as contrarie, e ao qual pudéssemos, com Leonardo, chamar de **ato de conhecimento**, ou seja, aquele que permitisse ao sujeito **situar-se** "para além do amor e do ódio" e, portanto, da angústia que lhes é correlata.

Ora, não podemos deixar de perceber que não são só estas modalidade psicóticas de pensamento, mas também o pensamento que produz conhecimentos em todos os níveis; este também, ancora-se em **convicções-crenças subjacentes**. É como se estas, ao cegar, se constituissem ao mesmo tempo naquilo que dá certeza, elã, naquilo que dá como que um chão para que o sujeito prossiga em suas reflexões e avance nelas, produzindo conhecimentos, saber, obras de arte, etc. É como se, paradoxalmente, precisássemos de antolhos para ver com os olhos do pensamento.

É claro que isto vale também para a paixão que sustenta o nosso empenho, a nossa crença, no esforço cotidiano para conseguir, em cada momento, ser psicanalista junto a alguém (o que, aos poucos, vamos conseguindo, ao menos num bom número de vezes).

Paixão (ainda que discreta) e busca "imparcial" de conhecimento são, pois, paradoxalmente, indissociáveis, o que vai no sentido da consideração de que o chamado princípio de realidade não revoga o princípio do prazer desprazer. **E este, como disse acima, encontra-se particularmente vivo e operante neste terreno, o do narcisismo, onde as satisfações e o sofrimento, o sentimento de segurança e o do mais exasperante desamparo, alternam-se impiedosamente.**

Mas, então, o que diferencia estas formas de pensamento "enlouquecidas" e o pensamento psicótico delirante do modo de pensamento normal, quando em ambos está presente uma relação a núcleos de convicção irracional, com forte carga emocional?

Antes de avançar, neste ponto, queria observar que é próprio do modo de pensamento, que estou chamando de normal ou de não psicótico, que **este guarde uma mobilidade suficiente para poder transformar, pela elaboração psíquica, partes destes núcleos de convicção**, à contra-corrente da manutenção do prazer e do evitamento, a qualquer preço, do desprazer: o prazer da liberdade interior, assim alcançada, e do alargamento dos horizontes internos de representação compensa o trabalho psíquico exigido. O sentimento de um maior poder sobre o mundo, sobretudo "o interno", é um ganho narcísico que só pode aumentar o amor de si e o investimento da atividade de pensar como fonte de prazer libidinal.

Penso que é possível avançar mais um pouco nesta interrogação sobre pensamento psicótico e não psicótico se pudermos recorrer à uma concepção que Piera Aulagnier, analista que tendo tido vasta experiência no tratamento de paciente psicóticos, precisou, como Bion, desenvolver para poder pensá-la, e que também diz respeito à gênese da atividade representativa. [12]. Trata-se do que ela chama de **originário**.

Este núcleo passional de convicção subjacente, com seu potencial explosivo primário de amor e ódio, em relação com a estabilidade narcísica do sujeito, e que parece formar um fundo comum tanto para o pensamento psicótico como para o não psicótico, encontra nesta teorização da autora uma certa inteligibilidade, incluindo muitos dos pressupostos que vim considerando até aqui. Por isso, recorro a ela e vou usá-lo apenas dentro dos limites do meu propósito.

Como se trata de uma autora que há muito tempo fez uma breve visita a esta Sociedade, e cujo pensamento não é muito difundido entre nós, devo dizer que sua teoria vai bem mais longe do uso pontual que farei dela. Na verdade, em seu primeiro livro, A Violência da interpretação[12], ela se propõe, a nada mais, nada menos, que desenvolver uma teoria do aparelho psíquico que, especifica ela, "privilegia... a atividade de representação" e que, por centrar-se num aspecto da atividade psíquica, "tem o inconveniente...de deixar outros na sombra", inconveniente considerado, no entanto, incontornável por ela.

O **originário** seria o modo de atividade representativa mais arcáico e que estaria aquém dos processo primários e secundários descritos por Freud. Nos processos primários a modalidade de representação por excelência é a fantasia (concebida como mise-en-scène) e nos secundários, os pensamentos articulados em palavras, os enunciados discursivos e idêicos.

No originário, a modalidade de representação é o que chama de **pictograma**. Embora não seja possível a sua transposição (do pictograma) nas outras modalidades representativas, isto é, embora este não possa ser dito, nem mesmo representado como uma cena, numa fantasia, o originário encontra-se sempre ativo na psiquê, constituindo-se neste "fundo" sobre o qual operam o primário e o secundário, sendo condição permanente da existência destes.

Cito a autora: "O espaço e a atividade do originário são para nós diferentes do inconsciente e dos processos primários. Esta atividade tem como propriedade metabolisar qualquer experiência (éprouvé) afetiva presente na psiquê em um pictograma que é, indissociavelmente, representação do afeto e afeto da representação." [2]

O protótipo do originário, que se situa na gênese da psiquê, é o encontro; até aí nenhuma surpresa, que ocorre na amamentação, modelo aliás usado por Freud em sua própria teoria sobre a origem do desejo, como experiência alucinatória da satisfação, ou então, comparada por ele à satisfação sexual do coito, nos Três Ensaios.

---

2 O pictograma é o resultado da metabolisação do "éprouvé affectif".

No originário, este encontro com o fora-da-psiquê engendra simultaneamente a produção de uma **representação** e de um **representante**, ou seja, da "figuração" daquilo que está produzindo a representação. Esta característica de um auto-engendramento da representação pictográfica, fora da qual nada existe, é própria do originário, tendo como corolário uma espécie de imbricamento entre a representação e aquilo que a produz.

O pictograma é, pois, numa formulação de Piera, "mise-en-forme de um esquema relacional em que o representante (a instância representante) se reflete como totalidade idêntica ao mundo. O que a atividade psíquica contempla e investe no pictograma é o reflexo dela própria que assegura que, entre o espaço psíquico e o espaço fora-da-psiquê, existe uma relação de identidade e de especularidade recíproca."

Esquema relacional que remete ao encontro entre a boca, orgão pelo qual se faz a absorção de alimentos necessários à vida, mas também zona erógena (**zona complementar** na linguagem da autora) e o seio (**objeto**).

O seio é "um fragmento do mundo que tem a particularidade de ser conjuntamente audível,visível, táctil, olfativo, nutridor e, conseqüentemente, dispensador da totalidade dos prazeres" e a boca, que "autocria, pelo engolimento, a totalidade dos atributos do objeto - o seio - como fonte global e única dos prazeres sensoriais".

O "esquema relacional" entre **objeto (seio)-zona complementar (boca)**, encarnado no pictograma, pode ser marcado pelo selo de uma experiência de prazer, mas também pode ser o lugar de uma experiência de desprazer e de sofrimento do corpo.

Ora, o princípio do autoengendramento no pictograma, do objeto-zona complementar, ou seja, a ilusão de que a zona engendra o objeto conforme ela, tem por conseqüência que o desprazer resultante da ausência do objeto, ou de sua inadequação "por excesso ou por falta", "vai se presentificar como ausência, excesso ou falta da própria zona". De forma que, **um mau seio é vivido como uma má boca, uma má representação como um mau representante (instância produtora da representação)**, experiência que a autora sugere como algo da ordem de um arrancamento recíproco e violento entre zona e objeto.

Neste caso, quando o encontro é dominado pelo desprazer e pelo sofrimento, o pictograma representa um movimento de **"rejeição para fora de si"** da **própria atividade representativa**, ou seja, **um movimento auto-mutilador da psiquê** em gérmen, pois o que está em jogo é uma rejeição mútua entre a instância representante e o representado. A experiência satisfatória, prazeirosa, tem o efeito contrário, e resulta num movimento de **"tomar em si"**, ou seja, de um investimento da atividade representativa, tendo valor constitutivo para o psiquismo nascente.

Este "fundo" (em relação constante com os processos primários e secundários), ou seja, o originário de Piera Aulagnier é dominado pelo duplo movimento que tínhamos assinalado acima e que atravessa a representação pictográfica, qual seja o do investimento, o do prazer no exercício da atividade representativa, da atividade psíquica, em seus diferentes níveis e, inversamente, o da aversão, do ódio contra esta mesma atividade representativa.

Não é só o outro, a outra pessoa, que é primariamente objeto de ódio e de desejo de aniquilamento, como diz Freud em seu modelo do "eu-prazer purificado", mas há, também, no investimento da própria atividade psíquica, uma relutância primária, uma ambivalência primordial, que "o originário" descreve no nível mais arcaico e violento.

Representar, adquirir "a capacidade de satisfação" (a expressão é de Freud), ou seja, poder reinvestir traços mnêmicos da experiência de satisfação para construir uma representação, sob forma alucinatória, é um recurso psíquico precioso, mas, também, é o que testemunha a dependência de um fora de si, seja de um outro, seja de um mundo pulsional que se apresenta como *a priori*, não conforme às necessidades de tranqüilidade e de segurança do Ego.

A partir do estudo da psicose foi preciso, pois, no interior da teoria do narcisismo, deparar-se com **uma ambivalência primária, com uma polaridade tanática**, não só em relação ao objeto, ao outro, mas em relação a este objeto que é a própria vida representativa. Desde então, os analistas, para além da "animação", da "presença barulhenta", causa de sofrimento e de impasses, que os sintomas neuróticos, prenhes de fantasias eróticas pegas em sua malhas, trazem para tantos pacientes, têm tido que levar em conta também a existência de uma relutância silenciosa e silenciadora, no âmago da atividade psíquica [13].

Relutância em manter a própria vida psíquica e que vai do desejo de não ter que desejar, ao ódio contra o pensamento e o desejo, ou seja, contra esta incessante e incerta busca a que ele condena... prisão talvez até dourada, para alguns ou para muitos (o neurótico tem um grande apego pela vida), **mas lugar onde só há ruínas e sofrimento para outros**.

A consideração, pela clínica e pela teoria psicanalítica de um além do princípio do prazer [13], não elimina a força propulsora e conflitual da libido, conceito que designa o sexual no funcionamento psíquico. Marca, porém, um limite no qual êste perde fôlego, ou seja, quando o ódio narcísico, primário (que toma forma no pictograma) torna-se capaz de solapar **as marcas da experiência de satisfação** que sustentam o desejo [2].

Os limites da libido, do sexual, encontram-se nos limites de uma atividade representativa, mesmo rudimentar. Limites, além dos quais o sexual é ou excesso disruptivo e, portanto, traumático ou perda, num aquém do desejo (e da representação, da fantasia), confundindo-se então com o demasiado real de um corpo sem forma, atravessado, como deserto ou abismo terrorífico, pelas excitações e necessidades. As crises de angústia, no caso que relatarei a seguir, com certeza não estão longe do que estou falando aqui.

Em sua tentativa de construir um modelo para o aparelho psíquico, em A Interpretação dos Sonhos, Freud interroga-se sobre "a natureza metapsicológica do desejo", descrevendo **dois tempos** na gênese deste. Valeria a pena deter-se um instante nestas formulações, pois, nelas encontraremos uma teoria da gênese da atividade representativa, coextensiva da gênese do desejo e que é congruente com o modelo de Piera, embora., é claro, este vá além.

"Primeiro, diz Freud, as grandes necessidades do corpo aparecem. A excitação provocada pela necessidade interna procura uma saída pela motricidade, que podemos chamar 'modificação interna' ou 'expressão de uma mudança do humor", seguido de agitação motora, gritos, e no plano emocional, desespero, sem qualquer recurso possível a uma representação que lhe dê um sentido ou uma forma, configurando a condição de desamparo.

A criança com fome gritará desesperadamente e se agitará - verdadeiro protótipo da angústia numa forma, por assim dizer, pura. É somente a "intervenção estrangeira" (materna) que poderá mudar este estado de coisas : com seus cuidados, aporte de alimento e de carinho, consegue tranqüilizá-la. É, então, diz Freud, que a **"a experiência de satisfação"** é "adquirida" (tradução francesa da Puf) ou "alcançada", "conseguida" (*"achieved"*, na tradução inglesa)," **um elemento essencial"** desta sendo a "**imagem mnésica"de uma percepção, que permanecerá associada ao "traço de memória da excitação produzida pela necessidade"**.

Podemos, pois, entender, que o estabelecimento destes traços mnêmicos, marcas perceptivas, sensoriais, de uma experiência satisfatória muito boa, muito aliviante, muito prazeiroza, **é a condição** para que, diante de uma nova situação de desespero, de angústia extrema, uma nova resposta seja possível. Em vez de gritos e de agitação motora, seja então possível produzir **uma representação** da satisfação (alucinatória, na sua forma mais rudimentar), obtida pelo investimento das marcas mnêmicas deixadas pela experiência prazeirosa. **"É a este movimento (de investimento dos traços mnêmicos) que nós chamamos desejo"**, afirma Freud [2].

Seria então adequado pensar que, na gênese do psíquico, **o desejo seja sim busca de prazer**, pela produção de uma representação de satisfação (inspirada pelo que o outro trouxe de bom, um bom que pode ser pensado como prazer erógeno).

Mas, por outro lado, não podemos deixar de ver que **o desejo opera contra "um fundo" de sofrimento** sem nome, imposto pelo corpo, inclusive pelo corpo e pela psiquê do outro, seja como presença, seja como ausência. E é nesta mesma exposição de sua teoria sobre a gênese e a natureza do desejo que Freud afirma (poucas páginas adiante) que "a contrapartida da experiência primária de satisfação **é a experiência externa** (à psiquê ?) **de terror", vivida como "excitação dolorosa" que atinge este "aparelho (psíquico) primitivo"** [2].

Estas considerações sobre a natureza do desejo sublinham que ele, em sua busca da satisfação não deixa de ser, por outro lado, resposta vicariante, compensatória (face ao desamparo), mas, é verdade quão importante, pois marca o início e a manutenção da vida psíquica, como busca incessante de objetos passíveis de investimento, objetos apetitosos, interessantes, causa de animação.

Reencontramos então o que vínhamos dizendo e que Piera Aulaigner colocou no centro de sua concepção de um "originário", ou seja, esta **ambivalência fundamental do desejo** porque substituto do desamparo, da necessidade, da dependência vital de um outro, sempre incerto : o desejo, que é o propulsor da vida psíquica, "sabe" de sua precariedade constitutiva e "sabe" que só encontraria repouso e certeza quando não precisasse de mais nada e de ninguém, isto é, em sua abolição.

O sonho narcísico de uma totalidade harmônica, a busca do estado nirvânico em que nada falta, é uma estratégia (talvez boa) como tantas outras para esquivar este miolo sombrio, tanático, do desejo. Ele carrega em si **a potencialidade de poder cansar em sua busca**: "descanse em paz", dizem as lápides dos túmulos, como se estivessem afirmando, desta maneira, um desejo de quem ali está. E está certo, pois este seria o último desejo do desejo.

Post-scriptum (depois da discussão deste trabalho em reunião da Sociedade).

É evidente, mas aqui começa a confusão das línguas (refiro-me à objeções suscitadas por este trabalho), que "saber" é a palavra empregada pelo paciente e que a entendo no sentido de teorias sexuais infantis, ou seja, em sua espessura fantasmática e pulsional. Não penso que alguém possa chamar-se psicanalista se não souber distinguir um "saber sobre", do saber do *insight*, daquele em que alguém está direta e plenamente implicado, em momentos decisivos de uma análise (ainda que esta não seja a única ocasião em que isto possa ocorrer).

A intelectualização, as defesas pelo isolamento, dos pensamentos entre si ou do afeto que carreiam, é uma das primeiras coisas que se aprendeu, desde os inícios de Freud, tendo sido algo corriqueiro entre os pioneiros, como o é hoje no cotidiano de nossa clínica. E nem poderia ser diferente, pois **trata-se de uma noção inerente à própria natureza da psicanálise, concebida como método que visa "afetar" algo que se situa num registro diferente daquele em que o paciente está se colocando.**

Isto não quer dizer, é claro, que o analista não possa em algum momento se tornar refém da mesma; penso que pode, inclusive quando se trate de um analista que privilegie a noção de "experiências emocionais vividas"em seu fazer clínico. Isto pode, de fato, por vezes apresentar-se como necessidade de ter que "apreendê-las" ("as experiências emocionais") sob um modo tão imediato e com uma tal necessidade pessoal de certezas naquilo que vê, que observa, numa tal aversão pelo que não for diretamente tangível, que a área de escuta poderá ficar restringida por um apego ... racionalista aos "fatos", à verdade verdadeira. Ora, isto estaria indo em sentido contrário à capacidade de sustentar a incerteza, tão sublinhada, com razão, por Bion.

O funcionamento obsessivo, em sua necessidade de certezas, posto para fora pela porta, volta pela janela, como costuma acontecer sempre em psicanálise. Nunca ficamos vacinados contra os efeitos do inconsciente e o maior risco reside em acreditarmos nisto, enquanto atribuímos ao outro analista, ou a "sua linha", dificuldades em relação às quais teríamos que estar atentos em nosso próprio modo de ser, na escuta de nossos pacientes.

Com relação ao caso clínico (não publicado aqui), a discussão me foi também frutífera no questionamento que me foi feito sobre a adequação de chamar de momento psicótico as crises da paciente e da sugestão de que poderiam encontrar algum suporte na concepção de originário de P. Aulaigner. Em várias ocasiões, de fato, a analisanda dava a entender que toda uma situação de tensão relacional acabava se resolvendo a partir da crise, a indicar que a crise tinha um destinatário, ainda que muito tênue, em alguns episódios. Lembro, a propósito, da idéia de Mário E. C. Pereira [14] de que a crise, embora seja um momento de desamparo como colapso de uma aptidão representativa, propicia, ao mesmo tempo, **alguma**

elaboração simbólica, com a constituição de um outro para o qual algo esteja sendo dito, esteja tendo significado (um apelo). Torna-se atraente sua hipótese de que a análise, neste caso, pudesse visar a **simbolização da ausência** subjacente a toda vida representativa.

Não tendo participado dos vinte anos marcados pela influência da obra de Wilfred Bion desde sua vinda aqui, nem do processo de forte inflexão que esta foi causando na trajetória então kleiniana clássica da Sociedade de São Paulo, além de ser pouco conhecedor do conjunto da obra de Bion, preferi, neste trabalho, trazer como contribuição pessoal a retomada de alguns conceitos da psicanálise clássica, ou seja, tirados da metapsicologia desenvolvida por Freud, articulando-os de maneira a fornecer indicações sobre **ampliações conceituais possíveis** na problemática abordada pelo autor (Bion), qual seja a da clínica dos distúrbios do pensamento em pacientes psicóticos e, em outras configurações e situações clínicas, com importante desestruturação da atividade representativa.

REFERÊNCIAS BIBLIOGRÁFICAS

1. FREUD, S. - *Trois essais sur la théorie sexuelle* (1905) Ed. Gallimard (1987);

2. *L'interprétation des rêves* (1900)

Presses Universitaires de France (PUF) (1973)

3. L'inconscient (1915) *Oeuvres complètes*, vol. XIII, Ed. PUF;

4. *Formulações sobre os dois princípios do funcionamento psíquico* (1911). Trad. de Paulo César L. de Souza, em Jornal de Psicanálise vol. 27(1994) 51, pág.111;

5. *Totem et tabou* (1913) Ed. Gallimard (1993);

6. *Un souvenir d'enfance de Léonard de Vinci* (1910) Ed. Gallimard (1987);

7. La création litéraire et le rêve éveillé (1908) em *Essais de psychanalyse appliquée*, Ed. Gallimard (1973);

8. Pulsions et destins de pulsions (1915) em *Oeuvres complètes* vol. XIII, Ed. PUF;

9. MENEZES, L.C.- Questões sobre o ódio e a destrutividade na metapsicologia freudiana - rev. Percurso,7 (1991);

10. FREUD, S. - La négation (1925) em *Oeuvres complètes*, vol XVII, Ed. PUF;

11. Psychologie des masses et analyse du moi (1921) em *Oeuvres complètes*, vol. XVI, Ed. PUF;

12. CASTORIADIS-AULAGNIER, P. - *La violence de l'interprétation*, Ed. PUF (1975);

13. FREUD, S. - Au-delà du principe du plaisir (1920) em *Essais de psychanalyse*, Petite bibliothèque Payot (1981).

14. PEREIRA, M.E.C. - A questão psicopatológica do pânico examinada à luz da noção metapsicológica de 'desamparo', em *Boletim de novidades da Pulsional*, n.º 84 (1996) pág. 7

AGIR, ALUCINAR, SONHAR

AGIR, ALUCINAR, SONHAR

*Deocleciano Bendocchi Alves**

1 - COMPREENSÃO E COMPREENSIBILIDADE

Começo citando W. R. Bion, no seu livro *"Cogitations"* [1]:

"Drugs are substitutes employed by those who cannot wait.
The substitute is that which cannot satisfy without destroying the capacity for discrimination of the real from the false.
Whatever is falsely employed as a substitute for the real, is transformed thereby into a poison for the mind.
The substitution of that which is peripheral to action instead of that which is central must cause imbalance.
Imbalance is betrayed by the resort of the helpless to an assumption of omnipotence.
Immaturity, confusion, helplessness and impotence are replaced, in those who are intolerant of frustration, by prematurity, order, omnipotence and power".

A disciplina de trabalho preconizada por W. R. Bion, é bem conhecida entre os psicanalistas. Confrontando o trabalho *"Notes on memory and desire"*[2] de 1967 e o capítulo IV do livro *"Attention and Interpretation"*[3] de 1970, trabalhos que tratam desta disciplina na observação clínica psicanalítica, verificamos que no segundo aparece um acréscimo, a meu ver muito importante: a disciplina é estendida à compreensão e à percepção sensorial. Então, os fatores de opacidade no trabalho psicanalítico passam a ser: memória, desejo e compreensão. Não desenvolver esta disciplina implicará numa enganosa observação dos fatos pelo comprometimento da acuidade intuitiva, elemento essencial à prática psicanalítica. Esta disciplina pode ser estendida além da sala de psicanálise e praticada na vida cotidiana, dentro do possível, na observação dos fenômenos psíquicos que constituem a vida de todos os seres humanos.

Memória e desejo têm sido objetos de maior atenção por parte dos psicanalistas. Nesta comunicação, pretendo focalizar a compreensão e a compreensibilidade.

Na citação que fiz acima, proponho substituir a palavra "drugs" por compreensão.

---
* Membro Efetivo e Analista Didata da Sociedade Brasileira de Psicanálise de São Paulo.

No livro *"A Memoir of the Future"*, encontramos uma intrigante pergunta feita por Bion e respondida por Myself([2)] Diz Bion: *"I shall venture on the role of amplifier. How could the discovery of the Andromeda M31 nebula, or the crab nebula-sonic reprodution-exemplify your point?*

Myself - Your question suggests to me that you know something that enables you to ask. Our solution of the problem can appear to have determined the spacial separation between us and those two galaxies. That separation may not in fact pertain to the relation between those "spaces", but be a solution of that which does belong to the space between our comprehension and our incomprehension.
Roland - I don't understand.
Myself - So, you may find something you do understand as a substitute for what you don't...

A proposição de um tema supõe que saibamos algo que nos capacita a propô-lo. Desta forma, eu penso que é na distância entre compreensão e incompreensão que podemos especular alguma coisa que nos distancia o suficiente daquilo que já nos é conhecido.

Tomarei a tragédia "King Lear" de Shakespeare, uma peça de ação, para exemplificar a relação narcisismo e socialismo, bem como suas implicações sobre o senso comum. A proposição do Rei Lear às filhas introduz uma mudança radical na condução dos negócios do reino. Estas, para serem favorecidas na partilha deveriam expor-se ao arbítrio do Rei, respondendo a uma pergunta difícil e duvidosa: "qual delas gosta mais de mim?" A partilha inclui territórios, administração dos negócios e o compromisso de abrigá-lo e de manter sua guarda de cavaleiros. Lear não deixa dúvidas que ele manterá o título de Rei.

Explicando sua ação como resultado de sua velhice, eu penso que a nova ordem era decorrência do "predomínio do princípio do prazer". Regan e Goneril, as filhas mais velhas, representam a avidez, a inveja, a possessividade. Kent e Cordélia, sua filha mais jovem, representam o senso comum. A proposição do Rei Lear subverte a ordem grupal. Como resultado, Cordélia fica excluída do grupo, deserdada e repudiada. São favorecidas as duas filhas mais velhas que respondem à questão proposta pelo pai tal como este desejava ouvir, tornando-se submissas à autoridade do Rei. O repúdio e o sofrimento de Cordélia resultam de sua não subordinação à autoridade de seu grupo social, o que implicaria em sacrificar o seu narcisismo. Kent, um nobre cavaleiro, tenta prevenir o Rei de seu engano e adiar a ação da partilha, tentando evitar as conseqüências de sua propositura; não sendo ouvido, é também repudiado, desterrado e ameaçado de morte.

O senso comum parece ser uma função do relacionamento do indivíduo com o seu grupo social. Cordélia e Kent passam a ser uma ameaça ao grupo e não podem mais partilhar do espírito grupal original; opondo-se à nova ordem social, criam uma ameaça à estabilidade do grupo. O livre arbítrio deles e o seu bem estar tornam-se secundários à sobrevivência do grupo e seus ideais. O conflito fica mais explicitado quando a individualidade de Cordélia torna-se odiosa ao Rei e a suas filhas mais velhas; a exigência implícita era que Cordélia sentisse e vivesse o que todos sentiam e viviam quando sujeitos aos mesmos acidentes da vida. O autoritarismo grupal tenta impor os valores grupais de amor filial, sinceridade, com promessas de riqueza, poder e benevolência do grupo; submetida à autoridade do grupo, teria como prêmio a participação na comunhão grupal, na alucinação coletiva e manipuladora de emoções e, finalmente, teria a promessa de partilhar do amor e proteção do líder bem como da imortalidade numa vida futura.

É perceptível, na evolução da trama, que Cordélia sente a pressão do grupo sobre ela. Para preservar seu amor próprio e o seu individualismo, angustiada, tendo que enfrentar o medo que o grupo desperta nela, rompe com a autoridade dele. O mesmo acontece com Kent. O Rei, não atendendo às ponderações sensatas de Kent, não podendo esperar, destrói sua capacidade de discriminação entre o verdadeiro e o falso. Frustrado, cego pelo ódio, Lear atua. Ameaça Kent de morte, deserda Cordélia e entrega-a nas mãos de seus pretendentes. O Rei da França, após ouvir Lear e o Duque de Borgonha, refletindo sobre os acontecimentos, tem uma ação sensata e, de acordo com seus sentimentos, faz de Cordélia sua esposa e Rainha da França. O pensar surge aqui como prelúdio de uma ação sensata.

No desenvolver da tragédia, vemos que o estado mental do Rei Lear vai-se deteriorando e alcança sua expressão máxima no terceiro ato, na bem estruturada cena da "tempestade" em que se pode ver um indivíduo tomado por alucinações e delírios persecutórios.

Como exemplo do sonhar ou dos pensamentos sonhos de vigília, apresento minha digressão sobre a tragédia de Shakespeare, juntando, nesta narrativa, elementos de minha experiência consciente, transformados em algo próximo a um sonho, para tentar transmitir, visualmente, algo do que seria a minha versão dos fatos que motivam minha escrita.

Proponho, de início, uma pequena conclusão: a experiência com grupos tem mostrado que todo posicionamento individual livre desperta a hostilidade do grupo ao qual pertence o indivíduo. O bem estar social impõe-se como o bem almejado e o indivíduo torna-se secundário à sobrevivência do grupo.

Para este evento, a comissão organizadora me propôs o tema "Agir, Alucinar e Sonhar". Na literatura psicanalítica há dois trabalhos fundamentais sobre o assunto, que não podem ser desconhecidos por nenhum psicanalista. São: *"Formulations on the two principles of mental functioning"* de Freud e *"A theory of thinking"* de W. R. Bion. Estes trabalhos dispensam maiores comentários sobre a proposição. Podemos nos perguntar: qual o real interesse de retornar à descoberta de autores de genialidade reconhecida?

Tenho observado, tanto no meu trabalho com analisandos como em seminários e supervisões com outros analistas, a insistência em substituir a observação dos fatos pela aparente necessidade de compreender e explicar os fenômenos psíquicos e as teorias resultantes de importantes intuições de outros psicanalistas. Isto é, dispensam a própria observação e participação em experiências tão ricas em função da compreensão. Sei que o assunto não é simples porque o assinalado aqui por mim é o resultado de forças poderosas que operam na mente dos indivíduos e nos grupos de que fazemos parte. O que aparece é o resultado da ação de muitos fatores inconscientes, que só poderão ser alcançados durante uma análise longa, profunda e extensa. Mesmo assim, apesar de toda análise possível, sempre o desconhecido do indivíduo sobrepuja aquilo que é o conhecido.

Quando nos referimos à disciplina necessária para que o trabalho psicanalítico aconteça, isto é, abstenção de memória, desejo e compreensão, dando ênfase agora à compreensão, não quero dizer que dispensemos todo conhecimento prévio a respeito da vida, da cultura humana, das teorias analíticas. Abstenção significa privação; no nosso caso, privação durante a sessão em função da aquisição das condições necessárias para o desenvolvimento do processo mental do psicanalista. O efeito danoso da compreensão e da compreensibilidade tem origem na mente dos observadores e sobre ela também observamos os seus resultados, afetando sobretudo a capacidade intuitiva.

W. R. Bion introduziu uma considerável mudança nos processos de investigar o pensamento e suas desordens. A ênfase passou a ser dada sobre o desenvolvimento dos pensamentos e de um "aparelho" para lidar com os pensamentos. O desenvolvimento do pensamento e do aparelho para pensar estão em íntima conexão com a capacidade de tolerar frustração. A experiência de vida nos mostra que nada do que vivemos é como gostaríamos que fosse, o que cria uma permanente fonte de insatisfação até que possamos reconhecer que a frustração é conseqüente à própria apreensão da realidade, no sentido amplo do termo: realidade interna e externa. Basta verificar, por exemplo, como é frustrador expressar o que pensamos ou sentimos; sempre haverá alguma limitação em expressá-los adequadamente.

A onisciência surge em lugar do aprendizado pela vivência da experiência emocional, em indivíduos com baixa tolerância à frustração. Na observação clínica, o desenvolvimento da onisciência aparece como afirmações cujo significado é muito distanciado dos fatos e não resiste a correlação com aquilo que é o senso comum. São afirmações sobretudo autoritárias, muitas vezes disfarçadas em julgamentos ou apreciações de natureza moral ou religiosa. A percepção dos fatos fica distorcida, o que dificulta ou impede a apreensão do que é psiquicamente verdadeiro, bem como a discriminação daquilo que é falso. O autoritarismo surge para impor o que é verdade ou, o que é mentira. A percepção da verdade torna-se conflitante com afirmações referentes ao que deve ou não deve ser.

Na relação psicanalítica, os analisandos tentam estimular memória, desejo e compreensão; ou investem o psicanalista de uma autoridade que o capacita à arbitrar afirmações de ordem moral-religiosa; esperam cura, revelações ou a posse do conhecimento; são, no entanto, tentativas de destruir o vínculo analisando-analista, distorcendo o vértice de trabalho: o desconhecido.

Psicanalistas que não toleram a dor e a frustração não podem estar de acordo de que o desconhecido da experiência é o que tem relevância; evadem-se do trabalho real, utilizando-se de memórias, desejos e sobretudo da compreensibilidade do material disponível.

A compreensão deve também ser evitada pelos psicanalistas, ao entrarem em contato com as comunicações dos colegas ou em reuniões como esta. Podemos ler, ouvir, desenvolvendo a disciplina de não compreender e de não relembrar.

2 - COMPREENSÃO, DREAM-WORK α E SENSO COMUM

A apreensão do fenômeno psíquico é fugaz, transitória e fugidia. Aparece e desaparece; é esquecida. Numa sessão de análise, quando esta é possível, a apreensão é o resultado de um processo mental que envolve o "interplay" entre as posições Esquizo-Paranóide e Depressiva, resultante da apreensão do fato selecionado que oferece coerência e significado aos elementos dispersos da posição Esquizo-Paranóide. O *dream*-work α atua sobre a experiência emocional dos indivíduos, transformando-a em elementos α, material disponível para ser estocado e utilizado na comunicação dos pensamentos sonhos de vigília, pensamentos sonhos e para a correlação consciente com o senso comum, que nos indica quais são os fatos da realidade exterior relacionados com a atividade mental presente. Assim as percepções da experiência emocional necessitam ser trabalhadas pelo *dream*-work α, quer as vividas durante o sono, quer as vividas no estado de vigília, para serem utilizadas como elementos α.

Cada momento de *insight* é um momento único, singular, peculiar que aparece de uma forma uma só vez e nunca mais. Ampliando, podemos afirmar que toda vida é uma sucessão de momentos fugidios e transitórios. Todo indivíduo em sua soledade, aspirando o conhecimento de si mesmo, experimenta este suceder de experiências emocionais transitórias que trazem, em si mesmo, fatores de outros momentos transformados pelo processo mental. Citando Herman Hesse[4], podemos dizer que todos "nós levamos as viscosidades e a casca do ovo de um mundo primitivo". Isto está em paralelo com a afirmação de Freud em *"Inhibitions, Symptoms and Anxiety"* em que diz "There is much more continuity between intra-uterine life and earliest infancy than the impressive caesura of the act of birth would have us believe[5].

Constatamos que o conhecimento estabelecido e as fantasias de possessividade em relação ao conhecer são apenas ilusões; a experiência da vida e a experiência psicanalítica indicam esta permanente instabilidade das experiências emocionais e do aprendizado que delas resulta.

Penso que somos chamados pela realidade dos fatos a tomar decisões. As decisões sempre mobilizam angústias. A decisão que cabe a nós psicanalistas é manter o vértice do desconhecido no trabalho de investigação. Esta decisão envolve a comunidade psicanalítica, o grupo e o indivíduo. Se voltarmos a minha proposição inicial sobre a tragédia do Rei Lear, podemos pensar que toda decisão íntima acarreta uma reflexão sobre si mesmo, sobre os fatos da vida e sobre a correlação com o grupo em que vivemos. O processo decisório é função do processo de maturação.

Penso que no processo de maturação temos que considerar a elaboração do ódio à dúvida e à incerteza, como manifestações do ódio à realidade. Penso que este ódio estimula os desejos de compreensão, propiciando o aparecimento de teorias sobre a vida. Também se opõe ao aprendizado que resulta das experiências emocionais, quando apreendidas intuitivamente e trabalhadas pelo processo mental. Podemos conjeturar que há uma hostilidade permanente entre a racionalidade e o processo intuitivo, entre o pensamento racional e o senso comum.

Por outro lado, não podemos deixar de considerar, também, o ódio do grupo à individualidade e suas conseqüências sobre o narcisismo e o senso comum. O psicanalista necessita elaborar constantemente este conflito, voltando-se sempre para aquilo que é a base de si mesmo e a ferramenta de seu trabalho, isto é, o seu processo mental. Não é demais insistir que em todo trabalho psicanalítico o analista está por inteiro, interagindo com a mente do analisando, utilizando sua própria mente.

Podemos utilizar um enunciado de W. R. Bion contido em *"Attention and Interpretation"*[3] para concluir: "My last sentence represents an "act" of what I have called "faith". It is in my view a scientific statement because for me "faith" is a scientific state of mind and should be recognized as such".

3 - O SILÊNCIO DA SOLEDADE

King Lear "Make no noise, make no noise, draw the curtains. So, so, we'll go to supper i' th' morning.

Act III, Scene VI — King Lear — Shakespeare

"Existe uma experiência que conduz ao silêncio no qual o ser humano sente a unidade da vida"

Jacques Casterman(6)

Postulo que o estar só, consciente de sua soledade, é um dos aspectos do processo de maturação do indivíduo. Esta consciência está articulada à elaboração da separação do indivíduo e do desenvolvimento de sua autoridade pessoal que conduz ao exercício pleno do livre arbítrio e da liberdade de ser. Estes fatores configuram uma experiência interior, pela qual passamos em diferentes momentos da vida.

Jacques Castermane, num artigo recente, refere-se assim ao indivíduo que tem a experiência de estar consigo mesmo: "Tal é o estado de ser do homem chegado à maturidade — uma disposição mental graças à qual ele percebe, em meio aos conflitos de sua vida cotidiana, uma unidade essencial. Todo aquele que, em seu dia-a-dia, vivencia essa unidade passa da condição de adulto a homem maduro"[6].

No isolamento da sala de análise, o analista, mantendo a disciplina de trabalho, vive a experiência interior de soledade e isolamento, podendo exprimi-la como sendo o "silêncio" em que ele se percebe sendo ele mesmo, na sua forma genuína de ser e disponível para o trabalho. Quando o trabalho é possível, o analisando, durante a sessão, pode passar por experiências semelhantes em que ele apreende suas próprias qualidades psíquicas, chegando a estar de acordo com o que ele é. São momentos de "insight" fugazes e transitórios, em que o "silêncio" exprime a concordância com o que somos; trata-se de uma experiência inefável.

À transitoriedade da experiência, seguem-se momentos de dispersão; pode-se dizer que a experiência faz-se e desfaz-se; é uma experiência real e pessoal que se diferencia da comum. Estas experiências interiores, pela ação da função α, transformam-se em material que é armazenado e condizente com a instalação de uma memória inconsciente, tornando-se parte do processo mental de crescimento.

Como resultado, a integração progressiva dos fatores apontados conduz à realização de uma transformação em ser, em que o indivíduo pode ser ele mesmo, vivendo em profundidade suas possibilidades e limitações. Este é o "silêncio" de ser ele mesmo.

Outro estado de mente que tenho me dedicado a observar é o que chamo "prodigalidade"; procuro diferenciá-lo de generosidade, pois o uso que faço do termo "prodigalidade" implica em certo exagero das condições de ser pródigo ou generoso, exagero paralelo à experiência psicanalítica em que os fatos observados aparecem aumentados e, por vezes, exagerados.

A prodigalidade seria complementar ao desamparo da dupla psicanalítica diante do desconhecido; seria o fator da confiança do analista, de que alternativas são possíveis mesmo quando não conhecidas; permitiria lidar com as possibilidades do analisando, sem manipulações e intervenções, possibilitando a cada analisando chegar a ser ele mesmo. Revela-se pela disposição de participar ativamente da experiência psicanalítica, sem expectativas de cura, melhoria, mudança, vivendo apenas a experiência da sessão. Digo ativamente, porque a ação necessária se aproxima daquela de pais que oferecem à família e filhos as condições de crescimento e amadurecimento, mas aceitam que não podem esperar nada, sendo apenas responsáveis pela continuidade da ação que levará ou não à maturidade.

A prodigalidade do analista implica numa participação real em que a experiência de vida, de análise e de sua cultura estejam à disposição do seu trabalho. Com isto, pode-se pensar que a conversa psicanalítica torna-se uma verdadeira conversa, enriquecida pelos elementos que se fazem necessários para que uma visão mais ampla da vida e da realidade psíquica seja oferecida à reflexão do analisando. Não penso que o indivíduo possa ser psicanalista se não dispõe de uma cultura sólida e de uma sabedoria resultante de sua experiência. A psicanálise oferecida deve estar a serviço da vida do analisando. Penso que, com a participação ativa do psicanalista, não há lugar para interpretações, que são substituídas por uma conversa viva, franca, sincera e criativa.

Nos analisandos, a prodigalidade corresponde a poder usar aquilo que lhe é oferecido, contribuir com sua intuição e fluxo associativo e poder usar as oportunidades do processo analítico.

O psicanalista pode ajudar o analisando a estar consciente de que sua contribuição pode ser ampliada, quando se torna possível elaborar avidez e inveja, propiciando o aparecimento de gratidão, sobretudo gratidão pelos recursos pessoais disponíveis. O resultado de avidez e inveja levam o analisando a colocar-se na posição daquele que nega sua possibilidade de contribuir, restringindo o fluxo associativo e a sua intuição; predominam os desejos de satisfação, com melhoria, etc. e a relação analítica fica permeada pelas ansiedades do analisando, seus sentimentos de depressão, desespero, culpa, além do ódio ávido e invejoso.

A percepção não adequada do fenômeno estimula, no analista, fantasias de onisciência, onipotência; pode então estabelecer-se um conluio de características destrutivas para a psicanálise. Torna-se necessário que o psicanalista tenha conhecido e vivido tais experiências em sua própria análise, para que possa participar da elaboração destas vicissitudes com seus próprios analisandos. A percepção ampla da tarefa envolvida numa psicanálise possibilita também ao psicanalista chegar a ser uma pessoa real. Assim, o analista pode chegar a estar grato aos seus próprios recursos e sentir-se também grato aos seus pacientes, pela oportunidade que eles lhe oferecem de trabalho e amadurecimento.

4 - A ENCRUZILHADA DE PÓTNIAS, A ESFINGE E A CURIOSIDADE

Na encruzilhada de Pótnias, ponto de separação entre Delfos e Daulis, Édipo, um jovem rapaz, que andava apoiado num bastão, encontra-se com um rei que viajava numa viatura, acompanhado de uma pequena comitiva.

Na tragédia *"Édipo Rei"* de Sófocles, o próprio herói relata à Jocasta o episódio da encruzilhada, dizendo que, após uma troca áspera de palavras entre eles, foi agredido pelo cocheiro e pelo ancião; estando fora de si, tomado de cólera, usa o seu próprio cajado para assassinar Laio e os três membros de sua comitiva.

O mito de Édipo trata dos acontecimentos anteriores a esse encontro e das conseqüências posteriores ao assassinato. A tragédia de Sófocles expõe o processo investigatório necessário para a descoberta do assassino, os conflitos que emergem durante a investigação e o aparecimento dos fatos desconhecidos; termina com a morte de Jocasta, a cegueira e o exílio de Édipo e a libertação da cidade de Tebas de sua maldição. A curiosidade de Édipo, procurando deslindar os enigmas contidos no relato, parecem-me ter sido o estímulo para que Freud erigisse o complexo de Édipo, como ponto central no desenvolvimento da mente humana.

Para terminar esta comunicação que, a meu ver, trata das condições necessárias a um psicanalista para investigar, em colaboração com o seu analisando, a mente deste último, vou abordar uma intrigante questão que W. R. Bion coloca em *"Cogitations"*[7]. Propõe Bion que poderia haver uma resposta diversa à pergunta que a esfinge faz a Édipo. Segundo Robert Graves[8], a questão era a seguinte: "What being, with only one voice, has sometimes two feet, sometimes three, sometimes four, and is weakest when it has the most".

No trabalho psicanalítico, é o desconhecido do analisando e da experiência emocional em curso, o relevante e o enfoque principal. Penso que o mito de Édipo e a teoria das Posições de Melanie Klein são duas contribuições importantes para o conhecimento da mente humana. O primeiro refere-se ao conteúdo do conhecimento e a segunda, ao instrumental necessário para a aquisição do conhecimento; estabelece-se, assim, uma relação constante entre o "interplay" das Posições e o Complexo de Édipo.

Sugiro, como um ponto de partida inicial para outras investigações, ser as vicissitudes impostas ao animal humano pela mente o que estaria representado na questão da esfinge. O animal, que tem quatro patas, seria o ancestral dos primeiros hominídeos; o bípede seria o hominídeo com seu esboço de mente e o trípode seria o homem. A investigação psicanalítica tem mostrado que a mente tem sido um elemento complicador para o animal que somos, ao mesmo tempo que é o elemento que nos distingue dos demais animais. O homem, com a bengala, representaria a constante necessidade de elaboração para que o ser humano possa discriminar aquilo que é psiquicamente real, daquilo que são as conseqüências de mentiras e de substituições. Seria, ainda, o instrumento necessário ao indivíduo para estar sempre negociando a passagem da posição Esquizo-Pranóide para a Posição Depressiva. Nesta elaboração, penso que a inveja interfere no "interplay", impedindo que a função α se estabeleça e que surjam os elementos α, necessários ao processo de pensar. A bengala seria a elaboração natural no homem, que o induziria a transformar sua curiosidade infantil em curiosidade pelo conhecimento de sua realidade psíquica. Depois de Freud, esta bengala representaria a psicanálise que pode conduzir o homem na procura constante da verdade, propiciadora de crescimento.

Conjeturo, também, que a destruição da Esfinge representa o final da elaboração de um conflito e a passagem de um estado de mente para um outro. O processo de *insight*, fugaz e transitório, fugidio, torna-se organizador de novas possibilidades de investigação da mente humana.

Penso que descrevo o estado de mente que se opõe à possessividade do conhecimento, à necessidade de compreensão e explicação, assim como a manutenção de memórias, desejos de melhora e cura. A indagação está implícita na natureza humana, traduzida no mito de Édipo pelos enigmas propostos. Está implícita, também, na necessidade do indivíduo elevar-se de sua condição, meramente de animal sensorial e harmonizá-la com o que é característico de cada um, isto é, sua realidade psíquica.

REFERÊNCIAS BIBLIOGRÁFICAS

1. BION, W.R. Sem título (undated 1968),pág. 299. In *Cogitations*. Londres: Karnac Press, 1991.

2. _____ Notes on Memory and Desire. In *Psychoanalytic Forum 2*, n° 3. Los Angeles, CA, 1967.

3. _____ *Attention and Interpretation*. London: Tavistock, 1970.

4. HESSE, H. *Demian*. Rio de Janeiro: Ed. Civilização Brasileira S.A., 1970.

5. FREUD, S. *Inhibitions, Symptoms and Anxiety. S.E.*, 23. Londres: Hogarth Press, 1959.

6. CASTERMANE, I. Uma experiência interior. Em *O Correo da Unesco*, págs. 32 a 35. Rio de Janeiro: Ed. Fundação Getúlio Vargas, 1996.

7. BION, W. R. Undated págs. 198 a 202. In *Cogitations*. Londres: Karnac Press, 1991.

8. GRAVES, R. *The Greek Myths*. Pág. 370. Londres: Penguin Books Ltda., 1960.

UNIVERSALIDADE E ESPECIFICIDADE DAS CONTRIBUIÇÕES DE W.R.BION A UMA TEORIA PSICANALÍTICA DO PENSAMENTO

*Florence Guignard**

INTRODUÇÃO

A. Descobertas Freudianas sobre o Funcionamento Psíquico.

A teoria psicanalítica e os parâmetros técnicos do tratamento analítico foram estabelecidos por Sigmund Freud a partir de sua experiência clínica. Ao descobrir a importância insuspeita das pulsões e da psicossexualidade nas afecções mentais, a começar pela histeria (1), Freud orientou sua pesquisa sobre o funcionamento do pensamento a partir de seus alicerces inconscientes :

1. Ao compelir o analisando à inibição experimental, tanto de sua atividade motora quanto de sua atividade perceptiva sensorial, Freud lhe possibilitou privilegiar suas percepções endopsíquicas, induzindo, assim, um movimento intrapsíquico de regressão em direção às formas primitivas de pensamento representativo - que ele designou de "processos primários" (2).

2. A regra fundamental chamada de "associação livre" favoreceu a evocação pelo paciente de sua *Weltanschauung* infantil e também, impeliu-o a efetuar um trabalho psíquico de transformação destas formas e destes conteúdos de pensamento em "processos secundários", para poder comunicá-los na sessão de análise sob a forma de pensamento verbal.

3. Estas duas condições do "cenário analítico" conduziram Freud à descoberta da existência subjacente de um funcionamento inconsciente do pensamento cujo ponto observável de emergência situa-se na narrativa do sonho (3).

4. Freud observou prontamente, que sob a diversidade de psicopatologias de seus pacientes, havia uma organização universal do desenvolvimento psíquico a neurose infantil. Esta se organiza em torno do Complexo de Édipo e das identificações nele implicadas, e se manifesta no tratamento analítico como neurose de transferência.

5. A "transferência" do paciente, constituída pela repetição inconsciente,

---
* Membro Efetivo e Analista Didata da Sociedade Psicanalítica de Paris.

na relação analítica, de formas de pensar as relações emocionais e de viver as identificações ligadas ao passado, induz o analista a um modo de pensamento "contratransferencial". O estudo conjunto da transferência e da contratransferência tem fornecido, desde os anos 50, informações importantes acerca do papel desempenhado pela economia pulsional no funcionamento do pensamento durante a sessão e sobre o desenvolvimento do processo analítico.

6. As duas teorias freudianas do aparelho psíquico, que são irredutíveis uma à outra, podem ser consideradas como modelos do funcionamento do pensamento. A primeira subdivisão do aparelho psíquico em três estratos: o Inconsciente, o Pré-Consciente e o Consciente (4) lança as bases teóricas dos destinos pulsionais na organização da personalidade. Por outro lado, através do aprofundamento das problemáticas do narcisismo (5), do masoquismo (6) e da angústia (7), o postulado de um Instinto de Morte vai nortear as pesquisas oriundas da segunda tópica (8), em direção à questão primordial da resistência à mudança como principal obstáculo ao desenvolvimento do pensamento e à integração das descobertas humanas.

7. O conceito de "objeto interno" em psicanálise, desenvolvido a partir da patologia do luto [Freud (9), Karl Abraham (10), Melanie Klein (11)], ressaltou o conceito de "espaço psíquico interno", abrindo caminho para o estudo, inaugurado por Freud no fim de sua vida e prosseguido por outros autores, dos problemas colocados pelas patologias narcísicas graves, pela psicose e pelas perversões (12). Estes últimos trabalhos de Freud sobre a clivagem na perversão (13) estabeleceram as bases para o que atualmente podemos considerar como uma terceira tópica (A. Green, 14) que considera os elementos negativos responsáveis pela patologia da simbolização e da significação da realidade. Na perspectiva desta terceira tópica é que se faz necessário compreender a obra de W.R.Bion.

B. Esboço de um Retrato do Desenvolvimento Bioniano

Diferindo fundamentalmente do funcionamento winicotiano no qual manifesta-se com frequência a preocupação com a etiologia, a obra de Bion, assim como aquela de Freud, tem como eixo central a epistemologia, isto é o "estudo dos processos psíquicos do conhecimento". Isto significa que o modelo bioniano não escapa da hibridez metafórica inerente a todo modelo realista no campo das ciências humanas. O pensamento bioniano testemunha um raro poder de compreensão das descobertas e dos conhecimentos anteriores, ao lado de uma capacidade excepcional de utilizá-los para a criação de uma obra pessoal.

Após Freud e M. Klein, Bion deu-se conta dos papéis essenciais da linguagem e das relações identificatórias no processo de desenvolvimento do pensamento. Ele estava interessado em elaborar uma teoria relativa aos vínculos-entre-os-vínculos ou vínculos de segundo grau. Prodigioso pensador do limite, ele está interessado nos extremos da psicopatologia assim como nos limites extremos da vida psíquica sob dois aspectos: o nascimento do pensamento no *infans* e a ancoragem do pensamento grupal na organização psíquica individual. A própria expressão de sua teoria psicanalítica do pensamento situa-se intencionalmente no limite de duas linguagens, a matemática e a metafórica.

A teoria psicanalítica bioniana do pensamento integra as dimensões pulsionais, emocionais e identificatórias inconscientes, enquanto fatores significantes e estruturantes, e não apenas como fonte energética neutra e neutralizada. Isto significa que para Bion a consciência não está diretamente ligada aos processos de pensamento. Limitando estritamente o conceito de "consciência" à definição que lhe foi dada por Freud ("o orgão para a percepção das qualidades psíquicas") Bion atribui uma particular importância ao conceito de "onipotência", que no domínio do pensamento funciona sob a forma de "onisciência", isto é "a afirmação ditatorial de que uma coisa é moralmente justa e outra falsa".

Os principais eixos epistemológicos do pensamento bioniano são:

a) estudo do papel das pulsões e de seu negativo - o que proponho chamar de sua "entropia" - na organização do pensamento humano;
b) estudo do papel do psiquismo do Outro na constituição das relações identificatórias e no nascimento do pensamento do sujeito;
c) estudo do papel da mentalidade grupal no desenvolvimento psíquico e na psicopatologia do ser humano.

I. PULSÕES, ESPAÇO PSÍQUICO E TEORIA DO PENSAMENTO.

A. O "Tripé Pulsional" Bioniano e sua Entropia.

Bion utiliza o conceito: limite de pulsão sob sua forma mais elaborada - a menos instintiva e a mais "psicologizada" - propondo o que designei como "tripé pulsional bioniano" (L H e K). De um vértice metodológico, o estabelecimento de um sistema de três componentes constitui uma base muito mais equilibrada do que aquela proposta por um sistema binário, o qual sempre resulta em confinar nossa reflexão a uma alternativa esterilizante.

Ao colocar a "pulsão de conhecimento" (K) como um componente organizador da personalidade do sujeito ao lado do amor e do ódio (H), Bion :

a) favorece uma integração dos dois modelos tópicos freudianos a respeito das pulsões ;

b) fornece uma ordenação teórica às descobertas de M.Klein sobre a pulsão epistemofílica ;

c) aborda, sob um novo ângulo, a questão do "princípio de realidade".

De fato, como foi dito por Laplanche e Pontalis (15): " é freqüentemente questionado como a criança, se ela pudesse satisfazer-se à vontade, através do modo alucinatório, buscaria, em algum momento, um objeto real". Desde que as moções pulsionais do *infan*s vão se orientar para o estabelecimento de vínculos, não só libidinais mas também cognitivos com a mãe, a posição do princípio de realidade em relação ao princípio de prazer-desprazer torna-se mais compreensível.

O conceito de pulsão (K) permite ultrapassar a conceituação inadequada de uma origem puramente pré - genital da sublimação. Ao reintegrar o desejo de conhecer no nível pulsional, Bion abre todos os níveis possíveis de combinações, tanto os positivos como os negativos, com as pulsões de amor e de ódio (L e H)

Bion, porém, mostra-se mais ousado ainda, quando se refere à "pulsões negativas": (-L), (-H) e (-K) . Esta "entropia da pulsão" esclarece, principalmente, todo o campo das perversões. Estas "qualidades negativas" estão também na base do negativismo, da transferência negativa, da reação terapêutica negativa, assim como das idéias estereotipadas e preconceituosas, de todos os tipos, que aprisionam o ser humano em sua estupidez e o isolam de seus semelhantes.

B. O Conceito Atual de "Espaço Psíquico".

As premissas bidimensionais do conceito de "espaço psíquico" encontram-se na definição do Ego dada por Freud em 1920 (O Ego e o Id, op. cit.) : "o Ego é antes de tudo um Ego corporal; ele não é apenas um ser de superfície mas também a projeção de uma superfície... ele representa a superfície do aparelho mental".

Com a descoberta da "identificação projetiva" em 1946, M. Klein descreve um aparelho psíquico cujos espaços internos são regidos por processos inconscientes - clivagem, negação, idealização e identificação projetiva - que possibilitam a simultaneidade de vários modos de funcionamento psíquico, cada um deles implicando diversos aspectos do Ego, dos objetos do Ego - principalmente do Superego - e das pulsões contidas no Id.

No prolongamento desta perspectiva tópica, Bion propôs a seguinte metáfora : "postulo o espaço psíquico como uma coisa-em-si (Kant): incognoscível, mas podendo ser representada pelos pensamentos". Para ele, as relações existentes entre o espaço psíquico e o espaço analítico são análogas àquelas que existem em astronomia entre o espaço astronômico e o espaço explorado: a representação que nos esforçamos para conter no tempo e no espaço analíticos, sob uma forma simbolizada - cujo protótipo é o pensamento onírico - dirá respeito à uma porção ínfima do espaço psíquico do analisando.

C. Angústia "Catastrófica", Traumatismo Psíquico e "Negativo do Pensamento".

Bion não propõe uma visão evolucionista idealizada dos resultados da exploração desta porção do espaço psíquico. De fato, mesmo que cada um de nós se empenhe para expandir, ao cabo de nossa experiência de vida, a porção de espaço psíquico pensável e simbolizado, pode ocorrer que ela se estreite devido a várias razões, principalmente à angústia " catastrófica" relacionada a toda situação crítica onde a aproximação da verdade é substituída por uma virtualidade de mudança psíquica.

Pode-se reunir as razões da emergência desta angústia sob o conceito de "traumatismo psíquico" e explicitar em que tal traumatismo chega a estreitar a porção do "espaço analítico", isto é, do espaço psíquico já simbolizado de uma pessoa. De fato, as contrapartidas entrópicas das três pulsões (-L) (- H) e (- K) levam a considerar que onde se origina o pensamento simbólico, os "pensamentos em busca de um pensador" podem ser dispersos por uma ação negativa que reconduziria a organização mental ao caos.

Este fenômeno, responsável no tratamento analítico pelo "negativismo", pela "transferência negativa", pela "alucinação negativa" e pela "reação terapêutica negativa", teria segundo Bion, seu campo de ação e de propagação na 'mentalidade grupal primitiva" (que será tratada adiante) e seus domínios de expressão no agir e na somatização, desta forma isolando o indivíduo da comunicação íntima autêntica consigo mesmo e com os seus semelhantes.

O traumatismo psíquico poderia assim ser considerado como acontecendo sempre que as pulsões L, H, K de uma pessoa se deparam no outro ou em si mesma, com o não-simbolizável ou, pior ainda, com o anti-pensamento em vez da "matéria psíquica" - isto é, de pensamento simbólico, consciente ou inconsciente. Verdadeiro "buraco negro" na mente, o traumatismo psíquico constitui uma ameaça de morte psíquica e mesmo somática. Aqui temos os problemas colocados por Freud em "Análise Terminável e Interminável"(op. cit.).

II. POSTULADOS BIONIANOS PARA UMA TEORIA DO PENSAMENTO.

A. A "Função alfa".

Os pensamentos se originam na experiência emocional, fruto do encontro das pulsões de um ser humano com a "função alfa" - ou "capacidade de pensar os pensamentos" - de um outro ser humano. Esta "função alfa" opera no modo da "identificação projetiva normal", concebida de acordo com o modelo da descoberta kleiniana de um processo resultante da clivagem e da projeção de uma parte do Ego de um sujeito, num outro sujeito. Quando este processo de identificação projetiva funciona normalmente, o primeiro sujeito pode, então, utilizar sua própria percepção endopsíquica para "intuir" aquela do segundo sujeito e tentar lhe dar uma significação aproximada, tanto dos conteúdos emocionais, como do desenvolvimento do pensamento que contém estas emoções.

Ao considerar, logicamente, que a primeira ocasião de um tal encontro pode ser observada na relação que se estabelece entre o *infans* e sua mãe, Bion indica mais concretamente a experiência *princeps* protótipo desta função da qual ele deseja fazer um "conceito vazio", sob a expressão "capacidade de rêverie da mãe".

A denominação "capacidade de rêverie" evidencia um desenvolvimento tipicamente bioniano de teorização a partir de Freud: considerando o sonho como o "contido" primeiro dos pensamentos e o "pensamento onírico" como "continente" deles, ele situa, no nível da atividade onírica inconsciente, a misteriosa transformação do pulsional em simbólico, sendo que não conhecemos melhor suas modalidades do que aquelas da transformação da matéria inanimada em matéria viva.

Bion considera que a escuta do psicanalista na sessão é aquela condizente com o uso da "capacidade de rêverie da mãe". Certos autores psicanalíticos, e não são poucos, se enganaram a este respeito e reificando a conceituação de Bion, acreditaram que se tratasse de uma "atitude maternalizante", uma variante das noções winicotianas de *"holding"* e de "mãe suficientemente boa". O que está sendo descrito deveria ser o suficiente para dissipar todo e qualquer equívoco conceitual.

B. O Papel da "Verdade" na Atividade de Pensar.

Expressões de uma "verdade" assintótica que se concebe como um "ponto O" virtual, os pensamentos existem independentemente do pensador, o qual pode entreter com eles diversos tipos de relação, deles se aproximando sem, porém, os investir - sem descobrir portanto, sua parcela de "verdade"("comensalismo") - ou relacionando-se com eles e beneficiando-se, tanto para seu próprio desenvolvimento como para aquele dos pensamentos ("simbiose") ou ainda, os "parasitando" defensivamente, utilizando cientemente um sistema mentiroso e destruidor ("parasitismo"), temendo ser destruído pela verdade neles contida.

Assim, para Bion, a verdade não requer ser pensada por alguém para poder existir (cf. o *"Eppur,si muove !"* de Galileo Galilei). Para se desenvolver, é o aparelho psíquico do "pensador" que necessita da verdade, da mesma forma que o corpo necessita do alimento. Para Bion é evidente que a "verdade absoluta"(O) não pode nunca ser contida e que toda verdade requer um certo grau de falsificação para ser compreendida por um aparelho psíquico. Assim, ele gostava de lembrar que "não há maior mentiroso do que aquele que afirma nunca ter mentido".

A aproximação da verdade constitui uma "situação crítica" por excelência e sempre gera angústia. Bion faz desta angústia, análoga à "angústia - sinal" descrita por Freud, o protótipo de toda angústia e a denominou "angústia catastrófica". Ele retoma assim, como o fez René Thom (16) na matemática, o sentido primeiro do termo "catástrofe", a saber : "turbulência". Esta "angústia catastrófica" é subjacente ao sofrimento psíquico descrito por M. Klein nas "posições esquizoparanóide e depressiva"; a reencontramos no conceito bioniano de "terror sem nome" e no conceito meltzeriano de "terror dos objetos mortos".

C. O Papel da "Pulsão de Conhecimento".

Como observou D. Meltzer (17), Bion ampliou o conceito freudiano de "Complexo de Édipo" ao dar uma importância primária, ao lado das pulsões de amor e de ódio (H), à uma "pulsão de conhecimento" transformada por "ηυβρισ" - a "audácia", ou mesmo a "arrogância" - em prazer de conhecer. A metáfora prototípica do vínculo que gera "ηυβρισ" é aquela do vínculo do recém- nascido com o seio, num funcionamento normal e recíproco da "identificação projetiva" entre a mãe e o *infans*.

Por outro lado, a "identificação projetiva excessiva", descrita por M. Klein como um mecanismo psicótico, é a expressão de um ódio, tanto das pulsões L, H e K como das emoções e de "ηυβρισ", dito de outra forma, um ódio à própria vida.

D. O Papel da "Realidade".

Com Bion, o conceito freudiano de "princípio de realidade" manifesta todas as suas dimensões de "experiência emocional", colocando em ação, a partir do "princípio de prazer - desprazer", o conflito do amor e do ódio (H), "trabalhado" pela pulsão de conhecimento (K) e suscitando a "angústia catastrófica".

A "realidade externa" unida por Freud ao "princípio do prazer-desprazer" para produzir o "princípio de realidade", só pode ser utilizável pelo psiquismo na condição de elemento psíquico. Em minha opinião, é precisamente neste contexto que se insere o conceito bioniano de "função alfa" ou "capacidade de *rêverie* da mãe".

O psicótico, que sofre com um ódio aterrorizador frente à "verdade da realidade", tanto sob a forma de realidade externa como de realidade psíquica, constrói contra esta verdade um "anti-mundo" por meio do delírio ou da alucinose.

O neurótico agarra-se aos "supostos básicos" de sua "mentalidade grupal" (v. adiante), preferindo manter em si mesmo o que chamei de um "reduto de estupidez", em vez de enfrentar a angústia catastrófica que ameaça sua integridade.

Quanto ao perverso, ele usa sua pulsão de dominação sobre a realidade externa para cindir e negar, no todo ou em parte, sua percepção endopsíquica, projetando no outro o que ele recusa reconhecer como sendo elementos internos de uma verdade que restringiria sua onipotência.

De fato, é preciso dispôr em grau apreciável, da capacidade para tolerar incerteza - o que Bion chamou de "capacidade negativa"- para manter em si mesmo, de um modo suficientemente vigoroso e durável, esta "atenção passiva" que, talvez em algum momento, conseguirá uma certa aproximação da verdade, conturbando ao mesmo tempo a idéia que se fazia até então da realidade de si mesmo, do outro e do mundo em geral.

III. A MENTALIDADE GRUPAL NO FUNCIONAMENTO INDIVIDUAL.

Bion propôs um modelo epistemológico muito original relativo à articulação existente entre o que rege a organização psíquica especificamente individual de uma pessoa e o que, dentro de seu funcionamento mental, impõe ao indivíduo a pressão cega da "mentalidade grupal" tal como foi descrita por Freud sob a designação de "Massenpsychologie" (Totem e Tabu, 18 Psicologia de Grupo e Análise do Ego, 19 Mal-Estar na Civilização, 20).

Inerente ao funcionamento mental de todo indivíduo, a mentalidade grupal não se insere na categoria dos processos psíquicos, não sendo organizada ou influenciada nem pela problemática do desejo - cujo estatuto metapsicológico é estritamente individual - nem pelo desenvolvimento temporal da história das relações de objeto e das identificações da pessoa. Enquanto os processos psíquicos individuais são criadores de pensamentos, a mentalidade de grupo impõe os preconceitos e as "idéias estereotipadas".

Expressão da origem gregária do animal humano e conservando seu caráter instintivo bruto e atemporal de preservação da espécie, a "mentalidade grupal" manifesta-se através de um conjunto de postulados básicos ligados à vontade de adesão a qualquer preço à "horda". Totalmente inconsciente, esta vontade é responsável pelo profundo mal-estar que o indivíduo experimenta sempre que ele pensa, deseja e age, em desacordo com estes postulados grupais básicos.

A mentalidade grupal caracteriza-se pelo nível extremamente elementar das emoções que nela têm o direito de cidadania. Estas emoções rudimentares são intercambiáveis, remanescentes e inextirpáveis. Elas se impõem à forma de perseguição, e mesmo da paranóia em relação ao "estrangeiro", na mentalidade dita de "ataque - fuga", ao modo do despotismo absoluto exercido sobre a vida sexual e afetiva individual de si mesmo e do outro na mentalidade chamada de "acasalamento" e ao modo de adoração imatura de um chefe supremo de quem se espera toda segurança e toda satisfação na mentalidade de "dependência". Bion enfatiza o modo repentino pelo qual uma mentalidade grupal pode ser transformada em outra, o que o levou a pensar que provavelmente se trate de diferentes facetas de um mesmo e único fenômeno.

Mecanismo elementar de inter-comunicação, a mentalidade grupal constitui para o indivíduo um meio de exprimir suas idéias pessoais no anonimato e também representa uma ameaça constante quanto à satisfação de suas necessidades e de seus desejos. A resultante do conflito entre os desejos do indivíduo e sua mentalidade grupal cria a cultura do grupo ao qual ele pertence.

O meio menos aniquilador para o indivíduo integrar suas necessidades gregárias de animal humano é constituído pelo "grupo de trabalho" cujo objetivo está de acordo com as exigências do "princípio de realidade" e que permite ao sujeito trocas com seus pares ao nível de um "senso comum" mínimo.

Atingindo esta elaboração conceitual a partir dos trabalhos de Freud sobre as questões da sociedade, assim como de sua própria experiência clínica com grupos, Bion inaugurou uma nova epistemologia do que se poderia chamar "a fortaleza do *socius*", esteio frequentemente inexcedível no indivíduo aterrorizado por ter que assumir as 'mudanças catastróficas" inerentes a seu desenvolvimento de sujeito, através do processo analítico. Por exemplo, as noções de "superego arcaico" e de "assassinato do pai da horda primitiva" são consideradas sem hipótese etiológica (filogenética), porém, de um modo claramente distinto da organização edipiana, mesmo que muito precoce.

CONCLUSÃO

A universalidade da teoria de pensamento de W.R.Bion deve-se à articulação que ele conseguiu estabelecer entre o indivíduo e o socius. Sua especificidade advém do fato de que ele considerou o funcionamento desta articulação no *interior* do funcionamento psíquico *individual*, sendo este tratado na inteireza de seus processos, conscientes e *inconscientes.*

Assim, ele pesquisou e explorou até seus limites máximos as descobertas freudianas relativas aos alicerces pulsionais, tópicos e econômicos dos aspectos mais abstratos e mais reflexivos do pensamento humano, sempre em estado de vir-a-ser.

Tradução: Magaly da Costa Ignácio Thomé
Revisão: Marta Petricciani

REFERÊNCIAS BIBLIOGRÁFICAS

1. S. FREUD & J. Brener. (1895). *Etudes sur l'Hystérie.*
2. _____ (1911). *Les deux principes du fonctionnement mental.*
3. _____ (1900). *La Science des Rêves.*
4. _____ (1915). *Métapsychologic.*
5. _____ (1914). *Introduction au Narcissisme.*
6. _____ (1924). *Le problème économique du masochisme.*
7. _____ (1926). *Inhibition, symptône,* angoisse.
8. _____ (1923). *Le Moi et le ça.*
9. _____ (1917). *Deuil & mélancolie.*
10. K. ABRAHAM (1924). *Oeuvres complètes.*
11. M. KLEIN, *Essais de psychanalyse.*
12. S. FREUD (1927). *Le fétichisme.*
13. _____ (1938). *Le clivage du Moi dans les processus de défense.*
14. A. GREEN (1993). *Le Travail du Négafit,* Paris, Fd de Minuit.
15. LAPLANCHE & J.B. PONTALIS (1967). *Vocabulaire de la Psychanalyse,* Paris, PUF.
16. R. THOM (1972): *Théorie des catastrophes.*
17. O. MELTZER (1985). "*Le Développement Kleinien*".
18. S. FREUD (1912-13). *Totem et Tabou.*
19. _____ (1921). *Psychologie des masses et analyse du Moi.*
20. _____ (1930). *Malaise dans la Civilisation.*

OBRAS

BION W.R. 1959 *Recherches sur les petits groupes,* Paris PUF 1967.

_____. 1961 Une théorie de la pensée, *Réflexion falte,* Paris, PUF, 1983.

_____. 1962 *Aux sources de l'expérience,* Paris, Payot, 1974.

_____. 1963 *Élements de psychanalyse,* Paris, PUH 1979.

_____. 1965 *Transformations.* Paris, PUF 1982.

_____. 1967 *Réflexions faite,* Paris, PUF 1967.

_____. 1970 *L'attention et l'interprétation,* Paris, Payot 1974.

UMA QUESTÃO HAMLETIANA

*Marcio de F. Giovannetti**

I

Em 1979, ano de sua morte, Bion publica "Como tornar proveitoso um mau negócio", iniciando-o com uma referência à tempestade emocional, turbulência inevitável desencadeada pelo encontro de duas personalidades. E o termina dizendo que "A sabedoria parece ter capacidade de sobreviver mudando sua direção e reaparecendo, então, em lugares inesperados. Galeno estabeleceu as regras da observação, tornando-se autorizado, respeitável (assim como Freud é hoje) e uma autoridade indiscutível. A anatomia não era estudada pela observação do corpo humano. Mas Leonardo, Rafael e Rubens estudaram o corpo; assim, emergindo por entre os artistas, os anatomistas começaram a observar o cadáver e os fisiologistas, a mente. Irão os psicanalistas estudar a mente ao vivo? A autoridade de Freud deve ser utilizada como um empecilho ou uma barreira para estudar as pessoas? Menciona-se o rei Canuto como sendo tolo a ponto de pensar que o mar lhe obedecia, assim ele procurava demonstrar o orgulho da bajulação. O revolucionário se torna respeitável - é uma barreira contra a revolução. A invasão de um animal por um germe, ou a "antecipação" por meio de um pensamento preciso, é contrariada pelos sentimentos já possuídos. Esta guerra ainda não terminou". (Rev.B.Psic.,13:467,1979).

Em 1940, publicara seu primeiro artigo, intitulado "A guerra dos nervos"; seu último artigo, publicado quase quarenta anos depois, se encerra com a afirmação de que a guerra continua.

Da mesma forma que não há Hamlet sem a guerra como pano de fundo, não se pode apreender a obra de Bion independentemente desse foco. Mais que isso, é somente através dele que sua leitura adquire densidade e matizes originais: a tempestade, a turbulência, a coexistência não pacífica de pares antitéticos são a invariância que permeia toda sua obra. Não à tôa, portanto, a peculiar repercussão que ela tem tido no meio psicanalítico em geral - a metáfora da "invasão de um animal por um germe" tomada em seu sentido bélico, serve de forma bastante adequada para uma aproximação à compreensão do modo como seu pensamento tem sido recebido. Ou como força revolucionária e libertadora, ou como invasor a ser

---
* Membro Efetivo e Analista Didata da Sociedade Brasileira de Psicanálise de São Paulo.

banido. Em nenhum dos casos fica guardado um distanciamento razoável para uma assimilação crítica de suas contribuições. O "front" parece ser seu habitat.

E no "front" não há nem tempo e nem história: não são todos eles iguais, a medida em que situam cada homem no limite de seu próprio tempo, radical possibilidade que são da transformação do corpo vivo em cadáver?

"Ah sim, eu morri em 8 de agosto de 1918", escreveu Bion em sua biografia. "Eu morri na Ferme Anglaise e eu trabalhei desde o Purgatório". "Eu não me aproximarei mais da estrada entre Amiens e Roye, com medo de reencontrar meu fantasma - foi lá que eu morri", confessa em O Passado Apresentado, referindo-se a terrível experiência por ele vivida na 1ª grande guerra.

É daí que Bion, confessadamente, fala. É da experiência limite de um homem no *front* de batalha, lugar e hora onde a história não tem lugar nem vez, pois tudo se resume a um conjunto de ações cujo único sentido é a preservação do próprio corpo vivo. Como escreveu Bléandonu, "agir quer dizer matar e ser, e suportar quer dizer não matar e não ser". Neste lugar, a questão é sempre ser e não ser; é sempre hamletiana, como atesta o título de sua "Another part of a life - All my sins remembered" - tirado do último verso do famoso monólogo de Hamlet.

Se para Freud a questão central do ser humano é o enigma proposto a Édipo pela esfinge - Quem é o homem, quem sou eu -, para Bion essa mesma questão vem vestida com as cores sombrias do reino da Dinamarca onde, ecoando a indecifrabilidade do enigma, o príncipe depara-se com o espectro de seu pai. "Não é mais o efeito da ausência muito prolongada do objeto que é aqui a causa da desorganização, mas seu oposto: sua presença excessiva, seu peso demasiado, seu ar por demais carregado é que torna a atmosfera irrespirável", escreveu A. Green a propósito da gênese do pensamento kleiniano e que me serve aqui para contextualizar a voracidade alucinatória: o "ar por demais carregado", aquele que "torna a atmosfera irrespirável", é aquele que existe no *front* e também aquele fabricado por quem não tolera a ausência do objeto. O vazio, o vácuo, é rapidamente preenchido com a presença do não ser - o gêmeo imaginário. Primeiro trabalho de Bion como psicanalista, "O Gêmeo Imaginário" já indicia este seu universo de dupla inserção.

A mulher morre ao dar à luz. Uma vida pela outra parece ser a tradução mais adequada para este universo construído por meio de pares antitéticos, em constante luta, sem síntese possível: Oriente-Ocidente, parte psicótica - parte não psicótica da personalidade, indivíduo-grupo, animado-inanimado, sensorial-psíquico, continente-contido, alucinação-pensamento.

Não surpreende, portanto, que ele não acreditasse na redenção da posição depressiva e alterasse a célebre fórmula kleiniana PS-PD introduzindo nela o sinal de oscilação. o que causou uma verdadeira revolução no âmago do grupo kleiniano. Pois se a meta de uma análise não era mais fazer com que o analisando atingisse a posição depressiva, a própria práxis estava sendo colocada em risco. Fenômeno, aliás, não de todo incomum entre os psicanalistas à medida em que a identidade de um analista ou de um grupo de analistas pode basear-se num "precipitado transferencial" relativo à determinada teoria ou "escola".

Interessante assinalar que essa reformulação só foi possível em 1962, após a morte de Klein, quando publica "Aprendendo com a Experiência" e "Os Elementos da Psicanálise", ponto de origem do adjetivo bioniano, quando elabora sua teoria das funções, num movimento onde o sonho ou o sonhar volta a ocupar o espaço privilegiado que tinha na teoria freudiana. Se Freud se ocupou basicamente do sonho do neurótico, Bion vai se ocupar da incapacidade de sonhar do psicótico. Aqui, a raiz de sua teoria das funções: a capacidade de sonhar, para ele, é a via régia não para o Inconsciente mas para que exista, para que se estruture um Inconsciente enquanto tal. Da mesma forma que o bebê necessita da "revêrie" materna para desentoxicar-se dos excessos pulsionais nos quais está submerso, o psicótico necessitaria de um analista que fosse capaz de sonhar a concreta infinitude em que se esvai, possibilitando-lhe então uma "barreira de contato", limite necessário para que ele experiencie algo como "ser no mundo", emergindo como fala, saída do aterrorizante "silêncio dos espaços infinitos" e, como forma, saída dos "espaços vazios e informes".

II

A mãe torna possível o sono do bebê, este o fato cotidiano que Bion articula em sua teoria. Incapaz de sonhar, o psicótico fica incapacitado para estar acordado e também para estar dormindo, continua. E o psicanalista é capaz de sonhar, é capaz de revêrie? pergunta-se Bion. Se a Psicanálise está em sua infância, em que polo da cadeia se situa o psicanalista prático, como bebê submerso em seus excessos pulsionais ou como mãe capaz de revêrie? Ou está mais próximo do psicótico que, incapaz de dormir e de estar acordado, produz compulsivamente um sem número de "teorias" a respeito de si mesmo e do mundo, ação cujo único sentido é a preservação de sua própria vida, sempre em risco iminente?

Está o psicanalista cônscio dos perigos envolvidos em sua atividade cotidiana? "...Mas assim como seria impossível explicar para alguém que não tivesse participado em uma ação de guerra como é ser um soldado ou padioleiro do regimento, também é impossível descrever para alguém que não foi um analista praticante o que é experimentar psicanálise real", coloca Bion na boca do personagem P.A. (psicanalista) em O Passado Apresentado. "Ainda que a pessoa não esteja consciente dela (a contratransferência)... há um medo inerente"..."Se um psicanalista está fazendo análise de verdade, então ele está engajado em uma atividade que é indistinguível daquela de um animal que investiga aquilo que ele teme - ele cheira o perigo", continua ele.

Isto significa para ele que se a Psicanálise, a ciência dos sonhos, pretende continuar existindo é fundamental que os psicanalistas revejam sua prática, isto é, se ela está mais a serviço de manobras de defesa ou de ataque, com a conseqüente criação de um verdadeiro arsenal prático-teórico direcionado a explodir com tudo aquilo que possa ameaçar a identidade do psicanalista; ou se está a serviço de possibilitar ou acolher a palavra e o sonho do analisando. Em outras palavras, estariam os analistas intoxicados por suas práticas e por suas teorias a ponto de estarem incapacitados para exercer a função desintoxicante imprescindível para seu trabalho? Os psicanalistas têm contribuído para a vida ou para a morte da Psicanálise?

"Não seria terrível se o todo da Psicanálise não passasse de uma vasta paramnésia destinada a preencher o vácuo de nossa ignorância?" pergunta ele em Turbulência Emocional.

A histérica sofre de reminiscências, escreveu Freud. O psicanalista pode sofrer de aversão a sua ignorância, pode sofrer de sua arrogante curiosidade, parece ponderar Bion de seu lugar. Se Freud escreveu alguns artigos dirigidos àqueles que se iniciam nesta impossível profissão: Recomendações ao Jovem Médico..., A Psicanálise Selvagem, Considerações sobre o Amor de Transferência, Bion vem sublinhar, com seus escritos, a juventude selvagem de todo psicanalista diante da mente humana, nas relações (contra)-(trans)-ferenciais.

Parece-me ser essa sua preocupação básica ao escrever Aprendendo com a Experiência, Os Elementos da Psicanálise, Transformações e Atenção e Interpretação, todos escritos num estilo que procura ser o menos possível intoxicado de psicanalês, num exercício de escrita que procura o máximo da abstração, quase que uma matematização. Nesta proposta, coloca também seus escritos anteriores em questão: em 67, seus artigos psicanalíticos escritos de 1950 a 1959 são republicados - com um adendo - sob o título Second Thoughts, um repensar sobre suas próprias bases, uma releitura crítica de si mesmo enquanto analista excessivamente intoxicado de psicanálise.

Este é o contexto em que surgem suas elaborações sobre o pensamento e o "aparelho" de pensar: da mesma forma que cada ser humano necessita, a despeito de seus próprios desejos, desenvolver um aparelho para pensar seus pensamentos, cada psicanalista necessita desenvolver seu próprio aparelho para pensar a especificidade de sua prática. Em psicanálise, como na guerra, não há tempo para se refletir sobre o ato. Só depois, se houver o só depois...Assim ele cria um instrumento - A Grade - que serve para pensar a prática já ocorrida, o momento já vivido, acentuando que sua teorização se dá a partir de sua aplicação a seus registros clínicos. É claro ao dizer que não está propondo uma nova teoria, mas sim uma possibilidade que encontra para refletir no "só-depois", no repensar, a sua atividade como psicanalista. E é mais claro ainda ao dizer que essa grade serve para ele, Bion, sugerindo que cada psicanalista crie a sua própria grade.

Mas como em psicanálise a transferência costuma se dar também com o próprio texto escrito, com a própria teoria, a palavra escrita de Bion foi sacralizada por alguns adeptos. Resultado: sua grade, publicada como um exemplo, um modelo, passou a ocupar o lugar da grade a ser desenvolvida e criada por cada psicanalista a quem seu texto falasse. No lugar do pensamento próprio e autônomo, do pensamento que dialoga com o outro, no lugar de instrumento de liberação da escuta da outra voz, a do analisando, a grade, transformada em objeto sacro, intocável, intransformável portanto, vem a tornar-se meta ideal de escuta, não da outra voz, mas sempre da mesma.

Muitas escutas se aprisionaram atrás dessa grade.

É possível que Bion tenha percebido o tipo de uso que se fazia de sua obra, mais para o que ela não era do que para o que ela era -" O revolucionário torna-se respeitável..."- e, então, sua escrita muda mais uma vez de estilo.

Após um longo período de cinco anos, considerando-se sua média anterior de um trabalho publicado por ano, ele emerge em 1975 com uma "ficção científico-psicanalítica", a trilogia Uma Memória do Futuro, e retoma seu ritmo de publicações. Sintomaticamente, o primeiro volume da trilogia é batizado de O Sonho. Sintomaticamente, logo depois, escreve um artigo a que dá o nome de A Grade, onde escreve que "Às vezes uma metáfora torna-se de tal maneira parte do inglês coloquial que ela morre - a não ser, como assinala Fowler, que seja ressuscitada pela justaposição de outra metáfora, cuja impropriedade e falta de homogeneidade transmite uma palpitação, por assim dizer, galvânica à primeira".

Seu estilo, agora, é mais literário, longe portanto da matematização dos anos sessenta. Seu passado é apresentado através de sua biografia "Part of a Life" e "Another Part of a Life". Bion continua ele mesmo. Mas preenche com mais evidência sua obra, com sua pessoa.

III

No "après-coup" da morte de seu pai, Freud inicia sua "auto-análise", a análise de seus próprios sonhos, dando origem ao pensamento e à prática psicanalíticos. O que nos situa de chofre diante do fato que, em Psicanálise, tanto a atividade teorizante quanto a prática só são possíveis a partir de um mergulho daquele que aí se pretende, em si mesmo. É este o golpe do qual toda obra é o só depois. A conseqüência paradoxal deste fato é que a permanência e a abrangência de uma obra se devem a sua maior ou menor contaminação com as características pessoais e, portanto, transitórias de seu autor.

Nada mais pessoal em um indivíduo que seus sonhos, que seus próprios desejos, realizados ou não, foi o ensinamento maior que nos legou Freud. O sonho exprime a maneira específica que cada indivíduo encontra para administrar seu legado pulsional, sua humanidade, sendo ao mesmo tempo, aquilo que o identifica, que o personaliza enquanto único dentro da espécie. O que importa é o como cada um sonha, em sua individualidade, a sua humanidade, a sua forma própria de pertinência à espécie humana. Por isso a Psicanálise é sempre a ciência dos sonhos, a sua interpretação, o seu apontamento.

Isso o sabia bem Freud, pois não há outro trabalho seu tão repensado, tão acrescido de notas, ao longo de praticamente toda a vida, quanto sua Träumdeutung, o que atesta seu constante dialogar com o próprio texto.

Se seu texto nasce com a morte de seu pai, denunciando o desejo incestuoso e parricida, ele dá seu grande salto - o famoso capítulo VII - com a análise do sonho de um pai na noite do velório do filho. De um "Pede-se fechar os olhos" para um "Pai, não vê que estou queimando?" o percurso é enorme: no primeiro, o sujeito que sonha é filho; no segundo, é pai. A distância entre uma enunciação e a outra é a distância entre as gerações. Nas duas o órgão em questão são os olhos e a função, o olhar. O que significa que é o olhar, o ponto de vista de cada um, de cada geração, que vai permitir circunscrever a experiência de estar no mundo.

E o olhar freudiano é aquele que se situa no inexorável suceder das gerações. Por isso, por circular a palavra de pai para filho, ele é desvelador da sexualidade e de sua contraparte, a mortalidade. Não está, segundo ele, a genitalidade a serviço da espécie? E por isso, por abarcar o campo geracional, histórico, ele é desvelador da cultura.

O ponto de vista freudiano, o sonho freudiano por assim dizer, constitui o corpo humano revestido pela sexualidade - o corpo não é carne bruta, mas sim corpo erógeno, apto para transferências. É o corpo no só-depois do recalque primário, não existindo enquanto puramente físico. Por isso ele vai tratar do sonho já constituído. Até 1919, quando, com os três trabalhos escritos quase que simultaneamente - O Estranho, Uma criança está sendo espancada e Além do Princípio de Prazer -, este revestimento erótico do corpo sofre seu irreparável corte, estabelecendo-se uma solução de continuidade com a carne bruta, com o corpo decaído, perdendo a pulsão sexual a sua primazia. A partir daí, ela se depara com seu duplo, a pulsão de morte.

O sonho que vai servir de paradigma para o novo topos é o sonho traumático, o sonho dos neuróticos de guerra. É o sonho que precisa ser ressonhado compulsivamente, repetitivamente, até que o Ego, criança espancada e ferida por um excesso, reconstrua sua película cicatrizante.

A partir daí, os trabalhos de Freud ganham uma tonalidade mais sombria mas não por isso menos esclarecedora: o masoquismo, o fetichismo, a negação, a recusa e a divisão, o "spaltung", vêm compor o contexto daquilo que não é mais apenas "deutung", interpretação ou apontamento, mas também necessidade de construção. Seu trabalho, Construções em Análise, vem marcar o percurso feito desde o apontamento da existência dos sonhos e de sua interpretação até a percepção da necessidade de construí-los ou de reconstituí-los.

Por que a Guerra?, a carta aberta a Einstein escrita em 1935, vem reavivar as questões trabalhadas em Psicologia de Grupo e Análise do Ego, O Futuro de uma Ilusão e O Mal Estar na Cultura, pontuando as dificuldades de cicatrização do corpo erógeno, ao mesmo tempo em que evidencia a outra face do seu ponto de vista primeiro: no suceder das gerações há mortandades inevitáveis.

Um percurso, portanto, o freudiano, que vai do indivíduo ao grupo, do corpo erógeno ao corpo ferido, porque guerreiro.

Se o olhar inicial de Freud se posicionava na sexualidade, o ponto de vista primeiro de Bion partia da guerra. Se Freud inicia seu Além do Princípio do Prazer com os sonhos traumáticos, é o próprio trauma experimentado na guerra que vai dar início à obra de Bion. Se Freud ali falava do sonho traumático como um amortecedor do excesso que inundou o Ego, Bion vai retomar esta função do sonho, continente para o excesso, não apenas no espaço intrapsíquico, mas também no espaço relacional. Se o primeiro corpo descrito por um é o corpo erógeno, pelo outro o primeiro é o corpo guerreiro, ferido pelo excesso. Se o corpo erógeno deseja um outro corpo, o corpo guerreiro necessita de um outro corpo e de uma outra mente para cuidar de seu estilhaçamento.

É preciso uma mulher, portanto, não apenas para gestar um novo corpo, mas também para que um novo ser seja gestado. Para que o guerreiro possa ter o seu repouso. E o seu sonho. Teria sido esta a função de Melanie Klein em sua vida? Não havia sido ela a mulher que, partindo de Freud, mais havia teorizado sobre a violência e a agressividade, colorindo a sexualidade infantil?

Uma elaboração a dois, é este o leit motiv da obra bioniana até o início dos anos sessenta. Jamais, depois daí, será tão evidente em sua obra o embricamento de seu pensamento com os conceitos de Klein como nestes trabalhos do "período psicótico". A partir daí, emerge seu pensamento próprio.

Mas, diferentemente de Freud que inoculara sua primeira obra com seus próprios sonhos, o marco zero bioniano busca um alto nível de abstração, de depuração da idéia psicanalítica. É como se ele falasse a um analista puro, ideal. Ou melhor, como se falasse que o psicanalista devesse atingir este ideal. Que o analista se desintoxicasse de seu excesso de ser, de seu excesso de corpo. Bion parecia pensar que o paciente poderia padecer mais de seu analista do que de si mesmo: não seriam os analistas mais iatrogênicos com seu derramamento de "compreensões" a respeito da vida mental sobre o paciente do que parceiros capazes para a construção do sonho, para a *rêverie*? Ele parecia pensar que os analistas estavam escutando mais seus próprios colegas do que seus pacientes, ou que tivessem transformado seus pacientes em território a ser conquistado numa nova guerra santa.

Quando publica Transfomações este seu zelo excessivo com a pureza do analista parece sofrer uma modificação significativa, já havendo aí uma teorização a respeito da contaminação inevitável do analista. O livro se inicia com a seguinte frase: "Suponha um pintor que vê uma picada através de um campo semeado com papoulas e que a pinte: numa das extremidades da cadeia de eventos está o campo de papoulas, na outra uma tela com pigmentos depositados em sua superfície". Por sua biografia, publicada em 1982, vamos ficar sabendo que ele era um pintor de razoável talento e que o campo de papoulas que está "numa das extremidades da cadeia de eventos" é o cenário de sua experiência mais traumática, aquela da guerra, a da estrada Amiens-Roye, no 8 de agosto de 1918, onde e quando ele dizia ter morrido. "A sua esquerda, estará a estrada de Amiens a Roye, estendendo-se sempre em frente (stretching dead straight), sem êrro possível, milha após milha. Ela é cercada de papoulas de forma que você pode ver sua direção e se posicionar por ela" dissera-lhe seu superior. Esta estrada - *stretching dead straight* - ressurge agora, transformada, metabolizada, permitindo que o psicanalista Bion teorize a respeito das transformações, rígidas, projetivas ou em alucinose que compõem, no seu modo de ver, a percepção de todo ser humano.

A partir daí, a mudança em seu estilo e também na forma de abordar as questões humanas é patente. Sua trilogia, Uma Memória do Futuro, aborda seus conceitos anteriores sob a forma de diálogos entre personagens que povoam o mundo comum e o mundo imaginário, alguns deles encarnações mesmas de seus conceitos. Quem aí fala não é o psicanalista ideal, mas um psicanalista que, como o primeiro de todos, vai colocando a nu seus próprios sonhos. E pesadelos.

IV

Sobrevivência assegurada, escreveu Freud em Uma Lembrança da Infância de Leonardo da Vinci, os povos começaram a se indagar de onde vieram e quem eram, dando início, só então, à história. O homem descrito por Bion não tem ainda sua sobrevivência assegurada. Ele está sempre em vias de deixar de ser. Seu corpo, sempre em vias de fragmentação, é um corpo que se experimenta como uma quantidade infinita de buracos interligados por um fio. Ou como teorizou Lacan, é o corpo em sua realidade, sem o espelho capaz de recobrí-lo com o significante. Entre a carne bruta, não erotizada, e o cadáver, praticamente nenhuma diferença. Vicariando esta experiência insuportável, surge o domínio da alucinose.

Hamlet, o príncipe, vê diante de si o fantasma de seu pai. Por ver o que não mais existe é louco. Por manter preenchido o lugar do Rei, continua príncipe. Um Édipo que não pode jamais se realizar, pois impossível de ser articulado, a medida em que o lugar que deveria estar vazio continua indefinidamente ocupado. São os engodos do pensador: só a mentira necessita de um. Sem a vacância do lugar, sem o vazio, o símbolo não pode se constituir e conseqüentemente não há nenhuma possibilidade para que o enigma se articule através da pergunta "Quem sou eu?", restando apenas a possibilidade hamletiana, ser ou não ser, diante do crânio descarnado de Yorick.

Quando Freud sonha com a inscrição "Pede-se fechar um olho" o que está latente é que o corpo do pai morto não pode ser olhado, visto. O significante primeiro, o Pai, só pode ser contemplado em vida. A carne bruta só pode ser observada quando envolta pelo significante, senão há risco de uma catástrofe mental. Não olhar para a nudez do Pai é o alerta que permite que a representação do corpo continue erotizada. Desrespeitar essa inscrição é perder a possibilidade de representação com conseqüente perda do si mesmo no sensório, no corpo decaído de sua humanidade.

Foi ao olhar arrogante, ao olhar que teima em desvelar a nudez do corpo, que Bion dirigiu o seu próprio. Por isso dizia que cabe à mãe introduzir, apresentar o pai a uma criança. Sua visão deve vir atenuada, erotizada pelo envoltório materno. O Pai, a divindade, que é "noite escura", necessita da intermediação do número três ou do Édipo para ser contemplada. Não a toa, portanto, Leonardo, Rafael e Rubens foram necessários para o estudo do corpo humano, como que a mostrar que só a mais sublime capacidade artística serve de compensação ao pânico provocado pela carne bruta, animal.

A resposta mais natural às angústias provocadas pelas oscilações entre os sentimentos de ser ou não ser é transformar o pânico vivido em respeitabilidade. Se o psicanalista não tolera as oscilações identitárias vividas no encontro com seu paciente, ele reagirá com uma melancólica identificação com uma autoridade de seu panteão pessoal ou de seu grupo e, no lugar de seu nome, situará o nome de um outro, agora adjetivado.

Impossibilitado de ser psicanalista porque incapaz de fazer seu luto, submerge, melancolicamente, nesta guerra.

REFERÊNCIAS BIBLIOGRÁFICAS

1. BION, W. R. (1965). *Transformações*. Rio de Janeiro: Imago, 1984.

2. ———— (1979). *Como tornar proveitoso um mau negócio*. Rev. Bras. Psicanál., 13: 467-78.

3. ———— (1982). *The Long Week-End: Vol. 1, 1897-1919: Part of a Life*. Abingdon: Fleetwood Press.

4. ———— (1985). *The Long Week-End: Vol. 2, All My Sins Remembered: Another Part of a Life*. London: Karnac Books, 1991.

5. ———— (1991). *A Memoir of the Future*. London: Karnac Books.

6. BLÉANDONU, G. (1990). *Wilfred Bion: La Vie et L'Oeuvre:* 1897-1979. Paris: Bordas.

7. FREUD, S. (1910). *Leonardo da Vinci e uma lembrança da sua infância*. Edição Standard Brasileira, 11.

8. GREEN, A. (1985). Trop c'est trop. Em *Melanie Klein Aujourd'Hui*, ed. James Gammil. Lyon: Césura Lyon Ed. págs. 93-103.

9. SANDLER, P. C. (1988). *Introdução a "Uma Memória do Futuro"*. Rio de Janeiro: Imago.

10. SHAKESPEARE, W. Hamlet, príncipe da Dinamarca. Em *Romeu e Julieta; Macbeth; Hamlet, Príncipe da Dinamarca e Otelo, o Mouro de Veneza*. São Paulo: Abril Cultural, 1981.

AGIR, ALUCINAR, SONHAR
Formulação para uma dor impossível

*Maria Olympia A. F. França**

Ao deparar-me com o tema Agir, Alucinar, Sonhar, veio-me à mente o conto de Italo Calvino, *"O Cavaleiro Inexistente"* (1990). Nele transparecem essas funções da personalidade com seus contrastes, positivo e negativo, em relação ao aumento da capacidade para pensar as emoções e as idéias:

E você, (quem é)? O rei chegara à frente de um cavaleiro com a armadura toda branca; só uma tirinha negra fazia a volta pelas bordas;...

... Eu sou - a voz emergia metálica do interior do elmo fechado, como se fosse não uma garganta mas a própria chapa da armadura a vibrar, e com um leve eco - Agilulfo Emo Bertrandino dos Guildiverni e dos Altri de Corbentranz e Sura, cavaleiro de Selimpia, Citerione e Fez!

- Aaah!... - fez Carlos Magno... - E porque não levanta a celada e mostra o rosto?

- Falo com o senhor, ei, paladino! - insistiu Carlos Magno -

- Como não mostra o rosto para seu rei?

A voz saiu límpida da barbela.

- Porque não existo, sire.

- Faltava esta! - exclamou o imperador. - Agora temos na tropa até um cavaleiro que não existe! Deixe-nos ver melhor.

Agilulfo pareceu hesitar um momento, depois com a mão firme e lenta ergueu a viseira. Vazio o elmo. Na armadura branca com penacho iridescente não havia ninguém.

- Ora, ora! Cada uma que se vê! - disse Carlos Magno. - E como é que está servindo, se não existe?

- Com força de vontade - respondeu Agilulfo - e fé em nossa santa causa!

- Certo, muito certo, bem explicado, é assim que se cumpre o próprio dever. Bom, para alguém que não existe está em excelente forma.

... Agilulfo deu alguns passos para misturar-se a um daqueles abrigos,

---
* Membro Efetivo e Analista Didata da Sociedade Brasileira de Psicanálise de São Paulo.

depois sem motivo foi para outro, mas não se ambientou e ninguém ligou para ele. Permaneceu um pouco indeciso às costas de um e de outro, sem participar dos diálogos, depois colocou-se à parte. Anoitecia...

... o formigueiro diurno no qual o imprevisto pode se manifestar com a fúria de um cavalo, agora silencia, pois o sono venceu a todos: guerreiros e quadrúpedes da cristandade... finalmente livres dos elmos e das couraças, satisfeitos por se tornarem seres humanos distintos e inconfundíveis, ali estão todos roncando em uníssono.

...Somente Agilulfo não conseguia esse alívio. Na armadura branca, completamente equipada, no interior de sua tenda, uma das mais ordenadas e confortáveis do acampamento cristão, tentava manter-se deitado e continuava pensando: não os pensamentos ociosos e divagantes de quem está para pegar no sono, mas sempre raciocínios determinados e exatos. Pouco depois, erguia-se sobre um cotovelo: necessitava de alguma ocupação manual, como lustrar a espada, que já era bem brilhante ou passar graxa nas juntas da armadura. Não durava muito: logo se levantava, logo deixava a tenda, empunhando lança e escudo, e sua sombra esbranquiçada percorria o acampamento. Das tendas em forma de cone erguia-se o concerto do pesado arfar dos adormecidos. Como era possível aquele fechar de olhos, aquela perda de consciência de si próprio, aquele afundar num vazio das próprias horas e depois, ao despertar, descobrir-se igual a antes, juntando os fios da própria vida, Agilulfo não conseguia saber, e sua inveja da faculdade de dormir característica das pessoas existentes era uma inveja vaga, como de algo que não se pode nem mesmo conceber.

...era até mesmo o melhor de todos os oficiais. E, ainda assim passeava infeliz pela noite.

Agilulfo estava condenado a não viver relações de intimidade, mas apenas aquelas contratuais ou ocasionais, não podendo, assim, provar de suas experiências emocionais. Impossibilitado de sonhá-las, não as retinha; por ser sua história falsa e vazia passava o tempo limpando-a, mantendo-a ereta, automaticamente dando-lhe corda, como quem dá corda a um relógio para que continue funcionando. Ora o agir-se, ora o alucinar-se opunham-se à expansão de sua mente.

I

André veio para a análise com dez anos, após a separação litigiosa de seus pais, onde as relações íntimas que mantinha com os mesmos tornaram-se enquadradas em regras de visitas, em falas perigosas de contar ou não contar algo, que serviriam para provar a "culpa" de um deles; ou ainda, suas relações íntimas transformaram-se em respostas ou fugas aos convites sedutores de um dos pais, para que ele tomasse o seu partido.

André não queria vir para a análise, imposta a ele por um juiz de menores como uma das condições para que o desquite de seus pais se completasse: - "Não quero ir, porque análise é para loucos. Eu acho gozado que pai e mãe tem advogado, criança não tem". Dirigindo-se à mãe diz, após nosso primeiro encontro: "Eu irei à analista, mas não vou contar nada sobre você", mostrando que assim construía um modelo de fidelidade (a sua mãe), em detrimento de ser verdadeiro consigo mesmo. - "Eu não sinto nada", repete muitas vezes. Neste contexto suas funções pensante, criativa e de curiosidade tomam o rumo seja de não conhecer, seja de falsificar a verdade. André foi se submetendo à regras cada vez mais restritas ao seu desenvolvimento, tais como calar-se "para não ser delator de seus pais"; "não sentir" para não acordar ou sonhar sua realidade dolorosa. As tensões e frustrações impostas a ele por este tipo de vivências emocionais, onde a emoção genuína deveria ficar splitada ou reprimida, levaram-no seja a organizar um sistema de mentiras seja a expulsá-las de sua mente por incapacidade de pensá-las.[1]

Tomado por um estado confusional, passou a não discriminar o espaço físico (lugar de portas, de armários etc.) pertencente às casas do pai e da mãe, de uma maneira intensa e pouco usual, ao mesmo tempo em que chamava o pai de mãe e a mãe de pai. Seria esta confusão uma expressão de um estado onde seu agir expressava um automatismo defensivo da dor e da ameaça de fragmentação de seus vínculos afetivos?

Suponho que André, criança de uma sensibilidade intensa, tivesse alguma noção de que sua vida emocional lhe escorregava, inclusive pelo seu corpo, como sugeriam seus sintomas relatados por sua mãe: "o sangue da hemorragia craniana", a "enurese que passara a acontecer e os vômitos que se seguiam às brigas" de seus pais das quais ele era testemunha. Evidência do seu "conhecer" é o relato que fez à mãe sobre uma menina (deficiente mental) que encontrou na sala de espera do con-

---

1: Na opinião de Meltzer " a conseqüência mais importante da teoria da função alfa e da Grade é a seguinte: se uma experiência emocional não é elaborada pela função alfa para dar lugar a elementos alfa (símbolos?) que possam ser utilizados para a formação de pensamentos oníricos e serem assim digeridos como alimento pela mente em desenvolvimento, essa experiência emocional terá que submeter-se a algum outro processo com o fim de aliviar o aparelho psíquico de uma acumulação de estímulos. Alguns desses processos são essencialmente evacuatórios; outros constituem um simulacro de digestão mediante a qual, na realidade, originam um sistema de mentiras que são o veneno da mente e inibem seu crescimento; e outros produzem um tipo de enquistamento ou de encapsulamento, ocupando áreas do aparelho mental que, por conseqüência, não estão disponíveis para o processo de crescimento. Esta analogia com os processos metabólicos não foi empregada por Bion como uma metáfora per si, mas sim como uma descrição do funcionamento do aparelho mental que, segundo sugestão do autor, desenvolveu-se baseando-se na analogia com o sistema metabólico. (Meltzer:1983)

sultório: - "Tinha lá uma criança que não existe, mas ela não sabe que não existe". Assim, se por um lado André apresentava uma sintomatologia grave, por outro percebi não se tratar de uma estrutura psicótica, embora tivesse, naquele momento, poucas condições de metabolizar experiências emocionais mais intensas.

Na noite após nosso primeiro encontro tem um sonho e acorda chorando - "Caí no Rio Tietê - a margem era de lama, não podia sair - Só tinha o F. e a M. (irmãos); o F. (pequeno) não sabe nadar tão bem; estava muito aflito. Eu consegui sair da segunda vez - daí bebi essa água e disse que ia morrer - mas daí alguém falou: - chama o médico, é perigoso - eu tomei o remédio e me salvei mas não tinha ninguém lá". Por este sonho poderíamos supor que concomitantemente a um estado de descrença e negativismo, André poderia através da análise vir a revitalizar seus vínculos construtivos (sonhantes) para lidar com a situação de esvaziamento na qual se encontrava (♀ ♂).

Alguns meses antes de vir para a análise, André tinha desejado não mais viver. Incapaz de metaforizar seu desejo, repetiu o mesmo ato de jogar-se de um balanço ao chão, posteriormente a uma queda que já lhe tinha ocasionado estado de coma e convulsões com hemorragia cerebral. O que ele tinha "retido" da primeira situação de queda era que poderia não-viver. O que ele no entanto não podia aprender era como desenvolver uma sustentação mental para pensar suas emoções e lidar com os revezes que a vida lhe impunha. Provavelmente, seu desejo de não-viver estaria ligado a eliminar o sofrimento que lhe advinha de uma turbulência mental ligada, sobretudo, à introjeção de um modelo de coito sádico; este não lhe oferecia condições de transformar e alcançar representabilidade para seu ódio e suas frustrações.

Esta defesa - agir o não-viver - foi, aos poucos, se configurando no contexto da análise. Ora, talvez, sob a forma de alucinação, ora sob forma de transformação em alucinose, tendo André chegado posteriormente à capacidade de sonhar o sofrimento comprimido nesse agir.

Tomemos um momento clínico: No *acting in* dos seus jogos, André "inicia" uma briga entre dois bonecos. André se assusta - o susto é intenso porque o concretismo da briga também o é. A paixão torna-se violenta e concreta. Grita: - "Vão se matar". Alucina ao enxergar o ódio depositado nos bonecos? - afasta bruscamente seu corpo de perto dos dois bonecos - ainda agitado retira da mesa um dos bonecos. Permanece agarrando-o como quem procura aonde pô-lo e após uma pausa diz, como o cavaleiro inexistente de Italo Calvino: - "Este não tem sentimento, é morto. Pronto! Assim, fim da briga". Digo-lhe um - "Ufa! Quanto trabalho você teve!" **(fragmento de sessão nº1)** Permaneci então em silêncio. Revendo o material caracterizo esse silêncio como um estado de observação receptiva.

Apesar do clima emocional ser de tensão com rápidas desestruturações / estruturações, eu entendia seu susto como manifestação de sua possibilidade, agora, de ser espontâneo, desfazendo-se de suas mentiras iniciais de nada sentir e de nada contar - os bonecos / pais brigavam sim, e ele me contava. - Desta forma minha leitura se dirigia para um movimento emocional que permanecia vivo, seguido daquele, defensivo, que tinha matado o conflito quando este revestiu-se de um enorme concretismo. O meu silêncio prendeu-se ao fato de eu perceber que seu vínculo comigo tinha, como qualidades organizadoras, a confiança e a intimidade; isto me dava indicações de que eu poderia aguardar, contando com sua capacidade de (re)estabelecer sua função sonhante.

A tendência atual, contida no pensamento de autores como Bion, Meltzer, Ferro e outros, é de encontrar evidências clínicas que levam a supor que, "independente de como se defina a alucinação - como falta de sonhar, como violenta destrutividade do pensamento ou como mentira - ela poderá ser recuperada ao pensamento através da intersubjetividade. Este caminho se apoia menos na decifração interpretativa do que em operações de *rêverie* / transformações. Esta última lida com alucinações verdadeiras e tem como objeto, não o conteúdo das próprias alucinações, mas o pânico, o terror e a confusão que as acompanham e a ansiedade que as precede." (Ferro, A. - 1993).

André também permanece em silencio por alguns minutos olhando para os bonecos; em seguida diz pela voz queixosa de um dos bonecos: - "Se (ao) nascer, (você) já vira polícia neste mundo cheio de maldades, não quero nascer". "Vai! Volta pra dentro, André!", responde o outro boneco, com voz de "superego" insensível. **(fragmento de sessão nº 2)**.

Digo a ele: - "Sei..., sei... e, ele o que é que está resolvendo?" (querendo). André faz um silêncio e, como um prolongamento do mesmo diz: - "Uh, acho ele vai dar mais uma chance...".**(fragmento nº 3)**.

No fragmento nº 2, André explicitava seu desejo, não mais de não-viver, mas de não-nascer enquanto este nascer estivesse subordinado a ser um autômato colado a um superego cruel (polícia), que não acolhia as suas queixas, mas reforçava o seu medo de viver mandando-o voltar para dentro. (Dessa identificação parental talvez possamos encontrar a gênese de seu método de esconder-se em si mesmo para afastar-se da dor).

No fragmento n.º 3, André parece encorajado pela minha fala que traduzia meu respeito à sua individualidade e autonomia, a dar mais uma chance talvez a ele, talvez ao objeto. (Este encorajamento poderia ainda estar somente no nível da imitação).

Para a compreensão dos fragmentos 1 e 2 mencionados, penso terem me sido úteis algumas idéias de Bion. Segundo Bion o conteúdo das alucinações é o resultado da função alfa revertida e assim vista como "falta de sonhar" (Bion, 1967) e como violenta destrutividade do pensamento (Bion, 1965). Ele diferencia das alucinações, aquilo que ele cunhou de "transformações em alucinose". Descreve estas como um fenômeno que é puramente evacuatório, mas caracterizado por um baixo nível de desintegração do material projetado; assim são expelidos elementos sensoriais aos quais fragmentos de significado permanecem ligados. Resulta disso que o sujeito perceberá, em sua volta, coisas que já estão intrinsecamente carregadas de significado, sem a necessidade ou possibilidade de serem pensadas (Ferro, 1993, pág. 48). Diversamente das alucinações, as transformações em alucinose implicam na percepção de "relações inexistentes" e não na percepção de "objetos que não existem" na realidade externa.(Meltzer, in Ferro, 1993, pág. 48).

Levanto as seguintes conjecturas: No fragmento nº 1, André quando diz: - "Vão se matar!" e se afasta apavorado dos bonecos, parece enxergar um ódio capaz de concretizar em morte tanto a briga como a proximidade entre os dois bonecos. O que passa a existir é um objeto ódio-morte e não mais os dois bonecos. (Objetos originais: os pais). Diferentemente, no fragmento n.º 2, o que André estabelece são relações inexistentes, (criadas de acordo com suas necessidades) tais como: - "Voltando para dentro não nasce"; - "Nascer já vira polícia". Podemos conjecturar também que as experiências do fragmento 1 e 2 por terem sido vivenciadas contando com a *rêverie* da analista, proporcionou a André des-integrar a própria experiência e reapresentá-la diante de si de uma nova forma e em um novo contexto, aquele da elaboração transferencial, do sonho.

II

Bion descreve fenômenos clínicos com consistência e, sem dúvida, nos proporcionou uma expansão do espaço mental para pensá-los. Até onde posso alcançar, sua preocupação essencial não nos parece ser a de postular uma sistemática teórica - conceptual que não seja a construção de sistemas dedutivos científicos abstraídos da experiência emocional. Esta, por sua vez, não pode ser concebida isolada de uma relação.

Ele nos propõe um modelo acerca do funcionamento normal ou patológico da mente. A partir de uma função que ele denomina alfa (função pensante) e de acordo com o grau e forma de operatividade da mesma, dar-se-ão as distintas vicissitudes das sensações e emoções provenientes da percepção das situações emocionais. Isto é, estas, segundo Bion, transformar-se-ão em elementos alfa, barreira de contato, elementos beta e tela beta, podendo ou não se constituírem em experiências emocionais matrizes do crescimento mental.

    A conceituação da *atenção flutuante e da associação livre* como as duas ferramentas primordiais do trabalho analítico evidenciam que Freud já percebia que o espaço analítico se constituía dentro de um contexto onírico. Bion desenvolveu e ampliou essa concepção, chegando a formular que o trabalho analítico ideal é aquele que ocorre justaposto na barreira de contato, a qual é produzida pela função alfa e passa a ser uma estrutura do aparelho mental.

    Há de se notar no entanto, como refere Meltzer (1992, pág. 404), que "o passo entre a emoção e o sonho que dá representação à emoção, Bion deixou envolto em mistério. E isso é importante, pois representa uma mudança de atitude em relação às pesquisas da mente que apartam a psicanálise das tradições da ciência para movê-la na direção da conjunção com a história da evolução da arte, da filosofia, da religião."

    Talvez seja esta postura de Bion face à leitura do fato psíquico o que mais contribui para a originalidade de seu pensamento.

    A captação da operatividade da função sonhante propiciou e foi condição significativa para que se desse a apreensão e sinalização de movimentos emocionais fugazes, tênues, por vezes só perceptíveis através da pessoa do analista. Conseqüentemente, penso que a ressonância mais significativa das idéias de Bion em nosso trabalho, tenha sido a de percebermos e destacarmos a originalidade e singularidade de cada experiência emocional e de suas realizações; a qualidade dessas experiências emocionais assim como a leitura microscópica dos fenômenos clínicos, passaram a iluminar a apreensão do processo de funcionamento psíquico. Este enfoque trouxe muitas implicações para a postura clínica do analista. A análise pós-bioniana não pode mais se contentar com falas ou leituras explicativas desprovidas da emoção viva, muito menos com leituras do fato clínico onde o analista não faça parte integrante do mesmo.

    A situação clínica anteriormente mencionada pode também ser examinada sob o vértice dos movimentos da analista sustentados por sua função sonhante. Coexistindo com essa função sonhante, há um eixo que norteia sua postura de observação, isto é, a experiência emocional da dupla ser favorável ou não à expansão mental do paciente.

A parceria com André ocorreu de diferentes maneiras. Por exemplo, quando ele movimentou seus bonecos e estabeleceu uma situação viva entre eles, e entre nós, não me pareceu necessário interferir na situação dizendo-lhe algo. O timão permaneceu com ele. Aqui não importou a avaliação do conteúdo emocional do fato, construtivo ou destrutivo, mas sim a possibilidade de André aproximar-se de suas emoções e idéias.

Em outros momentos nos quais as situações emocionais sejam por demais intensas, ocasionando dor insuportável (efrações) ou, ainda, em situações saturadas levando à evitação da dor, eu me ofereço (palavras) para tentar desobstruir o caminho para pensar. (fragmento n.º 3).

Há ainda situações onde vislumbro outras alternativas de caminhos que não são aqueles mais transparentes dentro do campo analítico. Exemplo disto é quando digo: - "Ufa! Quanto trabalho você teve!" Neste momento eu convidava André a olhar para algo que não estava necessariamente à vista de nós dois, ou pelo menos, que eu percebia como algo que nasceu em mim ainda que inspirado por ele. Eu o convidei a olhar e, quem sabe, poder realizar a situação emocional contida no ato defensivo de afastar ou eliminar o conflito; esforço esse que suponho não ser realizado por André, posto que ele se restringia a um universo repetitivo e automatizado no qual seu pensar sonhante (função alfa) mantinha-se paralisado pela busca mágica, alucinatória e evacuativa do conflito: "Este não tem sentimento, é morto. Pronto! Assim, fim da briga". Podemos conjecturar sobre o convite feito pela analista como sendo um agir, baseado em sua função sonhante e propiciando a realização da experiência emocional contida na ansiedade que levou à atitude defensiva. O convite foi exitoso na medida em que levou André a revelar modelos que lhe eram fonte de ansiedade e a transformar, em um pensamento criativo, os elementos beta antes usados para descarga. (Fragmentos de sessão n.º 2 e 3).

III

1973-1996 - RESSONÂNCIAS

Acompanhei em 1973, pela primeira vez, as palestras de Bion em São Paulo. A linguagem usada por ele, a maneira com que colocava suas dúvidas e suas indagações perspicazes, sua postura enigmática, foram sem dúvida fatores que contribuíram para o grande impacto que os analistas de São Paulo viveram com este encontro.

As ressonâncias foram imensas. No dia posterior ao final das conferências e seminários de Bion, muitos analistas faltaram ao trabalho. Chegou até mim a notícia de que "precisavam repensar sua forma de trabalho". O que pude avaliar naquela época — e hoje relendo as "Conferências Brasileiras", 1973 —, é que o **novo** que Bion trazia se referia principalmente à postura ou ao estado mental do analista trabalhando enquanto parceiro de um paciente; isto é, como duas pessoas podem ou não se favorecer de um encontro para a humanização do par, dada a condição de *rêverie* de pelo menos um deles, no caso o analista. Bion convidava-nos a refletir sobre questões epistemológicas mais do que sobre modificações conceituais significativas do corpo teórico psicanalítico já existente; Bion, quando indagado por um colega se faria modificações na análise clássica para analisar esquizofrênicos respondeu: "Não advogo quaisquer mudanças, simplesmente por ignorância. Não porque acredite que a idéia da análise clássica seja boa ou eficaz, mas porque não me lembro de nada melhor, e por má que seja, há que aceitá-la, a menos que se tenha boas razões para mudar" — "Conferências Brasileiras, São Paulo", (1973) pág. 118.

Bion nos despertou o interesse pela importância da captação da atmosfera e do vínculo relacional de uma sessão analítica. Grande foi a tentação de achar que ele trouxera algo de tão novo, que de nada mais serviria a compreensão dos postulados de seus antecessores. Engano. Bion sempre foi fiel às idéias de Freud em seu contexto básico. Pôde no entanto observar de forma mais acurada os fenômenos psíquicos, aqueles de sua clínica, os quais em sua essência Freud tinha posto a descoberto desde 60 ou 70 anos antes.

Em um dos nossos Foruns foi levantada a questão do uso do conceito de sonho em Freud e em Bion. Teria o sonho diurno referido por Bion o mesmo status conceitual, que o sonho noturno? Seriam, como elementos constituintes e integradores da mente, os dois da mesma natureza? Bion nunca contrapôs um *sonho diurno a um sonho noturno* mas sugeriu que o seu *dream-work-alfa* era diuturno, deixando implícito que poderia ser concomitante ao trabalho onírico proposto por Freud. Em "Cogitations", ele diferencia os dois trabalhos:

"Os métodos do *dream-work-alfa* não são a mesma coisa que o trabalho de elaboração onírica, o qual está relacionado à interpretação de sonhos, mas são os **recíprocos** (opostos) do trabalho de elaboração onírica e são relacionados à capacidade de sonhar, isto é, transformar em sonho, eventos que são captados somente num nível racional, consciente. Dessa maneira, alfa é o recíproco (oposto) do trabalho de elaboração onírica. Além disso, sugere-se que o elemento de "resistência" no trabalho de elaboração onírica, como elucidado por Freud, é um composto de dois elementos: resistência como descrita por Freud; e, (segundo), um senso de necessidade de converter a experiência racional consciente em sonho, mais do que um senso de necessidade de converter o sonho em experiência racional consciente. *O senso de necessidade* é muito importante; se não lhe for dado significado e peso, o verdadeiro distúrbio do paciente está sendo negligenciado; ele é obscurecido pela insistência do analista em interpretar o sonho". (Bion, 1960 - "Cogitations" - pág. 184). Nesta passagem o que consigo apreender é que Bion, ao mesmo tempo que amplia com precisão o conceito de *dream-work*, diferenciando-se de Freud, também busca encontrar pontos de semelhança com ele.

Retomando uma citação de Bion: "Voltando à questão de saber que linguagem é essa, falada embora não inteligível; o analista tem que fabricar algo que lhe permita saber aquilo que está acontecendo, do modo como Galileu — outra estória — teve que inventar e construir um telescópio antes que pudesse realizar quaisquer descobertas. Há mais de dois mil anos, Aristarco propôs uma teoria heliocêntrica, mas faltava-lhe equipamento, físico ou mental, com que pudesse confirmá-la ou refutá-la. Foi preciso muito tempo e a cooperação de muita gente até chegar a existir um instrumento para a observação dos fatos e para tornar possível a compreensão do que esses fatos significavam. Pode-se imaginar que Aristarco talvez tenha dito *"Esses são os fatos; não sei o que significam, mas se muitos dos senhores, durante vários anos se reunirem, serão talvez capazes de ver a mesma coisa e até capazes de compreender o que os senhores vêem."* (Bion: "Conferências Brasileiras" - São Paulo - 1973). Penso que nesse momento, Bion conversava consigo mesmo na esperança seja de desenvolver e ampliar as idéias de Freud, seja as dele mesmo. Fazendo uma conjectura imaginativa, por um lado vejo Bion identificando-se com Aristarco por perceber algo muito novo e revolucionário, mas sem instrumentos para apontá-los à contento; por outro lado, Bion poderia estar sugerindo ser Freud o desvendador de fenômenos psíquicos a quem ele ajudava a afinar o instrumento.

Durante estes quatro anos que estive à frente da organização dos Foruns, acho que o ponto para o qual mais se dirigem nossas convergências e divergências teóricas é aquele onde estão questões referentes a considerar Bion como um autor de novas concepções psicanalíticas, ou se ele é um fecundo seguidor de Freud e de M. Klein, e assim considerado um neo-freudiano-kleniano.

REFERÊNCIAS BIBLIOGRÁFICAS

1. ATHANASSIOU, C. (1990). "Les transformations dans l'hallucinose" in Revue Française de Psychanalyse. Paris, vol. 53, n.º 5, págs. 1.301 a 1.309, 1989

2. BION, W.R. (1962). *Learning from Experience*. Londres, Maresfield Reprints, 1984

3. _____. (1962). *O aprender com a Experiência*. Rio de Janeiro, Zahar Ed–., 1966

4. _____. (1963). *Elements of Psycho-Analysis*. Londres, Maresfield Reprints, 1984

5. _____. (1963). *Elementos de Psicanálise*. Rio de Janeiro, Zahar Ed., 1966

6. _____. (1965). *Transformations*. London, William Heinemann Medical Books, 1984

7. _____. (1967). "On Hallucination" in *Second Thoughts*. Londres, Willian Heinemam Medical Books, 1987

8. _____. (1970). *Attention and Interpretation*. Londres, Maresfield Reprints

9. _____. (1975-79). *Clinical Seminars and Four Papers*. Abingdon, Fleetwood Press, 1987

10. _____. (1992). *Cogitations*. Londres, Karnac Books, 1994

12. BLÉANDONU, G. (1990). BION - *A vida e a obra*. Rio de Janeiro, Imago Ed., 1993

13. CALVINO, ITALO.(1990). *O Cavaleiro Inexistente*. São Paulo, Companhia das Letras, 1993

14. FERRO, A. (1993). "*Da Alucinação ao Sonho: Da Evacuação à Tolerância à Dor, Análise de um Pré-Adolescente*" in Revista Brasileira de Psicanálise. São Paulo, Vol. XXX, n.º 1, 1996

15. GRINBERG, L. (1992). "Sonhos e Acting out" in Revista Brasileira de Psicanálise. São Paulo, Vol. XXVI, n.º 3, 1992

16. JUNQUEIRA FILHO, L. C. U. "*Da esfinge ao Oráculo: Sobre a função do sonhar na gênese do pensamento*" in Revista Brasileira de Psicanális. São Paulo, Vol. XXVI, n.º 3, 1992

17. MELTZER, D. (1978). *The Kleinian Development - III - The Clinical Significance of the Work of Bion*. Escócia, T. & A. Constable Ltda., 1978

18.————. (1983). *Vida onírica - Una revisión de la teoría y de la técnica psicoanalítica*. Madrid, Tecnipublicaciones, 1987

19.————. (1988). *A apreensão do Belo*. Rio de Janeiro, Imago, 1995

20.————. (1990). *Metapsicología ampliada*. Buenos Aires, Spatia editorial, 1990

21.————. (1992). "*Além da Consciência*" in Revista Brasileira de Psicanálise. São Paulo, Vol. XXVI, n.º 3, 1992

22. REZENDE, A. M. de. (1993). *BION e o Futuro da Psicanálise*. Campinas, Papirus, 1993

AGIR, ALUCINAR, SONHAR
DA PAIXÃO ÀS DORES DA ALMA

*Nilde J. Parada Franch**

INTRODUÇÃO

Os três elementos desta proposição - agir, alucinar, sonhar - são identificáveis desde os primórdios da Psicanálise. Desde Freud a Psicanálise se ocupa deles.

Não é nossa intenção aqui rastrear o aparecimento, significado e ampliação desses conceitos dentro de cada teoria. Penso que esses três elementos podem seguramente ser identificados dentro do contexto da Teoria do Pensamento de Bion.

Então, é por aí que me proponho começar.

Na díade mãe-bebê, de início temos o espanto de um diante do outro; um se apresenta ao outro e o que antes eram fantasias, intensos contatos corporais, agora é a explosão emocional, a turbulência que um provoca no outro.

Várias questões podem ser colocadas. Segundo Meltzer (Tondini & Muratori, 1980), "... para a mãe se estabelecer como objeto atrativo para a criança é preciso primeiro ela ter estabelecido a criança como objeto atraente, e mover-se em torno dela apresentando-se como um ambiente - continente dentro do qual ela possa ser pensada." Em outras palavras, para tornar-se objeto atrativo é preciso que a mãe invista libidinalmente a criança.

O elemento amoroso, nessa conjunção, já está presente antes do nascimento e depois dele se revela através de sua intensidade. É a libidinização presente em diferentes graus. Por outro lado, o bebê bem investido, ao defrontar-se com a " beleza" desse objeto, pergunta-se: "É ela tão bonita dentro quanto fora?" (Meltzer & Williams, 1988). A dúvida aparece. Necessita confirmação na experiência. A mãe, diante desse apaixonado ser, também pode perguntar-se: " Serei tão bonita por dentro? Darei conta desta relação?"

Eis aí uma conjunção amorosa bastante complexa: um jogo libidinal nada simples, nada mecânico ou automático.

Por outro lado, como diz Bion (1962a), ao vivenciar experiências de angústia intolerável, o bebê projeta as partes angustiadas no seio-mente materno.

---
* Membro Efetivo da Sociedade Brasileira de Psicanálise de São Paulo.

Recebendo as identificações projetivas do bebê, a mãe capaz de elaborá-las, desintoxicá-las da angústia, pode devolver ao bebê suas partes angustiadas em condições de suportabilidade, permitindo-lhe o manejo da turbulência emocional inerente à mudança de meio, e também a sobrevivência emocional e o desenvolvimento do *self*.

Como as identificações projetivas se fazem para dentro de um objeto, a mãe, Bion destacou de modo enfático a importância do objeto externo (mãe) para a metabolização das angústias. Quando a mãe responde às necessidades do bebê, transformando o pavor em segurança, ele pode identificar-se com essa mãe continente e assim abre um espaço interno - conteúdo - para a estruturação de uma díade em inteira sintonia. Isso vai permitir que, quando a mãe não esteja presente, ela seja criada imaginativamente em sua mente. Aí está a matriz inicial do pensamento e os primórdios do aparelho para pensá-lo. Aí está o conceito de *rêverie* materna, que todos conhecemos, e seu papel continente e desintoxicante.

Quando é pequena a capacidade interna de *rêverie*, um déficit psicológico pode resultar, que talvez pouca relação tenha com a dotação constitucional do bebê. Quanto mais falha for a capacidade materna de *rêverie*, mais prematura será a tomada de consciência do bebê de sua condição de ser separado, e para evitar vivências de terror, busca desesperadamente restabelecer o estado inicial de fusão, o que poderá interferir seriamente em seu desenvolvimento cognitivo-emocional. Gostaria de enfatizar que sem auto-continência não há condição para o estado de *rêverie*.

Auto-continência e *rêverie* são, a meu ver, estados sexualizados da mente. Deixar-se penetrar pelas angústia, pelas identificações projetivas do outro (bebê, paciente) poderia ser visto como algo passivo, porém entendo que há muito de atividade no movimento e na disposição para deixar-se penetrar. É também necessário muito investimento afetivo, muita mobilização de libido para essa disponibilidade. Ademais, em um segundo momento, pós-penetração das identificações projetivas, há um trabalho ativo de processamento das angústias e de desintoxicação. Eu tenderia a ver esse trabalho como uma conjunção amorosa: conjunção porque fruto de dois elementos (ativo-passivo), e amorosa porque fruto do investimento mútuo de ambos, que os tornará atraentes e atrativos um para o outro. Concluo, então, que *rêverie* é uma operação erotizada, uma vez que a criança é objeto de desejo da mãe e esta é objeto de desejo da criança. Gostaria de levantar aqui a questão dialética que é introduzida com o aparecimento do terceiro. Nesse processo de erotização mútua não podemos nos esquecer que não tarda a aparecer o terceiro, até então na penumbra da paixão recíproca. Quando a mãe sai do estado de "preocupação materna primária"(Winnicott), ela abre espaço em sua mente para o pai e, permitindo a entrada dele no triângulo, é aquela que faz o corte, que age a interdição. Primeiro estimula, e depois proíbe, criando a contradição inerente à situação edipiana, drama que condensa as paixões humanas.

Quando o continente-receptor das identificações projetivas (mãe, analista) tem seu espaço mental ocupado por teorias prontas, pré-fabricadas, como verdades que não precisam passar pelo crivo da experiência, provavelmente não se deixará penetrar; ao contrário, penetrará na mente do outro (bebê, paciente) como elemento duro, não amoroso, numa atividade intrusiva e provocadora de mais dor e angústia.

Findando esta introdução, no contexto da Teoria do Pensamento de Bion, destaco a importância de sua colocação unindo o cognitivo ao emocional e ressaltando o valor das experiências emocionais no desenvolvimento das funções do pensamento.

Nesse caminho do desenvolvimento do aparelho para pensar os pensamentos, momentos de impossibilidade de manejo das angústias levam a distúrbios que aparecem sob distintas formas, incluindo o agir e o alucinar.

Os três termos dessa proposição AGIR, ALUCINAR, SONHAR dizem respeito a conceitos que se inter-relacionam e se interpenetram. Não guardam uma relação hierárquica entre si e também não se colocam em progressão linear.

Farei, a seguir, um recorte, isolando cada um desses termos, com a finalidade de focalizá-los separadamente para melhor estudá-los. Incluirei vinhetas clínicas à guisa de ilustração.

AGIR

Este termo pode ser empregado em pelo menos três sentidos:

1- O agir conseqüente a um processo de pensamento. É a instrumentalização do pensamento enquanto coloca em prática algo pensado. Assim, podemos tomar a interpretação psicanalítica como ação interpretativa. Pensamento sem ação se torna algo circular - sem saída.

Citando Meltzer (1984, pág.143): "É evidente que a capacidade para utilizar o pensamento como mediador entre impulso e ação difere amplamente conforme as pessoas; algumas parecem inclusive superestimar sua utilidade ao ponto de substituir a ação pelo pensamento, de modo que o impulso não encontra expressão no mundo exterior." Assim, segundo Meltzer, o objetivo da ação - no sentido de transformações a serem efetuadas no mundo externo - para melhor adequá-lo às necessidades ou aos desejos do sujeito, se perde na modificação unicamente do mundo interno. A ação racional, baseada no reconhecimento das reais características do objeto, é fruto do princípio da realidade e da diferenciação do objeto real em relação ao objeto alucinado.

2- O agir, no sentido do agir mental, de expansão do próprio pensamento.

O agir no sentido do *acting* (atuação). O *acting* (in e out) vem sendo estudado e privilegiado pela observação dos psicanalistas, desde Freud. Bion afirma que, quando o sujeito não tem condição de conter e metabolizar suas experiências emocionais para formar representações simbólicas que possam ser usadas para sonhos, pensamentos, juízo, decisão e ação, será necessário evacuar os incrementos de estímulos da mente através de *actings*, alucinações, perturbações psicossomáticas, etc.

Como os elementos beta só podem ser evacuados, a ação torna-se propiciadora dessa expulsão. O agir, nestes casos, acaba por tornar-se compulsivo, uma vez que não consegue livrar definitivamente a personalidade desse acréscimo de estímulos não metabolizados.

VINHETA CLÍNICA

R. chega para a sessão com seu bebezinho. Não tinha com quem deixá-lo.

Senta-se em uma poltrona e começa a falar dessa questão: não ter com quem deixar o bebê. Enquanto fala, o bebê, que dormia, se mexe e emite sons que R. imediatamente interpreta como fome; abre a blusa e procura colocar o seio em sua boca. O bebê, ainda dormindo, mexe-se parecendo querer livrar-se do incômodo; como ela insiste, o bebê abre a boca, mama um pouco e larga o seio.

Essa situação se repetiu várias vezes durante a sessão, sempre que havia alguma movimentação ou emissão de sons pelo bebê. Parecia-me que a paciente não podia suportar a angústia e a espera pelo discriminar, não só discriminar entre a pessoa dela e a do bebê, como discriminar as necessidades desse bebê. Não dava para esperar que sua função materna se desenvolvesse através da experiência. A possibilidade de viver a separabilidade, o um e o outro, provocava vivências muito angustiantes. Parecia-me também que a paciente não podia ter outra idéia senão a de que qualquer incômodo do bebê se resolveria com o seio em sua boca, com a anulação da alteridade; estava impossibilitada de pensar ou imaginar outra coisa, outra idéia. Não suportava o não-saber. Sabia, por antecipação, que a resposta era o seio na boca do bebê.

Transferencialmente mostrava-me, ao vivo, como eu deveria ser para ela: sempre disponível a qualquer movimento seu. Eu também me deveria amoldar, fazendo desaparecer as esperas, as faltas. Desde o início da análise reclamava insistente e veementemente dos horários fixos e previamente marcados. Insurgia-se contra o divã. Às vezes sentava-se nele e tricotava enquanto falávamos. Outras vezes desafiava-me quanto ao que eu faria se viesse a sentar-se no meu colo.

Penso que estes *actings* tinham por finalidade borrar a consciência de "uma no divã e outra na poltrona" e os espaços entre nós.

Esses *actings* nos mostravam, ao vivo, seu estado mental e os poucos recursos para a percepção da realidade interna e externa.

A duras penas se agüentava na vida com os recursos que possuía. Tudo estava potencialmente por desenvolver-se.

ALUCINAR

Vemos em Freud a primeira menção ao fenômeno alucinatório como solução para a satisfação do desejo na ausência do objeto. Ele coloca a tendência do ser para criar algo a fim de não ser levado ao caos e ao desespero. Essa tendência para a construção alucinatória pode ser detectada nos fenômenos oníricos.

Para Bion, alucinar está ligado à evacuação de elementos beta. Ele nos convida a observar fenômenos de alucinose que ocorrem em nossa prática psicanalítica diária. Esses fenômenos relacionam-se à preponderância, ao domínio da parte psicótica da personalidade e, portanto, de alguma maneira presente em todo sujeito, seja como parte dominante ou como algo "entre parênteses". Penso que esses estados mentais, as alucinoses, predominam ou por insuficiência de outros recursos ligados à capacidade de auto-contenção e metabolização de experiências emocionais (pensamento), ou pela destruição, momentânea ou mais permanente, de recursos já desenvolvidos. Esses ataques à função alfa já desenvolvida, freqüentemente são estimulados por competição, inveja, voracidade e ódio à realidade (interna e/ou externa).

Nesses estados, predominando a parte psicótica, o ego fica desprovido dos meios pelos quais pode reconhecer a realidade; tudo é fragmentado, destorcido, destruido: percepção, consciência e capacidade para pensar.

Uma nova realidade é criada pelo sujeito, e é nela que ele acredita. Cria um universo em que tudo se encaixa e se explica. Não há lugar para falhas, faltas, insuficiências, frustrações, sofrimentos. É um sistema perfeito. No dizer de um paciente: "As coisas são tão boas para mim quando acredito no que acredito. Quando alguém fala alguma coisa diferente, eu fico primeiro com raiva e depois vou para o fundo do poço." (Refere-se à sua retirada afetiva das situações em que é rompido o sistema perfeito pela inclusão de uma idéia diferente, mas valorizada em virtude do emissor).

Em análise, observa-se o paciente desejoso de demonstrar sua auto-suficiência e sua independência a tudo que não pertença a suas próprias criações. A única realidade em que acredita é a que ele criou. Sua superioridade é marca registrada. Não precisa de nada e de ninguém. Esse estado mental parece não ter limites: "... a função dos sentidos e respectivos equivalentes mentais é dar existência ao mundo perfeito do paciente. Evidência de imperfeição é, *ipso facto*, sinal para a ação de forças invejosas hostis. Graças à convicção do paciente de satisfazer todas carências pelo próprio poder, soberana é sua independência sobre qualquer pessoa ou coisa, por produções não suas, postado para além da competição, da inveja, da voracidade, da mesquinhez, do amor ou do ódio; a evidência dos sentidos, no entanto, lhe contradiz as pré-determinações; ele não se mostra satisfeito" (Bion, 1965, pág. 146).

Viver em um mundo criado por transformações em alucinose, caracterizado por *misperceptions* da realidade interna e externa, pode levar a *actings* compulsivos, uma vez que essas percepções distorcidas são decorrentes de identificações projetivas massivas para dentro dos objetos. O movimento de livrar-se, expelir, atuar, está sempre presente.

Pode ocorrer também a não-ação, a retirada completa para dentro desse mundo em que tudo pode ser auto-engendrado.

Citando Bion (1965, pág.145): " O paciente cujas transformações se efetuam no contexto de alucinose tem quase como lema: 'As ações falam mais alto que as palavras', o que alude à competição, aspecto essencial dos seus relacionamentos."

Nota-se, então, a imbricação dos fenômenos de alucinose com os *actings*.

VINHETA CLÍNICA

Paula chega para a sessão (primeira da semana). Quando abro a porta, tem um sorriso maroto no rosto. Seus olhos brilham. Vai entrando e dizendo: "Eu sou muito esperta mesmo! Nem preciso perguntar as coisas para saber. Meu irmãozinho bigodudo (referindo-se ao paciente anterior - o primeiro do dia) não veio hoje. (Ri) Como ele não veio, você ficou aqui me esperando, deitada no divã! Não o encontrei na garagem, nem no elevador, nem saindo daqui. Está vendo como sei?".

Enquanto a ouço, surpreendida com suas deduções "lógicas", imagino que deve ter precisado encontrar um significado para o divã aquecido, a fim de fechar seu raciocínio.

Aguardo um tempo pensando em como lidar com essa situação. Digo, então: "É assim que você me imagina, enquanto espero, deitada no divã?"

A paciente responde imediatamente que não. Acha que eu devo ficar ocupada com minhas leituras ou com minhas traduções. Quando acaba de falar, faz um pequeno silêncio. Parece que suas palavras ficam ecoando na sala. Depois de algum tempo, diz: "É...Ele poderia estar em um dos outros elevadores...É... Que coisa!... Eu tinha tanta certeza!"

Suas certezas são como balões de gás. Não resistem ao contato com a áspera realidade.

Parece-me que a angústia insuportável, para ela, é não poder penetrar no mistério da relação a dois. Mesmo sabendo, por sua própria experiência, que o "irmãozinho" vem para análise, como ela, não pode penetrar na intimidade da relação. É insuportável o não saber, o ser excluída. Cria, então, uma realidade favorável a ela: ele não veio, eu fiquei à sua espera, deitada no divã. Faz de suas teorias sua ciência e consciência.

Alimentava-se de suas teorias. Parece que precisa encontrar, na relação analítica, um objeto com quem possa aprender a digerir as coisas pesadas da vida, as ansiedades por demais intoleráveis. Mas, por outro lado, era tão forte sua descrença nesse objeto, e sua crença no objeto onipotente e onisciente que criara para si, dentro de si, que uma longa experiência se faria necessária para que um objeto amoroso pudesse ser construído e uma relação fecunda pudesse estabelecer-se.

SONHAR

Ao propor a noção de mundo interno, onde os objetos internos se relacionam entre si, Melanie Klein põe em relevo a questão de vivermos em dois mundos e de que esse mundo interno tem uma autonomia tal que nos comanda muito mais do que gostaríamos.

Com o conceito de fantasia inconsciente como transações que se passam nesse mundo interno, o sonhar passou a ser visto como imagens da vida onírica que ocorrem em movimento contínuo.

Meltzer (1984), propõe chamar essas transações de *sonhos* quando são produzidas enquanto o sujeito dorme, e de *fantasias inconscientes* enquanto acordado. Meltzer tende a ver o sonho não apenas como algo a ser decifrado, mas como uma forma de pensamento: o pensamento onírico.

Partindo da idéia da emoção como centro da vida mental, ela precederia o pensamento; fazendo pressão na direção da figurabilidade, a emoção pode levar a representações simbólicas que poderiam ser expressas nas fantasias e nos sonhos.

No sonho, entendido como pensamento onírico, novos significados, que não existiam anteriormente, podem ser gerados. Daí Meltzer chamar o sonho de "Teatro gerador de significados". Esse teatro pressupõe uma unidade dramática e um eu-observador que pode dar múltiplas e variadas interpretações aos acontecimentos. Assim, o sonho elaborativo, testemunha da luta do psiquismo para digerir a dor mental, diferentemente do sonho evacuativo (Grinberg,1995), amplia as possibilidades mentais de figurar e dar significado às experiências emocionais.

A interpretação do sonho, construída pela dupla paciente-analista, vem recolocar a palavra em algo que foi gerado como figurativo e permite que, da linguagem evocativa do paciente, se passe para uma linguagem de significados.

O paciente que pode sonhar e evocar seu sonho, contando-o para o analista, parece ter desenvolvido condições de contenção de suas experiências emocionais, talvez fruto do trabalho da dupla e da função alfa do analista, internalizado como continente pensante.

Vejo o sonhar como possibilidade de utilização de um instrumento sofisticado, a serviço da digestão da dor mental.

VINHETA CLÍNICA

Roberto, físico nuclear, chamava minha atenção por vir sempre de capa. Procurou-me para análise após episódio depressivo. Relatou ter sido a pior experiência de sua vida. Por sua descrição, parece ter vivenciado essa crise como se tivesse passado por uma grave doença física. Falou, também, de um aperto na garganta que o levou a buscar tratamento medicamentoso. Disse-me, em certo momento: "Sou muito ruim de emoção; não sinto nada; meu pai morreu e eu não senti nada.

Os dois anos de análise foram marcados por uma urgência em conhecer a causa de seus sintomas, para poder eliminá-los. Predominavam *actings* e alucinoses.

Suas identificações projetivas massivas criavam tantos personagens quantos eram os aspectos intoleráveis de si próprio. Em conseqüência, seu mundo mental bastante fragmentado, era povoado por inúmeras figuras cujos relacionamentos se caracterizavam pelo modelo do poder do mais forte: um "por cima", no poder, e o outro "por baixo", submisso. Acreditava nesse modelo e procurava sempre "estar por cima", para evitar a humilhação que suas incapacidades poderiam fazê-lo sentir.

A história da análise foi marcada por inúmeros momentos em que transformava a analista em algo não humano, como que em um objeto que ele podia manejar à sua vontade. A interpretação da coisificação da minha pessoa parece ter despertado seu interesse.

No terceiro ano de trabalho, percebo-o descobrindo que há um outro mundo, onde as experiências emocionais têm lugar, agindo sobre ele.

Surge, então, o primeiro sonho, que até hoje tem sido importante para o trabalho analítico.

Sonhou que estava em New England com sua mulher. Estavam ambos na janela de um hotel, olhando algo como um desfile que passava na rua. De repente, algo acontece e alguns negros espancam uma mulher. Sua mulher grita, da janela; "Não façam isso! Parem!" Ela denuncia, chama a atenção para algo cruel que estava se passando. Os negros olham para ela. Gritam com ela, que pare de falar, que cale a boca. Com muito ódio, eles sobem, entrando pela janela, para se vingarem. R. pede para sua mulher se calar e sair da janela. Quando os negros entram no quarto, várias coisas acontecem: numa cena, eles pegam sua mulher, levam-na ao banheiro para estuprá-la. Ele fica escondido atrás de um móvel, assustado. Diz que a mulher parecia estar gostando da situação. Numa outra cena, a mulher está deitada na cama de casal com um negro e um garoto, talvez filho, talvez ele mesmo; o menino está contente naquele lugar. Depois há uma outra cena em que ele, que se encontrava fora, entra no quarto empunhando um revólver.

Parece que uma nova *(new)* situação mental é mostrada: a possibilidade de representação simbólica de algo de seu mundo interno e de sua relação com a analista. Parece que o sonho conta para a dupla que surge um personagem que sente, que percebe, que dá significado. Ao mesmo tempo que surge esse aspecto, que penso estar identificado com a função analítica, aparece também um alerta. A analista não deve ver (perceber), nem falar (dando significados), pois pode despertar a ira dos aspectos "negros", intoleráveis.

Este foi o primeiro de muitos sonhos, fruto do aspecto colaborador com sua analista e com a função analítica. Ele apresenta como que um projeto de análise e, talvez, de vida. Apresenta-nos vários personagens de seu mundo interno e suas relações. Apresenta-nos também algumas maneiras de atribuição de significados às experiências, o que implica o reconhecimento, pela dupla, de vários níveis de dificuldades que poderão ocorrer no transcurso do trabalho analítico. Sua violência aparece como o "negativo" de um filme, algo que pode ser sempre fonte de reprodução, mas que fica opaco à primeira vista. Mostra como a violência se potencializa quando é percebida e nomeada. "Pede" que a analista se cale diante dele para não ser alvo de sua hostilidade. A relação sexual é percebida como estupro que dá prazer à mulher.

Imagina poder instalar-se na cama dos pais, sem medo à castração, talvez pela promessa sugerida de ser parceiro para pai e mãe. Desse modo, salva-se da exclusão edípica.

No final do sonho, imagina-se crescido e potente, capaz de ser o eu-intérprete da situação e assim poder aproximar o menino impotente, que se esconde atrás de um móvel (escudo para o não-sentir?) e o negro sensual e onipotente. Aparece, talvez, a esperança de poder perceber-se, assumir e juntar seus aspectos cindidos em benefício de sua potência de adulto.

Muito mais poderia ser dito sobre os acréscimos que foram surgindo da possibilidade de ir revendo os múltiplos significados desse sonho em momentos específicos da análise do paciente. Porém, neste momento, ocorreu-me trazê-lo simplesmente para ilustrar a questão da criação de um novo recurso (sonho) para lidar com as experiências emocionais, e do sonhar como teatro gerador de significados.

Como afirmamos anteriormente, os modelos relacionais infantis estão presentes nesse mundo onírico, em estado contínuo. Não terminam ao despertarmos para as experiências conscientes diurnas. Assim, podem aparecer nas sessões sob forma de "flashes" - imagens visuais aparentemente não relacionadas com o que vem sendo verbalizado na experiência imediata.

Passo a relatar uma outra vinheta clínica, como ilustração dessa situação.

VINHETA CLÍNICA

Falava-se das férias da analista. B. refere ter momentos em que pensa em viajar também, como que se confundindo com a analista. Tem consciência dessa "meia" confusão. Traz associações em que o tema era "não comparecer" (a reuniões, compromissos, etc.), aparentemente identificado com a analista que abandona seus compromissos - os pacientes. Esse é o clima quando B. relata a visão rápida e repentina de uma imagem: um pé. Descreve-o como algo feito de um material semelhante a claras de ovos em neve, permeado de capilares de sangue. Sem músculos, sem ossos. Parecia que naquele momento esse flash onírico vinha dar consciência à dupla do sentimento de leveza, de falta de peso, de valor e de importância que B. sentia estar a analista lhe conferindo.

Quando a analista fala de leveza, de falta de peso, B. se lembra de Milan Kundera e de seu livro "A insustentável leveza do ser", mas não consegue lembrar-se do conteúdo, da história. Entretanto, lembra-se de outro livro do mesmo autor e da história de uma moça que emigra e vai perdendo o contato com suas raízes, vai perdendo suas memórias, não consegue se lembrar da fisionomia dos seres queridos; vai se deteriorando mentalmente e acaba se suicidando.

B. parece alertar a dupla do risco de atuação maligna, auto-destrutiva, ao reviver com a analista o sentimento de ser "clara de ovo", sem peso, sem valor.

Diz Meltzer (1984, pág.98): quando se dá a esses *"flashes"* o tratamento de imagens oníricas, eles podem proporcionar valioso *insight* da transferência infantil ativa nesse momento.

Em determinados casos, quando o paciente não é capaz de "sonhar", não é capaz de representar simbolicamente suas vivências, o analista com capacidade de *rêverie* pode 'sonhar" por ele. Assim, esses *flashes* oníricos podem ocorrer ao analista e trazer representação simbólica e significação onde até então não havia. (Caso Maria in França & Franch,1996).

COMENTÁRIOS FINAIS

A proposição do tema: agir - alucinar - sonhar parece conter uma sugestão de caminho de progresso, caminho de ida. Nesse sentido, pode expressar um conceito de valor: sonhar (pensar) seria o ponto de chegada, o ponto ótimo.

Creio que, para uso pessoal, é possível que nos sintamos realmente melhor quando podemos lidar de maneira sonhante e pensante com situações emocionais carregadas, do que quando nos percebemos atuando ou lançando mão de processos evacuatórios.

Entretanto, essa valoração pode ser atuada na clínica. Tenho observado que isso ocorre freqüentemente nas ocasiões em que o paciente é rotulado de concreto, atuador, incapaz de pensar, como se isso dependesse de sua vontade e não do desenvolvimento de funções.

Eu diria que fazem falta, nessa proposição, as tão conhecidas flechas que Bion acrescentou em PS ↔ PD. Assim, ficaríamos com Agir ↔ Alucinar ↔ Sonhar.

O que tenho observado em minha clínica é que os pacientes que me procuram para análise têm sempre algum nível de simbolização e pensamento, e que é nossa tarefa de análise propiciar condições para que o paciente possa ter a possibilidade de utilizá-las e desenvolver-se. É sempre um trabalho da dupla e de suas condições pessoais.

Penso que o recurso a qualquer um dos três elementos da proposição é dialético. Enquanto um está presente, os outros ficam como que na penumbra, podendo aparecer a qualquer momento, dependendo das pressões internas e externas sobre o Ego.

REFERÊNCIAS BIBLIOGRÁFICAS

1. ATHANASSIOU, C. *Les transformations dans l'hallucinose*. Rev. franç. Psychanal., 53(5):1301-1319,1989.

2. BION, W.R. (1962a). A theory of thinking. In *Second Thoughts*. London:Heinemann,1967.

3. ───── (1962b). *Aprendiendo de la Experiencia*. Buenos Aires: Paidós,1975.

4. ───── (1965). *As Transformações*. Rio de Janeiro: Imago. 1991.

5. BLÉANDONU, G. (1990). *Wilfred Bion: a vida e a obra,1897-1979*. Rio de Janeiro:Imago, 1993.

6. FERRO, A. (1992). *A Técnica na Psicanálise Infantil*. São Paulo:Imago, 1995.

7. FRANÇA, M.O.F. & FRANCH,N.J.P. (1996). *Especificidade do Uso da Contratransferência*. Trabalho apresentado no XXI Congresso Latino-americano em Monterrey, México.

8. FRANCH, N.J.P.F. (1993). *Transference and countertransference in the analysis of a child with autistic nuclei*. Int.J.Psychoanal., 77: 773-786.

9. GRINBERG, L. (1995). Sonhos e *acting out*. Rev.Bras.Psicanálise. Vol.XXIX. N.1

10. _____, SOR, D.& BIANCHEDI,E.T. (1973). *Introdução às idéias de Bion*. Rio de Janeiro:Imago.

11. IMBASCIATI, A. *Towards a psychoanalytic model of cognitive-processes:representation,perception,memory*. Int.J.Psychoanal.,16: 223-235,1989.

12. MELTZER, D. (1984). *Vida Onírica*. Madrid: Tecnipublicaciones, 1987.

13. _____ (1986). *Metapsicologia Ampliada*. Buenos Aires: Spatia,1990.

14. _____ -& WILLIAMS, M.H. (1988). *La Aprehension de la Belleza*. Buenos Aires: Spatia, 1990.

15. SEGAL, H. (1991). Sonho, *Fantasia e Arte*. Rio de Janeiro: Imago, 1993.

16. TAYLOR, D. *Some observations on hallucination: clinical application of some developments of M.Klein's work*. Int.J.Psychoanal.,64 (3): 299-308.1983.

17. TONDINI, A. & MURATORI. F. (1980). *Il caso de Giacomo: inizio di un trattamento psicoterapico. Una discussione con D.Meltzer e M.Harris*. Quaderni di Psicoterapia Infantile, 6: 39-82.

AGIR, ALUCINAR, SONHAR":

COMO FICA A ÁRVORE SEM AS RAÍZES?

*Paulo Duarte Guimarães Filho**

O convite para participar de um encontro sobre ressonâncias das idéias de Bion ocorreu numa ocasião em que, juntamente com um grupo de colegas da Sociedade, estava tendo uma experiência bastante mobilizadora, exatamente em função do contato com uma destas ressonâncias, de modo que ela, naturalmente, se tornou o foco, a partir do qual fui desenvolvendo minhas reflexões.

A experiência a que me refiro foi a do estudo, juntamente com um grupo de Coordenadores de Seminários do Instituto, do livro recente de A. Ferro (1995) sobre "A Técnica na Psicanálise Infantil". A idéia que me pareceu central na elaboração do livro foi a de que haveria nas concepções de Bion a introdução de novos elementos conceituais que levariam a uma mudança radical e relativa superação de outros enfoques psicanalíticos, particularmente o freudiano e o kleiniano. Embora esta seja uma posição do autor, ela não parece se limitar a ele; levando em conta as citações feitas no livro, podemos pensar que surgiu num contexto de estudo da obra de Bion, por parte de um grupo de analistas italianos.

Este enfoque também chamou minha atenção porque nele se reproduzia algo semelhante ao que, anteriormente e de um modo independente, também parecia ter ocorrido com um grupo de analistas estudiosos da obra de Bion em nossa Sociedade, mas sem que este modo de ver fosse colocado e desenvolvido de um modo tão explícito, como se dá no livro de Ferro.

Considero bastante importante examinar as colocações de Ferro, principalmente se tivermos em vista que elas não são uma manifestação isolada, mas sim um determinado tipo de ressonância provocado pelo contato com as formulações de Bion, podendo também ser encontradas em outros analistas. A relevância deste exame aumenta, na medida em que neste tipo de ressonância estão presentes questões epistemológicas de relevo, que conduzem à sugestão do autor de que se chegou, com Bion: "...à formulação de uma nova, coerente modelização na qual muitos de nós acreditamos que esteja o futuro de toda a psicanálise" (1995 pág. 28).

Diante deste modo de ver, somos levados a indagar quais seriam os aspectos das concepções de Bion que conteriam, de acordo com Ferro, as reformulações

---
* Membro Efetivo e Analista Didata da Sociedade Brasileira de Psicanálise de São Paulo.

tão fundamentais. De fato, não poderemos reproduzir o grande número de referências neste sentido, presentes na obra do autor italiano. Vamos, então, usar apenas um trecho da mesma, no qual parece estar contido o cerne das diferenças propostas. Neste trecho Ferro diz: "Gostaria mais uma vez de grifar como Bion se ocupa, antes que dos conteúdos do pensamento, do aparelho mental necessário para poder pensar. Isto inverte toda e qualquer aproximação com o paciente (e com as partes psicóticas de cada paciente), porque não mais estará em jogo o trabalho sobre a repressão (Freud) ou sobre a cisão (Klein), mas será necessário um trabalho em direção à fonte: aquele sobre o *"lugar" para pensar os pensamentos, sobre o continente antes que sobre o conteúdo"* (1995 pág. 27).

Continuando este trecho o autor diz que ele pode ser esclarecido : "por um belo exemplo de Gaburri (1992b), segundo o qual, se Freud trabalhava sobre o que tinha sido apagado do bloco mágico, Bion coloca o problema do ajuste ou da construção do próprio bloco mágico: isto é, do "aparelho para pensar os pensamentos" (1995 pág. 27).

De acordo com o que acabamos de ver, a ruptura radical ocorreria, segundo Ferro, na medida em que, a partir dos esclarecimentos de Bion sobre o "aparelho para pensar os pensamentos", o trabalho analítico se daria fundamentalmente em relação a questões envolvidas com o mesmo. Como uma conseqüência disto, está presente neste modo de ver, a noção de que a consideração de registros inconscientes, como foram pensados por Freud (o "apagado do bloco mágico"), ou M. Klein (a operatividade das fantasias inconscientes), corresponderia ao uso de "teorias" psicanalíticas que, de fato, afastariam de uma proximidade com as experiências emocionais vividas e, portanto, da possibilidade de favorecer a "pensabilidade" e expansão das mesmas.

O autor italiano coloca isto de um modo muito claro, por exemplo quando diz: "Não encontramos em Bion a idéia de algo a descobrir ou interpretar, mas de algo que deve ser construido na relação e por meio daquele "uníssono" que permite uma expansão da mente e da possibilidade de pensar." (1995 pág. 27). Se não se segue o trajeto assim proposto, pode ocorrer, ainda segundo Ferro, o que se daria com o modelo kleiniano, no qual: "prevalece a necessidade de uma teoria firme a ser desenvolvida linearmente, mas a qual se deve permanecer "fiéis"; no segundo, ao contrário, o inspirado em Bion, existe a consciência do risco até mental de uma investigação que só pode continuar a ser modelizada de forma extremamente rarefeita, justamente para não determinar encapsulamentos teóricos." (1995 pág. 30).

Chegando a este ponto da apresentação das idéias de Ferro, que parecem ser exemplificadoras de um determinado tipo de uso e ressonância das concepções de

Bion, é necessária uma reflexão crítica a respeito das mesmas. Podemos acompanhar o autor do livro sobre a técnica na análise de crianças, quando ele realça a importância dos acréscimos de Bion, a respeito do papel do analista na "pensabilidade" das experiências emocionais. É também possível reconhecer que, em muitas situações clínicas, a função do analista será a de colaborar para desenvolvimentos nesta área e não a de elucidar a participação de registros inconscientes nas vivências presentes. Colocar, porém, que um tipo de situação exclui a outra, é bastante discutível. É difícil pensar por que se estaria forçado a esta alternativa de se considerar apenas a construção do "bloco mágico" de Freud (1925[1924]) e não também a participação dos registros apagados do mesmo. Do mesmo modo, não há porquê as duas situações não possam ser levadas em conta, com um maior ou menor relevo, dependendo de diferentes situações clínicas, ou de diferentes momentos de cada uma delas.

Aliás, também é bastante discutível a radicalidade atribuída a Bion nestes pontos. Neste sentido, basta pensar que este autor incluiu na sua teoria das transformações (Bion, 1965), aquelas que designa como "transformações de movimento rígido" e que podem ser vistas como correspondentes aos registros "apagados" do "bloco mágico" de Freud (1925 [1924]). Tal concepção sugere que Bion não postula que a importância da construção do "bloco mágico" exclua a operatividade e significação do seu conteúdo, como é sugerido por Ferro.

Não é difícil pensar que a adoção de um ponto de vista, assim unilateralizado, tende a conduzir exatamente ao encapsulamento teórico que o autor tanto procura evitar. De fato, é possível verificar, na rica variedade de material clínico apresentado no livro, que Ferro freqüentemente mostra situações em que os pacientes se contrapõem às formulações do analista e ele, muito honestamente, discute o que teria se passado. Além das explicações sugeridas pelo autor, em alguns casos é possível considerar que as reações dos pacientes decorreriam de uma consideração, por parte do analista, muito restrita aos elementos presentes na atualidade do vivido, em detrimento de uma visualização correlata dos modelos existentes no mundo interno. Discutir agora estes materiais clínicos levaria a ultrapassar os limites solicitados para este trabalho. Deste modo, caso haja interesse, poderemos voltar a estas situações durante o nosso encontro. Ao fazer este apontamento não temos a intenção de negar que esta é uma ocorrência verificada no uso de qualquer tipo de enfoque teórico. O risco da postura contida em Ferro é exatamente a de se acreditar independente das teorias e de, assim, superar os pontos de vista diferentes que estariam contaminados por esta espécie de pecado. Se este modo de ver prevalece, fica muito difícil haver uma abertura para o debate e reflexão dos pontos de vista efetivamente contidos nos diferentes enfoques.

As questões que acabamos de apresentar fazem parte de um uso bastante significativo e vivo das idéias de Bion. Foi dentro do espírito de dar atenção às *ressonâncias* que elas foram privilegiadas. Mas houve também um outro motivo. Para chegar a ele devemos partir do questionamento, levantado anteriormente, se os pontos mais centrais da "ressonância" estudada corresponderiam ao pensamento de Bion. Apesar da existência dos elementos já apontados, contrários a esta correspondência, fizemos também um movimento inverso de indagação: se um tal tipo de "ressonância" surgia com tal vigor das concepções de Bion, o que poderia haver nelas que favorecesse estes desdobramentos?

A pergunta acima nos levou aos sonhos.

De fato, se seguirmos de um modo muito linear o que Bion (1992) foi pensando sobre os fenômenos oníricos e usando-os na construção de suas hipóteses e se, ao mesmo tempo, fizermos um movimento análogo, ao pé da letra, em direção às teorias de Freud (1900) sobre os sonhos, poderemos acompanhar estes dois autores seguindo rotas em direção inversas e voltados para áreas distintas de fenômenos mentais (Freud enfatizando o papel dos registros inconscientes primitivos na determinação dos sonhos e Bion o lidar com as experiências emocionais do presente), talvez numa linha próxima a adotada por Ferro.

Ao lado desta há também uma outra alternativa. Já a seguimos num outro trabalho (Guimarães Filho, 1995). Nele foi mostrada a possibilidade de serem levadas em conta uma série de descobertas que vem sendo feitas sobre os fenômenos oníricos, fora da área psicanalítica, mas que podem trazer clareamentos importantes sobre impasses epistemológicos dentro da psicanálise, como aqueles criados pelas contradições levantadas no livro de Ferro. Estes dados e os clareamentos deles decorrentes, dizem respeito mais diretamente ao plano da teoria, mas, a partir daí, não será difícil perceber importantes conseqüências que poderão ter no âmbito da prática clínica.

Para uma melhor compreensão de toda esta questão, é possível obter auxílio seguindo o "Cogitations", livro de anotações de Bion (1992) publicado postumamente. Nesta obra, ele mostra como, para investigar os fenômenos psicóticos, lançou mão em grande medida da verificação do que ocorria com os sonhos destes pacientes. Uma de suas conclusões mais importantes foi a de que, nestes casos, os sonhos têm um destino semelhante ao que ocorre com outras funções psíquicas, sendo submetidos a ataques e conseqüente fragmentação, a fim de que não se possa formar a percepção de um objeto extremamente ameaçador que, segundo Bion, funcionaria como um superego "assassino" ("murderous" superego).

A importância disto é que, através de uma visualização mais direta do que se dá com os sonhos dos psicóticos e do que falta neles, Bion pode perceber que ocorre nos sonhos em geral um determinado tipo de processamento das experiências mentais, particularmente das emocionais, a partir do qual elas são ordenadas e armazenadas na memória, o que vai possibilitar que sejam usadas no registro e aprendizado com as experiências. Estas noções tiveram um papel muito especial, levando a idéia de que os sonhos não ocorriam apenas durante o sono, mas que haveria também um trabalho onírico de vigília, fazendo parte do que inicialmente chamou de "trabalho onírico alfa" ("dream-work alfa") (1992) e depois foi levando à sugestão, central em sua obra, da existência de uma função mental, a função alfa, que permite aprender com as experiências emocionais.

A partir do que acabamos de ver sobre o desenvolvimento das idéias de Bion relativas aos fenômenos oníricos é possível considerar que nelas deixa de ter maior relevância a participação de registros inconscientes arcaicos na determinação dos sonhos. O que vai sobressair, então, e o papel dos fenômenos oníricos na expressão e articulação das experiências emocionais. De fato, há passagens no "Cogitations" em que Bion é explícito a respeito, ao dizer: "But Freud meant by dream-work that unconscious material, which would otherwise be perfectly comprehensible, was transformed into a dream, and that the dream-work needed to be undone to make the now incomprehensible dream comprenhensible [*New Introductory Lectures, 1933a, SE 22, pág. 25*]. I mean that the conscious material has to be subjected to dream work to render it fit for storing, selection, and suitable for transformation from paranoid-schizoid to depressive position, and that unconscious pre-verbal material has to be subjected to reciprocal dream-work for the same purpose. Freud says Aristotle states that a dream is the way the mind works in sleep: I say it is the way it works when awake [*New Introductory Lectures, 1933 a, SE 22, págs. 26-27*]'[1] (1992 pág. 43).

Parece sem dúvida que este modo de ver de Bion valorizou um papel dos sonhos no sentido do processamento das experiências e que não foi reconhecido deste modo por Freud. Isto nos leva a algumas indagações: terá Bion, então, superado alguns dos pontos de vista básicos freudianos sobre os sonhos? Caso tenha havido esta superação, estariam nela contidos alguns dos principais elementos que

---

[1]: Mas Freud quer dizer por trabalho onírico que o material inconsciente, o qual de outro modo seria inteiramente compreensível, foi transformado em um sonho, e que o trabalho onírico precisava ser desfeito para tornar o sonho incompreensível em compreensível [New Introductory Lectures, 1933 a, SE 22, pág. 25]. Eu entendo que o material consciente tem de ser submetido ao trabalho onírico para torná-lo apropriado para armazenamento, seleção e adequado para transformação da posição esquizo-paranóide em depressiva, e que o material inconsciente pré-verbal tem que ser sujeito ao trabalho onírico recíproco para o mesmo propósito. Freud diz que Aristóteles afirma que um sonho é o modo como a mente trabalha no sono: Eu digo que é o modo como ela trabalha quando acordada [New Introductory Lectures, 1933 a, SE 22, págs. 26-27].

conduziriam a uma nova "modelização" da psicanálise, na linha sugerida por Ferro? Diante destas indagações, mais uma pode ser colocada: é possível dispor de algum tipo de dado que nos forneça um direcionamento em relação ao dilema visto acima?

Acreditamos que sim e vamos passar a ver como isto pode se dar.

De fato, recentemente tem havido uma série de verificações realizadas sobre os sonhos na área experimental e que, em alguns de seus aspectos, estão mais próximas das concepções de Bion do que das de Freud. De acordo com elas, os fenômenos oníricos desempenhariam importantes funções, no sentido da articulação e integração do registro de experiências recentes com as memórias mais permanentes; assim, a sua função mais fundamental seria no sentido do processamento das experiências, portanto numa linha bem próxima a que é destacada por Bion. Por outro lado, a relação dos sonhos com as chamadas memórias permanentes pode ser considerada como tendo bastante a ver com o papel dos registros inconscientes primordiais, no sentido em que foram reconhecidos por Freud.

Acredito que agora pode ficar claro como estes achados, provenientes de fora da área psicanalítica, poderão ajudar na instalação de novos ângulos de visualização de relações existentes entre as concepções de Freud e as de Bion sobre os sonhos. Para que possa haver uma melhor compreensão de como isto pode se dar, é necessário esclarecer, um pouco mais, algumas das verificações sobre os sonhos realizadas no plano experimental. Nesta oportunidade, não é possível entrar em pormenores sobre elas, o que já fizemos em trabalho anterior (Guimarães Filho, 1995). O que talvez seja importante dizer é que os novos dados foram obtidos a partir do reconhecimento do tipo de registro da atividade elétrica cerebral, correspondente ao momento do sonhar. Tendo-se este elemento, foi possível chegar a uma série de observações. Uma delas é a de que os sonhos ocorrem com uma periodicidade e regularidade definidas, mais ou menos a cada 90 minutos e durando de 10 a 20 minutos. Caso a pessoa seja acordada e sistematicamente impedida de sonhar, no momento em que os registros mostram que isto está começando a acontecer, ela desenvolverá quadros graves de perturbação mental. Tais achados já apontam para um importante papel dos sonhos, o que é reforçado pelo fato de que eles não se restringem à espécie humana, sendo que os mamíferos, por exemplo, levam um tempo relativamente definido de suas vidas, de 5 a 10 por cento das mesmas, em estado de sonho. Dados como estes indicam que os sonhos têm uma função biológica importante. De acordo com Palombo (1976) é grande a sua relevância para a nossa sobrevivência como organismos, na medida em que participam da integração de registros de novas experiências no armazenamento de memórias mais permanentes e que estão particularmente associadas às necessidades instintivas. A idéia a que se chegou nestes estudos é a de que, na vida desperta é recebida uma quantidade muito grande de impressões que ficam registradas num sistema de memória recente. Os estímulos sensoriais ininterruptos existentes durante a vigília não permitem que uma parte do processo de integração com as memórias permanentes se dê neste período, o que só vai se tornar possível durante o sono, através dos processos oníricos.

Os dados acima são trazidos não em virtude da atribuição de algum tipo de superioridade epistemológica das ciências experimentais em relação à psicanálise. Mesmo tendo sido apresentados de um modo muito resumido, sua utilidade está em permitir um novo ângulo de visão do que aparecia como um antagonismo completo de concepções dentro da área psicanalítica. Basicamente, o que pode ser visto a partir desses dados é que o papel do sonho e, portanto, também da atividade mental envolvida no aprendizado com as experiências emocionais, no sentido em que foram estudados por Bion, não entra necessariamente em contradição com a consideração da articulação dos elementos aí presentes, com outros registros inconscientes, mais primordiais e modelares, conforme foi pensado por Freud. Se a possibilidade de associação entre estas duas séries de elementos não for feita, a tendência será a de se levar em conta somente os aspectos mais manifestos e literais da teoria de Freud ou de Bion sobre os sonhos que, assim, poderiam conduzir a uma ênfase exagerada de apenas uma das vertentes do duplo processo constituinte dos fenômenos oníricos.

Não me sinto em condições de avaliar se o próprio Bion segue apenas uma das vertentes apontadas acima, como algumas de suas ressonâncias mais ostensivas parecem reivindicar. Independentemente da posição que Bion tenha a respeito, isto não exclui que também encontrarmos importantes analistas usando muitas de suas concepções em associação com outros achados da psicanálise, portanto, seguindo a outra vertente. A existência deste conflito, no entanto, leva a pensar que seja importante ampliar o exame do mesmo.

Pensamos que esta ampliação poderia ser feita de um modo mais vivo, através do uso de material clínico. Já dissemos que o livro de Ferro contem várias vinhetas clínicas que serviriam para isto. No entanto, para não ficarmos limitados a obra deste autor, vamos aproveitar de um outro exemplo. O trabalho do colega Luiz Carlos U. Junqueira Filho (1995), "Da Esfinge ao Oráculo. Sobre a Função do Sonhar na Gênese dos Pensamentos", contém um material clínico que pode servir a este propósito, pois ele é examinado levando em conta mudanças propostas por Bion em relação à teoria dos sonhos. O modo como o colega vê estas mudanças o levam a levantar uma questão importante e a sugerir uma solução bastante singular para a mesma. É preciso citar Junqueira, para transmitir suas idéias de um modo fiel; assim é que ele diz: "Ao modificar a concepção freudiana do sonhar, Bion criou para si um problema, apesar de não tê-lo admitido explicitamente: se a força motriz do sonho não é a realização do desejo, qual seria então? Curiosamente, apesar de não ter formulado esta indagação, ele nos oferece uma alternativa através de sua "cogitation" sobre o tropismo, condição que constitui, no seu entender, a matriz de toda a vida emocional. Ele vislumbra três tipos de tropismos relacionados com *assassinato, parasitismo e criação*. A ação apropriada aos tropismos seria o *buscar*:** portanto, depreende-se que, ao propor a ideogramatização como o processo central na transformação das impressões sensoriais ou emocionais, via trabalho-onírico-alfa, em elementos passíveis de serem armazenados e posteriormente relembrados, ele nos fornece por assim dizer a *chave dos sonhos*,*** ou seja, a essência de sua criação. É este o processo que cada Édipo tem de enfrentar individualmente ao longo de seu percurso, levando-o a mobilizar seu tropismo criativo no sentido de encontrar o ideograma eficaz na superação das etapas de seu desenvolvimento" (1995 pág. 82).

Não é preciso repetir, em relação às propostas de Junqueira, o que já foi dito sobre noções semelhantes apresentadas por Ferro. O que vale a pena destacar de novo é o modo como é colocada a função dos sonhos, no sentido de promover a expressão da significação das experiências emocionais (basicamente o chamado processo de ideogramatização). Ela parece ser vista em termos tais que excluiriam a participação e a importância dos modelos primitivos na criação das significações. Desta forma, somos levados a um Édipo completamente "novo", no qual a constelação ligada à sexualidade infantil e as suas vicissitudes são substituídas pela necessidade do desenvolvimento de funções cognitivas relacionadas com a formação de ideogramas apropriados à expressão das experiências emocionais. Este modo de ver vai ter repercussões especiais na abordagem clínica, conforme passaremos a examinar.

No material clínico trazido por Junqueira vamos destacar apenas os dados que têm a ver com os pontos abordados até aqui. Trata-se da análise de um adolescente, apresentado como tendo uma pai "briguento e dono da verdade" e uma mãe protetora, com quem o paciente "forma uma aliança permanente". É dito, também que no desenvolvimento da análise "vai se esboçando um quadro de conflitos edípicos tradicionais", do qual fazem parte dificuldades no relacionamento com as garotas. Junqueira conta-nos três sonhos do paciente, sendo dois mais breves, do início da análise e um terceiro, bastante longo, de um outro período e que é trazido escrito num "calhamaço de papel".

O propósito não é o de discutir amplamente estes sonhos, mas só alguns aspectos deles, relacionados com as questões que estamos vendo. No primeiro sonho, o paciente está de carro com a mãe, fugindo de perseguidores: "a situação é muito angustiante, já que numa dada cena a fuga ocorre no interior de um estádio de futebol onde eles se sentem muito expostos e vulneráveis. Num outro instante, pegam a estrada e resolvem refugiar-se na casa de campo que a família possui em Avaré" (Junqueira Filho, 1995 pág. 84). No segundo sonho o paciente também está de carro com a mãe, atravessando uma ponte e são surpreendidos por outro carro na contramão que passa sem bater, mas atropela uma bela moça que estava atrás deles.

Vamos nos voltar para alguns aspectos significativos dos comentários do autor sobre os dois primeiros sonhos ocorridos na análise, quando diz que neles: "as imagens oníricas são construídas através de grandes pinceladas que nos deixam entrever tão-somente o arcabouço dos interesses em conflito, mas não nos permitem ainda discernir com maior nitidez a totalidade dos personagens envolvidos em sua trama e, menos ainda, a natureza última dos desejos contrariados e das angustias aí geradas" (Junqueira Filho, 1995 pág. 84). Dissemos que estes comentários são significativos porque eles sugerem a espera de ideogramas mais claros, talvez como os que se dão em profusão no terceiro sonho e que são devidamente traduzidos.

Há, porém, uma outra maneira de se considerar estas manifestações. Ela ocorrerá se virmos os sonhos não apenas como processos de expressão ideogramática de situações emocionais vividas, mas que esta expressão está também relacionada com registros primitivos e modeladores das experiências atuais, no caso, a trama de desejos infantis e das angústias correspondentes. Se levarmos em conta estes elementos, poderia não ser preciso esperar diante dos dois primeiros sonhos. Ao contrário, mostrar-se-ia como bastante importante a abordagem, já nesta altura, da angústia revelada nos mesmos. Esta parece ser estimulada pela investigação da vida emocional do paciente por parte do analista. Podemos chegar a esta hipótese se levarmos em conta que no primeiro sonho ele está só com a mãe e se vê exposto e perseguido num estádio de futebol. Estas imagens são muito sugestivas de estarem figurando a exposição dos seus desejos incestuosos na análise e da ameaça que isto acarreta. Levando em conta estes elementos, não é difícil considerar que uma situação semelhante ocorre no segundo sonho. Nele novamente o paciente está só com a mãe, num carro, e esta imagem pode ser mais uma confissão dos seus desejos ao analista. Favorece esta hipótese o que se segue no sonho, ou seja, o carro que vem no sentido contrário e atropela uma bela moça, o que pode estar figurando como é sentida a situação analítica: uma entrega passiva e feminina do paciente ao analista, sentido como um pai castigador e atropelador, diante da demonstração dos seus desejos incestuosos.

Antes de prosseguir com o terceiro sonho vamos abrir um parêntese e aproveitar as sugestões feitas sobre os dois primeiros, para considerar a questão da "criação" ou da "revelação". Esta questão é um dos tópicos deste encontro e tem dado lugar a um mal-entendido básico, para o qual pode haver uma contribuição através dos elementos que estamos levantando. O mal-entendido apontado ocorre em torno do fato de que a consideração de registros mais primordiais, modelares e inconscientes, implicaria em que o trabalho analítico se daria como uma *revelação* dos mesmos. Ao contrário, voltando para a situação clínica, podemos pensar que, ao viver com o analista os modelos primitivos aos quais está fortemente aderido, o paciente também tem a oportunidade de utilizar elementos próprios da situação presente, entre as quais se destaca a atitude e o trabalho mental do analista, diferentemente do que se dá com o pai interno. Estes elementos permitem a *criação* de uma nova possibilidade de viver toda esta constelação emocional. Evidentemente, para que esta nova *criação* se desenvolva é necessária a participação do analista, principalmente na direção do trabalho com a dupla significação de que está revestido.

Quanto ao terceiro sonho, Junqueira nos diz que ele ocorre num contexto em que: "seus conflitos edípicos foram sendo analisados no quadro da situação transferencial, começam a surgir percepções a respeito de suas inseguranças para relacionar-se com as garotas, gerando uma leva de sonhos onde transparece seu esforço desesperado para conseguir impor-se a elas de um modo coerente e bem sucedido". O sonho é trazido escrito "num calhamaço de papel" e parece ter sido abordado pelo analista, realizando a tradução do sentido de ideogramas contidos no mesmo. Apesar das interpretações parecerem bastante pertinentes, Junqueira nos diz que o paciente dorme, ao serem tratadas angústias de natureza sexual, como também já se dera em outras ocasiões semelhantes. Não são dadas informações mais concretas, a respeito da referência feita de que os conflitos edípicos vinham sendo trabalhados no quadro da situação transferencial, a não ser a que está presente em relação a este terceiro sonho, em que é feita a tradução ideogramática do seu conteúdo. Diante do fato de que estes sonhos são trazidos em grande quantidade, escritos num "calhamaço de papel" e que são seguidos de sono diante da interpretação, podemos supor que não estão servindo a uma função elaborativa, mas sim à atuação de uma situação mental não suportável para o paciente, como também parecia se dar com os dois primeiros sonhos. Assim, cabe a indagação de se, na transferência, ao realizar a tradução ideogramática, o analista não poderia estar sendo sentido como o detentor dos conhecimentos e, portanto, também da capacidade de ter as experiências sexuais. O paciente ficaria, então, como aquele que estaria destituído destas condições, o que gera uma angústia tão intensa que o leva a dormir.

Trazemos estes dados para nos dirigirmos à questão central que vimos examinando e que parece estar presente no material clínico destes sonhos: se há uma ênfase muito predominante da função do analista como tradutor ideogramático, em detrimento de outras significações que lhe sejam atribuíveis, pode não ser devidamente distinguido o seu investimento, numa situação como a vista, com características de um objeto do mundo interno do paciente, extremamente persecutório e castrador, dentro dos termos em que a constelação edípica tem sido vista a partir de Freud.

A situação presente neste material clínico vai também servir para prosseguirmos numa outra direção, examinando algumas questões sobre a relação do sonhar com o agir e com o alucinar. No caso foi vista a ocorrência de sonhos que poderiam estar contribuindo para um *acting-out* na situação analítica que nestes momentos é vivida de um modo concreto e "alucinósico" (em termos de Bion [1965]), correspondendo a elementos do mundo interno do paciente. Situações como esta não são incomuns em nossa prática e têm sido estudadas na literatura psicanalítica, podendo ser dado o exemplo do trabalho de Grinberg (1995) sobre "Sonhos e Acting-out", no qual ele faz uma separação entre "sonhos evacuatórios" e "sonhos elaborativos". A existência dos sonhos de tipo "evacuatório" levanta uma interrogação em relação as ideias de Bion sobre as articulações entre os sonhos e a capacidade para pensar as experiências emocionais, na medida em que são fenômenos oníricos que estão intimamente associados ao agir e ao alucinar e não com a capacidade para pensar.

Não vamos procurar dar uma resposta a esta interrogação, mas sim ampliá-la com outras indagações e reflexões.

A primeira delas é a de se esta ambigüidade existente no modo como funcionam os sonhos, não seria uma fonte de ambigüidades e divergências na teoria, conforme vimos até agora?

Uma outra é a de que esta ambigüidade também pode ter a ver com o fato de que Bion (1992), segundo aparece no "Cogitations", numa primeira fase igualou os sonhos com a função de elaboração mental, ao criar o termo "função onírica alfa", enquanto, depois, passou a falar apenas de função alfa. Nesta, além da importância das articulações realizadas durante o sonhar, foi sendo dado um destaque especial ao papel da "reverie" materna e da sua introjeção, para que se desenvolva a capacidade para pensar (Bion, 1962). Diante disto, poder-se-ia levantar a pergunta: estaria contida nas concepções de Bion esta mudança, de que o mais essencial para a capacidade para pensar seria não apenas o sonhar, mas também a introjeção de um objeto continente, capaz de dar acolhimento e significação às experiências emocionais?

A questão acima conduz a uma outra, a respeito de qual seria, então, o papel dos sonhos neste novo quadro?

Talvez possamos ser auxiliados em relação a esta última pergunta se tivermos a liberdade de relacionar os achados psicanalíticos com os experimentais, levando em conta que os sonhos têm uma função biológica ampla e importante, não limitada a espécie humana, no sentido, já visto, de articulação das experiências vividas no presente com modelos pré-existentes. Pensando assim, veríamos que os sonhos contêm elementos que, em nossa espécie, vieram a ser usados com uma enorme riqueza, no sentido de uma representação mais plástica e flexível das experiências emocionais. Para que isto se dê desta forma, é preciso que a capacidade para sonhar se articule com a identificação com um objeto continente e "pensante". Caso isto não ocorra devidamente, teremos situações em que os sonhos continuam ocorrendo e articulando modelos primitivos com os atuais, mas sem que se dê propriamente uma capacidade para aprender de um modo mais flexível com a experiência vivida. Nestas condições teremos sonhos relacionados com o agir e o alucinar e não com o pensar, como de fato vemos acontecer na prática clínica e indica que o sonhar nem sempre se associa ao pensar.

Concluindo, poderíamos dizer que se o entendimento que acabamos de sugerir for pertinente, Freud teria apreendido e destacado uma faceta deste conjunto, ou seja, o papel dos registros primitivos e modelares na constituição dos sonhos e da significação das experiências emocionais, enquanto Bion teria reconhecido melhor a participação da atualidade do vivido e do seu processamento durante o sonhar, articulando estes dados com os outros elementos necessários para que se dê a capacidade de pensar e aprender com as experiências emocionais. Pelo que já foi visto, até agora, estas duas ordens de achados não são excludentes, nem conflitantes entre si. Ao contrário, só a consideração das articulações existentes entre as duas, sem uma aderência muito estrita a uma ou outra das vertentes, poderá nos dar um instrumental conceitual com a flexibilidade necessária para um melhor acompanhamento da diversidade das situações clínicas.

REFERÊNCIAS BIBLIOGRÁFICAS

1. BION, W. R. (1962). *Learning from Experience*. Basic Books. Nova York.

2. ———. (1965). *Transformations*. Heinemann. Londres.

3. ———. (1992). *Cogitations* Karnac Books. Londres.

4. FERRO, A. (1995). *A Técnica na Psicanálise Infantil*. Imago. Rio de Janeiro.

5. FREUD, S. (1990). *The Interpretation of Dreams*. S.E. 4 e 5.

6. ———. (1925). *A Note upon the "Mystic Writing-Pad"*. S.E. 19.

7. GRINBERG. L. (1987). *Sonhos e acting out*. Rev. Bras. Psican. 29:129-49, 1995.

8. GUIMARÃES FILHO, P. D. (1995). *Corpo, mente, sonhos: um percurso intrincado*. Rev. Bras. Psicanál. 29:69-76

9. JUNQUEIRA FILHO, L. C. (1995). *Da Esfinge ao Oráculo: sobre a função do sonhar na gênese dos pensamentos*. Rev. Bras. Psicanál. 29:77-91.

10. PALOMBO, S. R. (1976). *The dream and the memory cycle*. Int. Rev. Psycho-Anal. 3:65-83.

PSICANÁLISE:
EVOLUÇÃO E RUPTURA

PSICANÁLISE: EVOLUÇÃO E RUPTURA

*Antônio Carlos Eva**

PRIMEIRO ESBOÇO

Escrevo este primeiro esboço, após participar dos fóruns sobre "Interpretação" e "Sexualidade e Pensamento", e da primeira parte dos fóruns sobre "Agir, alucinar e sonhar", e, atento ao convite da Diretoria Científica, procuro dar um sentido interrogativo e questionador ao tema - Psicanálise: Evolução e Ruptura, como seqüência ao que assisti até o momento.

Procuro levar em conta, também, que faço parte de uma Mesa formada pelos colegas Antônio Muniz de Resende e Odilon de Mello Franco Filho; tento, pois, adequar este primeiro esboço, ao tempo e à ocasião.

Privilegio o conceito de **TRANSFORMAÇÕES**, apresentado por Bion (1965) e procuro oferecer para discussão a *evolução* que percebo em mim deste conceito, bem como as *rupturas* que posso apreender, conseqüentes a este vértice, em minha prática psicanalítica.

Bem sei que tentar ser focal e específico na abordagem de uma das inúmeras *ressonâncias* que apresentamos em nossa Sociedade a partir de Bion, não evita, mas antes sublinha, as repercussões e interações do conjunto delas.

Venho propondo, nos grupos menores que freqüento, para discussão, a idéia de que tanto a teoria quanto a prática psicanalíticas que exercemos, não podem ser modificadas em um aspecto particular, isoladamente. Tão logo um dos aspectos ou componentes, como faço agora, recebe uma nova dimensão, quer em quantidade apenas, quer, ainda mais, em qualidade modificada, um rearranjo de todo o campo psicanalítico se impõe. Nem sempre estamos atentos, observo em minha prática, para reestudar as conseqüências de uma nova formulação isolada. Por vezes, as reverberações que se vão dando levam tempo para se apresentarem, ou, o que dá no mesmo, para serem percebidas mais completamente. A presença de Bion, entre nós, é bom exemplo deste efeito a longo prazo.

Dou como modelo ou metáfora desta idéia-proposta, o jogo de xadrez, onde cada movimento de peça, implica numa atualização do plano geral de jogo, bem como das previsões para os próximos lances. Este modelo simples talvez sirva

---

* Membro Efetivo e Analista Didata da Sociedade Brasileira de Psicanálise de São Paulo.

para alcançarmos a enorme repercussão que teremos certamente no conjunto de elementos que estão no jogo psicanalítico, a cada mudança em nossa teoria e prática.

O modelo-metáfora ficará certamente mais próximo da idéia que procuro oferecer, se alterarmos, não só o movimento de peças segundo regras conhecidas, mas, também, se alterarmos o número de casas do tabuleiro, com alguma freqüência. E se, ainda, introduzirmos ou retirarmos, uma ou mais peças, não de uma partida apenas, e, tampouco segundo regras definidas. E se, ainda, criarmos novas peças "nunca dantes utilizadas...", para uso pessoal.

A combinação dos elementos que apresento tende ao infinito, no universo psicanalítico, cabendo a cada analista em particular, estar atento a seu recorte pessoal e intransferível. E, neste universo pessoal, poder inventariar os elementos utilizados.

No modelo que proponho, *transformações* é uma nova regra para me aproximar da psicanálise. Chamo-a de **regra** por abranger todo e qualquer movimento que se dê no campo psicanalítico. Ela dá cor a cada e a todos os funcionamentos da mente.

A transformação está intimamente ligada à descrição das emoções: amor (- amor), ódio (- ódio) e conhecimento (- conhecimento). Esta vertente abre comunicação com subsídios e questões, para as áreas do agir, alucinar, sonhar e pensar, que constituem ingredientes centrais da teoria das transformações.

Apoiado, pois, nesta introdução, farei a descrição de *transformações* que posso captar a partir de **TRANSFORMAÇÕES**, livro escrito por Bion, em 65. Esta influência vem evoluindo em meu trabalho psicanalítico, desde que foi notada, por mim pela primeira vez, na década de 70. Posso escrever que foi aceita na década de 70, como um elemento novo e evolutivo, sem provocar nenhuma ruptura ou catástrofe imediata. Suponho que lentamente foi se quantificando e qualificando em meu universo pessoal, podendo, no momento, ser descrita, também me valendo de um *"como se"* da seguinte maneira:

Concebo Transformação como um acontecimento que se dá, na minha percepção, "como se" houvesse uma lente *implantada* na mesma. No meu quotidiano, não a percebo em ação. Tudo se passa como se não existisse. Quando faço comparações, entre percepções alheias, descubro e redescubro que não se trata de uma lente fixa ou estável. Ela apresenta uma propriedade essencial, que é a instabilidade. Varia em seus acréscimos e decréscimos ininterruptamente, sem prognóstico possível. Os componentes de luminosidade, ou de iluminação, também são variados e imprevisíveis. Por vezes suspeito da falta de "porções de percepção" em ilhas ou no todo, quando tenho oportunidade para comparações ou reapresentações. Outra característica, também essencial, que deduzo em alguns momentos, é de que não se trata de lente plana. Ela contém, quem sabe, porções côncavas e convexas, de diâmetro variado, e talvez também, porções planas. Neste particular lembra um caleidoscópio ultra sofisticado. Quem sabe um ultra caleidoscópio gelatinoso, construído "artesanalmente", em ou por cada um de nós.

Estes constituintes movem-se e articulam-se sem regras conhecidas para mim. Quando estou interessado no outro, posso, por vezes, vê-la em funcionamento e deduzir alguns componentes, quando apresentam mudanças. Esta proposta simples parece ser uma repercussão dos conceitos de função e fator, aparecidos no livro **"APRENDENDO DA EXPERIÊNCIA"**.

No entanto, não passo das suspeitas, tanto no plano de construção, quanto no de funcionamento destas lentes; presumo e tomo-as como sempre-presentes, ainda que impossível de detectá-las em mim.

Proponho hoje que houve um tempo, nos anos 70-80, no qual, parecia-me que a metáfora da *transformação*, poderia ser feita citando um par de óculos com os quais eu escolheria estar ou não, dependendo, em grande parte, de minha vontade própria. Poderia, pois, deixar de lado as *transformações* e referir-me ao que era mesmo, de fato.

Penso ser isto bastante próximo, ou similar, com o que fazemos ou fizemos com a teoria da transferência e, mais ainda, com a da contra-transferência. Quando necessário, podem, tais teorias agir no esclarecimento e conseqüente eliminação do "distorcido" na apreensão de algum objeto, emoção, pensamento ou função egoica. A aproximação, ou conhecimento, do que é sem distorção, em última instância, constitui uma dimensão importante no conceito de interpretação transferencial. Quando a interpretação transferencial é plenamente exitosa, diminui ou elimina o aspecto transferencial específico, envolvido no aqui e agora e permite o aumento ou a exclusiva aparição do "não-transferencial", do bem visto.

Se me aproximo, com minha "lente transformadora implantada", a distinção clara entre transferencial (distorcido) e não-transferencial (bem visto) é cada vez mais difícil e hipotética; o "não-transferencial" torna-se, para mim, uma área cujas dimensões e qualidades, vão progressivamente se encurtando. No limite, o "não-transferencial" tende a zero, o que também irá inviabilizar o conceito de transferência, pois este se funde ou confunde com o todo do funcionamento mental.

Proponho, pois, como indagação-quebra-cabeça, que necessito de um rearranjo de minhas peças ou do tabuleiro, ou de ambos, para poder ter no jogo o par:

TRANSFERÊNCIA/NÃO TRANSFERÊNCIA
e TRANSFORMAÇÕES

Este é um problema focal no conjunto dos elementos que pessoalmente utilizo. Penso que posso compartilhar a busca de um novo enfoque com quem assim percebe e valida esta questão.

Estas duas vertentes, transformação e transferência, apontam para estruturas teóricas e técnicas diferentes. A grosso modo, direi que uma das diferenças é a de que a transferência refere-se ao "reprimido", no modelo freudiano, ou à "cisão e projeção" no modelo kleiniano, enquanto a transformação aponta para o nunca conhecido "O", quer do mundo externo, quer do mundo interno. A transferência/não transferência, já se deu e está presente, no aqui e agora, enquanto que a maneira transformacional se interessa pelo que se está dando e pelo que dar-se-á, construtivamente ou destrutivamente.

Penso que decorre daqui uma maneira peculiar de vértice adotado pelo analista: didaticamente, direi que ao me interessar pelo transferido/não transferido, estou dirigindo meu enfoque do presente ao passado, enquanto que se focalizo o transformacional da experiência, focalizo o presente a caminho do que irá se dar (futuro).

Claro que isto não significa eliminar as dimensões de passado-presente-futuro; é, tão somente, uma questão de vértice, de posicionamento para estar na experiência. Recorro à proposta de A. Ferro a respeito de construir o sonho na relação analítica, ao invés de interpretar-comentar-descrever o sonho já sonhado, para criar uma penumbra de associações com o que quero descrever agora.

Uma vez aceita↔não aceita a presença da transformação, notei que fui me acostumando à sua presença↔ausência e pareceu-me ter encontrado um modo de estar com um analisando, que sinteticamente defino: sou o analista possível, a cada momento, para esta pessoa. Esta pessoa é o analisando possível, a cada momento, para estar comigo. O que lhe digo↔silêncio é fruto do todo do meu funcionamento mental, do qual, sublinho agora, o aspecto da transformação.

Vi-me, pois, em condição de oferecer um trabalho pessoal e único, resultante do meu psiquismo presente, no encontro↔desencontro com o outro. Suponho que estou próximo do conceito de decisão apontado por Bion para a minha presença na relação analítica.

Creio haver ampla correlação aqui com os componentes do pensamento e do dar-se conta dos pensamentos, <u>particularmente</u> do analista, ao se encontrar com a pessoa do analisando. Cabe, também, apreciar uma ampla comunicação com a definição de funcionamento psicótico e não psicótico, seguindo conceituação de Bion.

Estive bastante indeciso, no meu modelo, a respeito do "local" que usaria para a implantação das lentes. Pareceu-me que a percepção é um sítio satisfatório, pois não permite uma instância prévia a ela. O sítio pensamento não me livraria da questão que procuro enfrentar, referente à <u>inconsciência</u> de sua presença.

Outra dúvida que está presente ao escolher o local da lente é quanto ao uso de pensamento e/ou emoção como sendo ingredientes do básico. Creio que temos uma redefinição em andamento, do que nomeamos emoção e pensamento. Particularmente vejo uma aglomeração ou fusão dos dois a caminho de uma unidade emoção↔pensamento. As associações inevitáveis que faço se dirigem ou correm para as incógnitas Elemento α e Elemento ß. Não saturá-las exige disciplina e paciência.

Claro está, que cada um de nós pode facilmente tomar posse - <u>ter consciência</u> - das transformações, bem como das suas próprias transferências, alucinações, inconsciente, Id, Superego, etc. Tudo depende, no meu modo de ver, do montante de frustração que podemos suportar no momento. Quando este quantum variável é superado, nosso psiquismo se reordena de forma a não sucumbir ou se afogar em frustração. No entanto, há para mim uma diferença fundamental, se alguém toma como possível ou factível que todos os elementos que cito são passíveis de elucidação via auto-conhecimento. Não compartilho, pois, de afirmações tais como: "Percebi, na contra-transferência...", "Vi tratar-se de uma identificação projetiva que eu estava fazendo...", ou "Percebi a transformação que eu fazia...", ou, "Deixei de alucinar e então fui capaz de...".

Bion articula um conjunto de idéias que nos lança no "escuro informe" do desconhecimento. Poder dele sair, verdadeiramente ou alucinatoriamente; enfrentando a frustração ou evadindo-se dela, são possibilidades que cada um de nós utiliza quotidianamente, proponho. A teoria das transformações me parece utilíssima para investigação do tema que está tratado na dimensão "Agir, Alucinar e Sonhar" e acrescento eu, pensar.

Conseqüências que postulo:

1. Que o foco de meu interesse, como analista, está centrado no presente da relação que tenho com o analisando e na evolução que terá em função da minha interferência e da interferência partida do outro. Procuro descrever, pois, o que me

parece conter emoções↔pensamentos vividos ali, por mim, ao estar com o outro. Esta é uma conseqüência imediata de estar vivendo segundo a regra de transformação, tal qual a proponho. É também, conseqüência da teoria que propõe a emoção↔pensamento como centro do acontecimento psíquico.

Abre-se aqui o enorme capítulo da presença do analista na relação, tema super interessante, mas que não adentrarei, por considerá-lo, no momento, não pertinente ao foco que procuro explorar. Ele esteve presente nas discussões sobre Interpretação: revelação ou criação. Cabe fazer articulações entre as áreas.

Abre-se, também, o campo do pensamento↔sexualidade, onde, penso, estamos descobrindo e investigando quanto estes dois conceitos se aproximam, superpõem, confundem. A noção de sexualidade psicanalítica não dá conta, ainda, das transformações que não se enquadrem no "movimento rígido"; a evolução por fases descrita por Freud, tem sua inscrição total nesta área de "movimento rígido". E as transformações projetivas e em alucinose que sexualidade exprimem? Podem ser descritas e apreendidas nesta dimensão?

2. Tenho percebido que com freqüência, chamo de opinião ou interferência o que ofereço ao outro. Assim, é um hábito adquirido dizer: "Parece-me que...", "Tenho a impressão...", "Apareceu-me a idéia...", "Percebi uma imagem...", "Tive uma lembrança...", etc. Quero com isto enfatizar que perdi o conhecimento do que "é". Sei que tenho uma opinião que descubro a partir do local de onde observo. Creio estar apenas explicitando o que Bion apresenta na classificação das transformações.

Tenho também experiência que posso utilizar as mesmas palavras ou frases, para oferecer fatos - verdades últimas e definitivas - como se dão, ali, ou inclusive lá fora, ou em outro tempo. Isto depende de vários fatores. Cito, por exemplo, o desafio de saber e compreender mais e melhor sobre assunto, teoria, etc. etc., ou o predomínio de um "pensamento" que parte ou encontra a verdade, como ela é.

É freqüente chamar a isto de perda de capacidade de estar na experiência presente, quando isto acontece a outro, ou quando posso notar em mim, saído da situação. Ou de chamá-la de perda da capacidade de analisar, se a análise equivale ao encontro de duas pessoas, uma (ou duas, mais raramente) autorizada(s) para comentar verbalmente o que se passa uma com a outra. Abre-se o campo enorme das similaridades e diferenças dos papéis de analista e analisando. Certamente têm-se diferenças de vértice. Quais são em cada dupla e em cada momento, dependem do todo de cada uma das duas personalidades ali envolvidas.

Preciso, pois, registrar que a descrição, em forma metafórica, que faço de transformação e o que escrevo acima, têm aproximações com idéias que encontro em "Aprender da Experiência", particularmente na proposta de fatores e funções.

Se assim for, minha curiosidade se dirige ao presente, sempre novo, e procura escapar de preocupações com o ver o "repetido", na ocasião. Talvez seja esta uma outra diferença importante com a idéia de "reprimido" (repetido), cindido e projetado, ou de "transferência", de um modo geral.

3. Quando penso estar vivendo a dimensão de que opino sobre a relação e isto, na essência, é uma opinião que tenho sobre mim é freqüente que diga também "que não tenho a menor idéia sobre..." respondendo a solicitações tais como: "O Sr. acha que eu devo fazer X ou Y...", "Será que é depressão ou perseguição o que acabo de contar ter acontecido com meu filho ?..."

Talvez tenha sido um bom aprendizado eu me responsabilizar por uma parte da situação vivida e não pelo todo, apesar de que esta decisão está na "contra mão" do que o outro, com freqüência, busca comigo. A busca de análise por parte do analisando está baseada na crença de que o outro pode ter "uma idéia" que ele não tem e que possa dá-la a ele. Palavras como dependência e idealização, do nosso jargão, podem descrever esta situação. Irremediavelmente, no entanto, se eu não me ocupo do todo, o outro está convidado, ou obrigado, a compartilhar a investigação e nomeação do que ali se vive. Caso isto não aconteça o prosseguimento compartilhado se compromete e surge tensão, conflito de interesses, o que também faz parte do trabalho analítico.

4. É, pois, extremamente freqüente uma divergência, maior ou menor, sobre a apreciação (percepção) do que ali acontece. Caso haja algum ponto de contato, é possível examinar o campo; caso não se perceba este ponto, ou pontos, ficamos isolados, no que podemos comentar, ou por vezes, silenciar. Parece-me peça importantíssima para uso do analista, sua capacidade de estar só, de aguardar, de disciplinadamente poder respeitar a ausência de contacto com o outro. Sei também que é das experiências humanas mais solicitadoras que podemos viver, pois estamos na "contra-mão" do iluminado e com forma.

Penso que este primeiro esboço contém alguns pontos das peças e do tabuleiro... Disponho-me a ouvir e falar; tenho como pressuposto, que este esboço é um esboço; pode, pois, ser destruído↔construído, na medida de nossas forças.

PSICANÁLISE: EVOLUÇÃO E RUPTURA

O PARADOXO DA PSICANÁLISE

*Antônio Muniz de Rezende**

1. Bion esteve várias vezes no Brasil, especialmente em São Paulo, ministrando conferências, oferecendo supervisões e presidindo seminários clínicos. A maioria desses trabalhos foi publicada como "Brazilian Lectures". Esse título desperta em mim especial "ressonância", afetivo-cognitiva, levando-me a encarar os referidos textos como uma espécie de testamento deixado aos psicanalistas brasileiros. Testamento acolhido com todo o respeito e a consideração de que nosso Forum de Debates vem a ser mais um sinal.

Pouco depois de sua última estada em São Paulo, em 1978, Bion morreria em plena maturidade, em 1979, ao final de uma "evolução" que só aconteceu graças a várias e importantes "rupturas", como sugerido em seu texto sobre a "Caesura" e condensado no conceito de "mudança catastrófica". Uma dessas mudanças, que me toca particularmente, é relativa à afirmação de que "a psicanálise é a praxis de uma determinada filosofia".

Cabe no entanto perguntar, imediatamente, de que filosofia Bion estaria falando. Uma resposta presente em sua obra parece-me sugerir que já não se trata de uma filosofia anterior à psicanálise, mas de uma filosofia depois dela - no mesmo sentido em que Foucault, secundado por Derrida, proclama que nos encontramos agora na "Era da Psicanálise".

Creio poder dizer que Bion foi um dos psicanalistas que mais contribuiram para situar o pensamento contemporâneo no contexto da "Idade da Psicanálise", posteriormente à Idade Moderna e o pensamento racionalista. Foucault e Derrida são filósofos "depois da psicanálise", assim como Roland Barthes, quando nos fala de um "discurso amoroso", num sentido bem próximo ao de Bion ao afirmar que a psicanálise é a prática de uma filosofia que, no seu próprio conceito, reúne "philia" e "sophia", isto é, amor e sabedoria.

Gostaria de situar minha comunicação nesse contexto da obra de Bion, não apenas para seguir-lhe o exemplo, mas para marcar a influência que seu pensamento teve sobre o meu, especialmente em sua maneira de considerar a teoria e a prática da psicanálise.

---

* Membro Associado da Sociedade Brasileira de Psicanálise de São Paulo.

Vou pois apresentar-lhes uma reflexão sobre "o paradoxo da psicanálise" como ciência pós-paradigmática, e o farei propondo inicialmente algumas considerações teóricas para, em seguida, mostrar sua relação com a clínica psicanalítica.

2. No começo de sua obra, Bion esteve particularmente interessado em demonstrar a cientificidade da psicanálise, segundo o modelo e o paradigma - modernos - propostos por importantes interlocutores, a começar por Karl Popper. No final, graças ao que "aprendeu com a experiência", pôde reconhecer aquilo que, no momento, estou chamando de "paradoxo de uma psicanálise pós-paradigmática", pelo fato de ela situar-se "além" dos paradigmas conhecidos até então, tanto no campo das ciências formais, como das empírico-formais e das humanas.

Falo de paradoxo e não de "anomalia", como sugerido por Thomas Kühn, uma vez que a psicanálise não é propriamente a transgressão da norma científica, mas uma "expansão" capaz de surpreender os praticantes da ciência oficialmente reconhecida pela "comunidade científica internacional".

Recentemente, especialmente nos Estados Unidos, alguns cientistas relançaram a questão da cientificidade da psicanálise, (como relatado por Gilles Lapouge em artigo publicado no "Estado de São Paulo", com o título "Freud em xeque"). Quer-me parecer no entanto que, em grande parte, os críticos da psicanálise não levaram em conta a contribuição de Bion quando distingue entre uma *psicanálise clássica e a atual*, enfatizando dessa forma a importância do movimento psicanalítico como "universo em expansão", lugar de rupturas paradoxalmente significativas.

Para marcar uma ruptura ("caesura") com as origens históricas da psicanálise, Bion começa por falar de um necessário abandono do modelo médico, uma vez que, para ele, a psicanálise não é tanto "cura" mas "procura": procura da verdade da personalidade em sua realidade última. Por esse lado, ele vai além de Freud.

Uma segunda ruptura ("caesura") importante parece-me estar implícita na frase em que afirma: "Sou kleiniano mesmo quando não pareço ser". Tal afirmação sugere não apenas uma atitude tranquilizadora para seus críticos na Sociedade Britânica de Psicanálise, mas um progresso indiscutível em relação a tudo o que aprendeu no divã de sua analista. Kleiniano sim, indo, no entanto, mais longe que ela.

A síntese realizada posteriormente às sucessivas tomadas de posição leva-me a pensar que Bion pratica uma "lógica-simbólica-relativa", provocando mais uma importante ruptura ("caesura") dentro do movimento psicanalítico, especialmente em relação a Lacan e sua proposta de uma psicanálise científica baseada no estruturalismo linguístico. Matte Blanco tentou mostrar a originalidade do pensamento bioniano, apoiando-se, para isso, nos progressos da lógica contemporânea, polivalente e paraconsistente mas, a meu ver, sem levar suficientemente em conta a contribuição que Melanie Klein deu ao pensamento de seu analisando, no sentido de integrar a influência do emocional sobre o lógico.

Outra diferença importante parece-me encontrar-se entre o pensamento de Bion e o de Winnicott, à medida que o segundo está mais próximo do empirismo inglês e do pragmatismo americano, sem qualquer laivo de metafísica, enquanto o primeiro, em razão de suas origens indianas e de seu diálogo com a física contemporânea, não deixa de convidar-nos a uma expansão do pensamento, proporcional à expansão do universo tanto físico como mental.

Bion convida-nos a irmos sempre mais longe no desenvolvimento de nossa capacidade negativa. Para ele, a psicanálise não se "valida" pela submissão ao paradigma das outras ciências (paradigmáticas ou pré-paradigmáticas) mas, numa reversão de perspectiva, ela é que as valida, pós-paradigmaticamente, estabelecendo inclusive condições prévias à existência e ao exercício das atividades cognitivas. A primeira delas sendo, precisamente, a busca da verdade do pensamento e do ser, como condição prévia à verdade de qualquer conhecimento. Não apenas de K para O, mas de O para K.

Como tal, a psicanálise bioniana propicia condições para se "fazer a verdade", isto é, para a verificação, como experiência básica do ser humano e de seu "vir a ser" (*being*), "em direção a O e de acordo com O". Não apenas uma verdade lógica (do pensamento), ou ontológica (do ser, em sentido metafísico), mas uma verdade humana, em função da realidade psíquica. A consequência é uma mudança catastrófica em relação à própria lógica, que não é mais a lógica clássica, do terceiro excluído, mesmo em suas formulações atuais, mas uma lógica-simbólica-relativa, "lógica do terceiro incluído", isto é, com inclusão do emocional, como característica inegável da condição pática do ser humano. Entre sim e não, havendo mil e uma possibilidades emocionais, podemos encontrar sim com ódio, sim com tristeza, sim com inveja, sim com amor, e assim por diante.

Lógica, porque a ênfase de Bion é constantemente no pensamento, e mesmo no pensamento à procura de pensadores; um pensamento anterior ao aparelho para pensar, provocando o aparecimento e o fortalecimento deste último.

Lógica *simbólica*, na ruptura com a univocidade da ciência clássica, em sua pretensão de aceder a uma verdade única, sem polissemia.

Lógica simbólica *relativa*, numa ruptura com o pensamento absoluto, a começar pelo reconhecimento do princípio de incerteza, e a postulação de evidências, anteriormente a qualquer atitude baseada apenas na certeza, para prolongar-se no reconhecimento de que o "observador faz parte da observação", de tal forma que qualquer pretensão de objetivismo ou de subjetivismo, com separação do sujeito e do objeto, torna-se não só superada como inútil, tanto do ponto de vista do conhecimento como do pensamento e do ser.

3. Por isso mesmo, a experiência psicanalítica, como experiência clínica de busca da verdade, apresenta-se como forma verdadeira de conseguir-se uma "verificação" naqueles três níveis, uma vez que os distúrbios do conhecimento são inseparáveis dos distúrbios do pensamento e estes, por sua vez, decorrem dos distúrbios na maneira de ser.

Nesse contexto, salta aos olhos a importância do que Bion diz a respeito da arrogância e do dogmatismo psicótico. Ambos são muito mais sinal e efeito do moralismo que de uma autêntica postura científica. A arrogância, segundo ele, pode ser encontrada, por exemplo, na postura moralista de Édipo, querendo saber a verdade a qualquer preço, para usá-la, em seguida, de maneira cruel e severa, superegoicamente. (Não nos esqueçamos do que Freud ensina a respeito do superego como herdeiro do complexo de Édipo). Mas seria igualmente arrogância - e fanatismo - abrir mão da competência (aqui sugerida pela referência à postura científica). A intenção de não ser arrogante não pode levar ninguém a confundir a capacidade negativa com a ignorância ingênua. Bion é tão exigente em relação aos arrogantes como em relação aos que não "pensam" seriamente sobre o que fazem e dizem - especialmente no campo da psicanálise.

Ao invés da postura científica, o dogmatismo poderia decorrer do moralismo, isto é, de uma atitude preconceituosa, voluntarista ou mesmo sentimentalista. Com muita frequência, Bion sugere a presença do dogmatismo (psicótico) no autoritarismo moralista das instituições, de vária natureza, sem excluir a instituição psicanalítica, na sua pretensão de estabelecer doutrinas ortodoxas e modelos oficiais. Em relação a ambos, o gênio e o místico têm um papel importante: o místico, na sua exigência de verdade, o gênio na introdução de idéias renovadoras, ambos empenhados em salvaguardar as diferenças simbólicas.

O contrário de um dogmatismo fanático só pode ser uma postura "em direção a O, e de acordo com O", a ser vivida na análise, tanto pelo analista como pelo analisando. Tentei trabalhar esta sugestão de Bion, num curso que ministrei na Sociedade de Psicanálise de São Paulo, com o título: "A questão e os problemas da verdade na psicanálise teórica e clínica".

A partir de uma comparação com a epistemologia das outras ciências, a questão da verdade apresenta-se como coerência (para as ciências formais), correspondência (para as empírico-formais), consenso simbólico (para as humanas). Levando em conta essas três acepções da verdade, a psicanálise, no entanto, adota uma postura parecida com a de Heidegger (especialmente em sua obra sobre "O que significa pensar"), ao distinguir a verdade *(alétheia)* como desvelamento e como não-esquecimento. Segundo Bion, na minha leitura não oficial, (e talvez não ortodoxa), desvelamento é "em direção a O", e não esquecimento é "de acordo com O".

Na situação analítica da experiência clínica, a busca da verdade faz-se inicialmente como desnudamento (relativamente às defesas encobridoras), para prolongar-se no desmascaramento (do falso-*self*), e na quebra do espelho de Narciso. Em relação a Édipo, trata-se da busca da verdade através do iconoclasmo, por parte do cidadão adulto, face às suas responsabilidades de "animal político". Especialmente, neste contexto, ela implica o reconhecimento de que a lei está acima dos indivíduos, num nível que Lacan ensinou-nos a chamar de "registro do simbólico", e que Bion caracteriza por sua relação a O. O acesso a esse nível, em direção a O, não acontece sem uma mudança radical nos valores e na hierarquia de valores, numa mudança catastrófica que Bion se permitiu descrever em termos tomados de empréstimo a São João da Cruz ao falar da Noite Escura. Noite escura da sensibilidade, noite escura da inteligência, noite escura do próprio objeto divino. É o que leva Bion a dizer que "essas coisas se dizem melhor no vocabulário religioso do que no vocabulário científico".

De ruptura em ruptura, ele nos mostra a importância da adoção de modelos e de seu abandono posteriormente ao uso. Paradoxalmente, o primeiro modelo a ser usado e abandonado é precisamente o modelo científico, especialmente na forma como está presente na matemática e na física. De início, Bion esteve muito interessado na contribuição da matemática para uma "psicanálise do pensamento". Reconhecendo a contribuição das ciências formais, cujo paradigma é a matemática (ou a lógica matemática), como garantia da coerência do pensamento, ele analisou particularmente o que acontece com o esquizofrênico, cujo pensamento e linguagem sofrem uma desestruturação incompatível com qualquer coerência propriamente lógica.

Em relação à física, chegou a lamentar que "a matemática ainda não houvesse dado à psicanálise a contribuição que já deu à física". Embora reconhecendo a importância da física comtemporânea, cujo vocabulário ele passou a usar simbolicamente no âmbito da psicanálise (ao falar de buracos negros, de universo em expansão, de caos, e de outros conceitos importantes), Bion não deixa de sugerir que abandonemos o modelo físico, a começar pela formulação naturalista que se encontra no primeiro Freud (com seu Projeto de uma Psicologia) e se prolonga na forma como os médicos (*"physicians"*, em inglês) adotam esse mesmo modelo. Em seus estudos sobre a psicose, Bion nos mostra como os psicóticos perdem o contato com a realidade, ficando na impossibilidade de fazer a experiência da verdade enquanto correspondência ao real, tal como se espera das ciências empírico-formais.

Em relação às ciências humanas e à experiência da verdade como consenso simbólico, o que vemos em Bion é uma passagem corajosa e paradoxal para os outros dois modelos que pôs em prática: o modelo estético-artístico e o místico-religioso.

O modelo místico-religioso permitiu-lhe desenvolver alguns dos conceitos mais surpreendentes de seu pensamento psicanalítico. São, por exemplo, os conceitos de *"at-one-ment"*, "de acordo com O, em direção a O", "evolução de K para O e de O para K", sem esquecer o alcance maior das "transformações" a partir da função alfa até a simbolização propriamente dita, e a importância especial da capacidade negativa em relação com a fé científica.

Alguns leitores de Bion, mesmo entre psicanalistas, sentem-se incomodados com essa dimensão, que muitos consideram metafísica, incompatível com o empirismo (mesmo lógico) e o materialismo (mesmo dialético) que caracterizaram o pensamento da primeira metade do século XX. Por isso mesmo, já se levantou a questão a respeito de um possível ceticismo bioniano.

Não me parece que assim seja: ao invés de descrer do valor da experiência psicanalítica, Bion, ao contrário, afirma sua "fé na realidade última como um fato primordial", e exige de todo analista que "aprenda com a experiência" das "transformações".

No meu ponto de vista, o que afasta qualquer possibilidade de ceticismo por parte de Bion é, por exemplo, a citação e o uso que faz do pensamento de Kant ao dizer que "a intuição sem conceito é cega, e o conceito sem intuição é vazio". O ceticismo é que nos levaria ao vazio da experiência analítica, em sua analogia com a experiência mística, isto é, como experiência da "realidade" última, e não apenas como "discurso" (nominalista) a respeito dela. Neste sentido, não cético, Bion nos fala do "analista que é", como de alguém que faz a experiência e aprende com ela. No entanto, também o modelo místico-religioso deve ser abandonado, especialmente em sua dimensão religiosa.

O terceiro modelo mencionado por Bion e por ele utilizado principalmente na "trilogia fantástica", é o modelo estético-artístico. Muitos há que privilegiam este modelo, a ponto de dizer que para Bion a psicanálise é antes arte que ciência, e que a experiência artística (mais do que as ciências humanas) permitiria uma experiência da verdade como consenso simbólico entre o analista e o analisando.

O inconveniente maior, muito bem lembrado por Lacan em suas críticas ao pensamento kleiniano, é o risco de com isso não sairmos do registro do imaginário (neurótico), particularmente propício às identificações projetivas e às diversas formas de atuação emocional. Tomados pela emoção, analista e analisando, correriam o risco de não mais conseguirem pensar e, portanto, de cairem numa "folie à deux", do ponto de vista emocional. O inconveniente maior de uma psicanálise meramente "estética", no sentido kantiano da palavra, seria de permanecer no nível do sensório e mesmo do sensível, sem passagem para o simbólico propriamente dito. Isto seja dito sem nos esquecermos do interesse e do respeito que Bion demonstrou pelo teatro shakespeareano, assim como Freud pelo teatro grego.

Temos aqui, me parece, mais um ponto de encontro entre Lacan e Bion, no reconhecimento de uma necessária passagem para o registro do simbólico (segundo Lacan) e de uma indispensável experiência de O (segundo Bion). Os modelos (sem esquecer os paradigmáticos) são feitos para serem usados e abandonados. No abandono dos modelos, dá-se uma ruptura final que bem merece o nome técnico de "corte epistemológico". Nesse corte, a psicanálise de Bion mostra-se inseparável de uma postura profundamente ética, como característica do ser humano encarado como "personalidade" ou "caráter".

Lembraria que ambas as palavras, mas principalmente a segunda, (para um Bion que conhecia o grego) tem a ver com o verbo ser (*"eimi"*), do qual derivam *"ethos"* e *"ethica"*, ambos relativos à "maneira de ser".

4. Por tudo que pude apresentar como "ressonância" do pensamento de Bion, posso concluir retomando a colocação que fiz no início desse trabalho: se, para Bion, "a psicanálise é a praxis de uma determinada filosofia", trata-se, no entanto, de uma "filosofia depois da psicanálise"; como forma de pensamento de um sujeito "psicanalisado", isto é, que experimentou suficientes "transformações em psicanálise", a ponto de estas lhe garantirem uma saúde mental preservada dos distúrbios de pensamento, de conhecimento e de relacionamento intersubjetivo.

Isto pode acontecer na experiência analítica entendida como "procura da verdade", uma procura que, na realidade, nunca termina. Para Bion também, a análise é interminável, não por deficiência do analista ou do analisando, mas porque a verdade não se dá como resposta e sim como eterna questão. Fazendo suas as palavras de Maurice Blanchot, Bion se compraz em dizer que *"La réponse est le malheur de la question"*, pensamento que se completa com este outro: "A verdade é questão muito mais do que resposta".

Para a psicanálise de Bion também é assim: ela nos põe em movimento "em direção a O", tanto em seu sentido original como terminal, tanto em sua arqueologia como em sua teleologia. "O" tanto pode ser entendido como Zero, quanto como ponto de visada de um "universo em expansão" - "infinito, informe, inominável".

Esta é a filosofia que Bion põe em prática: uma filosofia depois da psicanálise que, por sua vez, é paradoxalmente pós-paradigmática, provocando rupturas catastróficas, cujo modelo arqueológico pode ser encontrado na "Caesura" do nascimento, com a passagem de um mundo aquático para um mundo aéreo.

Nesse sentido, indo além de Derrida, creio que Bion nos convida não apenas à desconstrução (em direção a Zero) mas, depois dela, à reconstrução de nosso universo mental (de acordo com O).

Se pudesse terminar com um testemunho pessoal, eu diria que, depois da psicanálise e depois de Bion, minha filosofia já não é a mesma. A "ressonância" maior que o legado bioniano provoca em mim, hoje, tem muito a ver com "a recordação e a gratidão", numa postura ao mesmo tempo profundamente psicanalítica e profundamente filosófica, tal como sugerido por Heidegger ao afirmar que pensar é agradecer - *"DENKEN HEISST DANKEN"*, e tal como formulado por Pascal em sua preconcepção de que "o coração tem razões que a própria razão desconhece".

RESUMO

A ressonância maior que Bion provoca em mim, hoje, tem a ver com a gratidão e o convite à mudança: sou-lhe particularmente grato pelas mudanças que sua freqüentação me proporcionou.

Uma delas e não das menores, foi a passagem de uma psicanálise clássica para a atual. Mas semelhante passagem não aconteceu sem que eu fosse levado a passar também de uma filosofia antes da psicanálise, para uma filosofia depois da psicanálise.

Se, como diz Bion, a "psicanálise é a praxis de uma determinada filosofia", no caso da psicanálise atual, trata-se igualmente de uma filosofia atual, o que significa, muito precisamente, uma filosofia pós-moderna.

Um dos conflitos mais sérios vividos por Bion não foi tanto, como já se sugeriu, entre o pensamento clássico e o moderno, mas entre o pensamento moderno e o pós-moderno.

Na linguagem de Foucault, nós nos encontramos na Idade da Psicanálise, além da Idade Moderna e do racionalismo (cartesiano). O pós-moderno, segundo a expressão de Jean Ladrire, é a era da "razão ampliada" - o que corresponde, para Bion, ao conceito psicanalítico de "universo em expansão".

Bion convida-nos não apenas à modernidade racionalista, mas à sua ultrapassagem, com a entrada num universo em expansão, no qual, as palavras de Hamlet passam a fazer pleno sentido: "Há mais coisas entre o céu e a terra do que pode suspeitar a nossa vã filosofia".

Sou grato a Bion por me haver ajudado a transpor os limites da modernidade racionalista, para entrar na Era da Psicanálise Atual. Dessa forma, também minha filosofia (a ser posta em prática por minha psicanálise) volta a ser uma sabedoria amorosa, isto é **Philia** tanto quanto **Sophia**.

PSICANÁLISE: EVOLUÇÃO E RUPTURA

*Félix Gimenes**

I

A leitura inicial do enunciado do tema faz pressupor a ocorrência desses dois processos quando da observação do tecido teórico da Psicanálise. Examinando o acervo de associações possíveis a que nos levam os termos "EVOLUÇÃO" E "RUPTURA", somos remetidos às concepções de Karl Popper (1934) e T. S. Kühn (1965), em que o desenvolvimento das ciências ocorre, respectivamente, por "falseabilidade" / "derrubada" da teoria aceita, e "não por acúmulos sucessivos"; e, por "revoluções científicas".

Mas, sempre dependendo diretamente da atividade e engenhosidade dos cientistas fundadores e da seqüência dos pesquisadores do mesmo campo.

Os teóricos do desenvolvimento da ciência, entre eles Popper (1963) consideram que o "desenvolvimento" não ocorre por acumulação, mas pela "derrubada revolucionária repetida" da teoria aceita e sua substituição por uma melhor. E, dá ênfase à "tradição da discussão crítica como o único modo praticável de se expandir o conhecimento". Entretanto, também considera "crescimento" o que ocorre pelos testes que se realizam para explorar as limitações da teoria aceita ou para submeter a teoria vigente a uma tensão máxima.

T. S. Kuhn (1965) concorda com Popper sobre "a insistência em que uma análise do desenvolvimento do conhecimento científico deve levar em consideração a maneira pela qual a ciência é realmente praticada". *Kühn* (1962) considera como "revoluções científicas", aqueles episódios de desenvolvimento não-cumulativo, que um paradigma mais antigo é total ou parcialmente substituído por um novo e incompatível com o anterior. Em sua opinião (1965) é precisamente o abandono do discurso crítico que assinala a transição para a ciência e a busca da solução de enigmas. Dos dois critérios, o dos testes e o da solução de enigmas, o último é o menos equívoco e o mais fundamental. De forma semelhante às revoluções políticas, as revoluções científicas têm seu início por um sentimento crescente de que o paradigma existente deixa de funcionar adequadamente na exploração de um aspecto da natureza, que estava explorando. O sentimento de funcionamento defeituoso do paradigma, que pode levar à crise, é o pré-requisito para a revolução científica.

---
* Membro Efetivo e Analista Didata da Sociedade Brasileira de Psicanálise de São Paulo.

Por que chamar de "ruptura" as mudanças de paradigma? A metáfora de "ruptura" dá idéia de interrupção, violação de padrões ou normas, quebra de relações, de modo que o fluxo teórico estaria impedido por esta cisão.

Haveria "ruptura" no âmbito Kuhniano, "revolução", se houvesse o sentimento de que o paradigma existente deixou de funcionar adequadamente na exploração de um fenômeno, por exemplo, do fenômeno psíquico, cuja exploração fora anteriormente dirigida por esse paradigma.

A intenção de identificar "RUPTURA" no corpo teórico da Psicanálise, revela o desejo, que pode tomar de assalto a alguns, de cotar a Psicanálise como ciência empírica, cujos sistemas teóricos se põem à prova, à luz da experiência, pela observação e experimentação.

Paralelismo entre História da Ciência e História da Psicanálise força a acepção Kuhniana de que o sintoma crise/insatisfação com o paradigma vigente é o pré-requisito para revolução ou mudanças de paradigmas. Isso é válido não só para as mudanças drásticas como também para a assimilação de uma nova descrição do fenômeno.

Para Kuhn (1965), as revoluções podem parecer "violações" somente para aqueles cujos paradigmas sejam afetados por elas. Para outros, que tiveram capacidade de assimilar e conjugar as inovações e mudanças trazidas pelo novo paradigma, podem parecer etapas normais do desenvolvimento como conjugação de conhecimento. Integra a noção Kuhniana de "revolução" (que para alguns sugere derivar a idéia de "ruptura") a ação de discordância quanto à matriz institucional, a partir da qual a mudança teórica deverá ser atingida e avaliada.

O termo "EVOLUÇÃO" parece ter seu fundamento em imagem de caráter biológico, mas por vezes alude, quando é racionalmente analisado, ao processo mental, por meio do que se deduzem as conseqüências de um princípio. Fala-se de "EVOLUÇÃO" para significar o desenvolvimento de um "germe", a manifestação e realização completa do oculto e latente. Neste sentido, "EVOLUÇÃO" é o que predomina, inclusive naqueles casos que se entendem como um incessante "devenir".

O que se desenvolve na teoria psicanalítica é o que se encontra implicado no "germe" dos escritos de Freud. A evolução do corpo teórico da Psicanálise não faz mais que EX-PLICAR este IM-PLICAÇÃO, DES-ENVOLVER o EN-VOLVIDO.

O "germe" do corpo teórico da Psicanálise pode ser concebido tanto como algo no qual se encontra o que se tem a desenvolver em todas as suas partes, como também aquilo que se entende, dentro do corpo teórico, que experimenta uma transformação, um processo através de sucessivas formas, que podem se distanciar da forma primitiva e originária.

A evolução de uma teoria seria então o processo de desenvolvimento dos conceitos, a partir de um conceito que os contém em potência. A passagem da potência ao ato seria a evolução, identificada neste caso com o movimento.

Considerando o ponto de vista dos filósofos da Ciência, e examinando as características da Psicanálise com suas vicissitudes particulares, indaga-se: a Psicanálise pode ou não ser incluída no rol das Ciências? O dilema Ciência-Não-Ciência/Psicanálise é expressão de problemática complexa da Teoria do Conhecimento. Entretanto percebe-se que a questão em que se deve ocupar a discussão é a do pensar psicanalítico.

A análise do desenvolvimento psicanalítico deve levar em conta a maneira pela qual a Psicanálise é realmente praticada. Observa-se na teoria e técnica-praxis-psicanalítica, que a "interpretação" ou formulação do enunciado, dá, por si só, contornos ao material, carregando-o de significados, sendo impossível uma abstração/descrição/relação simbólica/pensamento/conceito que não seja limitante e ao mesmo tempo esclarecedora.

É a experiência clínica o fator responsável pelas transformações que determinam a evolução da Psicanálise prática e teórica, independentemente de conceitos filosóficos de como acontece tal desenvolvimento.

Revendo a história das idéias da Psicanálise, não se observa incompatibilidade absoluta de concepções teóricas entre os escritos que constituem seu corpo teórico - citando apenas os escritos básicos de Freud, M. Klein, W. R. Bion, e outros. Tais escritos versam sobre fato, objeto, fenômeno, cuja apreensão é expressada sob formas que diferem umas das outras, justamente por apresentarem configurações enriquecidas umas das outras. Neste sentido tem-se a oportunidade de cogitar que o conhecimento psicanalítico se desenvolve, ou evolui, na COMPLEMENTARIEDADE (E. Souza, 1975, 1978, 1988) a qual implica em que as alteridades das descrições, formulações, ou modelos teóricos, desenvolvidos acerca do fenômeno psíquico, se interrelacionam, havendo interfaces que se conjugam, se coadunam e se referem, por seus diversos ângulos, ao mesmo fenômeno ou realidade: a psiquê.

Quando se tem, como em Psicanálise, um HORIZONTE PROFUNDO e ilimitado, que compõe o íntimo e a essência do processo psíquico e apenas apreendemos o HORIZONTE APARENTE, o fenômeno, convergências, paralelismo, complementaridade, estão presentes na descrição ou formulação dos elementos que compreendem o sistema teórico da Psicanálise. Esses processos, constituem-se em conjunções para a expansão da visão acerca do fenômeno mental, que dificilmente poderiam ser consideradas limitantes ou excludentes umas em relação às outras.

De trans-objetividade/subjetividade é - ou como o possa ser - nosso conhecimento do mundo psíquico. Saber deste mundo, de suas origens, elementos e funções é questão em que se move e se envolve o pensar psicanalítico. Pode-se considerar que, de acordo com Eudoro de Souza (1978): "sempre houve, há, e haverá quem pense SEMPRE O MESMO ACERCA DO MESMO, desde que realmente tenha passado por alguns momentos angustiosos em que, por si, repensou o já pensado, ou pensou, ou julgou pensar, o que no pensado ainda não fora pensado".

II

Objetiva-se denotar as interfaces, as conjunções, e a expansão das teorias de Freud e Klein com as observações, pesquisas, indagações, conjecturas e concepções de Bion, alcançadas em sua prática psicanalítica com psicóticos, que expandem e evoluem as concepções de Freud e Klein.

Na prática analítica com psicóticos (esquizofrênicos) ocupa-se do uso que o paciente faz da linguagem, e, da relação que essa linguagem tem com a teoria e a prática da análise. Transcrevendo Bion (1953): "Freud fez numerosas referências à relação da psicanálise com as psicoses, mas, para efeito de introduzir meu trabalho me referirei somente a uma ou duas delas. Em Neurose e Psicose (1924) fornece uma fórmula simples para expressar a diferença genética entre neurose e psicose, como segue: *"A neurose é o resultado de conflito entre o ego e o id, enquanto que a psicose é o resultado análogo de uma perturbação similar entre o ego e seu ambiente (mundo externo)"*. Tal como afirma, esta frase pareceria homologar um conflito endopsíquico com um conflito entre a personalidade e o meio, e desse modo abre um caminho para a confusão. Eu não creio que seja injusto com suas idéias supor que estão mais corretamente representadas por passagens nas quais a dinâmica das neuroses e das psicoses está taxativamente baseada no conceito de conflito endopsíquico. Não obstante a fórmula de Freud assinalar a hostilidade do paciente psicótico à realidade, e seu conflito com ela, nos ajuda a apreender um elemento que determina a natureza do conflito endopsíquico, o que trago à consideração por esse motivo".

Bion ocupa-se de certas passagens do trabalho de Freud (1911) e considera aquela sucessão de adaptações que as novas demandas do princípio de realidade fazem necessárias no aparelho mental, das quais disse Freud: *"por causa do conhecimento insuficiente ou inseguro só podemos detalhar muito precipitadamente"*, referindo que experiências recolhidas lhe permitem fazer algumas sugestões sobre elas.

Acrescenta que Freud disse: *"A incrementada significação da realidade exterior aumentou também o significado dos órgãos dos sentidos dirigidos para esse mundo exterior, e, da consciência adscrita a eles; recentemente aprendeu a incluir as qualidades sensoriais, além das qualidades de "prazer" e de "dor" que até esse momento haviam sido as únicas de seu interesse"*. Uma das teses de Bion será que o conflito com a realidade, do qual fala Freud, leva o paciente psicótico a desenvolvimento que torna duvidoso ter aprendido a incluir as qualidades sensoriais além das qualidades de "prazer" e de "dor". Sugere evidências indicativas de que o paciente, ou o id do paciente, dirigiu ataques destrutivos contra os órgãos sensoriais de recente significação, e à *"consciência adscrita a eles"*. No seu conceito, o que Freud descreve como a instituição do princípio de realidade é um evento que nunca foi alcançado satisfatoriamente pelo psicótico, e o fracasso principal tem lugar no ponto que M. Klein descreve como desenvolvimento da posição depressiva. O princípio de realidade, ao se lhe permitir operar, faria com que o bebê psicótico tomasse consciência de sua relação com objetos totais e, portanto, dos sentimentos de depressão e culpa, associados à posição depressiva. É, entretanto, a essa altura que o paciente realiza ataques destrutivos sobre todos estes aspectos de sua personalidade, de seu ego, que se ocupa em estabelecer contato externo e interno. Indaga sobre esses aspectos especiais do ego e aduz que Freud enumera: *"1) atenção; 2) notação; 3) um trânsito imparcial do juízo; 4) uma nova função confiada à descarga motora ligada agora à ação; 5) restrição da ação por meio do processo de pensamento que se desenvolveu da ideação"*. Conforme Freud, *"o pensamento foi investido de qualidades que fizeram o possível para o aparelho mental suportar uma tensão incrementada durante uma demora no processo de descarga. Trata-se somente de um modo experimental de atuar, acompanhado pelo deslocamento de quantidades menores de catexia junto com uma menor descarga delas"*.

Bion procura explicar por que pensa que todas essas adaptações especiais, exceto *"uma nova função confiada à descarga motora ligada agora à ação"*, na realidade são aspectos do estabelecimento do pensamento verbal; além de que, esse desenvolvimento é um aspecto das forças sintetizadoras e integrativas que M.

Klein descreveu como características da posição depressiva. Espera também demonstrar que considera as perturbações no desenvolvimento do pensamento verbal como um aspecto importante das psicoses, embora não deseje que se suponha ignorar a peculiaridade das relações objetais do psicótico (esquizofrênico), das quais o pensamento verbal, apesar de toda sua importância, não é senão uma função subordinada.

Para demonstrar cita o artigo "O Inconsciente" (1915), onde Freud diz: *"A análise mostra que está elaborando seu complexo de castração sobre a própria pele"*, e comenta: "Cabe sugerir, ao relatar minhas experiências com a fórmula de Freud, segundo a qual o conflito nas psicoses é entre o ego e o meio, que essa idéia sobre seu paciente seria ainda mais frutífera se supuséssemos que as castrações do psicótico são elaboradas sobre sua pele mental, isto é, sobre o ego, com maior precisão ainda, a "castração" do ego é idêntica aos ataques destrutivos contra: 1) a consciência adscrita aos órgãos dos sentidos; 2) a atenção, a função que Freud disse instituída para buscar o mundo externo; 3) o sistema de notação, que descreve como parte da memória; 4) o curso do juízo, que se desenvolveu para tomar o lugar do recalcamento; 5) o pensamento como forma de suportar o incremento de tensão, produzido pelo aumento da descarga motora. Com respeito a esse último ponto ajuntaria que, a meu ver, o pensamento verbal constitui o traço essencial de todas as cinco funções do ego e, que os ataques destrutivos ao pensamento verbal, ou a seus rudimentos, significa, incontestavelmente, um ataque ao todo". Ao passar à natureza desses ataques Bion sugere que todos eles são exemplos verdadeiros dos mecanismos descritos por Klein em sua discussão das posições esquizoparanóide e depressiva, quando descreve as fantasias do bebê a respeito do corpo materno, e o sadismo com que o bebê realiza ataques contra esses supostos conteúdos. Bion diz não crer que o sadismo oral, uretral, anal e muscular que Klein descreve como típico do ataque ao corpo da mãe, e aos progenitores, é o que atua contra o ego. Para Bion a "castração" do ego se manifesta por ataques extremamente sádicos contra: 1) a consciência adscrita aos órgãos dos sentidos; 2) a atenção, 3) o sistema de notação; 4) o curso do juízo; 5) a capacidade de suportar frustração da descarga motora, e portanto, de todo o desenvolvimento do pensamento verbal, de que todos esses, e não somente o último, como disse Freud, são aspectos particulares. Entre os métodos, pelos quais os ataques sádicos sobre o pensamento verbal adquirem efeito, é proeminente a cisão, que Freud e outros têm descrito tão freqüentemente. O fato é que a cisão do pensamento verbal se realiza cruelmente. E as tentativas de síntese da posição depressiva, que são peculiares em psicóticos, como em outros, são frustradas porque as cisões são reunidas cruelmente.

III

Bion (1957) considera que um dos objetivos do paciente para usar a cisão e a identificação projetiva é o de livrar-se/desprender-se da consciência de realidade, estando claro que poderia adquirir o máximo de separação da realidade, com a maior economia de esforço, se pudesse lançar estes ataques destrutivos contra o vínculo que conecta as impressões sensoriais com a consciência, qualquer que seja este vínculo. Nesse mesmo artigo (1957) mostra que a consciência de realidade psíquica depende do desenvolvimento da capacidade verbal, cujos fundamentos estão ligados à posição depressiva. Na oportunidade refere-se a Klein (1930); e a Segal (1955), que demonstrou a importância da formação dos símbolos, explorando sua relação com o pensamento verbal e as tendências reparatórias, notoriamente associadas à posição depressiva. Em continuidade (1957), Bion faz menção a estágio mais precoce do mesmo processo: diz crer que o dano que se torna mais evidente na posição depressiva, tem, de fato, sido iniciado na fase esquizoparanóide, quando se põem as fundações para o pensamento primitivo, mas este não chega a se estabelecer por causa do excesso de cisão e identificação projetiva. Por experiências, foi levado a supor a existência, desde o início, de alguma classe de pensamento referente ao que chamaria ideografia e visão, mais do que a palavras e audição. Este pensamento depende de uma capacidade para introjeção e projeção de objetos, equilibrada, e *a fortiori* de uma tomada de consciência dos mesmos, o que está dentro da capacidade não-psicótica da personalidade. Expandindo suas idéias sobre os vínculos, Bion esclarece que não somente o pensamento primitivo é atacado porque conecta as impressões sensoriais da realidade com a consciência, mas, devido à maior destrutividade da parte psicótica da personalidade, os processos de cisão se estendem aos vínculos dentro do próprio processo de pensamento. Tal como implica a asserção de Freud, de que *o pensamento converte-se nas relações entre impressões de objetos*, a primitiva matriz de ideografias, da qual surge o pensamento, contém, em si mesma, vínculos entre uma ideografia e outra. Esses vínculos são atacados até que finalmente dois objetos não podem ser postos em contacto de maneira a deixar, a cada um, suas qualidades intactas e ainda ser capaz, por sua conjunção, de produzir novo objeto mental. Conseqüentemente, a formação de símbolos, cuja efetividade de evolução depende da possibilidade de se juntar dois objetos de maneira tal que seja manifesta sua semelhança, e entretanto, fique inalterada sua diferença, resulta muito difícil. Em estágio posterior, o resultado desses ataques de cisão aparece na negação da articulação para a formação de palavras.

IV

Bion (1962) aponta que se a capacidade para tolerar a frustração é suficiente, o "não-seio" dentro torna-se um pensamento, e desenvolve-se um aparelho para pensar. Inicia-se o estado, discutido por Freud (1911), em que o predomínio do princípio de realidade é sincrônico com a capacidade de pensar. Assim é preenchido o vazio da frustração, produzido entre o momento em que se sente o desejo e o momento em que a ação apropriada para satisfazê-lo acontece. Na situação oposta, de incapacidade, haverá evasão da frustração e um significativo desvio dos eventos que Freud (1911) descreve. O que deveria ser um pensamento, um produto da justaposição de uma pré-concepção com uma realização negativa transforma-se em objeto mau, indistingüível de uma coisa-em-si-mesma, adequada só para ser evacuada. Em conseqüência, o desenvolvimento do aparelho para pensar é perturbado e em troca produz-se hipertrofia do aparelho de identificação projetiva. Daí resulta serem todos os pensamentos tratados como indistingüíveis dos objetos maus internos. O crucial está na decisão entre modificar ou evadir a frustração. Se a frustração pode ser tolerada, a conjunção de pré-concepções, ou de concepções e a realização, quer sejam positivas ou negativas, inicia os procedimentos para aprender da experiência, com a ajuda do pensamento e do pensar.

A personalidade do bebê é manejada pela mãe. Se mãe e bebê estão adaptáveis um ao outro, a identificação projetiva desempenhará papel importante nesse manejo, através do funcionamento de um sentido de realidade rudimentar e frágil, pois a identificação projetiva, habitualmente uma fantasia onipotente, neste caso opera *realisticamente*. Como atividade realística evidencia-se uma conduta, razoavelmente calculada, para despertar na mãe sentimentos dos quais a criança deseja se livrar. Nessa relação equilibrada o bebê reintrojeta seus temores de forma que os possa tolerar. Bion enfatiza a importância da qualidade da relação mãe-bebê para desenvolvimento da capacidade de pensar, e denota sua importância para o desenvolvimento *precoce* da consciência. É neste contexto que Bion diz entender o que Freud descreveu como sendo a consciência *"um órgão sensorial para a percepção de qualidades psíquicas"*.

V

Em Aprendendo da Experiência (1962 b) delineia o conceito de "função-alfa" como instrumento de trabalho na análise de distúrbios do pensamento. Considera como fatores da "função-alfa" a consciência, *"como órgão sensorial para percepção de qualidades psíquicas"* (Freud, 1900) e, os aspectos descritos por Freud (1911) ao se instituir o princípio de realidade. Usa o termo "função-alfa" de modo que possa a ela se referir sem estar limitado a uma penumbra de associações, como o estaria, se empregasse um termo mais cheio de significados. Também toma em conta, como fatores, as teorias sobre a formação de símbolos (Klein, 1930), *splitting*, identificação projetiva, a transição da posição EP para a posição PD e vice-versa (Klein, 1946).

Ao procurar esclarecer a "função-alfa" considera que a experiência emocional durante o sono não difere da que ocorre durante a vigília, quando as percepções de experiência emocional têm, em ambos casos, que ser elaboradas pela "função-alfa", antes que possam ser usadas para os pensamentos oníricos, quaisquer que sejam elas. Ao operar com êxito sobre elas, converte-as em elementos-alfa adequados para serem registrados e satisfazer os requerimentos dos pensamentos oníricos, e portanto, a capacidade de despertar-se ou ficar adormecido, de estar consciente ou inconsciente. Se a função-alfa está perturbada, e se torna inoperante, as impressões sensoriais que o paciente percebe e as emoções que está experimentando permanecem imodificadas, criando os elementos-beta. Os elementos-beta não são propensos para o uso dos pensamentos oníricos, e sim para serem usados na identificação projetiva. Os elementos-alfa são sentidos e tratados como fenômenos. Os elementos-beta são sentidos e tratados como coisa-em-si-mesma. Se o paciente não pode transformar sua experiência emocional em elementos-alfa, não pode sonhar. Os elementos-alfa se assemelham, e na realidade, podem ser idênticos a imagens visuais, como a dos sonhos, principalmente os elementos que Freud considerou que revelam seu conteúdo latente quando interpretados. Freud mostrou que uma das funções do sonho é o de preservar o dormir. O fracasso na função-alfa significa que o paciente não pode sonhar e, portanto, não pode dormir. Como a função-alfa determina que as impressões sensoriais da experiência emocional sejam acessíveis para o pensamento consciente e para o pensamento onírico, o paciente que não pode sonhar não pode ficar adormecido, portanto não pode despertar. É esta a condição peculiar que se manifesta clinicamente, quando o paciente psicótico se comporta nesse estado.

Bion introduziu o termo "barreira de contato" em que acentua o estabelecimento de contato entre consciente e inconsciente e a passagem seletiva de elementos de um para o outro. A mudança de elementos de consciente para inconsciente e vice-versa dependerá da natureza da barreira de contato; e, os elementos-alfa que a compõem afetam a memória. Afirma que além dos sonhos permitirem acesso direto ao estudo da barreira de contato, continuam tendo, em psicanálise, a posição fundamental que Freud lhes atribuiu.

VI

Penso que Bion pode potencializar as inovações de Freud, Klein e outros, mediante suas idéias decorrentes da experiência psicanalítica com psicóticos. Postula uma série se formulações que gradualmente se sintetizam em teorias compreensíveis, relativas à prática e teoria psicanalíticas. E, outras vezes, de não fácil apreensão teórica e prática. Contudo, pode-se dizer que têm a singular propriedade de enriquecer os pensamentos daqueles autores, e de se enriquecer pelos mesmos.

O conteúdo da presente pesquisa sobre a participação de Bion, na prática e na teoria psicanalítica faz lembrar Eugéne Delacroix: "Os homens de gênio são feitos não de idéias novas, mas por uma idéia que os possui, isto é, aquilo que já foi dito, ainda não o foi suficientemente".

REFERÊNCIAS BIBLIOGRÁFICAS

1. BION, W. R. (1953). Lenguaje y esquizofrenia. En *Nuevas Direcciones en Psicoanálisis* ed. Melanie Klein, Paula Heimann and R. E. Money-Kyrle. Buenos Aires: Paidós, 1965. págs. 221-4.

2. ———— (1957). Differentiation of the psychotic from the non-psychotic personalities. In *Second Thoughts*. Londres. W. Heinemann, 1967. págs. 43-64.

3. ———— (1962a). A theory of thinking. In *Second Thoughts*. Londres: W, Heinemann, 1967. págs. 110-9.

4. ———— (1962b). Learning from experience. In *Seven Servants*. Nova York: Jason Aronson, 1977. págs. 1-105.

5. FREUD, S. (1911). *Formulações sobre os dois princípios do funcionamento mental*. Edição Standard Brasileira, 12

6. ———— (1915). *O inconsciente*. Edição Standard Brasileira, 14.

7. ———— (1924). *Neurose e psicose*. Edição Standard Brasileira, 19.

8. KLEIN, M. (1928). Estadios tempranos del conflicto edípico. En *Contribuciones al Psicoanálisis*. Buenos Aires: Ed. Hormé, 1964. págs. 179-89.

9. ———— (1930). La importancia de la formación de símbolos en el desarrollo del yo. En *Contribuciones al Psicoanálisis*. Buenos Aires: Ed. Hormé, 1964. págs. 209-21.

10. _____ (1946). Notas sobre alguns mecanismos esquizoides. En *Desarrollos en Psicoanálisis*. Buenos Aires: Ed. Paidós, 1962. págs. 255-78.

11. KUHN, T. S. (1962). *A Estrutura das Revoluções Científicas*. São Paulo: Ed. Perspectiva. págs. 125-44.

12. _____ (1965a). Lógica da descoberta ou psicologia da pesquisa? Em *A Crítica e o Desenvolvimento do Conhecimento*. São Paulo: Ed. Cultrix, 1979. págs. 5-33.

13. _____ (1965b). Reflexões sobre meus críticos. Em *A Crítica e o Desenvolvimento do Conhecimento*. São Paulo: Ed. Cultrix, 1979. págs. 285.

14. MASTERMANN, M. (1965). A natureza de um paradigma. Em *A Crítica e o Desenvolvimento do Conhecimento*. São Paulo: Ed. Cultrix, 1979. págs.

15. MORA, F. J. (1944). *Dicionário de Filosofia*. México, D.F.: Ed. Atlante.

16. POPPER, K. R. (1934). *La Lógica de la Investigación Científica*. Madrid: Ed. Tecnos, 1973.

17. _____ (1963). *Confecturas e Refutações*. Brasília: Ed. Univ. de Brasília, 1978.

18. SEGAL, H. (1955). Notas a respeito da formação de símbolos. Em *A Obra de Hanna Segal*. Rio de Janeiro: Imago, 1983. págs. 77-97.

19. SOUZA, E. de (1975). *Horizonte e Complementariedade*. São Paulo: Ed. Duas Cidades. págs. 127-32.

20. _____ (1978). *Sempre o Mesmo Acerca do Mesmo*. Brasília: Ed. Univ. de Brasília. págs. 5-15.

21. _____ (1981). O triângulo simbólico e complementar. Em *História e Mito*. Brasília: Ed. Univ. de Brasília. págs. 77-84.

CONTRIBUIÇÃO PARA A SEMIOLOGIA DA SESSÃO PSICANALÍTICA

Isaías Melsohn[*]

Refletindo sobre os problemas de pensamento e simbolização, trago a vocês como venho fazendo há muitos anos, matéria para uma reavaliação crítica de certas questões teóricas da psicanálise e dos pressupostos psicológicos que lhe serviram de base.

Os fundamentos para essa reavaliação remontam à segunda metade do século XIX e encontram sua forma de manifestação mais nítida nas artes. A exposição do primeiro quadro impressionista de Monet, em 1860, a poesia de Mallarmé, *Un coup des dés*, de 1880, na qual imprime uma organização geométrica *sui generis* na disposição das palavras como se fossem figuras, constituem expressões da revolução que vinha ocorrendo no processo de concepção discursiva do entendimento e da visão do mundo. Esse processo, é claro, transcende o domínio da arte para se assenhorear dos demais domínios da cultura. Para citar somente um exemplo, cabe lembrar os trabalhos do sinólogo Fenolosa que, em torno de 1890, chama a atenção para o valor expressivo da escrita ideográfica chinesa que, por suas características, é muito mais próxima da vida emocional humana.

Freud também participa desta revolução quando, a partir de 1893, propõe um novo sentido para o que é não discursivo e irracional. No trabalho clínico, na compreensão do sintoma, do sonho, ele introduziu criações vivas que rompem com o racionalismo. Porém, ao conceber teoricamente o fruto de suas apreensões da vida mental, do mito, da arte, ele revela as influências positivistas da Ilustração que serviram de fundamento para a ciência da sua época.

Contemporâneos de Freud, Husserl, na virada do século e Cassirer, nos anos 20, propõem novas concepções que têm importantes conseqüências no domínio da psicologia e que influenciaram pensadores e psicólogos. Scheler, Koffka, Köhler, Goldstein, Sartre, Merleau-Ponty participam deste movimento de renovação da psicologia do qual resultou uma aguda crítica à psicologia clássica e à teoria das sensações e uma ruptura e renovação no estudo da imaginação, da percepção e da concepção intelectual. Cassirer, em particular, desenvolve uma teoria sobre a originalidade de formas simbólicas que são expressão das várias

---

[*] Membro Efetivo e Analista Didata da Sociedade Brasileira de Psicanálise de São Paulo.

modalidades da vida psíquica e constituem órgãos de concepção de realidades diversas. Examinei estas questões mais amplamente em estudo anterior[1].

Neste campo, uma verdadeira crise e progresso esboçam-se com Melanie Klein, no artigo de 1930 sobre o pequeno Dick *O Papel do Símbolo no Desenvolvimento do Ego* e, posteriormente, com as concepções de Bion. Contudo, as idéias de Melanie Klein sobre a vida simbólica, ali desenvolvidas, ressentem-se das concepções clássicas que provêem de Freud segundo as quais o símbolo é sempre substituto de uma outra realidade. Bion, por sua vez, ao propor uma tripartição de vertentes da vida psíquica estética, religiosa e científica não estabelece claramente a originalidade de cada uma destas formas de concepção, nem tampouco, nos esclarece sobre as formas originais de expressão da vida emocional.

No trabalho presente, limito-me a expor algumas particularidades das formas de expressão emocional que compareçam na atividade clínica psicanalítica.

Inicialmente, quero dizer que há formas de constituição da consciência originalmente diversas, as quais não têm, por fundamento, conteúdos latentes inconscientes que representariam a realidade.

Proponho discutirmos alguns aspectos destas formas que distinguiremos inicialmente sob o nome de vivências mítico-religiosas, artísticas e discursivas. Cada uma delas ancora-se em funções distintas que atendem a destinos diversos das funções prepostas à consciência.

Eu trouxe aqui um quadro de Pancetti que eu já havia trazido em reunião anterior, quando de um simpósio dedicado a Bion. É uma marinha dos anos 40.

Se observarmos esse quadro, ele tem um tema. É uma marinha. Tem o mar, tem uma parte de terra, tem um navio, pedras e o céu.

É essa a essência do quadro?

Não é.

A reflexão permite apreender e elaborar discursivamente esta estrutura espacial e colorida. Esta análise nos mostra que o espaço é dividido, horizontalmente, em dois outros, de extensão quase igual. Cada um deles é, igualmente, dividido em duas partes. Descobrimos, assim, imediatamente, uma determinada simetria na organização espacial. Ademais, há estreitamentos e alargamentos das superfícies coloridas que obedecem a uma organização simétrica e de oposição.

---

[1] MELSOHN, I. - Notas Críticas sobre o Inconsciente. Sentido e Significação. A Função Expressiva e a Constituição do Sentido, Ide (Publicação da Sociedade Brasileira de Psicanálise de São Paulo), São Paulo, 21:18-47, 1991.

Tudo isto que venho descrever, sou capaz de captar independentemente da palavra. O meu corpo reage movido pelas variações ponderais da extensão e pelas solicitações emocionais da cor. Algo semelhante ocorreu quando eu pedi a vocês que se sentassem mais próximos, preenchendo as primeiras fileiras. Esta nova organização deste espaço humano me é mais familiar e mais grata.

No quadro, esta massa que está aqui, na porção superior da faixa de terra, à direita, é equilibrada por uma massa que está ali, à esquerda. O mesmo passa-se com as porções relativas de água e céu. Todas as simetrias são especulares. Mas do que se trata, aqui? São meramente divisões que separam porções de água, terra e céu? Não. Estas divisões do espaço pictórico e as superfícies coloridas determinam uma apreensão de ritmos de movimento, de organização rítmica do espaço que eu apreendo diretamente, sem palavras.

Esta apreensão sem palavras, o sentido do quadro, é uma concepção da consciência e a ela corresponde *uma das formas de estruturação da consciência*. O mar, a marinha, o barco, as pedras dizem respeito ao que Volpi denominava o tema que, no entanto, como ele bem frisava, não constitui a essência da pintura. Esta pintura é uma organização significante capaz de articular em mim uma forma específica de apreensão e de vivência objetivada no quadro. O quadro possui, como qualidade intrínseca, uma organização *análoga* a certas emoções e ele é, por tal motivo, um instrumento lógico que permite conceber tais emoções; ele é um *símbolo* da vida emocional, de ritmos de vivências corpóreas, símbolo que, como tal, constitui uma concepção emotivo-intelectual não discursiva, não mediada pela palavra. Adiantemos ainda, que, diversamente da análise pelo discurso que apenas se refere ao seu objeto, este símbolo *apresenta* a expressão objetivada da vida emocional, sua *forma*.

Se alguém disser: *Mas, qual é o sentido*? O sentido é este que acabo de descrever. Mas, vejamos bem. O *sentido* é o da vibração do meu corpo *simbolizada* no próprio quadro. Eu fico imantado, cativado, encantado. Entre mim e o quadro estabelece-se uma relação de encantamento e, ao mesmo tempo, de liberdade em relação a este objeto. Ele me revela uma dimensão objetiva, um ritmo do mundo que é, ao mesmo tempo, objetivação de formas emocionais da vida humana, *apresentadas* pela obra de arte. Aqui não há denotação das emoções, mas concepção emocional da sua forma. O que é *denotar as emoções*? É descrever, recorrendo ao papel analítico da palavra, a minha vivência. Esta descrição, realizada mediante o discurso de *significação*, introduz um distanciamento da experiência vivida; ela visa ao sentido emocional, mas toma-o, vimos, como *referência*, como objeto do pensar. O sentido emocional, anteriormente inerente no universo expressivo que lhe é próprio, não habita mais no discurso de referência. Estamos, agora, num plano que Cassirer denomina de *função representativa* da linguagem, diverso daquele que apontamos acima de função expressiva ou *presentativa* da vida emocional. Em outras palavras, o sentido, quando analisado pela palavra, abandona o universo expressivo para transmutar-se em significação e referência. Estas observações aplicam-se, igualmente, a todos os domínios da expressão sensível e não apenas à esfera visual, aqui examinada a propósito da pintura.

E o que é *forma* da emoção? A emoção tem uma estrutura temporal e qualitativa; tem um ritmo de ascenso e decréscimo, uma *ordem* em meio a oposições, ambigüidades e contrastes. Tudo isto constitui sua *forma*. Contudo, a menção a tais elementos ainda não nos basta para a compreensão do que seja a *forma* da emoção. Eu exemplifico. Eu vou com o meu filho de 6 anos ao cinema. Quando o bandido vai matar o mocinho pelas costas, meu filho se assusta e faz menção de alertar o herói. Sua emoção e a minha são diferentes. Ele concebe a situação emocional exposta na tela, sua *forma*, mas também vive a *carne*, a *matéria* da emoção. Um complexo emocional tem, pois, *forma e matéria*. A arte é um instrumento para a concepção da *pura forma* das emoções humanas.

Ora, o que tem a ver, tudo o que foi exposto até aqui, com o trabalho psicanalítico? No que diz respeito à distinção entre *forma* e *matéria* da emoção, compreende-se, de imediato, que cabe ao analista conceber a *forma* da emoção que o paciente vive. Sabemos, por outro lado, que é este um objetivo ideal, pois o analista, em ocasiões inúmeras, é *contaminado* pela situação emocional e entra em fusão afetiva com o paciente. Quando, em tais circunstâncias, o analista recupera sua capacidade reflexiva, os momentos anteriores de fusão podem até servir de poderoso meio de compreensão. Veremos, mais adiante, em dois exemplos clínicos, momentos de fusão, caos e distanciamento vividos pelo analista.

Antes, voltemos ao quadro. É importante frisar que o sentido do quadro não é inconsciente. Ele é plenamente consciente, ele se articula ao mesmo tempo que se manifesta diretamente mediante uma forma específica de expressão.

Como vemos, há formas diversas de percepção e de apreensão do espaço. Uma delas nos permite perceber e conceber um espaço homogêneo, um espaço no qual todos os pontos têm igual valor e são definíveis pela posição que ocupam; é o espaço cartesiano, matematicamente definível. E há outros espaços. Por exemplo, o pictórico, o da arquitetura, que aparecem como totalidades indivisíveis, orgânicas, de valor estético. E há, ainda, o espaço mítico, qualitativo, povoado de forças e valores mágicos, sacros.

O nível simbólico em que eu apreendo um objeto que me encanta, que é independente de mim, *um objeto livre do meu apetite* no dizer de Hegel, em 1810, ao caracterizar o objeto estético, encontra correspondência no que Melanie Klein e suas seguidoras, sobretudo Joan Riviere e Hanna Segal, formularam como objeto total, produto da criação espiritual de um homem livre e destacado do objeto.

Vou citar, ainda, as experiências de Charles Fisher sobre as relações entre sonhos e estímulos diurnos e entre produções imaginárias e estímulos subliminares.

A partir de 1945, Fisher fez uma série de experiências que tiveram o seu ponto de partida nas de *Schrötter*, de 1911, que Freud cita. *Schrötter* sugeria a pacientes, sob hipnose, que sonhassem com temas que lhes propunha. A uma paciente, sugeriu: *"Você tem relações sexuais com outra mulher"*.

No dia seguinte, a paciente relata um sonho em que se vê carregando uma maleta com a inscrição *"Só para mulheres"*. Maleta, recipiente simbólico dos órgãos sexuais da mulher. A maleta e sua inscrição confirmam o processo de simbolização onírica.

A um homem ele diz: *"Você vai sonhar que você está sendo castrado"*. E o homem sonhava que ele estava na cadeira de dentista e o dentista arrancava-lhe um dente.

Em 1945, Fisher repetiu tais experiências, porém, invertia o procedimento. Ele hipnotizava os pacientes, todos de formação universitária psicólogos, psicanalistas, médicos, psiquiatras, assistentes sociais. A um deles (homem) sugeriu sonhar que estava sentado numa cadeira de dentista que lhe extraia um dente. Sonhou que lhe arrancavam o membro viril.

Onde está a censura, a resistência, o papel do processo primário em transformar, pelos mecanismos do deslocamento, da condensação, figuração, elaboração secundária, simbolização, o conteúdo latente e sexual?

Mas ele prossegue com suas diabruras e chega a requintar o método de trabalho por meio de projeções taquiscópicas, com um período de tempo de centésimo de segundo.

Em uma dessas experiências, expôs as palavras: *Star, Exit* e o número 2. Depois convidou o examinando para desenhar e este fez uma figura de um 2 alongado, invertido segundo um eixo vertical, o traço horizontal desviado obliquamente. Interrogado sobre o seu desenho, diz: *"É um cometa que se afasta rapidamente da terra."*

A explicação do autor é a de que o desenho e o seu significado resultam de uma condensação de transformações decorrentes da incidência do processo primário sobre um extrato original, reprodução fiel do conteúdo real projetado no *écran*.

Eu penso, porém, que a apreensão sensível se dá, aqui, de modo diverso. Sabe-se que, em condições subliminares de percepção, os fatores fisionômico-expressivos adquirem preeminência. No caso particular em pauta, a palavra *Exit* e o 2 mobilizam os planos mais profundos sensitivo-cinestésicos que se manifestam como um movimento de afastamento e como visão especular do 2. A partir destes elementos centrais, as conexões semânticas de *Star* determinam a seleção de *cometa* para ultimar a configuração de sentido mais adequada para as vivências despertadas pelas formas expostas na projeção taquiscópica.

A apreensão subliminar se fez segundo uma dimensão expressiva determinando uma concepção de algo no mundo *real*, uma concepção que se exprime *direta e imediatamente* como a forma e a significação do desenho produzido.

Ora, esta maneira de conceber a percepção do quadro, do sonho, da projeção subliminar vai contra a teoria segundo a qual ocorreria uma apreensão original, que seria reprodução do real, e sua transformação em decorrência do processo primário, tal como é classicamente aceito pela psicanálise e, como vimos acima, esposada por Fisher. Diversamente disto, assistimos aqui, nas diferentes situações examinadas, a formas de percepção e de concepção denominadas expressivas, formas originais de produção da consciência. Diante do *real*, a consciência produz concepções imaginárias que exprimem, na realidade que ela cria, o sentido do mundo com o qual ela se defronta.

Devemos incluir, ainda, no rol destas formas de produção da consciência, a poesia, ilustrando nossa discussão com a estrofe final de "*O Corvo*", de Poe.

"And the raven, never flitting, still is sitting, still is sitting

On the pallid bust of Pallas just above my chamber door

And his eyes have all the seeming of a demon's that is dreaming

And the lamp-light o'er him streaming throws his shadow on the floor

And my soul from out that shadow that lies floating on the floor

Shall be lifted nevermore."

Falamos acima no tema do quadro de Pancetti. Falemos agora do tema deste poema. Trata-se de um corvo eternamente pousado num busto de uma deusa do Olimpo sobre o umbral de uma porta. Mas a forma, a organização fonética, a estrutura silábica, os ritmos de movimento, mobilizam o meu corpo. Eu me vejo lançado em direções diversas que se organizam numa estrutura unitária, numa vibração do meu corpo percebida *no* objeto estético. O objeto, sem dúvida, tem uma *forma* peculiar, uma estrutura específica capaz de suscitar esta experiência; Susan Langer denominou tais estruturas de *formas significantes presentativas*.

Jakobson[2], num de seus trabalhos sobre linguagem e comunicação, examina o que ele denomina *função poética* que opera tanto na poesia quanto em outras formas de construção de linguagem.

Em "O Corvo", ele destaca *"raven/never"*, mostrando que uma palavra é inversão da outra, é uma imagem especular da outra. *"Sitting"* e *"flitting"*, fazem rima em eco. Em *"pallid bust of Pallas"*, temos um reforço da sílaba *pa* e uma estranha transmutação da figura de *"Pallas"*, deusa luminosa, aqui tornada pálida, como que mortiça, contaminada pelo pouso da ave agourenta. Há, além disto, relações por aliteração entre *"lifted"*, *"flitting"* e *"floating"*.

Pois bem, as características sonoras do poema emprestam ao texto o seu caráter poético. Elas são apreendidas de forma subliminar e desempenham papel central na determinação do sentido: estranheza e inexorabilidade. Aqui, novamente, assim como no quadro, o sentido é plenamente consciente, ele é dado na expressão. A configuração expressiva do poema adquire valor *presentativo*.

Insisto com vocês na importância de voltarmos nossa sensibilidade para estas formas de articulação da expressão. Outra não era a proposta de Freud ao conceber a noção de atenção flutuante: privilegiar formas paratáxicas de construção expressiva.

Como sabemos, Freud nos brinda, propiciando-nos inúmeros exemplos, com formas de construção verbal análogas às da produção poética, em atos falhos, sonhos, como também no material clínico de pacientes.

Ora, o que eu pretendo destacar é que a forma de percepção e de consciência que ocorrem em diferentes universos da vida psíquica como a vivência estética aqui exemplificada na pintura e na poesia, a percepção subliminar, o sonho, são análogas às formas de concepção na fala do paciente, assim como na apreensão e na fala do analista na sessão analítica.

---

2 JAKOBSON, R. (1960). Linguistique et Poétique. In Essais de Linguistique Générale. Paris: Les Éditions de Minuit, 1963.

Passemos a alguns exemplos da clínica ilustrativos destes problemas.

No VII Congresso Brasileiro de Psicanálise, em 1978, um analista relata a sessão cujo início é reproduzido a seguir.

O paciente entra na sala, tira os sapatos, junta-os e coloca-os em direção à porta. Deita-se no divã e diz:

P: *"A maioria dos meus sapatos é do tipo mocassin, só um par com cordões. Isto me ocorreu na sala de espera (o analista comenta que se sentiu inundado). Este fim de semana eu lia, no Suplemento Cultural do Estado de São Paulo, um artigo que dá destaque a dois contistas de ficção: Clarice Lispector e Júlio...hmm...hmm..., um homenzarrão de nacionalidade argentina, de 2 metros de altura. Embora eu privilegie os dois contistas, fiquei ansioso após a leitura".*

A: *"Também neste momento você está ansioso e com expectativa de que eu possa acompanhá-lo nos espaços em que você se aventura sozinho e teme se perder. Não lhe ocorre uma semelhança entre a história dos sapatos e um conto infantil de um personagem que usa sapatos especiais"?*

P: *"É, tem a história da Cinderela que precisava encontrar o seu par de sapatos de cristal para voltar a viver em harmonia ao lado do seu príncipe amado. Eu me lembro de dois professores do ginásio, de química e de português. O de química tinha o mau costume de mandar copiar a tabela de Mendelejev. E depois ele pegava um lápis de ponta bem afiada e furava os quadrinhos no papel. O de português aconselhava que os alunos estudassem várias linguas, até japonês, e depois dizia que a gente falasse desassombradamente dezasseis, dezassete, e acentuava o za. Para assombrar os ignorantes que imaginavam saber tudo. Lembrei, agora, do nome do outro contista Cortázar. Cortázar é corta azar, cortar as asas para não me perder em fabulações".*

Quero sublinhar a atmosfera ritual, mágica com que se inicia a sessão: a retirada dos sapatos e o seu alinhamento em direção à porta. Assistimos, aqui, a uma verdadeira reorganização do espaço na passagem da vida habitual para uma imersão numa ordem de caráter mítico que marca o encontro.

Vejamos, agora, a fala do paciente. As expressões utilizadas permitem, desde logo, assinalar várias conexões através da estrutura fonético-silábica do texto:

Sap (de *"sapato"*) e enza (de *"homenzarrão"*), fazem *sapenza*. O nome do analista, grande, alto, um homenzarrão, é *Sapienza* sabedoria.

Moca (de *"mocassim"*) é uma aliteração de *mica* que, por sua vez integra a palavra *"química"*.

Cort, em *"Cortazar"*, é aliteração de *ctor* em *"Lispector"* e homófono de *cord*, por sua vez contido em *"cordões"*. Atenção para *pector* (peito) e *cord* (coração)[3].

"Sala de espera", *sal'espera*, contém *Sa* de *Sapienza* e *lespe*, próximo de *lispe* de *"Lispector"*. *Lespe*, *lispe* aproximam-se de aliteração de *"lápis"*.

"Mendelejev" contém *men* de *"homenzarrão"* e remete-nos, assim, novamente, através de *enza*, a *Sapienza*.

Por fim, *"japonês"* que, aliterado, dará *sapenja*, próximo de *sapenza*, *Sapienza*. A notar, ainda, a acentuação da sílaba *za* em *"dezasseis"* e *"dezassete"* e sua presença no nome do analista.

Retomemos a sessão. Refere o analista que se sentiu *inundado* após a fala dos sapatos, uma invasão que significa caos e estranheza vividos pelo analista. Por sua vez, o paciente vive um clima de mistério ritual, expresso na colocação dos sapatos, e de ansiedade, na referência a dois contistas que se celebrizaram pela atmosfera de estranheza que criam.

Notemos, ainda, o esquecimento do nome *"Cortázar"* e sua substituição por *"homenzarrão"*. É, pois, neste momento, que claudica a função mnêmica do paciente; a consciência se dirige para algo *("Cortázar")* e encontra, em seu lugar, um *"homenzarrão"* que outro não é senão o analista. Este esquecimento, porém, é revelador, ele desvela e não oculta.

Em síntese, a sessão analítica cria um mundo mágico-mítico do qual não estão ausentes atos rituais. A menção aos escritores e a peculiar relação com os professores nos revela, na sua singular construção fonética, a espontaneidade do exercício da função poética: *vozes silábicas*, num emaranhado de múltiplas e recorrentes conexões, põem a nu as vivências do paciente na sua relação com o saber de Sapienza, seu analista. Estranheza *("Cortazar"* e *"Lispector")* e pequenez *("homenzarrão")*, *submissão e queixa (lápis do professor de química a perfurar a tabela de Mendelejev)*, ideal de poder e saber *(exortação do professor de português)*, todas estas emoções, despertadas no presente vivo da sessão, somente podem ser articuladas e concebidas mediante a criação de personagens e peripécias vinculadas entre si numa forma específica de expressão.

---

3 Observação de Mário Lúcio Alves Baptista.

Vamos, agora, retomar os problemas propostos. A análise deste último material clínico segundo os cânones da teoria clássica do inconsciente considera as palavras como coisas. A partir daí, a inscrição inconsciente *Sapienza* seria desfeita na sua articulação original e os seus elementos se reconstruiriam em inúmeras outras conexões. Além disto, toda a trama de impulsos e vivências em relação ao analista seria sujeita, através dos dinamismos do processo primário, a transmutações que conduziriam ao conteúdo consciente.

A meu ver, porém, o processo de abstração intelectual e de concepção emocional é de natureza diversa daquela descrita pela psicologia das sensações, a psicologia que serviu de fundamento epistemológico para a elaboração da teoria do inconsciente de Freud. Já abordei esta questão a propósito da percepção do quadro de Pancetti, da percepção subliminar e do poema de Poe. Quando o pintor contempla a natureza, ele não vê objetos com qualidades físicas, ele não vê o espaço homogêneo que a física e a matemática clássicas descrevem. Ele vê e apreende ritmos, volumes, cores e, nas imagens que ele cria, na linha que desenha, no contraste de cores que utiliza, ele fixa e expressa o que ele capta. Não cabe pensar que sua visão consciente seja ilusória, que ele não perceba o mundo *real*, ou que o mundo *real*, registrado no inconsciente, tenha sido transformado pelo processo primário. Não. Sua percepção visa a um *real*, mas este é de natureza diferente daquele que é objeto da sensopercepção trivial. O processo de abstração segue caminhos diversos de análise e síntese nestas duas ordens de percepção.

Passando ao que ocorre na sessão analítica, é necessário compreender que a abstração intelectual tem, aí, também, características especiais. A plena noção *literal* do sentido que tem *Sapienza* para o paciente não existe, nem consciente nem inconscientemente. Ela será o resultado final do processo analítico ou da sessão, e não preexiste a eles. Iniciada a sessão, o sentido das vivências despertadas encontra, através de conexões fonéticas e percorrendo as séries mnêmicas, as figurações adequadas à articulação, concepção e expressão do presente, inexistente de outro modo. *Sa, sap, enza* constituem como que pontos nodais dentre os conteúdos desta consciência em torno dos quais irradia-se uma constelação emocional e que, analogamente à visão do pintor, nos transmitirão a plena reverberação emocional do que vive.

O clima de magia que surge na sessão subentende a transformação de uma consciência que passa de uma forma de organização voltada para o mundo das significações triviais, cotidianas, para uma outra em que imperam valores expressivos, que abrem a sensibilidade para o sentido original das palavras, para os ritmos sonoros, paranomásias e seus poderes figurativos. O que aprendemos aqui é que os fundamentos básicos da percepção, da concepção e da expressão, muito longe de estarem constituídos como *coisas* ou como palavras, extraem sua matéria prima das fulgurações expressivas do mundo, que marcam com selo mágico-mítico-poético as pulsações mais profundas da vida emocional do homem. São estas que irrompem no discurso e produzem criações imaginárias. É o que também nos mostra Jean François Lyotard[4] em seu *Discours, Figure*.

Passo a um outro material clínico que eu citei, numa breve resenha, durante o mesmo simpósio sobre Bion. Trata-se de uma sessão apresentada durante uma supervisão.

Vou transcrever, aqui, esta sessão, na mesma ordem geométrica com que foi apresentada pela analista em suas anotações.

Rapaz de 20 anos, residindo na cidade há mais ou menos 6 meses, estudando em curso superior. Em análise há dois meses. Atualmente tem vindo 6 vezes por semana.

Sessão de sábado:

Sempre pontual, chega atrasado 5 minutos. Pela primeira vez encontra aberta a porta da sala. Entra e vai logo sentando-se no divã.

A: *"Por favor, você pode fechar a porta?"*

Parece desconcertado ao notar que deixou a porta aberta. Habitualmente sou eu quem abre e fecha as portas. O paciente deita-se no divã.

P: *"Aquele carro azul, amassado é o seu? É o único carro do estacionamento. Meu irmão me telefonou de São Paulo e me convidou para passar uns dias com ele. Meus dois irmãos telefonaram para saber se eu estava bem".*

A: *"Vejo que está satisfeito porque seus irmãos lhe telefonaram, hoje é sábado e está aqui comigo. Sente que sábado é um dia especial porque acredita que só atendo a você".*

P: *"Hoje à noite tem concerto. Você vai estar lá? Não importa, você é tão grande que eu vou achá-la. Se você for. E desta vez eu vou falar com você".*

A: *"Parece que me perdeu, agora, de tanta vontade de me encontrar".*

P: *"Desde ontem, consigo me concentrar melhor"* (diz isto bocejando). *"Desde ontem, consigo me concentrar melhor"* (sem bocejar). *"Estou cansadíssimo".*

---
4 LYOTARD, J. F. (1978). Discours, Figure. Paris: Éditions Klincksieck.

Quero destacar, nas falas de analista e paciente, as palavras:

(An.) *"desconcertado"*,

(Pac.) *"amassado"*,

(Pac.) *"concerto"*,

(An.) *"encontrar"*,

(Pac.) *"concentrar"*.

Observe-se, ainda,

a homofonia do par *"concerto/conserto"*,

a conexão *"conc(s)erto/amassado"*,

a relação de *"amassado"* com *"massa"* (figura avantajada da analista);

a série *"encontrar/concentrar/concerto/conserto"*, com aliterações e homofonias.

Até aí nada de importante. Vemos isso em muitas sessões. Temos isso analisado à saciedade no famoso ato falho do Signorelli.

Esclarece-nos a analista que este jovem iniciara a análise em surto psicótico. Estabeleceu um excelente e profundo vínculo com ela, dando mostras de grandes melhoras assim como de expansão de suas capacidades artísticas para as quais era bastante dotado. Alguns dias depois da sessão aqui relatada, o paciente informou à analista que deplorava ter de deixar a análise pois teria de acompanhar a família que iria residir em outra cidade. Ele já sabia dessa mudança no dia daquela sessão, mas não se sentiu em condições de comentá-la na ocasião.

Tentemos, agora, formular, em forma de discurso de significação, o sentido dos comportamentos e das falas ocorridos na sessão. Ou seja, apreender a constelação emocional, o sentido, em meio aos níveis de significação e referencial do diálogo. Assim fazendo, seguimos o mesmo itinerário que acima percorremos com relação à pintura e à poesia.

A analista nota o paciente *desconcertado*. Ela apreende, pois, na própria expressividade gestual do paciente que ele está descomposto, perturbado, desarranjado, *desconsertado*.

Mas a própria analista nos informa de uma mudança na ordem dos seus comportamentos nesta sessão: *Pela primeira vez encontra aberta a porta da minha sala* e depois: *Habitualmente sou eu quem abre e fecha as portas*. Caberia, pois, nos interrogarmos sobre o sentido dessas mudanças e sobre a relação entre o *desconcerto* do paciente e a modificação do ritmo de ação da analista que é, afinal, modificação de uma ordem habitual e, pois, uma desordem, um *desconcert*o da analista. Eu não me aventuro a sugerir a qual dos dois participantes cabe o papel determinante na emergência do *"desconcerto/desconserto"*; significativa, aqui, é a comunicação mútua, por via expressiva, dessa vivência. E podemos dizer mais; para nós próprios, que assistimos ao desdobramento da trama emocional desta sessão, permitir-nos um não-saber o papel determinante, suspender a ânsia de saber, implica em abrir-nos para acolher um momento de caos que contém em si o reflexo de uma situação de intenso valor emocional cuja compreensão plena somente surgirá mais adiante.

O paciente, a seguir, alude ao carro *"amassado"*, *desconsertado*, estragado. E esta vivência de ruína, que, num primeiro momento, se objetiva na visão do carro *"amassado"*, cede lugar à busca de um encontro, incerto, com a analista, figura avantajada, uma *"massa"*: P- *"Hoje à noite tem concerto. Você vai estar lá? Não importa, você é tão grande que vou achá-la. Se você for. E desta vez vou falar com você"*. Podemos dizer que *"...hoje tem concerto..."* implica a voz equívoca, equi-voca, de busca de apaziguamento, de *"conserto"*.

Note-se que esta última fala do paciente segue-se imediatamente a uma intervenção da analista sobre *"satisfação"* do paciente e sua crença em que, nesse *"dia especial"*, sábado, somente ele é atendido. Mas o paciente como que desconsidera esse atendimento presente; o seu dizer exprime, ao invés disto, o movimento da imaginação que o lança para um futuro do presente *("Hoje à noite tem concerto...")* na busca de um encontro incerto *("...você é tão grande que vou achá-la. Se você for...")*. Assistimos, pois, na articulação destas duas falas de analista e paciente, ao perecimento da presença do analista, simultaneamente à ânsia de um encontro.

A fala seguinte, da analista, é profundamente significativa: *"Parece que me perdeu agora, de tanta vontade de me encontrar"*. A analista, capta uma perda e fala na ânsia de encontro utilizando-se de um vocábulo *"encontrar"*, alteração de *"concerto/conserto"*. Eis, aqui, nova manifestação concreta, na expressão já no início da sessão, a analista comentara encontra aberta a porta e *parece desconcertado*, da profunda comunicação de experiências emocionais entre analista e paciente.

O paciente, por fim, diz que *"...consigo me concentrar melhor..."*, onde *"concentrar"* é próximo de *"concerto/conserto/encontro"*. E mais: *"consigo"* é, também, *em sua companhia, com você*.

Agora, quando sabemos que o paciente terá de interromper a análise, nos damos conta da dramaticidade desse encontro, diretamente manifesta no candente poder expressivo de um dizer articulado em forma análoga à da produção poética. Mas, independentemente do conhecimento desta circunstância, o dizer da fala da sessão nos conduz, de per si, ao clima de perda e de busca salvadora vividos pelo paciente como, também, pelo analista.

Voltemo-nos agora para um outro aspecto, bastante singular, que merece relevo especial: a organização espacial que a analista criou, de modo inteiramente espontâneo, para configurar sua transcrição da sessão. Chama a atenção a variação do intervalo espacial entre várias passagens da expressão gráfica da sessão. Um primeiro distanciamento maior ocorre entre os comentários iniciais da analista *(Sempre pontual etc.)* e sua primeira fala *(A: "Por favor" etc.)*. Ora, vimos acima o clima de desconcerto e de mudanças de comportamentos recíprocos que abrem a sessão. A analista, também imersa nesse clima emocional, vive um impacto que transcende e se objetiva numa configuração espacial através da qual se desenha um momento de retirada e de distanciamento.

Analogamente, intervalo maior aparece entre a segunda fala da analista *(A: "Vejo que está satisfeito......está aqui comigo...")* e a segunda fala do paciente *(P: "Hoje à noite...")*. Vimos que o paciente desconsidera o encontro presente e se lança para uma busca futura. Tenho para mim que a analista captou, durante a própria sessão (veja-se a fala seguinte da analista: *"Parece que me perdeu, agora, de tanta vontade de me encontrar."),* que sua fala não vibrou em ressonância com a situação emocional do paciente. Em outras palavras, a analista sentiu que, naquele momento, o paciente distanciou-se dela, situação que se exprimiu, na transcrição, por aumento da distância entre aquela sua segunda fala e a seguinte, do paciente. Efetivamente, examinando o contexto da sessão desde o seu início até o momento presente, o paciente, *desconcertado*, havia se referido ao *"carro amassado"*. Era a sua metáfora para exprimir o estado de ruína em que se encontrava. Mas, *"a-massa-do"* é o vocábulo que também exprime a analista, *"a massa", "o único carro do estacionamento"*, a única pessoa em relação à qual vive a perda e a única que ele buscará para *"concerto/conserto"*. Ele acrescenta que um irmão o convida para estar com ele e que os dois irmãos querem saber se ele está bem. Tudo isto sugere que ele está só, não está bem, e por isto não pode concordar com a analista que assevera que ele *"está satisfeito"*. É o motivo do seu afastamento.

Estes comentários me parecem pertinentes quando se confronta a expressão figurativo-espacial que emerge como criação espontânea da analista, com certos procedimentos dos poetas concretistas, procedimentos que encontramos, como já foi referido, nos albores da poesia moderna, em Mallarmé, em seu famoso *Un coup des dés*.

Retomemos, agora, ainda que brevemente, algumas questões que dizem respeito a representações inconscientes. Seriam inconscientes as diferentes representações na acepção de *representação de coisa* que resultaram da análise precedente destas duas sessões? Eu entendo que não. A meu ver, o sentido se manifesta plenamente na expressão. As representações iniciais da fala do paciente constituem produção original e espontânea da consciência; elas não são o *conteúdo manifesto* resultante de transformações de conteúdos inconscientes reprimidos. Cabe acrescentar, ainda, que as expressões dos analisandos obedecem plenamente à estrutura sintática do discurso e assumem função indicativa, denotativa. Mas, a escolha dos termos, o ritmo das frases, as assonâncias, as aliterações obedecem a determinações que são do domínio da intersubjetividade e, por isto, se organizam segundo a forma expressiva. É desta maneira que a função expressivo-poética da fala embebe o discurso da comunicação trivial. Os processos lingüísticos que intervêm na construção da expressão, assim como os motivos subjetivos e intersubjetivos aí presentes não são objeto de um saber, mas isto não quer dizer que estas determinações se constituam como representações inconscientes. Elas se exprimem no próprio discurso de denotação que contém, como acabamos de ver, nele impregnados, elementos expressivos com sentido específico. Os valores denotativos e expressivos do discurso integram a forma que a consciência encontra para exprimir a situação vivida. Eu insisto. A situação vivida é expressa. Esta situação pode estar representada por conteúdos diferentes, por expressões diferentes, embora com o mesmo sentido, fazendo parte do acervo da experiência consciente. Isto sucede, sem dúvida, com o paciente da última sessão discutida. Ele vive a perda e tem plena noção dela. O que ele talvez não saiba é que o sentido da expressão da sessão equivalha ao sentimento de perda de que ele tem plena notícia em outros momentos, o que corresponderia, durante a sessão, ao que Freud denomina de conteúdo latente, porque não se estabeleceram os elos de conexão que permitiriam a reunião, numa totalidade significativa única, das diferentes expressões.

Talvez o mesmo ocorra com o primeiro paciente. É possível que ele tenha plena noção, já na própria sessão ou fora dela, da situação emocional que impregna suas relações com a figura do saber que, para ele, representa o analista. Esta questão não diz respeito ao problema que estamos discutindo. Ainda que o paciente não *saiba* isto é, que esta situação emocional não esteja configurada em expressão literal, eu entendo que: 1. a situação emocional é plenamente acessível a uma formulação literal numa interpretação; 2. ela não constitui um conteúdo reprimido.

Deve ser ponderado, de outra parte, que o problema do Inconsciente, tal como é classicamente concebido, refere-se a conteúdos de representação infantis reprimidos; estes é que constituiriam os fatores primordiais na determinação dos conteúdos latentes. Mas a discussão dessa questão não cabe no âmbito do presente texto, que tem por finalidade o exame de formas de expressão da experiência emocional. Essa discussão foi objeto de trabalho já citado[5].

Para terminar. Procurei mostrar, nos exemplos clínicos aqui arrolados, que o sentido é inerente na expressão. Não na forma literal, ou seja, de significação e referência. É por meio de uma objetivação em imagens mundanas que a consciência veicula sentidos cuja significação e valor de referência próprias ao âmbito do saber lhe são, inicialmente, inacessíveis. Somente nesta acepção é que se pode dizer que tais sentidos não são objeto de um saber da consciência. Penso, também, que a expressão *a consciência se aliena nos objetos que constrói* é inadequada. É destino dela realizar-se, inicialmente, na *alienação*. O retorno a si própria, numa auto consciência que recupera os motivos da subjetividade, é fruto de momentos posteriores de reflexão no transcorrer do processo analítico e realiza-se por intermédio da forma do discurso predicativo próprio da linguagem denotativa e do saber, porém embebida por componentes expressivos da fala do analista. Na história do indivíduo, o aprendizado desta forma de linguagem permitirá o assenhoreamento do mundo fenomenal, ou seja da percepção trivial, da técnica e, por fim, a construção do mundo da ciência. Mas, aquelas outras formas expressivo-poéticas, embora de formação anterior, perduram e não devem ser consideradas de caráter primitivo. Elas têm o mesmo estatuto e o mesmo privilégio. São formas de criação original da consciência, presentes na pintura, na poesia e na arte em geral, tanto do criador quanto daquele que usufrui do objeto estético. E, como forma de produção imagética e da palavra, também constituem a substância de expressão das relações intersubjetivas. Além disto, como vimos, intervêm na produção de imagens e significações na percepção subliminar, no sonho, no ato falho, no sintoma neurótico.

Eu entendo que podemos sempre ver a sessão analítica estruturando-se como um mito ou um sonho. Por vezes, o conteúdo da fala assume dimensões expressivo-poéticas, como nos exemplos acima. Mesmo, porém, naquelas cujo conteúdo parece ser simplesmente trivial, impregnado de significações denotati-

---

5 Vide nota 2.

vas, nos é dado apreender o sentido imanente, os valores emocionais sempre presentes nas expressões criadas *ad hoc* pelo paciente quando voltamos nossa atenção para o clima intencional, para o sentido da história relatada, para o valor primevo das palavras utilizadas, sua articulação no contexto do relato e sua conexão com o passado-presente próximo. Em outras palavras, um conteúdo de linguagem incorpora, ao mesmo tempo, vários níveis funcionais; o nível propriamente *representativo* aquele que conduz o pensamento para os objetos referidos na representação coexiste e se imbrica com a função e o nível *presentativo*, próprio à expressão da vida emocional que se articula no presente vivo da sessão psicanalítica.

PSICANÁLISE: EVOLUÇÃO E RUPTURA

*Odilon de Mello Franco Filho**

1. PENSANDO A PSICANÁLISE EM SUAS ORIGENS.

Na época da constituição da psicanálise como método e teoria (na passagem do século XIX para o século XX), o pensamento ocidental vivia uma situação de crise motivada pelo abalo na crença do papel hegemônico da subjetividade. Por "crise"quero me referir à percepção de uma insuficiência ou contradição dentro de um sistema de idéias. Por "subjetividade" entenda-se a noção de que a consciência (quer psicológica, quer transcendental), é a primeira certeza fundadora de todas as outras (Chaui,1976). Essa categoria conceitual não dava mais conta de conter a compreensão do fenômeno humano, a realidade do cotidiano em seus supostos absurdos e "desvios". Segundo a autora, a crise da subjetividade foi denunciada pelo questionamento de se a consciência seria mesmo essa base das certezas e se ela teria mesmo essa transparência e poder de auto-determinação daquilo que se chama "realidade". Para ela, o atestado de óbito da "subjetividade" foi passado por Freud, Nietzsche, Marx, etc...

Dizer, porém, que Freud passou esse atestado ao "criar" ou "inventar"a Psicanálise, talvez não seja exatamente apropriado. Poderia também ser dito, que, no seio da crise mencionada, Freud "descobriu" a psicanálise como uma resposta possível a ela. Esse tipo de colocação se torna plausível se recorremos a Bion na sua surpreendente afirmação de que os pensamentos (como pré-concepções) permanecem à espera de serem resgatados e contidos por um pensador. Freud foi a mente hábil que se apropriou dos mesmos para organizá-los em nova disciplina de conhecimento. A história desta "concepção" foi assim rastreada por Herrmann (1980):

"...digamos que algo, ativo na matriz produtora do pensamento ocidental, entrou a lançar apelos para uma forma de compreensão que desse conta do absurdo emergente no seio da crise do real cotidiano. (...) a mentalidade científica urgia por uma disciplina que domesticasse o resto de absurdo deixado a descoberto pela rotina da ciência".

Pode-se até contestar que Freud (e, por extensão, Bion) pretendessem "domesticar"o absurdo, pois nunca propuzeram a psicanálise como tentativa de apaziguamento , bom comportamento ou palavra definitiva. Vale, no entanto, a

---
* Membro Efetivo e Analista Didata da Sociedade Brasileira de Psicanálise de São Paulo.

observação de Herrmann de que a psicanálise seria o corpo disciplinar onde se encarnou uma idéia que esteve longamente vagueando pelo pensamento ocidental, à procura de quem a reintroduzisse no convívio científico.

A idéia psicanalítica, uma vez anunciada, tem permanecido, com sua denúncia dos paradoxos mentais e seu poder de contestação, um elemento gerador de polêmicas, provocando, tanto o fascínio, quanto a repulsa. Mais do que polêmicas, porém, a Psicanálise deixou marcas no pensamento ocidental, que nenhum estudioso pode ignorar. No plano epistêmico, a formulação do Inconsciente como a matriz "invisível" da qual a razão e a consciência são servas, provocou aquela revolução que o próprio Freud alinhou ao lado daquelas revoluções que Copérnico e Darwin provocaram nos seus campos respectivos. O caráter comum que une as três pode ser considerado como o golpe que elas representaram ao narcisismo do homem, descentrando sua imagem no universo do qual se sentia senhor. Outra revelação freudiana de impacto foi, não apenas o resgate da importância fundamental da sexualidade no pensamento humano, mas o fato de abordá-la com um discurso científico. Nesse discurso, a sexualidade ultrapassa os limites dos atos que tendem à reprodução ou ao exercício concreto dos genitais, para ser encarada como um eixo organizador da mente, em todos os planos em que ela pode operar. Quanto ao método psicanalítico, este não deixa de ser menos surpreendente. Introduz a psicanálise a "subjetividade" do pesquisador como fator de observação do que ocorre no campo. Aqui, atribuo a esse termo "subjetividade" um sentido diferente do que ele, em parágrafos anteriores foi tomado de Chaui. Emprego aqui o termo para me referir ao fato de que o analista está por inteiro na relação com o paciente e que sua personalidade total é sua ferramenta de captação da realidade psíquica. Mais até: podemos dizer que essa subjetividade fica presente na própria constituição do campo que se estabelece entre os dois. A tão decantada "neutralidade científica" passava a mostrar seus "pés de barro". Mas o método psicanalítico não esgota aí suas surpresas: na situação clínica, ao propor ao paciente a associação livre e considerá-la como fonte fundamental de descoberta dos labirintos do inconsciente, atribui a ele, paciente, uma voz a ser ouvida com atenção. Pela primeira vez, diante dos cientistas, os desajustados, os histéricos e os loucos valem a pena serem ouvidos! Esta "escuta do outro"é uma proposta que rompe com o narcisismo dos cientistas, quase sempre ouvindo somente a si mesmos. O inconsciente também era portador de uma autoridade.

Tudo isto que estou apontando pode se constituir naquilo que Bion(1965) denominou de *Mudança Catastrófica*, ou seja, uma situação de ameaça decorrente de uma mudança num padrão determinado de idéias e valores, comportando elementos de subversão do sistema, invariância e violência. Talvez isso explique porque a Psicanálise sempre nos provoca tanto, nos desperta tantas emoções, quer a aceitemos ou rejeitemos.

Isto posto, é preciso que não nos deixemos apanhar por um ardor revolucionário que pode distorcer a visão equilibrada do que foi e tem sido essa "revolução psicanalítica". Que houve evolução com ela no mundo científico, houve, embora até se possa questionar (como o farei mais adiante) esse conceito de evolução. Que houve ruptura, houve. Mas não total, como talvez nosso entusiamo nos faria acreditar.

As áreas de continuidade com o pensamento científico dominante em sua origem são indícios de que a Psicanálise não se criou do nada. Na concepção do edifício teórico da psicanaálise não faltam alusões e correlações processuais do próprio Freud a respeito da química (veja-se como ele denominou sua disciplina), da física e da biologia. Muitos conceitos psicanalíticos constituem apreensões de idéias do corpo científico e filosófico de sua época. A esse respeito, ainda Herrmann (idem) aponta que nenhum método científico se criou sem raízes e que a própria Psicanálise não é invento desraigado. Diz ele:

"É certo que o edifício teórico da Psicanálise não rompe cientificamente com todos os cânones científicos. A teoria dos instintos, seus pressupostos energéticos e a psicodinâmica das forças conflitantes tendem honestamente a criar uma mecânica vetorial da alma, a qual, somada à classificação das doenças mentais, completaria o quadro da apropriação científica da desrazão. Classificar, isolar os elementos últimos, descrever sua interação e, das formas combinatórias desses elementos fazer derivar as modalidades antes classificadas - o que pode haver de mais correto em termos de método científico?"

De novo vale lembrar que Freud foi um genial "pensador de pensamentos" pré-existentes (as pré-concepções, conforme Bion), que nele encontraram guarida e articulações surpreendentes.

Essas reflexões deixam claro que a Psicanálise não nasceu do nada ou de uma mente isolada (Freud). Ela teve um "berço epistemológico" e cultural que não pode ser ignorado. Isso deveria ser relembrado toda vez que surge, na Psicanálise, uma nova teoria que pretende ultrapassar as demais por ser totalmente diferente e "original". Seria ela original por não ter raízes conhecidas, ou seria original exatamente por se reportar a uma origem comum?

Talvez seja possível montar um outro panorama da história inicial da Psicanálise, com suas rupturas, continuidades e paradoxos. Esta é a "estória" que montei sobre ela, do ponto de vista de minhas leituras. Os colegas poderão montar outras, nas discussões que se seguirem.

2. PENSANDO OS DESENVOLVIMENTOS TEÓRICOS DA PSICANÁLISE.

O longo tempo de convívio que Freud teve com a psicanálise, permitiu-lhe ser autor e também expectador das inúmeras mudanças que sua disciplina iria viver.

Mercê da atitude que ele mesmo chamava de investigativa e especulativa, Freud, invariavelmente, estava disposto a reformular seus pontos de vista, como no caso das teorias sobre a sedução, sobre o aparelho psíquico, sobre as pulsões, sobre a angústia, etc. Muitos de seus seguidores também fizeram o mesmo, ora para alegria, ora para desconforto do mestre.

Após cem anos de transformações, o número de "escolas" e respectivas teorias, com seus porta-vozes, parece ter convertido nossa disciplina numa Torre de Babel, na qual muito se fala e nem sempre se entende. Cada grupo existente se torna refém de suas próprias idéias, de vez que não pode dialogar sobre elas, salvo no seu círculo restrito de parceiros, sob pena de ser apontado como *"não-tendo-entendido-bem-o-que-é-Psicanálise"*, ou de fazer uma Psicanálise ultrapassada. Os modismos passam a ser o nosso dialeto, renovado de tempos em tempos.

Essas constatações não encerram nada de novo, e o próprio movimento psicanalítico (esta é uma expressão perigosa e ambígua) delas se dá conta. Já houve época em que publicações eram lançadas, congressos e painéis eram organizados para se discutir as divergências existentes. A questão problemática na base das discussões era:*"O que nos separa?"* Mais recentemente, o foco da questão parece ter tomado um rumo oposto, fazendo sugerir a existência de certa ingenuidade na proposta acima. De fato, são tantas as divergências constatadas que hoje se prefere discutir algo diferente. A pergunta agora é: *"O que nos une?* Ou: *"O que temos em comum?* " Parece que estamos a procura de nossa identidade, meio perdida nos caminhos ou descaminhos de nosso "progresso". Exemplo disso foi o tema pelo qual foi convocado o 36º Congresso Internacional da IPA, em Roma (1989). A discussão central girava em torno de se detectar nosso "Common Ground", ou seja, o que (ainda) nos une em nossa teoria e em nossa prática. Esforço semelhante surgiu recentemente em nossa Sociedade. Há cerca de dois anos nossa programação científica esteve orientada para refletir de que forma referenciais psicanalíticos básicos (as noções de Inconsciente, Sexualidade e Transferência) estão presentes em nossa clínica e que feições eles adquiriram ao serem incorporados ao nosso patrimônio conceitual. Na base desse projeto, pode-se perceber um esforço de retomada de nossas origens comuns em Freud. Enfim, a questão de nossa identidade intelectual e grupal.

Na amplidão de nossa Babel, alguns problemas e equívocos merecem ser apontados.

As várias "psicanálises" existentes, ou, as várias "escolas" que disputam superioridade epistemológica, têm entre si uma relação de evolução? No caso positivo, algumas são melhores que outras?

Antes de mais nada, talvez essas perguntas encerrem um falso problema. Pensar em um processo evolutivo significa tomar como critério que algo anterior contém o germe do posterior, que o cumpre plenamente. Nessa perspectiva (Chaui, idem), concebe-se uma continuidade temporal que leva do inferior ao superior. Isso acaba criando uma hierarquia de valores entre idéias, entre processos e mesmo entre "escolas". A disputa é, então, saber qual é o mais evoluído, o que corresponde a mais recente aquisição de conhecimento. Está criada uma porta aberta aos modismos.

Uma alternativa seria pensarmos de modo estrutural,o qual encara a presença, não de continuidades mas de diferenças qualitativas entre vários processos. Por esse ponto de vista, cada saber deixa de ser uma etapa intermediária para se tornar estruturalmente específica. A temporalidade já não será mais fator de transformação, mas o quadro em que ela se apresenta. Não se deve falar, então, de evolução, mas de rupturas e mudanças que ocorrem no tempo, mas , não graças ao tempo, ou pelo tempo.

Voltando à Psicanálise: seria um falso problema pensar em procurar marcas evolutivas no pensamento psicanalítico. Cada "escola",cada tendência deveria ser encarada no contexto próprio em que foi estruturada e pela maneira como sua praxis corresponde às necessidades do grupo. Com isso contornaríamos a inevitável tendência às comparações de valor.

Outro falso problema poderia ser também a adoção da idéia de que há "muitas teorias e muitas práticas" no campo de nossa disciplina. Ou então: a idéia de que as diversidades representam reais rupturas conceituais. Será mesmo?

Freud é tomado como exemplo dessas rupturas conceituais no seio de suas próprias teorias, pela aparente reformulação ampla que promovia nelas, no decorrer de sua obra. Mas será que as rupturas freudianas são mesmo tão extensas e numerosas assim? Monzani (1989), numa obra de fôlego, afirma que não. Para o autor, aparentes rupturas conceituais são, antes, retomadas das questões, rearranjos dos mesmos problemas.Cita como exemplos, o aparente ultrapassamento da teoria da sedução pela da fantasia, a noção "revolucionária" do Instinto de Morte, a aparente descontinuidade entre as duas tópicas, etc.

Uma análise em profundidade dessas questões, por certo faria encolher o "arsenal" de teorias que povoam nossas discussões e publicações. Aqui surge, então, uma pergunta: Não seria a *diversidade* de teorias e "escolas", um produto de alucinações de nossas fantasias narcisistas de evolução.? Não estaríamos diante de uma re-invenção alucinatória da própria psicanálise, baseada não em observações, mas em afirmações de autoridade?

Bion parece que esteve preocupado com esses problemas, mais de uma vez. Em várias de suas obras (como em *"Transformações"*, 1965), tentou deixar claro que não pretendia introduzir mais teorias na psicanálise Seu esforço era de avaliação da clínica psicanalítica. Para tal, procurava encontrar abstrações (*Elementos de Psicanálise*, 1963, pág. 11) cujo enunciado teórico se baseasse em uns poucos elementos (à semelhança dos *elementos* da química) que, através de mudanças e combinações várias, se prestassem para expressar "quase todas as teorias essenciais ao trabalho do psicanalista". Enfim, a articulação desses elementos entre si, conduziria à formação de um sistema científico dedutivo, apto a representar as experiências existentes centradas no objeto psicanalítico. Em outras palavras: a que elementos básicos deveria se referir um discurso psicanalítico? Qual o "léxico" (explícito ou implícito, consciente ou inconsciente) com que montamos as frases do nosso discurso ?".

Bion sugeriu e conceituou vários desses *elementos* (relação continente-contido, vínculos mentais, inter-relação EP - D). Seguindo essa linha de sistematização, talvez se pudesse estimular o levantamento e explicitação de outros elementos dessa natureza (se os anteriores não se mostrarem suficientes ou satisfatórios). A presença deles em combinações mais ou menos constantes em enunciados teóricos psicanalíticos diversos, talvez servisse para identificar afinidades insuspeitadas entre teorias aparentemente diferentes que arrogassem originalidade para si. Inversamente, teorias tidas como sendo extensões harmônicas de outras, talvez se revelassem incompatíveis em suas bases.

Talvez se pudesse "enxugar"o arsenal de nossas teorias, trazendo maior consistência a certo número das existentes, descartando outras que nada trazem de novo, ou nem sequer chegam ao status de teoria, epistemologicamente falando. Esse exercício (se factível, é claro) talvez contribuisse para desmontar ou desmitificar a chamada Babel psicanalítica, que não mais se apresentaria como salada de teorias, mas sim, como agrupamento de poucas boas idéias.

Num outro plano se poderia indagar que efeitos práticos a profusão de teorias psicanalíticas exerceria sobre a clínica. *Até certo ponto*, arrisco dizer que essa influência acaba minimizada diante de alguns fatores específicos da *conduta do analista* na situação clínica. Explicando: na reflexão e avaliação de um processo analítico instituído, não importaria muito indagar se o analista é freudiano, kleiniano, bioniano ou lacaniano. Importaria, sim, considerar em que vértice ele trabalha no tocante a:

objetivos - ele visa a expansão do universo mental, cura, prestígio perante o paciente ou o grupo, dinheiro, satisfações sexuais, etc?

posição frente a verdade: o que ele diz e o que ele é são aspectos muito distanciados?

posição frente a mudanças pessoais: encara ele a possibilidade de que o próprio processo analítico com o paciente seja fonte de mudanças em seus valores ou pontos de vista?

capacidade de continência: seus pontos cegos em relação ao seu mundo interno são de forma a obstaculizar continência da experiência emocional?

Etc, etc

Buscar diferenças sob esses vértices seria, talvez, mais importante que cotejar teorias e escolas pelo seu discurso.

O universo do pensamento psicanalítico será sempre maior que nossa vaidade em querer contê-lo em nossas idéias. Bion parecia convicto de que a própria psicanálise não seria capaz de conter a realidade psiquíca plenamente. Teríamos que nos conformar à idéia de que nossa disciplina é mais investigação que conhecimento. Investigar não é dar respostas. É expandir dúvidas, é abrir outros vértices para novas indagações. É criar terminais livres que acarretam desconstruções e construções sucessivas. Tolerar essa *expansão* de "O" (o desconhecido da experiência psicanalítica, o ainda não nominado ou inominável) seria mais importante do que acrescentar algo à psicanálise. (Bion,1973).

3. PENSANDO O PRESENTE E O FUTURO DA PSICANÁLISE.

A psicanálise nasceu à beira do divã. E como tentativa de solução terapêutica da dor. Mesmo que, posteriormente, seu campo de abrangência tenha sido reconhecido como mais amplo, não resta dúvida de que a idéia de psicanálise (particularmente no imaginário popular) permanece indissociada da noção de terapêutica. O próprio Freud parecia ter captado a força dessa "marca de origem", quando em "Linhas de Progresso na Terapia Psicanalítica (1919) afirmava que era pelo ponto de vista terapêutico que a psicanálise devia seu prestígio na sociedade. É evidente que os três aspectos da Psicanálise apontados por Freud (1923) - Investigação dos processos mentais inconscientes, Método de tratamento baseado nessa investigação e Conjunto de informações que integram nova disciplina científica - não são excludentes entre si. Mas, nos meios psicanalíticos, permanece uma tensão no plano clínico, no que se refere aos *objetivos do trabalho*: visa-se, ou não, a uma ação terapêutica? *O dilema terapêutico* não se refere à questão de, se a Psicanálise cura, ou não. O que se discute é se uma *possível cura* deve ser encarada como um *objetivo ou uma consequência*.

Numa perspectiva de leitura bioniana, o objetivo de cura, pelo menos na sua acepção mais conhecida, fica afastado por uma postura metodológica que implica na supressão de *memória e desejos* por parte do analista e *ipso facto* , do desejo de cura. Vale notar que esse posicionamento adquire pertinência no contexto do discurso de Bion sobre o acesso privilegiado à Realidade Psíquica. A postura *sem memória, sem desejo* , não é, para ele, uma opção elitista, mas uma *exigência* para se atingir contacto com "O' , ou seja, uma exigência do próprio campo no qual o analista se propõe a trabalhar. Em Bion, o conceito de cura cede espaço para o conceito de *"Universo em Expansão"*. Segundo ele, o processo psicanalítico é o de um pensamento sempre em aberto, que procura constantemente novos espaços, numa sucessão de novas representações que apontam para o infinito. Esse processo não é necessariamente fonte de prazer, pois se acompanha, inevitavelmente, de transformações dolorosas, sentidas como catastróficas.

A concordância com esses pontos de vista implica em que não se considere a cura como parte da essência do processo analítico. Outros pontos de vista talvez possam gerar conclusões diversas, que poderão ser também discutidas.

O objetivo deste relato não é polemizar em torno de uma controversa teoria da cura em análise. A menção feita apenas visa a introduzir a questão da cura como um vetor do prestígio que a Psicanálise tem obtido nos meios científicos e leigos do mundo todo. Esta questão, que não passou despercebida a Freud, como já mencionei, hoje se mantém atual na medida mesma em que a Psicanálise é contestada como sendo prática elitista e também prática terapêutica de efeitos duvidosos. Como responder a esses desafios? Está o "prestígio" da Psicanálise em risco? No seio de algumas sociedades psicanalíticas que integram a IPA esboça-se uma tendência para que as mesmas se engajem na formação de psicoterapeutas com base analítica. Mercê disso, seus Institutos oferecem cursos com essa finalidade precípua, além daqueles normalmente existentes, para a formação de psicanalistas. Como encarar esse novo investimento dessas sociedades? Seria decorrência de novas posturas teóricas? Seria uma tentativa de reconquistar aquele prestígio em crise? Como fica o investimento dessas instituições em relação à pesquisa psicanalítica propriamente dita? A Psicanálise estaria em crise porque a demanda psicanalítica está abalada ? Essas indagações poderão ser objeto de discussão por parte dos colegas.

4. PENSANDO AS REPERCUSSÕES DE BION EM S. PAULO.

Eu era candidato do nosso Instituto, quando Bion esteve pela primeira vez em S. Paulo. Compareci às suas conferências e participei de um seminário clínico com ele. Um imprevisto de última hora impediu que um analista apresentasse o material clínico para discussão. Pediram-me, então, que o substituisse. Até hoje não sei se o pedido partiu de um amigo ou de um inimigo. O fato é que aceitei, com a expectativa e a ingenuidade de um principiante, muni-me do relato de uma sessão. Apresentei-a. E sobrevivi à experiência com muito proveito pessoal.

Passaram-se mais de vinte anos desde então. Montar uma *História* de nossa Sociedade a partir daquela época pode soar como pretensão tão grande ou maior que aquela que me levou a "colaborar" para que Bion fizesse suas reflexões. Ciente do perigo, proponho-me , simplesmente, a alinhar algumas recordações que tenho, certo de que elas constituem um amálgama de minhas impressões como candidato daquela época e daquelas impressões que vim a acumular posteriormente. São simplesmente "re-cordações", no sentido mais primitivo da palavra, que sugere "um olhar com o coração".

Quando as idéias de Bion começaram a repercutir entre nós, minha impressão era de que nossa Sociedade vivia com muita tranquilidade o seu fazer psicanalítico. Afinal, tratava-se de uma instituição alicerçada nos parâmetros internacionais da IPA e que no plano do embasamento científico, achava-se bem orientada por Freud e Melanie Klein. Havia um clima de confiança nas idéias desses autores. Via-se o discurso de um como continuidade do outro. O ferramental conceitual que deles advinha era suficiente para se enfrentar satisfatoriamente questões básicas da clínica, como a transferência, a sexualidade, o desenvolvimento afetivo, a psicose e a análise de crianças. O método era encarado como um caminho seguro para o inconsciente e algumas regras fundamentais de interpretação nos incutiam razoável segurança.

Talvez houvesse alguma inquietação subjacente a essa aparente tranquilidade, porque a obra de Bion passou a chamar a atenção dos analistas. Com a instalação do Prof. Frank Plilips em S.Paulo e a vinda do próprio Bion para uma série de palestras e seminários clínicos, inaugurou-se entre nós o período da "dúvida": passou-se a questionar a maneira de "fazermos" nossa psicanálise. Novos parâmetros nos atraiam mais para incertezas do que para conhecimentos estabelecidos.

Para definir melhor o período acima e o que lhe antecedeu, talvez possa ser útil trazer à reflexão aquela frase de Kant, que se tornou bem conhecida de nós através de Bion: "Conceito sem Intuição é Vazio; Intuição sem Conceito é Cega". Em função dessa afirmação, talvez seja válido dizermos que "antes de Bion", em nossa instituição privilegiava-se o Conceito (pensamento) com certo detrimento da Intuição (experiência). Ou seja: a teoria era mais informativa do que a prática. "Após Bion", uma virada se deu. Passou-se a privilegiar a Intuição (experiência) mais do que o Conceito (pensamento, teoria). A experiência passou a ser considerada a fonte exclusiva do discurso psicanalítico. Mudanças muito significativas passaram a constituir nossa produção científica. Em congressos e reuniões de certo porte, os temas não eram mais formulados em nível conceitual, mas como discussão em torno de ocorrências na situação clínica, como por exemplo: *"minha experiência na abordagem do problema X"*. As citações bibliográficas ao final dos trabalhos eram reduzidas (com exceção daquelas referentes a Bion) porque o importante era que cada autor relatasse suas próprias *impressões*. Desde que a experiência, despojada de memória e desejo, era a essência do trabalho, a validação das atitudes interpretativas passou a ser feita através de um núcleo argumentativo que se apoiava no seguinte: "eu senti isso ou aquilo". Os títulos dos trabalhos também viveram mudança significativa. Em vez deles se referirem diretamente ao núcleo da idéia (ou experiência) em questão, passaram a ser formulados em termos genéricos com certa ressonância literária, sugerindo, talvez, que o autor não gostaria de saturar (comprometer) sua comunicação com idéias desgastadas do jargão psicanalítico. Outros exemplos poderiam ser dados.

Talvez seja prudente não circunscrever a incidência desses modismos somente ao nosso grupo analítico e nem apenas a uma leitura distorcida de Bion entre nós. Sandler, P.C. (1997) aponta que essa prática anti-científica, que ele denomina de *"sentimentismo generalizado"* ocorre em outras correntes psicanalíticas e psicológicas.

Esta foi uma época muito rica, embora admita polemizações atuais, mas caracterizada por certo corte com uma "psicanálise clássica", que revela também a intenção de marcar uma identidade própria para nosso grupo psicanalítico. Passadas duas décadas dessa "revolução", é evidente que as coisas não se passam exatamente iguais. O rótulo de "bioniana" para nossa Sociedade, já não se pode aplicar com as mesmas cores e intensidades. Nossa produção científica reflete também contribuições de outras áreas. Mas o pensamento de Bion permanece como marca significativa.

Para os que sentem falta de novas evoluções do pensamento psicanalítico, talvez surja a tentação de considerar ultrapassada a "era Bion" e a tendência para se dedicar atenção a novos autores ou correntes. A meu ver, isso pode se dar, mas não acho essa questão um dilema a ser posto. A opção a ser enfrentada não é: "Bion ou não Bion", mas: *"Que novas leituras de Bion poderemos fazer?"* Será que a leitura de Bion que fizemos até hoje (ou nos foi transmitida) esgota o principal de seu conteúdo? Que novos interlocutores despontaram nessas duas décadas, capazes de nos confrontar com uma leitura nova de Bion? Este talvez seja um desafio que valha a pena enfrentar.

Na perspectiva acima, algumas idéias, revolucionárias há vinte anos, que se tornaram nosso jargão hoje, mereceriam reflexão e reparo. Cito um exemplo: a noção de Continência, tão significativa para estudo da evolução do pensamento e tão útil para observar fenômenos clínicos, acabou sofrendo certo desvio pelo uso excessivo e nem sempre adequado. Tornou-se explicação tão abrangente e freqüente nos trabalhos, que acabou criando o que J. Sandler qualificou de certo "Behaviorismo Psicanalítico". Ficou sendo (sua presença ou ausência) chave explicativa para fenômenos de mudança na relação psicanalítica. Exagerando: o caminho para o êxito da relação é que o analista fosse "continente", tolerasse isso ou aquilo do paciente. Tornou-se essa idéia, um guia comportamental.

Vivemos hoje um período de transição de nosso grupo psicanalítico. Nem nos interessa mais voltar a privilegiar o Conceito (teoria) em relação à Intuição (experiência), como na era pré-Bion, como não nos interessa insistir em privilegiar a Intuição (experiência) em relação ao Conceito (pensamento). Talvez surja, nesse espaço de transição, uma nova postura, que nos permita atingir maior equilíbrio entre "Intuição e Conceito". Se formos ao encontro desse equilíbrio, certamente estaremos dando testemunho de um *universo em expansão* para a psicanálise que praticamos.

REFERÊNCIAS BIBLIOGRÁFICAS

1. BION, W.R.(1963). *Elementos de Psicanálise*. R. de Janeiro, Imago, 1991, pág.16

2. _____ (1965). *Transformações*. R. de Janeiro, Imago, 1991, pág. 18

3. _____ (1970). *Atenção e Interpretação*. R. de Janeiro, Imago, pág. 46

pág. 41
4. _____ (1973). *Conferências Brasileiras*. R. de Janeiro, Imago, 1975,

5. CHAUI,M. (1976). *A destruição da subjetividade na filosofia contemporânea*. 2a.parte. J. Psicanál. 8(21):63-9

6. FREUD, S. (1919). *Linhas de progresso na terapia psicanalítica*. S.E. 17

7. _____ (1923). *Dois verbetes para a Enciclopédia*. S.E. 18

8. HERRMANN, F. A.(1980). *O momento da psicanálise*. Rev. Bras. Psicanál; 14(2):149-66

9. MONZANI, L.R. (1989). *Freud: o movimento de um pensamento*. Campinas: Unicamp

10. SANDLER, P.C. (1997). *Comunicação pessoal*

OS DOIS LADOS DA CESURA

*Parthenope Bion Tálamo**

"Apenas fechar a porta, seria uma cesura excessivamente brusca"

(Um paciente um tanto zangado, mas pensativo, ao final de uma sessão)

Quando se pensa no quadro de referência mais geral de "evolução e ruptura" pode-se considerar com bastante propriedade e de modo mais específico, o conceito de "cesura" desenvolvido por Bion a partir de uma frase isolada de Freud, pois trata-se de algo que ocorre em um fluxo geral de eventos sob a forma de pequenas interrupções; em certas ocasiões, enormes. É, em si, ruptura; mas pode ter importância na evolução dos eventos e tornar-se um estímulo para mais evolução, caso se tome cuidado suficiente em interpretá-la do modo mais global e amplo possível.

No estudo de Bion, o conceito de cesura pode ser visto como vinculando-se a um tipo de rede, onde existem pelo menos outros dois importantes conceitos de sua própria lavra. Um deles provém de sua publicação *Experience in Groups* (Experiências em Grupos)[1] e outro, de *Attacks on Linking* (Ataques aos Vínculos), escrito pouco tempo depois. Os dois conceitos que me parecem pertinentes à teorização sobre a cesura são: "reversão de perspectiva" e "vínculos", assim como os ataques que podem ser feitos sobre eles. Ainda que no pensamento de Bion esses dois conceitos sejam cronologicamente mais antigos, permeiam seu trabalho como um rio através de calcário, emergindo e desaparecendo em locais diversos, repetidamente; os conceitos iluminam-se reciprocamente.

No presente estudo tenho dois objetivos: usar esses conceitos, talvez amalgamando-os em um certo sentido, mas sem fazê-los perder sua individualidade; e mostrar como eles podem ser úteis ao analista que está ouvindo seu paciente. Naturalmente, não desejo implicar que o analista tenha que "rastrear na sua escuta"[1] especificamente algo que implicasse na presença de algum tipo de cesura, no sentido de uma procura no material do analisando nem tampouco na apresentação desse material, dado o fato que o analista jamais deveria "rastrear" nada em particular. O analista deveria, ao invés disso, ter uma audição polifônica, e desse modo ser capaz de ouvir tudo[iii]. Não obstante, o conceito de cesura pode eventualmente surgir na mente do analista como um "fato selecionado", e encontrar-se com algo

---

*. Membro Efetivo e Analista Didata da Sociedade Psicanalítica Italiana
1. "listen for" no original. A explicação de sentido dessa expressão corresponde a uma "escuta proposital", em busca de algo que equivale a um preconceito ou padrão prévio, que dirige a própria escuta. (N.T.)

que esteja ocorrendo na sessão, que porventura tenha chamado a atenção do analista, e assim tornar frutífero um ponto de vista para uma interpretação.

Há muitos tipos de cesura na sessão analítica, que são facilmente detectáveis como tais e podem, caso a pessoa assim o deseje, serem assim classificadas: o analisando adormece ou vira-se no divã; tosse; funga; tem alguma dificuldade com uma palavra, gagueja, interrompe-se, deixando a sentença parada no ar, etc. Há outras cesuras que parecem ser mais internas ao analisando, no sentido de não serem tão claramente demarcadas por algum fenômeno que se imponha; sua presença é "demonstrada" de modo menos óbvio ao analista. Pode-se pensar nestas cesuras enquanto indicadores da passagem de um estado mental a outro - o analisando completa um fragmento de uma elaboração parcialmente consciente, por exemplo - sem haver, naquele momento, muita evidência da transferência, ou pelo menos, isso não é predominante. E há, é claro, muitas cesuras que ficam ilustradas pelas fábulas dos pacientes, como uma de minhas analisandas, a Srta. T, a respeito de quem vou falar a seguir, onde ela desmaia, adormece, acorda, se submete a anestesias, ou tem "crises". É algo que sugere uma espécie de evento recorrente. Não vou levar muito em conta essas cesuras no presente estudo, dada a necessidade de lidarmos com essas cesuras do mesmo modo que lidaríamos com qualquer outro assunto cuja fonte de informação é o "ouvir dizer"[2]. Ou seja: algo que aponta para o que está ocorrendo na própria sessão e na transferência.

Implícita na idéia de uma cesura está outra idéia: a de uma mudança de um estado para outro, mental ou físico. Inclui, quase sempre, a idéia de que existe uma diferença perceptível na qualidade dos dois estados: "nascimento" implica em interioridade, escuridão, ruídos mais ou menos regulares, pressão física, que contrastam fortemente com a emergência para o exterior, luz, para os ruídos caóticos do cotidiano e a ausência de uma continência global. Outras cesuras, que também se inserem fisicamente, por exemplo, perder os sentidos, podem ser sentidas como uma passagem quase que na direção oposta, partindo da luz e ruídos do mundo para o som do sangue pulsando nos ouvidos, silêncio e escuridão.

Voltemos por um instante aquilo que é básico. O que *é* uma cesura? O que significava o termo, originalmente? Que significado Freud lhe atribuiu? Ou, pelo menos, que grau de importância o termo possui em sua obra? A definição do *Oxford English Dictionary*,[3] referindo-se à prosa e poesia, tanto grega como lati-

---

2. "hearsay", no original. De modo mais contundente do que na língua portuguesa o "hearsay", na língua inglesa, é considerado como fonte não confiável de informação – uma espécie de fofoca, informação de segunda mão. (N.T.)
3. dicionário de inglês "Oxford" (N.T.)

na, fala de uma divisão de uma medida de espaço (o "pé"⁴). A respeito da escrita na Língua Inglesa, acrescenta que uma pausa ou intervalo conecta-se ao *sentido* das palavras⁵; uma divisão mais geral confere à cesura simplesmente um significado sinônimo de interrupção, intervalo, deixando de lado a idéia que tal cesura deveria ser, ou poderia ser significativa.

A citação de Freud que Bion tanto apreciava, mencionando cesuras, é:

*"Existem mais continuidades entre a vida intra-uterina e a infância primeva do que permite-nos crer a impressionante cesura do ato do nascimento."*ᶦᵛ

Bion expandiu essa sugestão no final de seu breve estudo, *Cesura*:

*"Existem muito mais continuidades entre os quantas autonomicamente apropriados e as ondas do pensamento e sentimento conscientes do que a impressionante cesura da transferência e contra-transferência permitir-nos-ia crer. E então...? Investigar a Cesura; não o analista; não o analisando; não o inconsciente; não o consciente; não a sanidade; não a insanidade. E sim, a cesura, o vínculo, a sinapse, a (contra-)transferência; o humor transitivo-intransitivo"*ᵛ

Podemos ver então que Bion resgatou e amplificou a idéia, apenas implícita no uso que Freud fez do termo, da própria cesura possuir significância, e não apenas a idéia que exista continuidade ou descontinuidade entre os dois "lados". Há um aspecto do pensamento de Freud, que Bion certamente não eliminou de sua mente, ainda que ele não a tenha explicitado quando estava levando-a adiante como parte da penumbra das associações conectadas ao uso que Freud fez do termo cesura: a "cesura do nascimento" está intimamente atrelada à teoria da ansiedade em geral, e especificamente aquela da ansiedade-sinal. Não será extrapolar excessivamente afirmar que cesuras no material do analisando ou em sua apresentação desse material poderiam, talvez, funcionar sempre como sinais: não necessariamente detonando a ansiedade do paciente, mas no mínimo alertando-o para a possibilidade dele estar expressando ansiedade inconsciente **e ao mesmo tempo**, em algumas ocasiões, estar "conscientemente cônscio"⁶ que está ansioso. A ansiedade em relação à qual o analista fica consciente pode não coincidir, ou coincidir apenas parcialmente, com a ansiedade em relação à qual o paciente está consciente.

---

4. medida usada na Inglaterra e em outros países anglo-saxões, um "pé" equivale aproximadamente a 33 cm. (N.T.)
5. Itálico da autora
6. "Consciously aware" no original. A expressão "aware" não tem equivalente na língua portuguesa. Difere do termo "consciência", pois inclui um estado perceptivo-consciente de maior abrangência em termos de função mental. Um exemplo para se alcançar seu campo semântico pode ser o fato de uma pessoa conseguir estar consciente de um movimento fora da abrangência de seu campo de percepção visual. (N.T.)

Podemos dizer, de uma certa forma, que para Freud o termo "cesura" se aplicava simplesmente a uma interrupção, um intervalo que pode ser ínfimo ou impressionante entre dois estágios de um processo. Bion colore o assunto de modo diverso; ele também se concentra no "intervalo" enquanto fenômeno significativo em si mesmo; sugere que o estudemos. Os intervalos, descontinuidades, tornaram-se "objetos analíticos" por si mesmos, e não apenas os "intervalos" do tipo de fenômenos totalmente histéricos como a perda de consciência, ao qual retornarei posteriormente, com o caso da Senhorita T. Existem também minúsculas rachaduras e fissuras que caracterizam a comunicação de alguns de nossos analisandos, como veremos com os casos da Senhorita D e da Senhorita H.

Pode-se dizer que Freud igualmente enfatizou a continuidade (que fica interrompida por algum evento, eventualmente externo) enquanto que Bion sublinha também as interrupções na continuidade que não podem, em si, serem descontadas. Alguns dos exemplos usados por Bion, de eventos que tem afinidades com cesuras (vínculos, sinapses), são internos, parte do trabalho de "tecelagem" que a pessoa faz de suas experiências (como um nó, em uma seda da *shantung*) e precisam ser compreendidos de um modo diverso daquele que se encara como imposições externas naquilo que era, anteriormente à cesura, um fluxo suave. Outros eventos assimilados por Bion enquanto cesuras são tanto trans-pessoais como internos: transferência e sua contrapartida no analista; e a mudança transitivo/intransitivo, que tem mais a ver com uma mudança que é interna à pessoa, como por exemplo a passagem ocasionalmente observável de um pensamento que se origina no inconsciente e vai para o estágio consciente; essa mudança, com certeza, se liga ao "Eu-Tu" dialético. A continuidade cuja presença implícita precisa ser mantida em mente pode ser pensada como sendo um tipo de tecido de experiência que fica interrompida por um fratura. Se a pessoa suporta a própria fratura e "olha para trás", a experiência toma uma cor emocional específica, que pode ser diametralmente oposta à cor emocional de "olhar para a frente", produzida pela fratura. Essa minha formulação, caracterizada por estar enquadrada em termos de "tempo" e "direção", que não são características universais de cesuras, é simplesmente uma tentativa de descrever alguns dos eventos que ocorrem durante o complexo momento da cesura.

Talvez a descrição possa ficar mais clara através de uma referência à primeira formulação que Bion fez da idéia de "perspectiva reversa":

> *"O psiquiatra, caso possa, precisa ver tanto o verso como o reverso de cada situação. Precisa empregar um tipo de mudança psicológica que fica melhor ilustrada através da analogia de um diagrama bem-conhecido (Figura 1. Bion, W.R. 1961). O observador pode olhar para o diagrama de tal modo que veja uma caixa com a aresta AB mais próxima de si; ou*

ele pode vê-lo como uma caixa com a aresta CD mais próxima de si. O total de linhas observadas permanece o mesmo, mas obtém-se uma visão muito diferente da caixa. De modo semelhante, em um grupo, o total daquilo que está ocorrendo permanece o mesmo, mas uma mudança de perspectiva pode trazer à visão, fenômenos bem diversos"

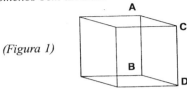

(Figura 1)

Com referência a esta citação, eu diria, antes de mais nada: a reversão de perspectiva é algo que ocorre com razoável freqüência em uma Psicanálise clássica dual, do mesmo modo que ocorre em um grupo. O momento em que ocorre a cesura é o momento em que a caixa parece "saltar" para a outra posição sob as nossas vistas. Essa transição de um lado da cesura para o outro parece ser violenta, como o paciente citado no inicio de nosso estudo sublinhou, próximo ao término da sessão, contrito, a respeito de sair de meu consultório e sair de um estado de mente disponível para análise. Uma das coisas mais dolorosas e difíceis a respeito de uma cesura talvez seja a necessidade, que o analista reconhece, de manter seus dois lados em mente; de estar cônscio de ambas as posições da caixa. Essa é uma necessidade que o analisando enfaticamente não sente, pelo menos, até estágios posteriores da análise, já que cesura tem um papel específico a desempenhar no manejo da ansiedade; e em certas ocasiões, penso eu, na supressão da percepção consciente da ansiedade. Bion parece realmente tocar no assunto da ansiedade conectada com um tipo de "perspectiva reversa" (ainda que ele não utilize tal termo) em *Cesura*, quando fala a respeito de corar (acompanhada de enorme palidez) como sendo apenas mencionada pelo paciente que não pode, ou não ousa, expressar em termos mais fortes seus sentimentos extremamente poderosos.

Estar consciente do "tecido" em ambos os lados da cesura, no exemplo visual específico que escolhi, retirado de *Experiência em Grupos*, é, pelo menos para mim, uma impossibilidade prática. No entanto, é mais fácil conseguir algo dessa natureza ao nível conceitual, mais abstrato. A citação que se segue, de *Cogitations*, constitui um bom exemplo daquilo que quero dizer com "os dois lados" da cesura:

> Uma das dificuldades do discurso articulado é demonstrada pelo uso de termos como *"onipotência"*, quando utilizado para descrever uma situação que de fato não pode ser descrita de nenhum modo preciso, com uma linguagem que seja apenas de um tipo. *"Onipotência"* precisa sempre significar, simultaneamente, *"desvalia"*, e não existe nenhuma palavra isolada que possa descrever uma coisa e também o recíproco"[vi]

Do ponto de vista dessa citação, a pessoa teria que compreender, a partir da enunciação da palavra "onipotência", por exemplo, que está ocorrendo um fato proveniente do âmbito do grupo "cesura" de conceitos; o que equivale dizer, um tipo de vínculo que talvez a convide a olhar em ambas direções.

Nesse ponto gostaria de introduzir algum material clínico que, espero, ajudará a clarificar em termos mais concretos alguns dos aspectos teóricos que tenho abordado até o momento. No esquema tipográfico das sessões relatadas, a seguir meus comentários ou pensamentos que entretive e também a longa referência ao sonho da sessão anterior estão entre parênteses e em um tipo de letra grafado em tamanho menor. Entre parênteses aparecem as indicações do, por assim dizer, "palco".

Vou me indulgir a relatar de um modo mais longo do que usualmente faço, o caso da Senhorita T; ele contém alguns aspectos de sua história de vida que constituem um exemplo de uso abundante de cesuras como métodos de defesa/ataque (em si mesmo um conceito que vincula dois opostos aparentes que são simplesmente dois lados da mesma moeda). Ela também "usa e abusa" disso durante as sessões. Além disso, o relato importa tanto para uma compreensão do material específico, como para uma visão geral do caso.

Em um certo sentido, a analisanda me foi encaminhada por um colega que morava em outra cidade: os eventos que levaram-na a me procurar foram dramáticos, e constituíram em si mesmos uma interrupção brusca em seu estilo de vida. Parecia haver uma estranha e repetitiva semelhança entre seus relatos de eventos externos e aquilo que estava ocorrendo dentro de si, que foi ficando um pouco mais claro, e de modo gradual, através de fenômenos transferenciais e de trabalho analítico sobre eles.

Senhorita T

Como ela mesma comentava, sua história familiar poderia ter sido escrita por Pirandello. Sem dúvida, eu não tenho a condição de comunicação desse tipo de escritor, mesmo assim, forneço uma condensação da sua história. A Senhorita T provém de uma cidadezinha do sul da Itália. Pode-se classificar sua família de origem, como pertencendo ao extrato mais favorecido da classe operária[7]. A paciente, segunda de uma prole de três, era bem dotada intelectualmente, conseguindo graduar-se em engenharia ecológica, campo não apenas novo, mas difi-

---

7. No original, o texto indica que se trata de operários especializados. Na Itália, isso indica culturalmente uma considerável diferença de estratificação social. O mesmo, para o fato de conseguir-se graduação; a ascenção social e mobilidade inter-estratos é quase impossível nesse país e confere-se enorme importância ao fato.

cilmente procurado por mulheres. Alem disso, praticava e competia em provas esportivas: corrida e arco-e-flexa. Sua história familiar, aparentemente muito objetiva, complicou-se por fantasias da mãe, que acabaram constituindo uma pseudo-realidade. Antes de seu matrimônio, a mãe havia tido um relacionamento com um outro homem, X, que tomara a iniciativa de romper o relacionamento, casando-se com outra pessoa. De acordo com a Senhorita T, sua mãe acabou então se casando com seu atual marido "em um pique", sem realmente amá-lo, e dessa união nascera uma primeira filha, a irmã mais velha da Senhorita T. Esta pessoa tem uma incrível semelhança física com a paciente, conforme pude constatar na entrevista inicial, quando a analisanda compareceu acompanhada não só dessa irmã, mas também de uma amiga, F.

A mãe acabaria por retomar aquele relacionamento anterior. Ainda, segundo o relato da Senhorita T, ela teria sido concebida "para agradar seu amante, que tinha tido apenas filhos com sua própria esposa e queria desesperadamente uma menina". O terceiro filho parece ter tido esse amante, X, como pai; foi um menino. Isto ficou comprovado por um teste para uma doença hereditária. A mãe, no entanto, usava a paciente como um "cimento" para seu relacionamento extra-marital, levando-a a compromissos na casa do amante, onde a paciente ficava brincando com brinquedos de seus supostamente meio-irmãos, em um lar mais abastado do que o seu. X, o amante, dirige vários clubes esportivos e a Senhorita T foi muito estimulada pela mãe a se engajar em atividades esportivas; ela ajudou-lhe de todos o modos possíveis nesta direção, assim como também a ajudou e a encorajou na escola. O menino também foi muito forçado em relação ao lado esportivo, e não parece ser intelectualmente bem dotado. A filha mais velha é severamente negligenciada pela mãe, e pelo menos aos olhos de minha analisanda, só recebe amor de seu pai, Y. O fato das duas crianças menores terem ido praticar esportes nos clubes de X implicava em um proximidade considerável das duas famílias, que chegaram inclusive a tornar amigas, que se reuniriam em fins de semana e passavam as férias juntas.

A Senhorita T parou de usar as palavras "papai" e "pai" muito cedo – mais ou menos quando tinha dez anos de idade, quando a mãe "informou-lhe", à guisa de segredo, implicando em privilégio tê-lo revelado, que ela na "realidade" era filha de X e não de Y". Interromper o uso de palavras tão fortemente carregadas como "pai" ou "papai" parecia corresponder a uma incapacidade de enfrentar o sentido de confusão e perigo nelas implicados. Ela fora de fato forçada a levar um tipo de vida dupla, patrocinando as mentiras de sua mãe e ficando de acordo com a opinião extremamente denegrida que esta fazia de Y, enquanto que X era elevado aos céus.

Este é o aspecto que ela refere como sendo "Pirandello-símile": verdade e identidade incertas. Implicava em um tipo de rompimento ou hiato entre suas crenças anteriores a respeito de si mesma e as novas crenças, e significava também que o hiato endureceu-se em um tipo de clivagem ineficiente, como se ela precisasse mantê-la constantemente em manutenção, sob pressão igualmente constante. Não podia tomar o rumo de simplesmente reprimir qualquer um dos dois "fatos", como se em diferentes momentos do dia ambos fossem denominados, "a verdade".

Ao viajar durante um longo período ao estrangeiro, a trabalho, fez uma tentativa de romper seus vínculos extremamente fortes com a mãe, que a fazia sentir-se manipulada como um fantoche para objetivos que não eram seus. No entanto, em um determinado momento, há mais ou menos três anos atrás, voltou para casa, com o intuito de fazer um exame de admissão como professora, na universidade onde estudara. Falhou dramaticamente: houve um ataque de pânico durante o exame, e ficou de tal modo incapacitada que não podia sequer escrever, de tanto que tremia. Esse período em casa era para ter sido curto. Havia planejado submeter-se, além do exame, a uma pequena cirurgia plástica, de um lipoma, e logo mudar-se-ia para a cidade onde ficava a universidade; ou, eventualmente retomaria seu serviço no estrangeiro. A cirurgia poderia ter sido levada a cabo em um hospital-dia, com anestesia local, a não ser pelo fato do cirurgião (que era também proprietário do estabelecimento) manter outra opinião. A Senhorita T foi fortemente aconselhada a desistir da cirurgia e a procurar um outro médico, mas não se opôs à decisão do cirurgião, ainda que sentisse "estar indo para a guilhotina". A cirurgia foi feita e ela não acordou da anestesia, entrando em um estado convulsivo. Administraram-lhe então doses maiores de anestésico, na suposição diagnóstica, que se provaria errônea, de epilepsia. Entrou em coma e foi abandonada em uma cama improvisada, em um canto, ao meio de crises convulsivas sub-entrantes por doze horas, até que seus parentes chamassem uma ambulância e a levassem a uma unidade de terapia intensiva localizada no centro urbano mais próximo. Acordou dez dias depois, entrevada por uma paralisia quase total.

Depois de mais ou menos seis meses de reabilitação em um hospital especializado, voltou para casa e iniciou uma psicoterapia com um colega mais idoso. Ao longo desta, disse-lhe estar pensando em mudar-se para Turim; ele então mencionou meu nome como uma opção para a continuidade de sua terapia. O colega, que também era psiquiatra, diagnosticou que a Senhorita T apresentava histeria, principalmente pelo fato de sua paralisia desaparecer quando ela se alcoolizava - isso, até o ponto que posso dizer, dado o fato dele não ter deixado notas escritas sobre o caso. Seja lá como for, não havia indícios de lesão orgânica em exames como tomografia computadorizada ou ressonância magnética. Seus ataques ou "crises", como ela as denomina, parecem sempre se iniciar após um estímulo psicológico.

Meu colega faleceria repentina e inesperadamente depois de alguns meses que Senhorita T havia iniciado sua terapia. Ela viu-se então envolvida em um tipo de crise diferente. O desfecho desta foi que ela veio a Turim para ficar com uma amiga, F, com quem iniciou uma relação lésbica. Não era a primeira, ainda que afirme preferir relações heterossexuais. Nesse momento, há quase dois anos, iniciou sua análise comigo, cinco vezes por semana. Conforme mencionei, compareceu à primeira entrevista literalmente pendurada em sua amiga e sua irmã, apoiando-se com seus braços nos ombros destas. Mal andava, conseguia apenas arrastar os pés, ainda que tudo isso fosse uma situação melhor, se comparada ao confinamento a uma cadeira de rodas, pouco tempo antes. Ela continua acompanhada de F que está extremamente ciumenta de sua análise, mas consegue agora deambular apenas dando as mãos à amiga, e consegue cruzar a sala de analise, do divã à porta, sozinha, um feito do qual sente-se muito orgulhosa.

Como se pode ver, intervalos e hiatos de vários tipos parecem caracterizar sua história. Ela ainda me relata sobre uma ou outra crise, ocasionalmente e (quase que por obrigação) teve uma delas à porta de meu consultório, logo no início da análise; pude ver então o que acontecia. Ficou rígida; fortes tremores perpassavam seu corpo; quase desmaiou, perdendo parcialmente a consciência e nesse momento sequer me reconheceu, ainda que podendo me ver, e agiu como se algum tipo de monstro houvesse se materializado com o intuito de aterrorizar criancinhas. Emitiu palavras e frases de amor dirigidas à sua amiga, prometendo eterna devoção, que jamais iria abandoná-la. Quando foi possível movimentá-la para o divã, a partir da cadeira na qual desabara logo ao entrar, adormeceu e depois acordou, ficando a tremer por uns vinte minutos (Trata-se de uma cadeira provida de rodízios, tipo "secretária", que normalmente fica em meu estúdio, independente da sala de análise). Parece ser o procedimento quase padrão para suas "crises", descritas como se iniciando, invariavelmente, com dores mordentes e cãibras nas coxas, algumas vezes unilateralmente.

Ainda me desculpando por essa longa introdução, necessária pelo pano de fundo da paciente ser um tanto raro e muito entrelaçado ao material mental atual, gostaria agora de trazer algum material de sessão, assim como os fatos que ela conta.

A Srta. T trouxe um sonho para a sessão; desatou a relatá-lo logo de início, seu estilo costumeiro. Com o tempo, fui ficando alerta para o modo que ela o apresenta, dado o fato que sinto relevantes para esse caso, *mutatis mutantis*, os comentários de Bion[vii] a respeito do gago, observando o modo pelo qual ele *produz* a gagueira.

Sessão de segunda-feira:

[desata a falar, imediatamente]

Senhorita T: *Tive um sonho durante a noite de Sábado; era um menino se afogando em um mar muito calmo, sob as vistas da mãe, que estava sentada na praia, muito perto da água. A criança que tinha uns dois anos de idade não podia sair do mar, ainda que fosse um local muito raso, e sua mãe não fez absolutamente nada para ajudá-lo. Ao invés disso já foi logo se consolando com pensamentos a respeito da próxima criança que estava esperando, provavelmente o menininho devia ter sido tragado por um redemoinho.* **Ouvi** *a história contada por uma voz que se situava fora de minhas vistas, mas também a* **vi***, a partir do centésimo décimo segundo andar de um arranha-céu que dava para o mar, naquela parte de Turim que fica do outro lado do rio Pó, denominada "precollinare". O mar fica no lugar onde na realidade está o rio Pó. [*Cesura; faz um ligeiro intervalo, mas prossegue exatamente no mesmo tom de voz.*]; Eu estava tentando entrar dentro de um automóvel, mas estava tendo problemas com a chave na fechadura da porta. De uma certa forma, o sonho que tive na noite anterior foi um predecessor deste aqui. Eu estava ajudando o irmão da minha namorada com umas matérias da universidade* [Literalmente, ela fala "le materie", um termo que é usado para assuntos escolares mas também, no singular, significa "matéria sólida".]. *Ele estuda arquitetura, de tal modo que pude ajudá-lo tanto em "estática" como em "técnica"*[dois dos assuntos mais difíceis no curso de arquitetura.]

Analista: *Através dessa associação você está me contando que tenho que olhar para a estrutura do sonho que parece ser tão pesado, e que tipo de "matéria" foi usada para construí-lo, tecnicamente. Em primeiro lugar, podemos ver que existe uma cesura nele, na medida que você passa daquela parte do sonho a respeito da criança se afogando, para a parte em que você não consegue entrar no automóvel.*

Senhorita T: *Quando anoto os meus sonhos no bloco que uso para escrever a respeito das sessões, uso um parênteses duplo para assinalar estas interrupções.* [Fiquei com um sentimento um tanto desconfortável dessa vigilância que ela mantinha a respeito de como o trabalho analítico estava se dando, e de seu sentimento que eu talvez fosse a analista-mãe que distraidamente deixava-a afogar-se por estar mais interessada no paciente seguinte, ou em meu pensamento seguinte, mas não pensei que se justificasse qualquer interpretação nessas linhas, mesmo que parecesse óbvia, pela falta de associações específicas; uma interpretação destas assim como se não tivesse uma "perna" para se sustentar, de modo que mantive o pensamento para mim mesma.]

Analista: *Essas interrupções na estrutura de seus sonhos e os parênteses que você usa para mostrar sua presença são o seu modo de representar seu coma e suas crises.*

Senhorita T: *Não entendi nada a respeito do que você me disse na sexta-feira, a respeito de aspectos diferentes do sonho, como contendo partes diferentes de minha mente.*

[Ela havia contado um sonho a respeito de uma menina deitada em uma praia, na areia, e dois homens, um mais velho e um mais novo, que diziam-lhe para rolar sobre a areia, que isso era algo que lhe seria benéfico; ela, deitada de dorso, "si svincolava"[8] (literalmente, "desacorrentava-se" ou metaforicamente, "desvinculava-se", no sentido de se livrar, lutando por se livrar de seus grilhões, ou de ser subjugada) e passou a gritar, dizendo que não podia se levantar e fugir correndo. Nesse ponto do sonho a Senhorita T chega, arrastando-se e usando uma cadeira para apoio, e diz para a menina: veja, como eu estou muito pior do que você, mas podemos correr juntas". A menina se levanta e ambas passam a correr ao longo da praia. A Senhorita T queria dar um passeio com toda essa turma, mas os dois homens dizem que ela não pode ir, pois isto não seria apropriado. Eu havia interpretado esse sonho como algo que, entre outras coisas, provinha de níveis diferentes de sua mente, sendo que em um nível, ela era o bebê chorando e tentando sair de seu grupo familiar, e em um segundo nível, ela estava sendo ela mesma, em sua idade atual, na condição que ela possuía no momento, sendo maternal e encorajando a menina/ela mesma no sonho.]

Senhorita T: *Simplesmente não sei o que você quer dizer com níveis diferentes de minha mente, mas as vezes penso em um quebra-cabeças cujas peças têm que ser dispostas de modo a resolvê-lo, e as vezes alguma outra coisa, e algumas vezes, de camadas diversas (estratos) como se fossem líquidos em níveis diversos, que tivessem densidades diferentes...*

Analista: [Penso não apenas em sua qualificação universitária, mas também no fato dela prover de uma região de planícies salgadas, onde o fenômeno de diferentes densidades seria conhecido por praticamente todas as crianças que brincassem no local, assim como sua referência anterior ao "estático", mas não achei que pudesse fazer qualquer interpretação baseada nisso, neste momento.]

---

8. Em Italiano, no original.

Senhorita T: *Sinto-me, com toda certeza, apavorada quando percebo que uma crise se avizinha ... fico pensando como se sente um homem condenado, em seus últimos momentos de vida. Li um livro escrito por Dostoievsky, acho que foi dele, no qual o escritor especula a respeito de como a cabeça pode ainda continuar vivendo durante alguns instantes depois de ter sido cortada. Não pode mais controlar o resto do corpo; é como se ela ainda pudesse experimentar coisas e talvez ver o corpo se movendo; é exatamente isso que sinto quando a crise aparece.*

Analista: *O sonho nos mostra essa dupla experiência da crise, você pode ver a criança desaparecendo, da janela, mesmo que se suponha que você está tão lá no alto, e você pode* **ouvir** *a história a respeito disso, do mesmo modo que você ouve a história de sua crise, depois que ela ocorre, por parte de F, mas você não pode interferir de nenhum modo na seqüência do sonho exceto interrompendo-o e mostrando que você não pode entrar dentro dele* (o carro). *[*A Senhorita T mantém-se em silêncio por um instante, sem associar nada, e faço-lhe então uma pergunta, sobre o que ela estivera conjeturando por aqueles poucos minutos, sem saber mesmo por que eu sentia que isso poderia ajudar de algum modo na compreensão da situação.]

Analista: *Como era este mar, no sonho?*

Senhorita T: *Calmo, perfeitamente azul e sem ondas, como costuma ser durante o crepúsculo: a crise é um redemoinho que te suga instantaneamente.*

Analista: *A descrição geográfica que você me deu de seu sonho implica que você inundou Turim, afogou a cidade.*

Senhorita T: *Sim, não havia nada no horizonte nenhum barco, nem nadadores.*

Analista: *Então, você eliminou os Alpes também.*

Senhorita T: (Ri)

Analista: *Como uma criança que molha a cama pelo fato de estar zangada com sua mãe, fantasiando que inundou o mundo.*

Senhorita T: *Fiz isso uma vez, não foi quando eu era criança, mas depois da cirurgia: eu não estava em uma cama, mas sim em uma cadeira e havia* **realmente** *ficado furiosa com minha mãe. Meu medo foi de ficar incontinente para o resto da vida.*

[Era o momento final da sessão, a Senhorita T está começando a mostrar algo de seu medo de uma mãe interna terrivelmente retaliada, mas já estava muito tarde para lhe dizer isso.]

Discussão do Material da Senhorita T:

Pode parecer estranho que eu tenha tomado a linha interpretativa que descrevi, e não a da Senhorita T sentir-se abandonada, por exemplo, por uma mãe que a dava por perdida (pensando na próxima criança-paciente). No entanto, os dois anos anteriores de tratamento dessa pessoa conduziram-me a acreditar que interpretações nesse nível bastante óbvio não conduziam a respostas que contivessem evolução por parte da Senhorita T, tendo ao invés disso um efeito mortífero sobre a produção de material, particularmente no campo dos pensamentos dela sobre ela mesma. Nessa sessão, ainda que minha fala sobre a cesura como sendo a primeira coisa significativa no sonho parecesse realmente árida, no início, sua resposta foi me fornecer mais informações do que jamais havia feito anteriormente a respeito de suas crises, ao nível de uma elaboração plena de reflexão (a associação com Dostoievsky); ela jamais havia chegado a tal elaboração em relação a esse assunto. É verdade, houve provavelmente um pico de ansiedade que ela quase percebeu, enquanto sonhava, uma fração de segundo antes da mudança de cena, para a seção "não poder entrar no carro". Suspeitei, naquele instante, que esta ansiedade tinha a ver com a transferência e com o sentimento de estar sendo abandonada por mim, mas, como disse, eu não possuía suficiente material associativo para fazer a interpretação. Isso só apareceu. Foi só mais recentemente que isso apareceu com mais clareza, quando informei-a a respeito de minha ausência em Novembro. Apesar desta separação deixá-la um tanto agitada, ela ainda não era capaz de vincular os medos muito claros que nutria a meu respeito, com aquilo que eu suspeitava estar subjacente tanto a esses medos como ao vínculo excessivamente adesivo à sua mãe (sobre o qual havia sido feito muito trabalho excessivamente superficial) e o terror que sua mãe abandoná-la-ia caso ela não se adaptasse perfeitamente à idéia que a mãe tinha do que ela deveria ter sido a filha maravilhosa de um maravilhoso amante.

Gostaria agora de contar de modo mais abreviado o trabalho feito com duas outras analisandas, ambas mulheres de trinta e poucos anos de idade quando começaram suas análises, a Senhorita D e Senhorita H.

A Senhorita D começou sua análise há mais ou menos seis meses, em um estado depressivo acentuado. Havia desistido de seu curso universitário quando faltavam apenas alguns exames e uma tese por escrever. Seu pai estava morrendo lentamente de câncer, justamente na época que me procurou. O aspecto relevante de sua história familiar é que ela era uma segunda filha do casal a padecer de uma miotonia congênita, mas não progressiva. Tomando por base seus relatos, sua mãe parecia ser uma pessoa totalmente incapacitada a fazer frente a tal problema, ou talvez a qualquer outro problema, ficando permanentemente deprimida e letárgica. Essas palavras podiam ser igualmente aplicadas à própria paciente D no início do tratamento, já que ela permanecia no mais completo silêncio, jorrando lágrimas, que jamais se preocupava sequer em enxugar à medida que escorriam pelo rosto ou peitos, ou pelas bochechas e pescoço, ou em cima do travesseiro do divã. As coisas haviam melhorado no correr dos anos. Ela está sentindo agora que pode enfrentar aqueles passos finais para obter seu diploma (já fez alguns dos exames ao longo desses anos, restando apenas mais dois). Mudou-se para um apartamento próprio e adentra em um campo mais autônomo de trabalho. Está também começando a pensar que sua análise poderia ter um término natural, "em algum momento". Relatos de sessões não podem ser totalmente fiéis, e omiti intencionalmente descrições de seus longos silêncios que, de qualquer modo, são muito mais vivazes do que anteriormente. Passo a relatar algumas mudanças em uma sessão recente, de uma segunda-feira, que ocorreu mais ou menos do seguinte modo:

[Longo silêncio inicial]

Senhorita D: *Acabei de estar no apartamento de minha mãe. Fui lá prepará-lo pois ela vai voltar da praia, e descobri que haviam cortado o telefone. Fiquei furiosa, pois sei que paguei a última conta. Mas agora posso pensar nisso de modo mais calmo, pode ser até que não o tenham cortado, quem sabe se o telefone não chamava por alguma extensão estar fora do gancho, eu na hora não pensei em ir lá para verificar.*

Quando fui até Mauro [seu local de trabalho] *também andei tendo problemas com os computadores. Não dava para interligá-los e então um não podia "falar" com o outro.*

Analista: *Isso soa como seus sentimentos a respeito da análise: você sente que ficou separada de mim durante o fim de semana, e não pode falar quando mantemos essa distância, pelo fato do "eu" com quem você quer falar, a analista, está "fora do gancho". Mesmo que estejamos tão próximas aqui na mesma sala, não parece que possamos fazer contato, mesmo que exista aqui, agora, um perito, eu-Mauro, fazendo o melhor que pode.*

[Isso foi recebido com um silêncio longo porem nada hostil, e tive o sentimento que a Senhorita D podia ouvir mais, e então continuei.]

Analista: *Parece também estar havendo falta de comunicação interna, tanto nessa sala como dentro de si, que se vincula à sua sensação de ser pobre internamente, quase que ao nível de inanição.* [Pensei em sua massa muscular e movimentação reduzidas, que ainda que tivesse aprendido a conviver com elas, persistiam sendo uma fonte ocasional de frustração.]

Senhorita D: *Existe apenas e tão somente uma única coisa que tenho necessidade absoluta de ter em casa, ou seja, açúcar para colocar no café da manhã. Na sexta-feira, estava quase tudo terminado. Não fui comprar. Faltava também papel higiênico. Passei o domingo procurando restinhos de açúcar nos potes pela casa, assim como pedaços de papel.*

Analista: *As histórias que você me relata têm o mesmo tipo de configuração: você sente não haver açúcar suficiente, papel higiênico, ou análise para o fim de semana, e não consegue encontrar nenhuma maneira de conseguir mais. Você tem que se haver com seus próprios reservatórios, que tendem a ficar muito baixos, e fazem com que você se sinta em inanição e incapaz de encontrar um modo eficiente de se limpar, ou um lugar apropriado para as coisas que você precisa expelir de si mesma.*

[Longo silêncio]

Senhorita D: *Estava assustada, ao nível físico, de não conseguir chegar aqui, vou estar já treze horas fora de casa...*[interrupção em seu discurso]*...e também ocorre que...* [interrupção em seu discurso]*... os semáforos no Corso Regina*[9] *parecem estar com uma sincronização diferente, hoje. Não sei se são eles ou é o meu modo de dirigir, ou talvez seja apenas uma impressão minha, mas pareceu que consegui chegar aqui mais rápido...* [interrompe].

Analista: *Você se interrompeu por duas vezes como se não quisesse dizer que na realidade você* **tinha** *coisas dentro de si que haviam sido aí colocadas a partir de sua análise, que você agora sente ser algo similar a ter açúcar e papel higiênico em abundância. Ainda que no final você acabe se encontrando em uma situação em que tenta me dizer que colocou coisas úteis e boas dentro de si - açúcar para energia - você chegou mais rápido, ainda que hoje seja um dia de treze horas e papel higiênico-análise para se limpar - achando que a análise é um lugar em que você pode deixar as coisas ruins que você sente estarem dentro de si.*

[Longo silêncio até o final da sessão.]

Discussão da sessão da Senhorita D:

O ponto principal a respeito da sessão de D é a possibilidade de ver como ela está trazendo à superfície o fato de estar preocupada a respeito da falta de comu-

---

9 Em Italiano, no original.

nicação entre nós duas. Trata-se de um enorme passo para alguém que parece permanecer impassível frente ao fato de que durante anos as cinco sessões por semana consistiam de lágrimas silenciosas e imobilidade completa no divã; apenas um par de frases ocasionais. Aparentemente, eram antes cesuras do que substâncias. Foi possível assinalar-lhe este seu comportamento; frente à gradual interpretação de seus silêncios e o modo que usava as cesuras de palavras para interrompê-los (invertendo o padrão usual das cesuras serem percebidas como silêncios breves que interrompem o discurso) estabeleceu-se algo mais semelhante a um diálogo. Provavelmente todos os silêncios prolongados podem ser pensados e explorados do modo que se segue. No entanto, com a Senhorita D ficou particularmente notável, depois de muitos meses de análise, a distinção entre tipos diversos de silêncio. No material que trouxe, o primeiro grande silêncio depois da fala é definitivamente pertencente à Senhorita D, e eu fico esperando que ela o interrompa. O segundo é meu, e ela fica aguardando que algo me venha à mente para ser dito; e o terceiro é dela, sendo eu novamente a pessoa que fica à espera que ela fale. O último silêncio é típico de um final de sessão, durante o qual ela corta qualquer comunicação comigo e junta seus próprios pedaços, por assim dizer, colocando um tipo de cobertura mental para enfrentar o mundo externo; com toda certeza este silêncio "pertence" a ela. Com alguns analisandos, (freqüentemente no final da análise) os silêncios são muito mais "nossos", à medida que "pensamos juntos". Podem ser rompidos por qualquer um dos dois parceiros do trabalho analítico, sem que o outro sinta ter sido invadido.

Senhorita H

A Senhorita H começou sua análise mais ou menos na mesma época que a Senhorita D, mas ela tomou uma direção totalmente diversa (e o caso já se encerrou). Ela apresentava uma depressão suave, uma insatisfação generalizada com a vida, um sentimento de que todo mundo conseguia dobrá-la. Ainda que tivesse uma graduação universitária e trabalhasse, não havia sido capaz de encontrar um emprego que pudesse satisfazê-la do ponto de vista econômico. Mencionou também uma dificuldade de jamais ser capaz de informar seus pais sobre o que acontecia consigo. Era incapaz de fazer com que eles a ouvissem. Queria desesperadamente se casar, mas seu namorado, um estudante de medicina, estava muito atrasado nos estudos, não tinha dinheiro ou trabalho.

Ela já havia me dado a impressão de ser bem falante durante as entrevistas preliminares, mas acabou ficando excepcionalmente tagarela. Era extraordinariamente difícil seguir seu discurso. Via-me freqüentemente lutando contra ondas de sonolência. No final de muitas sessões senti como se estivesse lutando, por um tempo indeterminado ("para sempre"), contra alguém ou contra alguma coisa que estava gentil mas firmemente submergindo-me. No final do primeiro ano, que coincidiu com a interrupção de verão, estava começando a considerar seriamente a possibilidade de terminar a análise, que me parecia estar nos conduzindo a lugar nenhum.

Para meu horror, na primeira sessão após esta interrupção, o padrão se repetiu. No final desta, eu sabia que tinha sido capaz de ouvir a primeira parte e que eu havia lhe dado uma ou duas interpretações razoáveis, mas quando a sessão foi se encaminhando para seu término, senti que estava sendo esmagada por um rolo compressor e não podia manter minha mente voltada para nada. Não era capaz sequer de emitir um som, inarticulado que fosse. Quando ela deixou a sala, dedicou-me um fitar estranho, muito diferente daquele sorriso polido, alegre que geralmente dá, como se estivesse dizendo, "Que diabo de coisa está dando de errado como você, sua muda?"

Eu também estava tentando saber o que estaria ocorrendo afinal das contas, sentia-me descansada após as férias; ela era apenas a terceira analisanda que estava atendendo naquele dia...Sentindo-me desanimada, encaminhei-me para o meu pequeno estúdio, e meu dou conta que estou olhando para um cartão postal. Eu o havia comprado naquele verão, mas não o enviara para ninguém; fiquei manuseando-o para cá e para lá. Em um átimo, dei-me conta do que a Senhorita H estava fazendo e o que eu deveria fazer com o intuito de dar pelo menos uma chance para essa análise prosseguir.

O cartão postal mostrava um trecho de uma praia de seixos, na qual eu jamais tinha estado, pois não havia indicações (sabiamente) dela nos mapas da ilha nem por sinais na estrada; não havia nada no fundo nem no primeiro plano; não havia nenhum cenário, nem tampouco um sinal do mar; eu mesma não conseguia, de memória, lembrar-me destes detalhes, de tal modo "abstrata" conseguia ser essa fotografia. Apenas milhares e milhares de pedrinhas esbranquiçadas com colorações brilhantes em seu interior. Na realidade, a maior parte das pedrinhas havia sido clivada em dois ou mais fragmentos. (Suponho que elas fossem predominantemente pedrinhas de pederneira). Como um raio, veio-me à mente que era algo parecido com isto que a Senhorita H estava fazendo comigo. Eu estava tentando olhar para as pedras, por assim dizer, o que era uma ocupação extraordinariamente frustradora pelo fato dela manter-se fazendo picadinho de tudo que falava. E o que eu deveria estar observando era: I) O fato das pedrinhas estarem quebradas e II) Quando e como ela havia fragmentado essas pedrinhas.

No início da sessão seguinte, estava definitivamente de mau humor. Depois de mencionar isso, de um modo um tanto desconectado durante alguns minutos, começou novamente a fazer picadinho de seu próprio discurso e, agora, eu podia ver como ela o fazia. Assim, interrompi (não é uma prática analítica que eu aprove, em geral), para assinalar-lhe que estava me ficando virtualmente impossível seguir o que ela dizia. Sua conversa (ou monólogo?) foi mais ou menos assim: "Ontem, você sabe, eu pensei que....não sei porque....Na verdade, meu pai disse....Mamãe é sempre uma....". Nesse momento, dado o fato que a paciente parecia estar ouvindo com atenção, passei a dizer que isso era algo que ela fazia freqüentemente na análise, e que não estava apenas fazendo isso naquele instante, algo que podia reconhecer, mas que havia feito a mesma coisa quando a sessão anterior estava para terminar; e eu, não havia conseguido ouvir nada do que ela dissera, já que sua clivagem das sentenças e o fato dela jamais terminá-las parecia ser um ataque à minha capacidade de ouví-la e reter o que ela havia dito, assim como era também um ataque à sua própria capacidade de comunicar algo que realmente importasse. A paciente ficou realmente impressionada com essa interpretação e confirmou que havia me dito algo muito importante no dia anterior, isto é, que durante o verão havia contado aos pais que iria se casar, e que ficara muito surpresa e profundamente irritada com a minha ausência de resposta.

Depois desse momento sua análise mudou radicalmente, à medida que tornou-se possível, com grande rapidez, compreender não apenas *como* mas também *quando* sua ansiedade tornava-se tão intensa ao ponto dela lançar mão de fazer um "picadinho" de seu próprio discurso. Esta parte do trabalho também mostrou que o "sintoma", realmente importante em seu modo de apresentar sua necessidade de análise, era sua sensação, proveniente de vários fatos, de que as "pessoas não a ouviam", mas também isso ela só podia mencionar "en passant", de tal modo que eu não levava a comunicação muito em conta.

Sumarizando:

Parece-me que esses três casos mostram como no trabalho psicanalítico prático, o reconhecimento do uso de uma cesura pelo analisando freqüentemente traz em seu bojo um momento evolutivo no trabalho analítico do analisando e depois, no curso de sua vida, como a Senhorita H mostrou de modo claro, já que três anos depois ela estava casada e alegremente esperando seu bebê. Nesse caso, pareceria, retrospectivamente, que essa pessoa usava as cesuras para alcançar uma cesura: ela estava realmente apavorada frente à cesura do casamento e de romper os vínculos com sua família, e sua ansiedade produziu uma série completa de cesuras que faziam picadinho de sua capacidade de comunicar-se com outras pessoas, e tornava impossível com que ela levasse adiante seus projetos matrimoniais.

O trabalho com a Senhorita H e com a Senhorita D mostra como o reconhecimento de uma cesura fica freqüentemente vinculado, e de um modo íntimo, a uma percepção de uma "perspectiva reversa". Tive que pensar que os escassos comentários da Senhorita D eram interrupções no fluxo de seu silêncio exaustivo, antes que eu me capacitasse a fazer algum avanço através de interpretações (ainda que o fato de eu ter sido capaz de suportar seu choro, algo que sua mãe não podia, de modo que ela jamais chorou quando criança, até mesmo quando tinha que fazer exames muito dolorosos no hospital, e isso era indubitavelmente um *holding* terapêutico perene durante esse período silencioso). E então eu tinha que "ver" as clivagens nas pedras, e vincular esse fato selecionado enviado pelos céus, ao *modo* que a Senhorita H tinha de falar, ao invés de ficar olhando para as pedras e tentar escutar suas palavras. Novamente, como no caso da Senhorita T, o hiato verbal em seu relato do sonho espelhou de algum modo seus sentimentos a respeito de seus tremores e "crises", e meu assinalamento disso tornou que ficasse muito mais fácil para a paciente encontrar as palavras nos pensamentos inconscientes que subjaziam ao seu comportamento.

Ainda que eu não tenha discutido o aspecto vinculante da cesura, penso que fica claro a partir do material clínico, que esses analisandos utilizam as interrupções com a intenção de criar um vínculo. Mas eles são quase pseudo-vínculos até chegado o ponto em que fica possível perceber que cada um deles é um tipo de frágil ponte sobre o abismo da ansiedade e o "Não olhe para baixo!". Mas, se o analista for suficientemente afortunado para conseguir ouvir que a ponte tem um som fraco e pouco convincente, e se o analisando também perceber isso, ou pode ouvir isso com facilidade caso lhe seja apontado, então fica possível "olhar para baixo" e ver algo do abismo e dos monstros que nele habitam. Às vezes é igualmente importante saber como um sonho irrompe; ou o indivíduo que está adormecido acorda, como se fosse para se dar conta do início de um sonho e o que ele aparentemente contém. Desse modo, pode-se transformar eventualmente a cesura/clivagem, através de uma reversão de perspectiva, em uma cesura/vinculação, com um passo evolutivo para diante.

REFERÊNCIAS BIBLIOGRÁFICAS

i. BION, W.R. (1961) *Experiences in Groups*. Londres: Tavistock Publications.

ii. ─────. (1957) *Attacks on Linking. Second Thoughts*. Londres: Heinemann Medical Books.

iii. TALAMO, P.B. (1996). *Da Ausência de Forma à Forma.(De PS←—→D à publicação)* "Encontro Bienal", São Paulo

iv. FREUD, S. *Inhibitions, Symptoms and Anxiety.* SE XX

v. BION, W. R. Caesura. In *Two Papers: The Grid and Caesura.* Imago Editora, Rio de Janeiro, Brasil, 1977 e também Karnac Books, Londres, 1989, pág. 56.

vi. BION, W. R. *Cogitations.* Francesca Bion, editora. Londres: Karnac Books, 1992, pág. 370

vii. Cogitations Op. Cit. Págs. 158-9

Tradução: Paulo Cesar Sandler

COMENTÁRIOS

INTERPRETAÇÃO: REVELAÇÃO OU CRIAÇÃO?[1]

*Evelise de Souza Marra**

O ponto central neste encontro **Ressonâncias** é uma reflexão de como nossa prática clínica foi afetada pelo que identificamos como "contato com as idéias de Bion."

No que diz respeito à Interpretação, uma indagação, surgida em nossas reuniões científicas, tomou a forma de se a Interpretação (no sentido de revelar o que se esconde, dizer "o que é", transformar o Inconsciente em Consciente através da nomeação dos seus conteúdos, identificar as defesas e angústias ligando-as aos objetos primários), dava conta da postura e intervenções do analista que pensa a sessão como o evolver de uma experiência emocional onde tanto ele como o analisando operam com as Transformações possíveis no momento do encontro, num processo contínuo de Vir-a-Ser, tolerando desamparo e desconhecido, numa oscilação constante de PS↔PD.

Correlatamente, a questão tomou a forma de se o analista tem acesso à realidade psíquica do seu analisando (seja através de um código facilitador, seja através da intuição psicanaliticamente treinada) ou, se a realidade psíquica não é apreensível como tal, podendo apenas ser pensada e formulada em Idéias. Neste caso estaríamos no campo da Criação de um sentido, de um significado, portanto, no campo da conjectura e /ou opinião.

Em termos de uma linguagem apoiada em Bion, temos a questão do acesso a O e das evoluções de O →K e K→O. Como base para estas questões está a consideração, cada vez maior, da presença do analista na relação, com sua personalidade como um todo. Cada vez mais nos distanciamos da idéia do analista neutro, que observa e descreve a mente de um outro com o qual está em contato, para vê-lo como um participante da turbulência emocional que o encontro suscita na dupla.

Temos 7 trabalhos sobre o tema da Sociedade Brasileira de Psicanálise de São Paulo e tivemos dois fóruns dedicados à discussão dos mesmos. Os trabalhos são de Ana Maria Andrade de Azevedo, Cecil José Rezze, Deodato Curvo de Azambuja, Elias Mallet da Rocha Barros, Fábio Herrmann, Orestes Forlenza Neto e Paulo César Sandler.

---

[1] Artigo escrito com a finalidade de introduzir o tema Interpretação: Revelação ou Criação"na discussão dos grupos.
* Membro Efetivo da Sociedade Brasileira de Psicanálise de São Paulo.

Com relação ao vértice enfocado, os trabalhos apresentados foram desde a idéia da apreensibilidade da realidade psíquica através da intuição (Sandler) ou da identificação de padrões constituintes de significado no funcionamento mental (Rocha Barros), até a indagação de A. M. Azevedo, parafraseando Ogden, se não seria o fato selecionado uma idéia supervalorizada do analista.

Sandler discute a questão Revelação-Criação pelo vértice de que ambas são realizações da posição esquizoparanóide e propõe a intuição como método pelo qual o analista pode apreender ou se aproximar delas. A realidade psíquica e os fatos tais como são (o real). Enfocou a questão da Revelação pelo vértice religioso e a da Criação, pelo vértice da alucinação, propondo que o analista não revele nem crie e, sim, intua. Põe como centro de atenção a Intuição.

Elias Rocha Barros aponta para o fato de que o analista bem treinado apreende padrões de funcionamento mental que não são aleatórios, mas regidos por princípios articuladores de significado, que podem ser apreendidos e "revelados" metaforicamente. Toma a criação no sentido de criatividade e propõe que a interpretação é ao mesmo tempo reveladora e criativa, pois cria novos significados que se incorporam ao Ser do analisando.

Ana M. Azevedo salienta, na sua discussão, a presença do analista como pessoa real (não só transferencial) e propõe que a Interpretação, reveladora ou construtora, resulta do trabalho e interação da dupla. Usa o modelo do espelho de Alice (Lewis Carroll) como um modelo para o trabalho. Não de um analista que reflete, mas de um que se deixa transpassar pelos estímulos e que opera com isto. Toma a Criação no sentido criativo da dupla. Este analista conjetura sob a forma de Interpretação ou Construção e divide com o analisando a tarefa psicanalítica.

Fábio Hermann critica o uso da Intuição e Identificação Projetiva na apreensão do fato mental e, da mesma forma, a centralização da atenção na experiência emocional, pois isto implicaria que a realidade psíquica é apreensível diretamente e não pela via da interpretação.

Orestes Forlenza Neto, num paralelo entre Winnicot e Bion, aponta o afastamento da Interpretação reveladora rumo à Interpretação criativa, a qual implicaria na transgressão.

Vários autores destes trabalhos e outros na SBPSP vêm usando o termo Formulação preferencialmente ao termo Interpretação. Alguns psicanalistas diferenciam Interpretação de Transformação, outros não. Claramente para os que operam com a idéia de Transformação, a Interpretação é uma Transformação, mas nem toda transformação tem o estatuto de Interpretação.

Entre os trabalhos apresentados, o de Cecil Rezze discrimina Interpretação de Formulação. Associa o conceito de Interpretação à primeira Tópica, à idéia dos sistemas Consciente e Inconsciente estruturados pela Repressão, ao campo da neurose e da Idéia; e considera Formulação como um instrumento que permite acompanhar situações em que não há barreira de contato, em que o foco são as Transformações em Alucinose e Projetivas, quando estamos, portanto, num estágio de pensamento que antecede a simbolização (parte psicótica da mente). Discute o tema considerando que Revelação só pode ser a do Inconsciente, enquanto Criação diz respeito à relação Idéia-Emoção. Propõe como área de interesse, uma Grade para Emoção tendo como eixo a pré-concepção edípica, na forma de elementos α ou β. Enfatiza antes a importância da Atenção que da Interpretação.

Deodato Azambuja discute o tema através de um estudo da Interpretação, em coluna C, da Grade, na linguagem de quem conta a história-estória da psicanálise. Considera a Interpretação de Bion do absurdo da condição humana, do vazio e da turbulência do encontro. Também relativiza a Interpretação à medida que esta diria respeito a um Inconsciente tornado Consciente. Assinala que o problema da análise diz respeito aos distúrbios do pensamento, tanto na área de produção, como na área do aparelho para pensar. E, quando o distúrbio é da área de produção dos pensamentos, há que ampliar o Inconsciente. Sua comunicação é "linguagem de êxito" para expressar a posição do analista no que chama de teoria da catástrofe: catástrofe edipiana do "homem no mundo", catástrofe na análise no encontro de dois estranhos frente ao estranho.

Esta comunicação não pretende ser um reflexo dos trabalhos apresentados, sintetizando o que eles contêm. Tomo as Transformações dos colegas como O das minhas Transformações e espero que o que evoluiu guarde alguma invariância com a origem.

Encaro esta comunicação como uma Formulação que propõe um sentido-alternativa para nosso encontro. Resta-me propô-la e esperar que seja recebida como opinião. Conto com a paciência e tolerância, especialmente dos autores dos trabalhos, neste momento PS para, talvez, num vínculo simbiótico, evoluirmos para PD.

Tentei fazer jus aos autores, lendo-os atentamente, bem como participando dos fóruns preparatórios e, ao convite dos organizadores, responsabilizando-me por uma tarefa da qual posso participar, não dominar. Agradeço sinceramente tanto a uns como a outros o enriquecimento da experiência e espero que esta apresentação também sirva ao grupo.

BION EM SÃO PAULO - RESSONÂNCIAS

Brevíssima nota indagativa em torno da questão: "Psicanálise: Evolução e Ruptura".

*Luiz Meyer**

No trabalho que apresentará neste encontro, a Senhora Tálamo descreve a caesura como uma intersecção num fluxo geral de eventos que pode ganhar uma importância evolutiva, isto é, ela adquire a propriedade de revelar o processo de continuidade, ao mesmo tempo que o impulsiona. Colocando-se no ponto de ruptura, o sujeito tem a sua disposição uma dupla perspectiva- aquela que cobre o que precede a caesura e outra, voltada para o que a sucede. Como um Janus bifronte, dotado de visão binocular, o sujeito neste lugar e deste lugar pode dar conta da interrupção na continuidade e da continuidade na ruptura, e procurar apreender o sentido do processo em marcha. O apreender aqui é concebido, segundo as teorias de Bion, como a "capacidade do continente de manter-se integrado e, não obstante, perder a rigidez". Este modo de ver, acredita ele, "é a base do estado mental do indivíduo que pode reter seu conhecimento e experiência e, não obstante, estar preparado para ser receptivo a uma idéia nova".

Meu comentário prende-se justamente à forma que assumiu em nosso meio o impacto disruptor da teoria bioniana, que aqui plasmou-se segundo um modelo que não comportou receptividade acompanhada de integração.

Com efeito, a meu ver, em nossa Sociedade as teorias de Bion passaram a ser apresentadas e utilizadas como ruptura que instaurava uma inovação de tal porte, que se impunha tomá-la e tratá-la como não inserida de continuidade. É uma ruptura concebida como ponto de chegada, que tornava superficial e inócuo o que a precedera. O seguimento de história anterior à caesura passa a ser descrito como peça museológica, perdendo sua referência dinâmica. Não que as teorias freudianas, por exemplo, fossem estudadas a partir de uma perspectiva bioniana; elas eram, na verdade, destituídas de sua potência revolucionária, de sua singularidade, uma vez que com Bion havia-se chegado à verdadeira psicanálise. Por sua vez, a psicanálise, como um todo, passa a ser concebida como a pré-concepção que é satisfeita pela realização da teoria bioniana. Tudo se passa como se o conceito de *reverie* tivesse assumido uma forma material concreta na teoria bioniana que então, desta perspectiva, passa a ser considerada tanto como a matriz de toda pos-

---
* Membro Efetivo e Analista da Sociedade Brasileira de Psicanálise de São Paulo.

sibilidade de pensamento psicanalítico, quanto a entidade metabolizadora das impurezas presentes nos pensamentos analíticos gerados em outras paragens.

Utilizadas desta maneira, as teorias bionianas foram perdendo o que elas contém de "umheilich", de inquietantemente estranho, conduzindo o seu autor à posição de "maitre-à-penser". Em suma: as teorias psicanalíticas de Bion sofreram um brutal processo de transformação em ideologia. Isto equivale à criação de um sistema onde não há hiato para a insatisfação e a incompreensão (e, portanto, para a produção de pensamento), um sistema cuja tendência é gerar concepções tautológicas (provavelmente -K), uma linguagem de substituição ou, melhor ainda, como diz o próprio Bion, a produzir omnisciência definida como a afirmação moral de que uma coisa é moralmente correta e outra equivocada.

Tal conjunto de procedimentos vai ter, naturalmente, repercussão nas áreas clínica, teórica e institucional, sendo, a meu ver, o termo "obscurantismo" aquele que, enquanto denominador comum, melhor pode nos ajudar a compreender de que maneira estas áreas foram afetadas. Assim, a idéia de que o uso da teoria psicanalítica provoca o afastamento da experiência emocional vivida, levou à procura de uma psicanálise pura - ou depurada- que vai denunciar como contaminação qualquer tipo de interesse, por parte do paciente ou do analista, que não esteja centrado na relação imediata da dupla. Associações e evocações são estigmatizadas como expressões de memória e desejo, provocando o surgimento de um contato rarefeito justificado teoricamente como expressão do inefável a ser capturado. A idéia de que o pensador falseia o pensar e o pensamento - que o pensador é mesmo desnecessário ao pensamento, deturpando-o, é tomado ao pé da letra e destituída de seu significado epistemológico, passando a produzir uma intensa hostilidade à atividade e ao interesse intelectual. "Obstrutivo" é a palavra que faz *pendant* com "contaminação": estudar e tentar entender os textos clássicos, fazer exegeses, realizar cruzamentos com outras áreas do saber; interessar-se pela produção acadêmica, procurar ilações, tudo é considerado obstrutivo na rota que leve em direção a O. Não deixa de ser curioso que um autor, que tenha chamado a atenção para a necessidade de utilizarmos a capacidade negativa, isto é, que tenha sugerido que cada psicanalista desenvolvesse tolerância para a dúvida e o mistério - de modo a conter seu próprio movimento a saturá-lo, através do fato e da razão - tenha gerado não uma escrita ensaística especulativa, mas sim um discurso apostólico que constantemente sentencia: "muitos fazem análise mas poucos a fazem **mesmo**"; apenas a categoria dos ungidos.

A instituição vai tornar-se, então, o locus de uma atividade cuja dinâmica evoca a do grupo de pressuposto básico. A voz do místico, ao invés de ser empregado para confrontar o *establishment* e desvendar suas manobras, é utilizada na formação de um novo *establishment* composto agora por hagiólogos. Acredito que esta descrição dá conta do nível de intimidação e da ameaça de ostracismo que sofriam aqueles que tentassem pensar de maneira independente.

Bem, estivessem as coisas neste pé esta reunião não estaria acontecendo. É evidente que a organização deste encontro, sua abertura para a diversidade de participantes e das ressonâncias por eles experimentadas, é sinal de uma ruptura no trajeto que se vinha percorrendo. Relembrando a peculiaridade do ponto de cesura, que na teorização da Sra. Talamo possibilita uma dupla perspectiva, podemos agora, dentro e ao longo da continuidade em curso, olhar para duas direções. É evidente que seria importante aproveitar o hiato assim criado, para delinear os fatores que possibilitaram a forma local de tratamento dado à teoria e à prática que procurei aqui descrever. De imediato, é necessário fugir da armadilha que nos propusesse a procura de culpados ou de causas: seguindo o pensamento bioniano, é o *sentido* desta opção que nos interessa. Tal opção, é verdade, ocorreu ao longo de um período em que o debate havia sido abafado principalmente no país; é paralela à perda pela Sociedade de Psicanálise da hegemonia que até então detinha, em nosso meio, sobre a formação de psicanalistas, já que, nessa época, outros grupos, ditos de formação paralela, se organizaram e prosperaram. Acredito, entretanto, que dar primazia a estes fatores, num encontro como este, é, de certo modo, colocar de lado o elemento mais candente do problema. Afinal, se quisermos ser fiéis e coerentes às teorias de Bion é para elas que nos devemos voltar. Assim, ao invés de nos indagarmos, - e é esta a questão que coloco a todos os participantes deste encontro -, sobre os fatores externos que propiciaram este gênero de apropriação da teoria, devemos interrogar a própria teoria de Bion, e procurar nela a eventual existência de elementos que facilitaram esta forma de apreensão.

Tabak de Bianchedi, no seu artigo "Problemas Epistemológicos en la Obra de W.R.Bion" alude, algo eufemisticamente, ao "peculiar estilo expositivo de Bion" e a sua forma de exposição assistemática. Não seria absurdo pensar-se que ela pode gerar uma reação transferencial negativa com o texto que é, entretanto, negado, ex-cindido e substituido por uma apologia imobilizante e conformista.

É uma reação compreensível face à extraordinária complexidade da teoria bioniana, da sutileza necessária a sua utilização e da forma peculiar com o que é exposta. Postulações como a de que a realidade última não se presta a conhecimento, mas que é para *ser*, que seu acesso é obliterado pelos vértices sensoriais, a ascese implícita na disciplina necessária para liberar-se de desejo e memória, a cegueira como pré-requisito para ver os elementos evoluídos de "O", a idéia de que o viés causal limita a perspicácia do analista - apenas para mencionar alguns pontos -, contém, todas elas, elementos de ambigüidade e indefinição explicitamente construídos que são sua riqueza mas também a brecha para sua perversão, isto é, para sua transformação em cânones de um culto. Ainda assim, fica no ar a interrogação: qual era a demanda existente em nosso meio que pôde satisfazer-se, infiltrando-se nos poros de uma teoria libertadora e libertária, transformando-a em instrumento para o autoritarismo?

Donald Meltzer, no seu artigo "A Expansão Kleiniana- Bioniana da Metapsicologia de Freud", chama a atenção para o fato de que o longo período de desamparo vivido pelo bebê, após o nascimento, ganha compreensibilidade se o acoplarmos à atividade de *rêverie* materna: este longo período se torna necessário para que o bebê internalize a mãe enquanto objeto pensante e não somente como objeto servidor. Eis aí um modelo que me parece útil para orientar o trabalho que agora iniciamos: valermo-nos de Bion como um objeto pensante, inclusive para pensar as singularidades que podem funcionar como poros fragilizadores em seu próprio pensamento.

EM QUE REGISTRO A SEXUALIDADE MOVE PENSAMENTO NA TEORIA BIONIANA: UMA LEITURA

Sônia Curvo de Azambuja*

Nesta leitura procuraremos tangenciar os trabalhos com uma leitura que pousa levemente sobre cada um, tentando conseguir uma direção que, ao mesmo tempo, ondule, avançando sobre o campo de ressonâncias que estes trabalhos nos trouxeram.

Não pensamos que uma leitura exaustiva, que disseque os trabalhos e os faça murchar, seria interessante neste Simpósio que pretende ser: *fazer o caminho no caminhar*.

Assim sendo, iniciaremos nossas reflexões com o trabalho de José Américo Junqueira de Mattos.

Junqueira de Mattos recorre em seu trabalho a um caso clínico de uma jovem adolescente com anorexia. Ele problematiza o caso, como um caso de perversão feminina, no qual o corpo é tomado na sua totalidade erotizado. Neste sentido, ele segue a literatura mais moderna, a qual tem a anorexia e bulimia como perversões caracteristicamente femininas.

Para que esta situação erótica seja mantida, um processo de cisão do ego é feito e o corpo da paciente, que está em estado de total emagrecimento com eminente ameaça de morte, é alucinado como estando "gordinho". Por este ângulo, ele tenta ligar-se a Bion em sua abordagem da psicose.

Por outro lado, José Américo Junqueira de Mattos vê essa experiência de ataque ao próprio corpo como um ataque invejoso à imago materna, isto é, como ataque aos cuidados maternos e, transferencialmente, aos cuidados do analista.

O trabalho de José Américo Junqueira de Mattos conduz a paciente para fora do quadro de anorexia.

Este trabalho levou-nos, em suas preocupações, ao livro de Armando Ferrari: "Adolescência, segundo desafio".

Ferrari, assim como José Américo Junqueira de Mattos, vê a questão da anorexia e bulimia como uma problemática de adolescentes meninas. Não é encontrado esse tipo de problemática em rapazes.

---
* Membro Efetivo e Analista Didata da Sociedade Brasileira de Psicanálise de São Paulo.

Contudo, Ferrari vê somente o corpo adolescente e sua contingência de profundas modificações biológicas como o objeto de ataque e angústias psicóticas deste período.

A saga com a mãe, em guerras e conflitos, segundo o entendimento dele, é mais uma defesa teatral, que visa numa "mise en scène" dramatizar toda a angústia à qual a jovem está presa.

Neste sentido, poderíamos pensar tratar-se de uma questão mais narcísica consigo mesma, na qual o corpo erotizado seria o objeto de ataque e fonte de angústia.

Tanto o analista como os pais teriam aí, nesta zona de necessidades e desejos advindos das pulsões sexuais e de morte, mais um papel de catalisadores. Seriam sacudidos como pára-raios nas descargas dessas pulsões. O primeiro desafio foi o próprio nascimento, onde a questão pulsional já teria sido vivida e que agora retorna com grande furor. O corte com a infância e o seu luto por ela, concomitantemente às modificações corporais, são a grande questão.

Se fazemos essas colocações, no espaço do trabalho do Junqueira Mattos, é porque ele mesmo nos deixa entrever que não há na literatura bioniana referência às perversões e aos modos de perversão de que se serve a mulher. Inclusive, por muito tempo, negou-se a possibilidade de que se pudesse encontrar perversão nas mulheres.

É importante pensar porque, num encontro em que Bion é enfatizado como o autor que provoca ressonâncias em nós, tenhamos ido para outros lugares à busca de inspiração em nossas conjeturas sobre nosso atendimento clínico. E quando Junqueira de Mattos se utiliza de Bion, liga o caso de sua paciente mais à psicose do que à perversão.

Observamos, aqui, com cuidado, a experiência clínica de Junqueira Matos, onde, segundo o seu relato, a inveja e o ataque à imago materna e a ela mesma são básicos.

Sabemos o quanto a inveja é a mais pura manifestação da maldade humana. Sabemos como Freud resistiu à visão desta verdadeira Rainha de Copas da Alice de Lewis Carol.

Lacan diz que invejamos aquilo que não necessitamos. O conceito de inveja não trata do ódio sádico de ordem sexual de que fala Freud nos seus primeiros trabalhos. Não, a inveja é o veneno terrível e insidioso que pode estar contido nas pequenas intrigas e que destroem pelo mero prazer de destruir. Melanie Klein chegou a ela. O quanto suportamos chegar a ela?

Foi doloroso para Freud chegar à pura maldade. Lembramos do seu livro de 1930 "O mal estar na cultura", quando enfim se rende à visão da maldade como um impulso em si.

Voltando ao trabalho de Junqueira Mattos, conjeturamos se a própria inveja pode ser considerada uma perversão que toma as relações objetais, por vezes as mais preciosas, como objeto de ataque.

Oscar Wilde, no seu livro "De profundis", feito quando esteve preso por homossexualidade, nos fala de como podemos atacar aquilo que mais amamos. E esta é a real perversão, não o homossexualismo.

Talvez, nesta perspectiva, possamos considerar o conceito de Melanie Klein de inveja de si mesmo que talvez seja a nossa maior perversão ou a nossa maior tragédia. Junqueira de Mattos mostra como autores contemporâneos ao tratar da perversão, não pensam na inveja. Estariam mais ligados ao narcisismo.

Retomando o caminho menos apaixonado da Síntese Introdutória, faremos outro breve pouso no trabalho de Leopold Nosek, que traz elementos que podem ser considerados a um só tempo os mais disruptivos e profícuos da psicanálise.

Na sua base, a psicanálise faz emergir aquilo que sempre foi considerado para a história da consciência uma *Categoria negativa*.

Na Interpretação de Sonhos (1900) Freud, citando Eneida de Virgílio, coloca: "Se não posso dobrar os poderes supremos, comoverei o Aqueronte das regiões infernais".

Nesta comoção dos deuses demoníacos, Freud inaugura, com seu sonho da "Injeção de Irma", sonho tido por ele como paradigmático, o que seria a excelência do sonhar, dos pensamentos oníricos, que nos levariam ao insondável, ao umbigo, por assim dizer, que é o seu ponto de contato com o desconhecido. Aí pulsa o que move o sonhar: *o desejo inconsciente*.

Numa bela leitura de Garcia Rosa sobre esse "sonho-modelo" relatado por Freud, podemos chegar aos desejos, quase à flor da pele, conscientes e pré-conscientes de Freud: atacar os seus rivais homens e desejar sexualmente as mulheres. Assim como a censura a que ele mesmo se impõe a certa altura do seu relato. Contudo, há algo que paira no sonho, escrito em negrito: a fórmula química da *trimetilamina*, que é uma referência à sexualidade como básica nas pulsões que nos habitam. Contudo, esta fórmula química é também uma inscrição simbólica e ela se dirige a nós; seus leitores. É como se Freud lançasse uma garrafa ao mar.

Quem pegar pegou. Quem puder lê-lo verá que o seu maior desejo inconsciente é o de que possamos aceitar a lógica do Inconsciente. O destinatário desse sonho inaugural de Freud é a posteridade. O que move o sujeito para o Inconsciente é a sexualidade, o que se encontra nele é o simbólico que se dirige ao outro. Como diz Ferenczi: "Eu durmo para mim e sonho para você".

Esta necessidade profunda de formação de parceria, de encontrar um receptor é o que nos faz sonhar e também é o que nos faz criar pensamentos e produzir tudo que produzimos.

Leopold debruça-se sobre esta questão básica da psicanálise, que é a da capacidade sonhante. É ela, também, que cria a nossa demanda de análise. O encontro da escuta para que, como nos sonhos, pensamentos oníricos possam se fazer. Pois a psicanálise não só decifra os sonhos, ela é produtora do sonhar.

Essa produção que é feita pela dupla, pelo vínculo analítico, é bastante cara a Leopold Nosek e, nesse sentido, ele muitas vezes vai encontrar em Bion respostas às suas inquietações. Mas também a matéria-prima do desejo inconsciente, descoberta por Freud, ocupa grande parte do trabalho de Leopod. Ele diz: "são as categorias negativas que surgem do desprezado, da destruição, do vazio, da ausência, de matérias não nobres, de imagens cotidianas..." Ele nos leva a ver na produção contemporânea da arte a mesma busca. E esta é a energia catalisadora que captamos no seu trabalho.

Nas ressonâncias provocadas pelo trabalho de Leopold, percebemos a nossa tendência, o nosso gosto pelo aspecto profundamente corajoso da sua parte em tomar a dupla analisando-analista na plenitude sexual da sua produção. Os breves encontros plenos entre analista-analisando, onde um romance analítico aconteceria, seriam a genitalidade.

O centrar masculino-feminino, continente-contido na sexualidade prégenital, seria, segundo Leopold, uma posição mais defensiva. Pois é sobretudo a sexualidade que resiste à apropriação pelo sensato e pelo bem comportado, mantendo com rebeldia apaixonada seu caráter disruptivo e fértil. E ao estudo desta chama de fertilidade inquieta, Leopold se dedica nesse trabalho. Na sua leitura de Bion vamos encontrar um Bion encarnado. Como disse Luiz Tenório de Oliveira Lima por ocasião do Fórum: é um Bion barroco que aí encontramos.

Ainda dentro da bela intervenção de Tenório, há uma leitura dessacralizada de Bion, que nos conduziria mais perto de um elemento identitário da nossa própria cultura latina, que, por vezes, ficou perdido numa interpretação descarnada, que pouco tem a ver com o fundamento básico da psicanálise: as pulsões.

As ressonâncias deste trabalho nos levaram a reminiscências de um livro de Otávio Paz: "A dupla chama: amor e erotismo". É um livro que Otávio Paz escreveu aos 80 anos, mas que o acompanhou como um projeto por mais de 30 anos. É um ensaio poderoso sobre o amor-erotismo e a sua ligação com a criatividade, a simbolização, a linguagem.

Esta mesma chama de calor e animação que aquece nosso aparelho mental, nossa alma, como queria Freud, contém uma ambigüidade básica. Como o deus Pã, é criação e destruição. É pulsão: tremor, pânico, explosão vital. É um vulcão e cada um dos seus estalos pode cobrir a sociedade com uma erupção de sangue e sêmen. O sexo é subversivo: ignora as classes e hierarquias, o dia e a noite.

Em sua raiz, a sexualidade é natureza, é pulsão, mas há uma errância na sexualidade humana, que torna o homem um desviante da natureza. A espécie humana padece de uma insaciável sede sexual. Ou dito de outra forma: o homem é o único ser vivo que não dispõe de uma regulação fisiológica e automática de sua sexualidade. Nesse sentido, a sexualidade é uma atmosfera simbólica.

Assim como nas cidades modernas ou nas ruínas da Antiguidade, figuras do falo e da vulva às vezes aparecem nas pedras dos altares ou nas paredes das latrinas.

As regras e instituições destinadas a domar o sexo são numerosas, cambiantes e contraditórias. Seria inútil enumerá-las: vão do tabu do incesto ao contrato de casamento, da castidade obrigatória à legislação sobre os bordéis. Há um diálogo contraditório entre abstinência e permissão. E é neste diálogo, neste terreno de grande ambigüidade que desponta a criatividade do ser humano... EROS é Solar e Noturno: todos o sentem, mas poucos o vêem. O duplo aspecto de EROS, luz e sombra, cristaliza-se em uma imagem mil vezes repetida pelos poetas: a lâmpada acesa na obscuridade da alcova...

A superioridade de Freud reside no fato de que soube unir sua experiência de médico com sua imaginação poética. Homem de ciência e poeta trágico, Freud nos mostrou o caminho da compreensão do erotismo.

Numa leitura de sobrevôo que é a leitura que cabe para uma síntese introdutória, deixamos o brilhante trabalho de Leopold Nosek e voltamo-nos para o trabalho de Luiz Carlos Junqueira Filho e Antonio Sapienza.

Nesse trabalho observamos um esforço por parte dos autores de aproximar o conceito de *desejo*, tal como podemos ler em Freud, não tanto como um desejo de concupiscência ou de cobiça pulsionais, mas a um desejo de aspiração.

Este emprego da palavra desejo encontramos em Freud, quando aborda a questão da experiência da vivência de satisfação.

A noção está ligada ao estado de desamparo original do ser humano. Ao contrário dos outros animais o homem é um ser precário ao nascer, e isto o coloca numa total dependência do outro.

À medida que o recém-nascido depende de outra pessoa para suas carências podemos, num recorte, indicar o frescor, a sombra que o outro pode representar nessa zona tórrida das primeiras experiências de necessidade. Esta vivência vai marcar indelevelmente o ser humano, na sua relação com o outro e, a este vínculo fecundo Luiz Carlos Uchôa Junqueira Filho e Antonio Sapienza chamaram a atenção, logo na abertura do trabalho, através da idéia de EROS tecelão do mito.

A tecelagem, a rede simbólica que se forma na relação com o outro é a geradora do desejo.

Contudo, este outro pode se ausentar e na sua ausência, quando a necessidade reaparece, surge imediatamente um impulso psíquico que procurará reinverter a imagem-lembrança da percepção do objeto, reproduzindo a situação de satisfação original. O outro, o objeto de satisfação original, agora marca mnêmica é procurado e esta percepção se repete através da alucinação, primeira forma do desejar. Contudo esta forma de desejar não traz a substância de presença do objeto. Ela é seguida de desapontamento. Assim é que podemos entender o EROS mítico, que abre o trabalho de Junqueira e Sapienza, como EROS doce-amargo; EROS que nos dá sofrimentos.

O que faz EROS, este deus menino que nos habita e nos impulsiona a viver e a criar até o nosso envelhecimento e morte, diante do eterno desejo expectante que o outro representa na criação do nosso psiquismo? Ele é um deus astucioso e as primeiras imagens, com as quais cria o outro desejado dentro de si através das alucinações-imagens, ele as transforma em palavras. EROS o deus da astúcia que tece a palavra. O mito de EROS que inicia o trabalho de Luiz Carlos Uchôa Junqueira Filho e Antonio Sapienza é tanto o sonho coletivo no seu estatuto de mito, como é uma alusão clara à pulsão amorosa, fundamento de toda ligação.

Os autores, nesse sentido, estudam, dentro de uma dimensão bioniana, a natureza dos vínculos, a natureza dos laços.

Não gostaríamos de esmiuçar nessa síntese o trabalho que os autores fazem das inúmeras possibilidades na formação dos vínculos. Os vínculos que no enraizamento no mundo pulsional e fantasmatico ora se tornam parasitários ou parasitando. Ora se devoram como comensais ou ainda se imaginam simbióticos. Os próprios autores discutirão suas posições. Apenas indicamos o que nos pareceu balizar um eixo de suas reflexões sobre o pensamento bioniano.

Já Luís Carlos Menezes traz sua maior inspiração em Piera Aulagnier. Piera Aulagnier esteve entre nós na década de 80. Nunca poderemos esquecer sua conferência sobre a paixão. A paixão que, como os jogos de azar, as drogas nos toma no registro da necessidade.

É como se na paixão perdêssemos a nossa possibilidade de simbolização do outro na sua ausência, porque somos vívidos pelo outro em sua presença perene. Presença essa que nos assalta, que nos inflaciona, não deixando nenhum vazio protetor de uma solidão necessária.

Também Menezes procura em Piera Aulagnier o entendimento de sua clínica. Trazendo o caso de pânico-paranóico que um cliente sofre, caminha no processo de desvendamento da estreita relação entre sexualidade e pensamento.

Na sua abordagem clínica, vemos surgir a figura do pai como ímpar na constituição identitária do masculino.

Mas, principalmente, é o real do corpo, a realidade que somos um corpo biológico, somos mamíferos, que fundamenta a sexualidade para Menezes.

Nesta síntese, não seguiremos o intrincado caminho pelo qual nos conduz Menezes indo do pictograma, representação original desta sexualidade-pensamento, assim como pelos processos secundarizados do pensar.

Mas não podemos deixar de apontar, finalizando a inestimável contribuição que tem sido para nós as reflexões de Menezes sobre o narcisismo, a constituição do ego nos nossos diálogos com Freud.

Essas reflexões apontam a importância do ódio ao outro como constitutiva da formação do ego. É um ego paranóico. Nele o outro, a alteridade surge sempre como um estrangeiro, como uma ameaça para nossa hegemonia.

Naturalmente, esse outro freqüentemente nos habita e nos ameaça de morte. O pânico, a desintegração pode ser a defesa para este perigo de morte. Este outro pode também ser a sexualidade que instiga, que provoca. Pode ser as imagos identitárias que intrusivamente nos assaltam.

As ressonâncias, como vemos, são infinitas, pois como bem mostrou Freud, usando a metáfora do telescópio, a mente é o espaço que se abre, é o espaço virtual entre as lentes do telescópio. Acreditamos que somente no pluralismo dos estudos psicanalíticos poderemos nos proteger deste grande outro devastador e cruel que são nossos próprios preconceitos.

Concluindo esta síntese, percebemos a dificuldade de ver a sexualidade em Bion. Em Freud ela é clara. Podemos tomá-la no registro das pulsões e no registro dos desejos. Com a pulsão sexual adentramos pelo umbigo insondável do Inconsciente. É a química da Trimetilamina a que Freud se refere no seu sonho da Injeção de Irma.

No registro do desejo, a sexualidade surge como desejo do outro. O desejo é o anseio de satisfazer o desejo do outro. E ele está também no sonho da Injeção de Irma, no desejo de Freud de ser aceito por nós, seus leitores, ser aceito pela posteridade. Ele tem a fórmula da trimetilamina. Ele tem a linguagem do Inconsciente. Esse é o enigma a que nos leva a tessitura do sonho.

Mas em Bion, onde fica a sexualidade?

Recebemos o trabalho de Antonino Ferro, falando da sexualidade como gênero literário. É um trabalho engenhoso. Lembro-me do Eros - deus astucioso que tece com palavras nas considerações de Luiz Carlos Junqueira e Sapienza. Lembramos de Leopold Nosek e seu esforço de compreender a parceria como um momento de fertilidade própria da genitalidade. Consideramos ainda o trabalho de Junqueira Mattos, adentrando pelos sintomas supostamente erótico-perversos de uma adolescente que deixa de comer. Pensamos em Menezes, vindo de outras plagas teóricas que muito nos cativaram, tentando, na mais genuína definição do desejo, se unir ao grupo.

Com tudo isso ressoando em nós, pensamos no Cavaleiro Inexistente de Ítalo Calvino. Ele não tinha corpo. Só uma armadura vazia. Mas são as suas histórias, as palavras e narrativas que o acompanham, que seduzem as mulheres. É a sua lenda que atemoriza os homens.

Pensamos que Bion está dentro da tradição freudiana do desejo como anseio. É a sexualidade como desejo, como anseio de satisfazer o desejo do outro que toma para ele o estatuto da sexualidade geradora de pensamento. Nesse sentido, a sexualidade não tem corpo.

Como fica a concepção de masculino-feminino - continente-contido no registro das pulsões já que as pulsões são errantes?

IMPRESSÃO

IMPRENSA OFICIAL
SERVIÇO PÚBLICO DE QUALIDADE

Rua da Mooca, 1921 São Paulo SP
Tel.: (011) 6099-9457/6099-9529
CGC (MF) 48.066.047/0001-84
http://www.imesp.com.br